How Beautiful We Were

우리가 얼마나
아름다웠는지

임볼로 음붸

구원 옮김

How
Beautiful
We Were

나의 아름다운 아이들에게 바친다

흑암에 행하던 백성이 큰 빛을 보고,
사망의 그늘진 땅에 거주하던 이들에게 빛이 비치도다
이사야 9장 2절

차례

◆

종말이 가까이 왔음을 알았어야 했다. 어떻게 그걸 몰랐을까? 하늘이 산성비를 뿌리고 강이 푸르죽죽하게 변했을 때 우리의 땅이 곧 죽으리라 예상했어야 했다. 그러나 다시 생각해보면, 우리가 알지 못하도록 그들이 꼭꼭 숨긴 것을 어떻게 알 수 있었겠는가? 우리가 휘청거리고 절뚝거리고 말라 비틀어진 잔가지처럼 쓰러지고 부러지기 시작했을 때, 그들은 곧 끝날 거라고, 금세 다 괜찮아질 거라고 약속했다. 마을 회의로 나오라고, 거기서 이야기해보자고 했다. 자신들을 믿으라고 말했다.

그들의 얼굴에 침을 뱉었어야 했다. 그들에게 걸맞은 이름으로 불렀어야 했다. 거짓말쟁이, 야만인, 원칙도 없는 악인. 그들의 어머니와 할머니를 저주하고, 아버지를 모욕하고, 자식들에게 차마 입에 담지도 못할 불행한 일이 생기라고 빌었어야 했다. 우리는 그들을 증오했으며 그들이 여는 마을 회의도 증오했지만, 그래도 회의에 빠짐없이 참석했다. 8주마다 우리는 마을 광장에 가서 그들의 이야기를 들었다. 우리는 죽어가고 있었다. 우리에겐 아무런 힘이 없었다. 우리는 두려웠다. 그들이 여는 마을 회의 말고는 달리 희망을 걸 곳이 없었다.

마을 회의가 열리는 날이면 우리는 학교가 끝나자마자 집으로 뛰어갔다. 회의에서 나올 말을 한마디라도 놓칠까봐 조급한 마음으로 해야 할 일들을 급히 끝냈다. 우물에서 물을 긷고, 여기저기 흩어져 있는 염소와 닭을 대나무 우리로 몰아넣고, 마당에 널려 있는 잎사귀와 나뭇가지를 쓸었다. 저녁을 먹은 다음에는 양철 냄비와 첩첩이 쌓여 있는 접시를 설거지하고, 회의가 시작하기 훨씬 전에 집을 나섰다. 그들이 말끔한 양복과 광낸 구두 차림으로 우리 광장에 의기양양하게 들어오기 전에 먼저 가 있고 싶었기 때문이다. 어머니들과 아버지들도 서둘러 광장에 갔다. 어른들은 큰 강 너머의 숲에서 하던 일을 중단하고, 오염된 땅의 먼지로 손바닥과 발바닥이 더러워진 채로 광장에 왔다. 어른들은 말했다. 일은 내일 가서 마무리해도 되지만, 펙스턴 사람들의 이야기를 들을 기회는 드물잖니. 자비로우면서도 잔인한 태양 아래 몇 시간이나 땀을 뻘뻘 흘리며 일하고 돌아온 어른들은 녹초가 되어 있었다. 그래도 그들은 회의에 갔다. 우리 모두 회의에 참석해야 했다.

회의에 가지 않는 사람은 우리 마을의 광인, 콩가뿐이었다. 콩가는 마을에 닥친 재앙을 인지하지 못했을 뿐만 아니라 앞날에 대한 두려움도 없었다. 우리는 서둘러 하교하는 길에 학교 마당에서 콩가를 보았다. 콩가는 코를 골고 침을 흘리며 자고 있거나, 눈을 감은 채로 중얼거리고 몸을 긁으며 뒤척이고 있었다. 콩가의 정신은 혼령의 지배 아래 인간은 무력한 세계에 홀로 간혀 있었으므로, 그는 펙스턴에 대해 아무것도 몰랐다.

우리가 대화도 거의 나누지 않고 광장에 앉아 기다리는 동안 해가 기울었다. 무정한 태양은 서녘 하늘을 물들이는 자신의 아름다움이 우리의 고통을 배가한다는 것도 몰랐다. 우리는 펙스턴 대표단이 마을 족장 우자 베키가 준비해놓은 테이블에 서류 가방을 내려놓는 모습을 지켜보았다. 늘 똑같은 세 명이 왔다. 우리 어린이들은 그들을 둥근 남자(우리가 차고 노는 공처럼 얼굴이 둥글둥글했다), 아픈 남자(비쩍 마른 몸에 헐렁한 양복을 꿰입고 있어서 마치 살을 좀먹는 병에 걸린 것 같았다), 그리고 대장(말은 이 사람이 하고 나머지 두 명은 고개를 주억거렸다)이라고 불렀다. 그들이 가방을 열고 서류를 각자 하나씩 챙긴 다음에, 손으로 입을 가리고 자기들끼리 귀엣말하며 거짓말을 맞추는 동안 우리는 또 우리끼리 나직한 목소리로 수군거렸다. 이것보다 중요한 일은 없었기에, 이번에는 과연 좋은 소식이 있으려나 절절한 심정으로 기다렸다. 이따금 그들이 말을 멈추고 우리를 빤히 보면 과연 무슨 생각을 하는 걸까 서로 속삭이며 짐작해보았다. 마을 광장의 맨 앞자리에는 이미 죽었거나 죽어가고 있는 어린이들의 아버지와 할아버지가 앉았다. 할머니들과 어머니들은 그 뒤에 앉아서 아기들을 조용히 시키고, 우리가 망고나무 아래에서 떠들기라도 하면 매서운 눈빛으로 주의를 주었다. 젊은 여자들은 거푸 한숨을 쉬며 고개를 가로저었고, 뒤에 모여 있는 젊은 남자들은 이를 악물고 씩씩거렸다.

우리는 숨을 들이쉬고, 잠시 참았다가, 내쉬었다. 정체를 모르고 치료할 수도 없는 병으로 죽은 아이들을 기억했다. 죽은 형제와 죽은 사촌과 죽은 친구들을 기억했다. 펙스턴이 파헤치기 시작한 날부터 순수성을 잃은 우리 땅에서 자라는 오염된 농작물과 공기에 자욱한 오염물과 물에 섞여 들어간 오염물에 죽은 아이들을 기억했다. 펙스턴 대표단이 우리의 눈을 똑바로 들여다보고 무언가를 느끼기를 바랐다. 그들의 아이들과 마찬가지로 우리는 어린이였다. 그 사실을 알아주기를 바랐다. 그러나 그들은 속으로는 무슨 생각인지 몰라도 표정을 보면 무관심한 듯했다. 그들은 펙스턴의 가책을 덜어주러 온 것이지, 우리를 위해서 온 것이 아니었다.

우자 베키가 앞으로 나와 주민들에게 와주어서 고맙다고 인사했다.

"친애하는 동족들이여." 우자 베키가 꼴 보기 싫은 이를 드러내며 말했다. "우리가 원하는 걸 요구하지 않으면 절대 받을 수 없습니다. 배 속에 있는 것을 내보내지 않으면 변비에 걸려 죽지 않겠습니까?"

아무도 대꾸하지 않았다. 우리는 우자 베키의 말을 더는 믿지 않았다. 우자 베키가 그들 편으로 넘어갔다는 사실을 모두 알았다. 우리의 족장이면서, 우리 중 한 명이면서, 우리와 같은 조상의 후손이면서 우리를 버렸다는 것을 벌써 몇 년째 알고 있었다. 우자 베키는 펙스턴의 돈을 받고 우리의 미래를 팔았다. 우리 눈으로 직접 보았다. 우리 귀로 들었다. 펙스턴 덕분에 우자 베키는 주머니가 두둑해지고 그의 아내들은 살이 포동포동 오르고 아들들은 수도에서 일자리를 구했다. 그가 우리를 버렸다는 사실이 너무나 확연해서 더는 부정할 수 없어졌을 때 아버지들과 할아버지들이 찾아가서 따졌지만 우자 베키는 자신에게 계획이 있다며 믿어달라고 간청했다. 자기가 하는 모든 일이 우리 땅을 되찾으려는 계획의 일부라고 주장했다. 눈물을 두 사발을 거뜬히 흘리면서 자기도 우리만큼이나 펙스턴을 증오한다고 신령에 대고 맹세하고, 자신의 사무친 증오가 느껴지지 않냐고 물었다. 마을 젊은이들이 우자 베키를 처단하려고 별렸지만 어르신들이 계획을 알아채고 말렸다. 우리는 벌써 너무 많은 죽음을 보지 않았는가. 묘지에 자리가 부족할 지경 아닌가.

우자 베키가 추한 잇몸을 드러내고 계속해서 우리를 응시했다. 그 잇몸을 보기 싫었지만 피할 길이 없었다. 우자 베키의 얼굴로 시선을 돌릴 때마다 잇몸이 제일 먼저 눈에 들어왔다. 한밤중의 가장 사악한 시간처럼 시꺼먼 잇몸에 다양한 색조의 분홍색 줄이 가 있고, 갈색 치아는 사이가 듬성듬성 떨어져 있었다.

"친애하는 나의 동족들이여," 우자 베키가 말을 이었다. "한낱 가축도 주인에게 자신이 원하는 바를 알립니다. 그래서 우리가 여기에 모인 것입니다. 담론의 장을 다시 열기 위해서 말이죠. 우리를 위해 먼 길을 와주신 펙스턴 대표단의 수고에 심심한 감사를 표합니다. 심부름꾼을 통해 소식을 전달할 수도 있지만, 우리가 마주 보고 이렇게 대화를 나누는 것보다 좋을 수는 없잖겠습니까? 많은 오해가 있었지만 회의를 통해 우리 모두의 고통에 대한 해결책을 찾기를 바랍니다. 오늘 저녁이 지나면 우리 마을과 펙스턴이 좋은 친구로서 우정의 기반을 닦아나가길 바랍니다. 우정이란 참 멋진 것 아닙니까?"

펙스턴을 친구라고 부를 일은 없겠지만 그래도 몇몇 사람들은 고개를 끄덕여주었다.

저물어가는 태양의 노을빛에 물든 우리 마을은 거의 아름답기까지 했고, 우리 얼굴에 드리운 수심의 그늘도 다소 가신 듯했다. 할아버지들과 할머니들은 겉으로는 평온해 보였지만, 속은 시꺼멓게 타들어가고 있다는 것을 우리는 알았다. 산전수전 겪은 그들도 이런 일은 처음이었다.

"자, 그럼 이제 존경하는 펙스턴 대표단 여러분의 말씀을 듣겠습니다. 우리를 도우려고 베잠에서 여기까지 걸음해주셨습니다." 우자 베키가 자리로 돌아가기 전에 말했다.

대장이 일어나서 우리 쪽으로 걸어와 광장의 중앙에 섰다.

대장은 몇 초 동안 고개를 갸웃한 채로 우리를 지그시 보기만 했다. 그가 어찌나 진지하게 미소를 짓던지, 우리에게서 자신도 미처 모르는 광채가 뿜어져 나오고 있는 건 아닐까 궁금할 정도였다. 우리는 그의 입에서 자리를 박차고 일어나 춤추고 노래하며 축하할 소식이 나오기를 고대했다. 펙스턴이 우리 마을을 떠나기로 했다고, 자신들이 퍼뜨린 질병을 전부 주워 담아 떠날 거라고 말하기를 바랐다.

대장의 미소가 크게 벌어졌다가 오그라들더니, 꼼짝 않고 앉아 있는 우리의 얼굴에 꽂혔다. 제법 만족한 기색으로 그가 말하기 시작했다. 이토록 아름다운 날에 코사와에 돌아와서 기쁩니다. 정말 유쾌한 저녁 아닙니까? 저 높이 하늘에는 반달이 떠 있고 부드러운 산들바람이 피부를 어루만지고 제비들은 다 같이 합창하는군요. 코사와는 참으로 아름답습니다. 회의에 와주셔서 감사합니다. 여러분 모두 다시 만나 반가워요. 코사와에 어여쁜 어린이들이 얼마나 많은지, 감탄이 절로 나옵니다. 펙스턴 본사 사람들 모두 코사와에서 벌어진 일들을 듣고 가슴

아파 한다는 사실을 믿어주길 바랍니다. 여러분 모두 다시 건강하고 행복하게 살 수 있도록 다들 최선을 다하고 있습니다. 대장은 우리가 목을 빼고 기다리는 희소식을 금방이라도 전할 것처럼 미소를 잠시도 잃지 않고 천천히 말했다.

우리는 벌써 수차례 들은 거짓말을 또 들으며 눈 한 번 깜박이지 않고 그의 얼굴을 응시했다. 펙스턴의 윗사람들이 우리를 위한다는 거짓말. 대통령 각하의 고위 관료들이 우리 마을에 지대한 관심을 기울이고 있다는 거짓말. 수도에서 수백 명이 우리에게 위로의 말을 전해달라고 부탁했다는 거짓말. "코사와에서 죽음의 소식이 들려올 때마다 모두가 애도하고 있습니다." 대장이 말했다. "곧 끝날 겁니다. 이제 고통의 시간이 끝날 때가 되지 않았습니까?"

둥근 남자와 아픈 남자가 동시에 고개를 주억거렸다.

"펙스턴과 정부는 코사와의 친구입니다." 대장이 말했다. "가장 괴로운 날에도 우리가 베잠에서 여러분을 생각하며 일하고 있다는 것을 잊지 마십시오."

어머니들과 아버지들은 우리의 공기와 물과 땅이 정확히 언제 다시 깨끗해질 건지 구체적인 계획을 듣고 싶었다. "우리 마을에서 아이를 몇 명이나 묻었는지 압니까?" 한 아버지가 소리쳤다. 루사카였다. 그는 두 아들을 묻었다. 우리는 장례식에서 그들의 시신 위로 눈물을 쏟았다. 살아 있을 때보다 더 까매진 그들은 곧 몸과 하나가 될 새하얀 수의를 입고 있었다.

루사카가 잃은 둘째 아들 왐비는 우리와 동갑내기이자 같은 반 친구였다.

왐비가 죽은 지 2년이 되었지만 우리는 그를 잊지 않았다. 왐비는 반에서 산수를 제일 잘했고 기침할 때를 빼면 매우 조용했다. 수백 년의 역사를 지닌 우리 마을에서도 그런 기침 소리는 아무도 들어보지 못했다. 기침이 터져 나올 때면 왐비의 눈에 눈물이 고이고 등이 활처럼 휘었다. 경련을 멈추려면 무엇이라도 붙잡아야 했다. 너무나 딱하고 가여웠지만, 또 한편으로는 뚱뚱한 남자가 엉덩방아를 찧을 때처럼 조금 우습기도 했다. 너희 아버지는 치유자의 집에 가는 길을 모르니? 건강한 아이들 특유의 무신경한 웃음을 터뜨리며 우리는 왐비를 놀리곤 했다. 우리 중 몇몇도 곧 기침을 터뜨리게 될 줄 몰랐다. 그런 일을 어떻게 상상이나 할 수 있었겠는가? 숨을 쉴 수 없게 기침이 끊임없이 터져 나오고 피부에 발진이 나고 열이 오르다가 죽으리라는 것을? 야, 듣기 싫으니까 저리 가. 우리는 왐비를 타박했다. 그러나 듣기 싫은 기침은 시작일 뿐이었다. 더러운 공기가 왐비의 폐에 들러붙었다. 천천히, 독성 물질이 왐비의 몸속에서 퍼져 나가 무언가로 변했다. 무슨 일이 일어나고 있는지 깨닫기도 전에 왐비는 죽었다.

왐비의 관을 가운데에 놓고 둘러선 우리는 눈물에 목이 잠겨 작별의 노래도 제대로 부를 수 없었다. 어떤 아이들은 충격에 얼이 빠져서 아버지가 집에 안고 가야 했다. 왐비가 죽은 지 다섯 달 만에 우리 중 두 명이 더 죽었다. 살아남은 아이들은 언제 닥칠지 모르는 죽음에 대한 공포에 휩싸였다. 다음 차례는 자신일 거라고 두려워했다가, 어떨 때는 자신이 마지막이면 어떡하나 두려워했다. 동갑내기 친구들을 모두 잃고 혼자 남을까봐 두려워했다. 같이 혓바닥을 내밀어 빗방울을 맛보거나 광장에서 뛰어놀거나 가장 과즙이 풍부한 망고를 자신이 먹겠다고 다툴 사람도 없을 것이다.

몸에 열이 나거나 주변에서 기침 소리가 들릴 때마다 우리는 떠나보낸 친구들을 떠올렸다. 어둠 속의 도둑처럼 슬그머니 나타나 마을의 모든 초가 밖에서 서성이고 있는 이 질병이 가족을 해칠까봐 두려워했다. 이 질병은 어린이의 몸을 선호하는 것 같았지만, 그래도 가족 모두가 걱정되었다. 자신이 먼저 걸려서 가족에게 옮기고, 그 사람이 또 다른 사람에게 옮겨 결국에는 온 가족이 죽을까봐 두려워했다. 한 명씩 차례대로 죽을지 아니면 다 같이 동시에 죽을지는 알 수 없었지만, 아마도 나이순으로 차례차례 죽을 것 같았는데, 만약 정말 그렇다면 우리가 가족을 다 묻은 다음에 마지막으로 죽을 것이라며 두려워했다. 두려워서 밤에 잠을 이룰 수가 없었다.

겁에 질린 채로 잠자리에 들었다가 겁에 질린 채로 일어나고, 온종일 두려움을 들이쉬고 내쉬는 것에 진저리가 났다. 신령이 우리를 이끌고 보호해줄 거라는 부모님의 위로는 도움이 되지 않았다. 신령은 다른 아이들도 보호하고 있었는데 그들이 어떻게 되었는지 생각해보라. 그래도 우리는 고개를 끄덕였다. 잠자리에 들기 전에 인사하러 가면 아버지는 마음 놓고 자라고 일렀고, 아침에 울면서 악몽에서 깨어나면 어머니는 다 괜찮을 거라고 다독였다. 우리를 달래려고, 우리가 악몽을 꾸지 않고 어린이답게 푹 자고 명랑하게 일어나서 아침을 먹고 학교로 뛰어가길 바라는 마음임을 알기에 고개를 끄덕였다. 새롭게 죽음이 찾아올 때마다 부모님의 거짓말을 떠올렸다. 죽음은 때로는 우리 집에, 때로는 옆집에, 때로는 삶을 맛보지도 못한 갓난아기나 걸음도 미처 떼지 못한 아기들에게 찾아왔는데, 언제나 우리가 아는 아이들이었다. 우리는 한낱 어린아이였지만 죽음에는 어떤 논리나 순서도 없음을 일찌감치 깨달았다.

제발, 어떻게라도 좀 도와줘요. 한 어머니가 울면서 대장에게 외쳤다. 품에 축 늘어진 아기를 안고 있었다. 오염물 때문이었다. 아기의 몸은 너무나 순수해서 펙스턴의 유전에서 마을 우물로 흘러드는 독에 무력했다. 아버지 한 명은 방안을 찾을 때까지만이라도 펙스턴이 깨끗한 생수를 보내줄 수 없냐고 물었다. 아이들 것만이라도 보내달라고 부탁했다. 대장은 고개를 절레절레 저었다. 전에도 몇 번 요청했었다. 대장은 숨을 깊이 들이쉬었다가, 앵무새처럼 똑같은 대답을 되풀이했다. 펙스턴은 식수를 제공하는 사업체가 아니지만 우리 사정이 딱하니 자신이 윗사람들에게 말해보겠다고, 그러면 펙스턴 본사에서 이 문제를 우리 정부의 수도관리공사 사람들에게 전달할 테고, 대답을 기다려보겠다는 것이었다. 전에도 그렇게 말하지 않았소? 할아버지 한 명이 물었다. 베잠에서는 말 한마디를 전달하는데 그렇게 오래 걸립니까? 아주 오래 걸립니다, 대장이 답했다.
어머니들 몇 명이 흐느끼기 시작했다. 그들의 눈물을 닦아주고 싶었다.
마을 청년들이 고함치기 시작했다. 베잠에 가서 당신네 지사를 불태워버리겠어. 청년들이 을러댔다. 우리에게 한 짓을 똑같이 갚아주겠어.
펙스턴 대표단은 말없이 미소만 지었다. 청년들이 실천으로 옮기지 못하리라는 것을 알았으니까. 감히 펙스턴에 해를 끼치면 대통령이 그들을 깡그리 잡아 죽일 것이고, 그럼 우리 마을

20

은 지금보다 더 약해질 것이다.

이미 한 번 겪었다.

작년 초에 마을 남자 여섯 명이 베잠으로 떠나는 모습을 보았다. 그들은 라피아야자 자루에 물과 건조 음식을 싸서 떠났다. 우리 친구 툴라의 아버지가 인솔한 이 그룹은 코사와를 펙스턴이 나타나기 전과 같은 상태로 돌려놓겠다는 약속을 정부와 펙스턴으로부터 반드시 받아서 돌아오겠다는 사명을 안고 떠났다. 매일매일 우리는 툴라와 함께 목을 빼고 그들이 돌아오기를 기다렸다. 여섯 명 모두 우리 이웃이자 친척이었고, 그중 세 명은 아이가 있었다. 열흘이 지나도 깜깜무소식이었다. 우리는 그들이 구속된 것은 아닌지, 아니면 더 끔찍한 일이 벌어진 것은 아닌지 걱정하기 시작했다. 두 번째 그룹이 사라진 여섯 명을 찾아 베잠으로 떠났다가 성과 없이 돌아왔다. 그러고서 몇 달 뒤에 펙스턴이 우리 마을에 처음으로 대표단을 보내 회의를 열었다. 첫 회의에서 마을 어르신들이 사라진 여섯 명에 대해 묻자 펙스턴 대표단은 자기들은 아무것도 모른다고, 자기네 직원이 아니라면 이 나라 사람들 행방에 관여하지 않는다고 말했다.

1980년 10월의 그 저녁에 대장은 늘 그렇듯이 미소를 띤 얼굴로 펙스턴이 우리의 친구라고 다시 한번 힘주어 말했다. 우리가 희생을 치르긴 했지만, 언젠가는 펙스턴이 우리 땅에 관심을 가진 것을 자랑스럽게 돌아볼 날이 올 거라고 말했다.

그러고는 질문이 더 있냐고 물었다.

질문은 없었다. 회의를 시작하기 전에 품었던 작은 희망이 날아가며 우리가 할 말도 쓸어갔다. 대장은 마지막으로 미소를 한 번 더 짓고, 회의에 와줘서 고맙다고 인사했다. 둥근 남자와 아픈 남자도 주섬주섬 서류를 챙기기 시작했다. 그들의 운전사가 학교 앞에 검은색 랜드로버를 세우고 대기하고 있었다. 이제 그들은 베잠의 자기 집으로, 깨끗한 생필품과 우리가 상상할 수도 없는 사치품이 가득한 곳으로 돌아갈 것이다.

우자 베키 역시 일어나서 고맙다고 말했다. 우자 베키는 우리에게 조심히 들어가라고, 8주 뒤에 또 회의가 열리니 잊지 말고 참석하라고 당부했다. 그때까지 잘 지내라고 했다.

※

다른 때 같았으면 그대로 광장을 떠나서 집에 갔을 것이다.

헤어날 수 없는, 숨통을 옥죄는 절망의 심연에 빠진 채로 대화도 거의 나누지 않고 어둠 속을 걸었을 것이다. 감히 희망을 품었다는 사실에, 우리의 초라함에 수치심을 느끼며 고개를 떨구고 느릿느릿 걸어갔을 것이다.

다른 때 같았으면 마을 회의는 우리의 무력함만, 우리는 그들의 털끝도 건드릴 수 없지만 그들은 우리를 손아귀에 틀어쥐고 있다는 사실만 환기시켰을 것이다. 펙스턴 대표단의 말은 결코 되돌릴 수 없는 한 가지 사실을 우리의 가슴에 더욱 깊이 못 박았을 것이다. 정확한 날짜는 몰라도, 30년 전에 우리 마을 사람들은 참석하지 않은 베잠의 한 회의에서 정부가 우리를 펙스턴에 넘겨주었다는 사실 말이다. 달랑 종이 한 장으로 우리의 땅과 물을 그들에게 넘겼다. 우리는 이제 그들 소유라는 사실을 받아들일 수밖에 없었다. 아주 오래전에 패배했다는 것을 인정할 수밖에 없었다.

그러나 그날 밤, 대기에 바람 한 줄기 일지 않고 귀뚜라미조차 이상하게 조용했던 그 밤에 우리는 집에 돌아가지 않았다. 자리에서 일어나 서로 작별 인사를 하려던 찰나, 뒤쪽에서 웅성거리는 소리가 들려왔다. 회의가 끝나지 않았다고, 이제 막 시작했으니 자리에 앉으라고 누군가 말했다. 뒤돌아보니, 키가 크고 마른 남자가 서 있었다. 머리는 엉망으로 형클어지고 누더기처럼 해진 바지만 입고 있었다. 우리 마을의 광인, 콩가였다.

콩가는 학교 마당에서 광장까지 쉬지 않고 달려온 양 헐떡이고 있었다. 기력과 생기가 넘쳐 흘렀다. 평소의 께느른한 모습과 딴판이었다. 평상시에 콩가는 보통 사람의 눈에는 보이지 않는 친구와 웃거나 보이지 않는 적에게 주먹을 휘두르며 마을을 어슬렁대기만 했다. 엷은 어둠 속에서 콩가의 눈이 번뜩였다. 환희에 들떠 사람들 앞으로 뛰어오는 콩가에게서 엄청난 흥분이 느껴졌다. 무슨 일이냐고 묻지도 못할 정도로 어리벙벙해서 우리는 서로를 쳐다보았다.

펙스턴 대표단의 대장이 그때껏 본 적 없는 당혹스러운 표정으로 콩가가 왜 저러냐고 우자 베키에게 물었다. 회의를 마치려는 참인데 웬 광인이 방해하는 거야? 콩가를 돌아보는 우자 베키는 살면서 처음으로 말문이 막힌 듯했다.

마을 광인이 너무나도 낯선 모습으로 우리 앞에 서 있었다.

콩가는 온 세상을 다스리는 왕처럼 권위적인 목소리로 펙스턴 대표단에게 고함을 질렀다. 당장 자리에 다시 앉아. 귀에 귀지가 꽉 차서 말이 들리지도 않냐. 회의는 끝나지 않았다. 지금부터가 시작이다.

　콩가의 말에 발끈한 대장은 베잠에서 배운 품위도 순간 잊었는지, 천한 광인이 펙스턴 대표단에게 감히 그렇게 말하냐고 똑같이 고함쳤다. 콩가는 쿡쿡 웃더니 자기는 누구에게나 원하는 대로 말할 권리가 있다고 대꾸했다. 그러자 대장은 맹추처럼 가만히 있지 말고 저 무례한 놈을 처리하라고 우자 베키에게 일갈했다. 그때 콩가가 목을 가다듬어 가래를 한껏 모으더니, 진한 노란색 덩어리를 대장의 발 사이에 뱉었다.

　모두 숨을 헉, 들이쉬었다. 저들이 누구이며 어떤 힘이 있는지 콩가는 모르나?

　대장은 콩가를 노려보다가 그 날선 시선을 우리에게 돌렸다. 그리고 다시 콩가를 노려보았다. 그러고는 부하들에게 서류 가방을 챙기라고 손짓했다. 펙스턴 대표단은 서류 가방을 들고 떠나려고 몸을 돌렸다. 소동이 별문제 없이 무사히 끝났다는 생각에 다들 안도의 한숨을 내쉬려는데 콩가가 세 남자에게 베잠에 어떻게 돌아갈 생각이냐고 물으며 우리를 더 큰 혼란에 빠뜨렸다. 얼떨떨한 표정으로 돌아선 펙스턴 대표단의 얼굴에 심지어 불안감마저 비쳤다.

　다음 순간 아무도 예측하지 못한 일이 벌어졌다. 펙스턴 사람들과 마을 주민 전체가 보는 앞에서 콩가가 바지 속에 손을 집어넣었다. 콩가가 여자의 시선이 닿으면 안 되는 행동을 할까봐, 만에 하나 우리 앞에서 그러면 절대 보지 말라고 한 행동을 할까봐 어머니들과 할머니들은 눈을 가렸다.

　그러나 우리는 눈을 크게 뜨고 지켜보았다. 콩가는 입을 살짝 벌리고, 바지 속에서 무언가를 애정 어린 손길로, 척 봐도 일부러 과장하며 쓰다듬고, 또 쓰다듬었다. 살며시, 콩가가 무언가를 꺼냈다. 그것을 높이 들고 펙스턴 대표단에게 당신들 거냐고 물었다. 우리는 눈이 휘둥그레졌다. 펙스턴 대표단도 어안이 벙벙한 표정이었다. 펙스턴 대표단의 자동차키였다. 금빛으로 반짝이는 자동차키가 광인의 손에 있었다.

우리가 충격에서 헤어나기도 전에 콩가는 펙스턴 대표단에게 당신들 운전사가 어디 있는지 아느냐고 물었다. 원래 운전사는 회의가 끝날 때까지 차에서 기다렸다. 그런데 콩가가 자동차키를 가지고 있으니, 운전사는 대체 어딨는 걸까? 콩가는 설명하지 않았다. 그저 미소를 지으며 이렇게만 말했다. 그래, 이 자동차키는 당신들 거고, 학교로 가봤자 운전사는 찾지 못할 거다.

모두가 동시에 입을 열었다. 대체 무슨 일이야? 콩가가 뭘 하는 거야?

우자 베키는 대장에게 고개 숙여 사과했다. 그러고는 광인이 장난을 치는 거라고, 펙스턴의 명예로운 대표단이 그런 장난을 좋아하지 않는다는 것을 미친 콩가는 이해하지 못하는 것뿐이라고 더듬더듬 변명하기 시작했다. 물론 운전사는 무사할 겁니다. 차 옆에서 대기하고 있을 거예요. 콩가가 즉시 자동차키를 돌려줄 것이니, 부디 우리 마을 사람들의 진심 어린 사과를 받아주세요. 손님에게 무례를 범할 의도는 전혀 없었습니다. 베잠까지 무탈히 돌아가시길 기원합니다. 여기까지 와준 것에 코사와 마을 주민 모두가 감사—

그때 콩가가 우자 베키에게 닥치고 옆으로 비키라고 명령했다.

기쁨의 환성을 내지르고 싶었다. 손뼉을 치며 팔짝팔짝 뛰고 싶었다. 그렇지만 잠자코 있었다. 눈앞에서 벌어지고 있는 놀라운 일을 방해할세라, 숨소리마저 죽인 채로 가만히 있었다.

콩가는 마치 별과 소통하는 것처럼 하늘을 올려다보다가, 다시 시선을 내리고는 펙스턴 대표단에게 오늘 베잠에 돌아갈 생각은 접으라고 말했다. 대장과 둥근 남자와 아픈 남자가 서로 힐끔거리더니 비웃음을 터뜨렸다. 광인이 자신들을 잡아둔다는 생각에 우스워했다. 우리 또한 조금 우습다고 생각했지만 웃지 않았다. 콩가가 다시 한번 말했다. 이번에는 천천히, 딱 부러지게 말했다. 신사분들, 오늘 밤은 코사와에서 우리와 함께 보내야 하겠습니다.

콩가는 진심이었다. 진심이 말투에 묻어났다. 이제 대장도 그것을 느끼고 웃음을 멈췄다. 대장은 당황한 표정으로 좌중을 둘러보며 대체 이게 무슨 일이냐고, 저 광인이 무슨 소리를 하는 거냐고 물었다. 어떻게 해서든지 대답을 받아내겠다고 결심했는지, 호소하는 듯하던 말투가 명령조로 바뀌었다.

아무도 대답하지 않았다.

대장이 콩가를 노려보았다. 화가 나서 콧구멍이 벌렁거렸지만 그는 꾹 참았다. 대장은 목소리를 한 음만 높이며, 무슨 수작을 부리는 건지는 모르겠지만 이제 그만두고 자동차키를 내놓으라고, 자신들이 무력을 쓰게 되면 이 밤이 좋지 않게 끝날 텐데 자신은 코사와를 아끼기 때문에 그러고 싶지 않으니, 지금이라도 얌전히 자동차키를 돌려주면 전부 없던 일로 해주겠다고 말했다.

콩가가 그 명령을 따를 거라고 생각하지는 않았지만, 그가 대장을 슬쩍 보고 콧방귀를 뀌더니 웃음을 터뜨릴 줄은 몰랐다.

대장이 돌아보자 우자 베키는 고개를 떨구었다.

"자동차키를 뺏어 오시오!" 대장이 우리 마을의 우두머리에게 소리쳤다.

우자 베키는 꿈쩍도 하지 않았다. 대장이 직접 나서지 않고 우자 베키를 시키는 이유는 뻔했다. 자신이나 부하들은 저급한 광인과 몸싸움을 해서 체면을 구길 수 없다는 것이다.

"백치한테서 자동차키를 뺏어 오라지 않소." 대장이 다시 호령했다.

우자 베키는 선 채로 얼어붙었다. 베잠에서 행차하신 높으신 분들을 보기가 창피했는지, 아니면 두려웠는지, 발에서 뿌리가 내린 듯이 서 있기만 했다.

그다음 순간, 우리가 오랫동안 상상만 했던 일이, 꿈에서만 시도해보고 웃으면서 깨어났던 일이 눈앞에서 벌어졌다. 머릿속에 수차례 그려보았다고 해서 실제로 보았을 때 충격이 덜하지는 않다. 콩가가 웃음을 뚝 그치더니, 우자 베키에게 걸어가서 얼굴에 침을 뱉었다. 우리는 킥킥거렸다. 충격에 숨을 헐떡거리는 아이도 있었다. 도저히 믿기지 않아 눈을 가늘게 떴다. 우자 베키는 고개를 떨군 채로 자기 입술에 묻은 침을 닦았다. 이제 온몸으로 분노와 혼란을 표현하고 있는 대장은 우자 베키를 거들떠보지도 않고 다시 고함치기 시작했다. 아무나 상관없으니 당장 미친놈한테서 자동차키를 뺏어 오라고, 안 그럼 혹독한 벌을 받을 거라고 고래고래 소리를 질렀다.

우리는 어떤 말도, 어떤 행동도 하지 않았다.

콩가는 건드릴 수 없는 사람이라고 아무도 나서서 대장에게 설명하지 않았다. 콩가가 무얼 하든지 간에, 우리에게 창피를

27

주건 해를 끼치건 겁을 주건, 우리는 콩가에게 손을 댈 수 없다는 것을 군이 말해주지 않았다. 콩가 같은 사람은 건드릴 수 없었다. 지난 몇십 년간 아무도 콩가와 접촉하지 않았으며 앞으로도 그러지 않을 거라고, 왜냐하면 광인을 만지면 최악의 저주에 걸리기 때문이라고 알려주지 않았다.

만일 대장이 우리 사이에 앉아서 귀를 기울였다면 콩가의 이야기를 들려주었을 것이다. 우리가 콩가를 놀릴 때마다, 콩가를 졸졸 쫓아다니며 까치집 같은 머리와 단벌 바지, 때가 잔뜩 낀 손톱을 조롱할 때마다 부모님이 되풀이한 이야기를 들려주었을 것이다. 콩가가 태어날 때부터 광인은 아니었다고, 도무지 믿기지 않지만 한때는 콩가가 자부심 강한 미남이었다고 말이다.

만일 대장이 물어보았다면, 우리가 태어나기 오래전, 부모님이 우리 나이였을 적에는 코사와의 수많은 아가씨들이 콩가와 결혼하여 그처럼 팔다리가 길쭉하고 튼튼한 아들을 낳기를 꿈꿨다고 말해주었을 것이다. 오래전에 세상을 떠난 콩가의 부모님은 외아들이 안겨줄 손주를 한껏 기대했다. 콩가는 훌륭한 농부이자 훌륭한 사냥꾼이자 매우 훌륭한 어부였다. 우리 부모님이 말해주길, 콩가는 무엇을 해도 잘했을 사람으로, 창창한 앞날이 약속되어 있었다. 그런데 어느 무더운 날에 콩가가 끊임없이 자신에게 말을 거는 목소리에 대해 불평하기 시작했다. 자신을 비웃으며 스스로 목숨을 끊으라고, 그럼 영생을 누릴 수 있다고 속삭인다고 콩가는 자기 부모님에게 말했다. 밤에는 꿈에서 나타나고, 낮에는 어두운 곳에서 인간의 형상을 하고 나타났는데, 육신이 썩어 문드러질 정도로 오래 묻혀 있던 남자나 여자 혹은 아이의 형상이었다. 그들은 콩가를 놓아줄 생각이 없는 듯했다. 콩가가 알아들을 수 없는 언어로 쉼 없이 괴롭히고, 그가 밥을 먹으려고 앉을 때마다 둘러싸고, 동네에서 끊임없이 쫓아다녔다.

콩가의 부모님은 마을 무당에게 아들을 데려갔다. 무당은 손을 쓸 도리가 없다고 했다. 콩가가 태어나기 수백 년 전에 조상이 죄를 저질러 원한을 품은 혼령이 콩가의 제정신을 앗아갔다. 이 원혼의 한을 풀어주기는 불가하기 때문에 콩가는 평생을 속죄하며 보내야 했다. 그의 부모님이 해줄 수 있는 일이라곤 오직 콩가가 자유롭게 드나들 수 있게 집 문을 늘 열어놓는 것이라고 무당은 말했다. 또한, 목소리들이 그를 괴롭히지 않는 밤에 콩가가 편히 잘 수 있게 거적을 집 밖에 깔아놓으라고 했다.

우리가 태어났을 즈음에 콩가는 이미 스무 해를 하늘 아래에서 잤다. 그의 부모님은 세상을 떠났고 콩가는 형제가 없었기 때문에 우리 어머니들이 돌아가며 콩가의 망고 나무 아래로 물과 음식을 가져다주었다. 콩가는 어떨 때는 물을 마시고 음식을 먹었지만, 또 다른 때는 파리와 개미 차지가 될 때까지 눈길도 안 주어서, 남은 음식이 담겨 있는 그릇을 염소들이 밟아 쓰러뜨리고 갔다. 그럼 어머니들은 한숨을 쉬며 그릇을 집에 가져갔지만, 자기 차례가 돌아오면 또 음식을 가져다주었다. 콩가는 주로 망고 나무 아래 헐벗은 채로 앉아서, 비가 올 때만 물이 닿는 피부를 긁어대고 콧구멍에서 커다란 코딱지를 파냈다. 이따금 콩가는 낭만적인 발라드를 부르기도 했다. 한때 자신이 위대한 사랑 이야기의 주인공이었던 것처럼 눈을 지그시 감고 불렀다. 때로는 다른 이들의 눈에는 보이지 않는 친구들에게 지혜로운 조언을 건네거나 우리에겐 보이지 않는 멍청이를 꾸짖기도 했다. 그럴 때면 콩가는 얼굴을 잔뜩 오므리고 팔을 휘저으며 전혀 앞뒤가 안 맞는 요점을 목소리 높여 강조했다. 콩가는 마을의 모든 장례식과 결혼식에 참석했지만, 춤추며 축하하거나 울면서 애도하는 대신 멀찌감치 서서 지켜보기만 했다. 그렇지만 이날 전까지 콩가는 마을 회의에는 단 한 번도 얼굴을 비치지 않았다. 마을 회의가 열리는 날이면 콩가는 우리에게 닥친 재난에 무관심한 표정으로 학교 앞마당에 머물렀다. 자신의 머릿속에 울리는 목소리와 인생을 망가뜨린 원혼들 말고 콩가가 누군가에게 분노를 품는 것은 불가능하다고 우리는 생각했었다. 생존에 필수적인 것들과 자신을 따라다니는 원혼들 말고는 그 누구도 알아보지 못하며 주변 상황을 인지하지 못한다고만 여겼던 것이다.

그러나 그날 저녁, 자동차키를 쥔 손에 힘을 주고 주먹을 쳐들고 있는 콩가를 보고 우리는 그가 인간에게 분노할 수도 있다는 사실을 깨달았다. 당신이 할 수 있는 일은 없다고 대장에게 말하는 콩가의 목소리에서 순수한 분노가 날것 그대로 터져나왔다.

반응하지 않는 사람들에게 고함치는 데 지친 대장이 입을 다물고 땅이 꺼져라 한숨을 내쉬었다. 그러고는 고개를 설레설레 저었다. 우리가 콩가에게서 자동차키를 뺏지 않을 것이며, 펙스턴 지사에서 까마득히 떨어진 마을의 어둠 속에서 자신이 할 수 있는 일이 없다는 것을 깨달은 모양이었다. 그가 풀죽은 모습이 너무나도 고소해서 털끝만치도 연민이 느껴지지 않았다. 콩가는 대장 옆에서 빙글빙글 춤추며 노래하고 있었다. 결혼식 날 신랑처럼 들뜬 모습으로 끊임없이 오락가락하며 펙스턴 대표단의 얼굴 앞에 대고 자동차키를 흔들고, 오늘 밤은 우리와 함께 보내야 한다고, 아니, 어쩌면 앞으로 많은 밤을 여기서 보낼지도 모르니 얼마나 영광이냐며 깐죽거렸다.

대장이 부하들에게 가까이 모이라고 손짓했다. 그리고 한참 동안 귀에 대고 속닥거렸다. 둥근 남자와 아픈 남자는 대장의 말을 들으며 고개를 끄덕거렸다. 세 사람 모두 가능한 한 체면을 구기지 않는 선에서 자동차키를 뺏어 올 계획을 짜면서 중간중간 우리를 곁눈질했다.

자신들의 계획이 흡족했던지 그들은 자신만만한 표정으로 콩가에게 한 걸음 다가갔다. 콩가에게 손을 대는 순간 자기 자신은 물론 후손들까지 영영 저주에 걸린다는 것을 모르나? 우리는 고개를 길게 뽑고 지켜보았다. 펙스턴 대표단이 두 발짝 더 나아가 콩가 가까이 섰다. 콩가는 자동차키를 입으로 가져갔다.

"한 걸음만 더 가까이 오면," 콩가가 말했다. "이걸 삼켜버릴 거다."

우리는 숨도 쉬지 않았다. 콩가는 그렇게 할 것이다. 정말로 자동차키를 삼킬 것이다. 펙스턴 대표단도 콩가의 의지를 느꼈는지, 아픈 남자는 비틀거렸고 둥근 남자는 얼굴이 더욱 둥그레졌다. 순간 세 명 모두 어둡고 위험한 숲에서 길을 잃은 아이처럼 보였다.

우리는 우자 베키에게 다시 시선을 돌렸다. 마침내 입이 떨어진 우자 베키가 주절거리기 시작했다. 콩가에게 제발 우리 마을을 수치스럽게 하지 말라고 간청했다. 한참 동안 우자 베키는 콩가를 표범의 아들이여, 음악보다 달콤한 목소리를 지닌 이여, 태양만큼 눈부신 이여,라고 부르며 간청했다. 그가 얼마나 많은 사랑을 받았었는지, 사람들이 그를 얼마나 자랑스럽게 여겼었는지, 그가 태어난 날 코사와가 얼마나 환희했는지 기억하라고 간청했다.

그때 대장이 허튼소리 작작 하라며 우자 베키의 말을 끊었다. 이제 대장은 예의를 지키는 시늉도 하지 않았다. 고함을 지르는 목소리가 새되게 찢어졌다. 그는 자기가 말할 때마다 고개를 주억거리는 부하들을 보며 이 모든 것이 어처구니없다고 외쳤다. 콩가는 정확히 무엇이 어처구니없냐고 물었다. 대장은 천한 광인이 펙스턴의 명예로운 대표단을 붙잡아두고 있는 상황이 어처구니없다고 대꾸했다.

콩가가 배를 부여잡고 웃기 시작했다. 우리는 완전히 홀린 것처럼 얼굴 근육 하나 움직일 수 없었다. 그때 들려온 우자 베키의 목소리에 우리는 퍼뜩 정신을 차렸다. 우자 베키가 가까이 다가오더니, 우리 마을의 어려움을 해결하려고 먼 길을 온 손님을 콩가가 모욕하고 있는데 두 손 놓고 앉아서 보기만 할 거냐고 떨리는 목소리로 물었다.

대답이 없었다.

"우리의 명예로운 손님들이 내일 아침에 출근하지 않으면," 우자 베키가 말을 이었다. "저녁에는 군인들이 그들을 찾으러 우리 마을에 들이닥칠 겁니다. 군인들이 오면 끝이 좋지 않을 거예요. 내가 장담합니다. 왜 콩가를 말리지 않았냐고 따지겠죠. 콩가가 통제할 수 없는 존재라는 사실에 그들은 신경 쓰지 않을 겁니다. 우리에게 벌을 줄 거예요. 우리를 전부 죽일 겁니다. 한 명도 빠짐없이."

우리는 서로 힐끔거렸다.

"내 말이 믿기지 않아요?" 우자 베키가 말을 이었다. "불과 지난 달에 벌어진 일을 잊었습니까? 어떤 마을 사람 한 명이 홧김에 세금 징수원의 머리를 마체테로 반쪽 내는 바람에 군인들이 그 마을 전체를 불살라버린 사건 말이에요. 그 마을 사람들은 지금 어디에 있습니까? 뿔뿔이 흩어져서, 친척집에 얹혀살며 맨바닥에서 자고 있지 않습니까? 한 사람의 성급한 행동 때문에 모두가 고향을 잃어버렸어요. 과연 그럴 가치가 있었을까요? 그 마을을 불사른 군인들이 우리 마을에 똑같이 벌을 주지 않을 이유가 무엇이겠습니까? 친애하는 여러분, 우리 나라에는 법과 그에 상응하는 대가가 존재합니다. 우리가 존중해야 마땅한 친구들을 하대하면 비싼 대가를 치를 겁니다. 제발, 제발 내가 이렇게 부탁할게요. 우리 마을을 지킵시다. 내 말을 귀담아들어요. 그저 한 광인의 소행이라고 군인들은 넘어가지 않을 겁니다. 우리 모두의 몸에 총알을 박을 거예요. 제일 어린 아이도 빼놓지 않고요."

펙스턴 대표단은 전부 다 사실이라고 경고하듯이 고개를 끄덕였다.

우리가 당할 일을 상상하며 흘린 식은땀만으로 말라붙은 우물 하나를 가득히 채울 수 있었을 것이다. 총의 위력은 익히 알았지만, 우리가 총에 맞아 죽을 수도 있다고는 상상해본 적도 없었다.

할아버지 한 명이 자리에서 일어나더니 히죽거리며 몸을 흔들고 있는 콩가를 돌아보았다. "부탁하네." 할아버지가 말했다. "군인들이 우리 마을에 오는 것을 원하지 않아. 부탁이네, 콩가 완지카, 반투 완지카의 아들이여. 내가 부탁하네. 자동차키를 돌려주게. 나의 팔촌이었던 자네 아버지 대신 말하는 거야. 우리가 더 괴로운 일을 겪지 않도록 도와주게. 자동차키를 땅에 떨어뜨려. 그럼 내가 주워서 저들에게 돌려주겠네. 어딘가에 숨겨놓은 운전사도 데리고 나오게. 이제 그만 서로 잘 자라고 인사하고 집에 갑세."

세월을 통해 지혜를 터득하였으며 옳고 그름을 구분할 수 있을 정도로 오래 산 노인의 말이라면 콩가가 복종하리라고 생각했다. 노인의 말에 순종하고 지혜로운 사람들의 말을 공경해야한다는, 우리가 어렸을 때부터 수없이 거듭해서 배운 가르침을 콩가가 기억할 줄 알았다. 우리는 어찌나 혼란스러웠던지, 콩가의 제정신을 앗아간 원혼이 그가 태어나서 배운 모든 것을 귀와 뇌에서 씻어내고 묽게 풀어서 흘려보냈다는 사실을 깜박 잊었다. 지금 콩가는 어른보다는 갓난아기에 가깝고, 시간 감각이 없기에 과거와 미래를 의식하지 못하며, 우리 모두가 시작된 곳이자 궁극의 종착지인 혼령의 세계만 흐릿하게 느끼고 있다는 사실 역시 잊었다. 콩가가 자동차키를 다시 주머니에 넣고 으하하 웃기 시작하고서야 우리는 콩가가 완전히 미쳤다는 것을 다시금 기억했다.

"자동차키를 돌려줘요!" 한 어머니가 외쳤다. 다른 어머니들도 합세했다. 제발, 우리는 군인들이 오기를 원하지 않아요. 부탁이에요.

"광인이 당신들 사는 곳에 재난을 불러오는 걸 그냥 보고만 있을 거요?" 대장이 맨 앞자리에서 서로 눈치를 보고 있는 아버지들과 할아버지들에게 말했다. "저 광인 때문에 목숨을 잃을 거요?"

어쩌면 지금 이 순간 군인들이 오고 있을지도 모른다고 대장이 말했다. 당장 광인에게서 자동차키를 뺏어 오지 않으면 피를 볼 거라고, 마지막 경고라고 위협했다.

불안의 소리가 높아졌다. 어떤 일이 벌어질지는 불 보듯 뻔했다. 오염되고 학살당한 우리 마을은 잿더미로 변할 것이다. 콩가에게서 우리의 종말을 보았다.

그의 광기에 얽혀들고 싶지 않았다.

대장은 뒤쪽에 서 있는 청년들에게 자발적으로 나오라고, 장정 네 명이 나와서 자동차키를 뺏으라고 명령했다.

아무도 나가지 않았다. 학살은 물론 피하고 싶었지만, 우리 마을에서 과연 누가 감히 광인에게 손을 대겠는가? 우자 베키가 대장에게 다가서서 귓속말했다.

"지금 농담하는 거요?" 대장이 물었다. 충격과 동정심, 경멸이 뒤섞인 표정이었다. 우자 베키는 고개를 가로저었다. 대장은 우리가 평범한 사람들의 세상과 전혀 다른 별세계에서 왔다고 깨달은 눈빛으로 우리를 보았다. "그런 미신을 진짜 믿는단 말요?" 대장이 답답함에 양팔을 휘두르며 외쳤다. "광인을 만졌다고 죽지 않아요. 그런 일은 일어난 적 없어요. 여기 있는 사람들 가운데 아무도 그걸 모릅니까?"

자신의 심장에 새겨지지 않은 세상의 법칙을 그가 어떻게 이해하겠는가?

"당장 자동차키를 받아 오시오." 대장이 단호하게 말했다. "그렇지 않으면 내일 모두 후회하게 될 거요."

우자 베키는 숨을 깊이 들이쉬었다. 그러고는 뒤쪽 젊은이들에게 코사와의 미래가 그들 손에 달렸다고 말했다. 흠집 없이 완벽한 상태로 돌려주어야 하는 목소리를 빌린 것처럼 조심스러운 말투였다.

"자네들 아버지는 싸울 수 없네." 우자 베키가 말했다. "어머니는 나이가 들었고 아내는 여자이며, 아이들은 약하네. 자네들이 옳은 일을 하지 않으면 누가 하겠는가? 장담하건대, 콩가가 우리 마을에 재앙을 부르는 것을 보고만 있으면, 겁쟁이 청년들 때문에 흔적도 없이 사라진 마을에 대한 노래가 바람을 타고 떠돌 거야."

젊은 남자 한 명이 앞으로 나왔다. 우자 베키만큼 떨리는 목소리로 자신이 해보겠다고 말했다. 남자의 아내가 그러지 말라고 부르짖었다. 남자의 어머니도 쉰 목소리로 그만두라고 애원했다. 남자의 아버지는 고개를 돌렸다.

우자 베키가 고개를 끄덕이고 고맙다며 희미하게 웃어 보였다.

젊은이 세 명이 앞으로 나왔다. 우리가 해볼게요, 그들이 말했다.

안 돼. 하지 마. 광장 이곳저곳에서 만류의 소리가 터져 나왔다. 해야 해, 다른 이들이 외쳤다. 저 청년들 가족이 대대로 저주받기를 원하나? 반대하는 사람들이 자리를 박차고 일어나 외쳤다. 내일 아침에 우리 모두 떼죽음을 당하길 원하는 거야?

똑같이 흥분한 상대편이 외쳤다. 다른 방법이 있을 거야. 이것 밖에 방법이 없어.

말다툼이 시작되었다. 시끄럽고, 격렬하고, 어수선했다.

오늘 밤에 저들에게 맞서면 다시 자유로워질 수 있을지도 몰라. 누군가 말했다. 죽고 나면 자유가 무슨 소용인가, 다른 사람이 반대했다. 우리도 사람이라는 걸 보여주자고. 군인들이 우리 모두를 쏴 죽일 거야. 우리가 싸울 수 있으며 싸워야 한다고 신령이 콩가에게 말한 게 틀림없어. 무엇으로 싸운단 말인가? 우리가 지닌 모든 것으로 싸워야지. 우리에게 창 말고 무엇이 있다고? 마체테가 있고 돌이 있고 끓는 물이 있잖은가. 그걸 가지고 이길 수 있다고 생각할 만큼 멍청해? 우리에게 이길 힘이 있다고 콩가가 보여줬어. 콩가는 제정신이 아니잖나. 어쩌면 우리 모두 제정신을 잠시 내려놓아야 할지도 몰라. 어떻게 그런 말을 하나? 한때 우리는 용맹한 부족이었네. 표범의 피가 혈관에 흐르고 있어. 그걸 언제 잊어버렸지? 우리 모두 내일 개죽음을 당할 거야. 그걸 원해?

모두 자리에서 일어나 소리치고 있었다. 아무도 다른 사람의 말을 듣고 있지 않았다. 콩가와 대장은 서로 주먹을 휘둘렀고, 청년 네 명이 그들 사이에서 누구 편을 들어야 할지 망설이고 있었다. 우리 어린이들은 대부분 울음을 터뜨렸다. 우리의 일상이 된 혼돈이 울음소리를 덮었다. 어떤 아이는 내일 총에 맞아 죽을까봐 두려워서 울었고, 어떤 아이는 병에 걸려 다음 달에 죽을까봐 두려워서 울었다.

우리는 진실을 알았다. 죽음은 가까이 있었다.

언쟁이 끝날 기미가 보이지 않자 세상을 떠난 우리의 동갑내기 친구이자 같은 반 학우였던 왐비의 아버지 루사카가 자리에서 일어나 앞으로 나갔다. 루사카는 손뼉을 쳐서 사람들을 집중시켰다. 소란이 가라앉을 때까지, 모두 조용히 자리에 다시 앉을 때까지 손뼉을 쳤다.

루사카는 코사와에서 가장 차분한 사람이며 말수가 극히 적었으므로 그가 입을 열면 모두 귀를 기울였다. 두 아들을 잃은이래 루사카는 비쩍 여위고 이전보다 왜소해 보였지만 지혜가 깊어진 듯했다.

"오늘 밤에는 결론이 나지 않을 것 같습니다." 루사카가 말하자 대부분 사람들이 웅얼웅얼 동의를 표했다. "일단 잠시라도 난리법석을 잠재울 방안을 제의하고 싶습니다. 이 남자들을 우리 집으로 데려가겠습니다. 자동차키와 운전사는 콩가가 알아서 처리하게 맡깁시다. 이들에게 잠자리를 마련해주고, 내일 아침에는 제 아내가 아침밥을 차려줄 것입니다. 아침 식사가 끝나면 이들을 묘지로 데려가서 그들이 퍼뜨린 오염물질 때문에 죽은 우리 아들들의 무덤을 보여줄 것입니다. 우리가 묻은 아이들의 무덤을 전부 보여줄 것입니다. 무덤의 개수를 세고, 그 숫자를 잊지 않게 각인시켜줄 겁니다. 그다음엔, 이들의 고용주가 우리를 그만 죽일 때까지, 이들을 내가 포로로 붙잡아두겠습니다."

"포로?" 대장이 외쳤다. "당신이 대체 뭐라고—"

"저 사람들을 잡아둔다고 펙스턴이 우리를 공격하지 않으리라는 보장은 없어요." 아버지 한 명이 루사카에게 외쳤다.

"저들을 얼마나 오랫동안 데리고 있겠다는 겁니까?" 다른 아버지가 물었다.

"우리 힘으로 베잠 사람들을 움직일 수 있다고 믿는 거요? 당신, 콩가보다 더 미쳤구먼."

다시 소란스러워졌다. 모두가 말하고, 아무도 듣지 않았다. 펙스턴 대표단과 우자 베키는 마을 사람들 모두가 미쳤다고 의심하는 표정으로 멍하니 보고 있었다. 할아버지 몇 명은 자리에서 일어나 루사카를 야단쳤다. 우리가 아무리 협박한들 펙스턴이 요구를 들어줄 것 같냐고, 정말 그렇게 생각할 정도로 순진하냐고 혀를 찼다. 그들이 신경이나 쓸 것 같나? 바로 다음날 군인들이 와서 마을 전체에 총을 휘갈기면 어쩌려고?

"군인들이 오면," 루사카가 말했다. "마을 사람을 죽이면 우리도 저들을 죽이겠다고 말할 겁니다."

"죽이든 말든 관심 없다고 하면요?" 한 어머니가 외쳤다. "저 사람들을 죽이라고 하고, 그다음에 우리를 전부 죽이면요? 펙스턴이 저 사람들의 목숨에 신경이나 쓰나요?"

"그렇다." 콩가가 말했다. 콩가의 우렁우렁한 목소리에 다들 입을 다물었다. "펙스턴은 이 남자들을 보호할 거다. 펙스턴은 자기 아래 일하는 자들을 사랑한다."

할아버지들 대부분이 이것에 대한 증거라도 본 양 동시에 고개를 끄덕였다.

우리도 콩가의 말을 믿었다. 신령이 콩가에게 빙의했음이 이제 확실해졌다. 콩가는 제정신을 잃으면서 먼 과거와 가까운 과거의 지식을 함께 잃었으므로, 펙스턴이 자기네 직원들을 어떻게 생각하는지 알 길이 없었다. 따라서 신령이 콩가의 입을 빌려 말하는 것이 틀림없었다. 이것에 대해 우리는 한 치의 의심도 품지 않았다. 신령이 우리 사이에 들어와 맞서라고 지시하고 있었다. 울던 어린이들은 뺨에 흐르는 눈물을 닦았다. 어머니들과 아버지들은 나직이 속삭이며 고개를 끄덕이고 안도의 한숨을 길게 내쉬었다.

루사카가 다시 한번 손뼉을 쳐서 사람들을 조용히 시켰다. "단순한 문제입니다." 루사카가 나직이 말했다. "펙스턴이 우리 아이들을 계속 죽이면, 펙스턴의 자식인 이들 세 명을 내 손으로 죽일 겁니다."

광장 전체에서 숨소리도 들리지 않았다.

루사카는 사람들에게 조심히 들어가라고 인사하고 자기 집을 향해 걸어갔다.

콩가는 청년 네 명에게 펙스턴 대표단과 우자 베키를 잡으라고 명령하고 루사카를 따라갔다. "내 몸에 손대기만 해봐라!" 대장이 을렀다. 청년들은 손을 댔다.

청년들은 각자 한 명씩 붙잡았는데, 그들은 각기 다른 방식으로 저항했다. 대장은 양팔을 휘둘렀고 부하들은 허공에 대고 주먹질과 발길질을 했으며, 우자 베키는 손가락을 가로저으며 그만두라고, 자신이 족장이라는 사실을 잊었냐고, 표범의 피가 가장 진하게 흐르는 자신이 이 마을의 우두머리이자 명령을 내리는 사람이라는 사실을 잊지 말라고 이를 악물고 외쳤다. 도와줄 사람이 네 명 더 필요하다고 콩가가 말하자 청년 여덟 명이 앞으로 달려나갔다. 그중 한 명은 우리 친구 툴라의 삼촌 봉고였는데, 아이도 없는 그가 마을에 닥친 재앙에 맞서 싸우는 데 어찌나 열심인지 사람들은 감탄하곤 했다. 열두 명이 에워싸자 포로들의 몸부림은 잦아들고 욕설은 늘어났다. 차츰 그들이 조용해졌다. 그러자 우자 베키의 아내들과 아이들이 우는 소리가 들리기 시작했다. 두 아이는 같은 반이었지만 우리는 그들을 위로하지 않았다. 이미 오래전부터 그들을 싫어했다.

콩가는 사람들에게 고맙다고 인사하고 회의가 이제야 정말 끝났다고 알렸다. 그러고는 다들 잘 들어가라고 인사했다. "내일부터는," 콩가가 말했다. "전부 달라질 거다."

어떤 사람들은 두려움에 떨며 집에 갔다. 어떤 사람들은 잔뜩 들떠서 신이 나 있었다. 우리 친구 툴라는 행방불명인, 죽었을지 모를 아버지를 생각하면서 고개를 떨군 채로 걸었다. 툴라의 손을 잡고 걷는 동생 주바는 펙스턴의 오염물질 때문에 죽었다가 신령의 자비 덕에 살아났다. 뒤에서는 그들의 어머니와 할머니가 천천히 걸었다. 행방이 묘연해진 남편, 아들에 대한 소식을 알 수 있을까, 기대하고 있었을 것이다. 코사와의 모든 가족이 그랬듯이 낭기가(家)는 이제 그만 고통에서 벗어나길 간절히 바랐다. 그날 밤에 우리 모두의 가슴에서 희망이 퍼덕거렸다. 두려움 속에서도 희망이 날갯짓했다.

내일 군인들이 몰려올 것이다. 해가 지기 전에 우리 모두 죽을지도 모른다.

내일 펙스턴이 항복할 것이다. 우리 모두 오래도록 살 수 있을지도 모른다.

우리는 미래를 상상하지 않으려고 애썼다. 그날 밤을 가능한 한 오래 붙들고 있고 싶었다. 이길지도 모른다는 옅은 희망, 그 낙관 속에 최대한 오래 머물고 싶었다. 콩가처럼 제정신을 놓아버리고 승리자로서의 새로운 삶을 기대하며, 두려움이 사라

41

진 자리를 잠시나마 메운 환희를 만끽하고 싶었다.

그들은 성급하게 승리를 선언했다. 그날 밤 우리는 전쟁을 선포했다. 이튿날 아침에는 그들이 쳐들어오기를 기다렸다.

우리가 호락호락하게 무릎 꿇지 않으리라는 것을 그들은 알았어야 했다.

툴라

집 안은 따뜻한데 이가 딱딱 부딪친다. 총알이 내 뱃가죽을 찢으며 피가 쏟아져 나오는 광경이 눈앞에 아른거린다. 총을 몇 발 맞으면 죽을까? 내 시체는 어떤 모습일까? 평생을 죽음 곁에서 보냈는데도 여전히 죽음이 두렵다. 죽음이라는 그 이해할 수 없는 상태가 나를 혼란에 빠뜨린다. 어떻게 사람이 이곳에 존재하면서 동시에 존재하지 않을 수 있을까? 분명히 눈앞에 보이는데 코는 공기를 들이마시지 못하고 눈은 떠지지 않으며 입은 굳게 닫혀 있는, 하나의 물체로만 존재할 수 있을까? 이 세상이 싫지만 떠나고 싶지는 않다. 오래도록 살아서 고통스러운 어린 시절 이후의 삶은 어떤지 알고 싶다. 그러나 죽음이 나를 노리고 있다는 것을 안다. 어쩌면 내일이면 아빠를 만나러 가는 길에 오를지도 모르지. 친구의 장례식이 끝나고서 아빠에게 이렇게 물어본 적이 있다. 이 세상에서 저세상으로 가는 길은 어떠냐고, 얼마나 외롭고 험하냐고 물었다. 아빠는 사람마다 다르다고, 이곳에서 어떤 삶을 살았느냐에 따라 달라진다고 했는데, 그 말은 아무런 위로가 되지 않았다. "너는 오래오래 살 거야, 툴라." 아빠가 말했다. 거짓말. 거짓말이라는 것을 우리 두 사람 모두 알았다. 과연 어느 인간이 다른 인간에게 장생을 약속할 수 있겠는가?

엄마가 대문을 닫고 밧줄을 묶는다. 밧줄을 거듭해서 매듭짓는 엄마의 손이 떨린다. 대나무 문을 밧줄로 꽉 묶으면 군인들이 들어오지 못한다고 믿기라도 하는 것 같다. 엄마는 황급히 뒷문으로 가서 또 밧줄을 묶는다. 나와 주바는 외당에서 할머니 야야와 앉아 있다. 주바는 야야의 무릎에 앉아 있고, 나는 옆자리 스툴에 앉았다. 야야가 한 손으로 주바의 머리를 쓰다듬고 다른 손은 내 어깨에 얹는다. 엄마가 밧줄을 묶느라 힘쓰는 소리밖에 들리지 않는다. 우리 집도, 코사와도 정적에 잠겨 있다.

"우리 아가들," 야야가 부드럽게 말한다. "자러 가자. 내일 무슨 일이 일어나든 마주할 수 있게 힘을 비축해두어야 해." 아빠가 떠난 뒤로 할머니가 이렇게 평온해 보인 적이 없다. "누가 와서 우리의 것을 앗아가려고 하면, 그냥 주면 된다. 그게 우리의 목숨일지라도."

"봉고랑 마을 남자들은 지금 모여서 마체테 칼날을 갈고 있어요." 엄마가 외당으로 들어오며 떨리는 목소리로 말한다. "우리가 그냥 당할 거라고 생각했다면—"

"하지만, 엄마. 군인들은 총이 있잖아요." 나는 눈물을 꾹 참고 말한다. 떠나기 전에 아빠는 도저히 참을 수 없을 때가 아니면 울지 말라고 당부했다. "총 앞에서 마체테가 무슨 소용이

44

에요?"

"자카니와 사카니가 해결해줄 거야." 엄마가 대답한다.

나는 더는 묻지 않는다. 자카니와 사카니, 우리 마을의 무당이자 치유자인 쌍둥이는 놀라운 능력을 지녔다. 그들은 인간 이상의 존재이지만, 불멸의 존재는 아니다. 그들 또한 죽을 수 있다.

"오늘 밤엔 내 방에서 다 같이 자자." 야야가 먼 곳을 응시하며 말한다. "우리 모두 같은 꿈을 꿀 거야. 어쩌면 꿈에서 네 아버지와 할아버지를 볼 수 있을지도 몰라."

다시금 내려앉은 침묵 속에서 우리는 바깥의 고요에 귀를 기울인다. 야야가 지팡이를 짚고 먼저 일어난다. 주바와 나는 뒤따라 할머니 방으로 간다. 우리는 입을 헹구지도, 잠옷으로 갈아입지도 않고 할머니 양옆에 눕는다. 엄마는 바닥에서 잔다. 혼자서. 아빠는 실종되었는데 전통은 엄마가 다른 남자와 한자리에 눕는 것을 금지하므로 엄마는 여생 동안 옆에서 위로해줄 사람이 없다. 주바와 야야가 잠이 든다. 숨소리가 나지막한 코골이로 바뀐다. 그러나 코사와 주민들 대부분처럼 나와 엄마는 밤새 잠을 이루지 못할 것이다. 세상은 아주 어리거나 아주 늙은 이들에게만 평온을 허락한다. 내가 보는 앞에서 엄마와 주바와 야야가 살해당하는 광경이 머릿속에 마구 파고든다. 완전히 건너가기 전에 얼마나 오랫동안 이승과 영계 사이에 아슬아슬하게 매달려 있을까? 그곳에서 조상을 만나면 그들이 나를 반기고 그들 세계에 적응할 수 있게 도와주길 바란다. 이 세상의 몇 안 되는 즐거움을 잊도록 위로해주길 바란다. 상상할 수 없는 그 세계에 쉽게 익숙해질지도 모른다. 아빠와 할아버

45

지가 벌써 거기에 있고, 엄마와 야야와 주바와 봉고 삼촌이 나와 함께 갈 터이니까. 다시 한번 우리 가족이 완전해질 것이다. 하지만 그러기 위해서는 먼저 죽어야 한다.

✳

내가 세상에 태어나서 기억하는 첫 말은 절대 큰 강에 가까이 가지 말라는 부모님의 경고다. 그 경고가 없었더라면 강은 원래 기름과 독한 오염물로 덮여 있지 않다는 것을 내가 어찌 알 수 있었을까. 코사와의 맑은 강물에서 자유롭게 헤엄치던 부모님의 어린 시절 이야기를 듣지 못했다면, 때때로 마을을 시꺼멓게 뒤덮고 눈물과 콧물을 자아내는 연기가 다른 곳의 어린이들에게는 일상이 아니라는 사실을 나와 내 친구들이 어찌 알 수 있었을까.

나와 동갑내기들이 태어난 해에, 우리 중 몇몇은 어머니 품에서 젖을 먹고 있고 나머지는 탄생 전의 세계에서 마지막 나날을 보내고 있던 그해의 어느 날 펙스턴의 정원에서 유전 하나가 폭발했다. 폭발 지역에서 원유와 연기가 나무보다 높이 치솟았다고 어른들은 말했다. 검댕이 하늘을 까맣게 덮었다. 이런 광경을 난생처음 목격한 마을 사람들은 불길한 전조라고 입을 모았다. 우리가 여섯 살 났을 즈음에 부모님들은 기름이 묻혀 있는 땅에서 사는 것이 얼마나 끔찍한 저주인지 뼈저리게 깨달았다. 그날 하늘을 덮은 검댕은 불길한 전조 따위가 아니었다. 교체할 시기가 훨씬 지난 유정 장비가 망가졌음을 뜻했다. 불성실한 관리로 발생하는 피해를 우리 코사와 주민들이 고스

46

란히 떠안는데, 펙스턴이 왜 굳이 돈을 들여 교체하겠는가?

다섯 살 나던 해의 어느 저녁에 나는 아빠와 툇마루에 앉아
있다가 유전과 근방의 펙스턴 인부들 거주지에는 꽃 한 송이
자라지 않는데 왜 정원이라는 이름이 붙었냐고 물었다. 아빠는
잠시 생각에 잠겼다가 웃으면서 말했다. 글쎄다, 펙스턴의 정
원은 보통 정원들과 다르고, 펙스턴도 여느 정원사와 달라. 그
들에게는 기름이 꽃이란다. 정원에서 시작되는 송유관의 행렬
에 끝이 있냐고 나는 아빠에게 묻는다. 송유관은 우리 마을 전
체를 에워싸고 경작지를 가로질러 큰 강 너머 깊은 숲속까지
뻗어나가 끝이 보이지 않는다. 시작이 있는 것은 모두 끝이 있
다고 아빠는 말한다. 송유관은 유전에서 시작되어 버스로 몇
시간을 달려야 갈 수 있는 머나먼 해변가 도시에서 끝난다고
한다. 거기서 기름을 통에 담아 해외로, 미국이라는 나라로 보
낸다.
나는 미국에 대해 물어본다. 미국에도 코사와만큼 사람이 많
냐고 묻는다. 아빠가 학교에서 배웠던 바로는 미국에는 사람
이 칠천 명 정도 사는데, 대부분이 키 큰 남자라고 한다. 정원
의 소장도 미국에서 왔다. 소장과 그의 친구들은 미국에 사는
친구들이 차에 넣을 기름을 구하러 코사와에 왔다. 미국인들은
모두 차를 타고 다닌다고 아빠는 말한다. 미국에서는 시간이
하도 빨리 흘러서 차를 타고 서둘러 다녀야만 해가 지기 전에
용무를 마칠 수 있다고 한다. 나도 언젠가는 차를 사서 코사와
의 기름을 넣고 다닐 수 있냐고 아빠에게 묻는다. 아빠는 웃으
면서 말한다. 물론 너도 차를 살 수 있지. 아주 큰 차를 사서 아

빠가 사냥 갈 때 다리가 아프지 않게 태워다주렴. 하지만 나는 펙스턴이 싫어서 펙스턴 기름은 내 차에 넣지 않을 거라고, 나는 기름을 넣지 않는 차를 탈 거라고 말한다. 아빠는 차에 기름이 필요하다고 말하지만 나는 내 차는 다르다고 우긴다. 아빠가 내 말에 쿡쿡거리다가 웃음을 터뜨린다. 아빠가 즐겁게 웃어서 나도 웃음을 터뜨린다. 아빠의 눈에서 반짝이는 즐거움이 내 마음을 간질인다.

아빠는 어디 있을까? 베잠에서 그들이 아빠에게 무슨 짓을 했을까? 아직 살아 있을 가능성은 아예 없을까?

아빠가 사명을 지고 떠나서 실종된 후 처음 며칠 동안 나는 수십 년이 흐른 뒤에, 늙어서 머리가 세고 기력이 다한 내가 툇마루에 앉아서 여전히 아빠를 기다리는 것을 상상하곤 했다. 백발 노인이 된 아빠가 돌아와서 이렇게 말하기를 기다리고 있다. "툴라, 아빠야. 네 아빠, 말라보 낭기야. 너랑 다시 툇마루에 앉아서 이야기하고 웃으려고 돌아왔다." 그 노인에게 내가 무슨 말을 할 수 있을까? 다정한 아빠. 아빠는 코사와의 다른 아빠들과 딴판이었다. 밤마다 나와 어깨를 맞대고 앉아서 별을 세고, 풀잎이 누군가에게 밟힐 날을 두려워하며 사는지 같이 궁금해했다. 아빠는 나중에 어른이 되거든 어린 시절을, 내가 너무나도 작고 약해서 보호가 필요했던 기분을 잊지 말라고 했다. 자기 역시 한때는 어린아이였다는 사실을 잊은 사람들이 세상의 많은 고통을 야기한다고 말해주었다. 이런 아빠를, 나의 가장 친한 친구였던 아빠를 잃은 상실감을 과연 무엇으로 보상받을 수 있을까?

아빠는 아이를 많이 원했지만 나와 주바밖에 얻지 못했다.

나는 아빠나 엄마에게 왜 주바가 나보다 여섯 살이나 어리냐고 묻지 않았다. 내가 네 살이었을 적에 아기집을 돌보는 의사가 엄마를 자주 찾아왔었고, 내가 다섯 살이었을 때 엄마가 의사를 보내고 흐느끼던 것을 기억한다. 그런 날에 아빠는 나랑 같이 툇마루에 앉았고, 야야가 방에서 엄마를 위로했다.

아빠는 먼 곳에 시선을 고정한 채 내게 이야기를 해달라고 부탁했다. 나는 알았다고 대답하고 내가 아는 유일한 이야기이자 코사와 어린이 모두가 아는 이야기를 해주었다. 삼형제가 숲에 놓은 덫을 확인하러 갔다가 그중 하나에 잡힌 표범을 발견한 이야기다.

제발 나를 놓아주시오. 표범이 삼형제에게 간청했다. 아이들에게 돌아가봐야 돼요. 며칠이나 덫에 걸려 있었어요. 아이들이 보호 없이 자기들끼리 있어요.

형제는 한참을 의논했다. 표범은 희귀하였으므로 포박해서 마을로 데려가면 큰돈을 벌 수 있을 것이다. 그러나 괴로워하는 표범의 눈물에 연민을 느낀 형제는 결국 표범이 새끼들에게 돌아갈 수 있게 풀어주었다. 표범은 감사를 표하기 위해 자신의 앞발에 상처를 내고, 형제들에게도 각자 손가락에 상처를 내라고 했다. 그러고는 형제들과 피의 맹세를 하며 말했다. 오늘부로 그대들에게 내 피를 바치오니, 이 피는 그대들의 혈관을 타고 흐르며 태양이 솟지 않는 그날까지 후손들에게 이어지리라. 나의 힘이 그대들에게 승리를 가져올 터이니 그대를 해하려는 자 모두 쓰러지리라. 이제 가보시오. 그리고 그 무엇에도 무릎 꿇지 않는 인간으로 사시오.

형제는 마을로 돌아가서 각자 소유물을 챙긴 다음에 새로운 마을을 세우러 떠났다. 모든 아이가 표범처럼 용맹하며 기품 있게 자랄 마을이었다. 삼형제는 코사와를 세웠고, 뱀과 전갈을 밟고 다닐 정도로 표범의 피가 진하게 흐르고 있는 큰형을 마을의 족장, 우자로 임명했다. 우리는 삼형제의 후손이다.

나는 이야기를 끝마치고 조용히 앉아서 아빠가 언제나처럼 엷은 미소로 칭찬해주기를 기다렸다.

이따금 아빠는 우리 선조가 코사와에 터를 닦을 때 불렀으며 훗날에 마을 송가가 된 노래를 불러달라고 부탁했다. 내 노랫소리는 수탉의 우짖음에 가까웠기 때문에 자신은 없었지만, 아빠의 마음이 위로가 필요하다는 것을 알고 나는 노래를 불렀다. *표범의 아들딸이여, 우리를 해하려는 자, 각오하라. 우리의 포효를 잠재울 수 없을지어니.*

가끔은 내가 이야기를 마쳐도 아빠는 묵묵히 있었다. 내가 아빠의 소원을 들어줄 수 없다는 것을 알기에 나도 잠자코 있었다. 아빠와 엄마 옆에 앉아서, 아기집 의사가 우리 집에 다시 찾아왔다가 미소를 지으며 떠나는 날이 오기를 기다릴 수밖에 없었다. 끝내 그런 날이 왔다. 아들을 열망하는 아빠의 꿈이 이루어지리라는 것을 코사와 주민 모두가 알 수 있을 만큼 엄마의 배가 커졌다.

주바가 태어난 날 저녁에 아빠는 나를 번쩍 안아 올리고 빙빙 돌렸다. 우리는 웃음을 터뜨렸다. 기쁨이 그렁그렁 맺힌 아빠의 눈이 빛났다. 마을 주민 모두 우리 집에 와서 춤추고 노래했으며, 음식과 야자주가 동난 뒤에야 인사하고 떠났다. 나는 잠을 이룰 수 없었다. 나는 주바가 울 때마다 일어나서, 엄마가 젖을 먹이길 기다린 다음에 주바를 안고 트림을 시켰다. 한번은 기저귀를 갈아주는데 주바가 내 얼굴에 오줌을 쌌다. 나는 킥킥 웃음을 터뜨렸다. 주바는 너무나도 완벽했다. 주바가 나이가 들면 아빠가 나보다 주바랑 친해지거나 나를 빼놓고 부자간의 유대를 쌓을까봐 이따금 걱정되었지만, 나를 향한 아빠의 사랑이 무한하다는 것을 알았다. 우리 세 사람이 삼총사가 될 가능성이 더 컸다. 나는 창을 쓰는 법을 배워서 아빠와 주바와 사냥을 가고, 코사와 사람들 눈이 휘둥그레질 만큼 커다란 사냥감을 잡아 올 거라고 다짐했다.

오른쪽으로 돌아눕는다. 왼쪽으로 돌아눕는다. 불안감이 잦아들지 않는다. 옆에서 주바와 야야가 곤히 자고 있다. 엄마를 부르고 옆에 누워도 되냐고 물어보고 싶지만 혹시라도 자고 있을까봐 깨우지 못한다. 나는 등을 대고 누워서 어둠을 응시한다. 코사와의 공기와 물이 단순히 더러운 상태에서 치명적으로 변한 것에 대해 생각한다.

펙스턴은 아빠가 소년이었던 시절부터 우리 땅에 있었지만, 3년 전 정원에 새로운 유전을 개발하기 전까지는 그래도 죽음을 초래하지는 않았다. 새 유전 탓에 오염물의 양이 급증하면서 큰 강에 남아 있던 생명이 모두 파괴되었다. 그로부터 1년 만에 어부들은 카누를 분해하고 그 목재로 다른 것을 만들었다. 어린이들은 생선의 맛을 잊었다. 코사와에서는 원유 냄새

51

밖에 나지 않았다. 유전에서 들려오는 소음이 몇 배로 커져서, 침실에 있건 교실에 있건 숲에 있건 그 소리로부터 벗어날 수 없었다. 공기가 무거워졌다.

그해 첫 건기가 끝날 무렵에 송유관 하나가 터지면서 기름이 친구 부모님네 농사터를 뒤덮었다. 그들은 거의 아무것도 수확하지 못했다. 우리는 쉬는 시간에 친구에게 간식을 나누어주어야 했다. 몇 주 뒤에 기름이 또 유출되면서 화재가 발생해 여섯 가족의 농장을 불태웠다. 어머니들은 농사 지을 터를 찾아 숲속 깊이 들어갔지만 그 고된 여정이 끝나면 너무 지쳐서 일할 수 없었다. 이러는 와중에도 가스 불기둥은 점점 사납게 타오르며 점점 더 시꺼먼 연기를 뿜었다. 정말 이상한 일은, 연기는 늘 우리쪽으로만 불었다. 정원이나 미국인 소장의 저택이 자리한 언덕으로 불지 않았다. 기름이 유출되고 불길이 하도 거세게 휘몰아쳐서 피부가 바짝바짝 메마르고 소리를 치지 않고서는 대화가 불가능할 때마다 우자 베키는 정원의 관리자들에게 사람을 보냈고, 그럼 그들은 인부들을 보내서 피해를 조사하고 낡고 녹슨 송유관을 대충 땜질했다. 유출된 기름은 무해하며 공기도 괜찮다고, 펙스턴은 규정을 준수하고 있다고 주장했다.

내가 여덟 살이 되기 전에, 한 달 만에 두 아이가 죽었다. 두 명 다 고열에 시달렸지만 다른 증상은 제각각이었다.

아빠와 마을 남자들은 관을 짜고 묫자리를 팠다. 엄마와 여자들은 죽은 아이들의 가족을 위해 요리하고, 괴로워하는 어머니들과 함께 울었다. 우리 어린이들은 죽은 아이들의 형제가 외로움을 잊을 수 있게 노력했다. 그들이 울고 싶어 할 때는 조용히 옆에 있어주고, 슬픔에서 벗어나고 싶어 할 때는 원하는 놀이를 아무거나 고르게 해주었다. 아이 두 명이 한 달 사이에 죽었다는 사실에 아무도 주의를 기울이지 않았다. 어린아이들이 많은 마을에서 심심치 않게 일어나는 일이었다. 왐비가 학우들의 놀림을 받으며 기침하고, 그러다 피를 토하고, 왐비를 묻은 뒤에 똑같은 기침이 학교와 여러 초가에서 터져 나오기 시작하고, 어떤 아이들의 소변에서 피가 발견되고, 또 다른 아이들은 아무리 찬물로 적셔도 가라앉지 않는 고열에 시달리다가 죽고 나서야, 내 동생 주바가 한 번 죽었다가 아빠 품에서 깨어나기 불과 몇 달 전에야 비로소 어른들은 아이들이 무언가 공통된 이유로 죽는 게 아닌가 의심을 품기 시작했다.

처음에는 유전을 의심하지 않았다. 유전은 벌써 몇십 년째 그곳에 있었기 때문에, 펙스턴을 증오하기는 했지만 아이들의 죽음과 연관이 있으리라고는 꿈에도 생각하지 못했다. 신령의 도움으로 우리 몸은 날마다 들이쉬는 더러운 공기를 이겨낼 수 있게 변했다고, 그깟 오염물이 약초와 약으로 물리치지 못할 정도로 무서운 병을 유발할 수는 없다고 오래전에 스스로를 설득해버렸다.

대부분 부모는 저주를 받았다고 생각했다. 다른 마을의 시샘 많은 친척이 아이들을 공격한 게 아닐까? 사실은 특정한 가족의 아이들을 겨냥하는 건데, 그것을 들키지 않으려고 코샤와의 다른 아이들까지 무차별로 공격했을지도 모른다. 아니면 코샤와가 신령의 노여움을 산 걸까? 부모가 무언가에 대해 속죄해야 아이가 살아남을 수 있을까? 무당 자카니가 조상들과 이야기를 나눈 뒤에 속죄해야 할 건 없다고 부모들에게 말했다. 아이들이 겪는 고통은 이 세상의 것이지, 혼의 세계에서 온 것이 아니라고 했다. 마을에서 어떤 독이 발생하여 아이들의 배 속을 침범하고 있다고 말했다. 그러나 죽은 아이들은 서로 다른 음식을 먹었다. 이제 자기 농산물로 자급자족할 수 있는 가족이 몇 안 되다보니, 대부분 가족은 로쿤자의 큰 시장에서 재료를 사서 요리했다. 죽은 아이들은 사는 집도 각기 달랐다. 아이들이 공유하는 것이 그들이 밟는 땅, 한 나무에서 떨어진 과일, 마을 우물에서 길어 오는 물 말고는 또 무엇이 있겠는가?

아빠의 가장 친한 친구 비사우가 물이 문제인 것 같다고 처음으로 의심을 표했다. 아빠와 아빠의 사촌인 소니 아저씨에게 한 그 말이 머잖아 마을 전체에 퍼졌고, 부모들은 자기 자식이 마시는 물에 대체 무엇이 있는 건지 불안해했다. 뚜껑으로 덮어놓은 우물에 독이 어떻게 들어갔을까? 우자 베키가 정원의 최고 관리자들을 초청해 회의를 열었다. 우물의 물을 검사해서 독성 물질이 있는지 확인해달라고 부모들은 빌었다. 그들은 별말 없이 물을 가져갔다. 몇 주 후에 돌아온 그들은 베잠으로 물을 보내서 검사한 결과 아무런 문제가 없었지만 혹시 모르니까 아이들에게 주기 전에 30분간 끓이라고 일렀다. 엄마는 나와 주바가 아프지 않게 물을 매일 밤 두 시간씩 끓였다. 그렇게 노력해도 소용없었다.

주바의 병은 누가 봐도 평범하지 않았다. 몸살에 신음하던 주바는 곧 열이 펄펄 끓었다. 열이 너무 올라서 주바는 맨땅에 올라온 물고기처럼 사지를 뒤틀었다. 사카니가 아침에 와서 약을 주었지만 밤이 되자 열이 더 높아졌고, 아무리 찬 수건으로 닦아주어도 몸이 식지 않았다. 주바가 아빠의 품에서 몸부림치기 시작해서 엄마와 야야가 팔다리를 붙잡아야 했다. 나는 도저히 볼 수 없어서 고개를 돌렸다가, 주바의 몸이 축 늘어지고 엄마와 야야가 비명을 지르며 주바를 부르기 시작했을 때 다시 시선을 돌렸다. 일어나, 주바. 제발 눈을 뜨렴. 아빠가 주바의 뺨을 찰싹 치고 눈을 뜨라고 명령했다. 당장 눈을 뜨란 말이다. 아빠가 소리쳤다. 눈을 뜨라고. 아빠가 말하잖니.

아빠가 주바의 뺨을 때리고 있는데 봉고 삼촌과 자카니가 뛰어 들어왔다. 마을 가녘에 있는 쌍둥이의 집에서부터 뛰어오느라 두 사람 다 헉헉거리고 있었다. 아무 말 없이 자카니는 라피아야자 자루에서 주머니를 꺼낸 다음에, 그 속의 곡물을 자기 입에 쏟아부었다. 그리고 칼을 꺼내 주바의 발바닥에 상처를 내고 입맛을 다셨다. 꼭꼭 씹은 곡물을 주바의 몸에 후두두 뱉고, 한 번의 호흡으로 포효하고 짖고 으르렁댔다. 다음 순간 자카니는 눈을 감은 채 몸을 격렬히 흔들며 주바에게 당장 집으로 뛰어오라고, 늦기 전에 돌아오라고 외쳤다. 오른쪽으로 꺾어, 다리를 건너, 또 오른쪽으로 꺾어, 짐승 덫을 조심해라, 웅덩이를 뛰어넘어, 멧돼지들을 무서워하지 마, 그냥 뛰어, 왼쪽으로 꺾어, 앞으로 달려, 더 빨리, 그보다 빨리 달려야 한다, 잘했어, 거의 다 왔다, 발에서 피가 난다고 걱정하지 마라, 집에 도착하면 엄마가 치료해줄 테니까, 지금은 빨리 달리는 것만 신경 써, 사자와 개와 왕뱀이 바로 뒤에서 쫓아오고 있어, 더 빨리 달리지 않으면 잡힐 거야, 그만 뒤돌아보고 달리기만 해, 망고에 눈독 들이지 말고, 그래, 망고가 먹음직스럽지, 당연히 먹고 싶겠지, 하지만 집에 가면 엄마가 최고로 맛있는, 과즙이 제일 풍부한 망고를 줄 테니까 그건 버리고 뛰어, 강에 물이 차기 전에 숲을 건너야 해, 물이 차면 집에 돌아오지 못할 거야, 평생을 그 숲에서 홀로 보내야 할 거야, 엄마 아빠를 다시는 못 볼 거야, 그걸 원하지는 않겠지, 잘하고 있어, 주바야, 이제 강에 왔구나, 수영할 필요도 없어, 그냥 멀리 뛰기만 하면 돼, 그래 뛰어라, 물론 할 수 있어, 지금 뛰어야만 해, 사자와 개와 왕뱀이 바짝 쫓아왔어, 뛰지 않으면 잡힌다, 뛰어야 해, 뛰어… 엄마와 아빠와 봉고 삼촌과 야야와 나는 모두 울고 있었다. 울면서 우리는 주바에게 강을 뛰어넘으라고 외쳤다. 제발, 주바야, 뛰어, 제발, 제발 집으로 돌아와, 할 수 있어, 주바, 지금 뛰어야 해, 아니면… 주바가 눈을 떴다.

밤을 꼬박 샌 아빠는 이튿날 아침에 마을에서 제일 늙은 수탉보다도 먼저 자리에서 일어난다. 아빠는 어깨에 담요를 두르고 집에서 뛰쳐나가 우자 베키네 대문을 열어젖힌다. 우자 베키가 지난밤의 맛을 입속에서 닦아내거나 잠의 부스러기를 눈가에서 떼어낼 시간도 주지 않는다. 이 만남에 대해 동네방네 소문을 낸 우자 베키의 셋째 부인 조피의 말에 따르면 그들의 인사는 지극히 간략했다. 편히 주무셨길 바랍니다. 아빠는 이렇게만 인사했다고 한다.

여전히 잠옷 바람인 우자 베키가 베란다에 앉아서 아내 중 한 명이 목욕물을 끓이길 기다리는데 아빠가 말을 시작한다. 아침에 나누는 대화에 적절한 크기보다 몇 배 이상 목소리가 크다. 그래서 대화를 토씨 하나 안 빠뜨리고 전부 들을 수 있었다고 조피는 설명한다. 거실에서 멀리 떨어진 부엌에서 불을 지피고 있었는데 목소리가 들려왔어요. 원래 나는 쓸데없이 남얘기에 관심을 갖지 않고 내 일만 신경 쓰는 여자인데, 소리가 들려오는 걸 어쩌겠어요.

아빠는 당장이라도 베잠으로 떠나서 정부의 고위 관리들에게 상황을 알리고 싶다고 말한다. 가능한 한 많은 사람들을 만나서 단도직입적으로 말하겠다고 한다. 자신들이 우리 땅에 불러온 흉악한 사업 때문에 외아들이 죽어가는 모습을 본 남자의 심정을 그들에게 직접 전하고 싶다. 그들이 죽은 아이들의 숫자는 들었을지 몰라도 아이를 잃은 부모의 이야기를 들어본 적은 없지 않은가? 아이가 태어난 순간부터 부모가 들인 노력과 품은 희망이 한순간에 물거품처럼 사라지는 것이 얼마나 처참한지 들어보았는가? 병마에 무력하게 죽어가는 아이를 마찬가지로 무력하게 내려다보는 부모의 심정을 아는가? 두 손 놓고 앉아서 우자 베키가 해결해주기만을 기다릴 수 없다고 아빠는 말한다. 누군가는 아이들을 구해야 하는데, 우자 베키가 무엇을 하고 있건, 그 방법은 통하지 않는다고 확실히 판명났다.

우자 베키는 묵묵히 듣기만 한다.

숨을 거두었던 주바를 자카니가 살려낸 지 한 시간 만에 마을 전체에 소문이 퍼졌으므로 우자 베키도 그 일에 대해 안다. 따라서 그는 왜 갑자기 무모하게 구냐고 아빠에게 묻지 않는다. 조상에게 맹세코 아이들을 구할 것이며 아무도 자신을 막을 수 없다고 아빠가 말하는 동안 우자 베키는 잠자코 고개를 끄덕거리다가, 가로저었다가, 다시 끄덕이기만을 되풀이한다. 아빠가 말을 멈추자 우자 베키는 전부 사실이라고, 우리가 새로운 방안을 찾을 때가 되었다고 차분히 말한다.

쾌활한 아침의 기분이 채 가시지 않은 목소리로 우자 베키는 정부 관리들에게 힘을 써서 펙스턴을 벌하고 제재해달라고 수없이 간청했지만 소용이 없었다고, 아무것도 달라지지 않았다고 말한다. 어떻게 해야 할지 막막하다고 한탄한다. 어린이들이 죽어가고 있다는데 그들은 어떻게 나 몰라라 할 수 있을까? 자기들이 우리 아이들에게 하고 있는 짓을 언젠가 자신의 아이들도 당할 수 있다는 걸 모르나? 이것에 대해 자주 고민한다고 우자 베키는 덧붙인다. 하지만 답을 찾지 못했다. 며칠 전에 로쿤자의 군청에 갔다가 펙스턴이 유전을 하나 더 개발하려고 계획한다는 말을 들었다. 또? 이미 그 많은 유전이 매일같이 우리에게 독을 뿜어내고 있는데, 그걸로 충분하지 않단 말인가?

우자 베키는 가장 최근에 죽은 아이의 장례식에 다녀온 뒤로 잠이 통 오지 않는다고 말한다. 장례식 다음 날 로쿤자에 가서 군청 관리를 만나, 제발 우리를 위해 펙스턴에 송유관을 교체하라고 명령해달라고, 이러다 또다시 송유관이 터지면 기름이 마을을 뒤덮고 주민들이 자다가 떼죽음을 당할 거라고 호소했지만 그들은 들은 척도 하지 않았다. 군청 관리는 송유관은 멀쩡하며 이따금 기름이 좀 새는 건 큰 문제가 아니라고 일축해버릴 뿐이었다. 세상 곳곳에서 송유관이 터진다고 했다. 그런 말에 무어라 대꾸한단 말인가? 자신을 미친 사람 구경하듯 빤히 보는 사람들 앞에서 계속 호소해야 하는가? 아니면 입을 다물고, 동족들이 죽어가는 것을 보고만 있어야 하는가? 어찌할 바를 모르겠다고 우자 베키는 하소연한다.

그날 밤, 어둠 속에서 아빠는 목소리를 한껏 낮추고 우자 베키와의 만남에 대해 엄마에게 세세히 말한다. 나는 바닥에 깔아놓은 요에 누워서 귀 기울인다. 엄마는 침묵한다. 아빠가 우자 베키네 집에서 돌아와 베잠으로 떠날 계획을 밝힌 순간부터 엄마는 입을 꾹 다물고 있다. 아빠가 깍지 낀 손을 가슴에 얹은 채로 누워서 우자 베키가 내놓은 이론을 엄마에게 되풀이하는 모습이 눈앞에 그려진다. 정부는 펙스턴의 뇌물을 받고 눈감아주는 거다. 죽어가는 아이들을 외면할 수만 있다면 시선을 땅이든 하늘이든 어디로든 돌릴 거다. 그들 모두 언젠가는 필연적으로 죗값을 치를 거다. 신령을 이토록 모욕하고 무사할 수는 없는 법이다. 고작 돈 때문에 아이들을 기름에 환장한 외국인들에게 팔아버리다니! "나를 보게." 우자 베키는 아빠에게 말했다. 아이를 잃고 상심한 부모에게 자기 주머니를 털어서라도 늘 위로금을 주지 않았냐고, 마을에서 가장 없이 사는 사람도 늘 정중히 대하지 않았냐고, 사람이면 응당 그래야 하는 거 아니냐고 말했다. 타인에 대한 존중이야말로 인간으로서 지녀야 하는 기본 덕목인데, 탐욕 때문에 타락하는 사람이 너무 많아서 안타깝고 서글프다고 우자 베키는 한숨과 함께 덧붙였다. 하여간에 자네 말이 맞네. 우리가 베잠의 정치인들과 직접 소통할 때가 되었어.

그런데 참으로 안타깝게도 나는 요즘 요통이 심해서 베잠까지 여행하는 건 무리네. 우리 참모들도 나이가 많아서 힘들 거야. 한 명은 눈이 거의 안 보이고 다른 두 명은 귀가 거의 먹었는데 바깥출입을 한다는 자체가 기적 아닌가? 자네가 우리 마을을 대표해서 가면 어떻겠나. 수도에 사는 내 아들 고노가 자기 형제를 대하듯 힘껏 도울 거야.

아빠가 우자 베키의 말을 옮기는 도중에 엄마는 잠든 듯하다. 이야기를 마치고 아빠가 "사헬, 사헬. 자?"라고 물었는데 대

답이 없다. 거짓말을 일삼는 누렁니 개코원숭이의 말을 무시해
줘서 고맙다고, 나는 엄마에게 말없이 감사한다.

두 밤이 지난 뒤에 우자 베키는 참모 세 명과 마을의 건강한
남자들을 모아 회의를 연다. 우자 베키는 자신의 집 응접실에
서 코사와의 유일한 소파에 앉아, 흰 양말을 신은 발로 코사와
의 유일한 양탄자를 쓰다듬는다. 그의 머리 위에 걸려 있는 시
계는 긴 바늘이 숫자 12에 닿을 때마다 노랫가락을 뽑아낸다.
다른 사람들은 나무 스툴이나 시멘트 바닥에 앉는다. 우자 베
키는 우리 아빠가 코사와를 대표해서 베잠에 가면 어떻겠냐고
참모들에게 의견을 묻는다. 참모들은 고개를 끄덕이거나 어깨
를 으쓱한다. 우자 베키는 현명한 조언에 감사를 전한다. 아빠
가 자리에서 일어나 같이 갈 사람을 세 명 모집한다. 아무도 손
을 들지 않는다. 아빠가 아니라 우자 베키가 대표단을 인솔하
여 베잠에 가야 한다고 누군가 말한다. 마을 장로가 아닌, 하다
못해 장로들 바로 밑 세대도 아닌 아빠가 무슨 권리로 마을을
대표하냐고 구시렁댄다. 많은 사람들이 불만스러운 소리로 동
의를 표한다. 하지만 아빠는 이미 결심을 굳혔다. 아빠는 우자
베키에게 한 말을 되풀이한 뒤에, 자신이 하려는 일은 주민 모
두에게 도움이 되겠지만 그들의 이해나 응원을 바라지 않는다
고 말하며 반대 의견을 잠재운다. 아빠는 고마워할 필요도 없
으니 그저 세 사람만 같이 가달라고 말한다. 말을 끝마치기도
전에 아빠의 죽마고우 비사우가 벌떡 일어난다. 네 사람이 더
일어난다. 부탁했던 것보다 많은 인원이지만 아빠는 한 사람도
거절하지 않는다. 이 남자들 역시 아이들을 지키려고 위험을

60

무릅쓰고 가는 것임을 알기 때문이다.

봉고 삼촌은 회의에서 아빠 옆자리에 앉아 있지만 자원하지 않는다. 회의를 마치고 집에 돌아오자마자 삼촌은 아빠에게 다시 생각해보라고 사정한다. 분명히 우자 베키가 덫을 쳐놓을 거라고 경고한다. 아빠와 함께 가기로 한 남자 몇 명은 우자 베키가 마을을 배신했다고 처단할 계획을 세웠던 무리의 일원이다. 그들이 자신을 얼마나 증오하는지 우자 베키는 잘 안다. 벽돌집에 사는 것이며, 베잠에서 보내주는 생수만 마시는 것이며, 자기 아들들이 훌륭한 아버지에게 효도하려고 보냈다는 미국산 셔츠와 정장 바지로 말쑥하게 맞추어 입고서는 죽은 아이들의 관 앞에 서서, 생선 눈알 같은 눈에서 눈물을 펑펑 쏟아내는 것도. 그러나 아빠는 삼촌의 말을 귀담아듣지 않는다. 자칫 잃을 뻔한 외아들을 구하고 싶다는 절박함에 떠밀려 자신이 경멸하는 남자와 동맹을 맺는다.

"말라보 형, 생각해봐." 아빠가 떠나기로 한 날 아침에 봉고 삼촌이 다시 설득을 시도한다. 온 가족이 툇마루에 앉아 있다. 봉고 삼촌이 옆에서 아빠를 보며 말하지만 아빠는 정면만 응시한다. "형이 지금 누구를 믿고 가는지 생각해보라고. 고노는 펙스턴에서 일해. 우자 베키의 다른 아들 두 명은 정부에서 일하고. 펙스턴의 임원들이 얻어준 자리야. 대체 어떻게 그 사람들을 믿어? 우리는 어렸을 때부터 그 애들을 좋아하지도 않았잖아. 게다가 그들 아버지라는 사람—코사와에서 가장 어린 아이도 우자 베키 입에서 진실한 말이 나오지 않는 걸 알아. 우자 베키가 좋은 아침이라고 인사하면 대답하기 전에 밖에 나가서 해가 떴는지부터 확인한다고. 뱀처럼 교활한 작자야. 그런데 형은 그 자의 아들 집에 머무르면서 도움을 기대한다고? 그들이 누구 편인지 뻔히 알면서?"

"더 좋은 생각이 있으면 말해보지그래?" 아빠가 말한다. "베잠에 아는 사람 있니? 우리에게 잠자리와 식사를 마련해주고, 만남을 주선해—"

"형이 베잠에 가면 정부 관리들이 악수를 청하면서 '잘 왔습니다. 어떻게 도와드릴까요?' 이럴 것 같아?" 삼촌이 묻는다.

"악수하러 가는 게 아니다."

"시간 낭비하고 가족들 걱정만 시키는 거야. 대체 무엇을 위해서?"

"정부 사람들은 바위야? 뇌나 심장이 없는 무생물이냐고?" 아빠가 언성을 높이며 봉고 삼촌을 돌아본다. "정부 관리도 우리와 똑같은 사람이야. 아이를 키우고, 아이가 아프면 어떤 기분인지 이해하는 어머니와 아버지라고. 나는 여기 앉아서 아들이 죽었다가 내 품에서 살아나는 것을 경험했어. 너도 네 눈으로 보지 않았니? 신령이 나와 사헬을 가엾이 여기지 않았다면 주바는 지금 우리 곁에 있지 않을 거야. 주바가 왜 죽을 뻔했지? 정부가 막을 수 있는 문제 때문이었어. 지금 주바는 건강하지만, 계속 저 물을 마시면 또 아프지 않으리라는 법 있어? 아버지 대 아버지로 말할 수 있는 관리를 만나보겠다는 것이 왜 미친 짓이지?"

"가지 마."

"너도 아내와 아이들이 생기면 이해할 거다. 남자는 집구석에 앉아서 흰소리만 지껄이는 대신 가족을 위해 필요한 일을 해야 한다는 것을 말이야."

봉고 삼촌이 벌떡 일어나 집 안으로 들어간다.

야야가 훌쩍이지만 눈물은 보이지 않는다. 야야는 두 아들을 보기가 너무 가슴이 아파서 눈을 내리깔고 있다. "사랑하는 아들아." 야야가 아빠에게 말한다. "네가 돌아왔을 즈음에는 어미가 이 세상 사람이 아닐 수도 있다."

"걱정할 필요 없어요, 어머니." 아빠가 다시 상냥해진 목소리로 말한다. "길어봤자 열흘이면 돌아와요."

"저세상에서 네 아버지를 다시 만나면 인사를 전해주마. 네가 훌륭한 남편이자 아버지였다고 말해줄게. 네가 어떻게 가족을 버리고 제 발로 덫으로 걸어갔냐고 네 아버지는 어이없어하겠지만, 그래도 너와 사헬이 나를 얼마나 잘 돌보았는지 알면 자랑스러워할 게다."

"어머니, 제발…."

야야는 지팡이를 짚고 스툴에서 일어나 들어간다. 엄마는 주바를 골반에 받쳐 안고, 배에는 나의 두 번째 남동생 혹은 여동생을 품은 채로 야야를 따라간다.

나는 밖에 아빠와 앉아 있다. 바람에 나뭇잎을 떨구는 구아바 나무만 말없이 바라본다. 건기가 막 끝났다. 곧 장마가 시작될 거다. 밤마다 천둥 번개가 울리겠지. 아침에 가끔 무지개를 볼지도 모른다. 다음 건기가 올해를 마무리하며 새해를 불러오면 드디어 1980년이다. 내가 열렬히 기다리던 해다. 제일 좋아하는 숫자 10을 내 나이라고 말할 수 있을 터이니까. 그러나 이날 아침에 나는 열 살보다 네 배는 많은 것처럼 행동해야 한다. 아빠를 위해서다. 베잠에 가야만 하는 이유를 이해하지 못하는 사람들을 설득할 때 아빠가 덜 외롭도록 의젓하게 행동해야 한다. 아빠가 가지 않았으면 좋겠다. 하지만 나와 주바를 위해서 가야만 하는 아빠의 마음을 이해한다.

"툴라." 오랜 침묵 끝에 아빠가 말한다.

"아빠."

"아빠가 없는 동안…" 아빠는 한숨을 내쉰다. 나를 보지 않은 채로 아빠는 주바를 돌보고 엄마랑 할머니, 봉고 삼촌의 말을 잘 들으라고 당부한다.

"네, 아빠."

아빠는 내가 의젓하게 행동할 거라 믿으며, 특히나 엄마를 잘 봐주라고 말한다. 엄마가 자기 자신은 물론 태어날 아기를 위해 밥을 잘 먹고 잠도 잘 자는지 내가 지켜봐야 한다.

나는 고개를 끄덕인다.

"베잠에서 돌아왔을 때 엄마랑 할머니가 걱정하느라 끼니도 걸러서 꼬챙이처럼 말라 있으면 아빠가 얼마나 속상하겠니. 봉고 삼촌은 남자라서 살뜰하게 챙기지를 못해. 그러니까 너한테 맡긴다. 동생 잘 돌보고."

"네, 아빠."

"이제 일어나서 학교 갈 준비 하렴."

등교하는 길에, 그리고 수업 사이 쉬는 시간에, 친구들이 와서 우리 아빠가 정말 사람들을 이끌고 베잠에 가냐고, 대통령궁에 찾아가서 펙스턴을 우리 땅에서 내보내지 않으면 가만있지 않겠다고 대통령 각하에게 으름장을 놓는 거냐고 묻는다. 나는 대꾸하지 않는다. 아이들이 나를 좀 내버려두고, 아빠와 함께 가는 다섯 남자의 아이들이나 여동생들에게 물어보기를 바란다. 어떤 친구들은 여섯 명 모두 무사히 돌아올 거라고 내가 호언하기를 바란다. 베잠이라는 곳이 한번 가면 돌아오지 못하는, 우리 상상 속의 위험천만한 밀림이 아니라고 자기들을 안심시켜주기를 바란다.

※

학교에서 돌아와보니 아빠는 이미 떠났다.

나는 엄마와 야야에게 짤막하게 인사만 하고 방으로 들어가 교복을 입은 채로 요에 눕는다. 담요로 얼굴을 가리고 완벽한 세상을 꿈꾸지만 아빠의 얼굴이 눈앞에 아른거린다. 내가 등교하고 얼마 뒤에 아빠와 다른 남자들은 정원에서 버스를 타고, 버스를 적어도 두 번 갈아타서 하루 반나절을 꼬박 가야 하는 베잠으로 떠났을 거다. 엄마가 밥 먹으라고 부르지만 나는 대답하지 않는다. 입맛이 없다.

저녁에 봉고 삼촌은 평소처럼 친구들을 만나러 광장에 나가지 않는다. 엄마는 일찍 잠자리에 들었다. 나는 툇마루로 가서 야야와 주바와 함께 앉는다. 우리 모두 아빠를 생각하고 있다. 지금 이 순간에 아빠는 어디서 무엇을 하고 있을까. 아빠를 지켜달라고 신령에게 기도한다. 나중에 어른이 되어도 내가 한때 어린아이였다는 사실을 잊지 말라는 아빠의 말을 떠올린다. 아빠와 한 약속을 지키고 싶지만, 이토록 괴로운 시절을 전부 잊어버리고 싶기도 하다.

열흘이 제발 좀 빨리 지나가길 바라며 하루하루 날짜를 세지만 시간은 더디게 흘러간다. 첫째 날은 천 년이 걸린 끝에 둘째 날로 접어들고, 둘째 날은 삼천 년이 걸려 셋째 날로 넘어간다. 수탉은 좀처럼 새로운 날이 밝았음을 알리지 않고, 그림자는 몸을 늘이기를 거부한다. 시시때때로 우리는 사방에서 들려오는 소리에 귀를 쫑긋 세우고 집중한다. 괜한 말을 했다가 다른 가족을 속상하게 할까봐 꼭 필요한 말만 한다. 어서어서 흘러가라고 애원해도 시간은 우리 곁을 떠나지 않고 미적거린다. 태양마저 꾸물거리며 내려가는데, 신령이 세상을 창조한 이래 저녁마다 펼쳐지는 흔해빠진 광경이 뭐가 그리 보고 싶다고 그러는지, 우리를 골탕먹이려는 게 분명하다.

우리는 아빠와 같이 떠난 다른 남자들의 가족을 방문한다. 엄마는 아빠 친구 비사우의 부인 코코디를 만나러 간다. 남편을 베잠으로 보낸 두 여인은 불안에 떨며 매일 밤 잠을 이루지 못한다고 한탄한다. 엄마의 다른 친구 루루가 우리를 보러 온다. 루루네 집에서는 남동생 로비가 아빠를 따라갔다. 엄마는 아빠 때문에 로비가 떠나서 가족들이 얼마나 마음고생이 심하냐고 사과한다. 그러자 루루는 왜 여자들이 항상 남자의 잘못을 대신 사과해야 하냐고 묻는다. 여자가 마을에 근심거리를 안겨준 적이 한 번이라도 있는가? 루루는 평소만큼 쩌렁쩌렁하게 말하지는 않지만 말할 때마다 벌어진 앞니 틈새로 혓바닥을 살짝 내미는데, 로비도 이가 똑같이 벌어져 있다. 나는 그걸 보고 사람이 죽으면 앞니 틈새가 어떻게 되는지 궁금해한다. 하지만 아무도 죽지 않았다. 누가 죽었을까?

열흘째 되던 날에 나는 일찍 일어나서 앞마당에서 구아바 잎사귀를 쓸어 모은 다음에 뒤꼍에서 태운다. 학교가 끝나자마자 집으로 달려와 툇마루에 말뚝처럼 앉는다. 숨을 쉬라고 나 자신에게 계속 말해야 한다. 온 가족이 아무 말 없이, 신경이 바짝 곤두선 채로 눈이 뻑뻑해질 정도로 깜박이지도 않고 툇마루에 앉아서 기다린다. 어둠이 짙어져 다른 가족의 얼굴에 떠오른 고통의 표정을 가릴 때까지 기다린다.

아빠는 돌아오지 않는다.

열하루째 되던 날에 엄마와 봉고 삼촌은 해가 뜬 순간부터 이슬이 마를 때까지 교대로 잠을 자며 툇마루에서 자리를 지킨다. 그다음 날 나는 어둠 속에서 울면서 아빠한테 나를 떠나지 말라고, 제발 돌아오라고 애원한다. 아침에 엄마는 빨갛게 충혈된 눈으로 일어난다. 엄마는 정원에서 버스를 타고 로쿤자의 큰 시장에 간다. 신선한 야채를 사 오고, 닭을 두 마리 잡는다. 닭을 굽고 녹색 플랜틴 바나나를 가지와 함께 삶고, 토마토 소스를 곁들인다. 아빠가 제일 좋아하는 음식이다. 엄마 꿈에서 아빠가 돌아와 먹을 것을 부탁했다고 한다. 그날 밤에도 아빠가 돌아오지 않자 엄마는 아빠가 금세 올 거라고 위로하러 온 마을 사람들에게 그 음식을 대접한다. 그들은 고개를 내저으면서 뼈에서 고기를 발라내고 손가락에 묻은 기름까지 다 빨아먹은 다음에, 음식을 소화하게 물을 좀 달라고 부탁한다.

열닷새째 되던 날에 야야는 침대에서 일어나지도 못한다. 엄마가 야야의 아랫도리를 씻어준다. 야야가 뒷간까지 걷지 못하기 때문이다. 어찌나 상심이 컸던지, 나이 탓에 불편하던 다리를 아예 쓰지 못하게 되었다. 그후로 며칠간 마을 사람들과 친척들이 우리를 위로하러 찾아온다. 봉고 삼촌은 다른 남자들의 가족을 찾아가서, 실낱같은 희망이긴 하지만 끝까지 놓지 말아야 한다고 격려한다. 학교에서 나는 아이들의 시선을 피한다. 쉬는 시간에는 혼자 앉아 있는다. 공허한 위로의 말 따위 필요 없다.

스무 번째 날이 밝는다. 스무 밤의 악몽이다.

잔인하게도 꾸준히 흘러가는 시간이 기다림보다 더 견디기 어렵다.

우리는 음식에 손을 대지 못한다. 대체 어떤 소식을 각오해야 하는 걸까?

서른째 되던 날에 우자 베키의 아들이 베잠에서 온다.

하교하는 길에 고노가 로쿤자에서 타고 온 차에서 내리는 모습이 보인다. 나는 가족에게 알리려고 걸음을 서두른다. 우리 모두 우자 베키네 집으로 뛰어간다. 엄마는 불룩한 배를 손으로 받치고, 나는 주바를 업고, 며칠간 밥도 못 넘긴 야야도 지팡이를 짚고 앙상한 몸을 끌고 간다. 좋은 소식일 수밖에 없다. 어쨌든 나쁜 소식은 아닐 것이 분명하다. 고노가 시체 몇 구를 지고 온 것이 아니니까. 아빠가 왜 이렇게 늦는지 말해주러 온 것이 틀림없다.

그런데 고노는 아빠가 어디 있는지 모른다고 한다.

고노의 말에 따르면, 여섯 사람은 마을에서 출발하고 이틀 뒤에 베잠에 무사히 도착했다. 자기 아버지가 군청 사람을 통해 미리 소식을 알렸기 때문에 고노는 버스정류장으로 마중나갔다. 고향 사람들과 포옹하며 인사하고 집에 데려가서 아내가 특별히 요리한 코코얌 죽과 훈제 호저고기를 차려주고 거실에 잠자리를 준비해주었다. 이튿날 아침에는 아내가 차려준 달걀

프라이와 감자로 속을 든든하게 하고 다 같이 정부 담당 부서로 출발했다. 그들은 빠르게 말하고 빠르게 걷는 도시 사람들과, 눈앞을 휙휙 스쳐 지나가는 자동차와, 어찌나 위로 높이 쌓아 올렸는지 지붕을 보려면 고개를 한껏 젖혀야 하는 건물들을 반짝이는 눈으로 구경하며 감탄했다.

"아동복지부서로 데려가서 미리 약속을 잡아둔 보건부 관리두 명을 소개해줬습니다. 정부에서 코사와에 약을 보내주면 좋겠다고 생각했거든요." 고노가 말한다. "그다음에 저는 일하러 갔다가 두 시간 뒤에 데리러 왔는데 없어졌어요."

자기 아버지네 베란다에 서서 이야기하는 고노를 우리는 차가운 눈으로 지켜본다. 죽은 것이 확실한 여섯 남자의 아버지와 어머니와 아내와 아이들과 형제들이 고노를 둘러싸고 있다. 나머지 마을 사람들은 집 밖에서 웅성거리며 자신들의 친구와 이웃과 친척의 행방을 궁금해하고 있다.

"회의가 끝날 무렵에 데리러 갔는데 사람들이 그냥 먼지처럼 사라졌다는 겁니까? 지금 당신이 하는 말이 그겁니까?" 비사우의 아버지가 묻는다.

고노가 고개를 끄덕인다.

"사라지다니, 어떻게 사라졌다는 거요?" 봉고 삼촌이 묻는다.

"저는 모르지요."

"거짓말하지 마요." 비사우의 아내 코코디가 외친다. 코코디는 임신 중이었는데, 엄마보다 배가 더 불렀다.

"정말입니다. 맹세해요. 아동복지부서 관리들은 여섯 사람과 회의를 하고 보냈다고 했어요. 그래서 건물 앞에서 기다리고 있나 내려가봤죠. 건물 안을 샅샅이 찾아 헤맸습니다. 몇 번이나요. 그런데 아무 데도 없었어요."

"당신이 그들을 정부에 넘겼군." 실종자의 형이 고함을 지른다.

"절대―" 고노가 외친다.

"당신이 죽였군." 내 뒤에서 누군가 소리친다.

"친구들을 죽이다니요? 내가 왜요?"

"다 큰 성인들이 미아처럼 없어졌다는 거요?"

"보통은 그런 일이 생기지 않죠. 그래서… 그래서 이 상황이 말입니다… 이해할 수가 없어요…."

"솔직히 말해줘요, 고노." 한 어머니가 울부짖는다. "제발 부탁이니까 진실을 말해줘요."

"모든 조상에게 맹세합니다." 고노가 검지로 바닥을 한 차례 쓸고 손가락에 묻은 먼지를 핥은 다음에 하늘을 가리키며 말한다. "우리 형제들이 제 발로 자기네 사무실을 떠났다고 정부 관리들한테서 들었다고 내 모든 걸 걸고 맹세해요."

아내들과 딸들과 어머니들이 통곡하기 시작한다. 그들의 울부짖음이 우자 베키네 집의 이중문과 마당의 사과 나무를 지나 정원으로 이어지는 도로를 흘러흘러 펙스턴 소장의 사무실과 펙스턴이 자기네 직원들의 아이들을 위해 지은 학교와 진료소, 펙스턴 인부들이 밤에 모여 고향에 대한 추억을 나누는 회관으로 들어가고, 금속 구조물이 불과 연기를 내뿜는, 잔디 한 포기 없는 드넓은 땅을 휘돌고 유전으로 쏟아져 기름과 뒤섞인다.

동생을 무릎에 앉힌 나는 벽에 기대어, 배를 움켜쥐고 우는 엄마를 바라본다. 엄마의 눈물을 닦아주고 싶은 마음이 간절하지만, 그보다 더 간절히, 엄마의 얼굴에서 다시는 눈물을 보지 않기를 소망한다. 아빠가 돌아오기로 약속되었던 열흘째 되던 날부터 엄마는 쉬지 않고 울었다. 엄마가 하도 울어서 할머니는 그렇게 눈물을 쏟아내면 배 속의 아이가 바싹 말라서 나올 거라고 경고한다. 그런데 엄마가 막상 눈물을 그치면 야야는 태어나기도 전에 아빠를 잃은 아기에 대한 구슬픈 노래를 쉰 목소리로 부르기 시작해 엄마의 눈물샘을 다시 자극한다. 그럼 나는 방에서 나간다. 두 사람이 아무리 울어도 소용없기 때문이다. 아빠가 살아 있을 가능성과, 내가 아빠를 구하러 베잠에 갈 수 있는 나이가 될 때까지 살아 있을 가능성을 계산하며 시간을 보내는 편이 훨씬 낫다. 아빠가 살아 있어 주기를, 그래서 아빠를 구출해서 그 웃음소리를 다시 들을 수 있기를, 아빠가 엄마를 행복하게 해주고 주바에게 남자의 길을 가르쳐주는 것을 볼 수 있기를 기도한다.

"친애하는 누이들이여, 소중한 어린이들이여, 이렇게 울 필요가 있습니까?" 우자 베키가 소파에서 일어나며 말한다. "우리가 지금 시신을 보고 있습니까? 왜 울어요? 아직 정황을 파악하진 못했지만, 나와 고노가 여섯 명을 찾을 겁니다. 아무렴 그렇고말고요."

나는 우자 베키의 얼굴을 쳐다보며 왜 이 사람이 태어나야만 했는지 궁금해한다. 탄생 전의 세계에서 수많은 존재가 생의 기회를 간절히 바라고 있고, 그중 대부분이 기회만 주어진다면 선량한 사람으로 살아갈 텐데 말이다. 왜 신령은 우자 베키 같은 사람들에게 생명을 주어서 세상을 망가뜨리는 걸까? 나는 우자 베키를 증오한다. 아빠를 속이고, 아무런 양심의 가책 없이 우리를 또 속이고, 절망한 우리의 얼굴을 보며 또 거짓말을 함으로써 자신이 우리 가슴에 낸 상처를 더 깊이 후비고 뜨겁게 지진다.

그로부터 이틀 뒤에 엄마의 가슴을 내리누르는 슬픔이 태어날 준비가 되지 않은 아기를 몸 밖으로 내보낸다. 나의 증오는 더욱 깊어진다. 엄마가 아기를 보고 비명을 지른다. 아기는 엄마의 손바닥에 들어갈 정도로 작다. 엄마의 친구들은 마음을 추스르고 아기는 떠나보내라고, 여자답게 괴로움을 참으라고 달래지만 아기야 다시 가지면 된다고는 말하지 않는다. 아빠가 곁에 없는 지금 엄마는 다시는 아이를 가질 수 없다.

할아버지가 묻혀 있는 자리 위로 아기를 묻고 돌아오는 길에 야야는 목소리가 나오지 않아 울지 못한다. 이 길을 걷고 작은 강을 건너 할아버지를 묻고 온 것이 불과 얼마 전 일처럼 느껴진다. 아빠와 봉고 삼촌과 마을 남자 네 명이 관을 어깨에 짊어지고 장례 행렬을 이끌었고, 그 뒤에서 주바를 임신 중이었던 엄마가 내 손을 잡고 걸었으며, 할머니는 남편과 수십 년을 해로한 삶은 축복이라고 위로하는 마을 여자 세 명의 부축을 받으며 걸었다. 마을 사람 전체가 뒤에서 따라 오며 노래했다. 모든 *삶은 끝나기 마련이지만 당신의 삶은 영원하기를.*

그러나 아기를 위한 노래는 없다. 아기는 삶을 모르고 죽었다. 장례 행렬도 없다. 우리 가족과 친구 몇 사람뿐이다. 아기에게는 관을 짜주지도 않았다. 파란 이불로 감싼 아기를 친척 한 명이 안고 간다.

그날 나는 우자 베키와 베잠에 있는 그의 친구들에게 복수를 맹세한다. 우리 가족에게 한 짓을 갚아줄 거다. 한낱 소녀에 불과한 내가 어떻게 그들을 처벌할지는 아직 모르지만, 여생을 바쳐서라도 알아낼 거다.

　그 주 후반에 봉고 삼촌과 세 남자가 사라진 여섯을 찾으러 베잠으로 떠난다. 야야가 떠나려는 봉고 삼촌 앞에 몸을 던진다. 너마저 나를 떠날 생각이냐고, 자식을 먼저 보내는 것이야말로 아이를 낳은 여자가 겪을 수 있는 가장 큰 불행이 아니냐며 가지 말라고 애원한다. 봉고 삼촌은 자신은 반드시 돌아올 것이며, 숨이 붙어 있건 없건 아빠의 육신도 찾아서 돌아올 거라고 약속한다.

　봉고 삼촌과 마을 남자들은 베잠 관공서의 계단에 앉아서 땅과 염소를 사례로 걸고 사람들에게 정보를 구한다. 길가의 허물어진 헛간에서 자고, 동이 트자마자 거리로 나가 조금이라도 친절해 보이는 사람을 붙들고 아빠와 다른 남자들의 외양을 묘사하며 본 적 있느냐고 묻는다. 그러나 사람들은 고개를 저을 뿐이다. 너무나 거대하고 복잡한 도시는 매 순간 그들을 찢어발기고 집어삼키리라 위협한다. 여드레 만에 그들은 빈손으로 돌아온다.

　그 뒤로도 엄마와 야야는 밤마다 툇마루에 앉아서 아빠를 기다리며 절망에 여위어간다. 둘이서 번갈아 더 약한 사람이 된다. 어떤 밤에는 야야와 내가 엄마에게 밥을 먹이고, 또 어떤 날은 나와 엄마가 야야에게 밥을 먹인다. 거의 항상 내가 두 사람의 식사를 챙기는데, 삼촌이 집에 있는 날에는 나를 돕는다. 나는 할 수 있을 때마다 억지로 바나나를 입에 욱여넣는다. 우리 중 한 명이라도 계속 힘을 내야 하니까. 밤이 깊으면 그제야 나의 아픔을 생각한다. 모두가 잠들었기를 바라며, 참고 있던 울음을 터뜨린다. 우리 조상이 지구의 다른 곳에 정착하기만 했더라면 모든 것이 얼마나 달랐을까 상상하며 운다. 죽은 친구들의 얼굴이 꿈속을 들락거린다. 죽은 아기가 자비로운 세상에 태어나 온전하게 성장할 수 있었다면 어떻게 생겼을지 상상한다. 아빠가 우리 곁에 남아 있고, 아직 살아 있는 친구들과 내가 죽음을 두려워하느라 소중한 시간을 온통 낭비하지 않아도 되는 세상에 태어났다면.

아빠가 실종되고 석 달 뒤에 펙스턴의 대표단이 처음으로 와서 회의를 연다. 그들이 도착하기 전에 우자 베키는 마을 사람들이 아빠와 사라진 남자들에게 고마워해야 한다고, 그들이 베잠에서 어떤 행동이나 말을 한 덕분에 펙스턴이 대화의 장을 열기로 한 것이 아니냐고 말한다. 가당치도 않은 소리. 베잠 사람들이 우리를 돕고 싶었다면 왜 아빠를 돌려보내지 않았겠는가? 그래도 나는 회의가 좋은 결과를 불러오길 바란다.

야야와 엄마도 못 박힌 듯이 앉아 있던 툇마루에서 일어나 회의에 참석한다. 봉고 삼촌의 노력은 실패로 돌아갔지만 그래도 두 사람은 아빠가 살아서 돌아올지도 모른다고, 만신창이가 되었을지언정 살아 있을지도 모른다는 가녀린 희망을 품고 있다. 우리 가족은 가장 괴로운 종류의 애도를 하고 있다. 애도하는 대상이 살아 있는지 죽었는지, 죽었다면 언제 어떻게 죽었는지, 구할 수 있는 희망이 한 오라기라도 남아 있는지조차 모른다. 야야가 울면서 말한다. 아들의 시신을 돌려받아 직접 묻어줄 수만 있다면 그의 죽음을 받아들일 마음의 준비를 시작할 수 있을 거라고. 그러나 펙스턴 대표단은 실종된 남자들에 대해 함구한다. 실종자의 아버지가 여섯 사람이 죽었다는 사실만 확인해달라고, 그래서 우리가 신령에게 제물을 바쳐 그들이 조상의 세계로 떠나는 여행을 돕게 해달라고 간청하지만 대장은 그럴 수 없다고 딱 잘라 말한다. 자신에게는 그럴 권리가 없을 뿐만 아니라 펙스턴은 미신적인 일에 간여할 수 없다고 한다.

펙스턴이 8주마다 우리 마을에 와서 회의를 연 지 어느덧 1년이 넘었다. 그때마다 우자 베키는 리넨 양복으로 빼입고, 펙스턴 대표단은 오래된 거짓말을 새로운 표현으로 되풀이한다. 회의가 끝나면 엄마와 야야는 울음을 터뜨린다. 코사와는 점점 허약해진다. 불과 몇 시간 전만 해도 우리는 포기하기 일보 직전이었는데, 콩가가 그들의 자동차키를 뺏었다.

밤의 끝자락에 나는 생각의 무게에 눌려 잠든다. 눈을 다시 떴을 때는 하루의 첫 태양빛이 코사와를 물들이고 있다. 태양이 다시는 뜨지 않기를 기도했건만 또 하루가 밝았고, 이제 나도 일어나서 총부리를 마주해야 한다.

주바는 아직 옆에서 자고 있지만 엄마와 야야는 이미 일어났다. 엄마와 야야와 봉고 삼촌이 툇마루에서 나직이 수군대고 있다. 내가 나오자 그들은 입을 다물고 나를 본다. 엄마가 억지로 미소를 짓는다. 나는 모든 것을 알고 싶다. 코사와 남자들은 군인들과 싸울 준비가 되었을까? 밤새 무엇을 했을까? 마체테는 충분히 있을까?

"오늘은 학교에 안 갈래요." 내가 말한다.

"이리 와봐." 엄마가 내게 팔을 뻗으며 말한다. 나는 움직이지 않는다.

"네가 집에 있을 필요는 없어." 봉고 삼촌이 말한다. "학교에 가면 평소랑 똑같을 거다. 거기서 네게 무슨 일이 생기지는 않을 거야."

"삼촌이 어떻게 알아요?"

"왜냐하면… 전부 다 괜찮을 거야, 툴라. 펙스턴 사람들이 어젯밤에 한 말은 잊어버려. 알았지?"

"어떻게 그냥 잊어버려요. 그냥 한 말이 아니었어요. 그 사람들은 진심이었다고요, 엄마. 제발요?"

엄마는 봉고 삼촌의 말을 반박하지 않는다. 여전히 억지 미소를 짓고 있다.

나는 문 밖을 힐끔 본다. 마을은 고요하다. 왜 마을 남자들이 사방팔방 뛰어다니며 군인에게 맞서 싸울 준비를 하고 있지 않을까? 왜 봉고 삼촌은 전투를 준비하느라 밤샌 사람처럼 보이지 않지? 기름을 발라 빗은 머리를 보니 삼촌은 좀 전에 목욕을 했다. 날카롭게 벼린 삼촌의 마체테가 벽에 기대어 세워진 채로 햇빛을 번쩍 반사한다. 삼촌은 날아오는 총알을 칼로 막을 수 있다고 정말 믿어서 저렇게 덤덤한 표정인가? 지금 나더러 그걸 믿으라는 건가?

삼촌은 고개를 기웃하고 나를 보며 엷은 미소를 짓는다. 그 언제보다 아빠와 닮아 보인다. 아빠와 비슷하게 굵직한 목소리로, 삼촌은 간밤에 너무 많은 일이 일어나서 어린 내가 오해한 것 같다고 말한다. 군인들은 우리를 죽이러 오는 것이 아니다. 따라서 전투도 없을 것이다. 그래, 펙스턴 남자들이 내가 들은 말을 지껄이긴 했지만 군인들이 우리를 끝장낼 거라는 뜻은 아니다. 대장이 한 말은, 군인들이 펙스턴과 우리 사이의 갈등을 끝장낸다는 뜻이었다. 군인들이 올 것은 확실하지만, 우리 마을과 대화를 하려는 것뿐이다. 그게 전부다. 그러니까 어린이들은 학교에 가야 한다. 어른들이 남아서 군인들을 기다릴 거다.

엄마는 제법 그럴듯하게 웃으며, 내가 집에 돌아올 즈음에는 오늘 일이 언젠가 손주들에게 들려줄 일화에 지나지 않을 거라고 덧붙인다.

나는 엄마와 봉고 삼촌의 말을 믿지 않지만 무어라고 대꾸해야 좋을지 모른다. 그들과 논쟁할 수는 없다―내게 진실을 말해주고 있지 않다는 확신이 있어도 어른에게 말대꾸하면 안 된다. 야야가 지혜로운 말로 혼란을 잠재워주길 바라며 쳐다보지만, 이럴 때 야야는 말보다는 침묵을 가족에게 선물한다.

물을 길으러 우물에 간다. 학교에 가지 않을 거야, 나는 다짐한다. 배가 아프다고 꾀병을 부릴 거야.

우물에 가는 길에 친구들과 마주친다. 표정으로 미루어 그들 역시 봉고 삼촌이 내게 한 말과 비슷한 이야기를 부모님에게서 들은 모양이다.

나와 친구들은 1970년생이다. 우리는 동갑내기이자 같은 반 친구다. 우리는 함께 기었고 함께 걸음마를 배웠으며 이제 함께 걷는다. 여자아이들과 남자아이들이 때로는 따로 놀고 때로는 같이 놀고, 때로는 다툰다. 우리가 싸운 친구에 대해 고자질하면서 울면 엄마들은 한숨을 쉬고 무시한다. 그러고서 우리는 다시 친구가 된다. 동갑내기 친구들 간의 유대는 특별하다. 동갑내기 여자 친구들 가운데 몇 명과는 특별히 더 친한데, 그중 두 명을 우물 앞에서 마주친다. 친구들은 어른들이 무언가를 숨기고 있다는 내 말에 동의하지만, 학교에는 갈 거라고 한다. 들어보니 아이들 모두 학교에 가는 모양이다. "생각해봐, 툴라." 친구가 말한다. "부모님이 우리가 죽을 거라고 생각했으면 학교에 보내겠니?"

밤새 잠을 설쳐 피곤한 나는 펜더 선생님이 첫 산수 문제를 풀기도 전에 꾸벅꾸벅 졸기 시작한다. 다른 아이들도 마찬가지다. 펜더 선생님이 무슨 일이냐고, 왜 다들 피곤해 보이냐고 묻는다. 우리는 아무 일도 없으며 열심히 수업을 듣고 있다고 입을 모아 말한다. 우리 부모님이 펙스턴 대표단과 마을 족장을 포로로 붙잡았다고 정부 사람에게 말하면 안 된다는 것쯤은 다들 안다. 친구 한 명이 간밤에 마을에서 회의가 길어졌다고 더듬거리며 털어놓을 뻔했지만 나머지 아이들이 어찌나 매섭게 노려봤는지, 그 아이가 자카니와 사카니처럼 애꾸눈이 되지 않은 게 신기하다. 그 일이 있은 후로 우리는 펜더 선생님 앞에서 말실수를 해서 마을 사람 모두가 더 큰 위험에 처할까봐 조마조마하다. 두려움에 잠이 싹 달아난 우리는 남은 수업 시간 동안 정신을 바짝 차리고, 선생님이 의심을 품지 않게 모든 질문에 열심히 답한다.

정부 사람이긴 하지만 나는 펜더 선생님을 좋아한다. 학교의 나머지 여섯 선생님들과 펜더 선생님은 정원의 인부들과 같은 동네에서 알루미늄 지붕이 달린 벽돌집에 산다. 정부에서 일하는 특혜 중 하나다. 하지만 이제껏 우리가 만나본, 그리고 부모님에게 전해들은 다른 정부 사람들과 달리 펜더 선생님은 친절하다. 펜더 선생님은 우리에게 지식을 전해줄 뿐인데, 지식은 독이 아니다. 그렇다고 펜더 선생님이 돈 때문에 코사와를 배신하지 않으리라는 법은 없다. 그는 우리 중 하나가 아니다. 펜더 선생님은 나라 반대쪽의 머나먼 마을에서 왔는데, 그곳에서는 한 남자가 감당하기엔 너무 출중한 미모를 지닌 여자는 남편을 세 명까지 둘 수 있다고 자랑하기를 좋아한다. 선생님이 고향에 아내와 아이들을 두고 왔는지 우리는 묻지 않는다. 그런 질문은 타인에게 하면 안 된다. 우리는 펜더 선생님을 가족 결혼식이나 생일에 초대할 만큼 좋아하기는 한다. 선생님은 우리가 착한 학생일 경우에만 초대를 수락한다.

그날 오후에 집에 돌아오니 엄마는 예상과 달리 군인들이 오지 않았다고 한다. 하지만 군인들이 올 것을 알고 있으며 언제 오든지 간에 대응할 준비가 되어 있으므로 어른들은 걱정하지 않는다고 나를 안심시킨다. 엄마의 명랑한 태도를 보고 나도 의심을 내려놓는다. 전부 다 괜찮을 거라고 믿기 시작한다.

엄마는 내가 제일 좋아하는 음식을 차려놓았다. 푹 익은 플랜틴 바나나 튀김과 콩과 훈제 족발이다. 코사와 전역에서 어머니들이 가족을 위해 특별한 요리를 준비한다. 평범한 하루의 소중함을 기리려는 듯하다. 어머니들은 밥을 짓고 훈제 염소 스튜를 끓이고 녹색 야채를 야자유와 버섯과 함께 찐다. 삶은 얌에 오크라 소스와 야생 동물 고기를 곁들인다. 음식 재료에는 자연에서 나온 것과 인위적으로 변형된 것이 섞여 있다. 죽어가는 경작지와 황폐해지는 외양간에서 나온 것도 있지만 대부분 큰 시장에서 샀다. 남자들의 사냥물을 여자들이 내다팔아

번 돈으로 산다. 어떤 음식은 땅이 비옥한 다른 마을의 친척들이 따뜻한 마음으로 도와줘서 차릴 수 있었다. 결혼하며 다른 곳으로 이주한 이모, 할머니, 사촌들이 우리를 가끔 찾아와 자기네 마을에서 여전히 풍성하게 자라는 농작물을 선물한다. 툇마루 바닥에 앉아서 먹는 엄마의 요리가 어찌나 맛있는지 우리는 질병과 죽음을 잠시 잊는다. 주바가 자기 그릇을 핥아 먹은 다음에 내 그릇을 힐끔거리길래 내가 남긴 음식을 준다. 친구들 가운데 먹성이 좋은 아이들이 있는데, 형제가 많아서 냄비에 남은 소스를 서로 핥아 먹겠다고 싸우기도 한다. 이따금 싸움이 격렬해지면 어머니가 끼어들어 손가락으로 냄비에 선을 긋고 각자 몫을 정해준다.

식사가 끝나면 아이들이 설거지를 담당하는데, 싹싹 핥아 먹은 그릇에는 닦을 것이 별로 없을 때가 많다. 이날 저녁에 우리는 평소보다 훨씬 즐거운 마음으로 심부름을 한다. 닭과 염소들은 외양간의 자기 자리를 고분고분 찾아간다. 우리는 앞마당에서 나뭇잎과 잔가지를 깨끗이 쓸어 모은 다음에 뒷마당으로 가져가서 뿌린다. 그것들은 차차 부식되고 벌레와 섞여 우리의 병든 땅에 양분이 될 것이다.

심부름을 마친 뒤에는 대기를 파르스름하게 물들이는 박명 속에 서둘러 놀러 나간다. 마을 곳곳에서 친구들과 친척들이 술래잡기를 하고, 플랜틴 바나나 잎사귀와 고무로 만든 공을 찬다. 우리가 잃어버린 줄만 알았던 희망이 모두의 가슴을 다시 한번 두드린다.

아빠가 사라진 지 벌써 1년이 넘은 지금, 이날 처음으로 슬픔을 잠시 잊는다. 마을 어른들과 군인들의 대화가 아빠를 내게 돌려줄지는 모르지만, 펙스턴이 쓸데없는 대표단을 보내는 것보다는 많은 노력을 기울이도록 만들 것이다.

친구네 집 툇마루에 친구 세 명과 앉아서 줄넘기하는 다른 친구들을 지켜본다. 그중 한 명이 자꾸만 줄에 걸리는 것을 보니 웃음이 나온다. 놀이가 끝나고 친구들이 이런저런 주제를 두고 말씨름할 때면 나는 웃으면서 듣기만 한다. 말을 꼭 해야 할 때가 아니면 할 필요를 못 느낀다. 아빠는 내 눈과 귀가 남들보다 곱절로 밝지만 입은 훨씬 작아서 말보다는 미소에 적합하다고 했다. 이날 저녁에는 유난히 말을 하고 싶지 않다. 우리 마을과 마을 사람들을 향한 애정에 가슴이 벅차서 자꾸만 웃음이 난다. 친구들의 웃음소리를 듣는다. 환각 버섯을 피우고 빈둥거리려고 광장에 가는 청년들을 본다. 한가로이 보내기에 완벽한 날씨다. 이 순간, 코사와 말고 다른 곳에서 태어난다는 것은 상상도 할 수 없다.

이튿날 아침 식사 자리에서 나는 포로들을 어떻게 할지 마을 남자들에게 계획이 있냐고 엄마에게 묻는다. 오후에 삼촌과 루사카와 다른 남자들이 모여 작전을 짜고, 군인들이 빠른 시일 내에 오지 않으면 어떻게 할지 정하기로 했다고 한다. 등교하는 길에도, 쉬는 시간에도 나와 친구들은 과연 그 작전이 무엇인지 궁금해한다. 마을 남자들이 포로를 죽일까? 우자 베키를 먼저 죽였으면 좋겠다. 자기와 피를 나눈 이들을 배신한 벌로 가장 고통스러운 죽음을 당해야 한다.

나는 오후에 심부름을 마치고 광장에서 친구들을 만난다. 망고 나무 아래에서 우리는 돌아가며 서로 머리를 땋아준다. 이번에도 나는 친구들의 얘기를 듣고만 있다. 가끔씩 친구들은 목소리를 높이는데, 자기 이야기를 더 하고 싶고 자기 말이 더 중요하다고 생각하기 때문이다. 이해할 수 없다. 내 이야기를 하려고 기를 쓰는 것보다는 잠자코 듣고 있는 편이 훨씬 즐겁다. 내가 말하고 싶은 대상은 아빠뿐이다. 우리의 대화는 나뭇잎처럼 여유롭고 부드럽게 나풀거리다가 조용히 잦아들었다. 아빠가 사라진 이후로 나는 머릿속에서 홀로 더 많은 시간을 보낸다. 세상은 왜 이런지, 신령이 언젠가는 세상을 재설계할 것인지 생각한다.

※

펙스턴 대표단을 감금한 지 사흘째, 야야는 낮잠을 자고 있고 나는 외당에 엄마와 주바와 앉아 있다. 그 소리가 들렸을 때 우리는 밥을 먹고 있었다. 음식을 씹는 소리 위로 엔진 소음이 울린다. 정원에서 우리 마을로 이어지는 좁은 길에서 무언가가 털털거리며 다가오고 있다.

시끄럽거나 귀에 거슬리지는 않지만 마을이 워낙에 작아서 어떤 소리는 일상의 소음에 묻힐 수 없다. 근처에 유전이 있는데도 우리 마을에는 자동차가 거의 다니지 않는다. 우리 마을을 지나고 나면 산림과 들판만 끝없이 펼쳐져 있기 때문이다. 그래서 차 소리가 들리면 우리 모두 하던 일과 대화를 멈추고, 차에 누가 타고 있으며 왜 왔을까 추측해본다.

입속에 있는 음식이 순간 쓰레기로 변한다.

나는 엄마를 본다. 가만히 앉아 있지 말라고 소리치고 싶다.

일어나요. 문을 잠가요. 창문도 잠그고. 지난번 마을 회의가 끝나고 했던 것처럼 삼중으로 매듭을 묶으란 말이에요.

야야가 방에서 비척비척 나온다. 우리를 한 번 보고, 툇마루로 향한다. 우리 모두 일어나서 야야를 따라 나간다. 손가락에서 야자유가 줄줄 흐르는 채로.

코사와 남자들이 집에서 하나둘씩 나오고 있다. 차로 다가가는 그들의 손에는 마체테나 창이 들려 있지 않다. 봉고 삼촌은 아마도 루사카의 집에 있을 것이다. 군인들이 오면 무어라 할지 자세히 계획하고 있을 것이다. 하지만 군인과 대화할 때는 무기가 필요하지 않을까? 광장으로 종종걸음 치는 이웃 아저씨에게 묻고 싶다. 잊은 거 없냐고, 정중하게 대화하고 싶더라도 군인을 맨손으로 상대할 수는 없지 않냐고 묻고 싶다. 더 많은 이들이 맨손으로 내 앞을 지나쳐 광장으로 걸음을 옮겨놓는데, 파멸을 마주하러 가는 비장한 표정을 짓기는커녕 서로 등을 두들기며 웃고 떠들고, 아내가 푸짐한 식사를 차려줬다고 자랑하는 양 배를 문지르며 걷는다. 우리 마을 남자들이 새로운 광기에 휩쓸린 것이 분명하다.

그날 마을 회의가 끝나고 자카니와 사카니가 남자들에게 어떤 주술을 걸었을까? 군인들이 오면 벌어질 일을 대비해서 철저히 준비시켜놓아야 했는데, 쌍둥이가 어떤 주술을 걸었는지는 몰라도 정반대의 결과를 낳은 게 아닌가 싶다.

남자들이 시야에서 사라지자 엄마와 다른 어머니들이 툇마루에서 내려온다. 아기를 안거나 등에 업고, 어린아이들의 손을 잡은 채로 어머니들은 수군거린다. 침묵 속에서 광장을 향한다. 우리 어린이들은 혼란스러워하면서도 어머니를 따라간다. 어머니가 우리를 위험으로 이끌지는 않을 테니까. 우리는 두세 명씩 제가끔 모여 걷는다. 숨을 들이쉬고, 내쉰다. 광장에서 어떤 광경을 마주할지 예상할 수 없지만 미리 상상하고 싶지도 않다.

우리가 광장에 당도했을 즈음에 군인들은 이미 차에서 내렸다. 가까이 걸어오는 우리를 훑어본다. 그들의 시선이 망고 나무에 가닿지만 콩가는 이제 그곳에서 자지 않는다. 콩가는 어디 갔어요? 엄마에게 물어봤지만 엄마는 아무도 모른다고 했다. 그날 저녁에 마을 회의가 끝나고 콩가는 홀연히 사라졌다. 마을 남자들에게 자카니와 사카니의 초가집 앞에서 만나자고 해놓고서 막상 본인은 나타나지 않았다. 그래서 쌍둥이의 주도 아래 마을 남자들은 우리 어린이들은 끝까지 모를 모종의 작전을 짰다.

군인들이 광장을 둘러본다. 광장을 에워싼 초가들의 먼지투성이 앞마당과 비스듬한 이엉 지붕을 훑어보더니, 광장에서 뻗어나가는 길들을 내다보고, 야야를 비롯한 마을 노인들이 걸음마를 막 뗀 아기처럼 느린 속도로 지팡이를 짚고 걸어오며 일으키는 먼지구름을 본다. 노인들은 삶도 죽음도 서두르지 않는다.

군인이 적어도 대여섯 명은 왔으리라 예상했는데 달랑 두 사람뿐이다. 두 사람 모두 빨간색과 검은색 패치가 들어간 녹색 군복 차림이다. 한 명은 턱수염이 숫염소처럼 뾰족하다. 다른 한 명은 투실투실한 볼살이 사랑을 듬뿍 받는 돼지의 뱃살처럼 출렁인다. 군인들은 기분이 좋지도 나쁘지도 않아 보인다. 중요한 곳에 가는 길에 소소한 볼일이 생겨 들른 표정이다.

마을 사람들이 저마다 자리를 잡기 시작하는데 봉고 삼촌이 군인들에게 접근한다.

봉고 삼촌이 인사로 손을 내민다. 무어라고 말하는데 목소리가 너무 작아서 들리지 않는다. 군인들이 고개를 끄덕인다. 봉고 삼촌이 우자 베키네 집을 가리킨다. 군인들이 다시 고개를 끄덕이고 미소를 짓는다. 봉고 삼촌이 대체 무슨 말을 했길래 군인들이 웃는지, 정부가 아빠한테 어떤 짓을 했는지 알면서 삼촌은 어떻게 군인들을 다정히 대할 수 있는지 이상할 따름이다. 마을의 다른 아버지들과 삼촌들과 할아버지들과 오빠들 역시 미소를 짓고 있다. 너무나도 이상하다. 친구들을 돌아보니 다들 나처럼 어리둥절한 표정이지만, 점차 우리 얼굴에 미소가 퍼지기 시작한다. 지금 이 순간 다른 사람들과 똑같이 미소를 지어야만 할 것 같다. 마음에서 우러나지 않은 미소를 걸고 있으려니 입꼬리가 아프지만, 나 역시 다른 사람들처럼 이 역할을 해내야 한다. 우리는 학교에서 지도자를 따르라고 배웠다. 지금은 봉고 삼촌이 우리의 지도자이므로, 하늘에서 내려온 동아줄에 입꼬리가 걸린 것처럼 웃을 것이다. 광장에 모인 사람들 모두 나와 같은 생각인지, 곧 코사와에서는 들리지 않는 대화 주변으로 미소가 넘실거린다. 어쩌면 몇 명은 진심으로 웃고 있을지 모르지만 그럴 가능성은 적다. 주변 사람들 모두 이가 보일 정도로 활짝 웃고 있지만 눈은 크게 벌어져 있다.

미소를 짓는 것에 집중하느라 이 게임에서 다음 단계가 무엇인지 미처 생각하지도 못했는데, 오른쪽으로 고개를 돌리자 우자 베키가 광장으로 걸어오고 있다. 그날 마을 회의가 끝나고 우자 베키를 루사카네 집으로 끌고 간 청년 두 명이 양옆에서 동행한다. 우자 베키는 미소를 띠고 있고, 우자 베키와 걸음을 맞추어 걷는 청년 두 명도 웃고 있다. 봉고 삼촌이 더 활짝 웃는다. 군인들은 계속해서 싱글거린다. 위태로운 게임을 시작한 본인들 말고는 아무도 모르는 이유로 다들 웃고 있다.

"친애하는 군인 여러분," 우자 베키가 서둘러 다가오며 말한다. "기다리게 해서 미안합니다."

얼굴이 돼지 뱃살처럼 투실투실한 군인이 미소를 띤 채로 어깨만 으쓱한다.

"2분도 편히 쉬지 못할 정도로 중대한 임무를 맡은 분들을 이렇게 기다리게 만들다니요." 우자 베키가 말을 잇는다. "진심으로 사과드립니다, 친애하는 군인 여러분. 친구를 만나러 갔다가 그 집에서 깜박 잠이 들었지 뭡니까. 다행히 여기 훌륭한 청년들이 나를 깨워줬어요. 펙스턴 대표단을 찾으러 오셨다고요? 우리 마을을 떠난 뒤에 아무도 행방을 모른다는 게 사실입니까?"

군인 두 명이 동시에 고개를 끄덕인다.

"너무나 놀랍군요. 아니, 어떻게 그럴 수가 있습니까? 사흘 전에 떠났는데요? 도저히 믿기지 않는군요. 허, 참… 아니… 무슨 말씀을 드려야 할지 모르겠습니다. 말이 안 되니까요. 여기서 이러고 있을 게 아니라 저희 집으로 가시죠. 거기서 조용히 이야기하는 편이 낫지 않겠습니까?"

군인들이 다시 고개를 끄덕이고 뒤돌아서 우자 베키를 따라

간다.

"반대하시지 않는다면, 여기 젊은이 세 명을 데려갈까 합니다. 제가 하는 말의 증인으로 삼게요." 우자 베키가 함께 온 청년두 명과 봉고 삼촌을 가리키며 말한다. "아시겠지만, 저 같은 위치에 있는 사람은 입을 열기 전에 늘 증인을 곁에 두어야 합니다. 혹시라도 나중에 말이 왜곡될 경우를 대비해서 말입니다."

군인들은 서로를 한 번 보고 다시 어깨만 으쓱인다. 고개를 끄덕거리거나 어깨를 으쓱하라는 지령을 받고 우리 마을에 온게 아닐까 생각이 들 정도다. 군인들의 무덤덤한 표정을 보고있다가 나는 마을 남자들이 맨손으로 나온 것이 훌륭한 처사였다고 깨닫는다. 마체테나 창은 오늘 쓸모가 없다. 군인들은 오른쪽 골반에 총을 차고 있지만, 총을 쏘기는커녕 꺼낼 생각도없어 보인다. 아니, 총을 사용할 줄은 아는지조차 의심스럽다.

나머지 주민들은 우자 베키와 다섯 남자의 등을 보며 계속광장에 서 있다. 우자 베키는 지난 며칠간 사용할 기회가 없던 명랑한 목소리를 한껏 뽑아내며 속사포로 주절거린다. "너무나도 충격적인 소식이지만 일단 우리 집에 가서 앉읍시다. 마누라들이 맛있는 음식을 차려줄 거예요. 우리 한번 머리를맞대고 펙스턴 대표단이 어디로 갔을지 생각해봅시다. 사람이한 곳에서 다른 곳으로 가는 길에 그냥 사라지진 않잖습니까. 내가 이래 봬도 별별 일을 다 겪어본 사람인데, 그렇게 어처구니없는 이야기는 들어보지 못했습니다. 저기 서 있는 우리 마을 사람들이 맹세합니다. 펙스턴 대표단이 회의를 마치고 집에간다며 운전사의 차를 타고 떠났다고요. 이튿날 아침에 저는그분들이 아내가 차려준 음식을 먹고 출근했겠거니, 생각했습니다. 그런데 그분들이 그날 이후로 종적을 감추었다니요. 어떻게 그럴 수가….”

그들이 우자 베키네 집으로 통하는 길로 접어들며 시야에서 사라지자 나와 친구들은 어안이 벙벙해서 서로를 본다. 우자 베키가 뭐하는 거야? 왜 우리를 감싸주지? 이제 우리의 적이 아니야?

마을 남자들을 본다. 그들의 얼굴에 혼란이 아니라 만족감이 비친다. 그들이 원하는 대로 일이 진행되고 있는 것이 분명하다. 비록 나와 다른 어린이들은 이해하지 못하지만 그들의 작전이 통했고, 신령이 자비로운 한 승리는 우리의 것이다.

그들이 우자 베키네 집에서 언제 다시 나올지 모르므로 우리는 몇 시간이나 기다릴 것을 대비하여 편하게 고쳐 앉는다. 기다림은 우리 삶의 일부가 되었다. 태어난 순간부터 우리는 무언가를 늘 기다려왔다. 평생을 기다림 속에서 보냈는데 몇 시간 더 기다리는 게 대수랴? 할아버지와 할머니들이 지팡이에 기대며 얼른 집에서 스툴을 가져오라고 이른다. 어머니들은 망고 나무 아래 다리를 펴고 앉을 수 있게 돗자리를 가져오라고 딸들에게 말하고, 아기들이 지루해하지 않게 공도 가져오라고 덧붙인다. 기저귀만 찬 아기를 골반에 받쳐 앉고 서둘러 나온 언니들과 젊은 이모들은 여동생이나 조카에게 아기 옷과 아기가 배고파하면 먹일 바나나, 그리고 짚으로 엮은 요람을 가져오라고 부탁한다.

코사와의 어린이들이 이리저리 뛰어간다. 나는 야야가 앉을 스툴과 주바가 마실 물만 가지고 오지만, 대부분 친구들은 이런저런 물건을 바구니에 수북히 담아 가져온다. 이 친구들은 부모님과 여러 형제는 물론 고모, 삼촌, 사촌, 조부모 등 온 가족이 모여 산다. 새로 누군가 결혼할 때마다 집을 증축해서, 신혼부부는 미래의 자녀들과 함께 지낼 방을 배정받고 조부모는 자신들의 방을 그대로 쓴다. 결혼하지 않은 고모, 언니, 여자 사촌들은 남자에게 선택받을 때까지 한 방을 공유하며, 총각인 삼촌, 오빠, 남자 사촌들은 입구가 따로 난 뒷방을 공유한다. 집을 계속해서 늘이기 때문에 자신이 원해서가 아니면 아무도 따로 나가 살 필요가 없다.

엄마와 다른 어머니들은 망고 나무 아래 돗자리를 깔고 편하게 자리를 잡은 뒤에 자기들끼리 속닥거린다. 마을에서 가장 연로한 할아버지와 할머니가 가까이 기대 앉아 서로 귀에 대고 이야기한다. 최근에 소녀에서 여자로 거듭난 언니들은 걷는 자태에서 처녀티가 물씬 난다. 그들과 추파를 주고받는 소년들은 이제 자신들이 남성이 여성에게 하는 행위를 전부 할 수 있을 만큼 성숙했다고 믿는지, 키득거리는 소녀들을 뚫어지게 주시하며 빈약한 수염 아래 입술을 내민다. 부끄럼 모르는 소년들과 소녀들이 아기를 가질 준비가 된 남녀 사이에서만 적절한 눈빛을 서로에게 보내다가 부모에게 주의를 받고서야 시선을 돌리고, 코사와의 운명에만 몰두하는 척한다.

아버지들과 삼촌들과 할아버지들은 여자들과 아이들로부터 멀찌감치 떨어져 앉은 자리에서 의논하며 루사카가 말할 때마다 고개를 끄덕거린다. 친구들은 콩가에 대해 이야기하고 있다. 콩가는 지금 숲속에서 동물들의 발소리와 새들의 우짖음, 바람이 부추길 때만 입을 여는 잎사귀들의 수런거림을 들으며 태평하게 어슬렁거리고 있을지도 모른다.

광장의 왼쪽 맨 끝에서 자카니와 사카니가 마을 사람들을 지켜보고 있다. 자카니와 사카니는 마을 회의가 열릴 때마다 그 자리에 서 있는데, 펙스턴과의 마지막 회의에서도 역시 그 자리에 있었고, 콩가가 나타났을 때도 잠자코 지켜보기만 했다.

어머니들에게서 그리 멀지 않은 곳에 자리를 잡은 우리 어린이들은 이제 콩가에 대한 이야기를 접고 펙스턴에 대항하는 투쟁이 언제 어떻게 끝날지 추측해본다. 같은 반 친구 한 명은 병세가 악화되어서 오늘은 학교에도 나오지 못했다. 남동생이 앓고 있는 다른 친구는 농터에서 일해야 하는 어머니 대신 집에 남아 동생을 간병한다. 불과 며칠 전에 품었던 희망이 벌써 시들시들해진다. 코사와는 절망감을 쉽게 떨쳐내지 못한다.

몇 분마다 친구들은 갑작스레 입을 다문다. 죽음에 대해서는 오래 이야기하기 힘든 법이다. 조용히 기다리자고 한 명이 제안한다. 조용히 기다리면서 속으로 기도하자고 다른 친구가 말한다. 모두 찬성한다. 지금이야말로 젖 먹던 힘까지 끌어내어 기도해야 하는 순간이다. 나는 고개를 숙이고 코사와를 위해 기도하기 시작한다. 아빠가 돌아오기를 기도한다. 야야와 엄마와 마을 어머니들의 눈에서 더는 눈물이 흐르지 않기를 기도한다.

이렇게 눈을 감고 있는데 친구가 팔꿈치로 나를 찌른다. 루사카와 다른 남자들이 할아버지들과 할머니들 뒷자리로 되돌아오고 있다. 우자 베키와 군인들과 봉고 삼촌과 청년 두 명이 광장으로 돌아오고 있기 때문이다. 어머니들은 더 잘 보려고 아이를 안은 채로 일어난다. 듬성듬성한 치아를 드러내고 눈을 빛내며 광장 앞으로 성큼성큼 걸어오는 우자 베키에게 모두의 시선이 꽂혀 있다. 우자 베키의 양옆에서 군인들이 걷고, 봉고 삼촌과 청년 두 명은 뒤에서 따라온다.

우리가 오래 기다릴 필요 없이 우자 베키가 곧바로 입을 연다. 군인들과의 회의가 매우 성공적이었다고 들떠서 말한다. 그렇지 않습니까, 우자 베키가 군인들을 보면서 말한다. 군인들은 여전히 무심한 태도로 고개만 끄덕인다.

"친애하는 동족 여러분," 우자 베키가 말한다. "여기 훌륭한 군인분들과 코사와의 아들들과 머리를 맞대고 상의했습니다. 대체 무슨 일인지 꼭 알아내야겠다고 우리는 입을 모았지요. 여러 경우를 떠올려보았는데, 문득 이런 생각이 들지 않겠습니까. 어쩌면 우리의 소중한 펙스턴 친구들이 베잠에 돌아가는 길에 친척집에 들렀다고요. 어때요, 그럴 가능성이 있지 않습니까?"

"그렇고말고요." 부모님들과 조부모님들이 동시에 말한다.

"제 생각은 이렇습니다, 친애하는 동족 여러분. 훌륭한 펙스턴 친구분들이 그중 한 명의 친척집에 들렀는데, 친절한 친척이 융숭하게 대접한 겁니다. 미국 기업에서 일하는 멋진 친척을 위해 아내에게 한 상 가득 차리라고 했겠지요. 그래서 부인은 가장 살이 통통한 돼지와 닭을 잡아 끓이고 가장 커다란 얌을 삶아서 진수성찬을 차렸습니다. 펙스턴 대표단과 운전사는 더할 나위 없이 만족하여 그 집에 며칠 더 머물기로 한 거죠. 오랜만에 만난 친척과 회포를 풀면서 잠시 쉴 기회가 자주 오진 않습니다. 또, 며칠 쉬어서 나쁠 건 또 무엇입니까? 일이야 돌아가서 해도 돼요. 그분들의 부인은 며칠간 남편을 위해 요

91

리하지 않아도 되고, 아이들은 아버지가 없을 때 짓궂은 장난도 좀 치고, 그럼 모두에게 좋지 않겠습니까. 펙스턴 친구분들이 이렇게 생각한 것이 틀림없어요. 충분히 가능하지 않습니까?"

"물론 가능합니다." 부모님들과 조부모님들이 대답한다.

"여기 훌륭하신 군인분들이 말하길, 펙스턴 대표단은 책임감이 강하답니다." 우자 베키가 말을 이었다. "놀고 먹으며 삶을 즐기느라 업무를 소홀히 하지 않을 거라고요. 그래서 그럼 그분들이 어디 있는 것 같냐고 여쭤보니 잘 모르겠다고 하시네요. 아니, 그분들이 어딘가에는 있지 않겠습니까? 하지만 어디에요? 베잠으로 돌아가는 길에 교통사고가 난 것도 아니에요. 사고가 났다면 여기 군인분들이 박살 난 차를 보았겠지요. 그분들이 사라진 것도 아닐 테고요. 다 큰 남자들이 갑자기 사라질 리 없잖습니까?"

"말이 안 됩니다."

"운전사가 베잠으로 가는 길로 차를 꺾을 때 우리 모두 여기 있지 않았습니까?"

"있었습니다."

"차가 코사와를 떠나는 것을 우리 눈으로 보지 않았습니까?"

"봤습니다."

"따라서 우리는 펙스턴 대표단이 어딘가에 있을 거라는 말밖에 군인 여러분들에게 해줄 수가 없습니다. 그분들이 갑자기 연기처럼 사라졌을 리 없어요. 아마 어디서 좋은 시간을 보내고 있을 거예요. 며칠 안에 베잠으로 돌아갈 거라고 확신합니다."

어린이들

다음 날 아침에 등교하면서 우리가 얼마나 배를 잡고 웃었는지 모른다. 군인들이 떠난 뒤에 한참을 웃고서도 부족했나보다. 우자 베키가 일장연설을 늘어놓은 뒤에 군인들의 얼굴에 떠오른 표정과, 그들이 어깨를 으쓱하고 차로 돌아가는 모습 등 우리가 목격한 광경을 일일이 분석하며 즐거워했다. 군인들 표정 봤어? 군인이 그렇게 멍청해도 돼? 종국에 우리가 거머쥘 승리의 시발점이 된 이날을 훗날에 코사와 어린이들이 노래로 기념할 거라고 너도나도 말했다. 땅을 탐낸 외지인들을 선조들이 단칼에 베어버린 것에 대해 우리가 지금 노래하고 춤추는 것처럼 미래의 코사와 어린이들은 이날에 대해 노래하며 둥글게 둥글게 뛸 것이다.

그날 밤 부모님들은 우자 베키가 우리 편으로 돌아선 일에 대해 밤새 이야기했다. 군인들을 속이는 걸 도와주면 감금에서 풀어주겠다는 제안을 잘 받아들였다고 다들 말했다. 물론 우자 베키는 냉큼 승낙했다. 며칠 밤을 맨바닥에서 자며 매트리스와 베개를 그리워했을 텐데 당연한 일 아닌가? 더구나 우자 베키는 자기 역할을 훌륭히 해냈다. 그래도 아버지들은 섣불리 신뢰하면 안 된다는 것을 알고, 우자 베키와 그의 가족이 자택에서 나오는 것을 금지하기로 했다. 자유롭게 돌아다니라고 허락했다가는 후회할 것이다. 정원으로 도망친 다음에 관리자들에게 신고할 테니까. 그럼 코사와가 피바다가 되는 것은 시간문제다.

그날 아침에 우리는 늘 그렇듯이 두세 명씩 짝을 지어 학교로 걸어갔다. 몇몇 아이들은 친척집의 마당을 가로질렀고, 다른 아이들은 자카니와 사카니의 초가집 앞으로 걸어갔고, 또 어떤 아이들은 자기 집 앞에 홀로 앉아 있는 늙은 바타를 지나쳤다. 남편도 아이도 없는 바타. 여자아이들이 가장 두려워하는 운명이다. 툴라만 제외하고 말이다. 드물게 한 번 말다툼에 휘말렸을 때 툴라는 아이가 없는 건 딱한 일이 아니라고 단호하게 말했다.

쌍둥이 집 앞을 지나갈 때면 우리는 부모님이 지시한 대로 걸음을 서둘렀다. 절대, 무슨 일이 있어도 집을 쳐다보지 마라. 자칫 그들의 집 안으로 시선이 쏠렸다가 감히 입으로 말할 수 없는 것을 보게 될지 모른다. 그렇지만 우리 모두 살짝 엿보고 싶은 충동을 느낀다. 원래 부모님들은 우리가 제일 하고 싶은 일들을 금지하는 법이니까. 하지만 아무리 호기심이 동해도 쌍둥이의 초가집을 들여다볼 만큼 대담한 아이는 아직 없었다.

그곳을 훔쳐보다가 눈이 있어야 할 자리에 둥글고 검은 자갈이 대신 생긴 소년 소녀들의 이야기를 부모님에게서 들었다. 이따금 우리는 부모님 말이 사실인지 알아보자고 서로 도발하지만, 친구들에게 용기를 뽐내고 싶은 바람은 소중한 눈을 잃고 싶지 않은 두려움에 번번이 진다.

초가집 안을 들여다본 적은 없지만 이따금 그곳에서 흘러나오는 소리는 들었다. 맹수의 포효와 우르릉 쾅쾅 천둥 소리, 아기들이 민요를 부르는 노랫소리, 사람들의 웃음소리와 냄비와 프라이팬을 두드리는 소리, 태아에게 나오지 말라는 임산부의 애원, 노랫가락 같은 방귀 소리 따위가 들려온다. 이렇게 말해 줘도 다른 마을의 친구들과 친척들은 믿지 않는다. 그들 마을에도 무당과 치유자가 있지만 쌍둥이는 아니다. 하지만 우리는 불가능하다고 여겨지는 일들을 해내는 쌍둥이의 능력을 알기에 서로의 말을 믿는다.

절대 쌍둥이의 눈을 똑바로 보지 말라는 부모님의 경고를 듣기 전에도 우리는 경외감을 느꼈다. 쌍둥이는 수탉의 울음소리를 전후로 자카니가 먼저 태어나고 사카니가 뒤이어 태어났다. 멀리서 봐서는 두 사람을 구별할 수 없었다. 둘 다 똑같이 회색 수염을 길게 길렀고, 목에는 검은색과 갈색 달팽이 껍데기 목걸이를 찼다. 가까이 가면 그제야 누가 누군지 알아볼 수 있었다. 자카니는 오른손잡이고 사카니는 왼손잡이다. 자카니는 왼눈이 영영 감긴 채로 태어났고, 사카니는 오른눈이 감겨 있었다. 쌍둥이는 우리 부모님보다는 나이가 많았지만 조부모님보다는 어렸는데, 마을의 거의 모든 조부모님이 그들의 탄생을 목격했다. 할아버지 한 명은 쌍둥이의 어머니가 일주일이나 산고를 앓았다고 말해주었다. 7일 밤낮으로 너무나도 크게 비명을 내질러서 코사와의 사람들은 물론이거니와 곤충과 새, 동물도 잠을 이루지 못했다. 쩍쩍거리고 메메거리고 멍멍거리고 꿀꿀거리는 소리가 밤마다 하나로 울리다가 산모의 비명이 고조될수록 요란해졌고, 비명이 최고조에 이르렀을 때 마침내 쌍둥이가 태어났다. 얼핏 봐서는 평범한 아기들 같았지만 각자 한눈을 감고 있었고, 커다란 이마에 잿빛 머리털이 한줌 나 있었는데, 이것이 나중에는 턱으로 옮겨갔다.

또 다른 할아버지는 자기가 어렸을 때 쌍둥이와 숨바꼭질한 이야기를 해주며, 어느 날부터 자카니는 다른 아이들에게는 보이지 않는 친구와 아무도 숨기지 않은 물건을 발견하기 시작했으며, 사카니는 친구들이 다치면 숲으로 뛰어가서 풀을 뜯어 온 다음에 치유의 노래를 부르며 상처를 치료하기 시작했다고 했다. 왐비와 같은 날에 천수를 다하고 노년으로 죽은 할머니가 툇마루에 앉아 어머니들에게 이야기하는 것을 우리 중 몇명이 엿들었는데, 쌍둥이는 젊어서 바지 속이 꽉 차 있을 때도 여자에게 관심을 보이지 않았다고 했다. 한창 나이에 동갑내기들이 아이를 적어도 대여섯 낳아줄 여자를 찾아 먼 마을까지 가서 구애하던 시절에도 자카니와 사카니는 부모님 집에서 기술을 갈고닦았고, 기술을 숙달하여 돈을 번 뒤에는 마을의 끄트머리에 초가집을 지어 지금까지 그곳에 살고 있다.

쌍둥이의 집에서 벌어지는 일들은 우리 어린이들의 호기심을 한껏 자극했다. 어른들도 궁금해하긴 마찬가지였는데, 체면을 차리느라 호기심을 입 밖으로 내지 않았다. 어머니들은 쌍둥이가 한 침대에서 잘지도 모른다며, 자카니가 오른쪽, 사카니가 왼쪽에 누워 부둥켜안고 잘 거라고 속닥거렸다. 우리는 그 이야기를 일종의 우화로 받아들였다. 남자끼리 손을 잡거나 포옹할 수는 있지만, 침대에 같이 눕는다거나 늦은 밤에 몸을 포갠 채로 가쁜 숨을 몰아쉬며 침대를 삐걱거리게 하는 따위의 행위는 여자와만 할 수 있음을 확실히 알았기 때문이다. 부모님은 우리가 잔다고 생각할 때 그런 것들을 했는데, 어찌나 횟수가 빈번하고 둘 다 쾌감의 신음을 크게 내지르는지, 우리도 하루빨리 해보고 싶어서 조바심이 났다.

지금보다 훨씬 어렸을 때 우리 중 한 명이 사악한 시간에 오줌보가 터질 것 같아서 일어났다. 그 아이는 소변을 보러 나갔다가 두고두고 후회할 것을 보았다. 원래 아이들은 밤에 혼자 밖에 나가지 않는다. 밤에 집 밖으로 나갈 때는 늘 형제와 손을 잡고 가는데, 이 아이는 도움이 되지 않을 어린 동생밖에 없었기 때문에 엄마랑 가려고 부모님 방에 갔다. 부모님의 침대는 비어 있었다. 부모님이 같이 소변을 보러 갔나보다 짐작한 친구는 서둘러 외당을 지나 뒷문으로 나갔다. 그런데 밖에 나가도 부모님은 보이지 않았다. 그때 부엌 안쪽에서 신음 소리가 들려왔다. 친구는 요의가 뚝 떨어졌다. 방으로 돌아갈까 했지만 호기심에 못 이겨 부엌 벽의 대나무 구멍으로 들여다보았다. 등잔불의 침침한 불빛 속에서 또렷하게 보였다. 부모님이 발가벗고 있었는데, 어머니는 등을 바닥에 대고 누워서 다리를 활짝 벌리고 발을 들고 있었고, 아버지는 어머니의 허벅지 사이에 얼굴을 묻고 있었다. 친구는 자기 방으로 뛰어가 이불 아래 숨었다. 심장이 미친 듯이 쿵쾅거리고 눈을 감을 수가 없었다. 이른 아침에 친구 부모님은 부엌 바닥에 깔았던 담요를 가지고 돌아왔다. 그들은 침대 밑에서 새 담요를 꺼내 침대에 깔고 누웠고, 조금 전에 부엌 바닥에서 입에 담지 못할 일을 하지 않은 것처럼 천진하게 잠들었다. 다음 날 아침에 우리 친구는 자기가 본 것을 머릿속에서 지우느라 진이 빠져서 등교할 시간에 일어나지 못했다. 쉬는 시간에 우리가 왜 풀잎처럼 흐늘거리냐고 물어보자 친구는 자기가 본 것에 대해 말해주었고, 우리 중 몇몇은 비슷한 것을 본 적 있다고, 다만 우리가 봤다는 사실을 부모님에게 절대 들키면 안 된다고 말했다. 그 이야기를 들으면 부모님이 부끄러워할 텐데, 자기 부모에게 수치심을 안겨주는 것은 옳지 않다.

우리는 자카니와 사카니가 그런 관계라고 생각하지 않았다. 그들 사이의 감정은 부모님이 서로에게 품는 감정보다는 우리에게 느끼는 감정과 비슷하다고 믿었다. 물론 확신할 수는 없었다. 쌍둥이는 절대 깨지지 않는 야자 씨앗 같았다. 쌍둥이는 마을 사람들의 몸과 마음을 치유하고 평화롭게 해주는 데 필요한 것이 아니라면 어떤 말도, 행동도 하지 않았다. 의식을 치를 곳이 마땅치 않아서 누군가를 자기네 집으로 부른 경우에는 다녀간 이의 기억을 깨끗이 지워서, 사람들은 집 안에서 벌어진 일과 자신이 본 것을 기억하지 못했다. 우리는 마을 회의가 끝나고서 아버지들이 바로 그런 주술에 걸렸다고 믿었다.

쌍둥이의 집이 위험하기는 하지만 군인들에게 맞설 방법을 의논하기에 그보다 적당한 곳은 없었다. 그날 마을 회의가 끝나고 쌍둥이가 집 안으로 초대했을 때 몇몇 남자들은 흠칫했지만, 나머지 사람들이 남자답게 굴라고 일갈했을 것이다. 어쩌면 자카니가 노래로 그들의 정신을 조종해 개미처럼 줄줄이 들어가게 만들었는지도 모른다. 결국에 남자들 모두 쌍둥이의 집에 들어갔다. 바로 그 이유로 우리가 집에 돌아왔을 때 코사와가 쥐 죽은 듯 조용했던 것이다. 집 안에서 사카니가 남자들의 불안감을 잠재우고 용기를 북돋는, 전투에 나가기 전에 마시는 약을 주었으리라 우리는 상상했다. 자카니는 남자들에게 방 한가운데에 꿇어앉으라고 말한 뒤에, 신령을 소환하여 어둠을 밀어내는 새벽빛같이 적을 무찌를 용기를 불어넣어달라고 기도하지 않았을까.

이튿날 아침에 남자들은 쌍둥이의 집에서 일어난 일을 싹 다 잊어버린 채로 나왔다. 아버지들이 전날 있었던 일은 전부 기억하면서 그날 밤부터 이튿날 새벽까지 일은 전혀 기억하지 못하는 걸 보고 우리는 자카니가 신령의 힘을 빌려 남자들의 머릿속에서 기억을 지웠다고 확신했다. 코사와 사람들은 모두 그렇게 이해했다. 혼의 세계와 인간의 세계가 접촉하는 자신들의 집에서 남자들이 멀리 벗어난 뒤에야 기억력을 되살렸을 것이다. 어쨌든 아버지들은 쌍둥이가 자신들에게 어떤 주술을 걸어도 불평하지 않았을 것이다. 쌍둥이는 오직 코사와를 위한 일만 하기 때문이다. 잠시 의식을 잠재움으로써 일개 인간은 감당할 수 없는 신령과의 직접적인 만남에서 보호해주었다고 오히려 고마워했을 터이다.

그날 아침에 우리는 정말 오랜만에 즐겁게 수업을 받았다. 펜더 선생님이 정부에 대해 가르치며 나라에서 가장 우수한 사람들로 구성되어 있다고 말했을 때 우리는 웃음을 꾹 참았다. 수업이 끝난 뒤에 우리 중 한 명이 대통령 각하에 대해 더 자세히 말해달라고 부탁했다. 그가 어떤 면에서 훌륭한 지도자냐고 물었다. 펜더 선생님은 우리에게 훌륭한 지도자의 특성을 열거해보라고 말했다. 몇 가지가 언급되었다. 친근하고, 친절하고, 재밌고, 존경할 만하고 등등. 펜더 선생님은 대통령 각하가 그것들뿐만 아니라 더 많은 훌륭한 자질을 갖추었으며 세계에서 가장 똑똑한 사람이라고 했다. 우리처럼 훌륭한 대통령을 모실 만큼 운 좋은 나라는 드물다고도 했다. 우리는 반대 의견을 내지 않았다. 펜더 선생님이 이런 이야기를 하는 대가로 봉급을 받는다는 사실 정도는 알 만큼 나이가 들었다.

펜더 선생님도 의무적인 내용을 가르칠 때가 아니면 여러 진실을 말해주었다. 여덟 살이 되었을 즈음에 우리는 코사와의 기름이 가는 곳에 대하여 조부모님들이나 고조부모님들보다 더 많이 알게 되었다. 펜더 선생님이 미국에 대해 가르쳐주었기 때문이다. 그곳에서는 사람들이 커다란 벽돌집에서 살며, '퍼크'라는 것으로 으깬 감자를 먹는다. 펜더 선생님은 영어도 가르쳐주었다. 우리는 아무리 노력해도 정원에서 일하는 미국인 소장처럼 유창하게 말하지 못하겠지만, 그래도 가끔 놀다가 'who cares,' 'absolutely not' 혹은 'holy shit' 같은 표현을 쓰며 잘난 척을 하기도 했다.

한번은 영어 실력에 자신이 있는 친구가 마을을 방문한 정원소장에게 영어로 인사를 외쳤다. 지금까지 모든 소장들이 그랬듯이 이 소장도 유전과 인부들의 거주지를 마주 보는 언덕의 꼭대기에서, 우리 마을 초가집을 다 합친 것보다 큰 벽돌집에 살았다. 어쩌면 외로움에 떠밀려, 사람이 그리워서 우리 마을에 찾아왔는지도 모른다. 소장의 차가 코사와에 들어오기가 무섭게 우리 어린이들은 우자 베키의 마당 입구에 모여서 노래했다. *자동차, 자동차, 난 너를 사랑해. 나를 수도로 데려다주렴. 부자가 되고 싶구나.* 운전사가 자동차 문을 열어주자 우리는 잘 볼 수 있는 곳에 자리를 잡았다. 우자 베키가 멍청이답게 멍청한 미소를 지으며 소장을 반겼다. 그때 우리 친구가 외쳤다. "Hello, man." 미국 사람들은 이렇게 인사한다고 펜더 선생님이 가르쳐주었다. 우리는 입을 떡 벌렸다. 얘가 왜 이래? 소장이 친구라도 되는 것처럼 인사하다니! 우자 베키의 눈에도 두려움이 비쳤다. 소장이 과연 어떻게 반응하려나? 소장이 우리를 돌아보았는데, 미소를 짓고 있었다. 소장은 인사한 친구와 눈을 맞추고, 이렇게 말했다. "Oh, hello to you too, my little friends." 우리는 즐겁게 웃음을 터뜨리며 서로 쿡쿡 찔렀다. 미국인이랑 친구가 된 건가? 그 후로 며칠이나 우리는 그 친구에게 미국인의 관심을 끈 기분이 어떠냐고 물었다.

몇 달 후, 심한 기침이나 고열이나 난데없는 피부염 등 여러 증상으로 아픈 아이들이 많아서 반에 학생이 절반밖에 나오지 않은 날, 우리는 쉬는 시간에 그날에 대해 이야기했다. 미국에는 그 소장처럼 명랑한 사람들이 가득한지 궁금해했다. 이해하기가 어려웠다. 우리가 자기들 때문에 죽고 있는데 그들은 어떻게 행복할 수 있을까? 왜 펙스턴에 있는 친구들에게 우리를 그만 죽이라고 말하지 않을까? 우리가 얼마나 고통받고 있는지 설마 모르는 걸까? 펙스턴이 우리를 속였듯이 그들도 속였나?

펙스턴이 처음 나타났을 당시에 우리 부모님들 가운데 몇몇
은 아직 태어나지도 않았었다. 골짜기에는 우리 마을과 숲, 그
리고 동물들이 뛰어놀고 새들이 노래하는 오솔길밖에 없었다.
"오래 머무르지 않을 테니 걱정 마시오." 원유 탐사자들을 대동
한 정부 관리들이 말했다. 조부모님들은 마을에 찾아온 낯선
사람들을 보고 놀라서 입을 벌리고 손으로 골반을 짚고서는 집
에서 나왔다. 그들이 왜 왔는지 상세히 설명해도 조부모님들은
이해하지 못했다. 기름이 필요하면 야자수를 심고 야자유를 추
출하면 되잖소. 자신의 아버지 우자 베와를 뒤이어 마을의 족
장 자리에 막 올라선 우자 베키가 정부 관리들에게 이 질문을
전달했다. 그들은 우리 골짜기 밑에서 나오는 기름은 특별해
서, 자동차를 움직일 수 있다고 말했다. 조부모님들은 놀라서
서로를 바라보았다. 로쿤자에서 자동차를 본 적은 있지만 어떻
게 움직이는지는 생각해보지 않았다. 정부 사람들은 여기서 기
름을 채굴함으로써 우리 마을에 '문명'이라는 것을 들일 수 있
으며, 언젠가는 코사와가 '경제성장'이라는 훌륭한 것을 누리게
될 거라고 말했다. 조부모님들은 '문명'과 '경제성장'이 정확히
무엇인지 우리 말로 설명해달라고 청했다. 그것을 완벽히 설명
하기는 불가하다고, 여기 사람들이 경험해본 적도, 상상해본 적
도 없는 것을 어떻게 이해하겠냐고 정부 관리들은 말했다. 그
렇지만 일단 '문명'과 '경제성장'이 코사와에 다다르면, 그것이
제공하는 멋진 삶에 감탄할 거라고 덧붙였다. 빠르게 변화하는
세상이 건네주는 놀랍고 신기한 선물 없이 여태껏 어떻게 살았
는지 아찔할 거라고도 말했다. 조상에게 감사를 올리고 술잔을

연거푸 부딪힐 것이며 땅에 기름을 주어서 고맙다고 신령에게 매일 아침 감사의 노래를 부르게 될 거요.

이 말을 듣고 조부모님들은 무척 기뻐했다.

그들은 펙스턴의 거짓말을 믿었다. 아주 오랜 시간 우리 부모님들도 믿었다. 꾹 참고 기다리면 '경제성장'이라는 것이 찾아올 거라고, 가장 살이 오른 돼지를 잡아 대접할 귀한 손님처럼 우리 마을에 찾아올 것이고, 그럼 코사와 주민 모두 우자 베키가 끝내 손에 넣은 벽돌집 같은 곳에서 살게 될 거라고 믿었다.

우리는 나이가 들수록 펙스턴을 점점 더 깊이 증오하고 원망했다. 그렇지만 펙스턴이 우리 조부모님들에게 원유 채굴에서 발생하는 이익의 일부를 가져갈 기회를 권하긴 했다는 사실은 부정할 수 없다. 펙스턴은 자기들 아래서 하루에 정해진 시간 일하고 시키는 대로 하면 매달 얼마큼의 돈을 받을 거라고 제안했다. 그러나 우리 할아버지들은 인생의 주권을 포기할 생각이 없었다. 한 명도 빠짐없이 펙스턴의 제안을 거절하고 짜릿한 사냥으로 돌아갔다. 그러는 동안 골짜기에서는 펙스턴이 유정을 굴착하고 송유관을 깔고 정원을 건설할 나무를 베고 있었다.

우리 아버지들이 철이 들기 시작했을 무렵에 펙스턴은 세 번째 유전을 개발하고 있었고, 기름에서 나오는 부를 조금이라도 가져가려면 펙스턴에서 일하는 수밖에 없다는 사실을 코사와 사람들 모두 깨달았다. 그러나 우리 아버지들이 일자리를 구하러 정원에 갈 때마다 관리자들은 남는 자리가 없다며 돌려보냈다. 베잠 근처의 마을에서 온 사람들이 일자리를 전부 차지했다. 이 남자들은 형제나 사촌이나 삼촌이나 같은 부족 사람이 정부에서 일하며, 유전에서 나오는 부를 자기 가족과 부족이 차지할 수 있도록 비밀스런 서류에 서명하고 비밀스런 회의를 모집했을 것이다. 우리 아버지들은 베잠에서 그들을 대변해주거나 탐나는 일자리를 얻어줄 인맥이 없었다. 그래서 그들은 우리 할아버지들이 그랬듯이 사냥과 어획을 계속했다. 그러나 유전에서 큰 강으로 기름이 새며 그마저 여의치 않게 되었다. 그러는 와중에 먼 마을에서 온 사람들이 정원에서 일하며 매달 돈을 벌었다. 그 돈으로 자기들 조상의 마을에 근사한 집을 짓고 자식들을 베잠에 있는 학교로 보내서, 언젠가는 그 아이들이 사무실에서 일하고 미국인들처럼 차를 몰 수 있게, 우리 부모님의 아이들은 만져보지도 못하는 차를 소유할 수 있게 말이다.

우리는 정원의 인부들을 증오했다.

애초에 우리에게 속하는 것을 가로채놓고서 그들은 정원에서 로쿤자로 가는 버스에서 우리가 옆에 앉기라도 하면 벌레 보듯이 흘겨보았다. 펙스턴이 그들을 위해 운행하는 버스였는데, 연대라는 이름 아래 우리도 탈 수 있게 허락해주었다. 그래도 이 버스를 타고 그들이 오가는 곳은 우리 땅이었다.

송유관에서 우리 경작지로 기름이 샐 때마다 이들은 꾸무럭 꾸무럭 며칠씩이나 걸려서 수리했고, 그다음에 와서 우리 부모님들에게 표면의 흙만 걷어내면 아무 문제 없다고 말했다. 오염물이 깊이 침투하고 넓게 퍼졌기 때문에 그렇게 해결되지 않는다고 말하며 펙스턴이 더 튼튼한 송유관을 써야 한다고 주장하면, 인부들은 낄낄거리며 우리가 마음에 들어하지 않는다고 펙스턴이 보따리 싸서 떠날 것 같냐고 비아냥댔다.

이런 일이 있고 난 뒤 인부들은 정원에 있는 자기 숙소로 돌아가 우리와 같은 공기를 들이쉬었지만 같은 물을 마시거나 같은 음식을 먹지는 않았다. 그들은 펙스턴이 주는 봉급으로 큰 시장에서 필요한 음식을 전부 살 수 있었고, 우물에서 길은 물이 아니라 펙스턴이 설치한 수도관에서 나오는 물을 마셨다. 덕분에 그들의 아이들은 우리 마을 아이들처럼 죽어나가지 않았다. 그곳 아이들이 아프면 베잠에서 의사가 왔다. 아이 아버지가 근심 없이 업무에 집중할 수 있도록 펙스턴은 의료비까지 지불했다. 회의에서 마을 아버지 한 명이 어쩌면 그 의사한테는 사카니에게 없는 약초가 있을지 모르니 우리 아이들도 정원의 의사에게 데려가도 되냐고 묻자 대장은 고개를 젓고 인부의 아이들과 마을 아이들을 분리하는 편이 낫다고 말했다. 세상이 돌아가는 방식에 대해 아이들에게 혼란을 주면 안 되겠지요?

펙스턴 대표단을 포로로 삼은 그주 후반이었다. 아버지들은 휴식을 취하고 어머니들은 끝없는 집안일을 하고 있었다. 우리 중 몇 명은 루사카네 집 앞을 어슬렁대며 펙스턴 대표단과 운전사가 군인들이 구해준다는 희망을 잃고 울면서 애원하는 소리가 들리지는 않는지 귀를 바짝 세웠다. 그 앞에서 얼쩡거리지 말라고 야단치면서도 어머니들은 루사카의 부인 혼자 포로들의 음식을 준비하는 수고를 덜어준다는 핑계로 그 집을 번질나게 오갔다. 하지만 어머니들은 단순히 음식을 전달하러 가는 것이 아니었다. 평소라면 우리에게 심부름을 시켰을 것이다. 어머니들은 임시 감방에 잠시만 들여보내달라고 부탁하러 가는 것이었다. 펙스턴 대표단의 얼굴에 침을 뱉고 그들이 얼마나 나쁜 사람인지 말해주고, 따귀를 때리고 발로 차고 싶어서, 그들이 죽인 코사와의 아이들을 대신하여 머리를 바닥에 내려찍고 싶어서였다.

루사카의 아내는 이것을 절대 허락하지 않았는데, 펙스턴 때문에 자식을 잃은 어머니라고 해도 예외로 해주지 않았다. 자식을 잃은 어머니들은 여전히 밤마다 꿈에 죽은 아이들이 흰옷을 입고 눈물이 그렁그렁한 채로 찾아온다고 하소연했다. 죽은 아이들은 말은 못하지만 간절한 눈빛으로 자신들이 왜 죽어야 했는지 물었다. 어머니의 손길을 그리워했지만 닿을 수 없었다. 어머니들이 아이를 안아주고 저세상에서 잘 지내는지 확인하려고 아무리 달려가도 거리는 좁혀지지 않았다.

"지금보다 더 괴롭히는 건 옳지 않다고 생각해요." 루사카의 아내가 어머니들을 말리며, 저들이 죽지 않게 밥을 먹이는 것이 자신의 책임이라고 말했다. 하지만 그녀 역시 날마다 가슴을 저미는 슬픔에서 잠시라도 벗어날 수 있게 저들에게 고통을 똑같이 안기는 것을 상상했다고 고백했다. 음식에 독을 넣을까 생각했지만 그렇게 금방 죽게 하고 싶지는 않았다. 천천히 굶겨 죽이려 해도 그녀의 남편과 마을 사람들이 허락하지 않을 것이다. 쥐도 새도 모르게 포로들을 괴롭히기는 사실 힘들었다. 루사카와 마을 어르신들이 앞으로의 방안을 의논하려고 그집 툇마루에 자주 모였기 때문이다.

이런 회의에서 어르신 한 명이 우자 베키네 집안사람은 마을에서 나가거나 다른 집을 방문하지 못하게 하기로 결정했다. 그들이 정원이나 군청에 가서 고자질하지 못하게 하려면 집 안에 가두어두는 수밖에 없었다. 우리는 좋은 생각이라고 공감했다. 우자 베키에게는 우리와 동갑내기인 아이가 두 명 있었는데, 아주 오래전부터 우리는 그 애들을 따돌려왔다. 자기네 집 '거실'의 '소파'가 너무 편하다고 자랑하고, '퍼크'로 먹는 것에 대해 이야기할 때마다 얼마나 얄미웠는지 모른다.

아이들뿐만이 아니라 우자 베키네 가족은 전부 마을 사람들의 눈 밖에 났다. 특히나 우자 베키네 셋째 아내 조피는 미운 짓만 골라서 하다가 모두에게 절교를 당했다. 집마다 돌아다니며 어느 남편이 누구네 부인을 적절치 않은 눈빛으로 보았네, 어느 아가씨는 콧대를 낮추지 않으면 평생 시집을 못 갈 거네, 어느 아이가 신령의 도움으로 살아남을 것 같네,라며 주접을 떨지를 않나, 아이를 잃은 어머니들을 찾아가 자기 남편이 그들의 죽음을 갚아주려고 최선을 다하고 있다며 조상에 대고 맹세하고, 투실투실한 몸에 베잠에서 사온 옷을 두르고는 우리 어머니들의 부엌에 앉아 몹시도 거슬리는 새된 목소리로 떠들곤 했던 것이다. 우자 베키네 가족에 대한 마을 사람들의 증오가 마침내 고스란히 수면 위로 올라왔다. 조피가 코끼리 발목으로 코사와를 기세등등하게 활보하며, 자기가 떠날 때면 눈을 굴리는 여자들의 표정을 모른 척하던 시절은 끝났다. 이제 조피와 우자 베키의 다른 아내들은 우리의 분노를 피해 자기네 집 벽돌 벽 뒤에 숨어 지내며, 반드시 나가야 할 일이 있을 때만 외출했다.

어머니들은 눈에 쌍심지를 켜고 우자 베키의 아내들을 온종일 감시했다. 난생처음 보는 그 살벌한 기세에 우리는 놀랐는데, 원래 어머니들은 아버지들처럼 가슴이 차갑지 않고, 친구로부터 절대 등을 돌리지 말라고 우리에게 누누이 말해왔기 때문이다. 하지만 그들이 자식을 땅에 묻었다는 것을 우리는 기억했다. 어떤 어머니는 그날 마을 회의가 있고 나흘 뒤에 아이를 묻었다. 마을 회의에서 펙스턴 대표단에게 보여주었던 아기다. 우자 베키의 아내들은 아이를 몇이나 묻었나? 한 명도 묻지 않았다. 그 집 아이들 중에서 누가 우물의 물을 마시나? 아무도 마시지 않는다. 베잠에서 고노가 깨끗한 생수를 보내주는 데다가, 그 집에는 우물의 오염물을 전부 걸러주는 기계가 있었다. 아무도 그 기계를 본 적은 없고, 우자 베키는 아버지들을 자기 집으로 초대해서 그런 기계는 없다고 맹세하며, 전부 터무니없는 뜬소문이라고, 자기 역시 똑같이 희생자라고 우겼다. 하지만 우리는 그런 기계가 있다고 확신했다. 우자 베키와 그 집 사람들은 자기들 사는 데만 급급하다는 것을 알았다.

어쩌면 어머니들도 구원의 손길 따위는 오지 않을 것이며, 온갖 수단을 써서라도, 한때 밥을 같이 먹고 껴안았던 이들을 포로로 삼고 감시해서라도 스스로를 지켜야 한다는 것을 우리처럼 깨닫고 있었나보다. 어머니들은 이 집 부엌에서, 또 저 집 툇마루에서 우자 베키의 아내들, 특히 조피에게 품고 있던 불만을 속 시원하게 털어놓았다. "정말 화가 나는 일은," 한 어머니가 말했다. "그년을 좋아하는 척하느라 귀중한 시간을 낭비했다는 거야."

마을 사람들 모두 지켜보고 있으며, 마을에서 나가려다 걸리면 상상도 하지 못할 벌을 받게 되리라는 루사카의 경고에 우자 베키네 가족은 악어 떼에 에워싸인 섬에 있는 것처럼 자기들끼리 숨어 지냈다.

이따금 저녁에 우리는 우자 베키네 집 앞을 어슬렁대며 여자

들과 아이들이 우는 소리를 듣기를 기대했지만, 아무런 소리도
흘러나오지 않았다. 창문과 문을 단단히 걸어 잠근 집 안에서
어머니들은 딸들과 함께 있고 아들들은 전부 한 방에 모여 있
을 터인데, 어머니들은 기회가 오면 본인과 자기 자식을 어떻
게 구할지 각자 고민하고 있었을 것이다. 우리는 그들이 안쓰
럽게 느껴져도 친구들에게는 절대 말하지 않았다. 우리가 궁극
적으로 승리를 거두기 위해 해야만 하는 일이라는 걸 알았다.

봉고

지금 나는 툇마루에 앉아서 새로 떠맡은 역할의 부담을 잊으려고 애쓰고 있다. 툴라는 아픈 친구를 병문안 가고 집에 없다. 툴라와 툴라의 동갑내기 친구들은 얼토당토않은 이야기와 이론으로 아픈 친구를 웃겨서 고통을 잊게 해주려고 최선을 다하고 있겠지. 친구들이 이런저런 주장을 내세우는 동안 툴라는 말없이 앉아서 고개만 끄덕거릴 것이다. 한번은 아이들의 이야기를 우연히 들었는데, 바다를 본 적도 없는 아이들이 바닷물이 언젠가는 다 말라버릴 거라고, 펙스턴 같은 미국인들이 강에 버리는 오염물질이 흘러들어가서 바다를 죽일 거라고 주장하고 있었다.

주바는 내 옆에서 야야의 품에 앉아 있다. 사헬은 부엌에서 저녁을 준비한다. 우리는 말라보 형이 실종되기 전과 다른 가족이 되었다. 어느덧 1년이나 지났지만 야야와 사헬은 여전히 운다. 하지만 그들은 여자이므로 눈물을 닦고 계속 살아갈 방안을 찾아야 한다. 우리 모두 멈추지 않고 나아가야 한다. 지금 우리 마을에는 아픈 아이가 일곱 명인데, 그중 세 명은 갓난아기다. 사카니는 천지신명의 도움으로 일곱 명 모두 회복할 거라고 말한다. 어쩌면 우리에게 찾아온 새로운 희망이 아이들을 지탱하고 있는지도 모른다. 우리가 자신들을 위해 힘껏 싸우고 있으며 승리할지도 모른다고 느낀 걸까. 주민들 모두가 한마음으로 믿기 시작한 덕분에 코사와의 분위기가 한결 밝아졌다. 어떻게 될지 불안해하기만 하던 시기는 끝났다. 우리 모두 그것을 알고 있다.

야야를 본다. 이가 거의 다 빠져서 뺨이 이전보다 더 움푹하게 파인 듯하다. 겉으로만 보면 야야는 차분하다. 맏아들을 그리워하며 흘린 눈물로 하루를 시작한 티를 내지 않는다. 아버지가 죽었을 때 야야는 한 달 가까이 매일같이 울면서 하루를 시작했다. 형이 죽은 지금 야야가 여생을 눈물로 보내리라는 것은 기정사실이다. 나 때문에 우는 날이 오지 않기를 기도한다. 야야는 주바를 안고 어르고 있다. 이제 네 살이나 된 주바를 아기처럼 대하면 안 될 것 같지만 두 사람은 한시도 떨어지지 않으려고 한다. 말라보 형은 생전에 이것을 마뜩잖게 여겼다. 야야한테 그만두라고 말하곤 했지만, 그런 사랑을 어찌 말릴 수 있으랴? 야야는 나의 아이도 안고 싶어 하지만, 언제 아내를 데려올 거냐고 채근하지는 않는다. 내가 엘라리를 그만 잊고, 남자에게 선택받기를 갈망하는 여자들 중 한 명을 이웃 마을에서 찾아 결혼하기를 바라지만, 내게 이런 말을 하지는 않는다. 야야는 아무 말도 하지 않는다. 어머니들은 아무 말 없이 모든 것을 이야기하는 법이다.

친척 한 명이 우리 집 앞을 지나가다 즐거운 저녁을 보내라고 인사한다. 우리도 똑같이 인사한다. 루사카의 두 딸이 다가오고 있다. 언니는 키가 훤칠하고, 날씬하면서도 적당히 살집이 있다. 아름답다. 갑자기 이 소녀에게 관심을 갖는 나 자신이 놀랍다. 엘라리를 잊어가고 있다는 뜻이기를 바란다. 엘라리를 잊어야 한다. 매일 밤 다른 남자가 그녀의 허벅지 사이로 들어간다. 그녀는 신음하며 내 이름이 아니라 그 남자의 이름을 부른다. 평생 내 이름만을 부르겠다고 약속했건만. 수백 번 약속했건만. 내 침실에서 처음 밤을 보낸 날부터 정원의 버스에서 어떤 인부 옆에 앉은 그날까지 말이다. 그날 이후로 그녀는 내 것이 아니었다.

루사카의 큰딸이 가까이 온다. 엘라리의 날씬하고 탄탄한 허벅지에는 비할 바가 아니지만 언젠가 남자를 유혹할 수준은 될 것이다. 저 움직임을 보니 엘라리를 대신할 여자를 찾고 싶은 충동이 든다. 내 것이라고 부를 수 있고 원할 때마다 만질 수 있는 몸을 원하지만 당장은 여자를 쫓아다닐 시간이 없다. 엘라리가 결혼한 뒤에 여자를 몇 명 만났다. 그중 한 명은 내가 감히 엘라리에게 물어보지도 못한 행위를 하게 해주었다. 하지만 이 여자들은 뇌가 녹아버릴 것처럼 벗은 몸에 대한 굶주림이 들 때 나의 물건을 잡아뜯지 않게 도와준 것이 전부다.

루사카의 딸이 끝까지 내 얼굴에만 시선을 주지 않으며 한들한들 다가온다. 아기를 낳을 준비가 된, 영근 몸이다. 죽은 아기들. 죽은 아기들을 머릿속에서 애써 밀어낸다. 코사와의 여자아이들은 알기나 할까. 어머니가 된 기분을 미리 맛보려고 잔가지와 줄기를 엮고 꽃잎 눈을 붙인 아기 인형을 어르고 노래를 불러주면서, 자신들의 소망이 이루어져도 결국 죽음으로 끝나리라는 것을 알까? 탄생은 죽음을 향한 하나의 절차일 뿐이라는 사실을 아이들에게 가르쳐야 하지 않을까? 툴라는 이것을 알까? 그래서 친구들이 바로 옆에서 기웃거리는 죽음을 인지하지 못하고 가짜 아기를 귀여워할 때 놀이에 참여하지 않고 눈살을 찌푸린 채 보고만 있었던 걸까?

툴라의 친구가 갓난아기 동생을 데리고 온 날을 기억한다. 툴라와 친구와 동생, 그리고 다른 친구 두 명이 우리 집에 있었다. 내가 보고 있는 줄 모르고 한 여자아이가 젖을 먹이는 흉내를 낸답시고 원피스를 걷어 올리고 납작한 가슴에 아기 얼굴을 가져다 대었다. 아기가 살을 물고 빨자 소녀의 얼굴에 기쁨이 번졌다. 다른 소녀들은 킥킥거렸다. 그러나 툴라의 얼굴에는 이렇게 적혀 있었다. 저런 짓을 하느니 차라리 죽고 말겠어. 그 아기는 오랫동안 병치레를 했지만 다행히 살아서 아직 우리 곁에 있다. 하지만 이런 것을 생각하고 있을 때가 아니다. 내가 언젠가 맞이할 아내를 생각해야 한다. 젖가슴이 탐스럽고 피부가 부드러우며, 집을 말끔하게 관리하고 나를 행복하게 해주는 것에 희열을 느끼는 여자이길 바란다. 그녀의 허벅지가 얼마나 달콤할까. 나는 눈을 한참 낮추어야 할 것이다. 황홀하기 그지없는 엘라리라는 세계와, 나의 몸을 꼭 끌어안고 가장 깊숙한 오지로 이끌던 팔과 다리도 잊어야 한다.

"안녕하세요, 할머님. 안녕하세요, 봉고." 루사카의 딸이 어느새 내 앞에 와 있다. 동생도 나란히 서 있는데, 언니보다 미모가 한참 떨어진다. 벌써부터 측은한 마음이 든다. 언젠가 이 소녀는 자신이 누군가의 셋째나 넷째 아내밖에 될 수 없다는 사실을 깨달을 것이다.

야야가 힘없이 웃으며 자매에게 고개를 끄덕인다. 야야는 계속해서 주바를 어르고 있다.

"아버지는 어떠신가요?" 내가 묻는다.

"봉고, 아버지가 당장 뵙기를 원하세요." 아름다운 큰딸이 말한다. 여자의 작은 치아는 어떤 위험도 예고하지 않는 구름처럼 새하얗다.

"봉고, 완자가 한 말 들었니?" 야야가 말한다.

"네, 네." 내가 말한다. 너무 오랫동안 여자를 빤히 보고 있었다. "아버님께서 저를 보고 싶어 하신다고요?"

"네, 맞아요. 당장 와달라고 하셨어요. 중요한 일이라고요."

나는 고개를 끄덕이고 일어나지만 서두를 필요를 느끼지는 못한다. 루사카가 무슨 중요한 할 말이 있겠는가. 포로들은 철저하게 감시를 받으며 갇혀 있지 않은가. 우리의 허락 없이는 아무 데도 가지 못한다. 군인들은 엉뚱한 곳에서 그들을 찾고 있을 것이다. 우자 베키와 그의 가족 역시 감시를 받고 있다. 우리는 이 사건이 마무리되기까지 모든 단계를 계획해놓았다.

방으로 가서 침대에 쌓아둔 옷 무더기 맨 위에 있는 셔츠를 집는다. 사헬이 오늘 빨래하고 다려놓았다. 말라보 형이 사헬처럼 책임감 강한 여자와 결혼한 덕을 가족 모두 보고 있다. 좋은 여자라면 가족을 위해 마땅히 해야 하는 일들을 사헬은 불평 없이 해낸다. 어쩌면 루사카의 딸이 곧 내 옷을 빨고 다리게 될지도 모르지. 이런 생각을 하자 기분이 좋아 입에 미소가 걸

114

린다.

루사카의 딸들을 따라 그의 집으로 가는 길에 난 완만하게 둥그스름하고 실한 여자의 엉덩이에 감탄하지만, 안타깝게도 욕심껏 볼 수는 없다. 자기 집 툇마루에 앉아 있는 친구들과 친척들을 마주칠 때마다 인사해야 하기 때문이다. 나를 부르는 이들에게 지금 당장은 한담을 나눌 시간이 없다고 말한다. 무슨 일이 있어서는 아니다. 전부 괜찮을 것이다.

애초에 나는 이 일에 가담하고 싶지 않았다. 코사와에 불행을 불러온 자들이 우리를 내버려두고서도 자기들이 원하는 바를 이룰 수 있다고 깨닫기를 바랐다. 하지만 자신의 행복이 타인의 불행에 기반을 두고 있다고 많은 이들이 믿는 세상에서 우리가 달리 무엇을 할 수 있었겠는가?

그날 펙스턴 대표단의 자동차키를 빼앗아 나타난 콩가를 보고 나는 그가 택한 방법과 태도에 경악했다. 친구들도 나와 같은 생각을 하고 있었다. 과연 이것이 옳은 방법일까? 더 적당한 때를 기다려야 하지 않을까? 불가해한 힘에 사로잡혀 즉흥적으로 일을 벌이는 것보다는 단계별로 계획을 차근차근 세운 다음에 실행하는 편이 낫지 않을까? 본인의 입에서 나오는 말을 통제할 수 없는 남자의 명령을 내가 왜 따랐는지 지금도 이해하기 어렵지만, 그날 저녁에 콩가는 우리 코사와 사람들이 들어야 하는 말을 했다. 나 역시 그 말을 들어야만 했다. 말라보 형도 같은 말을 했었지만 그때 나는 듣기를 거부했다. 신뢰와 조언으로 형에게 도움을 주는 대신 아무런 지지 없이 베잠으로 보냈다. 또다시 형을 실망시킬 수는 없다.

나와 친구들은 펙스턴 대표단과 우자 베키를 끌고 가 루사카네 외당 구석에 처박았다. 그들의 손과 발을 결박하여 뒷방에 가두자고 콩가가 제안하자 우자 베키가 외쳤다. "콩가 완지카, 반투 완지카의 아들이여, 내가 자네에게 대체 무엇을 어쨌길래 이런단 말인가…?"

죽은 아이의 시신 앞에 쓰러져 오열하는 어머니를 볼 때마다 나도 비슷한 말을 했다. 코사와의 적이여, 우리가 대체 당신들에게 무슨 잘못을 했다고 이러는가?

많은 밤에 나는 침대에 누워 커다란 부채로 변신하는 것을 상상한다. 부채가 되어 코사와를 뒤덮은 더러운 공기를 정원 너머 언덕 뒤로 몰아내면, 강한 바람이 더러운 공기를 멀리멀리 쓸어가고 맑은 공기를 되돌려줄 것이다. 또는 내가 하늘에서 지구의 심층부까지 이어지는 거대한 벽이 되어 그 어떤 송유관도 지나가지 못하도록, 우리의 물에 오염물을 퍼뜨리지 못하도록 막는 것을 상상한다. 어린이들에게 소박한 것을 선물하고 싶을 뿐이다. 깨끗한 물. 깨끗한 공기. 깨끗한 음식. 아이들이 지저분한 걸 좋아하면 더럽히라고 하자. 감히 누가 아이들에게서 그 권리를 앗아간단 말인가?

나는 코사와에서 으뜸가는 사냥꾼이나 농사꾼이 아니며 장로의 위치에 오르려면 한참 남았다. 그런데도 군인들이 떠난 뒤에 마을 남자들은 나를 지도자로 지목했다.

그날 저녁에 루사카는 마을 남자들 앞에 서서, 우리에게 새로운, 용감한 지도자가 필요하다고 말했다. 형의 동갑내기 친구인 투니스가 자원했지만 아무도 내켜하지 않았다. 투니스는 열정적이지만 농지거리를 너무 좋아한다. 더구나 얼마 전에 쌍둥이 딸을 보았는데, 이런 인생 대사를 치른 남자는 남성의 저돌적인 본능에 충실하기 어려울 터이다. 사촌 소니도 자원했다. 소니의 아버지 망가 삼촌은 태어날 때부터 똑똑했던 소니가 좋은 지도자가 될 거라며 지지했다. 하지만 아버지가 아들을 추천하는 것은 공정하지 않다는 불만이 제기되었다. 누가 누구를 추천할 자격이 있는가에 대해 논쟁이 일어나려고 하는데 루사카가 손을 들어 사람들을 조용히 시켰다. 펙스턴 대표단을 자기 집으로 데려가겠다고 말한 바로 그 자리에서 루사카는 내가 지도자가 되어야 한다고 선언했다. 작년에 나보다 코사와를 위해 봉사한 사람은 없다고 했다. 여러 남자들이 고개를 주억거렸다. 반대는 없었다.

나는 자리에서 일어나 루사카도 나만큼 봉사했다고 말하려 했지만 루사카는 내가 끼어들 틈을 주지 않고 말을 이어갔다. 루사카는 여러 이유로 내가 지도자가 되기를 바란다고 말했다. 지난 2년간 아이들이 죽을 때마다 내가 한 번도 빠지지 않고 묫자리 파는 일을 도왔다고 했다. (루사카가 잘못 알았다. 엘라리가 이제 나를 사랑하지 않는다고 말한 이후 나는 밥을 먹으라는 형의 말도 들은 척하지 않고 온종일 침실에 앉아서 벽만 쳐다보았고, 잠에서 끝내 깨어나지 못한 아홉 달배기 아기의 집에서 들려오는 곡소리도 무시했다. 나는 이 아기의 장례식에 가기는커녕 이름도 물어보지 않았다.)

또한 루사카는 내가 베잠에서 실종된 사람들을 찾는 일에 앞장섰다고 말했다. (내가 사람들을 모아서 배잠으로 가기는 했지만 코사와를 위해서가 아니라 형과 우리 가족을 위해서 한 일이었다.) 또한, 콩가가 펙스턴 대표단을 붙잡을 자원자를 청했을 때 내가 제일 먼저 일어났다고 루사카는 말했는데, 이 또한 루사카가 잘못 알았다. (나는 앞으로 나간 젊은이들 가운데 맨 뒤에 있었다.) 그리고 마을 회의가 끝나고 콩가의 제안으로 남자들 모두 쌍둥이의 집 앞에 모였을 때 몇몇 사람이 보이지 않았는데—루사카는 말하면서 고개를 돌린 겁쟁이들을 가리켰다—내가 집에 찾아가서 부인 치마폭에 숨어 있던 그들을 끌어내고, 겁에 질려 오줌을 지린 닭이나 다름없다고, 무가치한 놈들이라고 부인과 아이들 앞에서 모욕을 주었다고 말했다. (나는 그런 말을 한 적이 없다. 당장 나랑 같이 가야 한다고만 말했다. 한데 지금 생각해보니 그들 집 안에서 모욕을 주지 않은 것이 후회스럽다. 자기 가족의 안전을 위해 다른 남자들이 싸우고 죽어가는 판에 사지도 멀쩡하면서 집에 숨어 있는 남자는 남자라고 불릴 자격이 없다.)

"또, 군인들이 오기 전에 우자 베키와 협상을 한 것도 봉고였소." 루사카가 말했다. 이것은 사실이다. 그 자리에 루사카와 장로 두 명이 함께 있긴 했지만, 우자 베키에게 지금 코사와의 운명이 그에게 달려 있으니 동족을 택하거나 적을 택하거나, 결정을 내리라고 내가 말했다. 우자 베키는, 어쨌든 그날 오후에는, 우리를 택했다. 군인들은 펙스턴 대표단이 우리 마을을 떠났다고 믿었다. 전투는 이제 막 시작되었고, 우리가 한발 앞서고 있다.

"우리가 이기고 있지 않습니까?" 루사카가 남자들에게 물었다.

"그렇습니다." 남자들이 답했다.

"계속 이길 것입니다. 그렇지 않습니까?"

"계속 이길 것입니다."

"그렇습니다." 루사카가 말했다. "봉고 덕분입니다."

매일 아침 나는 신령에게 감사할 이유를 달라고 부탁한다. 형의 아이들을 굽어살피사 기도한다. 주바는 악몽을 꾸고 땀에 흠뻑 젖어 깨어나곤 한다. 툴라는 내가 베잠에서 형을 구해 오지 못한 날 이후로 나와 거의 말을 하지 않는다. 나는 형을 실망시켰다. 툴라도 실망시켰다. 아이가 새벽에 내 방에 와서 침대로 슬그머니 올라와 셔츠 아래 손을 넣던 시절이 그립다. 이따금 나는 그저 툴라의 웃음소리를 들으려고 간지럼을 태웠다. 아이의 커다랗고 둥근 눈이 더 커지는 것을 보면 행복했다. 어렸을 적에도 툴라의 하트 모양 입술과 기다란 속눈썹에서 미인으로 자랄 가능성이 엿보였다. 이제 툴라는 아름다운 여자로 피어나기 바로 직전의 나이에 이르렀지만 깡마른 탓에 코사와의 남자들에게는 인기가 없을 것이다. 툴라는 나이가 들수록 자신의 내면으로 깊이 침잠하고 있다. 이따금 속을 알 수 없는 아이의 미소를 보면 그 신비로움이 남자들을 밀어내고 결국 아름다운 얼굴마저 낭비될까봐 걱정스럽다. 그 애 아버지도 속을 알 수 없는 사내였다. 부녀는 외모는 별로 닮지 않았지만 성격이 똑같다. 숱한 밤에 그들은 툇마루에 앉아 웃으며 이야기했다. 형이 사라진 지금, 툴라가 형 말고 다른 사람과는 생각을 공유하고 싶지 않아서 마음의 문을 닫은 것 같아 걱정이다. 툴라가 소리 내어 말한 적은 없지만, 툴라는 아버지를 앗아간 모두에게 화가 나 있다. 아, 한낱 아이가 분노한다고 무엇을 할 수 있겠는가? 교과서를 펼치고 공부하고 있을 때는 아무 고민 없는 평범한 소녀 같지만, 형이 사라진 날수가 늘어날수록 툴라는 말수가 적어지고 맥없는 미소에서 분노가 점점 스며 나온다. 아버지가 없는 집에 있을 때보다는 친구들과 있을 때 그나마 조금 더 자주 웃는다.

툴라가 여느 마을 소녀였다면 나는 신령이 가슴속 상처를 치유해주고 고통을 덜어주기를 바라기만 하겠지만, 이 아이는 형의 자식이다. 미래를 알 수 없는 지금, 말라보 형이 시작한 일을 내가 언제 끝내고 나의 자식을 낳아줄 여자를 찾는 데 힘을 쏟을 수 있을지 모르는 지금, 툴라는 내게 딸과 가장 근접한 존재다. 바로 그 이유로, 불가능해 보이기도 하지만 나는 툴라가 가슴에 한이 없는 여자로 자라나기를 간절히 바란다. 형과 재회하는 그날이 왔을 때 비록 내가 형은 구하지 못했지만, 형의 자식들만큼은 깨끗한 코사와에서 자랄 수 있도록 최선을 다했다고 당당히 말하고 싶다.

루사카네 집에 도착하자 다른 남자 두 명이 더 있다. 망가 삼촌과 폰도는 마을 장로인데, 폰도는 우자 베키의 하나 남은 누이와 결혼했다. 아흐레 전 자기 집에 포로들을 가두어놓기 시작한 이래 루사카는 이 두 명에게 조언을 구해왔다. 두 사람이 옳고 그름을 구별하는 지혜가 있다고 나 역시 믿는다. 내가 스툴을 가지고 와서 옆에 앉자 두 사람이 내 시선을 피한다.

"죽어가고 있네." 내가 앉자마자 루사카가 말한다.

"누가요?" 내가 묻는다.

"아픈 남자." 루사카가 말한다. "조금 전에 내 부인이 그 남자의 토사물을 치웠어. 오후 내내 토하더군. 몸이 끓는 것처럼 뜨거워."

망가 삼촌과 폰도가 시선을 내게 돌린다. 그들의 표정이 말한다. 자네가 지도자일세. 이 위기를 타개하게.

"새로운 계획을 짜야 하네." 망가 삼촌이 말한다.

"별별 방법을 다 써봤습니다만 그들은 입도 벙끗하지 않아요." 루사카가 말한다. "간밤에 이들에게 말했습니다. 여러 사람 이름을 달라는 것이 아니다, 우리의 사연에 귀 기울여줄 사람 대여섯 명 이름만 알려달라. 이렇게 말했는데 대장이란 놈은 나를 마치 쓰레기처럼 보고, 나머지 두 명은 눈을 뜨지도 않더군요."

"때리면 어떻겠나." 폰도가 제안한다.

"때린다고?" 삼촌은 동갑내기 친구로부터 듣지 못할 말을 들은 것처럼 헛웃음을 친다. "한 명이 죽어가는데 지금 그들을 때리면—"

"정보를 얻어내지 못하면 포로로 데리고 있는 게 무슨 소용인가? 위험을 감수하고 하는 일인데, 헛짓거리가 되지 않겠나?"

"헛짓거리가 되진 않을 겁니다." 내가 말한다.

"그럼 죽을 때까지 가둬두기만 하나?" 폰도가 묻는다. "그게 새로운 계획인가? 언제가 되든 군인들은 그들을 찾으러 돌아올 거네. 더 많은 질문을 하겠지. 이것이 발각되면 우리를 어떻게 할지 누가 알겠나."

"들키지 않으면 저들은 절대 알아낼 수 없습니다."

"자기네 직원들이 실종되었는데 펙스턴이 그냥 넘어가겠

나?"

"봉고, 어떻게 해야 되겠나?" 루사카가 속삭이듯 말한다. 마을 사람들에게 숨기려는 건 아니지만 우리 모두 나직이 목소리를 낮춘다.

결심이 흔들린다. 우리 계획대로 되지 않을 수도 있다고 각오는 했지만 그중 한 명이 잡혀 있는 동안에 죽으리라고는 상상도 못 했다.

우리가 제안하고 코사와 남자들이 동의한 계획은 단순하다. 우리를 도울 능력이 있는 베잠 사람들의 이름을 알려줄 때까지 저들을 붙잡아둔다. 그들에게서 딱 그것 하나만 바랐다. 몇몇 사람들의 이름. 그다음엔 풀어줄 것이다. 마을 회의가 열리고 이튿날 아침에 쌍둥이의 집에서 나오며 우리는 그렇게 계획했다. 그날 밤 우리가 창과 칼을 들고 코사와를 위해 죽을 각오를 다지는데 왜 콩가는 함께하지 않았는지 모른다. 또한 쌍둥이가 우리에게 어떤 주술을 걸었는지도 평생 알 수 없을 것이다. 그게 무엇이었든지 간에, 우리가 무력이 아닌 계략으로 맞서기로 결정하게 이끈 것은 틀림없다.

펙스턴 대표단이 우리를 도울 능력이 있는 권력자들의 이름을 알려주면 우리는 훈제한 야생 동물 고기와 건조시킨 향신료, 얌, 야자유, 또한 마을에서 가장 살진 암탉의 달걀을 선물로 준비해 베잠에 갈 생각이었다. 그들에게 선물을 바치고 우리의 사정을 솔직히 털어놓는다. 그들이 능력만 있는 것이 아니라 신념과 따뜻한 마음씨를 지닌 사람들이라고 포로들이 말해주었을 테니까. 그들 사무실에 찾아가서 무릎을 꿇고 찬사를 바친 뒤에, 제발 우리 마을로 같이 가자고 부탁한다. 우리 아이들이 얼마나 고통받고 있는지 직접 봐주십시오. 그들이 우리 마을을 방문하는 동안에는 우자 베키네 집에 머무르라고 초대한다. 그 집에 새로 칠을 하고 마을 여자들을 시켜서 깨끗이 치운 뒤에 장미와 해바라기를 가득 심어서 귀빈들에게 걸맞은 향기로 채운다. 수도에서 까마득히 먼 조그만 마을의 집일 뿐이지만 베잠에서 가장 으리으리한 집과 진배없이 아름답고 향기로울 것이다. 어린이들의 교과서에 실린 미국인들의 집을 보고 비슷하게 꾸민다. 우자 베키가 그들을 접대하는 동안 그의 가족은 이웃 집에서 지낸다. 우리는 여자들에게 악감정을 삼키고, 그들 입맛에 맞추어 요리해주라고 타이를 것이다. 우리는 우자 베키에게 루사카의 뒷방에서 풀어주겠다며 이 계획을 공유했다. 계획을 성사시키려면 그의 집이 필요했다. 우자 베키는 협상에 수긍하며 집을 빌려주기로 했다. 모르긴 몰라도 그는 베잠의 권력가들을 자기 손님으로 맞이할 기회를 반겼을 터이다.

우리는 거지가 아니지만 베잠에 가서 그들 앞에 넙죽 엎드리고, 그들의 신발이 아무리 더러워도 발에 입맞출 것이다. 우리의 터전에서 노년을 맞이하려면 도움이 필요하다. 몇 번이라도 베잠에 갈 것이다. 계속해서 찾아가고 애원하고 선물을 바칠 것이다. 정부의 고위 인사와 펙스턴의 임원 한 명을 코사와로 데리고 올 수 있을 때까지 쉬지 않을 것이다. 그들이 오면 진수성찬을 대접하고 선물로 땅을 바칠 것이다. 아픈 아이들을 그들의 발치에 눕히고 가엾게 여겨달라고 빌 것이다. 아, 한때는 자부심 강한 부족이었으나 고통이 우리를 비천하게 만들었구나. 그렇지만 후손들을 위해서라면 이보다 더 큰 수치도 감내

할 수 있다.

펙스턴 직원들로부터 중요한 정보를 캐내는 일은 루사카가
맡았다. 그들이 루사카를 적이 아니라 자신들의 자유를 손에
쥔 남자로 보게 되면 좀더 선선히 믿고 말할 거라고 기대했다.
그들이 코사와에서 믿을 사람은 루사카뿐이었다. 마을 회의가
열린 그날 밤, 포로들을 자기 집으로 데리고 간 다음에 콩가에
게서 자동차키를 받아낸 사람이 결국 루사카 아니었는가. 콩가
는 루사카에게 자동차키를 던져주고 나간 뒤로 종적을 감추었
다. 마을 남자들이 쌍둥이의 집 앞에서 모이기 전에 루사카는
남자 세 명을 이끌고 교정을 수색해 펙스턴 운전사를 찾았다.
운전사는 어둠 속에서 자동차키를 찾아 헤매고 있었다. 루사카
는 운전사에게 자동차키를 보여주며 따라오라고 일렀다. 다른
포로들과 함께 갇히기 전에 운전사는 저항하지 않았다.
"당신이 원하는 사람들 이름을 알려주면 우리를 어떻게 할
거요?" 루사카가 우리의 요청을 전달하자 둥근 남자가 물었다.
"자동차키를 돌려주고 조심히 가라고 인사할 것이오." 루사
카가 답했다.
대장이 코웃음쳤다.
"정말입니다." 루사카가 말했다.
"거짓말이야." 대장이 으르렁댔다. "우리에게 준다던 침대는
어딨나? 죽은 아들들의 무덤은? 죽은 아들이 있기는 한 건가?"
"나도 내게 죽은 아들이 없었으면 좋겠소."
"당신들에게 이름을 말해주자마자 우리를 죽이겠지." 아픈
남자가 말했다.

"우리는 다른 인간을 죽이지 않아요." 루사카가 대꾸했다. "그건 당신들이 하는 일이오."

"무사히 넘어가지 못할 거다. 내가 장담하지." 대장이 을러댔다. "혹독한 처벌을 받을 거라고."

"우리를 죽이지 않는다고 맹세하면 당신들이 원하는 것을 알려줄 수 있소." 아픈 남자가 중얼댔다.

"닥쳐." 대장이 말했다.

"저 사람을 두려워하지 말아요." 루사카가 말했다. "내게 말해요."

"자동차." 운전사가 말했다. "부탁이니까 자동차는 건드리지 마쇼."

"당신 차를 며칠 전에 안전한 곳으로 옮겨놓았소. 아이들이 가지 못하는 곳으로." 루사카가 말했다. "자동차키는 여기 내 주머니에 있소. 모든 조상에게 맹세코, 우리가 원하는 사람들 이름만 알려주면 당신들을 자동차로 안내하고 자동차키를 건네준 다음에 베잠까지 무사히 가라고 인사할 거요."

대장이 웃음을 터뜨렸다. "우리를 보내주면 전부 없던 일이 될 거라고 생각하나? 안녕히 가시오. 안전한 여행 하시오. 우리 마을에 포로로 가두어두어서 그동안 즐거웠소?"

"전부 없던 일이 될 겁니다." 루사카가 말하고, 뒤돌아서 방에서 나갔다.

어떻게 모든 일이 기억에서 사라질지 말해봤자 그들은 이해하지 못했을 거다. 우리에게 필요한 정보를 주고 루사카네 집에서 나온 다음 자동차로 돌아가기 전에 자카니와 사카니의 집에 한 시간쯤 머무르리라는 것을 말해줄 필요는 없었다. 눈가리개를 씌워 쌍둥이의 집에 데려가면 그들이 코사와에 온 순간부터 고향에 돌아가려고 자동차에 타는 순간까지 모든 기억이 사라질 것이다. 기억이 자취도 없이 사라져서, 그들 가족과 친구들이 출장이 어땠는지, 코사와에서 무엇을 했는지, 왜 그렇게 출장이 길어졌는지 물으면 그들은 자동차가 고장나서 수리하느라 오래 걸렸지만 여느 때와 다름없었다고 말할 것이다. 별다른 사건 없이 이런저런 업무를 처리했고, 이제 집에 돌아와서 기쁠 따름이라고.

가족과 친구들은 그들의 무덤덤한 태도에 당혹스러워하겠지. 어떻게 네 명 모두 출장에 대해 일언반구도 없냐고 자기들끼리 의논할지도 모른다. 아니면 일체 질문하지 않고 속으로만 궁금해할지도. 결국에 그들은 무어라 생각할지 결론을 내리지 못할 터인데, 혹시나 수상하게 여겨도 우리 마을과 연관 짓지는 않을 것이다. 코사와 주민들 말고는 이 세상 누구도 며칠간 무슨 일이 있었는지 알 수 없다. 그럴 리는 없지만 만에 하나 정부와 펙스턴이 우리 마을로 군인들을 보내 왜 그들이 실종된 기간에 대해 아무런 기억도 못 하냐고 물어보면, 우리는 다시 한번 광장에 모여서 놀란 척 능청을 떨 거다. 아니, 어떻게 우리 마을 회의가 끝나고 떠난 다음에 실종될 수가 있지. 정말 이상해. 이해할 수 없어. 우리는 참으로 이상한 시대에 살고 있군.

하여간에 이건 모두 나중에 일어날 일이다. 일단은 우리 계획의 다음 단계로 넘어가야 한다.

지금으로서는 펙스턴 대표단이 죽지 않게 살려두고 정보를 얻는 것에만 집중해야 한다.

나는 바람을 좀 쐬고 오겠다고 말하고 밖으로 나와서 아픈 남자를 어떻게 할지 고민한다. 벤치에 앉아서, 말라보 형이었다면 어떻게 했을지 상상해본다.

"그들에게 데려가주세요." 나는 다시 집에 들어가서 루사카에게 말한다.

초가집 뒤쪽의 부엌 밖에서 루사카의 아내가 하나 남은 아들과 황혼 속에 앉아 있다. 아이는 어머니의 부드러운 목소리를 들으며 눈시울을 훔친다. 루사카는 그들을 못 본 체하고 뒷방 문을 잠가놓은 밧줄을 푼다. 나는 망가 삼촌과 폰도와 루사카와 함께 방으로 들어간다.

어둠에 눈이 익자 펙스턴 대표단과 운전사가 텅 빈 뒷방의 귀퉁이를 하나씩 차지하고 앉아 있는 것이 보인다.

마을 회의가 있던 날 이후로 이들을 처음 본다. 대장은 웃통을 벗고 벽에 기대앉았다. 고개를 푹 떨구고 있다. 손과 발이 앞으로 결박되어 있다. 앞에 놓인 음식에는 손을 댄 흔적이 없다. 방의 건너편에는 소변 양동이가 놓여 있다. 이들이 손발이 결박된 채로 어떻게 밥을 먹고 볼일을 보고 가려운 곳을 긁을지 걱정했는데, 루사카는 잘할 수 있다고, 포로치고 매우 편히 대접받을 거라고 장담했다. 매일 아침 루사카는 이웃 남자 두 명의 도움을 받아 포로들을 한 명씩 변소로 데려간다. 야자잎을 엮어 만든 변소 안에서 결박을 풀어주고 시간을 충분히 준다. 둥근 남자와 아픈 남자는 이 시간을 한껏 활용한다. 하지만 운전사는 옆에 누가 있으면 변이 나오지 않는다고 늘 불평한다. 그럼 루사카는 자기는 이제 사냥을 갈 거라고, 지금 볼일을 보지 않으면 저녁까지 엉덩이에 힘을 주고 참아야 할 거라고 대꾸한다. 매일 아침 운전사는 이에 대해 투덜거리고는, 어금니를 악물고 배에 힘을 준다.

한편 대장은 뒷방에 갇혀 있는 내내 자리에서 일어나 변소에 가기를 거부했다고 한다. 자신이 얼마나 대단한 사람인지 보여주겠노라 단단히 작정했는지, 밥도 거의 먹지 않고, 코사와에 오기 전에 먹은 고급 점심의 찌꺼기로 버티고 있다. 이 남자를 보고 있자니 딱할 정도로 오만하고 표독스러운 성깔이 몸속에 가득한 똥독 때문이라는 확신이 든다.

"안녕하시오, 대장." 내가 말한다. 그는 응수하지 않는다.

루사카와 어르신들도 인사하지만, 대장은 그들도 무시한다.

아픈 남자가 신음한다. 나는 가까이 다가가서 그를 살펴본다. 아픈 남자는 누워 있는데, 땀에 흠뻑 젖은 셔츠 속에서 몸을 떨고 있다. 운전사가 결박된 손으로 아픈 남자의 이마에서 힘겹게 땀을 닦아준다. 둥근 남자는 여전히 위아래로 양복을 차려입은 채로 아픈 남자로부터 멀찌감치 떨어져 앉았다. 그가 내 눈을 보며 자기에게 무슨 말을 하기를 기다리지만 나는 입을 다물고 있다. 코사와 사람들 모두 대장을 가장 싫어하지만, 나는 처음 본 순간부터 이 남자가 왠지 오싹했다.

나는 아픈 남자에게 다가가 몸이 어떠냐고 묻는다.

"제발, 도와주시오." 남자가 말한다. "여기서 죽고 싶지 않아요."

"무슨 병입니까? 어디가 아파요?"

남자가 고개를 돌린다. 남에게 말하기 수치스러운 병인가?

"이름이 뭡니까?" 남자에게 묻는다.

"쿰붐."

"명예로운 쿰붐 씨. 내 이름은 봉고입니다. 난—"

"나는 높은 사람이 아닙니다." 쿰붐이 말한다. "그냥 병자예요. 제발, 집에 보내줘요. 내 딸이 보름 뒤에 결혼합니다. 준비해야 할 것이 태산이에요. 아내를 도와야 해요. 제발…."

"딸 이름이 뭡니까?" 내가 묻는다.

"미미." 그가 말한다. "우리 장녀예요." 남자가 한숨짓는다. "군인들이 우리를 찾으러 오기를 기다렸는데 오지 않는 모양이군요. 우리를 여기에 가두어놓은 지 벌써 아흐레 됐습니다. 아마 엉뚱한 곳에서 찾고 있겠지요. 이곳 주민들의 뒷방을 뒤질 생각은 안 하겠지요. 나는 집에 가야 해요. 원하는 건 뭐든지 알려줄게요."

"입 다물고 있어." 대장이 쏘아붙인다.

루사카도 쿰붐 옆에 쪼그려 앉는다. 루사카가 아픈 남자의 이마를 짚어보고 손을 거둔다. 표정으로 미루어 열이 더 오른 모양이다. 루사카는 종아리를 대고 책상다리를 하고 앉는다. 나 역시 자세를 바꾸어 편히 앉는다. 망가 삼촌과 폰도도 합류하여 우리 모두 바닥에 앉아서 쿰붐을 본다. 쿰붐은 땀을 흘리며 헐떡인다. 우리 앞에서 죽지 않기를 바란다. 둥근 남자는 구경이라도 난 것처럼 우리를 보고 있다. 저 눈을 파내어 투실투실한 살 속에 파묻고 싶다.

"쿰붐." 루사카가 조용히 말한다. "당신이 집에 가서 딸아이의 혼사를 준비하기를 우리도 바랍니다. 여기에서 죽기를 바라지 않아요."

"사실입니다." 내가 덧붙인다. "베잠에서 요직에 있는 사람의 이름만 알려주면, 우리를 도와줄 수 있는 사람을—"

"웃겨서 못 들어주겠구먼. 그만하시오." 운전사가 끼어든다. 나는 놀라서 돌아본다. 감히 당신이 뭔데 우리를 멸시하고 대화를 방해하냐고 따지고 싶지만, 지금 눈앞에서 사람이 죽어가고 있는데 이 남자의 죽음은 곧 우리의 죽음을 뜻하므로, 나는 운전사를 야단치는 대신 묻는다. "무엇이 웃기단 말이오?"

"그야 당신들이 마치 어젯밤에 하늘에서 이 나라로 뚝 떨어진 사람들처럼 말을 하니까 그렇죠." 운전사가 말한다. "베잠 사람들 가운데 단 한 명도 이런 마을에 관심을 갖지 않아요, 모르겠어요? 정부 사람들 아무도 신경 쓰지 않는다고요. 펙스턴도 마찬가지고요. 당신들 마을에 관심 있는 사람은 없어요."

그런 가능성도 염두에 두긴 했었지만, 우리는 세상 그 무엇도 절대적이라고 생각하지 않는다. 이것은 이렇다, 저것은 저렇다,라고 절대적으로 확신하는 것이 과연 합리적일까? 그 누가 이 세상과 역사를 전부 경험하고 모든 가능성을 겪어보았는가? 그런데 이 운전사의 말투는, 세상의 많은 일이 절대적이고 우리는 단지 지능이 열등해서 이해하지 못한다고 생각하는 듯하다.

"이 사람들이 가르쳐주는 고급 관리를 찾아가서 당신네 아이들을 구해달라고 애원하면 어떻게 될지 아시오?" 운전사가 말을 잇는다.

그래, 나도 당연히 생각해보았다. 형이 베잠에 갔다가 실종된 마당에 어떻게 생각해보지 않았겠냐고 받아치고 싶다. 어쩌면 베잠에 갔다가 영영 돌아오지 못할지도 모른다. 그렇다고 시도도 하지 말라는 것인가?

"어떻게 되는데요?" 내가 묻는다.

운전사는 고개를 설레설레 젓더니 대장과 비슷한 비웃음을 터뜨린다. 하도 웃어서 나중에는 기침까지 한다. 다 같이 리허설이라도 한 것처럼 쿰붐도 콜록거리기 시작한다. 메마른 기침과 가래 끓는 기침이 이어지다가 루사카가 부엌에서 물 두 잔을 가져오고서야 멈춘다. 운전사는 물을 전부 들이켠다. 쿰붐은 루사카가 입속에 흘려주는 물을 조금 홀짝인다.

"통카가 하려는 말은," 쿰붐이 단어 하나를 내뱉을 때마다 헐떡이며 말한다. "당신들이 베잠에 가서 무슨 말을 하든지 간에, 사람들은 그저 비웃기만 할 거라는 말이에요."

"우리는 바보가 아닙니다." 루사카가 말한다. "베잠에서 악인들이 소굴을 만들고 번식하고 있다는 것쯤은 압니다. 하지만 선한 사람들이 있다는 것 또한 알아요. 세상에 악한 사람들만 있을 수는 없지 않습니까. 그래서, 그 소수의 선한 사람들에게 우리를 인도해달라고 부탁하는 것이오."

"저 사람 말을 못 알아들어요?" 운전사가 외친다. "당신들 귀먹었어? 들어보쇼. 베잠에 선한 사람은 없어요. 여기 아이들이 죽든 말든 아무도 신경 쓰지 않는다고. 대체 어떻게 말해야 알아들어먹겠소?"

"베잠에는 악인밖에 없다고 지금 말하는 거요?" 망가 삼촌이 묻는다.

"내 말은, 당신들이 베잠의 한쪽 끝에서 반대쪽 끝까지 울면서 기어도 아무것도 달라지지 않을 거라는 말이오. 권력자들은 당신들이 가져간 선물을 덥석 받고 고맙다고 한 다음에 자기네 집 요리사에게 건네주겠지. 그 고기를 먹으면서 당신들이 왜 자기한테 선물을 주었는지도 기억하지 못할 거요. 이 마을에선 아이들 씨가 말라 다 죽을 거요. 여기 있는 사람들—" 운전사가 펙스턴 대표단을 가리킨다. "당신들이 펙스턴으로부터 받아낼 수 있는 건 이들뿐이오."

나는 루사카를 돌아본다. 루사카는 쿰붐을 주시하면서, 그가 운전사와 같은 의견인지 알아내려는 중이다.

"당신이 그걸 어떻게 압니까?" 루사카가 운전사에게 묻는다. "어떻게 그렇게 확신합니까?"

운전사는 이 질문을 몇 년째 기다려왔다는 듯이 퍼뜩 몸을 일으킨다.

"당신들만 이런 일을 겪고 있다고 생각하쇼?" 운전사가 말한다. "이 나라 곳곳의 마을과 도시가 이런저런 이유로 힘들어하고 있소. 당신들은 깨끗한 물이 없지. 저쪽 마을에서는 군인들이 소녀들을 범하고 있소. 다른 마을에서는 어떤 기업이 산림을 깡그리 벌목해서 땅이 죽어가고 있고. 또 어떤 곳에서는 귀한 보석이 발견되는 바람에 그곳을 점유하라는 명령을 받고 온 군인들이 주민들을 쫓아내고 죽이는데, 이유는… 이유가 필요합니까? 내 아내의 고향 마을에서는, 내 고향과 가까운 비코노방 지역인데, 정부가 동물 보호와 관련한 무슨 일을 한답시고 마을 전체를 차지했소. 주민들 모두 짐을 싸서 살 곳을 찾아 뿔뿔이 흩어졌지. 그곳 사람들은 달리 무슨 방법이 있었겠소? 아무것도 없었지. 거기 마을 사람들 열댓 명이 베잠에 와서 울고 불고 도와달라고 빌었소. 어떻게 됐을 거 같소? 마을로 돌아가서 기다리면 곧 도와주러 간다고 약속을 받았소. 그래서 얌전히 돌아가서 기다렸지요. 계속해서 기다리는 겁니다. 수십 번이고 베잠에 찾아와서 또 애원하지만, 아무것도 달라지지 않소. 그들에게도, 당신들에게도. 이곳이 싫으면 딴 데 가서 나라를 세우든가. 지금 이 나라를 손에 쥐고 있는 사람들은 현재 상태에 아무런 불만 없소."

나는 운전사를 보고 있지만 이 사내가 왜 이런 이야기를 하는지 도무지 가늠할 수가 없다. 악에 받쳤나? 화가 났나? 자기나 우리처럼 힘 없는 자들에게는 밝은 미래가 생득권이 아니라고 포기했는데, 우리는 희망을 붙들고 있어서 거슬렸나? 자신은 운전사 이상의 존재가 될 수 없다고, 강자들의 접시에서 떨어진 부스러기나 주워 먹을 운명이라고 체념했음이 틀림없다. 아마도 이자의 아버지가 부스러기를 주워 먹는 법을 가르쳤을 테고, 이 남자 또한 자신의 아들에게 똑같이 가르치겠지. 미소를 짓고, 고개를 조아리고, 주는 것은 아무거나 받아 먹어라. 고맙다고 굽신거려라. 아무것도 따지지 말고, 네가 숨쉬는 공기마저 그들 것이라고 온몸으로 표현해라.

"당신들이 할 수 있는 게 하나 있소." 쿰붐이 말한다.

"묘지 터를 넓히는 것 말고 뭐가 있겠소?" 운전사가 빈정댄다.

"앉게 도와주세요." 쿰붐이 내 팔을 잡으며 말한다. 쿰붐의 상태로 보아 손의 결박을 풀어주어야 하지 않을까 생각이 들지만 나는 연민을 밀쳐낸다. 괜히 약한 모습을 보였다가 속기라도 하면 우리의 계획이 수포가 될지 모르니까.

쿰붐이 고통에 신음하자 루사카가 뛰어나갔다가 베개를 가지고 돌아와서 그가 기대앉을 수 있게 벽에 받쳐준다.

"내게 조카가 있소." 쿰붐이 나를 보며 말한다. "그 애가 도와줄 수 있을 거요."

"조카가 정부나 펙스턴에서 일합니까?" 내가 묻는다.

"아니요, 그들과 일하지는 않습니다. 그 애는 신문기자예요. 당신들 이야기를 신문에 실을 수 있을 겁니다."

"그게 무슨 도움이 됩니까?" 내가 묻는다. "저 운전사 말로는 베잠 사람들 아무도 우리 이야기에 관심 없다는데요."

"그 신문 구독자는 베잠 사람들이 아닙니다. 미국인들이에요."

"미국요?"

"그래요, 미국. 펙스턴의 나라 말이오. 내 조카가 일하는 신문은 미국 독자가 많아요…." 쿰붐은 산소를 너무 많이 써서 새로 충당이 될 때까지 기다려야 한다는 듯이 말을 멈춘다. "미국인들은 먼 곳에서 일어나는 일에 대한 이야기를 좋아해요. 내 조카는 우리 나라에서 일어나는 일을 써서 알립니다."

"그러니까 당신 조카는 베잠 사람인데 미국인들 아래서 일한다는 겁니까?" 폰도가 묻는다.

쿰붐이 고개를 젓는다. "아니요, 내 조카는 미국인이에요. 이야기가 길어요. 그 애 아버지가 미국인인데 내 여동생과 결혼했어요. 조카애는 미국에서 얼마 전에 여기로 이주했고요. 복잡한 이야기입니다. 제발 내 말을 믿고, 가서 만나봐요."

"당신 조카가 우리 이야기를 진실하게 보도할 거라고 어떻게 믿습니까?" 내가 묻는다.

"그 애는 사람 됨됨이가 그래요. 만나보면 알 수 있을 겁니다. 세상에 알려져야 하는 이야기라고 생각하면 어떻게 해서든지 알리고야 마는 아이예요. 두려워하지 않아요. 사람들의 사연을 알아내고 그들의 이야기를 전하려고 베잠에서 별별 미팅을 다 하고 다닙니다."

"그래서 당신 조카가 쓴 우리 이야기를 미국인들이 읽으면…"

"자기네 나라 기업이 이 나라 아이들에게 어떤 짓을 하고 있는지 읽으면 화를 낼 겁니다. 미국인들은 능동적으로 나서길 좋아해요. 그들이 당신네 마을을 도울 수 있을지도 모릅니다. 어떻게 도와줄지는 나도 잘 모르지만—"

"하지만 미국에 있는 펙스턴 관계자들도 그 기사를 읽지 않겠습니까?" 망가 삼촌이 말한다. "우리 이야기를 읽은 친구들에게 사실이 아니라고, 당신 조카가 거짓말을 퍼뜨리는 거라고 우기면 어떡해요? 우리가 얼마나 고통받고 있는지 미국인들은 제눈으로 본 적이 없잖아요. 코사와에 와본 적도 없고요. 펙스턴은 자기들은 모르는 일이라고 시치미를 뗄 거예요."

쿰붐이 이에 대해 잠시 생각한다. "맞아요." 그가 말한다. "충분히 가능한 일이죠."

이제껏 입을 다물고 있던 대장이 쿡쿡 웃는다. "당신들 정말 웃겨. 정말 웃겨 죽겠어. 그거 알아?" 우리는 못 들은 척한다.

"내일 아침에 당장 베잠에 가봐요." 쿰붐이 말한다. "내 조카를 만나는 게 당신들이 할 수 있는 최선이에요. 내가 편지로 당신들을 소개해줄게요. 조카를 어떻게 만날 수 있는지도 말해주고요. 그전에, 제발 부탁입니다, 나를 풀어줘요. 제발요."

루사카가 내게 나오라고 손짓한다. 망가 삼촌과 폰도가 우리를 따라 나온다. 우리 네 사람은 어떻게 할지 의논하고 결정을 내린다. 나는 내일 당장 베잠으로 가서 신문기자를 만난다. 루사카와 다른 한 명이 나와 함께 가는데, 누가 갈지는 나중에 정한다. 일단은 쿰붐을 회복시켜야 한다. 좀더 편한 곳으로 옮겨야 한다. 우자 베키네 집이 좋겠다. 폰도가 자신의 처남인 우자 베키를 찾아가서 쿰봄을 돌보라고 말하는 것이 적절할 듯하다. 실종된 펙스턴 직원이 코사와에서 죽었다고 알려지면 우자 베키도 더는 정부와 펙스턴과 친밀한 관계를 유지하지 못할 거라고 상기시킨다. 어떻게 해서든지 쿰봄을 살려두어야 한다.

다른 펙스턴 대표단 두 명과 운전사는 루사카의 뒷방에 남는다. 망가 삼촌은 루사카가 베잠에 가 있는 동안 자기 아들 소니가 그들을 책임지고 감시할 거라고 다짐하는데, 나는 사촌 소니가 그다지 현명하지 못하다고 늘 생각해왔다. 소니는 매가리 없이 걷고 달팽이 기는 속도로 말한다. 그러나 이것을 들먹일 때가 아니다. 나는 고개를 끄덕이고, 소니가 실수하지 않기만을 기도한다. 우리는 계획을 실천에 옮긴다. 당장 회의를 열어 마을 남자들과 앞으로의 계획을 공유해야 한다. 그전에 펙스턴 대표단에게 곧 자유의 몸이 되리라 말해줘야지. 희망의 불씨를 살려두어야 하니까. 독성이 있는 옥수수를 쪼아 먹은 닭처럼 나머지 세 사람마저 갑자기 병들면 큰일이다. 그들이 제 발로 루사카네 뒷방에서 걸어나가기를 바란다. 베잠에 가서 쿰봄의 조카로부터 우리의 이야기를 미국에 전할 것이며 그로 인해 변화가 생기리라는 확언을 받자마자 포로들을 풀어줄 계획이다.

우리는 뒷방으로 돌아가서 결정된 사항을 통지한다. 그들이 원하던 소식은 아니지만 어쩌겠는가.

우리가 뒷방 밖에서 의논한 사항이 바람대로 실행되었다. 쿰봄이 죽을지도 모른다는 말에 우자 베키는 기겁하며 폰도에게 질문을 퍼붓는다. 전염병일 가능성은 없소? 쿰붐이 기운을 차린 다음에 우리 집안 여자에게 흉측한 짓을 하면 어떡하오? 나는 내 가족을 지켜야 하오. 자신은 그런 질문에 대답하거나 다 괜찮으리라 장담할 수 없다고 폰도는 말한다. 우리 모두 대답이 딸려오지 않는 질문을 가슴에 품고 앞으로 나아갈 뿐이다. 그 말에 우자 베키는 질문을 멈춘다. 우리가 거부하기 시작한 삶의 법칙을 우자 베키는 새로이 배우고 있는 듯하다. 때로는 저항하지 않고 명령을 따르는 것이 최선의 살길이라는 법칙 말이다.

나는 잠자리에 들기 전에 라피아야자 자루에 짐을 싼다. 내가 무릎을 꿇고 앉아 축복해달라고 부탁했을 때 야야는 울지 않았다. 무사히 다녀오라고 축복해주며, 내가 없는 동안 가족을 보살피겠다고 말했다. 사헬은 음식과 물을 챙겨준다. 주바는 나를 오랫동안 안아준다. 툇마루에 홀로 앉아 있는 툴라는 금세 다녀오겠다는 내 말을 못 들은 체한다.

우리는 동이 트기 전에 광장에서 만난다. 루사카, 나, 그리고 투니스. 길게 생각할 필요 없이 투니스를 동행으로 선택했다. 투니스는 코사와에서 방향 감각이 제일 뛰어나다. 신문기자의 사무실을 찾는 데 유용할 것이다. 말라보 형을 찾으러 갔을 때도 투니스의 방향 감각에 의존해서 돌아다녔다.

정원의 버스정류장으로 출발하려는 찰나 부스럭거리는 소리가 들린다. 이른 아침 바람이 나뭇잎을 흔들고 있거나 빗방울이 쏟아지려나 생각했는데, 아니다. 콩가다. 콩가가 망고 나무 아래 자리로 돌아왔다. 우리는 베잠에 갈 생각에 정신이 팔린 나머지 망고 나무 아래에서 갈색 담요를 덮고 누워 있는 콩가를 보지 못했다. 나는 입술에 손을 가져다 대고 다른 이들은 자기들도 콩가를 보았다는 뜻으로 고갯짓한다. 다 같이 땅에서 조용히 발을 떼고 살며시 내려놓는다. 괜히 광인을 깨우고 싶지 않다. 그가 눈을 뜨고 우리를 보면 무슨 소리를 해댈지 누가 알겠는가.

너무 늦었다.

"어디 중요한 데 가나봅니다." 콩가가 등 뒤에서 말한다.

우리는 걸음을 멈춘다. 돌아서야 하나, 아니면 계속 가야 하나? 콩가가 말을 건 것은 틀림없지만, 어떤 콩가지? 새롭게 발견된 현자인가, 아니면 오랫동안 알고 지낸 광인인가? 그의 말에 주의를 기울여야 할까? 루사카는 콩가의 말을 들어보기로 했는지, 뒤돌아서 콩가를 마주 본다.

"좋은 아침입니다, 콩가." 루사카가 광인에게 다가서며 말한다. 콩가는 담요를 걷어차고 자리에서 벌떡 일어난다.

"어디 가냐고 물어봐도 되겠소?" 콩가가 묻는다. 깍듯한 그의 태도가 당황스럽다. 그가 어떤 상태인지 가늠하기가 어렵다.

"베잠에 가는 길입니다." 내가 말한다.

"베잠이라." 콩가가 되풀이한다. "왜 베잠에 가는지 말해주겠소?"

나는 루사카를 본다. 루사카에게 맡기는 편이 낫다고 결정하고 입을 다물며 정원으로 시선을 돌린다. 버스를 놓칠까봐 마음이 조급하다. 루사카는 한동안 침묵을 지키는데, 콩가의 질문에 어찌 대답할지 고민하는 게 분명하다.

"대답을 기다리고 또 기다리는데 기다리는 것 말고는 할 것이 없으니 기다리는 것 말고 할 일이 없을 때까지 기다리겠소."
광인이 말한다. 콩가는 음정을 실어 노래하듯이 말하며 미소
짓는다. 입가에 침이 게게 말라붙어 있다. 콧구멍 속에 커다란
코딱지가 보인다. 내가 자신을 두려워한다고 생각할까봐 나는
콩가에게서 시선을 떼지 않는다. 나는 콩가가 두렵지 않다. 이
작전의 지도자로서 성공하려면, 미쳤든 안 미쳤든 그 누구도
두려워해서는 안 된다.

"간밤에 조언을 받았소." 루사카가 운을 뗀다. "우리를 도와
줄 수 있는 사람을 소개받았소. 그래서 그 사람을 만나러 가는
거요."

"그 사람은⋯."

"중요한 사람이라고 합니다. 아주 좋은 조언을 받았소."

"당신이 정말 좋은 조언을 받았는지에 대해 내 조언을 받아
보겠소?"

루사카가 나를 본다. 나는 고개를 끄덕인다. 루사카는 쿰붐
의 제안을 콩가에게 설명한다. 콩가는 눈 한 번 깜박이지 않는
다. 루사카가 해묵은 소식을 전하려고 천 리 길을 달려온 것처
럼 빤히 바라볼 뿐이다. 나는 버스를 놓칠까봐 점점 초조해진
다. 루사카는 쿰붐의 말을 토씨 하나 빠뜨리지 않고 낱낱이 전
하고 있다.

루사카가 말을 멈춘 뒤에도 콩가는 계속해서 빤히 쳐다본다.
마침내 콩가가 루사카의 얼굴에서 시선을 떼고 나를 본다.

"베잠에서 자네가 원하는 것을 찾지 못할 거네." 콩가가 내게
말한다.

"그럴지도 모르죠." 루사카가 말한다. "그래도 시도는 해야

하지 않겠소."

"실패할 것을 알면서 왜 시도한단 말이오?"

"두 손 놓고 앉아 있는 것보다는 시도하고 실패하는 편이 낫지 않을까요?"

"우리에게 필요한 건 또 한 번의 실패가 아니오, 루사카 라말리와. 이 세상은 실패의 무게에 깔려 무너지고 있소. 주위를 돌아보시오. 실패 말고 무엇이 보입니까? 그런데 또 실패해야겠소?"

"그건 아니지만, 이 싸움에는 우리보다 강한 사람들의 도움이 필요합니다."

콩가는 고개를 뒤로 젖히고 껄껄 웃는다. "우리보다 강한 사람, 우리보다 약한 사람. 강하지도 약하지도 않은 사람. 무엇이 낫겠소?" 루사카는 나를 본다. 광인의 수수께끼에 대답해야 하나? "당신은 자기 자신을 약하다고 칭하는군." 콩가가 말한다. "창피해하는 기색도 없이 말이오."

"우리를 자유롭게 해줄 힘이 있는 사람들의 도움이 필요하다고 인정하는 건 창피한 일이 아닙니다." 내가 말한다.

"그렇소, 물론이오, 물론이야." 그따위 허튼소리는 질리도록 들었다는 말투로 콩가가 말한다. "하지만 이것 하나 말해주겠네, 젊은이. 여태 듣지 못했을 터이고 오늘 이후로 다시는 들어보지 못할 말이네. 우리를 자유롭게 해줄 수 있는 사람은 우리 자신밖에 없다네."

퍽이나 그러시겠지, 나는 생각한다. 아이들은 파리처럼 죽어가고 유전에서는 불기둥이 계속 솟아오르고, 송유관에서는 기름이 새고, 우리 모두 죽을 지경에 이르렀는데, 대체 어떻게 스

140

스로를 구하겠는가.

"모두 사실이오, 콩가 완지카." 루사카가 답한다. "선조는 우리에게 큰 힘을 물려주셨고, 우리는 스스로 많은 일을 해낼 수 있소. 하지만 이제껏 펙스턴을 상대로는 잘 해내지 못했소. 미국인들에게 우리 사정을 알릴 수 있으면—"

"우리를 파괴하고 있는 자들이 미국인이오. 이제 그들에게 가서 우리를 구해달라고 빌겠다는 것이오?"

"같은 사람들이 아닙니다." 이제 가봐야 한다는 생각에 내가 참지 못하고 끼어든다. "펙스턴을 소유한 사람들과 펙스턴이 우리에게 해를 끼치지 못하게 온갖 수단을 써서 막을 사람들은 따로 있습니다. 서로 다른 부류의 미국인들이에요."

"그들은 서로 다르지 않다네, 아름다운 젊은이." 콩가가 내게 다가와 눈을 들여다보며 말한다. 난생처음으로 나는 콩가가 나를 정말 보았다고, 단순히 코사와의 젊은이 중 한 명이 아니라 하나의 개인으로 보고 있다고 느낀다. "외국에서 오는 사람들은 다 똑같다는 것을 모르겠는가? 미국인이나 유럽인이나 할 것 없이 외국에서 우리 땅에 들어온 사람들은 모두 같은 목적을 품고 있다는 것을 진정 모르겠는가?"

모든 기억을 잃어버린 콩가가 유럽인들을 어떻게 기억하지?

"자네는 젊어." 콩가가 말한다. "언젠가, 나이가 들면, 우리를 죽이러 온 자들과 구하러 온 자들이 똑같다는 사실을 깨달을 거네. 그들이 자신들을 무엇이라 소개하든지 간에, 그들 모두 우리를 이용하여 자신들의 끝없는 욕망을 채우려는 속셈으로 이곳에 온다네."

"그러니까—?"

"그러니까 집으로 돌아가게. 내일부터 다시 우리 힘으로 싸움을 계속하자고."

투니스가 간청하는 눈빛으로 나를 본다. 눈빛만 봐도 그는 콩가의 말에 설득당했다. 투니스는 집으로 돌아가고 싶어 한다. 오롯이 우리 힘만으로 정부와 미국 기업을 이길 수 있다는 광인의 말에 넘어가서 작전을 포기하려는 것이다. 나는 그에게 우리의 투쟁은 잊고 처자식에게 돌아가라고 말하고 싶다. 또한 만약 그의 자식들이 죽는다면 그 핏자국은 영영 그의 손에 남을 거라고도 말하고 싶다. 말이 혀끝에서 맴돌지만 꾹 참고 숨을 대신 내쉰다. 분노는 겁쟁이들이 두려움을 감추는 방식 중 하나일 뿐이니까.

나는 콩가에게 조언은 감사하지만 아무것도 이루지 않은 채 침대로 돌아갈 생각으로 짐을 싸서 나오지는 않았다고 말한다. 루사카가 고개를 끄떡인다. 우리는 여러 수단을 강구해보고 할 수 있는 걸 다 시도했다. 오늘 베잠에 가는 것이 최후의 보루라고 나는 말한다.

"끝내 파멸로 이르는 길이," 우리가 다시 여정에 오르려고 뒤돌아서자 광인이 외친다. "때로는 옳은 길처럼 보이기도 하네."

우리는 계속해서 걷는다. 정원으로 가는 길에 접어들었을 때 투니스가 눈에 비친 속내를 입 밖에 낸다. "콩가의 말도 일리가 있어요." 투니스가 땅을 보며 중얼댄다.

"집에 가라!" 내가 무엇이라 답하기도 전에 루사카가 고함을 친다. 루사카는 마을을 가리키며 분노로 떨리는 목소리로 말한다. "집에 가! 네 두 아들을 땅에 묻은 다음에 다시 와서 광인의 말을 들어야 하는지, 아니면 네 가슴이 하는 말을 따라야 하는

지 말해보거라. 당장 돌아가서 다시는 오지 마라."

투니스는 돌아서지 않는다. 우리는 나머지 길을 침묵 속에서 걷는다.

✳

인부들이 아침 식사를 마쳤을 즈음에 우리는 정원에서 첫 버스를 타고 출발한다. 두 번째로 탈 버스는 정오에 로쿤자에서 출발한다. 그다음에는 숨을 쉬기도 어려울 정도로 승객이 꽉꽉 들어찬 버스를 두 번 더 타야 한다. 매번 나는 창가에 앉아 차창을 획획 스쳐 지나가는 나무들을 바라보며, 코사와가 오염은 되었을지언정 근심에서 자유롭고 아이들이 마음껏 뛰어놀 수 있었던 시절, 말라보 형과 함께하던 그 아득한 옛날을 추억한다.

형과 나는 각자 동갑내기 친구들과 어울렸다. 우리는 마을의 다른 곳에서 각자 친구들과 공을 차고 나무를 타며 놀았다. 하지만 나는 우리가 다 함께 어울려 노는 날이 가장 즐거웠다. 형이 공을 제일 멀리 차고 나무에서 제일 높은 곳까지 올라가는 것을 자랑스러워하며 보았다. 실제로 형이 일등이 아니었더라도 내게는 형보다 더 크거나 강하거나 잘난 아이는 있을 수 없었다. 카카두 플럼을 따러 다른 소년들과 숲속에 갈 때면 형은 늘 내가 자기 앞에서 걷게 했는데, 나뿐만이 아니라 형이 없는 다른 어린 소년들에게도 똑같은 배려를 베풀었다. 보호자가 없는 아이들은 늘 말라보 형이 책임지고 맡았다. 어머니는 형이 장남이라서 그렇다고, 맏아들은 본능적으로 책임감이 강하다고 말했는데, 구석에서 울고 있는 동생은 거들떠보지 않고 친

143

구들과 놀고 있는 동네의 다른 맏아이들의 행동은 설명하지 못했다.

말라보 형은 모든 사람이 안전하게 느끼기를 바랐다. 나를 보호하고 어머니를 행복하게 해주려고 늘 애썼다. 아버지가 홧김에 저녁 밥상을 엎기라도 하면 형은 어머니가 떨어진 음식을 줍지 않게 자기가 얼른 먼저 일어났다.

아버지가 어떤지 너도 알잖니. 아버지의 걷잡을 수 없는 분노에 대해 내가 불평할 때마다 어머니는 어깨를 으쓱하고 말했다. 아버지는 행복을 느끼는 법을 잘 몰라. 하지만 왜요? 나는 묻곤 했다. 아버지는 그렇게 태어났어, 봉고. 그냥 그런 거야. 하지만 다른 마을 사람들은 늘 미소를 짓는데 왜 아버지만 웃지 않아요? 아버지는 그런 사람이야. 왜 아버지가 다른 사람들을 따라 해야 하겠니? 매일같이 비참한 기분으로 사는 것도 피곤하지 않나? 나는 알고 싶었다. 저주를 받은 걸까? 어머니는 아버지가 할머니 배 속에 있을 때부터 슬픔이 시작되었다고 말했다. 할아버지와 땅 문제로 다툰 친척이 왕뱀으로 변신해서 그를 목 졸라 죽였다. 슬픔에 잠긴 할머니는 할아버지가 죽고 몇 주 후에 아버지를 낳다가 죽었다. 태어나자마자 고아가 된 아버지를 그의 누나가 자신의 집으로 데려가 자기 아이와 함께 키웠다. 똑같이 젖을 물리고 자기 침대에서 재웠다. 아버지의 누나와 그녀의 남편은 아기들이 잠에서 깨었을 때 낯설고 혼란스러운 세상에서 무서워하지 않도록 품에 꼭 안고 잤다고 한다.

아버지의 고향에서 내가 만나본 사람들은 고모와 고모부가 아버지를 제 자식처럼 돌보았다고 입을 모았지만, 말라보 형과 내가 태어나기도 전에 아버지는 친족과 절연하였으며 그들의 친절이 무의미하다고 우겼다. 부모 없이 태어난 자신을 돌보아줄 사람이 따로 없었기 때문에 의무감으로 키운 것뿐이라고, 핏줄을 내쳤다고 동네 사람들에게 욕을 먹을까봐 한 일인데 왜 자기가 고마워해야 하냐는 것이었다. 또한 아버지는 가진 것에 감사하라고 말라보 형과 내게 걸핏하면 말했다. 저토록 딱한 처지는 또 없을 거라고 사람들이 목소리를 낮추지도 않고 떠들어대는 마을에서 소속감을 느끼지 못하고 자란 자신과 달리 부족함 없이 어린 시절을 보낸 것을 감사하라고 했다. 어린 시절을 그렇게 보낸 아이가 웃음을 잃어버린 것은 당연지사 아닌가?

잠자리에 들기 전에 툇마루에 앉아서 말라보 형과 어머니와 보낸 숱한 밤이 기억난다. 말라보 형은 우리에게 우스운 이야기를 해주곤 했다. 우리 집에 깔려 있는 삭막함과 그것을 걷어낼 수 없는 무력함을 잊게 해주는 건 웃음뿐이었으니까. 집에 자욱하게 깔려 있는 아버지의 우울 속에서 우리가 달리 무엇을 할 수 있었겠는가? 아버지가 유난히 기분이 안 좋은 날에, 끝을 모르는 슬픔과 분노가 뒤섞여 음식을 삼키지 못할 뿐만 아니라 다른 남자들이 일을 갈 때 무력하게 누워 있기만 하다가 문득 수치스러워하며 애먼 가족에게 괜히 소리를 지르는 그런 날에는 또 무엇을 할 수 있었겠는가? 청소년이 된 이후로 나는 말라보 형을 더욱 닮고 싶었고, 형을 더 깊이 이해하고 싶은 마음에 한번은 이런 질문을 했다. 형은 다른 사람을 위해 희생하는 것이 즐겁냐고, 타인의 행복을 고갈시키는 사람은 피하는 게 상책이라고 깨달은 뒤에도 아버지와 함께 사냥을 가거나, 아무도 자의로 어울리려고 하지 않는 이웃 바타 같은 사람들을 방문하는 게 진정 즐겁냐고, 꼭 해야만 하는 일들만 하는 편이 쉽지 않느냐고 물었다. 그러자 말라보 형은 웃고 대답했다. 모든 사람이 꼭 해야만 하는 일만 한다면, 아무도 자기 의무라고 생각하지 않는 일은 누가 하니? 형은 의무와 즐거움은 무관하다고 말했다.

형의 이런 성향은 결혼하고 아버지가 된 뒤로 더욱 강해졌다.

이날 밤을 잊지 못한다. 달빛이 형형하고 밤하늘에 별이 총총했던 그 밤에 우리는 마을 광장에 모여서 건조시킨 환각 버섯을 플랜틴 바나나 잎에 말아 피웠다. 약 기운에 취할수록 점점 더 크게 웃으며 여자의 허벅지처럼 달콤한 기분을 만끽했다. 누가 보았으면 우리가 펙스턴이라는 이름을 들어본 적도 없다고 생각했으리라. 그때 말라보 형이 근처 집에서 자고 있는 아이들이 깨지 않게 목소리를 낮추라고 주의를 주었다. 한 친구가 무엇하러 그런 걱정을 하냐고, 어린아이들도 지금쯤은 우리 소란에 익숙해졌을 거라고 말했다. 익숙해지고 말고에 아이들도 선택권이 있어야 하지 않아? 말라보 형이 따끔하게 쏘아붙였다. 사헬이 툴라를 임신하기 전 일이다. 툴라가 태어난 뒤로 말라보 형은 아내를 도와야 한다며 더는 우리와 광장에서 버섯을 피우지 않았는데, 그 이야기를 듣고 우리는 더욱 크게 웃었다. 막 출산한 여자를 남자가 대체 어떻게 돕는다는 거야?

여러모로 부족했던 아버지에게 말라보 형은 툴라가 태어난 날 세상에서 가장 큰 선물을 안겨주었다. 두 사람 모두에게 태어나서 가장 기쁜 날이었으리라. 자신의 혈통이 또 하나의 세대로 이어졌다는 감동과 자기 자식의 딸을 안아보는 기쁨 등 모든 행복감이 합쳐져서 비록 일시적이긴 하지만 아버지는 당신의 삶을 뒤덮고 있는 우울에서 꽤 오래 휴식을 취할 수 있었다. 툴라가 잘 웃는 아기에서 잘 웃는 소녀로 자라난 것이 다이 덕분이라고 어머니는 말하곤 했다. 태어나자마자 자신을 위해 할아버지가 평생 아껴둔 미소를 보았으니까.

툴라가 태어나고 몇 달 동안 우리 가족은 그때껏 경험하지 못한 기쁨을 누렸다. 아버지는 늘 툴라를 안고 있었는데, 어찌나 아이에 대한 애착이 강한지 툴라가 울어도 사헬이나 어머니에게 건네주려고 하지 않았다. 밤에 광장에 놀러 나가 친구들과 웃고 떠들 때면 말라보 형은 버섯을 피우지 않고서도 그 누구보다 명랑하게 웃었다. 결혼하고 아이를 낳음으로써 인생이 완성되었음을 축하라도 하듯이 가장 크게 웃었다.

툴라가 여섯 살 때 아버지가 돌아가시면서 말라보 형은 우리 집의 가장이 되었다. 그때부터 형은 새로운 사람으로 다시 태어났다. 자신의 아버지가 되어주지 못한 아버지, 즉 아침에 일어나서 처음 하는 생각과 밤에 자기 전에 마지막으로 하는 생각이 모두 가족의 행복인 그런 아버지가 되어야 한다는 의무감에, 형은 가장으로서 권위를 내세워 가족들에게 무엇을 어떻게 해야 하는지 명령하기 시작했다. 나를 포함해 가족 모두에게 무엇이 최선인지 형이 결정했다. 형은 내가 집에 어떤 여자를 데려올 수 있는지까지 참견했다. 자기 생각에 내 배필로서 적합하지 않으면, 무엇하러 데려와서 괜히 여자의 시간만 낭비하냐는 것이었다. 말라보 형은 자신이 머릿속에 그린 행복한 가정의 모습을 우리가 구현하기를 바랐다. 그 말인즉 온 가족이 그가 제일 지혜롭다고 존중하고 그의 말을 무조건 따르라는 것이었다. 또한 형은 아버지의 우울병이 우리에게서 박탈한 어린이다운 즐거움을 툴라가 한껏 누리기를 바랐다. 어머니와 사헬은 별 불평 없었다. 본디 여자는 가장에게 복종해야 하는 법이니까. 하지만 나는 어떤가? 나 역시 남자다. 나도 내 의견을 내세우고 싶었다. 그렇지만 말라보 형은 내 의견을 깡그리 무시했다. 자기가 나이가 더 많으니까, 장남의 자격으로 가장이 되었으니까 온갖 중요한 결정은 죄다 자기 몫이었다. 형이 베잠에 가고 싶으면, 간다. 아무도 토를 달 수 없다. 가족을 사랑한다는 명분으로 하는 일은 전부 합당하다는 믿음이 결국 형을 끝장냈다. 이제 말라보 형과 아버지는 죽었다. 파괴된 가정의 가장이라는 자리는 내가 도저히 견딜 수 없는 부담이지만, 그래도 견뎌야 한다. 그렇지 않으면 아버지와 형의 삶이 무의미해질 터이니까.

우리는 하루 하고도 반나절이 꼬박 걸려서 베잠에 도착한다. 도심지의 복잡한 버스정류장에서 하차한다. 내 가방에는 신문기자에게 전달할 편지가 들어 있다. 나는 쿰붐이 자신의 조카 사무실로 찾아가는 길이라고 적어준 안내서를 읽는다. 우리는 투니스를 따라 길을 건너고, 왼쪽 혹은 오른쪽으로 꺾는데, 그러는 내내 앞뒤에서 차들이 경적을 울려대고 먼지가 눈을 간질이고 낯선 언어가 귀에 박힌다. 중천 높이 뜬 태양이 얼마 남지 않은 기력마저 빼놓는다. 버스 안에서 대충 요기를 하긴 했지만, 하도 오래 앉아 있어서 다리에 힘이 빠졌다. 우리는 남들 눈에 띄지 않게 멀찍이 떨어져서 천천히 걷는다. 누가 우리를 지켜보고 있는지 모르는 일이다. 몇 시간이나 걸어서 목적지에 다다랐지만 건물 대신에 횅뎅그렁한 공터만 펼쳐져 있다.

우리는 할 말을 잃고 땅에 털썩 주저앉아서 땀을 흘린다. 아픈 남자가 우리를 속였나? 어떻게 바보같이 그를 믿었지? 표정을 보아하니 루사카와 투니스도 나와 같은 생각이다. 베잠 사람이 우리를 도울 거라고 믿을 정도로 어리석었다니! 내가 무슨 말을 하기 전에 루사카가 일어나더니 길을 가로질러 주점으로 달린다. 루사카는 차양 아래서 맥주를 마시는 남자에게 몇 마디 하더니, 웃으면서 돌아온다. 신문사 건물이 근처라고 한다.

우리는 골목을 건너고 길을 더 내려간다. 초가 열두 채를 층층이 쌓은 높이의 건물이 눈앞에 나타난다. 쿰붐이 묘사한 건물과 똑같이 생겼다. 임무의 첫 단계를 완수한 우리는 검지손가락으로 눈썹의 땀을 훔치고 바지에 닦는다. 투니스는 건물을 올려다보며 베잠 사람들은 왜 이토록 집을 높게 짓는지 의아해한다. 하늘에 살고 싶은 걸까요? 땅에 가까이 살면 무언가에 물릴까봐 겁내는 걸까요? 루사카와 나는 대꾸하지 않는다.

지금 바로 들어가면 안 될 것 같다고 나는 말한다. 우리는 거의 이틀간 여행하면서 몸을 씻거나 이를 닦지 못했다. 투니스가 동의하며, 우리에게서 인간 숯불구이 냄새가 난다고 말한다. 나는 웃음을 터뜨리지만 루사카는 잠자코 있다. 루사카는 남들이 무얼 한다고 덩달아 하는 사람이 아니며, 바로 그 이유로 나는 형의 동갑내기 친구들 가운데 루사카를 늘 가장 좋아했다. 우리가 청년기로 접어들었을 즈음 어느 저녁에 나는 모두가 왁자지껄 떠드는 가운데 가만히 미소를 띠고 있는 루사카에게서 좀처럼 눈을 뗄 수 없었다. 사색에 잠겨 있는 그의 미소는 너무나도 희미해서 눈에서밖에 비치지 않았다. 한번은 형에게 루사카가 우리 아버지의 진짜 장남이요 툴라의 아버지일 거라고 농담했다. 형은 웃음을 터뜨리더니, 한 형제가 한 자매와 결혼하여 뿌리를 내리고 마을을 일군 곳에서 모두 똑같이 생기고 행동하지 않는 것만 해도 신령의 자비로움 덕택이라고 말했다.

지금 루사카를 보고 있자니 우리가 떠안은 임무와 투쟁이 그를 바꾸고 있음을 알 수 있다. 루사카는 제아무리 내성적인 사람이라도 평생 숨길 수 없는 내면의 일부를 드러내고 있다. 루사카가 하루빨리 행복을 되찾으면 좋겠지만, 자식을 잃은 부모들과 오랜 시간을 보내면서 나는 그들이 추구하는 것이 행복이 아니라는 사실을 알게 되었다. 그들은 자신들을 에워싼 어둠을 잠시 밝힐 불빛만으로도 만족할 것이다. 어쩌면 루사카의 죽은 아들 중 한 명이 농담을 즐겼기 때문에, 투니스가 우리의 긴장을 풀어주려고 버스에서 지껄인 농담에 루사카는 한 번도 웃지 않았는지도 모른다. 투니스의 농담 중에서 코사와 여자들의 엉덩이를 과일에 비교한 것이 특히 우스웠다. 사헬의 엉덩이를 파인애플과 비교했을 때 나는 폭소를 터뜨렸고 투니스도 웃었다. 사헬은 투니스와 사촌지간에 여동생이나 다름없는데도 말이다.

"그냥 들어가기로 하지." 루사카가 말한다. "우리에게 나쁜 냄새가 나서 도와주기 싫다고 하면, 다음번엔 자카니한테 부탁해서 우리를 꽃으로 둔갑시켜달라고 하자고."

우리는 건물 출입구를 향해 간다.

출입구 앞에 남자가 한 명 서 있다. 콧구멍을 벌름거리고 주먹을 그러쥐고 있는 모습을 보니 무언가에 성이 난 듯하다. 싸움을 벌일 만반의 태세가 되어 있는 남자다. 어떻게 운을 떼어야 할지 막막하다.

"안녕하십니까." 내가 말한다.

"무슨 일이오?"

"좋은 하루 보내고 계십니까. 제 이름은 봉고입니다. 친구들과 저는—"

"남의 시간 낭비하지 마쇼."

"저는… 부탁입니다. 신문기자를 만나러 왔습니다. 그 친구 삼촌이 우리를 보냈습니다."

그는 우리를 머리부터 발끝까지 훑어본다. "촌사람들 같구먼." 도시에서는 무례하게 행동하는 것이 예의인 모양이다. "기자한테 무슨 볼일이오?"

"그에게 전달할 편지를 가져왔습니다."

"누구한테?"

"신문기자 말입니다. 기자에게 데려다주실 수 있습니까? 이름은 오스틴입니다."

"오스틴? 오스틴을 만나러 온 게요?" 뜻밖에도 남자가 거무스레한 잇몸을 드러내며 비딱한 입으로 활짝 웃는다. "왜 진작 그렇게 말하지 않았소? 오스틴 어머님네 마을에서 왔소? 그러지 않아도 며칠 전에 아직 어머니 마을에 찾아뵙지 못했다고 그러던데." 남자는 문을 열고 들어오라고 손짓한다. "여기서 기다리쇼." 그는 빈방의 구석을 가리키며 말한다. "위층에 올라가서 데려오겠소."

우리는 오스틴네 어머니의 고향 사람이 아니지만 굳이 남자의 오해를 바로잡지 않는다. 남자가 성급하게 단정한 덕분에 우대를 받게 되어 다행일 따름이다.

나와 또래로 보이는 여자 두 명이 방에 들어와서 옆을 지나가지만 인사 한마디 건네지 않는다. 그들은 남자처럼 바지를 입고 있다. 한 명은 머리를 짧게 쳤다. "내가 들은 말이 사실인가보군요." 투니스가 속닥거린다. "베잠에는 진짜 여자가 없다는 말을 들었어요. 남자로 보이려는 여자처럼 생긴 남자들만 있다고 하더군요. 저 엉덩이 좀 봐요. 밋밋해서 모양이 없잖아요." 낯선 방에서 조마조마한 심정으로 낯선 사람을 기다리고 있는데도 킬킬거리는 웃음이 새어 나온다. 그러다 출입구를 지키던 경비를 보고 웃음을 뚝 그친다. 그는 여자처럼 보이려는 남자처럼 보이는 여자와 함께 계단을 내려오고 있다. 경비는 우리에게 고개를 끄덕이고 건물 밖의 자기 자리로 돌아간다. 경비가 데려온 사람만 방에 남았는데, 이 사람이 오스틴과 무슨 관계인지 짐작도 가지 않는다.

"안녕하십니까, 형제들." 그가 영어로 말한다. "저를 찾으셨다고요?"

"저는… 우리는…" 나는 입을 연다.

마지막으로 영어로 말한 지 벌써 몇 년이나 되었다. 교사 자격 시험에 떨어지고 코사와로 돌아온 이래 한 번도 쓴 적이 없으니까. 아버지가 돌아가시고 2년 뒤의 일인데, 형이 시장에서 돌아오더니, 정부가 전국 곳곳의 마을에 설립한 학교에서 일할 선생을 모집하고 있다고 말해주었다. 정부에서 나 같은 젊은이를 찾고 있다고 했다. 나는 학교 성적이 우수했고 영어를 코사와에서 제일 잘했다. 지금도 내 입에서 영어가 굴러나오는 느낌이 좋다. 하지만 아무리 영어가 좋아도 코사와를 떠나 타지에서 살고 싶지는 않았다. 그렇지만 엘라리는 이야기를 듣고 교사 부인이 되어 벽돌집에 산다는 생각에 기뻐했다.

그래서 얼마 안 가 나도 그 일에 끌렸다.

엘라리에게 늘 적대적이었던 형에게서 떨어져 살 수 있다는 뜻이었으니까. 형은 엘라리가 경박하게 웃는다며, 그것만 봐도 성격을 알 수 있다고 못마땅해하곤 했다. 또한 엘라리는 무언가를 제공할 수 있는 남자라면 아무한테나 다리를 벌릴 여자라고, 믿을 만한 사람한테서 들었다고 말했다. 형이 들은 바에 의하면, 엘라리는 나를 만나기 전에 적어도 일곱 남자와 관계했다. 그 이야기를 듣고서 나는 며칠이나 형과 말하지 않았다. 아버지가 돌아가신 뒤로 형은 내가 데려오는 여자를 전부 마뜩잖게 여겼다. 내가 너무 피상적인 것에만 집중한다고 비판했다. 그러다가 마침내 내가 면면으로 뛰어난 여자를 찾았는데, 그녀 또한 내치려는 것이었다. 말라보 형의 말이 사실이냐고 내가 묻자 엘라리는 울었다. 흐느끼는 중에도 나를 보며 그 말을 믿느냐고 물었다. 물론 나는 믿지 않았다. 나는 엘라리를 사랑했다. 엘라리를 위해 나는 교사 수련 프로그램에 신청했고, 받아들여져서 기뻐했다. 몇 주 후에는 나라 반대편에 있는 타운으로 이주까지 했는데, 1년짜리 프로그램의 끝에 자격 시험에서 보기 좋게 떨어져버렸다. 내가 교사가 될 수 없다는 뜻이었다. 나는 코사와로 돌아와서 사냥꾼으로 살게 되었다.

나는 수치심과 대나무 여행 가방, 그리고 어느 저녁에 교사 수련 사무실 앞에서 발견한 책 네 권을 달랑 들고 귀향했다. 아

153

무도 책을 찾으러 오지 않아서 내가 가졌다. 교사 수련 프로그램을 평가하러 유럽에서 온 사람들이 두고 간 듯했다.

이제 내 방의 나무 스툴에 놓인 그 책들은 내가 얼마나 멀리 갔다가 허탈하게 돌아왔는지 상기시킨다. 그 책들에는 영어처럼 들리지도 않는 어려운 단어들이 수두룩하다. 그래서 나는 한 권만 읽었는데, 한때 세상 곳곳에 존재했다는 누비아라는 사라진 왕국에 대한 이야기로, 누비아 왕국의 공주들은 경탄을 불러일으키는 여자들이었다고 한다. 나는 툴라에게 이 책을 읽어주곤 했다. 물론 그것은 툴라가 내 방에 발길을 끊고, 나를 보면 돌아서서 몸을 움츠리기 전의 일이다. 하지만 내가 이 책을 제일 많이 읽어준 사람은 나만의 누비아 공주인 엘라리다. 엘라리는 내가 교사 시험에 낙제하고 돌아왔을 때 곧바로 나를 떠나지는 않았지만, 벽돌집에 살겠다는 꿈은 버리지 않았다. 펙스턴 인부가 그녀의 꿈을 현실로 만들어주었다.

머릿속이 하얘지며 영어 단어가 하나도 떠오르지 않는다. 앞에 있는 사람에게 실례를 하지 않으면서 그의 성별을 어떻게 물어볼지 모르겠다. 눈앞의 사람은 털실처럼 헝클어진 머리를 예쁘장한 달걀형 얼굴 양옆으로 늘어뜨렸고, 콧대가 곧다. 옅고 부드러운 피부를 보아하니 햇볕이 드세지 않은 곳에서 어린 시절을 편하게 보냈다. 옷을 보아서는 성별을 가늠할 수 없었는데, 도시에서는 여자가 바지를 입고 남자가 블라우스를 입기 때문이다. 나는 이 사람이 여자라고 결론을 내린다. 내 귀에 들리는 목소리가 남자의 목소리일 리 없다. 여자의 목소리라고 하기도 애매하지만.

"미안합니다. 양해해주십시오." 나는 발음이 정확하길 바라며 영어로 말한다. "지금 좀 혼란스럽습니다. 왜냐하면 우리는 남자분을 만나러 왔습니다. 이름은 오스틴입니다."

앞에 있는 사람이 쿡쿡 웃더니 말한다. "제가 오스틴입니다."

"아, 오스틴 씨. 이런, 죄송합니다. 저는 그저…." 내가 무릎을 꿇고 사과하려는 순간에 오스틴이 미소를 띤 얼굴로 내 어깨에 손을 올린다. "여기서 흔히들 하는 실수입니다." 그가 말한다. "신경 쓰지 마세요. 그리고 부탁이니, 그냥 오스틴이라고 불러주세요. 저한테 주실 편지가 있다고요?"

"예, 당신 삼촌이 보낸 편지입니다." 내가 편지를 가방에서 꺼내며 말한다.

"삼촌이오?" 오스틴은 놀란 표정이다. "삼촌을 어떻게 아십니까?"

"그분이 우리 마을에 왔습니다. 우리를 도와주러 오셨어요."

"아, 그렇군요. 물론 그렇겠죠. 일 때문에 가셨군요. 아직도 거기에 계십니까?"

"그게…." 나는 입속에서 혓바닥이 무거워지는 걸 느끼며 내 눈에 서린 두려움을 오스틴이 눈치채지 못하길 바란다. 뭐라고 대답하지? 이 일이 끝나기까지 얼마나 많은 거짓말을 해야 하는 걸까?

"삼촌은 언제 떠났습니까?" 오스틴은 손에 편지를 쥐고 있지만 시선은 나를 향한다.

"그게… 기억이 잘 나지 않습니다."

왜 이렇게 캐묻지? 이 사람이 진짜 신문기자인가, 아니면 우리를 수상하게 여기고 정부에 신고하기를 바라며 아픈 남자가 소개해준 걸까?

"삼촌이랑 그 대표단이 당신네 마을을 제일 먼저 방문했습니까?" 오스틴이 묻는다. "삼촌이 정확히 무슨 일을 하는지 저는 잘 모릅니다. 그냥 여러 마을을 순회하는 것만 알아요."

"아, 맞습니다. 네, 대표단이 처음 온 곳 중 하나입니다." 내가 말한다. "우리 마을에 들렀다가 다른 마을로 떠났습니다." 단어를 내뱉을 때마다 심장이 쿵쿵댄다. 그가 꼬치꼬치 캐물을까봐 두렵다. 그는 말하면서 루사카와 투니스를 보지만, 그들은 우리 대화를 거의 알아듣지 못한다. 불편한 심정으로 눈도 거의 깜박이지 않고 있는 그들은 내가 우리 모두를 위해 담담한 모습을 꾸며내길 바라고 있을 것이다.

나는 오스틴이 별 뜻 없이 여러 질문을 하는 거라고 나 자신에게 말한다. 미국인들은 처음 만나는 자리에서 가볍고 무의미한 대화로 상대의 호감을 얻고, 그로써 자신이 원하는 걸 얻어내려고 하는 습성이 있다고 어디선가 읽었다. 우리가 그의 삼촌에게 무슨 짓을 했는지 오스틴은 알 필요가 없다. 그가 알아야 하는 일 따위는 없다. 코사와에 포로로 잡혀 있는 사람은 없다. 나는 계속해서 되뇐다. 나는 루사카네 집 뒷방에 발을 들인 적이 없고, 행여나 거기에 들어갔어도 방구석에 쌓여 있는 장작 더미밖에 보지 못했다.

"건강 문제를 생각하면 삼촌은 이제 은퇴하고 싶으실 텐데요." 오스틴이 말한다. "하지만 부양할 가족이 있는 데다가 지금 하시는 일은 쉽게 접할 수 있는 것이 아니라 고민이 많으신 것 같아요."

'쉽게 접하다'가 무슨 뜻인지 나는 모르지만 그가 하는 말은 한마디도 흘려들을 수 없는 상황이다. 그래서 나는 고개를 수그 린 채 끄덕거린다. 고개를 들자 오스틴과 시선이 마주친다. 네가 여기에 온 목적을 말해, 봉고. 나 자신을 타이른다. 지금 당장.

"오스틴, 우리 마을은 어려운 상황에 처해 있어요. 그래서 당 신을 만나러 온 겁니다." 내가 말한다. "당신이 도와줄 수 있을 거라고 당신 삼촌이 말했어요. 그래서 이 편지를 쓴 거고요. 당 신에게 부탁하라고 했어요. 제발, 우리를 도와줄 수 있습니까?"

나는 말하면서 식은땀을 흘린다. 의식적으로 발바닥에 힘을 주고 버틴다. 무얼 하든지 간에 주춤거리지 마. 똑바로 서. 그래 도 마음이 약해진다. 건물에 군인들이 있으면 어떻게 하지? 위 층 어딘가에 숨어 있다면? 지금 당장 들이닥쳐서 나를 형이 있 는 곳으로 데려간다 해도 놀라지 않을 거야.

"물 좀 드시겠어요?" 오스틴이 묻는다. 나의 괴로운 심정이 눈에 뻔히 보이는 모양이다. 나는 목이 타지만 고개를 가로젓 는다. 너무 많은 걸 바라면 안 된다.

"일단 앉지요." 오스틴이 말한다. 그러고는 둥근 테이블 하나 와 철제 의자 세 개가 있는 구석으로 앞서 간다. 우리에게 앉으 라고 권하고, 나무 계단을 급히 올라가 의자를 하나 더 가져온 다. 오스틴이 자리를 비운 사이에 우리는 침묵을 지킨다. 내 셔 츠는 땀에 흥건히 젖었다. 투니스와 루사카의 얼굴에서도 땀이 흐른다. 투니스는 손톱을 물어뜯기 시작한다. 바야흐로 우리의 이야기를 신문기자에게 알리려는 것이다.

오스틴이 돌아와서 편지를 개봉한다. 편지에 부적절한 내용 은 없는지 미리 내가 확인했다. 편지를 읽는 오스틴의 얼굴에 충격이나 흥분은 비치지 않는다. 나는 손을 내려다보며 떨지 말라고 명령한다. 떨리는 손으로는 전투에서 이길 수 없는 법이다. 루사카는 나를 보고 고개를 끄덕거린다. 내가 잘하고 있다고, 기회를 망치지 않았다고 안심시킨다.

편지를 다 읽은 오스틴은 잠시 양해를 구하고 나간다. 다시 나무 계단을 뛰어 올라갔다가 공책과 펜을 들고 돌아온다. 더 자세히 얘기해달라고 한다. 펙스턴이 코사와에 처음 온 날부터 가장 최근에 죽은 아이까지, 모든 것을 하나도 빠짐없이 알려달라고 한다. 내가 말하고 그가 받아 적는다. 질문이 꼬리에 꼬리를 문다. 아이들이 몇 명이나 죽었습니까? 나는 기억하려고 노력한다. 너무 많이 죽었습니다. 어림잡아서? 나는 루사카와 투니스에게 묻는다. 우리는 서둘러 세어보지만 정확한 숫자를 댈 수 없다. 루사카는 두 아들을 잃었다고 내가 오스틴에게 말한다. 오스틴이 돌아보자 루사카는 시선을 떨군다. 저분의 아들들에 대해 말해주세요. 오스틴이 내게 말한다. 나는 왐비는 반에서 산수를 제일 잘했다고 말한다. 루사카의 장남은 마을의 다른 개구쟁이들처럼 키우는 강아지에게 야자주를 주길 좋아했고, 강아지가 어지러워하면 웃음을 터뜨렸다. 루사카의 두 아들은 사이가 돈독했다. 형제는 얼른 어른이 되어서 막냇동생과 같이 쓰는 방에서 나와 집의 뒷방을 단둘이 쓸 날을 고대했다. 바로 그 방에 오스틴의 삼촌이 며칠 전까지 갇힌 채로 앓고 있었다는 사실은 말하지 않는다. 우자 베키와 그의 거대한 벽돌집과 우자 베키네 아들들이 베잠에서 얻은 일자리에 대해 말한다. 그의 삼촌이 지금 우자 베키네 벽돌집에 있으며, 우리 모두를 위해 그가 병을 떨치고 회복하길 간절히 기도하고 있다는 사실은 입 밖에 내지 않는다.

나는 말라보 형에 대해서 말한다. 형이 가장 친한 친구와 남자 네 명과 1년 전에 코사와를 떠난 이래 돌아오지 않았다고 말한다. 형이 몹시 그립겠군요, 오스틴이 말한다. 형은 훌륭한 남자였습니다, 내가 말한다. 때론 나를 화나게 했고 때론 나를 기쁘게 해주었지만, 세상에 그런 사람 또 없었습니다. 오스틴은 나와 우리 마을 사람들 모두의 상실에 애도를 표한다. 나는 고개를 끄덕인다. 아직도 이토록 아플 줄이야.

오스틴은 자신은 형제가 없지만 사촌들과 가깝다고 말한다. 이날 아침에 사촌 한 명과 마주쳤다. 사촌은 웨딩드레스를 입어보기로 한 예약 시간에 늦어서 서둘러야 했지만, 그래도 어찌나 들떠 있었는지 길모퉁이에 잠깐 서서 결혼식에 대한 온갖 소식을 전해주었다. 어떤 장관의 아내가 하객으로 오기로 했다고 특히 좋아하며 말했다. 아버지가 출장에서 곧 돌아와 결혼식에서 대접할 소 두 마리를 가지러 시골로 내려가기로 되어 있다. 삼촌이 딸이 결혼한다고 자랑하셨나요? 오스틴이 묻는다.

오스틴은 자신이 지금 무얼 했는지 모른다. 내가 예상치 못한 어떤 사실을 알려주었다는 것 말이다. 우리 포로들의 가족은 실종 신고조차 하지 않았다.

아무도 그들을 찾고 있지 않다.

그들이 여러 마을을 순회하며 출장을 다니고 있는 줄만 안다.

실종 신고가 접수되고 코사와를 포함해 그들이 들른 마을들이 조사를 받기까지 며칠 시간이 있다.

나는 오스틴을 껴안을 수도 있을 것 같다. 꿈도 꾸지 못한 희소식을 이런 때에 듣다니. 이 정보를 바탕으로 추정해보면, 우리가 코사와로 돌아간 뒤에 펙스턴 대표단을 자카니와 사카니에게 데려가 기억을 지우고 돌려보낼 시간이 충분하다. 그들이 베잠에 돌아올 즈음에는 오스틴이 우리에 대한 기사를 미국으로 보냈을 것이다.

※

자신들이 곧바로 베잠에 돌아가지 않으면 군인들이 찾아올 거라는 말은 결국 허풍이었다. 그들은 우리를 속일 수 있으므로 속였다. 우리가 대체 무슨 수로 진실을 알아내겠는가? 그들이 그날 저녁에 귀가할 계획이 아니었다는 걸 우리가 어떻게 알 수 있었겠는가? 우리 마을을 떠나고 또 다른 마을로 가서 금세 상황이 나아지리라는 거짓말을 되풀이할 작정이었다는 것을? 사람들은 언제까지 기다렸을까? 어느 날 웬 광인이 활짝 열려 있는 감옥 문으로 나가라고 명령할 때까지?

그렇다면 군인 두 명은 누가 보냈지? 예정된 만남 시간에 펙스턴 대표단이 나타나지 않아서 로쿤자의 관리가 보낸 걸까? 어쩌면 정원의 소장이 보냈을지도 모른다. 자기네 집에서 하룻밤 묵기로 했는데 소식이 끊겨서. 하지만 만일 그렇다면, 그 소장은 베잠에 있는 펙스턴 지사에 왜 알리지 않았을까? 대체 왜? 정원 소장이 군청에 알렸는데, 거기서 그냥 무시한 걸까? 펙스턴 대표단이 단순히 업무에 태만한 거라고 지레짐작하고? 우자 베키와 우리가 지어낸 말을 정말 믿었나? 아니면 베잠에서는 그들이 실종된 것을 알지만 혹여나 일이 걷잡을 수 없이 커질까봐 가족들에게 비밀로 부치고 있는지도 모른다. 이 나라에서는 그 어떤 일도 일어날 수 있다. 내게는 이 사건의 진상을 밝혀낼 재간이 없지만 한 가지는 확실하다. 펙스턴 대표단이 어디선가 자기네 업무를 하고 있다고 모두가 바라고 있으며, 그들이 코사와에 잡혀 있다고 의심하는 사람은 없다. 그들이 실종되었다고 밝혀지더라도, 감히 코사와 주민들이 그런 일을 벌일 거라 누가 상상이나 하겠는가?

나는 딱 이 사실만 빼놓고 오스틴에게 전부 말한다.

이야기하면서 때때로 가방에서 미지근한 물을 꺼내 목을 축인다. 아이들의 증상과 최근에 주민들의 농사터로 스며든 기름 유출에 대해 차분하게 말해야 한다. 우리 마을의 큰 강이 이제 어떤 모습인지 묘사한다. 독성 폐기물이 켜켜이 쌓인 채로 느릿느릿 흐르는 녹색 물. 경작지에서 올해 수확이 얼마나 초라할 것이며, 그것 때문에 우리는 세금을 내고 조금 남은 돈으로 로쿤자에서 음식을 사야 하는 처지임을 말한다.

나의 이야기가 끝나고 다 받아 적은 오스틴은 오늘 밤에 기사를 써서 내일 아침에 곧바로 미국에 전송할 거라고 한다. 우리 이야기가 별개의 증거 자료 없이 알려진 사실만으로 입증될 수 있는지 신문사의 친구들이 조사할 것이다. 미국에 있는 펙스턴 관계자들에게 입장 표명을 요청할 수도 있지만, 어떻게 반응할지는 뻔하기 때문에 신문에서는 일단 코사와의 이야기만 싣고 펙스턴의 이야기는 나중에 따로 다룰지도 모른다. 기사가 실릴지 여부는 신문사 임원들에게 달렸으므로 자신은 최선을 다해서 쓰고, 모든 일이 순조롭게 풀려서 그 기사가 세상에 알려질 가치가 있다고 판정나길 바랄 수밖에 없다. 그렇게 되면 불과 며칠 안에 미국인들이 우리의 이야기를 읽을 것이다.

나는 오스틴을 바라본다. 입이 떨어지지 않는다. 만감이 교차한다. 불가능한 일이 방금 일어났다. 우리의 이야기가 바다 저편의 나라에 알려질지도 모른다. 우리의 존재가 알려진다. 우리에게 이름이 생긴다. 코사와라는 곳이 알려지고, 우리의 죽은 아이들에 대해 사람들이 들을 것이다. 아직 살아 있는 아이들을 위한 구원은 언제 오려나?

나는 오스틴의 말을 루사카와 투니스에게 전달한다. 어떤 보답도 바라지 않고 우리를 위해 무언가를 해줄 사람이 있다는 사실이 믿기지 않는다. 선물 바구니도, 무릎 간청도, 애원도, 땅도 원하지 않다니.

"마을로 언제 돌아가십니까?" 오스틴이 묻는다.

우리는 오직 그를 만날 목적으로 베잠에 왔다고 나는 말한다. 그를 만나 이야기를 했으니 곧바로 돌아갈 거다. 다음 몇 시간 안에 오는 첫 버스를 타고 떠난다.

"내일 저녁까지 머무를 수 있습니까?" 오스틴이 묻는다.

오스틴은 가능한 한 빨리 기사를 쓰고 신문사에 보낸 다음에, 기사가 곧바로 보도되고 후속 기사를 요청받을 경우를 대비해서 스케줄을 비워두겠다고 한다. 그걸 처리하고 우리와 함께 코사와로 가서 상태를 직접 볼 것이다. 카메라를 가져가서 사진을 최대한 많이 찍을 건데, 사진이 있으면 후속 기사를 한층 더 심도 있게 쓸 수 있기 때문이란다. 오늘 밤에 우리를 재워주고 싶지만 비좁은 집에서 친구와 살기 때문에 어렵다고 미안해한다. 나는 걱정하지 말라고 안심시킨다. 우리는 버스정류장에서 자고 내일 여기서 다시 그를 만나면 된다. 우리 땅을 되찾을 기회를 얻을 수만 있다면 쓰레기 더미에서 자는 것이 대수랴.

어린이들

그가 죽어가고 있다는 것을 몰랐다. 그가 얼마나 약한지, 반 송장이나 다름없다는 사실을 알았다면 아픈 남자라는 별명을 붙이지 않았을 거다. 아픈 게 어떤지 우리도 잘 아니까. 우리의 형제자매와 친구들이 아파하는 것을 보았으니까. 아픔에는 놀릴 만한 점이 하나도 없다. 우리가 그런 별명을 붙인 이유는 단지, 잠깐이나마 우리가 더 강하다고 우월감을 느낄 수 있을 정도로 비실비실해 보이는 남자에게 그보다 잘 어울리는 별명이 없었기 때문이다. 우리는 그런 우월감을 필요로 했다. 우리 가슴의 상처를 달랠 수 있게.

마을 남자들 모두 당장 모이라는 외침이 울렸을 때 우리 어린이들은 마당에서 놀고 있었다. 어머니들은 아버지들을 바라보며 긴급 회의가 무엇에 관한 것이냐고 눈으로 물었지만 답을 듣지 못했다. 아버지들이 광장으로 떠난 뒤에 우리는 무슨 일인 것 같냐고 어머니에게 물었지만 얼른 저녁 심부름이나 하라

164

는 꾸중을 들었다. 아버지들이 돌아오기 전에 우리는 잠이 들었다. 다음 날 아침에 등교하는 길에 자기들끼리 수군거리고 있는 손위 형제들로부터 아픈 남자가 심하게 앓고 있으며 루사카와 봉고와 투니스가 약을 구하러 베잠으로 갔다고 들었다.

그날 우리는 아픈 남자에 대해 농담하지 않았다. 그가 건강해지기만을 간절히 바랐다. 그가 돌려준다고 약속만 하면 우리의 건강을 나눠주자고 다들 동의했다. 수업 시간 내내 우리는 사카니가 아픈 남자를 위해 약을 제조했고, 그것이 그의 혈관을 타고 흐르며 병마를 무찌르고 있다고 상상했다. 그러나 집에 돌아오자 사카니가 우자 베키네 집에 가서 아픈 남자를 치료하길 거부했다고 어머니들이 이야기하고 있었다.

사카니는 왜 병자를 치료하길 거부했을까? 사카니는 우리의 치유자이자 악한 혼이 신체적인 질병으로 발현될 때 도와주는 사람이다. 이 세상을 떠난 친구들과 형제자매는 구하지 못했을지언정 아직 곁에 살아 있는 아이들은 구했다. 열을 내리고 발진을 가라앉히는 연고를 만들어주었으며 이파리를 짜낸 즙으로 기침을 다스렸고, 귓속에 쌓여 고통을 일으키는 고름을 씻어냈다. 사카니는 다른 마을의 아이들도 치료했다. 그 아이들의 마을에서는 치유자가 보통 사람들과 똑같이 평범한 출산을 거쳐 단번에 세상에 나온 평인으로, 실제보다 더 큰 힘을 지닌 척을 할 뿐이다. 그들에게는 아무런 특별한 능력이 없다. 신령이 시간이 다했다고 정한 경우가 아니라면 사카니는 누구나 치료할 수 있고, 죽을 운명인 이들이라면 이 세상을 떠난다는 슬픔을 잊고 끔찍한 고통 없이 편히 갈 수 있게 도와주었다.

우리가 들은 바에 의하면, 마을 남자들은 자카니와 사카니의 집 밖에 서서 포로를 치료해달라고 간청했다. 사카니가 집에서 나오더니 부연 설명 없이 돕지 않겠다고 말했다. 아무리 생각해도 이해할 수 없었다. 사카니의 의무는 우리를 치유하는 것이지 적을 돕는 게 아니라서일까? 그가 태어날 때 치유력을 선사한 신령이 그렇게 지시했나? 자기 형제와 마찬가지로, 사카니는 자신이 하는 일을 설명하지 않았다. 그들 형제는 우리와 다른 존재이며 우리와 비슷하게 생각하지 않는다.

그날 우리는 저녁밥을 먹기 전에 서로서로 찾아가서 새로 알게 된 사항에 대해 의논했다. 마을 청년들이 병자를 업고 데려가자 우자 베키는 수프를 준비해놓았으며, 그들을 거들어 아픈 남자를 소파에 눕혔다고 했다. 아픈 남자의 양말을 벗겨 발이 숨을 쉴 수 있게 해주고, 가슴에 공기가 통하도록 셔츠 단추를 풀어주었다. 우리 중 한 명이 우자 베키의 조카와 절친한 자기 언니한테서 들은 이야기다. 우자 베키는 아내들의 도움도 마다하고 밤새 아픈 남자를 손수 간병했다.

우자 베키가 아픈 남자를 지극정성으로 돌본다는 말을 듣고 우리도 마음을 약간 풀었다. 아픈 남자가 토할 때마다 턱에 양동이를 대주고, 열이 오르면 차가운 수건으로 몸을 닦아주었다고 했다. 병자를 돌본 경험이 있어서 그토록 열심히 하는 것도 아니었다. 우리 마을의 아버지들은 병자를 돌보기는커녕 아픈 제 몸도 스스로 돌볼 줄 몰랐다. 우자 베키는 아픈 남자가 포로로 잡혀 있다가 죽으면 코사와에 벌어질 일을 알기에 그렇게 노력했다. 마을 여자들은 우자 베키가 정말 원했다면 코사와를 탈출할 수 있었다고, 가족과 둘러앉아서 계획을 세웠다면 아들

166

한 명을 정원으로 보낼 수 있었을 거라고 수군거렸다. 물론이다. 그들을 감시하는 눈이 깜박 감긴 오밤중에 한 명쯤은 쉽게 탈출할 수 있었으리라. 정원까지만 가면 로쿤자나 베잠의 관리들에게 메시지를 전달할 수 있고, 그럼 정부는 군인들을 보내 펙스턴 대표단을 구출하고 우자 베키에게 족장의 권위를 돌려주었을 것이다.

아버지들은 우자 베키가 이빨 빠진 표범 꼴이 났다고 비웃었지만, 단지 권력을 잃었다는 이유로 우자 베키가 그렇게 저자세가 되진 않았다. 군인들을 속인 날 이후로 우리 어린이들은 우자 베키를 보지 못했지만, 아마도 그가 이를 드러내며 웃어대는 것을 삼가고 코사와에 대한 사랑을 다시 한번 성찰하고 있으리라 상상했다. 그의 벽돌집 어딘가에서 증발했거나, 그가 침대 밑에 숨겨놓았다는 돈뭉치가 삼켜버린 사랑이 루사카네 집 뒷방 바닥에서 보낸 첫 밤에 돌아온 것이다. 새로워진 마을 사랑이 우자 베키의 중심에 자리했다. 그의 행동에서 보였다. 말살당한 남자들과 비탄에 잠긴 과부들, 그리고 죽어가는 아이들의 마을에서 족장으로 남아봤자 아무런 가치가 없다는 것을 깨달은 모양이다. 우자 베키를 현명한 남자라고 단 한 번도 생각한 적 없지만, 루사카네 집에서 풀려나온 이래 그가 보인 행동은 어리석음과 반대였다.

우리 생각을 손위 형제들에게 묻고 동감하냐고 묻자 그들은 고개를 끄덕이며 우자 베키가 다시 한번 코사와에 속하고 싶어서 아픈 남자를 받아준 듯하다고 말했다. 찾아오는 친구 하나 없이 소파에 앉은 채로 째깍거리는 시계의 바늘 소리만 들으며 홀로 지내는 동안 자신의 행동을 돌아보았고, 아무리 돈이 많아도 고향에서 소외당하는 수치를 보상할 수는 없다는 것을 깨달았다. 그러나 우리의 이론을 듣고 어떤 삼촌들은 웃음을 터뜨리며 속지 말라고 했다. 우자 베키는 그런 결론을 내릴 만큼 똑똑하지 않으며 여전히 뱀처럼 교활하다. 우리 마을 사람들이 펙스턴 대표단에게 무슨 짓을 했는지 정부가 알아내면 그때 우자 베키가 과연 어떻게 행동하겠는가?

정부가 우리로부터 알아내는 일은 없을 것이다. 그건 확실하다. 우리는 절대 깨뜨릴 수 없는 맹세를 했다. 우자 베키를 루사카네 집에서 풀어준 날에 아버지들은 가족을 툇마루에 집합시키고 탯줄 묶음을 꺼냈다. 가족원 모두 돌아가면서 그것을 손에 쥐었다. 자신과 형제와 아버지와 그들 형제와 조부모님과 또 그들 형제와 친척 것까지, 우리 조상이 크고 작은 강이 흐르는 골짜기에 터전을 세운 그때로 거슬러올라가는 탯줄이다. 쪼그라든 채로 악취를 풍기는 탯줄은 세월이 흐름에 따라 검은색과 갈색으로 변색되었지만 새로운 탯줄이 추가될 때마다 강해지며 우리를 과거와 미래에 더욱 단단히 엮는 것 같았다. 그것이 의미하는 바를 우리는 잘 알았다. 탯줄 묶음은 우리 존재의 핵심이다. 그것을 손에 쥐고 맹세하는 행위는 그 맹세가 우리를 평생 따라다닐 것임을 자각하는 것이다. 바로 그 이유로 아버지들은 가족 전체의 미래가 걸린 중요한 맹세를 할 때만 탯줄 묶음을 꺼냈다.

그날 밤에 우리는 돌아가며 탯줄을 손에 쥐고 그것이 의미하는 모든 것에 걸고 맹세했다. 아버지들이 한 일을 아무에게도 발설하지 않겠노라 굳게 맹세했다. 친구나 친척이 우리 마을에 찾아와도 말하지 않겠다고 맹세했다. 마을을 나서서 시장에 가거나, 혹은 다섯 자매 마을이나 두 형제 마을에 먼 친척을 만나러 가면 우리는 미소를 짓고 대화를 나누겠지만 펙스턴에 대해서는 한마디도 하지 않겠다고 맹세했다. 코사와의 최근 정황에 대해 누가 묻기라도 하면 모든 것이 괜찮다고, 언제나처럼 슬픔이 깔려 있고 아무개가 아프고 또 다른 아무개가 죽었지만, 삶에는 슬픔과 기쁨이 공존하는 법이니 조만간 누가 결혼하고 다음 달에는 또 다른 누군가의 생일을 축하한다고 말할 것이다. 머나먼 미래에 우리의 이야기가 널리 퍼져서 마치 임산부의 배가 부풀 듯이 더는 숨길 수 없을 때까지 함구할 것이다. 그때쯤엔 물론 모든 문제가 해결되어서, 사건의 진상이 알려져도 크게 상관없으리라. 그 누구도 아닌 우리 입으로 말해야만 하는 어쩔 수 없는 상황이 오면, 아버지들이 신령의 뜻을 받들어 행동했다고 말할 것이다.

태줄을 손에 쥔 채로 신령에게 빌었다. 맹세를 깨는 자에게 가장 혹독한 벌을 내리고 그의 가족과 마을 전체에 재앙이 일어나게 해달라고 빌었다. 여자라면 자궁의 문이 닫혀 아이를 배지 못하고 헛된 삶을 살게 될 것이다. 남자는 힘과 남성성을 잃어버려서 지구에서 가장 비참한 존재가 될 것이다.

우리는 맹세를 읊조리고 태줄 묶음을 옆사람에게 넘겼고, 눈을 감은 채로 옆사람이 읊조리는 맹세에 귀를 기울였다.

온 가족이 맹세했다. 코앞에 무덤이 있어 죽음을 별로 두려워하지 않는 할머니들과 할아버지들도 맹세했다. 저주의 무서운 힘을 모르는 어린 형제들도 맹세했다. 저주가 얼마나 무섭냐면, 자기 어머니의 돈을 훔치다가 들키자 홧김에 어머니 따귀를 때렸다가 저주를 받은 곰베라는 남자는 사흘 뒤에 전신이 마비되었다. 어린아이들은 아버지를 따라 한 단어씩 맹세를 옹알거렸다. 그 어린 나이에도 맹세를 해야 했는데, 자신이 신념을 걸고 한 말이 얼마나 강력한지, 그것이 축복이자 기쁨이 될 수도, 혹은 파괴와 파멸의 길로 이어질 수도 있다는 것을 어려서부터 배워야만 했기 때문이다.

우리가 단지 저주를 피하려던 건 아니다. 우리는 간절히 축복을 염원했다. 우리는 축복받은 삶이 어떤 것인지 알았다. 숨통을 옥죄는 펙스턴의 손아귀 속에서 부모님들은 그 삶을 영위하지 못하고 있었지만, 시대가 좋으면 그런 삶이 가능하다는 것을, 축복받은 삶은 무엇보다 서로 사랑하는 가족과 건강과 넉넉한 음식과 웃음과 햇살이 기본 요소라는 것을 알았다. 맹세를 지키면 우리 삶에 곧 축복이 충만해지리라 믿었다. 그날 밤에 코사와 사람들은 우리가 곧 자유로워져서 독수리처럼 드높이 비상하고 번창하리라는 신령의 약속을 믿으며 잠자리에 들었다.

우자 베키도 자기 가족과 탯줄 묶음을 돌려가며 맹세했는지 우리는 모른다. 아마 그랬을 것이다. 우자 베키가 풀려나고 며칠 뒤에 그의 셋째 아내 조피가 숲의 어귀에서 자신을 찾아온 자매들과 속닥거리는 광경을 마을 여자들이 목격하고 할아버지들에게 보고했다. 할아버지들은 루사카에게 그 이야기를 전달했고, 루사카는 우자 베키를 찾아가서 조피가 자매들에게 무슨 이야기를 했는지 이실직고하라고 을렀다. 우자 베키의 호출을 받은 조피는 할머니의 장례식을 의논한 것뿐이라고 자기 아버지의 이름을 걸고 맹세했다. 우자 베키는 아내가 거짓말하는

170

게 아니라고, 자기네 가족은 마을의 비밀을 절대 누설하지 않을 거라고, 지금은 물론 사람들이 결과에 아랑곳하지 않고 멋대로 맹세를 깨는 먼 미래에도 그러지 않을 거라 말했다. 자기는 지금도 우리 중 하나라고, 우자 베키는 굳게 다짐했다.

아픈 남자는 계속해서 우자 베키네 집에 머물렀고, 우리는 밤마다 그를 위해 기도하면서 루사카네 일행이 베잠에서 병을 고칠 약을 가지고 하루빨리 돌아오길 고대했다. 우리 중 한 명이 꿈을 꾸었는데, 꿈에서 아픈 남자는 살이 잔뜩 오른 채로 자신이 펙스턴에 돌아가 다음 마을 회의를 준비하고 있다고 웃으면서 말했다. 그 꿈은 달갑지 않았다. 우리는 아픈 남자가 자유로워지라고 건강을 기원한 게 아니었다. 그가 루사카네 뒷방으로 돌아갈 만큼만 건강해져서, 우리 아버지들이 처음에 세운 계획을 진행할 수 있기를 바랐다. 우리는 죽음에 대한 공포에서 벗어나고 싶었다. 루사카네 일행이 베잠으로 떠난 그날에 어린 여자아이 한 명이 더 죽으며 공포감이 가중되었다. 그 여자아이는 발진이나 기침이 심하지도 않았는데 갑작스레 죽었다. 그걸 보고 우리는 죽음이 더 사납게 날뛰기 시작했다고 짐작했다. 죽음의 고삐를 잡으려면 아픈 남자가 살아야 했다.

코사와가 자유로워지면 아픈 남자에게 사죄의 의미로 새로운 별명을 붙여주자고 우리끼리 약속했다. 멋진 별명을 붙여줄 것이다. 그가 우리에게 어떤 힘도 행사하지 못하는 날이 오면 그에게도 기꺼이 말해줄 것이다.

그러나 우리는 아픈 남자에게 새로운 별명을 붙여주지 못했다. 우리가 학교에 있는 동안 그가 우자 베키네 집에서 죽었다.

그는 코사와 사람들 모두의 품에서 죽었다.

그날 저녁 아버지들은 사냥에서 돌아오자마자 서둘러 밥을 먹고 몸을 씻은 뒤 우자 베키네 집으로 달려갔다. 우자 베키네 응접실에서 밤을 새우기로 했다. 낯선 사람의 시신을 우자 베키네 집에 버려둘 수는 없는 노릇이었다. 비록 우자 베키가 더는 온전히 우리 중 한 명은 아니었지만, 그래도 여전히 그는 우리의 동족이었다. 그와 그의 가족들을 부패해가는 시신과 남겨둘 수는 없었다.

아버지들이 길고 더운 밤에 목을 축이라고 어머니들은 과일을 싸주었다. 우리에게 인사한 뒤에 도시락과 의자 하나를 짊어지고 우자 베키네 집으로 터벅터벅 향하는 아버지들은 그 언제보다 쓸쓸하고 늙어 보였다. 그토록 무력하고 혼란스러운 모습은 처음이었다. 우리는 더 나이가 들고서야, 우리가 그 나이에 근접해서야 그날 당신들의 얼굴에 서려 있던 것은 아픈 남자의 죽음에 대한 슬픔이 아니라 처절한 두려움이었음을 이해했다. 한 사람의 죽음을 초래한 자신들이 받을 벌에 대한 두려움이 아니라, 자식들을 위해 벌인 일 탓에 자식들이 겪을 고통에 대한 두려움이었다. 부모가 되고서야 우리 역시 세상을 뒤덮은 추악을 씻어내려다가 외려 자식들을 다치게 할 수 있다는 사실을 깨달았다.

그날 아버지들은 시신 곁에서 침묵에 잠긴 채 밤을 지새웠으리라.

망자의 고향 관습을 모르는 그들은 어떤 의식을 치뤄주어야

172

할지 막막해하며, 하릴없이 두 손 놓고 바라보기만 했을 것이다. 아버지들은 감히 낯선 자의 시신에 결례를 범할 수 없었다. 아픈 남자가 코사와 사람이었다면 몸이 성한 이들이 전부 모여 밤새 노래를 불러주었을 것이다. 자카니와 사카니가 머리칼과 손톱 발톱을 자르고 태운 다음에 재를 가져가 우리는 끝내 알 수 없는 어떤 의식을 치렀을 것이다. 하지만 이 낯선 사람에게는 해줄 수 있는 일이 없었다. 그의 혼은 자신이 태어난 곳의 법만 따르기 때문이다. 그래서 아버지들은 침묵 속에 앉아서 시간이 흐르기를, 망자의 혼이 육신을 빠져나가 궁극의 목적지로 떠나기만을 기다렸을 것이다. 그의 몸에서 온기가 완전히 식은 것을 확인하고서는 그것은 곧 혼이 영영 떠났다는 뜻이니, 그제야 우자 베키와 아버지들은 시신을 어떻게 처리할지 의논하기 시작했을 것이다.

그날 우리는 나머지 가족과 함께 늦게까지 깨어 있었다. 형제들과 함께 우리는 어머니와 할머니에게 질문을 쏟아부었다. 우리를 안심시켜주기를 바랐다. 우리 마을 사람들은 아무런 잘못을 저지르지 않았고, 아버지들은 단지 펙스턴이 우리에게 한 일을 되갚아주었을 뿐이며, 아픈 남자는 우리와 무관하게 어차피 곧 죽었을 거라고, 또한 우자 베키가 아픈 남자를 살리려고 최선을 다했다고 말해주기를 바랐다. 어쩌면 아픈 남자는 불치병을 앓았는지도 모른다. 게다가 펙스턴 직원 한 명의 죽음이 우리 친구들과 형제들의 죽음을 합친 것보다 더 큰 비극이라고 할 수 있을까? 전부 괜찮다고, 이런 일은 세상에 일어나기 마련이며 아픈 남자의 가족은 어쩌다 그가 실종되었는지 끝끝내 알

173

아내지 못하고 포기한 뒤로는 슬픔을 훌훌 털어버릴 거라고 어머니들이 말해주기를 바랐다. 더는 우리가 실종된 아버지들과 삼촌들을 생각하며 울지 않듯이, 그들 역시 눈물을 그칠 거라고 믿고 싶었다. 설령 그들의 눈물이 영영 그치지 않더라도 우리의 눈물보다 뜨거울 수가 있을까? 어머니가 거듭, 계속해서 우리를 안심시켜주기를 바랐다. 어머니는 그렇게 해주었지만, 그래도 마음이 편해지지 않았다. 어머니의 눈에 서린 불안의 빛을 보지 않으려야 않을 수 없었으니까.

그날 우리는 이 모든 일의 발단이 된 마을 회의가 열렸던 저녁만큼이나 뒤숭숭한 밤을 보냈다.

이튿날 아침에 두려움을 잊고 해야 할 일에 집중하려고 노력하고 있는데 루사카와 봉고와 투니스가 베잠에서 막 돌아왔다고, 그것도 피부색이 옅고 머리가 실타래처럼 헝클어진 남자와 함께 왔다는 소식이 들려왔다. 밥이 목구멍으로 넘어가질 않았다. 잠을 설쳐 피곤했던 데다가 이 남자가 대체 누구인지 얼른 알고 싶어 안달이 났다.

우리가 등교할 시간이 되었을 즈음 아버지들은 이미 집을 나섰다. 루사카 일행으로부터 베잠에서의 일을 보고받고, 함께 온 손님을 맞이한 다음에는 아픈 남자의 관을 짜러 가야 했다.

학교로 걸어가는 길에 우리는 부모님의 속닥거림에서 엿들은 내용을 친구들과 공유했다. 베잠에서 온 젊은 남자는 아픈 남자의 조카라고 했다. 몹시 당황스러웠다. 그 남자는 자기 삼촌을 구하러 왔을까, 아니면 코사와에 오고 나서야 자기 삼촌이 포로로 붙들려 있다는 것을 알았을까? 점심시간이 되었지만 대부분은 밥을 먹으러 집에 가지 않았다. 우리는 풀밭에 둘러앉아서, 베잠에서 온 청년이 아픈 남자의 조카라고 해서 꼭 복수로 우리를 죽이리라는 법은 없다고 말했다.

학교가 파한 뒤에 우리는 장례 행렬을 따라 묘지로 가서 아픈 남자를 묻었다. 노래는 부르지 않았다. 불길함이 관이라는 형태로 눈앞에 보일 뿐이었다. 마을 주민 전체가 우자 베키네 못자리 근처에 만든 무덤에 둘러섰다. 우리는 사람들을 둘러보다가 더벅머리 외지인을 처음으로 보았다. 아픈 남자의 관이 땅속으로 내려질 때 그 혼자 흐느꼈다.

젊은 남자가 친절한 인상이긴 했지만, 베잠에 산다고 했으니 펙스턴이나 정부 아래서 일하는 것이 분명한데, 왜 곧장 정원으로 달려가서 소장에게—소장과 젊은 남자 둘 다 미국인이니 물론 친구 사이겠지—우리가 자기 삼촌을 죽였다고 신고하지 않을까? 왜 자기 삼촌을 코사와에 묻게 허락하지? 왜 베잠으로 시신을 가져가지 않아? 젊은 남자는 참담한 심정 같았다. 우리와 시선을 마주치기가 싫어서인지 빨갛게 충혈된 눈을 계속 내리깔고 있었다. 그러나 단 한 번도 그는 화를 내거나 역겨움에 치를 떠는 것 같지 않았다. 그저 우리들 가운데 홀로 있을 뿐이었다.

땅속에 내린 관을 보면서 할아버지 한 명이 아픈 남자의 영혼이 무사히 조상을 찾아가고, 그의 건강을 회복시키지 못한 우리를 아무쪼록 용서하길 바란다고 말했을 때 우리는 눈물을 글썽이며 어머니들을 쳐다보았다. 두려움과 슬픔과 공포로 몸이 조각날 것 같았다. 그 표정과, 떨리는 손과, 어린 형제를 가슴에 보듬고 있는 모습으로 미루어 어머니들 역시 산산조각

175

나 있었다. 대체 무슨 일이 벌어지고 있는지 설명해달라고 부탁했다면 어머니들은 대답하지 못했을 것이다. 어머니들은 아버지들에게서 들은 이야기밖에 알지 못했다. 아픈 남자의 조카가 우리 편이라고, 우리의 고통을 직접 보고 그것을 세상에 알림으로써 자신의 삼촌이 우리에게 해주지 못한 일을 하려는 것이라고 들었다. 아픈 남자의 친척이 왜 우리 편인지는 짐작도 불가했지만, 광인의 명령을 받들어 펙스턴 대표단을 포로로 삼은 날 이래 벌어진 사건 가운데 단순하게 설명될 수 있는 일은 없었다.

우리가 듣기로 젊은 남자의 이름은 어스떵이었다. 어스떵은 묘지를 떠나는 우리에게 미소를 보여주었다. 우리는 그를 껴안고 전부 다 괜찮아질 거라고 말하고 싶었지만, 봉고가 그를 따로 데려가서 무어라고 귀엣말했다. 우리는 어스떵이 낭기 가족의 초가집 뒷방에서 봉고와 지내기를 바랐다. 그럼 우리 친구 툴라가 그들의 이야기를 엿들은 다음에, 평소의 과묵함을 떨쳐내고 우리에게 전부 말해줄지도 모른다.

그런 기회는 오지 않았다.

공포에 몸이 굳은 채로 그 많은 밤을 지새우는 동안 왜 이 생각은 한 번도 하지 못했을까? 우리가 잠시 자리를 비운 사이에 군인들이 마을을 점령하고, 광장에서 총구 아홉 개를 겨눈 채로 기다리고 있을지도 모른다고 말이다. 그날 오후에 우리의 신령은 어디 있었을까? 우리에게 약속된 축복은 어떻게 된 걸까?

총알이 얼마나 빠르게 날아오던지.

우리가 얼마나 휘청이고 비틀대고 울부짖으며 숲으로 달아

났는지.

피, 우리 가족과 친구의 피가 얼마나 가득 넘쳐 흘렀는지. 삶이 무의미하다고 밝혀진 뒤에도 왜, 희망을 놓지 못하는지.

사헬

아이가 미국으로 떠나기 일주일 전에 툇마루에서 말했다. 엄마, 내가 돌아올 거라는 거 알죠. 대답하지 않았더니 아이는 말했다. 절대 엄마를 버리지 않을 거예요. 그래도 대꾸하지 않자 아이는 울기 시작했다. 그렇게 우는 것은 아기 때 이후로 보지 못했다. 마지막으로 한 번, 툴라가 나의 아기로 돌아와주었다.

아이가 살게 될 곳에 대해 들었다. 학교에서 살 거라고 했다. 그게 어떻게 가능하냐고 묻자 그들은 교정이 코사와의 몇 배나 되며, 그 안에는 책이 있는 건물과 침대가 있는 건물과 음식이 있는 건물이 다 있어서 지난 5년간 버스를 타고 다녔던 것과는 달리 한 건물에서 다른 건물로 걸어가면 된다고 했다. 바다를 건너서 갈 가치가 있는 학교란다. 인류가 쌓은 지식을 모조리 접할 수 있는 일류 학교 중 하나라서, 아이가 고향에 돌아올 즈음에는 세상에서 배울 가치가 있는 것들을 속속들이 이해하고 우리에게도 가르쳐줄 거라고 했다. 그보다 무엇이 더 중요하겠는가? 우리 마을 사람들은 지식이 없어서 죽어가는 거라고 했다. 우리 아이 중 한 명이 미국에서 지식을 배워 올 수 있으면, 훗날에는 그 어떤 정부나 기업도 지금처럼 우리를 짓밟을 수 없을 거라고 했다.

나는 부엌에서 굽고 있는 음식을 확인하러 가야겠다고 말했지만, 사실은 혼자 울고 싶었다. 자꾸 눈물이 나와서 아이에게 힘이 되어줄 수 없었다. 어머니의 눈물이 자식에게 무슨 소용인가?

미국에 유학 갈 아이로 툴라가 뽑혔다는 말을 처음 들었을 때 나는 말하는 사람의 얼굴만 멀거니 바라보았다. 남자는 머리가 무척 작아서 까칠하고 두꺼운 입술이 한층 더 부각되었다. 그에게는 물론 이름이 있었지만 마을 어린이들은 상냥한 남자라고 불렀는데, 늘 보름달처럼 푸근한 표정이었기 때문이다. 그는 '복원 운동 단체'의 임원 중 한 명인데, 이들은 우리와 피가 섞이지도 않았지만 미국에 전해진 코사와 이야기를 듣고 도움을 주고자 왔다.

상냥한 남자가 마을 광장에서 한 연설을 수차례 들었다. 말라보의 실종에 대해 그에게 이야기한 적이 있고 툴라의 숙제를 도와주는 것도 보았다. 하지만 상냥한 남자가 얼굴을 빛내며 우리 집에 들어와서 소식을 전달한 그날에 내 눈빛은 낯설기만 했다. 처음 몇 분 동안은 입이 떨어지지 않았다. 눈으로 입술의 움직임을 좇을 뿐이었다. 그의 반짝이는 눈에서 아무런 위안을 찾을 수 없었다. 그가 목소리를 높여 되풀이했다. 더 크게 말하면 자신이 예의를 지키느라 차마 말하지 못하는 속뜻을 내가 이해할 거라고 생각한 모양이었다. 정말 잘됐습니다, 사헬. 당신 아이가 미국에 갈 수 있다니, 얼마나 행운입니까.

그래도 내가 반응하지 않자 그는 동료에게 시선을 돌렸다. 어린이들이 잘생긴 남자라는 별명을 적절히 붙인 사람이다. 잘생긴 남자는 내게 이 소식을 어떻게 생각하냐고, 지금 무슨 생각을 하고 있는지 알려줄 수 있냐고 물었다. 나는 시선을 피하며 고개를 가로저었다. 옆에서 그의 잘생긴 얼굴을 보고 있노라면 내가 원할 권리가 없는 것들에 대한 갈망이 치솟았다.

복원 운동 단체가 처음 개최한 모임에서 상냥한 남자는 자신이 우리 중 하나라고 말했다. 할아버지가 코사와의 자매 마을 출신이라고, 그래서 자기 아버지는 유년 시절에 우리 마을의 소년들처럼 고무로 만든 공을 차고, 언젠가 자기 소유의 집에서 결혼하고 아이를 낳아 기르며 늙어가길 바랐다고 했다. 그러나 상냥한 남자의 할아버지는 외아들을 위해 다른 삶을 꿈꾸었다. 나라에서 언젠가는 부를 나눠주기를 기다리는 사람이 아니라, 그것을 분배하는 사람으로 키우고 싶었다. 그래서 그는 아들이 마을을 떠나 수도로 진출할 방법을 강구했다. 상냥한 남자의 아버지는 수도에서 교육을 받고 고향에 돌아와서 여자를 만나 결혼했다. 그렇게 상냥한 남자가 태어났다. "그렇지만," 상냥한 남자가 말했다. "자신이 어디서 왔는지 절대 잊지 말라고 아버지는 늘 당부하셨습니다." 그날 나는 툴라가 미국에 가면 어떤 혜택을 받을 것이며 그것이 툴라뿐만이 아니라 나와 마을을 어떻게 도울 것인지 들으면서 이렇게 묻고 싶었다. 그의 할아버지는 어떻게 해냈냐고, 어떤 노력을 했길래 그의 아들이 상경한 뒤에 베잠의 높은 위치까지 올라가서, 미국인들을 대변할 정도로 대단한 손자를 키웠냐고 묻고 싶었다. 그의 할

아버지가 어떤 값을 치렀는지, 지금 내게 똑같은 값을 치르라고 요구하는 것인지 알고 싶었다. 그러나 한마디도 입에서 나오지 않았다.

"괜찮습니다. 오늘 바로 결정해야 하는 건 아니에요." 상냥한 남자가 말하고 잘생긴 남자와 함께 일어났다.

"때로는 한숨 자고 나면 생각이 더 잘 나는 법이죠." 잘생긴 남자가 말했다. 그들은 인사를 하고 이튿날 다시 오겠다고 말했다.

그날 저녁에 학교에서 돌아온 툴라에게 나는 아무것도 말하지 않았다. 잘생긴 남자가 말했듯이 이튿날 아침이 되자 내가 해야 하는 질문들이 확실히 생각났다. 정오가 조금 지나서 정원에서 가스 불기둥이 우르릉거리는 소리만 희미하게 들릴 뿐 코사와가 온통 조용할 때 그들이 찾아왔고, 우리는 외당에 앉아 다시금 이야기를 시작했다.

나는 미국에서 누가 내 아이를 돌볼 건지, 누가 툴라가 좋아하는 음식을 해주고 옷을 빨래해주고 제시간에 일어나 수업에 가게 챙겨줄 것인지 물었다. 그들은 학교에 요리하는 사람이 있으며 우리 음식만큼 맛있지는 않지만 학교에 입학한 아이들 대부분이 첫해에 살이 찌는 걸로 보아 그럭저럭 먹을 만한 것이 분명하다고 말했다. 그리고 학교에는 옷을 세탁하는 기계가 있고 제시간에 깨워주는 기계도 있으며, 아이가 어떤 병에 걸리든 미국에서 구할 수 있는 온갖 약이 구비되어 있다고 말했다.

나는 툴라가 지낼 도시가 어떻게 생겼는지 알고 싶다고 말했다. 그들은 그 도시가 굉장한 곳이라고, 이 세상에 존재했던 모든 도시는 물론 앞으로 생겨날 그 어떤 도시도 견줄 수 없다고 말했다. 자신들의 사사로운 의견이 아니라 방대한 지식을 지녔으며 세계를 두루 여행해본 사람들이 하는 말이며, 자기들은 누구나 아는 사실을 되풀이하는 것뿐이라고 했다.

그들이 도시 이름을 알려주었지만 나는 듣자마자 잊어버렸고, 일주일 후에 다시 들었지만 그 단어가 좀처럼 입에 붙지 않았다. 말하려고 할 때마다 입술에서 미끄러져서, 사람들이 그 도시에 대해 물어보기 시작하자 나는 괜히 잘못 발음하느니 그냥 '위대한 도시'에 간다고 말하는 편이 낫겠다고 결정했다. 상냥한 남자와 잘생긴 남자는 내가 붙인 별명을 듣고는 도시의 진짜 이름보다 더 잘 어울린다고 말했다.

우리는 다 같이 있는 자리에서 툴라에게 소식을 전했다.

나는 소식을 전하는 일을 상냥한 남자에게 맡겼다. 그는 툴라에게 일이 어떻게 진행되었는지 설명했다. 복원 운동 단체가 미국에 있는 학교들에 연락을 취해서 우리 아이들에게 교육을 제공함으로써 코사와를 도와달라고 요청했는데, 그중 한 학교가 승낙했다. 학교와 복원 운동 단체가 함께 우리 아이들의 성적을 검토한 결과, 툴라에게 기회를 주기로 만장일치로 결정했다. 상냥한 남자의 말을 듣는 툴라의 얼굴에서는 어떤 표정도 읽을 수 없었다. 이야기가 끝나자 툴라는 상냥한 남자와 잘생긴 남자에게 고맙다고 인사하더니, 고맙지만 자기는 나와 주바와 야야를 두고 갈 수 없다고, 특히나 지금 같은 시기에는 더더욱 그럴 수 없다고 말했다. 그러고는 나를 보며, 만약에 내가 자신이 가기를 원하면 가겠지만, 자기 생각은 하지 말고 진심

182

을 알려달라고 말했다. 나의 행복이 가장 중요하다면서. 말을 마치고 툴라는 외당에서 나갔다. 아이가 울고 싶어서 나간다는 것을 나는 알았다. 아이의 말투만 들어도, 눈을 내리깐 표정만 보아도 툴라는 분명히 미국에 가고 싶었다. 툴라는 이 세상에 대해 더 배우기를 갈망했지만 우리를 두고 갈 수는 없었던 것이다.

상냥한 남자와 잘생긴 남자는 한 번 더 찾아와서 툴라의 여행 준비를 거들었다. 우리는 마을 사람들에게 일단 비밀로 하기로 동의했다. 심지어 주바와 야야에게도 말하지 않기로 했다. 어쨌든 툴라가 코사와를 대표해 낭독 경연에 출전한다는 구실로 잘생긴 남자와 베잠에 가서 여행에 필요한 모든 서류 준비를 마치고 출국 날짜를 정할 때까지는 말이다. 툴라에게는 당분간 비밀로 부치라고 구태여 말할 필요도 없었다. 이 결정은 엄청난 가슴의 짐이 될 터인데, 어려서부터 툴라는 마음이 무거울수록 입 역시 무거워지는 아이였다.

✳

어머니는 늘 내게 과거와 미래에 집착하는 것에 대해 경고했다. 한번 일어난 일은 결코 되돌릴 수 없으며, 벌어질 일은 어차피 벌어질 것이므로 지금 당장 일어나고 있는 일에나 집중하라고 했다. 그렇지만 이렇게 나 홀로 있는 저녁에는, 주바와 야야는 방에 있고 툴라는 미국으로 떠난 지 몇 달이 지났으며 친구들과 친척들은 자기 일 걱정하느라 바쁜 이런 때에 툇마루에 홀로 앉아 있노라면, 과거와 미래의 목소리가 나를 둘러싼다.

과거와 미래가 양옆에 앉아 자기한테 주의를 기울이라고 아우성이다. 옛날 일에 대해 생각해, 과거가 말한다. 앞으로 일어날지 모르는 일들에 대해 생각해, 미래가 말한다. 종국에는 과거가 늘 이긴다. 과거가 하는 말은 진실하기 때문이다. 이미 벌어진 일들은 내 속에 살고 있으며 나를 붙잡고 놓아주지 않는다. 나는 미래와 그 불확실성을 신뢰하지 않는다.

나는 주바의 눈에서 과거를 본다. 학살이 벌어지고 몇 시간후에 나타난 그 공허한 표정. 주바는 자신이 본 것을 기억에서지울 수 없다. 아무도 그럴 수 없다. 그 총소리를 귀에서 내보낼 수 없다. 우리 중 아무도 그러지 못할 것이다. 주바는 어리지만 그 속의 어린이는 오래전에 떠났다. 나이는 어리되 영적으로 시든 것이다. 아이가 이런 질문을 할 때마다 산산이 조각난 영혼의 파편 소리를 듣는다. 아빠는 언젠가는 돌아올까요? 봉고 삼촌이 뭘 잘못했어요? 우리 코사와를 떠나면 안 돼요? 주바는 자신이 우리 집안의 마지막 남자라는 사실을 두려워한다. 할아버지도 떠났고, 아버지도 떠났고, 이제 봉고 삼촌도— 내 차례는 언제 찾아올까? 내가 또 죽으면 그때도 자카니가 살려줄 수 있을까요? 주바가 묻는다. 우리 집에 일어난 일들을 전부 이해하고 싶다고 말하는 주바의 목소리에 고통이 묻어난다. 나는 최선을 다해 설명했다. 세상에는 받아들일 수 없는 일들이 너무 많단다. 너를 위해서라도 그렇지 않았으면 좋겠지만, 세상은 그런 거란다.

내가 시장에 갈 때마다 주바는 스케치북과 크레파스를 사달라고 부탁한다. 아침이건 점심이건 저녁이건, 주바는 시시때때

184

로 그림을 그리고픈 충동을 느낀다. 벌써 스케치북 여러 개를 그림으로 채웠다. 나는 주바의 그림을 이해하지 못한다. 이목구비가 제멋대로 흩어져 있는 사람의 얼굴. 입은 이마에 있고 코는 광대에 달렸다. 하늘에는 구름 대신 물고기와 나무들이 떠 있다. 태양과 별들이 쏟아져내린다. 왜 그렇게 그리냐고, 왜 보이는 대로 그리지 않느냐고 물으면 주바는 모르겠다고 한다. 아이는 설명하지 못하지만, 나는 그것이 슬픔임을 안다.

주바가 야야의 침대에 가서 곁에 누울 때면 아이의 아픈 마음이 눈에 보일 듯 통렬하게 느껴진다. 주바는 열한 살이다. 마을의 또래 소년들은 남성의 길을 찾느라 바빠서 애정에 대한 갈망을 전부 잊었는데, 주바는 새총을 만들어 새를 사냥하기보다는 할머니 옆에서 오후를 보내고 싶다고 친구들에게 당당히 말한다. 그렇게 말하는 아이의 목소리에서 나는 또 아픔을 느낀다. 나를 도와 야야에게 밥을 먹이고, 서둘러 물을 길어 오고, 야야가 욕창에 걸리지 않게 하루에 적어도 네 번 조심스레 몸을 뒤집어주는 아이의 노력에서도 아픔을 느낀다. 주바는 야야가 언젠가 다시 걸을 수 있을지, 우리가 베잠에서 돌아와 그 소식을 전한 날 이후로 왜 다리를 쓰지 못하게 되었는지 알고 싶어 한다. 마음의 상처야말로 가장 큰 병이라고 나는 아이에게 말한다.

툴라가 미국으로 떠나기 전에 5년간 나는 평일 아침마다 툴라와 주바를 위해 달걀을 각각 두 개씩 튀겼다. 코사와에서는 사람들이 달걀을 주기적으로 먹지 않는다. 암탉이 낳는 달걀은 한정되어 있으므로 달걀을 닭으로 키워서 가족 전체를 먹이는 편이 배에 기별도 가지 않는 달걀 하나를 먹는 것보다 실용적이다. 그렇지만 나는 아이들에게 꼭 달걀을 먹였는데, 말라보가 달걀이 아이들 건강에 좋으니 가능한 한 자주 먹이라고 당부했었기 때문이다. 5년간 나는 복원 운동 단체에서 받은 돈으로 큰 시장에 가서 달걀을 샀다. 복원 운동 단체가 우리 편에서서 싸움을 시작하자 펙스턴이 뱉어낸 돈이다.

그 싸움은 미국에서 벌어졌으므로 우리는 펙스턴이 자신들의 패배를 깨달은 순간의 표정을 보는 통쾌함을 만끽하지 못했다. 하지만 사촌 투니스가 로쿤자 사람한테서 들은 바에 의하면 애초에 싸움은 없었다. 학살에 대한 소식이 미국에 전해지자 펙스턴이 복원 운동 단체에 돈을 주며 위로의 말과 함께 우리에게 전해달라고 했단다. 우리가 겪은 고통에 마음이 아프다며, 복원 운동 단체를 힘껏 도와 우리의 삶을 향상시키는 데 일조하겠다고 말했다. 그렇지만 그건 단지 바다 양쪽에서 울리는 비난의 목소리를 잠재우고 펙스턴 석유 불매 운동을 멈추려는 꼼수에 지나지 않는다고 다들 믿었다. 우리가 하는 일들을 보십시오. 코사와 사람들을 돕고 있지 않습니까. 우리 덕분에 코사와가 혜택을 누리지 않는다고 누가 말할 수 있겠습니까.

펙스턴은 그날 군인들이 벌인 학살과 자신들은 무관하다고 주장했다. 자신들은 단지 우리 정부로부터 유전을 개발할 권리를 샀을 뿐이라고, 우리 정부의 무능력을 왜 자신들이 책임져야 하냐고 반발했다. 그 말을 듣고 대통령 각하는 격노했으리

라. 정부가 펙스턴에 위협을 가했을지도 모른다. 하지만 그들 사이에 분쟁이 일어났다는 소식은 들려오지 않았다. 그들은 우리를 상대로 한편으로 뭉쳤다. 펙스턴은 우리의 기름을 원했고, 정부는 펙스턴의 돈을 원했다. 대통령 각하는 세상의 진귀한 것들을 더 많이 소유하기를 원했다. 툴라가 충격으로 열하루나 실어증에 걸렸던 학살이 행해진 지 8년이 지난 지금, 펙스턴은 여전히 우리 땅에 있다.

※

복원 운동 단체가 우리 마을에서 벌어지고 있는 일들을 확인하러 처음 왔을 때 임원은 총 다섯 명이었다. 잘생긴 남자와 상냥한 남자, 우리와 닮았지만 이웃 나라 출신이었던 사람, 그리고 미국에서 온 남자와 여자. 미국인들은 나와 또래로 보였는데, 갈색 반바지를 입고 턱 밑에 끈을 묶는 모자를 썼으며, 얼굴은 잘 익은 사과처럼 빨갰다.

그들은 마을을 돌아다니며 수년간 기름이 유출된 장소와 송유관을 보았다. 우리는 그들을 숲으로 데려가서 화재로 인해 황폐해진 경작지를 보여주었다. 그들은 말라 비틀어진 농작물을 검사했다. 큰 강에 둥둥 떠 다니는 폐기물의 사진을 찍었다. 구멍이 난 나뭇잎을 가리키며 산성비 때문이라고, 우리 마을에 내리는 비가 오래전에 오염되었다고 말했다. 우리는 그들을 아이들의 묘지로 데려갔다. 그들은 입을 달싹이며 조그만 흙무더기를 세었다. 정원으로 시선을 돌리고, 활활 타오르는 불기둥을 바라보았다.

광장에 주민들을 모아놓고 상냥한 남자가 말하는 동안 미국인들은 우리 언어를 알아듣지 못하면서도 연거푸 한숨을 내쉬고 고개를 내저었다. 미국인들이 우리를 직접 만나고 싶어 했다고 상냥한 남자는 말했다. 우리 같은 사람들을 위해 싸우는 것을 업으로 삼고 있기에 이런 일들이 세상에서 벌어진다는 사실은 알았지만, 우리 마을처럼 심한 경우는, 이토록 철저하게 망가뜨려놓은 경우는 처음 보았다고 했다. 미국인들은 우리 아이들에게 책과 꿀맛이 나는 군것질거리를 선물했다. 우리를 껴안고 싶어 하는 것 같았다. 특히 미국 여자는 눈에 눈물이 그렁그렁했다. 어쨌든 그들은 끝내 포옹을 청하지 않았고 우리도 포옹으로 고마움을 표현하고 싶었지만 미국인들에게 그러면 적절치 않을 것 같아서 가만히 있었다.

그들의 방문 계획을 미리 알려주지 않아서 마을에서는 음식을 준비해놓지 못했다. 여자들 몇 명이 머리를 맞대고 의논한 다음에 조금만 기다려달라고, 코사와 여자들이 닭을 몇 마리 잡아서 대접하겠다고 말하자 상냥한 남자는 미국인들에게 귀엣말을 했고, 그들은 웃으면서 정말 고맙지만 밥을 이미 먹고 왔다고 말했다. 그들이 베잠으로, 그다음에는 미국으로 돌아가려고 차를 타러 광장을 떠날 때 누군가 노래를 부르기 시작했고, 곧 나를 비롯하여 여인들과 소녀들 모두 노래를 부르고 있었다. 마지막으로 노래한 게 언제인지 기억나지 않을 정도였지만 그래도 나는 셋째 음을 넣으며 화음을 쌓았고, 곧 모든 여자가 골반을 흔들고 먼지를 일으키며 점점 목소리를 높였다. 처음에는 감사의 노래를 부르며 우리를 찾아와준 손님들을 축복해달라고 신령에게 빌다가 나중에는 우리가 어린아이였을 적에 어머니들이 들려준 노래를 불렀다. 괴물에게 잡아먹혔지만 배 속에서 간지럼으로 구토를 유발해 탈출한 세 마리 물고기에 대한 노래였다. 복원 운동 단체 사람들은 우리와 함께 골반을 흔들기 시작했고, 미국 여자는 얼굴이 새빨개진 채로 콧물과 눈물을 흘렸다. 누군가 북을 가져오자 남자들은 박자에 맞추어 북을 치고 우리는 조그만 물고기들의 간청을 노래했다. *우리의 이야기는 반드시 전해져야 해. 모두에게 듣기 좋은 이야기는 아닐지언정, 말하는 사람의 입을 기쁘게 하는 이야기는 아닐지언정, 우리의 이야기는 반드시 전해져야 해.*

그로부터 한 달 뒤에 상냥한 남자와 잘생긴 남자가 자기들끼리 우리 마을에 오기 시작했다.

그들은 베잠에 거주하며 여러 마을을 돌아다니면서도 늘 우리를 위해 시간을 내주었고, 우리 마을에서 또다시 죽음이 발생하여 슬픔이 더해지면 마을 주민의 집 맨바닥에서 자거나 자매 마을에 사는 상냥한 남자의 삼촌네 집에 머무르며 함께 애도했다.

펙스턴의 돈을 가져온 날 그들은 우리가 원하지 않으면 받을 필요가 없다고, 세상의 돈을 전부 긁어 모아도 펙스턴이 우리에게 한 짓을 되돌릴 수는 없다고 말했다. 그래도 우리는 돈을 받았다. 펙스턴을 증오하긴 했지만 그 많은 것을 잃고 계속 살아가려면 돈이 필요했다. 더구나, 그 돈은 우리 돈이다. 우리 기름을 팔아서 번 돈이니까.

복원 운동 단체 사람들은 그 돈은 그저 우리의 눈물을 닦아줄 임시방편이라며, 미국에 있는 자기네 단체 사람들이 유출된 기름으로 우리가 본 피해를 전부 갚아줄 거라고 약속했다. 펙스턴이 강에 흘려보낸 오염물과 강산이 한 차례 바뀌어도 생명이 자라지 못할 토양과 성장할 기회를 박탈당한 아이들과 영영 낫지 않을 부모 마음의 상처에 대한 값을 치를 거라고 했다.

배상이 끝나면 펙스턴에 오염물질을 청소해서 코사와를 우리 조상이 처음 발견했을 때의 모습으로 복구시키라고 요구할 작정이다. 하지만 그건 수십 년이 걸릴지도 모른다. 깨끗해진 코사와나 새로운 배상금을 보지 못하고 죽는 사람도 있을 터인데, 그런 경우에는 배상금은 그들 자손에게 간다.

그들은 펙스턴의 돈을 커다란 밀짚 자루에 담아서 주었다.

아흔여 개에 달하는 코사와의 집마다 하나씩, 밀짚 자루를 가장이 받았다. 우리 집에서는 내가 가장이었다. 가장이 되고 싶어 하는 여자가 세상에 어디 있을까? 나는 그런 부담을 원한 적 없다. 가장의 책임감이 말라보와 봉고의 관계를 망가뜨리는 것을 보았다. 하지만 나는 하릴없이 손을 뻗어 자루를 받았다. 남편이 죽기 전 마지막 3년을 통틀어 번 것보다 큰 금액이 들어 있었다.

그런데 얼마 안 가 펙스턴이 준 돈이 전부 우리에게 오지 않았을 거라는 소문이 퍼지기 시작했다. 베잠에 있는 복원 운동 단체 지사와 상냥한 남자와 잘생긴 남자가 자기들 몫으로 얼마큼 떼어갔을 거라고들 말했다. 소문이 한 집에서 다른 집으로 옮겨가며 마을을 휘저었다. 우리가 그럭저럭 만족할 만한 금액만 떼어 주었을 거라는 의심도 나왔다. 정원에 찾아가서 펙스턴이 정확히 얼마를 주었는지 소장에게 물어보아야 하지 않을까? 나는 이런 소문을 투니스에게서 들었다. 말라보의 사촌인 소니가 학살 뒤에 마을의 새 족장이 되었는데, 이런 유언비어를 끝내달라고 투니스에게 부탁했다. 말 한마디를 해도 종일 생각하고서야 입을 여는 소니를 나는 한 번도 좋아한 적이 없으며 이토록 심약해 보이는 남자가 코사와의 새 지도자가 된 것을 말라보도 마뜩지 않게 여겼으리라 생각했지만, 이 문제에 관해서만큼은 소니와 한마음이었다. 복원 운동 단체와 잘생긴 남자와 상냥한 남자가 자기 몫을 챙겼다는 사실이 밝혀지면 우리가 어쩌겠는가? 우리를 위해 싸우고 있는 사람들과 싸움을 벌이나?

밀짚 자루는 내 침대 밑 검은 상자 속에 있다. 말라보가 사냥한 것들을 시장에서 내다판 돈을 보관하던 장소다. 말라보는 생전에 벌이가 신통치 못했다. 우리가 번 돈은 대부분 동전으로 이루어져 있었고, 음식과 옷과 약 따위 필수품을 사면 끝이었다. 베잠으로 떠나기 전에 말라보가 남긴 돈이라고는 자기 아버지로부터 물려받은 것이 전부였다. 툴라가 태어난 날에 아버님은 자신이 죽으면 말라보에게 주라며 지폐 몇 장을 봉투에 넣어서 어머님께 줬는데, 툴라가 부족함 없이 자라길 바라는 마음이었을 것이다.

아버님은 말이나 표정으로 사랑을 표현하진 않았지만 자신이 할 수 있을 때마다 사랑을 실천했다. 대부분 사람들은 이걸 몰라주었다. 그의 두 아들조차 말이다. 형제는 자신들의 아버지가 이상적인 아버지상에 들어맞지 않는다는 사실 너머를 보지 못했다. 아버님이 젊은이였을 때 코사와로 와서 우자 베키네 아버지의 농장에서 수년간 열심히 일한 끝에 공로를 인정받

191

아 자기만의 땅을 얻어낸 업적을 아들들은 나처럼 존경하지 않았다. 또한 우리가 사는 초가집과 딴채 역시 아버님이 매일같이 농장에서 종일 일한 뒤에 저녁에 돌아와서 대나무를 한 단, 한 단씩 손수 엮어 지었다는 사실 또한 감사히 여기지 않았다. 아버님이 우울한 성격 탓에 아버지로서 어떻게 부족했는지 말라보가 비판할 때마다 나는 이런 사실을 상기시켜주려고 노력했다. 아버님 자신께 불가능한 일을 바라면 안 돼. 당신을 실망시켰다는 생각에 아버님도 힘들 거야. 그렇지만 말라보는 어린 시절 겪은 슬픔과 실망감에서 헤어나질 못했다. 내가 말라보와 결혼했을 즈음에는 아버님도 더는 가족에게 소리치거나 모욕적인 말을 하지 않았다. 대개 우울에 잠겨 있을 뿐이었다. 그렇지만 자식들은 예전에 받은 상처를 잊지 않았다. 나는 이것에 대해 어머님과 의논한 적이 없다. 어머님은 아버님의 아내였으니까, 자신의 남편에 대해 나쁜 말을 해야 하는 상황에 몰아넣고 싶지 않았다. 물론 어머님은 나보다 훨씬 괴로웠으리라. 자신의 남편을 콩가보다 조금 더 멀쩡한 정도로 바라보는 사람들의 시선이 얼마나 괴로웠을까.

심지어 어린이들도 아버님을 뒤에서 놀리며 '울상', '번개눈' 따위 별명을 붙였다. 그 침울한 표정 뒤에 감추어진 심성을 나처럼 알지 못했다. 그래, 물론 아버님의 어두운 안색이 보기에 즐겁지는 않았지만, 그 얼굴에 서려 있는 분노가 나를 향했다고 생각한 적은 거의 없다. 아버님의 눈을 보면 그가 행복을 애타게 바라지만 절망감에 너무나도 깊이 빠져 있어서 벗어나는 법을 모르는 것 같았다. 사람들은 내가 시아버지를 흉보기를 기대했다. 매일 저녁에 시큼한 이파리를 먹는 것과 다름없다고 말하기를 바랐다. 나는 그럴 수 없었다. 아버님은 그런 성격이었음에도 내게 잘해주셨다. 물론 상냥하게 아침 인사를 하는 일은 없었으며 식사를 차려드리면 불평처럼 들리는 웅얼거림으로 대신 고마움을 표현하곤 했다. 단둘이 외당에 있다가 괜히 그 불길 같은 눈빛에 데일세라 핑계를 대고 나온 적이 한두 번이 아니다. 그렇지만 아버님은 숲으로 가서 내가 먹을 음식을 사냥했다. 기분이 웬만큼 괜찮은 날에는 아궁이에 넣을 장작을 쪼개주셨다. 내 딸이 태어났을 때는 아이를 안고 잠들 때까지 얼렀다.

※

최근 들어 조용한 밤이면 툇마루에 말없이 앉아 계시던 아버님의 뒷모습과 봉고가 목욕하며 부르던 노래가 어김없이 생각난다. 엘라리를 만난 뒤로 봉고의 노래는 더없이 감미로워졌다. 그러나 무엇보다 나는 나의 남편, 내 가슴을 찢어놓은 그 사람, 말라보를 생각한다. 친구네 집에서 말라보가 내게 다가온 그날이 얼마나 완벽하게 엉망이었는지를 생각한다.

나와 코코디가 친구가 되기 전의 일이다. 코코디는 내 친구 우웨의 친구였다. 그때 나는 고모들을 만나러, 우웨는 코코디를 만나러 함께 코사와에 왔다. 나는 열아홉 살을 갓 넘긴 꽃다운 처녀였다. 그날 내가 몹시 초조했던 것이 기억난다. 혼기가 찼는데 주변에 근사한 남자가 없었다. 고향 마을의 네바라는 남자가 유일한 신랑감이었는데, 나는 바람에 펄럭이는 치맛자락처럼 벌렁거리는 그의 콧구멍을 도저히 참아줄 수 없었다. "코가 마음에 안 든다고 남자를 거절해?" 어머니가 한숨지었다. "당연한 거 아니에요. 맨날 볼 얼굴인데." 나는 대꾸하곤 했다. 어머니가 눈을 낮추라고 말하면 나는 웃음을 터뜨렸다. 네바가 좋은 남편감이긴 했지만, 그 이유 하나로 결혼까지 할 수 있을까?

그날 말라보는 자신의 가장 친한 친구 비사우를 만나러 코코디네 집에 왔다. 비사우는 코코디의 남편이었다. 나는 창날처럼 예리한 광대와 그것에 어울리게 뾰족한 턱수염을 눈여겨보았다. 참 잘생겼다. 참 남자답다. 이토록 소름 끼치게 잘생긴 남자가 또 있을까?

그날 이후로 코사와를 방문할 때마다 나는 도착한 순간부터 떠나는 순간까지 그를 찾아 두리번거렸다. 매번 나는 코코디와 함께 그의 집 앞을 최소한 두 번은 지나갔다. 그와 마주칠 때마다 풍만한 가슴을 한껏 내밀었고, 코코디가 "카, 카, 카, 오."라고 누구나 대번에 알아보는 특유의 웃음소리를 낼 때면 얼굴에서 식은땀을 닦았다. 한데 이토록 노력해도 말라보의 관심을 끌 수 없었다. 그는 자신이 준비될 때까지는 내 존재를 인지하지도 않았다.

아무런 진전 없이 몇 달이 흘러갔다. 그러다 어느 날 오후 나와 코코디와 우웨, 그리고 코코디 친구 루루가 코코디네 툇마루에서 웃으며 수다를 떨고 있는데 말라보가 난데없이 나타나 내 앞에 섰다. "이토록 아름다운 치아는 본 적이 없다고 말하고 싶었습니다." 그가 말했다. 나는 순간 죽었다. 그러고는 살아났다가, 다시 죽었다. 몇 주 후에 말라보는 나의 하얀 이 앞에서는 구름도 기죽을 거라고 말할 것이며 나는 그의 날렵한 얼굴선을 보면 칼이 샘을 낼 거라고 말할 것이다. 그러나 그날 오

194

후에는 아무 말도 할 수 없었다. 나에게 꽂힌 그의 빛나는 눈을 보고 있는 순간에 나는 목소리를 내는 법 자체를 잊었다. 부끄럼이 병이라면 그때 나를 죽였을 거다. 말라보는 나를 마을에서 몇 번 보았다며, 어떻게 이를 그토록 하얗게 유지하냐고 물었다. 나는 야자 씨앗 기름이라고 말하고 싶었다. 매일 아침에 그걸로 입을 헹군다고. "비법이 무엇이든지 간에," 그가 말했다. "계속하세요."

나는 가까스로 입꼬리를 끌어올렸다.

"뭐라고 말 좀 해봐." 코코디와 우웨가 속삭이자 더욱 부끄러웠다.

나는 친구들을 보며 눈을 크게 떴다. 내 눈빛을 보고 속마음을 알아주길 바랐다. 무슨 말을 해? 이런 상황을 수없이 상상했건만 말라보가 내 앞에 얼굴을 바짝 들이대고 같이 산책하자고 제안하는 순간은 대비하지 못했다. 몸이 붕 뜨는 듯했고, 다시는 내려오지 못했다. 그렇게 둥실 뜬 채로 나는 말라보와 함께 걸었다. 그 순간부터 마지막까지.

말라보와 나. 우리는 행복했다.

우리가 얼마나 행복했는지 잊지 않으려고 노력한다. 마지막으로 함께한 나날의 괴로움이 우리의 영혼이 하나로 합쳐진 모든 기억을 물들이지 않게 하려고 노력한다. 처음으로 같이 산책한 날─손을 꼭 잡은 채로 걸음을 맞추고 얼굴을 빛내며─이후에 나는 언제 다시 그를 만나러 코사와에 갈 수 있을지, 또 그가 언제 우리 마을로 나를 찾아올지 애를 태우며 기다렸지만, 그 기다림마저 달콤했다. 그의 심장 박동을 1분이라도 들을 수 있다면 건기와 우기를 열 번이라도 기다릴 수 있었다. 친구들은 나를 놀렸다. "드디어 사헬이 꿈꾸던 칼날 광대를 얻었네."
친구들의 말에 나도 함께 웃었다. 말라보에 대한 것이라면 전
부 좋았다. 루루는 세상에서 제일 우울한 사람의 아들과 정말
결혼하고 싶냐고, 할아버지처럼 울상에 침울한 기질의 아이들
을 낳으면 어떡하냐고, 인사를 받을 때조차 불쾌해 보이는 남
자와 한 집에 살면 얼마나 거북스러울지 생각해보았냐고 물었
다. 나는 물론 생각해보았다고 답했다. 전부 생각해보았다. 말
라보와 결혼하고 싶지 않을 여자가 어디 있겠어? 그가 세상에
서 제일 우울한 남자의 장남이면 어때? 말라보의 엷은 미소를
매일 볼 수 있는데? 그 엷은 미소는 마을에서 아이들이 죽어가
기 시작하며 점점 흐려졌고, 그가 베잠으로 떠날 즈음에는 흔
적도 없이 사라졌다.

그렇지만 그 미소가 나를 위해 얼마나 눈부시게 빛났었는지.

그 밤에도 눈부시게 빛났던가. 내가 말라보의 침실에 처음
발을 디딘 날, 그의 부모님은 형제 마을의 장례식에 갔고 봉고
는 말라보가 그를 위해 해주었듯이 우리가 오붓한 시간을 보
낼 수 있게 자리를 피해주었다. 그 순간에도 눈부시게 빛났던
가. 침대에 앉아서 기대감에 눈을 반짝이는 말라보가 부탁하기
도 전에 나는 옷을 한 꺼풀씩 천천히 벗기 시작했다. 그의 이마
에 땀이 맺혔다. 내가 실오라기 하나 걸치지 않은 채로 안아달
라고 애원하자 말라보는 입을 살짝 벌리고 양손을 뻗으며 일어
나 안아주었다. 그 빛나는 눈을 잠시도 내게서 떼지 않고서. 나
는 나를 눕혀달라고 말하지 않았고, 말라보 역시 그래도 되냐
고 묻지 않았다. 우리는 이미 이것에 대해 웃으면서 의논했었
다. 곧 결혼하고 아이가 태어나기 시작하면 오밤중에 이불 속

196

에서 소리를 한껏 낮추어야 하고 아이들이 한 방에 있으면 제약이 너무 많을 테니, 우리가 젊고 자유로울 때 최대한 자주, 많이 하자고 말이다.

첫날밤에 아직 아기에 대한 걱정 없이 부부로서 나란히 누워서 어찌나 들떴었는지, 우리가 내는 소리를 시부모님이 전부 들었으리라. 나의 고향 여자들이 떠나기도 전에 우리의 옷가지는 이미 바닥에 널려 있었다. 고향 여자들은 이모네 집에서 나의 새로운 가족 집까지 내 짐을 머리에 인 채로 엄마 뒤에서 노래를 부르고 춤추며 따라 온 다음에, 짐을 외당에 내려놓고는 나와 말라보를 침실로 밀어넣으며 아기가 들어설 때까지 나올 생각도 하지 말라고 웃었다. 우리는 기꺼이 그들의 명령을 따랐다. 중간중간 나는 말라보에게 좀 조용히 하자고, 아버님과 어머님이 깨면 어떡하냐고 했지만 말라보는 웃으면서 그들도 아마 우리처럼 사랑을 나누고 있는데, 다만 오랜 경험으로 소리를 내지 않는 법을 익힌 것뿐이라고 말했다. 나는 도저히 그 말을 믿을 수 없었다. 이튿날 아침에 아버님의 눈빛을 보니 우리가 낸 소리를 전부 들은 게 확실했는데, 나를 뜨끔하게 한 그 눈빛에는 내가 해석할 수 없는 여러 뜻이 섞여 있었다. 그 눈빛이 불편하기는 했지만 그렇다고 우리가 사랑을 나누는 걸 멈추지는 않았다. 내가 툴라를 임신하여 배가 산만 해지기 전까지는 말이다. 어느 날 부엌에서 어머님은 나를 보고 여자가 아이를 위해 참아야 하는 일들이 있다고 넌지시 암시했고, 나는 무슨 말인지 이해했다고 고개를 끄덕였다. 말라보는 툴툴거렸다. 친구들에게 들었는데 그건 사실이 아니라고, 배 속의 아이가 다치지 않게 조심하기만 하면 된다고 말했다. 그래도 어머님을 생각해서 참자고 말하자 말라보는 수긍했다. 쉽지는 않았지만 우리는 잘 참았다. 이상하게도 주바를 임신했을 때는 도저히 내가 성욕을 참지 못했는데, 그것이 또 말라보를 흥분시켰다.

나의 성욕은 마치 자기만의 의지가 있는 짐승 같아서, 맹렬하고 길들일 수 없었으며 지금도 마찬가지다.

우리의 결혼 생활 초기에는 이것이 벌이 아니었다. 아니, 끝없이 치솟는 성욕은 내가 남편에게 주는 선물이었다. 내가 대낮에 하품하며 우리는 도저히 멈출 수 없다고, 멈추기가 너무 힘들다고 호소하면 코코디와 루루는 웃음을 터뜨리면서, 여자는 나처럼 성욕을 느끼면 안 된다고 했다. 여자도 남자만큼이나 성욕이 강할 수 있다는 사실을 자기 남편이 어떤 이유로든 알게 된다면 사카니한테 찾아가 내가 마신 약을 받아 오게 했을 거라며 웃었다. "네 서방이 너희가 하는 것들을 으스대서 괜히 우리 신랑 머릿속에 엉뚱한 생각을 심으면 안 되는데." 코코디가 말했다. "난 그이가 한밤중에 와서 내 솥에 요상한 걸 끓이고 싶다고 조르는 건 딱 질색이야." 그러자 루루는 한숨을 쉬고 벌어진 앞니 틈새에 혀를 끼워 넣으며 말했다. "내 솥에 대해 말하자면 벌써 두 달째 열고 싶은 생각도 안 들어. 거미줄이 얼마나 많이 꼈을지 생각하기도 싫다, 얘." 루루는 나의 내부가 거의 남성일 거라고 주장했다. 턱에 보이지 않는 수염이 있을 것이며 목에는 아무도 못 보는 울대가 숨겨져 있을 거라고. 코코디는 동의하고 웃었다. 카, 카, 카, 오. 두 사람은 손뼉을 치며 웃었고, 나도 함께 웃었다. 그때는 나의 굶주림을 채워줄 말라보가 곁에 있었으니까. 하지만 그가 떠나서 다시는 돌아오지 않은 뒤로 내가 무엇에 대해 웃을 수 있을까?

말라보가 사라진 첫해에 나는 수많은 종류의 눈물을 흘렸다. 아침에 흘린 눈물은 밤에 흘린 눈물과 성질이 달랐다. 밤마다 나는 우리가 함께한 밤들을 떠올리며 울었다. 나의 손바닥에 닿은 그의 얼굴과 그의 손바닥에 닿은 나의 얼굴을 생각하며 울었다. 그가 나의 젖가슴을 얼마나 좋아했는지 생각하며 울었다. 이불 속에서 홀로 애달파하며 울었다. 그가 마지막으로 만진 이래 아무도 나를 만지지 않았기에, 오늘날까지 그 누구의 손길도 닿지 않았기에 울었다.

나 전에 과부가 된 모든 여자와 마찬가지로, 또한 나 이후에 과부가 될 모든 여자와 마찬가지로 나는 여생을 홀로 보낼 운명이다. 누군가의 품에 안겨 애무를 받는 날들은 끝났다. 어렸을 때 어머니가 했던 말이 머릿속에 맴돌았다. 어머니도 남편을 먼저 보냈다. 물론 내가 말라보를 잃어버린 나이인 스물아홉 살보다는 훨씬 나중이긴 했지만 말이다. 어머니는 친구들에게 말하곤 했다. 세상이 내게 준 남편을 잃어버렸어. 한 번도 결혼해보지 못한 여자들이 자기 차례를 기다리고 있는 마당에 내가 어떻게 또 남편을 요구하겠어. 어머니의 친구들이 서글프게 고개를 끄덕거리던 모습이 눈에 선하다. 마음이 부서진 여자의 말에 이의를 달아 무슨 소용인가?

아버지가 돌아가셨을 때 나는 여덟 살이었고, 언니 다섯 명은 이미 출가했기 때문에 집에는 나와 어머니뿐이었다. 어머니가 자신의 운명을 원망하지 않는다는 것을 어린 나도 알 수 있었다. 어머니는 단 한 번도 불평하지 않았다. 그래도 나는 신령에게 어머니 같은 운명을 맞지 않게 해달라고 빌었다. 말라보는 절대 나를 과부로 만들지 않겠노라 약속했었다. 내가 이 몸을 왜 떠나겠어? 그는 말하곤 했다.

코사와에도, 형제자매 마을에도 나 같은 여자는 차고 넘친다. 남편을 여읜 여자. 남자들은 젊어서 우리와 결혼하고 먼저 죽는다. 때로는 자연에 의해, 때로는 우리 여자들의 지혜로운 조언을 따르지 않았다가 목숨을 잃는다. 남편이 죽으면 우리는 울다가 끝내 눈물을 닦아내고, 아주 어리거나 아프거나 늙은 사람들을 돌보며 여생을 보낸다. 욕망이라는 것은 과거의 일이 된다. 아내를 여읜 남편에게 허락되는 특혜를 우리는 결코 누릴 수 없다. 남자들은 어김없이 새 짝을 찾는다. 신령의 뜻으로 여자가 남자보다 많기 때문이다. 처상을 치른 남자에게는 죽은 아내보다 젊은 여자가 금세 나타나 어머니를 잃은 자식들을 기꺼이 돌보고 그들의 족보에 자신의 이름을 올린다. 무덤 말고는 알맞은 짝이 없을 정도로 늙지 않고서야 남자들은 밤에 자신을 어루만져줄 손길을 갈망하는 기분을 모른다. 죽은 아내의 빈자리를 채울 누군가를 만났다고 거리낌 없이 말한다. 남자는 혼자 살면 안 된다고 다들 생각하기 때문이다.

당신들은 혼자 살 수 있어, 남자들은 말한다. 여자니까. 여자들은 참고 견디도록 설계되어 있으니까.

말라보가 실종된 첫해에 나는 다른 여자의 남편이 내 침대로 오게 해달라고 신령에게 빌었다. 어떤 밤에는 아직 신붓감을 찾지 않은 젊은 남자가 싱싱한 아가씨를 만날 때까지라도 나의 닳디닳은 몸을 대용으로 쓰게 해달라고, 아니, 결혼한 뒤라도 아내가 임신한 동안에 나를 품게 해달라고 빌었다. 나 같은 처지의 여자들이 저지른다고 소문으로 들은 일을 나도 기회가 있었다면 감행했을 것이다. 야심한 밤에 새와 짐승만 있는 깊은 숲속의 나무 아래나 헛간에서 남자를 만나서, 그가 아내에게 차마 요청하지 못한 모든 행위를 시도하게 해주었을 터이다.

유난히 괴로운 날이면 나는 코코디와 함께 내 방에서 울었다.

한때 우리는 모든 것을 함께하는 죽마고우 친구를 각자 남편으로 삼아 행복했는데, 이제는 죽음마저 함께해버린 남자들의 과부가 되어 흐느낀다. 가끔은 울다가 우리끼리 결혼하면 어떠냐고 농담을 던졌다. 어느 저녁에 내가 이 말을 했을 때 코코디의 어린 사촌 아이샤가 같이 있었다. 아이샤는 깔깔거리며 웃다가 여자끼리 결혼하는 게 썩 나쁜 생각이 아닌 것 같다고, 어쩌면 인류에게 가장 좋을 일이 될지도 모르겠다고 말했다. 그 말에 나와 코코디는 폭소를 터뜨렸다—아이샤는 아직 소녀라서 그런 어처구니없는 말을 해도 문제가 되지 않았다.

여하튼 코코디는 나와 같은 이유로 남자를 원하지 않는다. 코사와에 남자 친족이 없는 코코디는 아들에게 남성의 길을 가르쳐줄 남자가 필요할 뿐이다. 코코디는 남편이 실종되고 두 달 후에 태어난 막내를 자나 깨나 걱정한다. 나와 코코디는 비슷한 시기에 임신했다. 모든 일이 잘 풀렸으면 나의 셋째 아이가 지금 마을에서 뛰어놀고 있을 것이다. 내 친구까지 나와 같은 불행을 겪지 않아서 다행이라고 나는 신령에게 감사 기도를 올린다. 막내아들이 얼굴도 본 적 없는 아버지처럼 늠름하게 자랄 수 있게 도와줄 남자 어른이 필요하다는 코코디의 말에 동의한다. 하지만 나는 아이들을 위해서 새 남편을 찾을 필요는 없다. 남편의 가족도 있고, 사촌 투니스도 있으니까. 물론 투니스도 고통받고 있다. 코사와에서 고통받지 않는 자가 누가 있단 말인가? 아니, 이 세상 모든 사람이 지금 이 순간 고통을 겪고 있거나 방금 겪었거나, 아니면 곧 겪을 운명이 아닌가. 투니스는 신령이 내게 주지 않은 남형제나 다름없다.

말라보가 실종되고 1년쯤 지난 어느 저녁에 투니스가 안부 인사를 왔다가 툇마루에 홀로 오도카니 앉아 있는 나를 보았다. 투니스는 내 옆에 앉더니, 시장에서 어떤 남자들이 내 엉덩이에 대해 이야기하는 걸 들었다고 말했다. 내 엉덩이가 다디단 파인애플처럼 생겼다고 감탄했단다. 나는 투니스의 뒤통수를 찰싹 때렸지만 마음속으로는 그 말이 사실이기를, 그래서 그 남자들 중 한 명을 집으로 데려와 내 욕망을 해소할 수 있기를 바랐다.

사촌 덕분에 웃으면서 잠시나마 말라보에 대한 근심을 잊었다. 투니스가 떠난 다음에는 말라보가 어떻게 죽었을지 밤새 상상했다. 그의 무덤에 앉아 눈물이라도 흘릴 수 있다면, 내 사랑을 덮고 있는 흙더미에서 위안을 받을 텐데. 그러나 내 남편의 몸은 이미 먼지가 되어 베잠의 흙과 섞였으리라. 아니면 베잠의 강물이 그의 피를 씻어냈을까. 그것도 아니면 재로 변한 뼈를 잔인한 바람이 날려버렸을까. 나는 끝내 알지 못하겠지. 나는 매일 남편과 대화하는데, 주로 집 밖에 나가서 말한다. 베잠 방향으로 날아가는 새들이 나의 말을 전해주기를 소망한다. 그가 기뻐할 내용은 아닐지라도 내 목소리가 그의 외로움을 달래주기를 바란다. 어쩌면 그는 이제 혼자가 아니겠지. 봉고와 함께 있을 거다. 살아서도 죽어서도 그들은 형제니까.

※

우리가 봉고 없이 베잠에서 돌아온 그날, 툴라는 곧장 봉고의 침대로 가서 빨래 더미 아래 몸을 웅크리고 누웠다. 하루 종일 그렇게 있다가 밤을 지새웠다. 친구들이 와서 문을 두드려도, 옆에서 위로해주고 싶다고 간청해도 대꾸하지 않았다. 친척들이 찾아와서 마음을 굳게 먹으라고 위로하며 함께 통곡할 때도 나오지 않았다. 우리 이모들이 베잠에서 있었던 끔찍한 사건을 야야에게 전하는, 가슴이 찢어지는 임무를 수행할 때도 나오지 않았다. 야야의 손을 잡고 봉고의 죽음을 알릴 때도 툴라는 그 자리에 있지 않았다.

그날 나는 나 자신의 슬픔이 아니라 야야의 절망과 충격에 억장이 무너져서 기함했다. 야야는 사시나무처럼 몸을 떨기 시작하더니 금세라도 죽을 것처럼 숨을 가쁘 몰아쉬었다. 차마 쳐다볼 수도 없었다. 어머님처럼 착한 여자에게 한 생애에 이토록 많은 아픔을 안겨준 신령의 뜻을 이해할 수 없었다.

여자들의 간병을 받고 내가 깨어나 눈을 떴을 때 야야는 우리가 알던 야야가 아니라 숨만 쉬며 죽을 날을 기다리는 존재가 되어 있었다. 여전히 툴라는 보이지 않았다. 툴라는 그들이 봉고를 베잠으로 끌고 간 날 이래 한 번도 빨지 않은 옷 더미 아래 홀로 웅크리고 있었다. 자신의 슬픔과 나머지 가족의 슬픔이 평행으로 흐르는 강이라도 되는 양 툴라는 우리를 피했다.

슬픔의 안개에 뒤덮여 있던 첫째 날이 지나가고 나는 가까스로 기력을 끌어모아 투니스에게 메시지를 보냈다. 우리 집에 와서 뒷방 문을 부수어달라고, 툴라를 데리고 나오게 도와달라고 부탁했다. 먹을 것이나 마실 것도 없이 아이가 그 방에 계속 있도록 내버려둘 수는 없었다. 투니스가 와서 문을 부수지 않게 제발 좀 나오라고 외쳤다. 툴라는 기척도 내지 않았다. 투니스는 문을 심하게 망가뜨리지 않고 뜯어낸 다음에 떠났고, 나는 조용히 방에 들어갔다.

툴라는 얼굴이 눈물에 흠뻑 젖은 채로 봉고의 옷 더미 아래 누워 있었다.

툴라는 봉고가 읽어주던 책을 가슴에 바짝 끌어안고 있었다. 봉고가 이야기하길 좋아하던, 누비아라는 왕국에 대한 책이었다. 누비아에서는 여자가 남자만큼 권력이 있었다는 거 알아? 툇마루에서 봉고는 말라보에게 이런 질문을 즐겨 했다. 그럼 말라보는 어처구니없다는 표정으로 쳐다보았고, 나는 웃음을 터뜨리며 더 자세히 이야기해달라고 졸랐다.

나는 침대 옆에 꿇어앉아서 툴라에게 제발 방에서 나가자고 간청했다. 툴라는 벽 쪽으로 고개를 돌렸다. 나는 봉고의 영혼이 조상의 세계로 여행을 떠나기 전에 자기 방에 돌아오고 싶을 수도 있으니 방을 비워두어야 한다고 말했다. 툴라는 들은 체도 하지 않았다. "여기서 혼자 자기엔 넌 너무 어려." 나는 침대 옆에 무릎을 꿇고 앉은 채로 말했다. 아무런 반응이 없었다. 봉고는 남자였으므로 출입구가 따로 있는 방에서 혼자 지낼 수 있었지만, 여자는 뒷방을 혼자 쓰면 안 된다고 타일렀다. 툴라는 여전히 반응하지 않았다. 나는 일어났다. 목소리에서 다정함을 지우고, 무례한 행동은 더는 참아줄 수 없다고 경고했다. 내가 네 아버지와 삼촌을 죽인 게 아니라고, 참아주는 것에도 한계가 있다고 엄포를 놓았다. 그래도 툴라는 꿈쩍하지 않왔다. 나의 경고가 위협으로 변했다. "지금 당장 나오지 않으면 다신 집에 못 들어올 줄 알아." 내가 을렀다. 바위에 말하는 거나 매일반이었다. 어떻게 해서든지 반응을 불러일으키려고 툴라를 침대에서 잡아끌었다. 그제야 눈물에 흥건히 젖은 베개가 보였다.

그 상황에서 내가 무얼 할 수 있었겠는가? 우리 집 외당에서는 수많은 여자들이 모여서 넋이 나간 야야를 둘러싸고 노래를 불러주고 있었다. 나는 딸이 말을 안 듣고 제 어미를 더욱 슬프게 하고 있다고 말하고 싶지 않았다. 그래서 내 방으로 가서 문과 창문을 다 닫았다. 어둠 속에서 침대에 앉아 고개를 수그렸다. 신령에게 내가 무얼 잘못했는지 물었다. 부족으로서 우리 모두가 무얼 잘못했는지 알고 싶었다. 조상이 어떤 죄를 저질러서 우리가 죗값을 치르고 있는 게 확실했다. 코사와의 어떤 집도 이번 재난을 피하지 못했다. 나는 봉고를 위해 울고, 말라보를 욕했다. 나를 망가진 소녀와 혼란에 빠진 어린아이와 늙은 여자를 홀로 돌보아야 하는 처지로 떠민 남편을 미워하지 않으려고 애썼다. 가족 모두가 저마다의 분노와 슬픔을 내 등에 얹고 있었지만 나의 분노와 슬픔은 오롯이 나만의 짐이었다. 세상은 원래 그런 법이다.

베개에 얼굴을 묻고 소리를 질렀다. 내게 처음으로 청혼한 우리 마을의 네바라는 남자와 결혼할걸 그랬다고 말라보에게 말했다. 벌써 다른 남자가 나와 결혼하고 싶다고 허락을 구했으니 선물은 받을 수 없다고, 네바에게 전해달라고 어머니한테 거짓말한 걸 후회했다. 이 거짓말에 대해 나는 친구들과 웃으며 농담했었다. 나를 원하며 나 또한 매력을 느끼는 남자를 찾

을 수 있다고 자신했었기 때문이다. 그런 남자는 기다릴 가치
가 있으리라 믿었다. 말라보, 나의 남편, 나의 꿈. 그 사람은 과
연 기다릴 가치가 있었다. 그가 엷게 미소만 지어도 나는 구름
위를 걷는 기분이었고, 그가 나를 어루만질 때면 세상에서 가
장 잔잔하고 깨끗한 물에 얼굴을 담그고 떠 있는 기분이었다.
그의 모든 것이 태어남의 저주를 기꺼이 받아들이게 해주었다.
젊고 자유로웠던 시절에는 그 행복이 영속될 것 같았다. 그 착
각이 나를 어디로 데려왔는지 보라.

눈물을 닦고 일어나기 전에 말라보에게 말했다. 당신이 이승
에서 영계로 가는 여정이 수백만 년 걸렸으면 좋겠다고, 그래
서 여기서 우리와 있지도, 영계에서 조상들과 함께하지도 못하
고 영영 혼자 떠돌기를 바란다고 저주했다. 기어이 고집을 부
려서 내가 그 대가를 치르게 만들었을 뿐만 아니라, 사랑한다
면서 이 가증스러운 삶에 나를 홀로 버려두고 떠나고, 또 내게
원하는 것을 전부 준 다음에 그것들을 애초에 바란 것을 후회
하게 만든 그를 저주했다.

말라보가 내 조언을 묵살하고 베잠으로 떠난 이래 거의 매
일 밤 불안한 마음에 잠을 설쳤다. 후회와 추억의 늪에서 허덕
이며 동틀녘이 되었다고 수탉이 알리기만을 기다렸다. 지나간
일은 되돌릴 수 없다. 그런데도 나는 내가 더 좋은 여자였다면,
더 좋은 아내였다면, 더 좋은 어머니였다면, 더 설득력 있는 사
람이었다면 말라보가 떠나는 것을 막을 수 있었을지도 모른다
는 생각을 멈출 수 없다.

부질없는 생각들로 나 자신을 괴롭히지 않으려고 애쓰지만,

말라보가 내 말을 듣지 않은 바람에 우리 가족이 겪은 모든 비극이 가슴에 옹어리졌다. 배에서 때 이른 통증을 느낀 순간부터 일주일 뒤에 아기가 나오려는데 보고 싶지 않아서 비명을 지르며 눈을 감은 순간과, 총을 멘 군인들이 내가 상상한 그 무엇보다 잔혹한 짓을 저지른 그날 오후와, 우리가 봉고의 사망 통보서를 들고 베잠에서 돌아온 그 저녁까지 모든 비극을 짚어 본다.

"이건 당신이 나서서 해결할 문제가 아니야." 말라보가 떠나기 전날 밤에 내가 말했다.

"그럼 누가 해결할 문젠데?" 말라보가 물었다.

"당신 애들만 그 물을 마셔? 왜 당신이 모두를 위해 싸워야 해?"

"내가 그런 남자라고 생각해, 사헬? 뒤에 숨어서 다른 사람이 나서기만을 기다리는 남자 같아? 그런 남자랑 결혼했어?"

"주바가 우리에게 돌아왔잖아." 나는 울음을 터뜨렸다. "그게 뜻하는 바를 모르겠어? 주바가 금세 다시 떠나지 않을 거라는 증거야. 죽었다가 살아나서 곧 다시 죽은 사람은 없어."

"죽었다가 살아난 사람을 또 알아?"

나는 대꾸하지 않았다. 우리 두 사람 모두 답을 알았다.

"코사와에서 우리 시대에 죽었다 살아난 사람은 주바뿐이야." 내가 모르기라도 하는 것처럼 말라보는 설명했다. "아픈 아이들 가운데 신령이 우리 애만 살려줬어. 왜? 그걸 생각해봤어? 우리가 특혜를 받았으니까 이 문제에서 더 큰 역할을 맡아야 한다고 생각하지 않아? 주바가 어른이 되면 어떨지 잠깐이라도 생각해봤어? 죽었다가 살아난 경험이 아이의 성장에 어떤 영향을 끼칠지?"

"지금 우리는 주바가 크고 나서 일을 이야기하는 게 아니잖아. 현재 상황에 대해 이야기하고 있어. 주바는 이제 괜찮아. 아니야?"

"툴라는? 툴라가 병들면 어떡해?"

"툴라는 한 번도 앓은 적이 없어. 필요하면 내가 물을 열 시간이라도 끓일게. 제발 베잠에 가지 마. 코코디는 지금 비사우한테 당신이랑 가지 말라고 애원하고 있어. 루루네 가족은 로비에게 가지 말라고 빌고 있고. 당신들이 무턱대고 찾아가서 항의하면 정부가 어떻게 나올지 몰라. 수도에는 악인들이 가득하다고."

"도저히 이해할 수 없군. 어떻게 당신은 미래를 생각하지 않지?"

"우린 살아가고 있잖아." 나는 소리쳤다. "신령의 도움으로—"

"당신이 무섭다고 나더러 아이들의 미래를 위해 싸우지 말라는 거군."

"후회할 일을 하지 말라고 부탁하는 거야. 예감이 안 좋아…."

"당신은 임신 중이라서 그래. 임신했을 때는 전부 불길하게 느껴지는 법이야."

"그거랑 상관없어."

"사헬, 제발 그만해."

대체 내가 언제 그가 원하는 대로 해주지 않았던가? "사헬, 오늘은 이걸 먹고 싶어." 그럼 그것을 요리했다. "사헬, 그거 말고 이걸 입어." 그럼 "알았어."라고 대꾸하고 그렇게 했다. 그래, 나의 행동은 전통에 부합했지만 그 이유로 남편의 뜻을 받든 것은 아니었다. 전통적인 부부간의 규율은 우리 사이에서 무의미했다. 나의 영혼이 그를 기쁘게 해주기를 진정 소망했다. 그런데 내가 결혼하고 처음으로 한 가지를 부탁하자 그가 어떻게 반응했는가? 아니, 그렇게는 못해. 말라보는 베잠에 가서 실패했고, 봉고는 형이 잘못한 일을 해결하려다 역시 실패했다. 이제 복원 운동 단체 사람들이 모든 것을 제자리로 돌려놓고 원점에서 다시 시작하려고 한다.

복원 운동 단체가 우리를 대신하여 뛰어든 싸움이 어떻게 끝날지 나는 알 수 없었지만 툴라는 그들의 이야기를 들은 순간부터 복원 운동 단체가 도와주는 한 우리가 대통령과 펙스턴을 이길 수 있다고 믿었다. 봉고가 베잠으로 끌려가고 몇 달 뒤에 복원 운동 단체가 처음 우리 마을에 찾아왔을 때부터 툴라는 눈에 띄게 표정이 차분해졌다. 아이의 눈에 들어온 빛을 보아하니 툴라는 복원 운동 단체가 우리의 땅과 물과 공기를 되살려놓으리라 확신하는 듯했다. 회의가 끝나면 다른 아이들은 미국인들이 선물한 군것질거리를 두고 티격태격했지만 툴라는 그들이 가져온 책을 들고 집에 왔다. 바로 그날부터 툴라는 책의 세계에서, 그리고 사실상 미국에서 살기 시작했다.

6년 후 저녁, 잘생긴 남자와 상냥한 남자가 미국 학교의 초청을 전달한 뒤에 툴라는 내가 얌을 삶고 있는 부엌에 들어오더니, 미국에 가겠다고, 하지만 내가 진심으로 자신이 가는 것을 원하는 경우에만 가겠다고 말했다. 대답으로 나는 미국에 가겠다면 기꺼이 축복해주겠다고, 하지만 마음속 깊은 곳에서부터 가고 싶은 마음이 우러나는 경우에만, 신령의 뜻을 느낄 경우에만 가라고 말했다. 우리는 침묵 속에 앉아서 무쇠솥 아래 선홍색으로 타들어가는 장작을 바라보았다.

✳

코사와의 아이들이 교육을 더 받으면 좋겠다는 말을 잘생긴 남자와 상냥한 남자가 처음으로 꺼냈다. 우리 아이들이 코사와 마을 학교를 졸업한 뒤에 군청 관리들이 자식들을 보내는 로쿤자 학교에 다니면, 소년들은 창을 들고 사냥을 배우고 소녀들은 어머니에게서 신부 수업을 받는 대신 심지어 마을 학교 선생들조차 모르는 것들을 배울 터이고, 그럼 지금 세대는 물론 다음 세대에도 좋을 거라며 제안했다. 우리 마을 학교를 발전시키고 실력 있는 선생들을 보내달라고 정부에 요청할 수도 있겠지만, 십중팔구 정부는 코사와처럼 작은 마을에 그런 투자를 할 가치가 없다고 거절할 거다. 우리 아이들이 언젠가 코사와에서 먼 곳에 자리를 잡을지도 모르는데, 그럴 경우를 대비하려면 이미 설립되어 있는 고등학교에 보내는 것이 최선의 방책이다. 열두 살 이상 아이들이 로쿤자 학교에 다닐 수 있게 복원 운동 단체에서 버스를 지원해주기로 했다.

어떻게 생각하십니까? 마을 광장에서 상냥한 남자와 잘생긴 남자가 물었다.

그날 아침에는 비가 내렸지만 저녁에는 날이 개고 더웠다. 하루만에 건기와 우기를 모두 겪는 것 같았다. 잘생긴 남자와 상냥한 남자는 망고 나무 아래에서 족장 소니 옆에 앉았다. 학살이 벌어진 지 2년째 되던 해였다. 풀이 자라서 희생자들을 묻은 땅을 덮었다. 소니가 일어나서 말하기 시작했는데, 빨리 빨리 좀 말하라고 혀뿌리를 잡아당기고 싶을 정도로 단어를 하나하나 천천히 말했다. 소니는 우리 아이들이 더 진보된 학교에 가면 좋겠다며 복원 운동 단체에 감사를 표하고, 아버지들끼리 회의를 한 차례 더 해서, 이 제안에 얼마나 호응하는지 살펴보겠다고 했다. 그러나 소니가 말을 미처 끝내기도 전에 마을 어머니들과 아버지들의 반대의 아우성이 그의 목소리를 묻었다. 애들이 쓸데없이 학교를 왜 더 다녀요? 매일 버스를 타고 로쿤자로 가다니, 터무니없는 소리. 학교에 더 다니려고 그런 생고생을 한다고? 교육을 더 받아서 무슨 도움이 되겠소? 아이들이 읽고 쓰고 간단한 산수를 하는 것 이상 배워봤자, 우리를 옭아맨 금수 같은 자들이 우리를 갑자기 존중해주기라도 할까요? 비록 우리는 복원 운동 단체를 믿고 그들의 노력을 고마워하지만, 아이들을 버스에 태워 낯선 도시로 보낼 수는 없다고 대부분 주민이 입을 모았다. 그곳에 보내면 애들이 무사한지 확인하지도 못할 것이다. 정부는 우리가 보는 앞에서 아이들을 죽였다. 우리가 없는 곳에서는 무슨 짓을 할지 누가 알겠는가?

상냥한 남자와 잘생긴 남자는 우리의 불안감을 이해한다고 말했다. 그러나 학교는 정부가 설립한 기관이되 버스는 오스틴의 기사가 보도된 뒤로 우리를 돕겠다고 나선 미국인들의 지원으로 복원 운동 단체가 운영하는 것이라고 했다. 버스 운영비를 지원하는 사람들이 바로 봉고와 콩가와 우자 베키와 루사카를 석방시키려고 후원금을 보내던 사람들이다. 이들은 우리 편이었으며 앞으로도 그럴 것이다. 그래도 반대의 목소리는 더욱 거세지기만 했다. 여러 부모가 외쳤다. 당신들이 우리가 본 것을 보았으면, 학살이 일어난 날에 코사와에 있었다면, 왜 우리가 나뭇잎이 바스락거리는 소리마저 두려워하는지 알 거요.

✳

　로쿤자 학교에 갈 수 있을지도 모른다는 희망이 생기자 툴라는 3년 전 말라보가 실종된 이래 처음으로 말수가 늘었다. 여전히 과묵한 툴라는 필요한 말만 했지만, 우리 가족이 겪은 비극과 학살에 대한 분노가 더는 아이를 쇠사슬처럼 조이고 있지 않은 듯했다. 어쨌든, 조금 느슨해진 건 확실했다. 복원 운동 단체가 우리를 방문할 때마다 불어넣어주는 희망 덕분이거나, 미래의 고통에서 우리를 벗어나게 해줄 교육에 대한 기회를 얻었기 때문인지도 모른다. 그것도 아니면 그제야 툴라가 우리 모두 쇠사슬에 매여 있으며 개개인의 고통은 나름 특별하지만 남들보다 더하지 않다는 사실을 깨달았는지도. 그러니까, 계속 살아가는 것 말고 우리에게 무슨 선택이 있는가? 여전히 툴라는 평온한 미소를 짓거나 제 아버지가 있었을 때처럼 활짝 웃지는 않았지만, 그래도 얼굴빛이 밝아져 커다란 눈의 아름다움이 한층 돋보였다.
　마을에서 친구들과 함께 있는 툴라를 우연히 마주치면 나는 아이의 웃음소리를 듣고 싶은 바람에 괜히 미적거렸고, 한 번이라도 웃음소리를 들으면 풍년이 수천 번 찾아온 것보다 기뻤다. 내가 부탁하기도 전에 툴라는 부엌에 와서 요리를 거들기 시작했다. 야야가 유난히 고통스러워해서 보살핌이 더 필요한

212

날에—어쩌면 두 아들 중 하나가 꿈에 나타났는지도—내가 야야를 더 편하게 해주려고 자세를 바꿔주거나 하염없이 흐르는 눈물을 닦아줄 때면 툴라가 대신 음식을 차렸다. 그토록 입이 짧은 아이가 나한테 밥을 챙겨 먹으라고 당부할 때마다 웃음이 나왔다. 내가 아무리 부탁해도 툴라는 그릇에 있는 음식을 절반도 먹지 못했다.

아이가 너무 말라서 걱정되었다. 나이가 찼는데 월경을 시작하지 않은 것도 근심스러웠다. 친구들의 가슴은 벌써 오렌지보다 커졌는데 툴라의 가슴은 캐슈너트보다 작은 것도 마음에 걸렸다. 코사와를 포함한 여덟 형제자매 마을에서 훌륭한 신랑감을 두고 경쟁이 치열했고, 툴라 또래 소녀들은 자산을 뽐내며 소년들에게 신호를 보내기 시작했다. 남자들이 시선을 떼지 못할 만큼 벌써 엉덩이가 두둑해진 친구들 옆에서 툴라는 엄마랑 이모를 따라오는 아이처럼 보였다. 툴라의 매혹적인 눈과 방긋방긋하는 미소를 보면 나중에 여덟 마을을 통틀어 제일가는 미녀가 될 거라고 자랑하던 말라보는 툴라가 좀처럼 살이 붙지 않는다는 것을 알게 된 뒤에도 꿋꿋이 주장했다. 아버지들은 으레 그런 것에 대해 무지하기 마련이지만, 어머니로서 나는 딸이 마주할 온갖 역경을 면밀하게 헤아릴 의무가 있었다. 툴라는 얼굴은 사랑스러웠지만 몸매가 밋밋한 데다가 속내를 꼭꼭 숨기고 있어서, 신붓감을 찾는 남자들의 눈에서 가치가 떨어질 수밖에 없었다.

내가 코코디와 루루에게 고민을 털어놓자 그들은 웃더니 오늘은 그냥 오늘 짐만 들고 내일의 짐은 그때 가서 걱정하라고 말했다. 사람의 신체란 때가 되어야 발육하는 것인데 지금 툴라의 젖가슴과 월경을 두고 걱정해봤자 무슨 소용인가? "달거리를 하지 않거나 가슴이 안 나오는 여자 봤어?" 루루가 웃으며 물었다. 툴라가 처음으로 피를 흘리고 위로를 받으러 내게 달려올 날을 무엇하러 벌써부터 상상하며 시간을 낭비하는가? 아니, 툴라가 내게 말하기나 할까. 자기들도 엄마이자 딸인 코코디와 루루는 이런 것들의 중요성을 십분 이해했지만 나처럼 딸의 첫 월경을 걱정하느라 속을 썩이며 시간을 낭비하지 않았다. 딸아이의 첫 월경을 축하하는 자리가 얼마나 복되던가. 나이 많은 여자 친척들과 친구들이 모여서 이제 여자가 된 툴라에게 그녀를 기다리는 온갖 놀라운 일에 대해 말해줄 것이다. 자신과 잘 맞는 남자의 품에서는 쾌감이 충분히 고통을 상쇄할 것이며, 아이가 수정된 순간의 즐거움이 클수록 출산의 고통이 크다고, 하지만 그것이야말로 여자로 태어나 가장 멋진 일 중 하나라고 속삭일 것이다. 어른들의 말을 듣고 겁을 내며 혼란스러워할 툴라의 표정을 상상하면 나도 모르게 미소가 입에 걸렸다.

어느 날 저녁, 툴라와 친구 한 명이 야야를 보살펴주기로 해서 나는 루루를 만나러 갔다. 루루의 부엌에서 코코디와 루루는 자기네 어머니가 코사와 여자들을 불러 첫 월경을 축하해준 날에 대해 이야기했다. 우리는 여성으로서의 삶에 대해 말해준 이들을 추억하며 웃었다. 대부분 오래전에 세상을 떠난 이 여인들은, 연기 자욱한 부엌에서 몇 번이나 주고받았지만 이야기할 때마다 새록새록 즐거움이 솟는 일화들을 들려주었다. 욱해서 남편이 먹을 수프에 침을 뱉은 일이며, 어떤 체위로 해야 여자아이를 배고, 또 어떻게 해야 남자아이를 배는지, 또 가끔은 남편에게 밥을 차려주고 아이들에게 과일을 잘라주기 귀찮아서 어떻게 꾀병을 부렸는지. 부인이 자기보다 몇 발이나 앞서 있다는 사실을 남자들이 알게 되면 어떨까. 하지만 그토록 똑똑해봤자 남편이 다른 마을 여자의 침대를 방문했다는 이야기를 친구나 적에게서 들으면 무얼 할 수 있는가? 남편에게 따져도 절대 사실이 아니니까 강짜 좀 그만 부리라는 타박만 듣고서 한숨을 짓고 계속 살아갈 수밖에. 이런 일화들은 풍미가 가득하다고 루루는 말했다. 여자로 태어난 것에 자부심과 분노를 동시에 일으키는 이야기들이었다.

※

상냥한 남자와 잘생긴 남자가 코사와 아이들이 로쿤자 학교에 다닐 것을 제안하고 나흘 뒤에 툴라가 내 방에 들어왔다. "엄마." 침대에서 옷을 개고 있는데 아이가 말했다. "나 버스 타고 로쿤자 학교 다니고 싶어요."

"안 된다." 내가 말했다. 툴라는 뒤돌아서 방에서 나갔다.

다음 날 아침에 툴라는 샤워하고 파란 교복 차림으로 부엌에 들어왔다.

"엄마, 제발요." 툴라가 말했다. "정말로 로쿤자 학교에 다니고 싶어요."

나는 계속해서 달걀만 튀겼다. 아무 말도 하지 않았다.

달걀프라이를 플랜틴 바나나 튀김 옆에 놓았다. 접시를 툴라에게 건네주고, 연기가 들지 않는 외당의 식탁에 가서 먹으라고 일렀다.

툴라가 부엌에서 나간 다음에 나는 주바의 아침을 접시에 담아 식탁으로 가져다주었다. 주바는 파란 셔츠와 카키색 반바지 교복으로 차려입었다. 아침마다 하듯이 아이들이 먹는 것을 지켜보았다─툴라는 플랜틴 바나나 튀김 네 조각과 달걀을 한두 입 먹고 끝냈고, 주바는 자기 몫을 다 먹고서 툴라가 남긴 걸 해치웠다. 아이들은 식사를 마치고 야야의 방에 가서 포옹으로 인사했다. 꼼짝도 안 하고 누워 있는 야야는 학교 가서 선생님 말 잘 들으라고 입만 뻐끔거렸다. 아이들은 고개를 끄덕이고 방에서 나왔고, 나와 한 번 포옹하고 학교로 출발했다. 툴라는 주바의 손을 잡고 동생의 보폭에 맞추어 걸었다. 주바는 여전히 툴라에게 의지했다. 봉고가 죽은 뒤에 말라보의 외삼촌인 망가가 학교에 찾아가, 학기 중간이지만 주바가 입학하게 허락해달라고 부탁했다. 주바의 동갑내기 친구들은 여전히 발가벗고 뛰어놀았지만, 주바는 오른손을 머리 뒤로 해서 왼쪽 귀를 만질 수 있었는데, 그건 학교에 다닐 수 있을 정도로 뇌가 자랐다는 뜻이었다.

아이들이 시야에서 사라지자 나는 야야를 확인하러 갔다. 침을 뱉고 대소변을 볼 수 있는 양동이를 가져다주었다. 지금도 나는 이것을 매일같이 한다. 야야가 아예 일어나지 못하는 날에는 내가 야야 엉덩이에 비닐을 깔고 또 그 아래 천을 깐다. 야야가 누운 채로 볼일을 보면 내가 씻어주고 닦아준다.

야야의 배설물에서 냄새가 난다 해도 나는 아무렇지도 않다. 야야는 나의 어머니다. 야야가 겪어야 하는 고통은 나도 함께 겪을 것이다. 야야가 나를 떠나는 날까지, 아니면 나더러 자기를 떠나라고 하는 날까지, 나는 야야의 사람이며 야야는 나의 사람이다. 야야가 이를 모조리 잃었기 때문에 나는 고기를 잘게 다지고 코코얌을 씹어서 입에 넣어준다. 한때 야야가 나의 남편과 아이들을 위해서 음식을 씹어주었듯이 말이다. 야야가 울고 싶어 하는 날이면 나는 침대에 앉아 같이 운다. 눈물을 닦아주고 그만 울라고 달랜다. 야야가 우는 동안에는 나도 같이 울어야 한다. 혼자 울게 둘 수는 없다. 이따금 우리는 눈물샘이 마를 때까지 조용히 눈물만 흘린다. 우리가 사랑하고 잃은 남자들을 애도하고, 잠시 후에는 우리가 다 같이 저세상에서 재회할 아름다운 날을 꿈꾼다.

로쿤자 학교 이야기가 나오고 일주일 뒤에 툴라가 다시 내게 와서 학교에 다니게 해달라고 조른다. 나는 우리 집을 방문했던 이모 한 분을 막 보내고 툇마루에 앉아 있던 참이다. 툴라는 잘생긴 남자와 상냥한 남자에게 자기 대신 이야기해달라고, 마을 아이들을 더 좋은 학교에 보낸다는 제안을 환영한다고 말해달란다. 나는 한숨을 쉬고 고개를 돌린다. 그러자 툴라는 반대쪽으로 와서 내 눈을 들여다본다.

"엄마, 제발요." 툴라가 말한다.

"정말 그 학교에 가고 싶니?" 내가 묻는다.

툴라는 고개를 끄덕인다.

나는 내일까지 생각해보겠다고 말한다. 이튿날 아침에는 아이 걱정을 하면서 잠에서 깨어난다.

툴라는 태어난 날부터 자기 주관이 뚜렷했다. 제 아빠가 집에 돌아오는 걸 보고 자겠다고 마음먹으면 말라보가 광장에서 친구들과 놀고 귀가할 때까지 눈을 감지 않았다. 툴라가 다섯 살쯤이었을 때 일이다. 어느 저녁에 말라보가 다른 마을의 아픈 친구를 병문안 갔다가 다음 날 오기로 되어 있었다. 그래서 나는 툴라에게 오늘 밤에는 엄마 침대에서 같이 자자고 말했다. 잠잘 시간이 되었는데 아이가 보이지 않았다. 야야와 내가 식겁해서 어쩔 줄 모르고 있는데 봉고가 집에서 뛰쳐나가더니 잠시 후에 툴라를 끌고 왔다. 아이를 정원으로 가는 길에서 찾았다고 했다. 어느 마을에 갔는지도 모르면서 아버지를 찾겠다고 버스를 타려고 했던 것이다.

학교에서 돌아온 툴라를 내 방으로 불러서 침대의 옆자리에 앉으라고 한다. 더 좋은 학교에 가고 싶은 마음을 이해한다고 말한다. 지식을 쌓아서 나쁠 건 없다. 하지만 로쿤자로 등교하는 건 좋지 않다고, 매일매일 아침과 오후에 한 시간씩 버스를 타는 게 얼마나 피곤한지 말해준다. 툴라는 괜찮다고 말한다. 친구들은 새 학교에 같이 가지 않을 것이며 대부분 아이들은 4~5년 내에 결혼할 거라고도 말해준다. 게다가 연고도 없는 로쿤자로 학교를 다니다가 무슨 일이라도 생기면 누가 소식을 알려주겠는가? 툴라는 자기가 학교에 가면 대체 무슨 일이 생길까봐 걱정하냐고 묻는다. 매일같이 머릿속에 들끓는, 세상이 내게서 자식들을 앗아가고 빈손으로 남길 온갖 끔찍한 상황들을 말하지 않고 입을 다물고 있자, 툴라는 자신에게 아무 일도 생기지 않을 테니까 내가 할 말이 없는 거라고 주장한다. "맨날 누가 너랑 버스를 같이 타고 가겠니?" 나는 툴라에게 묻는다. "코사와의 어느 부모도 자기 자식을 거기 보내지 않을 거다." 복원 운동 단체가 자기 한 사람을 위해 버스를 운영할 거라고 믿었나?

툴라는 내 방에서 휙 나가더니 봉고의 방에 가서 침대에 올라간 뒤에 벽을 보고 눕는다. 주바가 문턱에 서서 자기 그림을 보라고 해도 돌아보지 않는다. 누나, 마음에 들어? 주바는 방에 들어가서 반응을 받아내려고 툴라의 갈비뼈를 찌르며 장난치지만 툴라는 무시하고 그림을 칭찬해주지도 않는다. 주바는 한 번 더 툴라를 찌르더니 어깨를 으쓱하고 외당으로 돌아가 그림을 더 그린다.

아침에 내가 등교 전에 먹을 달걀과 플랜틴 바나나를 튀겨주었지만 툴라는 먹기를 거부한다. 저녁으로 차려준 고구마와 호박잎 소스는 진흙이라도 되듯이 외면한다. 나는 한숨을 쉬고 외당의 의자에 앉는다. 피곤하다. 아이 때문에 지친다. 아이를 부수고 새로 조립할 힘이 없다. 나는 몸을 일으키고 악문 잇새로 말한다. 배은망덕하고 이기적이며, 세상 제일 독한 년이라고 부른다. 툴라는 달그락거리는 빈 깡통을 보듯 나를 본다. 내가 느끼는 실망감이 자신의 결심에 대적할 수 없다는 표정이다. 그러지 않아도 괴로운 엄마를 더 힘들게 하는 게 미안하거나 부끄럽지도 않냐고 말하려는 찰나에 야야가 나를 부른다. 내가 방에 들어가자 야야는 말한다. 툴라가 원하는 대로 해주렴.

그날부터 나는 집집이 찾아가 아버지들에게 그들의 자식이 툴라와 같이 로쿤자 학교에 다닐 수 있게 허락해달라고 부탁한다.

무슨 여자아이가 마을 학교에서 가르치는 것보다 더 배우려고 버스를 타고 학교에 다닙니까. 이 말을 귀에 딱지가 앉도록 듣는다. 어떤 아버지들은 정부가 우리에게 저지른 짓과 지금도 하고 있는 일을 요약해서 들려준다. 혹시나 잊었을까봐 하는 말이라며, 코사와의 아이들은 여전히 안전하지 못하다고 경고한다. 복원 운동 단체가 공공연히 망신을 준 덕분에 펙스턴이 아기들을 위한 생수병은 제공하고 있지만, 여전히 아이들은 죽어가고 있다. 잘생긴 남자와 상냥한 남자가 무어라고 하든지 간에 우리는 절대, 무슨 일이 있어도 정부를 믿으면 안 된다고 잔소리를 한 바가지 듣는다. 피할 수 없는 상황이 아니라면 정부가 소유한 건물에 발을 들이면 아니 되며, 부득이하게 들어가야 하는 경우에는 귀를 바짝 세우고 뒤통수에 눈이 달린 것처럼 경계해야 한다고 훈계한다. 정부는 오직 우리를 짓밟고 싶을 뿐이다. 정부는 영혼과 심장을 지닌 인간으로 이루어진 단체가 아니다.

이런 이야기들과 더 많은 이야기를 듣는다.

나는 꼬박꼬박 수긍한다. 네, 아버님. 아버님 말이 맞아요. 네, 할아버님, 할아버님 말이 맞습니다.

그들이 질문이라도 하면 내가 말하려는 것에 대해 무지한 것처럼 소심하게 답한다. 그들이 말하는 동안에는 눈을 내리깔고 고개를 주억거린다. 남성의 지혜를 존경한다고 온몸으로 표현해야 한다. 그들은 대체 왜 이러냐고, 왜 딸한테 안 된다고 엄하게 금하지 않냐고 묻는다. 내 딸이 자신에게 어떤 삶과 선택이 주어졌는지 알 때가 되었다며, 자고로 여자는 삶이 무엇을 주든지 간에 만족하며 살아야 된다는 중요한 진리를 왜 여태 가르치지 않았냐고 나무란다.

나는 내가 내린 선택을 방어하거나 논쟁할 수 없다. 그건 허락되지 않았다. 방자한 일로 간주된다.

나는 엄마로서 딸을 사랑하는 마음 때문이라고만 답한다.

내가 여동생처럼 아끼는 코코디의 어린 사촌 아이샤가 때때로 나와 동행해서 함께 설득한다. 한번은 마을 할아버지가 옛날에는 여자가 자기 딸을 위한답시고 감히 마을을 싸돌아다니며 남자들의 시간을 낭비하지 않았다고 투덜거린다. 그러자 아이샤는 겸손을 흉내만 낸 듯한 말투로 앞으로는 세상이 여자 뜻대로 굴러갈 거라고 대꾸한다. 나는 너무 놀라서 웃지도 못한다.

코사와의 모든 초가 문을 몇 주간 두드린 결과 아버지 네 명이 자기 아들을 툴라와 함께 로쿤자에 보내겠다고 허락한다. 왜 허락하는지 이유는 알려주지 않는다. 다만 내가 네댓 번째로 찾아갔을 때 그들은 똑같은 말 되풀이할 필요 없다며 자기 아들들이 버스를 타고 로쿤자 학교에 다닐 건데, 내 딸을 위해서는 아니라고 덧붙인다. 다른 아버지들은 멀리서 내가 보이기만 해도 부리나케 그 자리를 벗어난다. 아버지는 삼촌을 만나러 가셨어요. 아이가 말한다. 아이 아빠는 숲에 덫을 확인하러 갔어요. 부인이 말한다. 하늘이 칠흑같이 캄캄한데 말이다. 나는 노는 아이들 사이에 자리를 잡고 앉아서 기다린다. 인사만 대충 할 정도로 사이가 데면데면한 여자들과 억지로 대화를 이어나간다. 이런 짓을 지겹도록 한 결과로 끝내 남자아이 아홉 명이 툴라와 같이 학교에 가게 되었다.

오후에 로쿤자에 있는 복원 운동 단체 사무실을 찾아가서 상냥한 남자와 잘생긴 남자와 이야기를 했고, 다음 학기가 시작할 때 버스를 보내주기로 약속받았다는 말을 하자 툴라는 기뻐서 방방 뛰며 수년간 보지 못한 함박웃음을 짓는다. 내 품에 뛰

221

어들더니 가느다란 팔로 목을 끌어안는다. 나는 아이를 꼭 보듬으며 눈물을 참는다.

말라보를 생각한다.

바로 이렇게 툴라가 말라보를 껴안았었지. 말라보가 엷은 미소를 띠고 돌아다니던 시절에, 툴라가 자주 행복하던 시절에. 그 시절에 툴라는 그저 간지럼을 잘 타는 아이였을 뿐, 자기 생각을 꼭꼭 숨기는, 곧 여자가 될 소녀가 아니었다. 그때 내 삶은 전반적으로 아름다웠다. 내가 견디지 못할 만큼 가슴 아픈 일은 없었고, 매일매일 나는 옳은 일을 하고 친절한 말만 하고 악한 생각을 품지 않으려고 노력했다. 분노한 신령의 화를 사서 내 인생이 망가지지 않도록.

✳

로쿤자 학교에서 준 책들은 툴라의 베개이자 이불, 음식, 그리고 갈증을 해소하는 물이 되었다. 내가 아침에 일어나서 보면 툴라는 벌써부터 봉고의 뒷방에서 램프 불빛 속에 앉아, 마치 꿈에서 잃어버린 책을 다시 찾으려고 일어난 것처럼 공부하고 있었다. 교복으로 갈아입으면서도, 아침을 먹으면서도, 버스를 타고 로쿤자로 가는 길에도 책을 읽었다.

저녁에 공부하는 툴라를 바라보고 있노라면 아이가 그 책들에서 무엇을 보는지 궁금했다. 아이는 신들린 듯이 집중해서 책을 읽었는데, 이따금 눈물이 뺨을 타고 흘렀다. 책에서 무슨 일이 일어나고 있냐고 물으면 툴라는 말로 다 표현할 수 없어서 설명하기가 어렵다고 대답했다. 툴라가 책을 덮고 외당에서 나가면 나는 표지를 훑어보았다. 나는 글자를 모르지만 학교에서 배운 알파벳을 기억한다. 'of', 'the' 같은 단어들은 알아본다. 그중 하나에는 이렇게 적혀 있었다. P-E-D-A-G-O-G-Y 'of the' O-P-P-R-E-S-S-E-D. 또 하나는, 'The' W-R-E-T-C-H-E-D 'of the' E-A-R-T-H. 툴라가 가장 즐겨 읽는 것은 'The' C-O-M-M-U-N-I-S-T M-A-N-I-F-E-S-T-O라는 얇은 책자였다. 선생들이 이 책들을 읽으라고 했냐고, 그 학교에서는 다른 학생들도 너처럼 책을 많이 읽냐고 묻자 툴라는 그 책 세 권은 교재가 아니라 봉고가 교사 수련 과정을 끝마치고 가져온 책이라고 말했다. 이제 툴라는 봉고도 읽지 못한 어려운 단어들을 거의 다 숙달했다.

그 책들이 툴라의 가장 친한 친구였지만, 툴라는 학교에서 읽는 책들도 좋아했다. 툴라가 주바에게 이런 이야기를 해주는 것을 들었다. 유럽에서 어떤 아가씨가 나쁜 남자에게 다른 남자의 살점을 자르되 피가 나면 안 된다고 했는데, 결국 나쁜 남자는 할 수 없었다. 그 아가씨가 미친 것 같다고 주바가 말하자, 툴라는 그렇지 않다고, 자기는 자라서 그 아가씨처럼 되고 싶다고 말했다.

툴라는 계속해서 예전 친구들과 어울렸지만, 한 손에는 꼭 책을 들고 갔다.

그즈음 나이가 든 소년들이 여자아이들 주변을 얼쩡거리기 시작했다. 툴라는 이따금 그 소년들과 대화하며 미소 지었지만 책을 내려놓지는 않았다. 마치 소년들에게 이렇게 말하는 것 같았다. 나와 친해지고 싶으면, 내가 책을 내려놓을 만한 가치가 있는 사람이란 걸 먼저 증명해. 이제 막 사춘기에 접어들었지만 툴라는 자신보다 멍청한 남자의 눈에 들려고 노력해야 한다는 자체를 수치로 여기는 게 분명했다. 이따금 나는 툴라가 내 예상을 뒤엎고 친구들 가운데 제일 먼저 결혼할지도 모른다고 생각했다—남자에게 무심한 여자들이 종종 가장 관심을 받곤 하니까. 마음이 평온한 날이면 나는 툴라를 얻으려고 코사와로 오는 남자들을 즐겁게 상상하곤 했다. 툴라는 자신이 아름답다는 사실을 알았다. 자기 아버지에게 매일같이 그 말을 들었으니까. 또한 툴라는 자신의 빈약한 몸매를 나처럼 걱정하는 것 같지 않았다. 어쩌면 툴라 역시 세상 모든 여자들과 비슷하게 남자가 염소나 돼지 따위를 바치며 열렬히 구애하길 내심 바랐을지도 모르지만, 그런 주제에 대해서는 통 말이 없었다. 우리 눈에 보이는 것이라고는 툴라와 책들 사이의 사랑뿐이었다. 툴라가 숙제를 하거나, 웃통을 벗은 남자들을 쳐다보며 키득거리는 친구들 옆에서 책을 읽을 때면 얼굴에서 슬픔이 자취를 감추었다. 어쩌면 밤마다 툴라가 봉고의 침대에서 베개맡에 내려놓는 책들이 자장가를 불러주었는지도 모른다.

※

툴라가 로쿤자 학교 4학년이 되었을 무렵에 나의 어린 친구 아이샤가 형제 마을 출신의 남자와 혼사를 치를 날이 잡혔다고 전해왔다. 막 열여덟 살이 된 아이샤는 코사와를 서둘러 떠날 생각이 없었지만, 거의 서른 살이나 된 새신랑은 하루빨리 신부를 자기 집에 데려가려고 안달이었다. 아이샤는 전혀 기쁘지 않은 표정으로 소식을 전했다. 곧 자신이 겪을 일에 아무런 감흥을 느끼지 못하는 듯했다.

"사람들이 춤추고 노래하면서 결혼을 축하해줄 때 그렇게 심드렁하게 있으면 안 된다. 알았지?" 우리 집 부엌에 함께 앉으며 내가 말했다.

"우리 엄마 같은 소리 좀 하지 마요." 아이샤가 말했다. "엄마가 입에 달고 사는 잔소리 여기서까지 듣고 싶어서 온 거 아니에요. 이 모든 게 끝날 때까지 어디로 도망가서 숨어 있고 싶어요."

"모든 거라니?"

"여자들이 춤추면서 나를 그 사람 집으로 데려가고, 그 사람이 내 위에 올라타고, 내가 아이를 낳고, 그 사람이 죽고, 아이들이 커서 독립하는 과정 말이에요. 그제야 비로소 내가 다시 자유로워지겠죠."

"그런 못된 소망이 신령님 귀에 안 들어가길 바란다." 나는 말했다. "인생의 황금기가 빨리 끝나라고 자기 자신을 저주하는 사람이 어딨니."

"황금기요? 매일같이 아침부터 밤까지 남들 시중드는 게 뭐가 좋다고요?"

"아이고, 여자 팔자 타령하는 건 그만해라. 그럴 나이는 지났잖니."

아이샤가 코웃음쳤다. "여자라서 행복해요, 요즘 이런 기분이신가봐요. 잘생긴 남자가 달콤한 말을 속삭이니까."

"뭐?" 아이샤의 건방진 말에 웃어야 할지, 따끔하게 혼내야 할지 알 수 없었다. "나랑 잘생긴 남자는—"

"아, 됐어요, 사헬 언니. 내숭 떨 시기는 지났어요. 그 사람이

225

랑 시시덕거리는 거 다 봤는데요, 뭘."

"내가?"

"그 사람이 웃는 거 보니까 언니가 벌써 꼬리를 친 것 같더만."

나는 혼란스러워서 웃기 시작했는데, 아이샤는 내가 딱 걸려서 민망해서 웃는다고 생각한 모양이었다. "역시 그럴 줄 알았어…. 설마설마 했는데."

"아이샤, 허튼소리는 그만하렴." 내가 웃음을 참으며 말했다. "머릿속에 든 생각 하고는— 네 남편이 좀 고쳐줬음 좋겠구나. 잘생긴 남자랑 내가 그런 사이라고? 토가 나올 것 같네. 그런 역겨운 생각은 하지도 말렴."

"잘도 그러시겠죠. 하지만 한 가지 말해봐요, 언니. 그 사람이랑 어디서 하는 거 좋아해요? 헛간에서? 아니면 마음껏 소리낼 수 있는 숲속에서—"

"국자로 때려 죽이기 전에 부엌에서 냉큼 나가렴." 내가 국자를 집어들자 아이샤는 웃으면서 도망쳤다.

아이샤와 이야기를 나누고 이튿날 아침에 나는 잘생긴 남자를 생각하며 깨어났다. 하루 종일 그를 생각했고, 그의 벗은 몸은 어떨지 상상했다. 내가 그에게 이토록 욕망을 느낄 거라고 우리가 처음 만난 날 누가 말했다면 나는 수치심에 눈물을 흘렸을 것이다. 단 한 번도 나는 잘생긴 남자와 시시덕거린 적이 없었다. 아이샤는 코앞으로 다가온 자기 결혼에서 화제를 돌리려고 엉뚱한 이야기를 한 것이다. 그런데 아이샤가 그런 생각을 머릿속에 한번 넣고 나자 도저히 멈출 수가 없었다. 내가 왜 그 사람이랑 그러면 안 되겠어? 물론 그는 말라보에 비할 바가 아니었다. 불룩하니 튀어나온 배를 보기만 해도 그 아래 깔려 숨이 막힐 것 같았지만, 그는 손이 크고 엉덩이가 탄탄했다. 무엇보다 잘생긴 남자의 부인은 베잠에 있었다. 절대 알아내지 못할 것이다. 노발대발 분노한 여자가 우리 집 툇마루에서 악을 써대는 낭패는 겪지 않을 것이다.

아이샤와 그 이야기를 나누고 사흘째 되던 날이었다. 이날 잘생긴 남자와 상냥한 남자가 코사와에 오기로 되어 있으며 그참에 우리 집에 들러서 툴라의 숙제를 봐주기로 한 것을 알았다. 나는 잘생긴 남자 앞에서 입을 옷을 골랐다. 큰 시장에 갈 때 입으려고 아껴놓은 옷이었다. 루루에게는 여드레 안에 머리를 새로 해야 한다고 말해놓았다. 말라보 앞에서 뽐내던 그 옛날과는 자못 달라진 가슴을 한껏 모으고 올리려고 하나뿐인 브래지어도 착용했다.

잘생긴 남자가 우리 집에 들어온 순간 나의 빛나는 자태를 보고 놀랐다면, 그는 훌륭하게 티를 냈다. 그는 내게 시선을 못 박은 채로 미소를 지었다. 어디 좋은 데를 가려고 차려입었냐고 그가 묻자 나는 이 세상 자체가 좋은 곳 아니냐고 되물었다. 그는 내가 들어본 중 가장 크게 웃었다. 그리고 내가 웃으면서 드러낸 하얀 이를 처음으로 눈여겨보는 듯했다. 말라보가 예전에 그랬던 것처럼 내 이를 빤히 바라보았다. 남자의 시선을 끌려고 애쓰는 것이 즐겁고 짜릿했다. 상냥한 남자가 툴라의 숙제를 봐주는 동안 나는 야야의 방에서 잘생긴 남자 옆에 앉았다. 몸은 좀 어떠냐고 묻는 그의 질문에 야야가 새로 탈난 곳은 없으며 나처럼 극진히 돌봐주는 이가 있는 것이 노인에게 크나큰 행운이라고 토막난 문장으로 말할 때 나는 우연인 척 몸을 맞댔다. 야야의 말을 들으니 미소가 절로 났다. 딱히 감사의 말을 듣고 싶어서가 아니라, 잘생긴 남자가 자기 역시 보살핌이 필요하면 나를 찾아야겠다고 생각하리라는 기대감 때문이었다.

그날 잘생긴 남자는 따로 만나자는 말없이 떠났지만 나는 낙담하지 않았다. 다음번에도, 그다음번에도. 매번 그를 위해 옷을 빼입지는 않았지만, 그가 내게 짓는 미소만 보아도 우리가 곧 밀회를 가지리라 자신할 수 있었다.

나는 툴라의 성적표를 읽지 못했지만 학부모 모임에는 빠짐없이 얼굴을 비췄다. 모임에 나오는 학부모 가운데 어머니는 나 혼자뿐이었다. 선생들은 매번 내게 툴라가 너무나도 명석하고 성실하다며, 자신들이 가르친 학생 중 최고라고 이구동성으로 칭찬했다.

툴라의 지식에 대한 열정과 뛰어난 성적 덕분에 나는 행복했는데, 그것들이 툴라를 행복하게 해주었기 때문이다. 하지만 툴라가 아무리 열심히 공부해봤자 코사와에서는 전부 낭비될 것이 뻔했다. 숙제에 그토록 시간을 쏟으면 무슨 소용인가. 열일곱 살에 학교를 졸업하고 나면 괴짜로만 취급당할 터인데. 툴라는 닭 무리 가운데 독수리 같은 존재였다. 선생 한 명은 툴라가 베잠에 가서 더 높은 학교에 진학하면 정부 일자리를 얻을 수 있을 거라고 말했다. 그때 나는 내 딸더러 자기 아버지를 죽인 사람들 아래서 일하라고 권한 이 선생에게 세상 모든 욕설을 쏟아낼지 아니면 얼굴에 침을 뱉을지 잠시 고민했다. 그런데 툴라가 로쿤자 학교에 5년째 다니며 마지막 학기를 듣고 있을 때 상냥한 남자와 잘생긴 남자가 미국 학교의 초청 편지를 가져온 것이다. 사실 그때까지도 나는 유학이 끝나면 코사와로 돌아와 홀로 외롭게 늙어갈 툴라에게 미국 교육이 무슨 도움이 될지 여전히 의심스러웠지만, 그래도 아이를 보냈다. 툴라는 지식을 갈망했고, 미국에서 바로 그것을 얻을 수 있을 테니까.

매일같이 나는 밤낮으로 툴라를 걱정한다. 아이가 나를 필요로 할 때 곁에 있어주지 못하면 어떡하나? 열일곱 살짜리 아이를 미국에 혼자 보내다니, 내가 무슨 생각을 한 거지? 다시 볼 수 있을까? 언제? 상냥한 남자는 툴라가 얼마나 많이 배우고 싶은지에 따라 고향에 돌아오는 시기가 달라질 거라고 말했다. 나는 툴라가 돌아올 날을 꿈꾼다. 걱정할 필요 없다고 나 자신을 타이르고, 다음 순간 또 가슴을 졸인다. 아이들에 대한 걱정을 멈출 수 없다. 그렇지만 내가 아이들에게 무슨 일이 생길까 천년만년 걱정한들 무엇이 달라지랴?

툴라가 미국으로 떠나기 며칠 전에 아이샤가 결혼했다. 그날 나는 지칠 때까지 춤을 추었다. 그토록 즐거웠던 것이 얼마 만인지 모른다. 수탉이 홰를 치기도 전에 일어나서 야야와 아이들의 아침을 차리고, 서둘러 아이샤네 집으로 가서 코사와의 다른 여자들과 요리를 시작했다. 우리는 노래하면서 채소를 썰고, 이야기를 주고받으며 음식을 자르고 튀겼다. 이윽고 아이샤의 삼촌 한 명이 북을 가져왔고, 식전의 예비 춤판이 열리자 여자들은 모두 오른쪽으로 엉덩이를 실룩거리기 시작했다. 오른쪽으로 흔들며 양념을 다지고, 왼쪽으로 발을 구르며 코코얌을 갈았다. 나는 친구들과 둘러서서 플랜틴 바나나 껍질을 까고 있는 툴라를 곁눈질했다. 춤을 좋아하지 않는 툴라도 조그만 엉덩이를 즐겁게 흔들고 있었다. 집에 돌아와 목욕하고 옷을 갈아입을 즈음에는 무척 피곤했지만, 하얀 옷과 하얀 베일을 두르고 집에서 걸어나오는 아이샤를 보니 피로가 눈 녹듯 사라졌다.

코사와와 형제자매 마을의 친척 모두가 보는 앞에서 아이샤의 아버지는 신랑의 집에서 내는 신붓값을 자신이 받아야겠냐고 딸에게 물었다. "기억해라." 아이샤의 아버지가 말했다. "내가 이 고기를 먹고 술을 마신 다음에는 되돌릴 수 없다. 그 말인즉, 네가 이 남자의 아내가 되기 싫다고 마음이 바뀌어도 어쩔 수 없다는 것이다. 한번 이 남자를 따라가면 그걸로 끝이다. 그래도 가고 싶으냐?" 아이샤가 나직하게 "네, 아버지."라고 말하자 신랑이 일어나서 신부의 베일을 뒤로 젖혔고, 하객들은 기쁨의 환호성을 터뜨렸다. 우리는 땅거미가 내려앉을 때까지 춤췄다. 배불리 먹고 노래하고 춤을 더 추었다. 춤마당은 달이 뜰 때까지 계속되었고, 그때 아이샤는 다시는 돌아오지 못할 길을 떠났다.

당시에 나는 잘생긴 남자가 미소보다 많은 것을 보여주길 벌써 1년 가까이 기다리는 중이었다. 나는 꽃단장하는 단계를 넘어서 상냥한 남자와 잘생긴 남자에게 밥을 차려주기 시작했는데, 잘생긴 남자가 좋아할 음식을 상상하고 차렸다. 그 모든 노력의 대가로 감사의 말만 억수로 받았다. 그래도 나는 포기하지 않았다. 어쩌다 나눈 대화에서 그가 아내 이름을 세 번이나 언급한 뒤에야 비로소 나는 욕망의 불을 끌 때가 되었다고 인정했다. 잘생긴 남자를 비롯해, 그들 부인이 등을 돌릴 때마다 내가 지나치게 웃으며 시시덕거리던 남자들에게 꼬리치는 것을 전부 그만두기로 했다. 그 파렴치한 경쟁에 더는 참여하지 않겠다고 작심했다. 채울 수 없는 욕망의 괴로움을 안고 여생을 보낼 것이다. 나는 마음으로 저지른 모든 죄를 말라보에게 사과하고, 우리가 다시 만날 때까지 그만을 생각하겠노라 약속했다.

아이샤가 결혼하기 며칠 전, 비 내리는 저녁에 나와 아이샤는 내 방 침대에서 수다를 떨었다. 나는 아이샤에게 자기만의 남자, 즉 다른 여자에게서 훔치지 않은 자기 남자와 함께하는 시간을 소중히 여기라고 일렀다. 또한, 세상에는 나 같은 남편 도둑이 널렸으니 남편 단속을 잘하라고도 말했다. 아이샤는 웃다가 한숨을 내쉬고, 이제는 정말 여자들끼리 결혼해야 할 때가 왔다고 말했다. 내가 웃음을 터뜨리려고 하자 아이샤는 농담이 아니라며, 나처럼 남편 없는 여자들이 밤에 헛간에서 만나, 곁을 떠난 남편들이 못해주는 것들을 서로 해주면 좋지 않겠느냐고 말했다.

그럼 왜 안 되겠어요? 아이샤가 말을 이었다. 우리는 남편과 아이들과 젊음을 잃었다. 아무리 헌신을 바쳐도 되돌려주지 못하는 가족을 돌보며 하루를 보낸다. 우리가 더는 사랑받을 가치가 없다고 결정하는 관습의 힘에 맞서 싸우지 못한다. 그러니까 우리에게 남은 마지막 쾌락을 즐긴들 무엇이 나쁘랴? 상처투성이 몸을 기념하고 어루만지고 주무르고 다독여서 그 속에 그나마 남아 있는 욕망을 부드럽게 해소하지 않을 까닭이 무엇이랴? 남자를 원하지만 가질 수 없다는데, 우리끼리 해결하면 왜 안 되겠는가? 우리에게 그럴 권리가 없다는 것인가? 우리 전에 살던 여자들과 우리 사이에 살고 있는 남자들이 감히 시도하지 말라고 금지해서? 아이샤가 물었다. 언니, 이제는 언니 스스로 정한 규칙대로 살 때가 되지 않았어요?

✳

복원 운동 단체는 말라보에게 무슨 일이 있었으며 봉고가 어디에 묻혔는지 알아낼 때까지 쉬지 않겠다고 다짐했다. 상냥한 남자와 잘생긴 남자는 나와 처음 대화를 나눈 날에 그렇게 말했다. 처음 몇 달 동안 그들은 집집이 돌면서 아이나 남편을 잃은 모든 여자에게 똑같은 약속을 하고, 기름 탓에 죽은 사람들의 이름과 나이를 수집했다. 잘생긴 남자가 소리 내어 읽어준 미국인들의 편지에 따르면, 복원 운동 단체는 코사와 학살의 사진을 보자마자 이곳이야말로 자신들이 인간의 존엄을 지키기 위한 싸움을 시작해야 하는 곳 중 하나임을 알았다고 했다. 코사와의 창이 되어주겠다고 했다.

단체의 공식 명칭은 '탄압받은 사람들의 존엄 복원 운동'이었다. 오스틴의 첫 기사가 위대한 도시에서 보도되었을 때 복원 운동 단체에서 그 기사를 읽고 회의를 열었다고 잘생긴 남자는 말했다. 오래전부터 그들은 펙스턴이 감시하는 눈과 올바른 행동을 강요하는 법이 없는 곳에서 어떻게 처신하고 있나 수상하게 여겨왔는데, 오스틴의 기사가 그들의 의심을 뒷받침했다.

기사가 신문에 보도된 바로 그날에 복원 운동 단체는 펙스턴에 전화해서 입장을 표명하라고 요구했다. 유전 채굴이 코사와 주민들에게 어떤 영향을 끼쳤는지 알고 있는가? 펙스턴 유전에서 유출된 기름과 독성 물질에 피해받은 주민들을 어떻게라도 돕고 있었는가? 펙스턴 직원들은 당혹스러워하며 말을 더듬었다. 우리처럼 하찮은 사람들의 이야기가 어떻게 미국 신문에 실렸는지 영문을 알 수 없었다. 펙스턴 임원들이 화가 단단히 났는지, 우리가 알기로는 바로 이튿날 아침에 베잠에서 펙스턴과 대통령의 관료들이 모인 회의가 열렸다. 회의에서 그들은 서로 탓하며 언쟁했을 것이다. 그렇지만 끝내 화를 가라앉히고서는, 코사와에서 왜 펙스턴에 대한 거짓말을 퍼뜨리며 대통령의 위상까지 떨어뜨리고 있는지 빨리 알아내기로 동의했을 것이다. 아마도 그 회의에서 코사와에 군인들을 보내기로 결정이 났으리라 짐작한다. 자신들의 실추된 명예에 누군가는 값을 치러야 하니까.

　　그날 작은 강을 건너는 마을 사람들의 행렬에서 나는 뒤쪽에 있었다. 어린이들이 아픈 남자라고 불렀던 사람의 죽음과 매장을 겪고 너무도 기진했던 우리는 아침에 내린 비가 그치고 떠오른 해의 손길이 얼굴을 따스하게 감싸도 기운이 나지 않았다. 내 앞에서 봉고는 오스틴과 걷고 있었는데, 그 남자는 충격과 슬픔의 무게에 짓눌려 금방이라도 쓰러질 것 같았다. 자신이 어쩌다 발을 들인 상황에서 얼마나 도망치고 싶은지 한눈에 보였다.
　　그로부터 몇 달 후에 감옥에서 봉고는 베잠에서는 모든 일이 예상보다 훨씬 순조롭게 진행되었다고 말했다. 루사카 일행이 베잠을 떠나기도 전에 오스틴은 미국에 있는 신문 본사에 첫 번째 기사를 전송했다. 오스틴은 주민들과 최대한 많이 인터뷰를 진행하고 한층 더 깊이 있는 후속 기사를 쓸 요량으로 코사와로 향했다. 오스틴이 코사와에 있는 동안은 그의 삼촌이 포로로 갇혀 있다는 사실을 숨겨야 했다. 우리가 그의 삼촌을 포로로 붙들고 있을 뿐만 아니라 그가 며칠이나 딱딱한 맨바닥에서 잠을 자다가 병에 걸려 심하게 앓고 있다고 어떻게 말할 것인지를 두고 봉고와 루사카와 투니스는 논쟁했다. 코사와에 선의를 베풀려는 남자에게 얼마나 털어놓아야 할까? 고백하면 우리에게 다른 선택이 없었다는 사실을 이해해줄까? 그가 이 것에 대해 기사를 쓰기로 작정하면 어떡하지? 그럼 미국인들은 우리가 강력한 상대의 억압에 짓눌린 채로 힘겹게 저항하고 있는 약자가 아니라, 펙스턴만큼이나 부도덕하고 파렴치한 인간들이라고 여길 것이다.

아니, 오스틴에게는 아무것도 말해줄 수 없었다.

그의 삼촌이 우리 마을을 떠나 다른 곳으로 갔다고만 말할 것이다. 그래, 오스틴은 거기까지만 알면 된다. 오스틴이 기사에 필요한 자료를 수집해서 코사와를 떠나면 곧바로 펙스턴 대표단과 운전사를 자카니와 사카니의 집으로 보내서 기억을 지우고 떠나보내면 된다. 그들은 차를 타고 오스틴은 버스를 타고 가기 때문에 삼촌과 조카는 베잠에 안전하게 돌아갈 때까지 서로 마주칠 일이 없다. 며칠 뒤에 오스틴이 자연스레 삼촌을 만나서 봉고의 편지에 대해 이야기하면, 그의 삼촌은 자신이 그런 편지를 썼다는 사실조차 기억하지 못할 것이다. 편지는 봉고가 가지고 있으므로 오스틴은 삼촌이 코사와를 도와주라는 편지를 정말로 썼다는 증거를 보여줄 수 없다. 오스틴은 당혹스럽겠지만 그건 우리가 알 바가 아니다. 펙스턴 대표단이 코사와에 다시 오는 날에는 우리에게 해줄 수 없는 것들에 대한 변명이 아니라, 정확히 언제부터 코사와에 도움이 되는 변화를 주기 시작할지에 대한 발표를 해야 할 것이다.

이야기를 마친 봉고는 눈을 감고 고개를 서글프게 가로저었다.

봉고는 오스틴을 만난 다음 날 저녁에 버스가 도시를 안전히 빠져나가자마자 자기와 투니스가 킥킥거리며 속닥거리고 서로 팔꿈치로 찔렀다고 말했다. 자비로운 신령이 여행이 순조롭게 풀리도록 도왔다! 그때 코사와에서는 아픈 남자가 살 날을 하루 남겨놓고 있었다. 아픈 남자 옆에서는 우자 베키가 기도를 올리고 있었다. 버스에서는 봉고와 투니스의 오른쪽 좌석에서 오스틴이 루사카 옆에 앉아, 덥수룩한 그 머리를 차창에 기대고 평온히 자고 있었다.

그들이 정원에 도착했을 무렵에는 아픈 남자의 무덤이 준비되어 있었다.

일행이 마을에 들어서기 전에 소니가 마중나갔다. 멀리서 걸어오는 그들을 어떤 아이가 보고, 피부색이 밝은 남자가 함께 있다고 외쳤다. 소니는 봉고와 루사카를 따로 불러 아픈 남자의 죽음을 알렸다. 그리하여 바로 그 자리에서, 우리 마을에서 펙스턴의 유전으로 이어지는 길의 바싹 메마른 그루터기에서 봉고는 오스틴에게 앉으라 하고 자초지종을 털어놓았다.

처음에 오스틴은 웃음을 터뜨렸다고 한다. 어처구니없는 농

235

담이라고 생각한 것이다. 자신이 난생처음 보는 사람들과 버스를 타고 웬 촌구석까지 왔는데, 이 마을 사람들이 삼촌의 시신을 거두고 있다고? 우자 베키네 집에 가서 죽은 삼촌을 본 순간 그는 비명을 지르며 시신이 안치된 멍석 옆의 바닥에 주저앉았다. 그는 삼촌의 손을 잡고 흐느끼며 거듭 말했다. 이해할 수 없어요. 믿을 수 없어요. 대체 이게 무슨 일이에요? 그 울음소리는 세상이 자기 뜻대로 굴러가지 않는다는 사실을 처음으로 깨달은 어린이를 상기시켰다고 봉고는 말했다. 오스틴이 홀로 애도할 수 있게 모두 자리를 비켜주었다.

오스틴은 눈이 새빨갛게 충혈된 채로 코를 훌쩍이며 방에서 나오더니, 멈추지 않고 계속 걸어서 뒷마당으로 갔다. 봉고가 따라갔지만 그는 혼자 있고 싶다고 말했다. 오스틴은 우자 베키의 부인들이 쓰는 부엌 뒤편의 바위에 앉아서 조용히 울었다. 우자 베키의 첫째 아내가 땅콩소스와 밥을 가져다주었지만 손도 대지 않았다.

마침내 일어난 오스틴은 가슴이 너무 아프고 충격이 커서 생각을 가다듬을 수 없다고 봉고에게 말했다. 마치 악몽을 꾸는 것 같다. 코사와에서 한시바삐 벗어나고 싶다. 코사와 사람들이 벌인 일들과, 그런 일을 벌이게 된 동기를 숙고하고 이해하려고 노력할 정신이 없었다. 오스틴은 어깨를 떨며 다시 울기 시작했다. 삼촌은 좋은 사람이었어요. 착한 사람에게 대체 왜 그런 짓을 했어요? 봉고, 당신은 어떻게 내게 이럴 수 있어요? 당신이 올곧은 사람처럼 보인다고 실제로도 그럴 거라고 믿은 건 실수였나요? 상관없어요. 그냥 나를 로쿤자로 데려가줘요. 삼촌의 시신을 베잠으로 이송할 준비를 해야 해요.

무어라고 설득했길래 오스틴이 결국 떠나지 않고 삼촌을 코사와에 묻기로 결정했는지 봉고는 끝내 말하지 못하고 죽었다. 오스틴은 자기가 쓴 기사뿐만 아니라 그의 삼촌이 죽자마자 코사와에 도착한 정황 때문에, 우리가 벌인 일에 깊이 연루되어 있다고 정부가 의심하리라 느꼈을 것이다. 이로부터 몇 년 후에 우리는 오스틴이 코사와에 오기 불과 얼마 전에 정부의 위협을 받았다는 사실을 알게 되었다. 정부는 오스틴에게 대통령의 심기를 거스르는 기사를 쓰지 말라고, 사람들이 '더 나은 나라'를 만들려고 토론하는 비밀스러운 모임에 자꾸 기웃거리면 영영 추방할 거라고 경고했다. 삼촌을 코사와에 묻기로 한 결정의 가장 큰 이유가 슬픔이었는지, 두려움이었는지, 아니면 우리와 전혀 무관한 동기가 있었는지 나는 알지 못한다. 봉고는 내게 그 이야기를 해줄 시간이 없었다.

봉고에게 이 얘기를 들은 날에, 교도관이 다짜고짜 모든 면회객이 사랑하는 사람과 딱 30분만 같이 있을 수 있다고 선포했기 때문이다. 봉고가 우리가 가져온 음식을 먹고 이야기를 중간까지 이어갔을 때 면회 시간이 끝났다는 종이 울렸고, 교도관은 여자들과 아이들에게 그만 껴안고 접시와 수저 따위를 챙겨 나가서 밖에서 울라고 소리쳤다. 다음 번에 봉고를 찾아갔을 때는 주바를 들볶는 악몽과 야야의 건강과 봉고의 석방을 위해 복원 운동 단체가 벌이고 있는 캠페인 등 시급한 문제를 의논해야 했다. 봉고는 자신이 풀려날 거라는 사실을 한시도 의심하지 않았다. 잡혀간 이들 모두 그랬다. 아픈 남자의 장례식이 열린 오후가 자신들이 코사와에서 보내는 마지막 날이 되리라고 예상하지 못했다.

＊

  교도소에 면회를 갈 때마다 우리는 비참으로 가득 찬 방에서 평행으로 배열된 벤치에 앉았다. 벤치 한쪽에는 부인들과 아이들이 앉고, 맞은편에 수감자들이 앉았다. 모두가 속삭이듯 목소리를 한껏 낮추고 대화했다. 우자 베키는 코사와에서 잡혀간 사람들 맨끝에 앉았는데, 얼굴이 퉁퉁 붓고 어디선가 옮은 발진으로 뒤덮여 있었다. 다른 죄수들과 마찬가지로 꾀죄죄한 갈색 죄수복을 입고 있는 이 남자가 한때는 산뜻한 미제 옷으로 차려입고 비실거리는 암탉 사이를 누비는 수탉처럼 코사와를 기고만장하게 돌아다녔다고 누가 믿겠는가? 이토록 남루한 노인을 보고 누가 벽돌집에서 떵떵거리던 우자 베키를 떠올리겠는가? 면회실에 만연한 빈곤 속에서는 우자 베키의 검은 잇몸과 듬성듬성한 치아도 그리 눈에 띄지 않았다.

  루사카는 외양만 보면 우자 베키와 별반 다를 바 없었으나 아내와 딸들에게 씩씩한 목소리로 농사에 대해 물어보고 울지 말라고, 베잠 사람들에게 우는 모습을 보이지 말라고 당부했다. 우리가 떠나야 할 시간이 오면 루사카는 미소를 지으며 아들들의 묘지를 잘 돌봐달라고 부탁했다. 모든 감정을 꼭꼭 숨겨놓은 것처럼 표현하지 않던 남자가 투옥된 이래 마음을 열고, 마치 아들들이 살아 있고 자신은 외당에서 쉬고 있는 양 명랑하게 행동했다. 이 새로운 성격을 믿어도 되는지 종내 나는 결정할 수 없었다. 감옥이 진정 그의 마음을 자유롭게 한 건지, 아니면 가족들의 걱정을 덜려고 연기하는 건지 헷갈렸다.

238

처음 면회를 갈 때는 이모 한 명과 같이 갔다. 교도관이 문을 열고 죄수들을 들여보낸 순간 우리 모두 자리에서 펄쩍 뛰었다. 나는 봉고에게 달려가 끌어안았다. 어찌나 여위었던지 뼈마디가 다 느껴졌다. 봉고는 내가 염려했던 것보다 더욱 상태가 안 좋았다. 실제 나이인 스물여덟 살보다 곱절은 늙어 보였다. 쾌활하게 빛나던 눈은 뿌예지고 영구적으로 이그러졌다. 봉고와 나는 끌어안고 울고 또다시 끌어안고 울기를 되풀이하다가 마침내 눈물을 훔쳤다. 이모가 나를 벤치로 데려가며, 울기만 하다가 주어진 면회 시간을 전부 날려먹을 거냐고 나무랐다. 게다가 죽은 남편의 동생을 이상하게 오래 끌어안고 있었다고, 무척이나 수상쩍었다고 여자들이 마을로 돌아가서 소문을 퍼뜨릴 빌미를 주지 말라고 주의를 주었다. 그 말에 봉고는 웃음을 터뜨렸다가 뚝 멈췄는데, 말라보가 생각나서였을 것이다. 자리에 앉아서 눈물을 또 훔치고 코를 푼 다음에 나는 야야의 상태에 대해 말해주었다. 야야가 식음을 전폐하고 있다는 말에 봉고는 흐느꼈다. 나는 야야가 봉고를 위해 만든 음식을 건네주었다. 버섯이 몸에 좋지 않다고 생각하는 야야가 닭고기 스튜에 버섯을 담뿍 넣은 것을 보고 봉고는 웃었다. 야야는 어떻게 해서든지 봉고를 기쁘게 해주고 싶었던 것이다.

면회실에서는 부인들이 자기 남편에게 먹으라고 권하는 소리밖에 들리지 않았다. 며칠이나 먹을 수 있게 충분히 싸 왔다. 봉고와 우자 베키와 루사카는 늘 음식을 나누어 먹었다. 우리는 콩가가 먹을 음식도 가져왔지만 교도관은 콩가를 보는 것조차 허락하지 않았다. 우리는 그들이 콩가에게 음식을 전달해주길 바랐다. 그들이 절대 전달하지 않는다는 증거가 있어도 계속해서 가져왔을 것이다. 콩가는 우리 중 하나였으므로, 끝까지 노력해야 했다.

교도관들은 한편으로는 못된 심보로, 다른 한편으로는 두려움 때문에 콩가를 감옥 뒤편의 헛간에 감금해놓았다. 감옥을 지키던 개가 죽기 전까지 개집으로 쓰던 곳이다. 봉고가 말하길 다른 죄수들은 커다란 방에서 요를 일렬로 깔아놓고 함께 생활하며 교도소 마당에서 몸을 씻고 다 같이 옷을 입는데, 콩가만 홀로 헛간에 갇혀 있다고 했다. 콩가의 목과 발목과 허리에 쇠고랑을 하도 세게 조여놓아서, 교도관들이 너그러운 기분일 때 던져주는 물과 음식을 먹는 것 말고는 꼼짝도 할 수 없었다. 아무리 너그러운 기분일 때도 헛간에서 절대 내보내주지 않아서, 콩가는 베잠에 내리쬐는 햇볕을 한 뼘도 쬘 수 없었다. 콩가는 헛간 안에서 교도관들이 봉고와 루사카를 시켜 파놓은 구덩이에 대소변을 보았고, 그 구멍 반대쪽에서 죽은 개가 쓰던 담요를 덮고 잤다.

콩가가 풀어달라고 매일매일 애원한다고 봉고는 말했다. 콩가의 울부짖음에 밤잠을 설친 교도관들이 화가 나서 헛간에 몰려가 무거운 장화로 콩가를 밟고 걷어찼고, 그 비명이 교도소 내에 울려 퍼졌다. 콩가가 당신들은 대체 누구며 나한테 왜 이러냐고 비명을 질러도 교도관들은 악취 나는 백치에게 따끔한 맛을 보여주겠다는 결심만 굳힐 뿐이었다. 그래도 콩가가 노래할 때는 때리지 않았다고 한다. 교도관들은 콩가의 노래가 듣기 좋은 모양이었다. 콩가는 한 번도 가본 적은 없지만 들어본 머나먼 곳, 꿀처럼 달콤한 강물이 흐르고 뽑아서 바로 먹을 수 있을 만큼 싱싱한 풀이 자라는 곳에 대해 노래했다. 아이들의 웃음소리가 낭랑하게 울리고 풍만한 여자들이 진수성찬을 차리는 곳이다. 오, 누가 나를 그곳에 데려가줄 수 없나요. 환희에 차올라 점점 높아지는 목소리를 들으면 콩가의 영혼은 이미 그곳에 가 있음을 알 수 있었다. 교도관들은 자기들은 그런 곳을 알지만 콩가는 죄수라서 갈 수 없다고 조롱하곤 했다. 그러고는 소문으로 들은 것처럼 대단한 능력이 있다면 당장 감옥에서 걸어나가 아름다운 여인과 달콤한 물이 있는 그곳으로 가지 왜 여기서 그러고 있냐고 비아냥댔다.

✳

아픈 남자가 죽었을 때 나는 우리 마을의 상황이 매우 위험하게 복잡해지리라는 것은 알았지만, 오스틴의 도움으로 기적이 일어나 그의 죽음에 대한 우리의 책임을 사면해주기를 바랐다.

마을 사람들과 함께 묘지에서 돌아가는 길에 나는 무슨 일이 벌어지든지 간에 내 아이들과 나는 부디 제외시켜달라고 신령에게 속으로 기도했다. 언덕으로 시선을 올린 찰나 행렬 앞줄에서 누군가 외쳤다. 군인들이다.

적막이 깔렸다.

아이들은 달려가 자기 어머니 뒤에 숨었다.

군인들이 광장에 있었다. 아홉 명이었다. 아홉 개의 총구가 우리를 겨누고 있었다. 군인 한 명이 가까이 오라고 외쳤다.

우리는 그들을 향해 광장으로 걸어갔다. 오스틴을 제외하고 모두가 그들 앞에 섰다. 우리가 얼어붙은 듯이 서 있는 동안 오스틴은 군인들의 눈을 피해 초가 뒤에 숨어 상황을 지켜보았다. 바로 그 자리에서 오스틴은 사진기를 목에서 뺐다. 한 집에서 다른 집으로 옮겨 다니며 사진을 찍었다. 찰칵. 찰칵. 찰칵. 다 끝난 뒤에야, 죽은 사람들을 묻고 나서야 우리는 오스틴이 모든 광경을 카메라에 담았다는 것을 알게 되었다. 미국으로 보낼 사진들이었다.

오스틴의 사진 속에서 봉고와 루사카가 앞으로 나서 마을을 대표해 말하고 있다. 무슨 말을 하는지 사진에는 나오지 않지만 오스틴은 자신이 들은 것을 모두 받아 적어 미국인들에게 전했다. 마을 사람들은 문제의 신문기사에 대해 아무것도 모른다고, 펙스턴이 코사와를 파괴했다는 거짓말이 미국에 어쩌다 퍼졌는지 모른다고 봉고와 루사카가 말했다고 말이다. 또한, 누가 족장이냐는 군인들의 질문에 봉고와 루사카가 선뜻 대답하지 못하고 머뭇거리다가, 현재 마을에서 정권 교체가 이루어지고 있는 참이라 공식 족장이 없다고 대답한 것도. 군인을 대표해서 말하는 남자는 이마가 초가집에 마당까지 지어도 될 정도로 넓었는데, 그는 봉고와 루사카의 말을 끊고 족장이 누구든지 간에 당장 나오라고 외쳤고, 우자 베키가 앞으로 나와 자신이 이전 족장으로 정부의 장부에 기록되어 있지만 최근에 상황이 달라졌다고 말했다. "뭐가 달라졌는데?" 이마 넓은 군인이 다그쳤다. 우자 베키가 무어라 웅얼거리는 중에 루사카네 뒷방에 갇혀 있던 대장과 둥근 남자와 운전사가 구해달라고 소리치기 시작했다. 그때 우리는 종말이 왔음을 알았다.

✳

그날 본 피를 나는 평생 기억할 것이다.

숨이 다하는 순간에 나는 귀를 때리는 총소리와 아기를 등에 업고 다른 아이의 팔을 끌고 도망치는 어머니들의 비명은 잊을지 모르지만, 우리 마을 사람들이 흘린 피는 절대 잊지 못할 것이다. 누구보다 먼저 쓰러진 자카니와 사카니의 피를 잊지 못할 것이다. 쌍둥이가 군인들 앞으로 달려나오지 않았으면 학살이 벌어지지 않았을까? 왜 쌍둥이는 집에 있지 않고 나왔을까? 한 손에 창 하나씩, 총 네 개의 창을 들고 쌍둥이가 달려나왔다. 창이 총알보다 빨랐다. 총알이 쌍둥이의 머리에 박히기 전에 군인 네 명이 죽었다. 쌍둥이의 몸이 땅에 닿기 전에 머리에서 피가 먼저 치솟았다. 군인 네 명이 죽었는데 우리 마을 사람은 두 명만 죽었다. 군인들은 적어도 머릿수만큼은 맞추어야 했나보다. 총알이 날아오기 시작했다. 어린이들이 성장할 자격조차 없는 나무처럼 픽픽 쓰러졌다. 어머니들이 등에 총을 맞고 쓰러졌다. 가족을 구하려던 아버지가 쓰러졌다. 아이 다섯 명, 여자 네 명, 남자 다섯 명. 우리는 누가 죽었는지 확인할 겨를도 없었다.

툴라는 어딨지? 주바는 야야와 집에 있었다. 하지만 툴라는? 나는 뛰면서 툴라를 불렀다. 툴라. 툴라. 나중에서야 나는 아이가 광장 땅바닥에 드러누워 죽은 척한 것을 알았다. 도망가려고 했지만 발이 삐긋하여 넘어진 툴라는 도망치지 못할지도 모른다는 생각에 가만히 누워서, 죽음이 찾아온다면 빨리 찾아오기만을 바랐다. 열하루 동안이나 말을 못하다가 마침내 입을 열었을 때, 툴라는 옆에 쓰러진 동갑내기 친구와 친척 아주머니의 피가 자기 눈물과 섞여 흐르는 가운데 군인들이 총을 재장전하는 것을 보았다고 했다.

나는 묘지를 지나서도 계속해서 달렸다. 몇몇 사람들은 언덕으로 올라갔다. 나는 나무 뒤에 숨어서 툴라를 불렀다. 툴라. 여기저기서 각기 다른 이름을 부르는 사람들의 목소리에 내 외침이 묻혔다. 총소리가 더 들려왔다. 우리는 더 깊은 숲속으로 달려갔다.

봉고는 도망칠 수 없었다. 루사카도 도망칠 수 없었다. 우자 베키도 도망칠 수 없었다.

우리가 작별 인사를 할 틈도 없이 군인들이 세 사람을 붙잡았다. 그러고는 우리가 숲에 숨어 벌벌 떠는 사이에 픽스턴 대표단을 풀어주었다.

픽스턴 대표단은 무슨 일이 있었는지 전부 말했다. 그건 당연하다.

대장이 어떤 표정으로 자신이 겪은 고초를 묘사했을지 상상이 간다. 루사카가 주모자고, 봉고는 행동대장이며, 우자 베키는 배신자인데, 한 놈이 더 있다고 말했을 것이다. 미치광이. 광인. 제정신이 아닌 바보. 군인들은 콩가를 찾아 마을을 뒤졌다. 당장 나와. 그들이 소리쳤다. 당장 나오지 않으면 마을 사람들을 죄다 잡아서 죽여버릴 거다. 우리는 숨은 곳에서 숨도 내쉬지 못했다. 군인들은 문을 박차고 들어가 노인과 병자들에게 총구를 들이밀었다. 광인은 어딨나? 군인들이 물었다. 당장 말하지 않으면 죽는다. 침대에 누워 있던 야야는 침묵을 지켰다. 주바는 무릎 꿇고 울었다. 제발요, 난 몰라요. 군인들은 그렇게 집집이 들이닥쳤다. 군인들이 우리를 쫓아 숲으로 왔다. 그렇지만 그들이 아무리 빨라도 우리를 잡을 수는 없었다. 우리는 숲을 잘 알았다. 숲에서 흔적도 없이 자취를 감출 수 있었다.

군인들은 내 친구 루루의 여동생을 붙잡았다. 다리를 절어서 우리처럼 빨리 뛸 수 없는 아이다. 광인에게 안내해라. 그들이 말했다. 루루의 동생이 그들을 학교 마당으로 데려갔다. 콩가는 코를 골며 자고 있었다. 군인들은 개머리판으로 콩가의 머리를 후려쳤다. 일어나. 콩가는 정수리에서 입으로 피를 흘리며 깨어났다. 오스틴은 그들을 거기까지 따라갔다. 교실 뒤쪽에 쭈그리고 앉은 채로 오스틴은 얼이 빠진 콩가의 얼굴과, 경멸하는 표정으로 콩가를 가리키며 이놈이오, 바로 이놈이야,라고 말하고 있음이 분명한 대장의 얼굴을 찍었다. 대장이 콧구멍을 벌름거리고 눈에서 멸시감을 빛내며 손바닥으로 콩가의 가슴팍을 세게 미는 것을 찍었다. 너한테 손을 대면 안 된다며. 자, 어디 한번 해봐라. 내가 너를 만졌으니까, 과연 내게 무슨 일이 생기나 보여줘봐.

군인들은 죽은 동료들을 트럭에 싣고 우리 마을 남자들을 끌고 갔다. 봉고, 루사카, 우자 베키, 그리고 콩가. 트럭이 떠났다는 확신이 들자 우리는 은신처에서 하나둘씩 나왔다. 어떤 이들은 언덕을 뛰어 내려가다 엎드러졌다. 툴라는 피를 뒤집어쓴 채로 시체 틈바구니에서 일어났다. 우리는 숲과 언덕에서 나와 죽은 이들을 끌어안았다. 자카니와 사카니 옆에 죽어 있는 사람들의 신원을 확인하는 우리의 울부짖음이 저세상까지 미쳤으리라. 눈과 입이 벌어지고 구멍난 배에서 피를 쏟고 있는 사람들. 내 친구 한 명과 그녀의 외자식. 오랜 질병에서 막 회복

하고 있던 이웃의 딸. 툴라의 동갑내기 친구는 가슴에 총구멍
이 났다. 아이들은 죽은 부모의 머리를 끌어안고 울었다. 소녀
들이 형제의 시신 위로 쓰러졌다. 어머니들은 충격에 몸을 뒤
틀었다. 나머지 사람들은 그들을 안고 울면서 눈물을 닦아주었
다. 제발 마음을 굳게 먹고 힘내라고 말했다. 우리 모두를 통틀
어도 힘이라곤 한 방울도 남아 있지 않았지만.

남자들 두세 명이 모여 시신을 한 구씩 들었다. 희생자들이
한때 살던 집까지 핏자국이 이어졌다.

자카니와 사카니의 시신은 마지막에 싣고 갔다.

쌍둥이는 나란히 손을 잡은 채로 죽었다. 출생부터 사망까지
떼려야 뗄 수 없는 두 사람. 쌍둥이의 머리에서 피가 흘러내려
처음에는 두 사람 사이로 평행으로 흐르다가 한 줄기로 합쳐졌
고, 발을 지나치면서 갈라졌다가 다시 머리 쪽으로 흘러 두 사
람을 원으로 감쌌다. 붉은 피의 원주 속에 쌍둥이가 누워 있었
다. 여섯 남자가 그들의 맞잡은 손이 떨어지지 않게 조심하며
집으로 옮겼다.

그날 밤에 아무도 잠을 이루지 못했다.

우리는 죽은 이들을 씻겨야 했다. 그들의 영혼이 육신을 완
전히 떠날 때까지 곁에 있어주어야 했다. 그리고 이튿날 오후
에 그들을 묻었다. 이 많은 사람들을 위한 관을 언제 만드나?
판자가 부족할 지경이었다. 그런 날에 시장에 가서 판자를 사
올 수는 없었다. 누군가 아이들은 관 없이 묻자고 제안하자 어
머니들이 반대하며 울부짖었다. 아이들을 살아서 지켜주지 못
했는데 죽어서도 저버리라는 겁니까? 우리는 대나무로 관을 짜
기로 했다. 매끈한 판자와 울퉁불퉁한 대나무로 엮은 관은 보

기에는 흉했지만 적어도 죽은 이들에게 땅속의 집이 되어줄 것이며 구더기들이 들러붙기 전에 잠시라도 안식을 안겨주리라.

그날 묘지로 가는 길에 우리가 노래를 불렀던가? 어쩌면 다른 사람들은 불렀을지도 모른다. 나는 부르지 않았다.

행렬의 맨앞에서 맨끝까지 어깨 위에 올려진 관들이 줄줄이 지나갔다. 관은 총 열세 개였고, 그중 하나는 코사와에서 처음으로 만든 쌍둥이용 관이었다. 그 기억을 잠시라도 머릿속에서 지울 수 있을까. 그날 오후 하나로 울리던 우리의 울부짖음을 귀에서 내보낼 수 있을까. 어머니들과 아버지들과 형제들과 자매들과 남편들과 아내들이 잃어버린 가족의 피가 낭자한 옷을 그대로 입고 있었다. 툴라 역시 피에 흠뻑 젖은 채로 그들 뒤에서 흐느끼며 걸었다. 툴라는 책 세 권을 생명줄처럼 붙들고 있었다. 사촌 투니스는 넋이 나갔다. 관 하나에 그의 장녀가 들어 있었다. 불과 얼마 전에 우리가 첫 월경을 축하해준 아이다. 죽음은 대체 왜 이토록 참혹해야 하는 걸까?

하루 만에 묘지로 돌아가는 길에 우리는 아픈 사람을 죽게 내버려둔 것에 대해 어떤 벌을 받을지 더는 걱정하고 있지 않았다. 누구의 가족묘인지 따지지 않고 죽은 이들을 나란히 묻었다. 땅속에 관을 묻고, 우리가 무슨 죄를 저질렀든지 간에 부디 용서해달라고 신령에게 빌었다. 우리가 무슨 죄를 저질렀음이 틀림없었다. 어디서부터 잘못되었을까. 물론 우리가 자처한 일이다. 우리가 아니면 우리 조상이 죄를 저질렀겠지. 누가 우리의 종말을 불러왔을까?

마지막으로 자카니와 사카니를 묻을 즈음에는 눈물이 마를 줄 알았지만, 아니, 그날 우리는 바다보다 더 깊은 눈물의 샘을 품고 있음을 깨달았다. 쌍둥이는 여전히 손을 맞잡은 채로 코사와 역사상 제일 큰 관에 누워 있었다. 그들은 함께 저승으로 갈 것이다. 이제 우리는 질병을 고쳐줄 이가 없었고, 우리를 대신해 신령과 소통할 이도 없었다. 신기가 있는 아이가 다시 우리 가운데 태어나기 전까지는 말이다. 그런 아이가 과연 우리에게 올지, 온다면 언제 올지 누가 알겠는가.

오스틴은 모든 것을 사진기에 담았다. 시신을 씻으며 드러난 총상과, 쌍둥이의 맞잡은 손과. 외당에서 관을 밀봉하기 전에 마지막으로 아이들에게 인사하는 부모와, 새롭게 파낸 열세 개의 구덩이 앞에서 기다리고 있는 열세 개의 관과, 부모의 시신이 든 관이 땅속으로 내려지기 전에 붙들고, 가지 말라고, 제발 돌아오라고 외치는 아이들을 담았다.

일곱 형제자매 마을에서 소식을 듣고 친척들이 한달음에 달려왔다. 그들은 장례 이튿날 도착했다. 광장으로 걸어오며 우리의 피를 들이켠 땅의 빨간 핏자국을 본 순간 그들 표정도 오스틴은 사진기에 담았다.

✳

오스틴은 장례 이틀 후에 베잠으로 떠났다가 죽은 삼촌의 장남과 다른 친척들과 함께 트럭을 타고 돌아왔다. 그들은 아픈 남자의 영혼이 조상의 땅에서 영원한 안식을 취할 수 있도록 관을 파내어 가져갔다. 오스틴은 봉고의 메시지를 우리에게 전했다. 정부에서 일하는 친구의 도움으로 봉고를 면회했다고 했다. 오스틴이 우리 집에 와서 봉고가 살아 있으며 풀려날 가능성이 있다고 하자 야야는 소리 없이 눈물을 흘렸고 봉고가 잡혀간 이래 처음으로 밥을 먹었다. 우리는 군인들이 네 사람을 가장 끔찍한 방법으로 죽였으리라 확신했었다. 그렇지만 오스틴은 봉고가 곧 집에 올 테니, 밥을 잘 챙겨 먹고 잠도 자고 너무 걱정하지 말라고 위로했다. 오스틴은 야야의 눈을 들여다보며 손을 꼭 잡고 말했다. 비록 야야는 오스틴의 말은 알아듣지 못했지만 그의 표정에 서린 확신은 알아보았다.

오스틴은 잡혀간 사람들의 가족을 모아놓고 용기를 잃지 말라고, 곧 도움이 올 거라고 말했다. 그의 사진이 미국 신문에 실리는 순간 우리의 이야기가 큰 반향을 일으킬 것이며 펙스턴은 책임을 져야 할 것이다.

오스틴의 말이 옳았다. 학살이 일어나고 두 달 뒤에 상냥한 남자와 잘생긴 남자가 이웃 나라 사람과 미국인들과 함께 코사와에 와서 첫 회의를 열었다.

상냥한 남자와 잘생긴 남자. 우리는 그들의 친절을 두고두고 기억할 것이다. 두 사람은 희생자들과 잡혀간 사람들의 가족을 수차례 방문했다. 곁에 있어주는 것만큼 힘이 되는 말은 없다는 것을 알기에, 묵묵히 함께 있어주었다. 우리가 눈물을 흘리면 그들은 시선을 떨구었고, 음식을 대접하면 기꺼이 먹었다.

그들이 헌신하는 모습을 보고 우리는 코사와가 복구될 날이 멀지 않았다고 믿었다.

※

미국에서 수천 명의 사람들이 우리의 이야기를 읽었다. 그중 수백 명이 위대한 도시에 있는 복원 운동 단체 사무실에 전화해 우리를 돕고 싶다는 의지를 밝혔다. 첫 회의에서 미국인들이 그렇게 말했다. 죽어가는 우리 아이들에 대해 읽은 어머니들이 울면서 전화했다. 젊은이들은 펙스턴 사옥 근처에서 시위했다. 부끄러운 줄 알아라, 펙스턴. 부끄러운 줄 알아라, 살인자들. 우리는 더는 혼자가 아니었다. 많은 사람들이 펙스턴의 석유를 사지 않았다. 우리를 도우라고 복원 운동 단체에 돈을 보냈다. 오스틴의 사진들을 본 사람들이 다른 사람들에게 말을 전하고, 또 그 사람들은 자기 친구와 이웃에게 말을 전했다. 상냥한 남자는 미국인들이 우리와 비슷하게 소통한다고, 입에서 입으로 옮겨가고 있는 우리의 이야기가 건기의 산불보다 더 빨리 퍼지고 있다고 말했다.

자신들은 학살에 아무런 책임이 없다고 펙스턴은 맹세했다. 그렇지만 신문에 실린 오스틴의 기사와 사진은 펙스턴과 대통령 사이의 동맹을 증명했다. 펙스턴은 대통령과 사업적 관계를 맺었다고 해서 평화로이 사는 사람들을 학살하는 것을 승인한다는 뜻은 아니라고 주장했지만, 그들이 변명할수록 더 많은 사람들이 우리의 이야기를 믿고 후원금을 보내왔다.

상냥한 남자는 후원금의 일부는 감옥에 갇혀 있는 이들을 석방시키는 데 쓸 것이며, 또 다른 일부는 우리가 3주마다 베잠에 면회를 갈 수 있게 버스 운행비에 쓸 계획이라고 밝혔다. 수감자들이 풀려나면 나머지 돈으로 미국의 최고 변호사를 고용하여, 펙스턴이 우리의 요구를 받아들일 때까지 싸울 작정이라고 했다. 그 회의에서 우리는 처음으로 안도의 눈물을 흘렸다. 그렇지만 우리의 희망에는 너무도 짙은 슬픔이 뒤섞여 있기에 안도의 숨을 내쉴 수는 없었다.

    상냥한 남자와 잘생긴 남자는 약속대로 3주마다 우리를 베잠에 데려가주었다. 그때마다 야야는 남은 기력을 끌어모아 아침 댓바람부터 일어나서 내가 봉고에게 전해줄 음식을 요리했다. 우리는 튀긴 고기와 훈제한 닭고기, 다른 마을의 친척들이 우리의 슬픔을 위로하려고 선물한 음식들을 가져갔다. 음식이 다 떨어진 뒤에 먹을 수 있게, 햇볕에 건조시킨 과일도 가져갔다.

    버스를 갈아타지 않아도 되었으므로 베잠까지 하루 만에 갈 수 있었다. 이따금 버스에서 잘생긴 남자는 미국인들이 우리에게 쓴 편지를 읽어주었다. 자신들이 함께 싸워줄 테니 힘을 내라는 내용이었다. 그곳 아이들이 우리를 위해 그린 그림도 보여주었다. 그중 하나에는 조그만 남자와 거대한 남자가 그려져 있었는데, 거대한 남자는 조그만 남자가 목에 찔러넣은 창의 타격에 쓰러지고 있었고, 조그만 남자는 당당히 서서 웃고 있었다. 그림을 그린 아이의 학교 선생이 약자도 이따금 승리할 수 있다고 가르쳤다고 했다. 우리는 억지로 미소를 짜냈다. 우리는 학교에서 그런 이야기를 배우지 않았다. 우리 삶에서는 일어난 적이 없는 일이니까.

    우리는 이른 아침에 베잠에 당도하곤 했다. 파김치가 되어서 감옥에 도착해도, 그들을 보고 아직 살아 있다는 것을 깨닫는 순간 기운이 났다. 마을로 돌아가는 길에는 몸과 마음이 녹초가 되어서 잠이 들었다.

마지막으로 보았을 때 봉고는 몸이 좋지 않았다.

봉고는 그냥 감기라고 대수롭지 않게 말했지만 사실이 아님이 눈빛에서 보였다. 봉고는 음식에 거의 손을 대지 않았다. 나는 제발 먹으라고 간청했다. 나를 걱정시키려고 그러냐고, 이 얘기를 들으면 야야가 속상해할 거라고 말했다. 봉고는 가까스로 미소만 지었다. 그가 힘들어 보이더라는 말 따위로 내가 야야에게 근심을 안겨줄 일은 없다는 사실을 아는 미소였다. 나는 봉고에게 제발 좀 먹으라고 권하면서 음식을 떠주었지만 봉고는 좀체 먹지를 못했다. 우리 옆에서는 루사카가 아내의 이야기를 듣고 있었다. 루사카의 딸이 봉고에게 잠은 편히 자냐고 물어보며 대화를 시도했지만 봉고는 외면했다. 의외였다. 봉고는 여자 앞에서 수줍음을 타는 남자가 아니었다. 벤치 끝에서는 고노가 우자 베키의 기침 섞인 말을 받아 적고 있었다. 고노가 자기 아버지를 석방시키려고 복원 운동 단체에서 하는 것에 더해 개별적으로 노력하고 있다는 말을 들었다. 과연 그게 사실인지 우리는 알 수 없었다. 또한 펙스턴이 아버지를 석방시키는 일을 도울 수 없다고 거절하자 고노가 홧김에 일을 그만두었으며, 정부 일자리를 그만둠으로써 아버지와의 결속을 보여주기를 거부한 다른 형제 두 명과 의절했다는 소문도 있었다. 우리가 듣기로 고노의 형제들은 부양할 가족이 있다며 거절했다던데, 우자 베키는 아들들의 결정을 서운하게 생각하거나 비난하지 않았다고 한다. 우자 베키 역시 전부 가족을 위해서 한 일이었으니까. 자기네 집안 사정을 동네방네 떠벌리던 우자 베키의 셋째 아내 조피가 학살 다음 날 코사와에서 도망쳤기 때문에 소문의 진상을 확인할 길은 없었지만, 아마도 사실일 거라고 믿었다.

"도련님한테 무슨 일이라도 생기면 어머님이 절대 회복하지 못할 거예요." 나는 봉고에게 말했다.

봉고는 내 손을 잡고 아무 일도 없을 거라고 약속했다. 그 짧은 찰나에 나는 말라보도 똑같이 말했었다는 것을 기억했다. "괜찮을 거예요." 봉고는 말했고, 내 옆에서 코코디가 고개를 끄덕였다. 일이 잘 풀리고 있다고 봉고는 나를 안심시켰고, 잘생긴 남자는 대통령이 가능한 한 빠른 시일 내에 재판 날짜를 정할 거라고 말을 보냈다. 봉고는 눈가를 훔치고 다시 한번 미소를 짜내었다. 야야한테 걱정하지 말라고 전해줘요, 봉고가 말했다.

재판 날짜가 잡혔다고 상냥한 남자와 잘생긴 남자가 말한 날에 우리는 기뻐하며 환호했다. 네 사람이 지혜로운 판사를 만나서 결백을 증명할 수 있기를 기도했다. 그들이 죄를 지었다면 코사와 주민 모두가 죄를 지은 것이니, 다 같이 죗값을 치를 것이다. 우리가 모두 함께 저지른 일로 그들만 고통받게 할 수는 없다.

장로들은 네 사람의 증인이 되어줄 대표를 뽑아 재판에 보내기로 했다. 코사와 주민들이 공동으로 펙스턴 직원들을 붙잡아 감금하고 아픈 남자의 죽음을 초래했으며, 자카니와 사카니가 군인 네 명을 죽였다고 증언할 계획이었다. 우리는 어떤 형벌도 달게 받을 것이다. 다만 공정한 판결을 원한다고, 공정하기

위해서는 우리를 벼랑 끝까지 몰아간 사람들의 죄도 참작해야
한다고 호소할 것이다.

※

학살이 일어나고 거의 1년이 지나서야 재판 날짜가 정해졌
다. 그 소식을 듣고 우리는 건기와 우기가 오고 가는 동안 눈이
빠지도록 눈물을 흘린 고통의 시간이 드디어 끝나리라는 신령
의 징표라고 생각했다. 우리는 견딜 수 있으리라 상상한 그 이
상의 고통을 벌써 몇 년이나 겪었고 더 큰 고난을 앞에 두고 있
었지만, 그해만큼은 제발 좀 빨리 저물기를 소원했다. 그해 내
내 우리 스스로가 마치 인간 행세를 하는 물체처럼 느껴졌다.
올바르게 처신하고 폭력적으로 대응하지 않으려고 그토록 오
래 애썼건만 부질없었다. 우리가 자신의 터전에서 자유롭게 살
권리가 있는 인간들이라고, 우리를 짓밟고 있는 자들을 설득하
지 못했다. 그렇지만 이번 재판을 통해 그들이 우리를 진정 이
해하게 되면, 우리가 평화롭게 사는 기쁨을 다시 누릴 자격이
있다고 생각을 바꾸지 않을까?

그날 아침에 우리는 일어나서 제일 좋은 옷으로 빼입었다.

베잠으로 가는 길에 우리는 신령에게 자비를 베풀어달라고
기도하고, 이렇게 은근한 방식으로 정의를 구현해주는 것에 감
사했다. 나는 툴라를 데려왔다. 툴라와 봉고가 손을 잡고 웃으
면서 감옥에서 나오는 광경을 놓치고 싶지 않았다.

재판정 입구에 도착하자 우리를 기다리고 있던 경비가 복도
에서 앞서 걸으며 빈방으로 안내했다.

그는 방에서 나가며 문을 닫았다.

우리는 침묵을 지켰다. 방에는 나와 툴라, 루사카의 아내와 두 딸과 하나 남은 아들, 우자 베키의 남은 두 아내와 어린 자식 네 명, 고노, 그리고 코사와를 대표하는 장로 다섯 명이 있었다. 경비는 이런 재판은 관계자 한 사람만 참관할 수 있다며, 상냥한 남자가 들어오지 못하게 막았다. 상냥한 남자가 항의하려고 했지만 잘생긴 남자가 사무실로 돌아가서 현재 상황을 위대한 도시의 본사에 보고하라고 말했다.

썰렁한 방에서 우리는 판결을 두려워하면서도 간절히 기다렸다.

차마 서로 시선을 마주치지 못했고, 너무나도 연약한 희망이 깨질세라 감히 속삭이지도 못했다. 그렇지만 계속해서 입을 다물고 있을 수는 없었다. 이 대기실에서 재판이 열리는 거냐며 낮은 목소리로 대화하기 시작했을 때, 문이 열리더니 아까와 다른 경비가 들어왔다. 말 한마디 없이 그는 잘생긴 남자에게 쪽지 한 장을 건네주고 서둘러 나갔다. 잘생긴 남자는 편지를 읽었다. 그의 손이 떨렸다. 그는 방에서 뛰쳐나갔다. 그가 경비에게 고함치는 소리가 들려왔다. 경비 역시 소리쳐 대꾸했지만, 벽에 소리가 막혀서 내용이 들리지 않았다.

우리는 시선을 교환했다.

"엄마, 무슨 일이에요?" 툴라가 물었다.

우자 베키의 첫째 아내가 무슨 일인지 알아보라고 아들을 재촉했다. 고노가 밖으로 나갔다. 그러고서 한동안 고노와 잘생긴 남자는 대기실 안으로 들어오지 않았다. 쥐 죽은 듯이 조용한 걸로 보아 그들이 건물의 다른 곳으로 옮겨간 것 같았다. 우리는 한 시간을 더 기다렸다. 마침내 고노가 대기실로 돌아와 정부의 통고서를 읽어주었다.

이번 주 초에 상기 피의자 네 명을 교수형에 처했음을 알리는 바이다. 죄목은 펙스턴 직원 네 명을 납치하고 그중 한 명인 쿰붐 오와웨의 죽음을 초래했으며 국가의 군인 네 명을 살해한 혐의다. 국민을 대표하는 공정하고 편견 없는 판사단이 납치당한 피해자와 수감 중인 피의자들을 포함한 모든 증인의 이야기를 듣고 오랜 시간에 걸쳐 숙고한 결과, 피의자들이 납치와 살인 공모 및 살인에 유죄라고 판결을 내렸다. 또한 판사단은 피의자들이 그들의 마을과 우리 나라에 기회를 제공했을 뿐 아무런 해도 끼치지 않은 펙스턴 회사로부터 금전을 갈취하고자 저지른 일이라고 판단했다. 나라에 피해를 끼친 자들은 응당 죗값을 치러야 하므로, 피의자들은 각자 펙스턴과 국민에게 용서를 구하고 교수형에 처해졌다. 피의자들은 가족에게 아무쪼록 자신의 실수를 타산지석 삼아 현명하게 살라는 당부의 말을 남겼다. 범죄의 흉악성과 죽음의 성질을 고려해 그들의 매장터는 밝히지 않기로 결정했다. 그들의 최후에서 교훈을 얻고 평화롭게 살기를 바라는 바이다.

어린이들

온몸이 마비된 듯 움직일 수 없었다. 먼지보다 더 잘게 짓이겨진 기분이었다. 그날 베잠에서 돌아온 사람들이 우리에게는 이제 싸울 수단이 메말랐으며 용맹한 영웅들은 하나의 구덩이에 버려졌다고 말했을 때, 우리는 무릎을 꿇고 땅에 머리를 짓쩔었다. 당신의 존재에 대해 점점 커지는 의구심을 용서해달라고 신령에게 빌었다. 신령의 전능을 목격한 적도 있지만 약하다는 증거도 수차례 보았다. 우리가 이토록 짓밟히는 것을 신령이 지켜보기만 한다는 사실을 도저히 받아들일 수 없었다. 우리의 영혼을 인도하고 이 모든 것을 이해하게 도와줄 자카니도 없었다. 다시 일어나기에는 너무 약해진 우리는 하루하루를 기듯이 살았다. 희망을 품을 정도로 무모했다니! 불가피한 일이라며 그냥 넙죽 엎드려서 받아들일 것이지, 왜 그토록 오래 반발했을까! 두 줄기 강 사이에 서서 그 땅을 신령으로부터 선물받은 이들의 후예라서? 우리의 조상들이 이 땅이 자기들 것이며 자식들과 후손들에게 대대로 물려주겠노라 결정해서? 발아래 땅속에 기름이 묻혀 있다는 것을 알았어도 우리에게 기꺼이 물려주었을까? 그들은 표범의 피를 물려받은 우리가 이토록 무참하게 짓밟힐 줄 몰랐겠지. 그렇지만 우리의 적이 얼마나 강한지 알았다면 선조들의 믿음도 재로 부스러져 흩날렸으리라.

※

넷이 구속되고 처음 몇 달 동안 복원 운동 단체는 미국 전역의 신문사를 찾아가서 우리의 이야기를 알렸다. 몇몇 신문사에서는 자신들의 베잠 특파원을 우리 마을로 보내서 사진을 찍고, 대통령의 집권과 펙스턴의 개발로 인해 우리가 어떤 일들을 겪었는지 물었다. 상냥한 남자와 잘생긴 남자는 바다 너머에서 우리의 편이 많아지고 있다며 매번 용기를 북돋았다. 펙스턴 사옥 앞에서 주먹을 쳐들고 있는 사람들의 사진을 보여주었다. 미국 방방곡곡에서 사람들이 펙스턴에 편지를 보내 우리의 넷을 석방시키라고 다그쳤다. 펙스턴은 자기들과 무관한 일이며, 우리 대통령의 권한이라고 책임을 부정했다. 그러자 미국인들은 자기네 나라 지도자에게 우리 정부에 압력을 가하라고, 필요하면 위협이라도 하라고 요구했다. 국가 위기 상황에서 우리 대통령의 정부를 돕지 않음은 물론 그가 속해야 하는 세계 단체에서 제명시킬 것이고, 회복에만 수십 년이 걸릴 정도로 우리 나라를 벌준다고 위협하라는 것이었다. 미국 지도자를 비롯한 세계 각국의 지도자들이 이와 비슷한 위협을 가했는데, 그곳 시민들은 학살을 저지르는 정부와 연맹하고 싶지 않았기 때문이다. 우리 대통령에게 빈번히 대출을 해주어서 공동의 부를 쌓고 있던 유럽 기업들은 넷을 석방하지 않으면 더는 돈을 빌려주지 않겠다는 성명을 발표했다. 대상이 누구든지 간에 인간에 대한 불의는 용납할 수 없다고 했다. 그렇지만 그들이 위협을 실천하지 않으리라는 건 세 살 먹은 아이도 알았다. 그들의 존재 자체가 우리 나라 같은 국가에 빚을 주어 수익을 내는 것에 기반했다. 대통령은 그들의 위협을 듣고 웃음을 터뜨렸고, 유럽인들과 미국인들에게 그들의 의견이 얼마나 무의미한지 보여주기로 작정했다. 그래서 그는 넷을 교수형에 처했다. 자신이 하고 싶던 그대로 행동으로 옮겼다. 펙스턴과 세계 곳곳에서 비난을 쏟아냈지만 대통령은 다시 한번 웃음을 터뜨리고, 그토록 실망스러우면 이 나라를 떠나지 그러냐고 도발했다. 펙스턴은 떠나지 않았다. 우리 땅속에는 기름이 여전히 그득했다. 고작 양심 때문에 그것을 포기하다니, 말이나 되는 소리인가!

우리 마을은 펙스턴이 결속을 증명한답시고 주는 돈을 받으면서도 그곳에서 일하는 모든 이들을 저주했다. 그러나 이럴 수가, 그 저주는 우리의 핏줄에게만 해를 끼쳤고, 아무리 혹독한 저주의 화살을 퍼부어도 적에게 가 닿지 않았다.

복원 운동 단체가 펙스턴으로부터 지원받은 버스를 운영하기 시작했을 때—복원 운동 단체에서는 운전사 임금과 버스 관리비만 담당했다—부모님들은 화를 내면서도 우리를 버스에 태웠다. 첫해에는 우리 가운데 몇 명만 그 버스를 타고 학교에 갔다. 대부분 부모는 안전을 우려했다. 학기가 끝나고 로쿤 자에서 아무도 죽지 않자 더 많은 부모가 버스에 자식들을 태 웠고, 얼마 안 가 복원 운동 단체는 자기들 비용으로 버스를 한 대 더 구매해야 했다. 이제는 코사와의 모든 부모가 열두 살 이 상 소년을 로쿤자 학교에 보내고 싶어 했다.

✳

우리는 동갑내기 친구로서의 유대가 언젠가는 느슨해질 것 이며 우리가 서로의 우정에 점차 덜 의지하리라는 사실을 알았 다. 그런 선례를 수차례 봤다. 형과 누나와 언니와 오빠들의 동 갑내기 무리가 시간이 흐르며 흩어졌다. 몸에서 여성의 특징 이 나타날 즈음이면 소녀들은 동갑내기 소년들은 아직 소유하 지 못한 것들을 줄 수 있는 청년들과 어울리려고 했다. 열한두 살쯤 되면 코사와 어린이들 대부분은 같은 해에 태어났다고 반 드시 친하게 지내야 하는 것은 아님을 깨닫고 좀더 나이 많은 친구들과 우정을 쌓기 시작했다. 소년들이 진학하고 소녀들이 집에 남으며 이런 현상이 더 뚜렷해졌다. 소녀들은 언니들이 나 다른 여성 어른들과 많은 시간을 보냈다. 농사터에 나가고 빨래를 하고 장을 보고 아기를 돌보고 부엌에서 수다를 떨었 다. 소년들은 학교에 가고 저녁에는 사냥을 하거나 축구를 했 다. 그래서 버스를 타고 로쿤자 학교에 다니기 시작한 지 두 해 가 지나기도 전에 벌써 우리는 삶을 함께 헤쳐 나가는 동갑내 기 무리가 아니라 그저 자주 모여서 숙제를 하는 소년 일곱 명 과 툴라였다.

열다섯 살이 된 해에 동갑내기 친구 중에서 세 명이 신랑감을 찾았는데, 다들 툴라의 친한 친구였다. 아직 신랑감을 찾지 못한 소녀들은 머리를 땋고 얼굴에 분을 바르고 이런저런 마을에 결혼식이 열릴 때마다 참석해 신붓감을 찾고 있는 남자와 마주치기를 도모했다. 결혼식이야말로 제 짝이 없는 이들의 마음속에 더는 외롭지 않고자 하는 바람을 강하게 불어넣는 행사이기 때문이다. 동갑내기 친구 중 하나는 로쿤자의 군인과 결혼해서 그의 집으로 들어갔다. 모두 배신당한 기분에 상처를 받았지만 애초에 생각이 있는 애가 아니었던지라 그 애를 욕하지 않으려고 애썼다. 어려울지라도 우리는 사랑을 찾고 인생의 다음 단계로 나아가야 했다. 운명은 우리가 어린이로서 마땅히 누려야 하는 것을 많이 박탈했지만 그래도 우리는 기회가 될 때마다 이 시간을 즐기려고 노력했다. 점점 성숙해지면서 어린이다운 모습은 사라지고 있었지만, 멀어지는 과거를 뒤돌아보지 않아도 고통으로 얼룩진 그 시절의 잔상이 눈앞에 아른거렸다. 미래에 대해서 말할라치면 우리 조상이 누린 평화롭고 소박한 세월이 지나갔음을 입버릇처럼 한탄하게 되었으며, 우리는 그런 삶을 결코 맛보지 못하리는 불안감에 가슴이 조여왔다.

동갑내기 친구 한 명은 학살 때 살해당했다. 총알이 그 아이의 몸을 관통하며 결혼에 대해 오래 품어온 꿈을 잔인한 농담으로 바꾸어놓았다. 다른 친구 두 명은 그로부터 몇 년 후에 죽었다. 한 명은 오랜 시간 배 속에 쌓인 오염물질 때문에 출산이 임박한 임산부처럼 배가 잔뜩 부른 채로 죽었고, 다른 한 명은 정원에서 탄 버스가 도로를 이탈해 나무를 들이박은 사고로 죽었다. 그 사고로 정원의 인부 세 명도 죽었지만, 우리는 친구가 묻힐 자리를 파며 펙스턴을 저주했다. 무슨 일이건 간에 우리에게 일어나는 재앙을 그들이 우리에게 하고 있는 짓과 분리할수 없었다.

동갑내기 친구 여럿이 청소년기에 코사와를 떠났다. 한때는 가스 불기둥과 기름 유출에 절대 굴복하지 않겠노라 맹세했던 부모의 손에 이끌려 그들은 친구들과 사촌들에게 작별을 고했다. 여자아이 한 명은 달거리가 몇 주나 지속되고 심한 복통과 요통, 피가 응고되는 현상이 일어나 마을을 떠나야 했다. 이 친구는 아기집 의사의 지시를 모두 따르고 처방받은 약초를 먹었지만 상태가 호전되지 않았다. 자카니와 사카니가 없으므로 어쩔 수 없이 치료법을 찾아 코사와를 떠나야만 했다. 다른 친구들은 아버지가 죽고 나서 어머니가 고향으로 돌아가기로 결정하거나, 혹은 아이를 여럿 잃은 어머니가 더는 잃을 수 없다고 결심하며 떠나게 되었다.

새로 이주한 마을에서 친구들은 이미 식솔이 넘쳐나는 친척집의 바닥에서 자거나, 결혼한 아들이 고부가 따로 사는 편이 낫겠다는 판단 아래 분가하며 비운 뒷방에서 살았다. 우리 친구들은 친척이 마을 근방에 땅을 장만해줄 때까지 천덕꾸러기 신세로 얹혀살았다. 그 땅에 새로 집을 지으면서도 코사와에 두고 온 집을 한때 채우던 온기를 그리워했다.

코사와를 벗어난 친구들은 돌아올 때마다 한때 자신들에게 속했던 것을 애틋한 눈빛으로 둘러보았다. 그렇지만 우리가 정원에서 솟구치는 연기가 이제껏 본 중 가장 시꺼맸다고 말하

262

거나, 펙스턴이 아기들을 위해 보내는 생수가 턱없이 부족하여 어떤 집은 여전히 우물 물을 끓여다 먹인다고 한숨을 내쉬면 그 친구들이 느낀 향수는 이슬처럼 증발하는 듯했다. 이따금 그들은 빈 생수병을 가져갔는데, 우리가 그러듯이 땔감으로 쓰거나, 아니면 다음 방문 때 자기가 마실 물을 따로 가져오기 위해서였다.

떠난 이들이 자신들의 새로운 터전과 코사와를 분리하는 언덕을 고맙게 생각하는 것이 우리의 눈에 보였다. 그들의 평화로운 삶과 우리의 고통을 분리하는 언덕이었다. 그러나 코사와에 남은 이들은 펙스턴이 무슨 짓을 하든지 간에 절대 떠나지 않겠다는 의지를 다지고 또 다졌다. 코사와의 대부분 집은 여전히 가족들로 북적거렸고, 다른 마을의 아가씨들이 코사와의 청년과 결혼하며 사람 수를 늘렸다. 이제 성인이나 다름없는 우리는 원하면 떠날 수 있었다. 오염된 곳에서 벗어날 수 있었다. 그러나 우리는 우리 땅을 영영 포기하지 않기로 결심했고, 복원 운동 단체와 소니는 이곳이 우리 땅이라고, 비가 쏟아지건 가뭄이 오건, 언제나 우리 것이라고 거듭 상기시켜주었다.

※

원래 소니는 우리 마을 족장이 될 사람이 아니었다. 우자 베키의 장남 고노가 뒤를 이을 차례였다. 고노가 그 자리를 마다하면 그의 동생들 중 한 명이 할 수 있었는데, 아무도 원하지 않았다. 우리 아버지들이 자기네 아버지를 어떻게 대우했는지 알고서 그들은 코사와와 연을 끊었다. 넷이 교수형에 처해진

다음에 고노는 마지막으로 코사와에 와서, 자기 가족의 살림을 정리하고 제일 어린 동생 두 명을 데려갔다. 고노가 펙스턴을 그만둔 마당에 베잠에서 가족을 어떻게 부양하려는 건지 알 수 없었지만, 우리는 그런 것에 신경 쓸 마음의 여유가 없었다. 그래도 코사와의 여자들은 끝까지 그 문제를 파고들었다. 그들은 다각도에서 그 집안의 상황을 검토한 뒤에, 우자 베키가 고노에게 상당한 재산을 남겨둔 것이 분명하다고, 그래서 그들은 펙스턴과 정부의 돈 덕분에 굶을 걱정 없이 살 거라고 결론을 내렸다.

고노는 자기 아버지의 벽돌집에 있는 세간을 모조리 트럭에 실었다. 자기 아버지의 침대와 양탄자와 시계부터 어머니의 절굿공이와 절구까지 싹 다 챙겼다. 고노가 우자 베키의 둘째 아내를 위해 남겨둔 것이라곤 집뿐이었는데, 집 안은 이제 텅 비었지만 여전히 웅장했다. 우자 베키의 둘째 아내는 물려받은 집에서 섧게 울지 않았다. 다른 아내와 아이들이 떠났으니 자기 자식들이 벽돌집에서 각자 방을 하나씩 쓸 수 있잖은가. 그래도 언젠가는 우자 베키의 장성한 아들 중 한 명이 돌아와 집을 되돌려받으리라는 사실을 그녀가 모를 수는 없었다. 그 집 안사람들은 원체 베풀 줄을 몰랐으니까. 여하튼 고노가 트럭에 짐을 싣고 떠나는 모습을 보니 그들 가족이 우리 삶에 꽤 오랫동안 나타나지 않으리라는 사실은 분명했다. 과연 그렇게 되었다. 그들 중 아무도 넷의 추모식에 얼굴을 비치지 않았다.

넷이 정확히 언제 죽었는지는 모르지만, 우리는 법정 경비가 편지를 건네준 날을 기일로 정하고 석 달째 되던 날과 1년째 되던 날에 추모식을 올렸다. 무작위로 정하지는 않았지만 정확하지 않은 탓에 저세상으로의 안전한 여행을 보장하지 못한 것을 신령이 용서해주기를 바랐다. 우리는 기일까지 사흘간 아침마다 그들을 위한 기도를 조상에게 올렸다. 수탉의 울음소리가 들리면 희생자의 가족은 외당에 모였고, 가족이 아닌 사람들은 각자 방의 침대나 바닥에서 눈을 감고 손바닥을 가슴에 얹은 채로 기도를 올렸다. 죄수복 차림으로 목을 조이는 밧줄에 매달려 있다가 구덩이에 내던져져 서로의 몸 위로 떨어진 그들의 사후 여정이 얼마나 고달팠을지 생각하면 가슴이 미어졌다. 아무도 시신을 씻겨주지 않았으므로 그들의 영혼은 이승의 때를 지닌 채로 저승으로 갈 수밖에 없었다.

첫 기일에 우리는 신령의 지시대로 염소와 돼지를 네 마리씩, 그리고 닭을 열여섯 마리 잡았다. 백의로 차려입고 신발은 신지 않았다. 형제 마을의 무당이 와서 술을 부었다. 우리는 조용히 북을 두드리며 그들의 영혼이 여기서 허락받지 못한 평화를 얻었기를, 우리가 훗날에 평화 속에서 만나기를 기도했다.

석 달째 제사를 치른 다음에 우리는 소니를 족장으로 추대했다.

사실은 마을 장로 중 한 명인 폰도가 족장 자리를 원했다. 폰도는 자신이 봉고와 루사카의 참모였을 뿐만 아니라 우자 베키와는 결혼으로 이어진 가족관계였으므로, 만약에 다른 누가 교수형을 당하고 넷이 살아남았다면 그들이 우리의 상실을 어떤 노력으로 치유했을지 누구보다 잘 이해한다고 주장했다. 또한 루사카와 봉고가 어떤 식으로 복원 운동 단체와 협업하여 우리의 이야기를 미국인들의 가슴에 새기고 그들의 분노에 불을 붙였을지도 짐작이 간다고 덧붙였다. 그러자 역시 장로인 망가가 일어나더니, 자기 역시 참모였음을 잊지 말라고, 학살이 일어난 날에 사람들이 자신의 지도 아래 희생자들을 집으로 옮기고 모자람 없이 관을 준비했다고 말했다. 그러고는 지혜와 평정심이 자신에 버금가는 아들 소니를 추천하는데, 소니가 봉고와 사촌지간이니 더더욱 족장 자리에 오를 자격이 있다고 주장했다. 봉고는 죽으면서 아들이나 형제를 남기지 않았으므로, 봉고의 사촌 가운데 가장 나이가 많은 소니가 그 자리를 물려받아야 한다고, 소니를 무척 존경했던 봉고도 동의했을 거라고 했다.

우리는 봉고가 지도자로 뽑힌 회의에는 얼씬도 못하게 금지당했었는데, 고작 1년 후에 봉고의 후계자를 뽑는 자리에는 참석해도 된다고 허락받았다. 아버지들은 우리가 나이는 비록 한 살밖에 더 먹지 않았지만 최근 들어 겪은 일을 생각하면 충분히 철이 들었을 거라며 허락했다. 과연 우리는 평생이 걸려도 완벽히 이해할 수 없는 일들을 경험했다. 그럼에도 그날 늦저녁에 망고 나무 아래에 모여 코사와의 미래를 의논하는 남자들 사이에서 우리는 입을 다물고 듣기만 했다. 의견을 내세울 정도로 지혜가 무르익었다고 여겨지지 않았기 때문이다. 우리는 적어도 2년이 더 지나야 지혜가 성숙하는 시기에 들어설 수 있었다.

폰도와 망가가 논쟁을 시작했고, 아버지들은 두 사람 중 자신과 더 혈연관계가 가까운 편을 들기 시작했다. 끝내 말싸움과 편가르기는 족장을 뽑는 데 도움이 되지 않는다고 다들 동의했다. 남자들은 사흘 후에 다시 모여서 자기가 원하는 사람

266

을 지명하기로 했다. 더 많은 표를 얻는 자가 족장의 자리에 오를 것이다.

우리 선조가 이 땅에 온 이래 처음 벌어진 일이었다. 이제껏 족장의 자리는 핏줄로만 대물림되었다. 그렇지만 많은 일들이 조상들의 예상과는 전혀 다르게 벌어지고 있다는 것을 우리는 알았고, 그래서 새 족장을 결정하는 자리에 폰도를 지지하는 사람은 나뭇가지를, 소니를 지지하는 사람은 돌멩이를 가져왔다. 모두가 보는 앞에서 개수를 세자 돌멩이가 나뭇가지보다 많아서 소니가 우리의 족장이 되었다.

폰도는 결과에 불평하지 않았고, 망가와 소니가 야심한 밤에 이집저집 찾아가 폰도가 족장이 되기에는 너무 늙었다고 말하고 다녔다는 소문이 돌았을 때도 일체 입을 닫고 있었다. 마을은 이제 젊은 사람들에게 속하며 늙은 사람들은 곧 떠나리라는 것을 깨달은 걸까? 신령이 자비를 베푼다면 폰도가 살아서 복구된 코사와를 볼지도 모른다.

열일곱 살이 되던 해부터 우리는 펙스턴에 제대로 복수할 날에 대해 매일같이 이야기했다. 툇마루에서, 마을 광장에서, 숲으로 가는 길에서, 우리는 펙스턴을 어떻게 타도할 것이며 대통령을 어떻게 파멸시킬지 의논했다. 정원에 있는 건물들을 불사르고 인부들을 죽이고 총을 구해서 베잠에 쳐들어가 정부 고위 관료들을 죽이는 것을 상상했다. 그들이 우리를 두려워하게 만든다고 상상만 해도 위로가 되었다. 우리는 이런 상상을 남들과 공유하지는 않았다. 우리 가족과 친구들도 똑같이 고통받았지만, 그들은 사람을 해치는 것은 옳지 않다는 믿음을 놓지 못했기 때문이었다. 학살은 코사와의 기백을 완전히 꺾어버려서, 소니와 어르신들은 모든 걸 복원 운동 단체에 맡길 수밖에 없다고 포기했으며, 우리를 위해 밤낮으로 싸우겠다는 그들의 말에만 의지했다. 마을 회의 때마다 소니는 도움이 오고 있다는 말만 되풀이했다. 그러나 우리는 선량한 미국인들이 도와주기를 마냥 기다리고 싶지 않았다. 이 세상 그 누구도 우리만큼 격렬하게 펙스턴을 증오할 수는 없었으니까.

1988년 초 어느 저녁, 우리가 친구네 집 툇마루에서 이런 이야기를 하고 있는데 툴라가 오더니 몇 달 안에 미국으로 떠난다고 말했다. 근방 여덟 마을에서 다른 누가 이 말을 했더라면 우리 모두 웃음을 터뜨렸을 것이다. 미국에 간다고? 가서 뭐 하게? 그러나 툴라였기에, 말한 다음에 그녀의 표정이 변하지 않았기에 우리는 그 말이 사실이며 툴라가 더 많은 책을 읽으러 미국에 간다는 것을 직감적으로 알았다. 우리는 툴라를 껴안고 응원하며 피부색이 달라져서 돌아올 거냐고 물었다. 툴라는 웃으면서 그건 불가능하다고 말했다.

우리는 코사와를 떠난 친구들에게 이 소식을 알렸다.

그래서 툴라가 떠나기 사흘 전에 모두 코사와에 왔고, 소니는 해 질 녘에 사람들을 광장에 모아 툴라 낭기, 우리의 툴라가 미국에 가게 되었음을 축하했다. 우리는 모닥불에 호저 세 마리를 굽고, 여자들은 잘 익은 플랜틴 바나나 튀김을, 남자들은 야자주를 가져왔다. 저녁 내내 우리는 춤추고 노래했다. 우리 중 하나가 비상할 것이며 언젠가는 우리 모두 그녀 덕분에 더 높은 곳으로 솟아오를 것이다.

아버지들과 할아버지들이 차례로 툴라를 한쪽으로 데려가
미국의 생활에 대해 조언했는데, 그분들이 대체 어디서 그런
정보를 들었는지 짐작도 할 수 없었다. 툴라는 성심껏 귀 기울
이며 "네, 아버님." 혹은 "물론이에요, 할아버님."이라고 대답했
다. 한 명은 미국에 가거든 달을 똑바로 쳐다보지 말라고, 그랬
다가는 마법에 걸려 코가 쪼그라들어서 숨쉬기 힘들 거라고 말
했다. 툴라는 고개를 수그리고 끄덕이며 말했다. "잘 알았어요,
할아버님. 코가 쪼그라드는 건 싫어요."

우리가 다 같이 버스를 타고 베잠으로 배웅을 가기엔 자리가
부족했으므로 툴라가 떠나기 이틀 전에 집으로 찾아갔다. 툴라
는 한때 봉고가 쓰던 뒷방을 썼다. 아직 살아 있는 동갑내기 친
구들은 다 거기에 모였다. 여자아이들은 어머니와 아내가 되었
고, 둘째를 임신한 아이도 있었다. 소년들은 미래에 코사와를
이끌어갈 남자로 성장하는 중이었다.

몇 명은 침대에 앉고 또 나머지는 바닥에 앉아서 지난 시절
을 회고했다. 왐비가 죽기 전의 삶을 추억했다. 큰 두려움 없
이 발가벗고 비를 맞을 수 있던 나날들이었다. 우리는 왐비를
포함해 먼저 떠난 친구들을 애도했다. 가장 최근에 죽은 아이
는 한 달 전에 아기를 낳다 죽었다. 한 명씩, 그들의 이름과 사
연을 이야기하며 눈물을 지었다. 그러고는 펜더 선생의 의자
에 죽은 쥐를 몰래 놓은 일 등 온갖 장난질을 떠올리며 웃었다.
서로를 껴안고, 눈물을 흘리는 툴라를 껴안았다. 툴라가 이토

록 행복하면서도 슬퍼 보이는 것은 처음이었다. 우리는 툴라에게 노래를 불러주었고, 툴라는 우리를 잊지 않겠노라 약속했다. 우리는 그런 약속은 하지 않아도 된다고, 툴라가 어디를 가든 우리를 마음에 품고 있으리라는 걸 안다고 말했다. 헤어질 때 우리는 다시 한번 서로를 오랫동안 안고서, 언젠가 다시 코사와에서 만나기를 기도했다.

※

석 달 뒤에 툴라의 첫 편지가 도착했다. 툴라는 비행에 대해 묘사하며, 비행기가 교과서에서 읽은 것보다 훨씬 더 시끄럽고 흔들린다고 했다. 복원 운동 단체 사람들이 본사에서 환영 파티를 열어주었고, 그들 모두 자신을 안고 싶어 해서 한 번씩 껴안았다고 했다. 그들이 차려준 음식은 맛이 맹맹했지만 함께 먹어서 기뻤고, 우리의 이야기를 아는 사람들 사이에 있어서 행복했다.

툴라는 위대한 도시에 대해 이렇게 말했다.

뉴욕과 코사와가 한 지구에 존재한다는 것이, 또한 내가 두 곳에 살아보았으며 인간의 삶이 이렇게까지 다를 수 있다는 것이 믿기 어려워. 나의 기억이 이토록 또렷하지 않았다면 나는 코사와에서의 삶이 꿈이라고 생각했을지도 몰라. 아무리 주변을 둘러봐도 내가 아는 나의 모습을 확인시켜줄 것이 없으니까. 지독한 추위 하나 때문에라도 내가 따뜻한 적이 있었다고 믿기 어려운걸. 이 추위를 무엇에 비교할 수 있을까? 어찌나 추운지 어머니 부엌의 아궁이도, 훈제고기를 넣은 야채 수프도, 가족의 웃음소리도 너를 덥혀줄 수 없다고 상상해봐. 밖에 나갈 때마다 각오해야 해. 숨을 한 번 들이쉰 순간 몸의 온기가 모조리 빠져나가는 느낌이란다. 코사와로 돌아가고 싶은 마음이 굴뚝같지만 이렇게 도망칠 거면 처음부터 오지도 않았어. 나는 천천히 공기를 들이마셔. 그리고 나 자신에게 말해. 언젠가는 다시 따뜻해질 거라고.

충격적인 건 추위뿐만이 아니야. 뉴욕에서는 사람들이 늘 줄을 서고 있어. 제일 먼저 도착한 사람이 맨 앞에 서면, 다음에 도착하는 순서대로 차례차례 줄을 서. 누가 나이가 많건 사정이 제일 급하건 신경 쓰지 않아. 수많은 피부색이 존재해. 피부색을 따지지 않으면 이따금 너희 중 한 명을 빼닮은 사람이 눈에 띄고, 그럼 난 무척 행복해져. 어제는 어떤 여자를 봤는데, 바타 아주머니랑 똑같이 미끈하고 마른 다리에 뾰족한 발끝이 바깥을 향하고 있었어. 이럴 때면 기분이 아주 좋아져. 이런 우연이 좀더 자주 일어났으면 좋겠어. 가끔은 이곳과 고향이 너무도 까마득히 떨어져 있다는 생각에 견딜 수 없어서 몇 시간이고 방에 틀어박혀 있단다. 침대에 누워 눈을 감고 있노라면 순식간에 거리감이 사라져. 그렇지만 나는 자리에서 일어나서, 뒤로 한 것들을 그리워하려고 여기에 오지 않았다고 나 자신을 타일러. 나는 찾는 것이 있기에 여기에 왔고, 그것을 수업에서, 책에서, 용납할 수 없는 일에는 들고일어나야 한다고 믿는 학생들의 모임에서 매일같이 찾고 있어. 그런 모임에서 친구들을 사귀었어. 우리는 모여서 각자 자신의 사람들을 도울 방법을 고민해.

내 친구 중 몇몇은 나처럼 미국에서 아주 먼 곳에서 왔고, 역시 나와 마찬가지로 이 도시에서 막막해하고 있어. 여기에 온 지 3~4년이나 되었다는데도 그래. 미국인 친구들도 있어. 그들은 뉴욕에서 길을 잃음으로써 새로운 길을 찾고자 자기 고향을 떠났어. 뉴욕처럼 소속감과 끔찍한 소외감을 동시에 느낄 수 있는 곳은 세상 어디에도 없으니까. 이 낯설고 새로운 세계를 먼 발치에서 동경하면서, 당당하게 정복한 이들을 바라보기밖에 못하면 서러워지곤 해. 이따금 나는 도시의 다른 지역은 어떤 모습인지 보려고 수업을 마친 뒤에 버스를 타고 돌아다녀. 행복한 아이들, 바쁜 사람들이 버린 쓰레기로 가득한 쓰레기통이 차창을 스쳐. 뉴욕은 참 빠르게 움직인단다. 다들 어떻게 해서든지 어디론가 빨리 가려고 용쓰는 것 같아.

이곳에서는 길마다 이름이 붙어 있고 집에는 숫자가 적혀 있어. 처음 봤을 때는 웃음이 터져 나왔어. 우리 마을의 초가에는 숫자가 필요없잖니. 길 이름은 녹색 판에 적혀 있는데, 어쩌면 나처럼 처음 온 사람들이 길을 잘 찾아서 끝내 이곳을 벗어나게 해주려는 배려인지도 몰라. 주변 사람들은 자기들 세상의 이런 질서를 당연시하는 것 같아. 우리에게는 이런 질서가 필요 없었으니까 딱히 바란 적도 없지만, 지금에 와서 보니 일렬로 늘어선 집들과 대나무처럼 쭉쭉 뻗어나가는 길, 모든 것에 붙어 있는 명칭, 그리고 해오름부터 해거름까지 일정하게 짜여진 하루에 나름대로 아름다움이 있는 것 같아.

여기에도 강이 하나 있어. 도시의 동쪽을 따라 흘러 남쪽 끝을 지나치는 강이야. 강변의 나무 그늘에는 벤치가 있어서, 집이 없는 사람들이나 남편을 찾는 여자들, 아니면 나 같은 사람들이 앉아서 강을 바라봐. 고향에서만 느낄 수 있는 평온이 필요할 때 나는 이 강을 찾아. 지금도 강가에 앉아서 너희에게 편지를 쓰고 있단다.

이제 내 방으로 돌아가야 해. 여기 수업은 로쿤자 학교 수업보다 따라가기 힘들지만, 내게 도움이 되고 있어. 지금 듣는 수업에서는 내가 좋아하던 봉고 삼촌의 책 하나를 공부하고 있어. 『지구의 비참한 이들The Wretched of the Earth』이라는 책이야. 전에 읽은 책을 다시 읽으면서 이제야 마침내 이해하고 있어. 수업에서 배우는 내용과 다른 학생들과의 토론 덕분이야. 우리 같은 상황에 처한 사람들이 해야 하는 일에 대해 저자가 하는 말이 경이로워. 친구들과 나는 몇 시간이고 그의 사상을 분석하고 연구해. 언젠가는 코사와의 어린이 모두가 이 책을 읽었으면 좋겠어. 너무나도 참신한 사상이야. 내일 친구 한 명이 나를 어떤 모임에 데려가기로 했어. '빌리지'라고 불리는 동네에서 열리는 모임인데, '빌리지'는 마을을 뜻하지만 우리 마을과는 전혀 다를 거래. 그래도 괜찮아. 나의 고향과 같은 이름으로 불리는 곳에 가는 것만으로도 기뻐.

우리 엄마랑 할머니랑 주바를 챙겨줘서 고마워. 꼭 나를 위한 것이 아니라 너희의 선한 마음에서 우러나와 하는 일이라는 건 알지만, 그래도 정말 고마워. 답장을 보낼 때 부

디 우리 엄마한테 물어봐줘. 혹시 나한테 하고 싶은 말이
있는데 잘생긴 남자에게 전달하기는 불편한 게 있냐고. 엄
마가 나한테 할 말 중에서 남들에게 숨겨야 할 게 있지는
않겠지만, 혹시라도 나한테만 하고 싶은 말이 있어서 속을
끓이고 있지 않기를 바라거든. 코사와에서 내가 알아야 하
는 일들은 너희가 솔직하게 빠짐없이 말해주리라 믿어.

　내가 떠나고 나서 새로 태어난 아기가 있니? 결혼한 사
람은? 여기 와서 나는 충분히 환영받았어. 필요한 것을 얻
자마자 돌아갈 생각이지만, 여기 온 게 좋은 결정이었다고
생각해. 매일 새로운 걸 배우고 있어. 어떻게 할지는 아직
모르지만 내가 습득하고 있는 지식으로 우리 마을을 도울
수 있으리라 믿어.

언제나 우리 중 하나,
툴라

　우리가 그 편지를 받고 얼마나 기뻤는지. 종이에 적힌 내용
만 봐도 미국이 툴라를 바꿔놓고 있음을 알 수 있었다. 툴라는
말이 많아졌고, 속내를 더 많이 드러냈다. 어쩌면 우리와는 달
리 자신과 비슷한 친구들을 사귀면서 코사와에서는 하지 못한
말들을 하게 되었는지도 모른다. 아니면 타지에서 홀로 살다
보니 우리와 말하는 것이 그리워졌거나. 이유가 무엇이든지 간
에, 이방인으로서 살아남으려면 툴라는 예전처럼 속을 알 수
없는 아이로 마냥 남을 수 없었다. 원하는 것을 찾아 고향에 돌
아오기 위해서라도 툴라가 세상을 받아들여야 할 때가 되었다.
그로 인해 어떤 값을 치르더라도 말이다.

한편 우리는 툴라에게 해줄 이야기가 별로 없었다. 코사와는 별다른 변화가 없었다.

여전히 우리 일곱 명은 비가 오고 그치기를 기다리고, 영양과 호저를 사냥해서 시장에 가져갔다. 여전히 마을 광장에서 어울리고, 죽음과 탄생과 결혼을 기념하는 자리에 참석해서 아내로 맞아들이기로 작정한 아가씨에게 눈을 고정하고 그녀가 우리의 사랑과 보호를 받을 자격이 있는지 가늠했다. 우리 중 한 명의 아버지가 최근에 죽었다. 아버지들이 조상의 세계로 떠나고 나면 집에 우리만의 아이들이 가득 찰 것이며 곧 우리 역시 아버지가 되고 할아버지가 되리라는 생각이 문득 들었지만, 달갑지만은 않았다.

우리 마을 주민들은 계속해서 상냥한 남자와 잘생긴 남자와 만나 회의했다. 일이 천천히, 그렇지만 확실히 진행 중이라는 말뿐, 특별한 보고는 없었다. 복원 운동 단체는 교섭이 끝나자마자 펙스턴이 송유관을 보수하고 강에서 오염물질을 걷어내고 가스 불길을 가라앉힐 거라고 말했다. 하지만 어쨌든 일단은 생수병 덕분에 아이들의 사망률이 감소했고, 어린이들이 버스를 타고 로쿤자 학교에 다니고 있다는 사실에만 집중하는 편이 좋겠다고 말했다. 우리가 미처 깨닫기도 전에 코사와가 예전 모습으로 돌아갈 거라고 장담했다.

펙스턴이 우리 땅을 언제 떠날 거냐고, 그들이 떠나려면 몇 년이 걸릴지 혹은 수십 년이 걸릴지 묻자 그들은 글쎄, 그건 대답하기 어렵다고 했다. 지금으로서는 펙스턴과 평화롭게 이웃으로 공존할 수 있는 방안을 찾는 것이 최선이라고 했다. 우리는 펙스턴과 이웃이 될 수 없다고 거절했다. 이 땅은 펙스턴의 것이 아니다. 우리 것이다. 펙스턴이 아무리 우겨도 그들 땅이 될 수 없다. 상냥한 남자는 우리 말을 이해하고 동의하지만, 요즘 세상에서는 땅의 소유권이 법적 문제이며, 오직 정부만이 그것을 결정할 수 있다고 말했다. 지난주에 대통령이 말하길, 단지 우리 조상이 골짜기 전체를 자기 거라고 선포했다고 땅의 임자가 되거나 우리에게 물려줄 수는 없다고 했단다. 땅은 이 나라 국민 모두의 것이란다. 그래서 국민의 안위를 책임지는 정부가 전 국민의 삶을 향상할 수 있게 펙스턴이 땅을 활용하도록 매각할 수 있다는 것이었다.

이 말에 우리는 벌떡 일어났다. 난생처음 들어보는 억지스러운 주장에 가슴이 아프고 충격을 받아 언성을 높이기 시작했다. 잘생긴 남자는 제발 진정하라고 달랬다. 지구 사람들 모두 우리와 동의한다고, 정부는 멋대로 우리 땅을 뺏어갈 수 없다고 했다. 그렇지만 대통령이 우리와 뜻을 함께하지 않는 한 펙스턴은 떠나지 않을 거라고 덧붙였다.

우리는 툴라에게 보내는 편지에 이것에 대해 적었다.

상냥한 남자의 말을 듣고 추론해본 결과, 펙스턴이 우리 땅을 떠나기는커녕 정화 작업을 시작하지도 않을 가능성이 크다. 우리 아이들과 후손들은 펙스턴의 오염물 속에서 영영 불안에 허덕이며 살 것이다. 펙스턴의 거짓말과 헛소리를 왜 복원 운동 단체 사람들이 우리에게 되풀이하는지 이해할 수 없으며, 그런 모습을 보니 그들이 과연 우리의 고통에 얼마나 공감하는지 의심이 간다고도 말했다. 복원 운동 단체가 지닌 가장 강력한 무기가 고작 대화라면, 우리를 위해 제대로 싸울 수나 있을까? 이제 대화는 집어치우고, 무언가 다른 것을, 전혀 다른 것을 시도할 때가 되지 않았나?

몇 달이나 툴라에게서 연락이 없었다.

드디어 연락이 온 날은 비가 많이 와서 우리 모두 집에 있었다. 편지에서 툴라는 추운 계절이 지나가서 이제 도시가 따뜻해지고 있다고, 그녀가 원하는 만큼은 아니지만 그래도 온기가 느껴진다고 말했다. 학교에서는 성적이 기대 이상으로 잘 나왔다. 그리고 이렇게 적었다.

내가 지난번 편지에서 언급한 모임 기억하니? 빌리지라는 곳에서 열린다는 모임? 친구 말이 맞았어. 그곳은 코사와와 조금도 비슷하지 않았지만, 그 모임에서 얼마나 힘을 받았는지 몰라. 모임이 파하자마자 나는 머릿속에서 편지를 쓰기 시작했어. 내가 본 모든 것을 너희에게 말해주고 싶었어. 모임 사람들은 우리가 펙스턴 같은 기업을 어떻게 상대하면 좋을지 설명했어. 이 사람들은 복원 운동 단체 사람들처럼 대화, 협상, 공동의 이익, 또 더 많은 대화를 통해 평화롭게 방안을 찾자고 하지 않아. 아니, 이들은 화가 났어. 한 남자가 일어나서 뉴욕에서 차를 타고 며칠을 가야 하는 곳에 대해서 말했어. 그곳에는 송유관이 깔려 있는데, 코사와에 있는 송유관처럼 기름이 유출되진 않았지만 자기들의 터전에 설치되어 있다는 자체가 싫다고, 언젠가는 문제가 일어날 게 뻔하다고 했어. 그렇지만 정부가 동의하지 않아서, 여기 사람들도 우리처럼 꼼짝없이 송유관과 살아가야 해. 미국에서도 이런 일이 일어난다는 게

277

놀랍지 않니? 여기선 송유관이 땅밑에 설치되어 있지만 그건 중요하지 않대. 그게 깔려 있다는 자체가 땅의 신성성을 모욕한다는 거야. 그렇지만 정부는 신성성 따위에 무관심해. 이 나라에서도 정부와 기업이 친해. 기업이 사람들을 멍에에 옭아매는 걸 정부는 방관하고 있어.

미국의 어떤 지역에서는 어린이들이 오염된 물을 마시고 있어. 물이 오염되었다는 사실을 알면서도 정부가 조치를 취하지 않아. 이런 이야기들을 듣다보니까 미국이 사실은 코사와였다는 기이한 꿈을 꾸는 것 같았어. 이런 사연들은 끝이 없어. 이 나라 남부 지방에서는 땅이 점점 바다에 잠식되고 있대. 조그만 마을의 땅이 매일 한 뼘씩 사라지고 있는데, 석유 기업의 횡포를 무력하게 보고 있을 수밖에 없는 시민들을 정부가 외면하기 때문이야. 소기업들과 대기업, 딴소리하는 정부 기관, 또 사람들에게 재난이 닥칠 것을 알면서도 전부 괜찮다고 말하는 기업 대표단들에 대한 이야기들을 듣고 있자니 숨이 턱턱 막혔어. 코사와 말고 우리 나라의 다른 지역에서도 이런 일이 벌어진다는 건 알았지만, 선진국도 진배없으리라 우리가 상상이나 했니?

나는 우리가 약하고 지식이 없어서 그렇게 무참하게 당했다고 오랫동안 생각해왔어. 아버지랑 삼촌을 포함해 코사와를 위해 싸우다가 목숨을 잃은 모든 사람들이 세상 물정에 어두워서 실패했다고만 생각했지. 학살이 일어났을 때 나는 필요한 지식을 습득해서 우리를 벌레처럼 짓밟은 이들을 무찌르는 무기로 쓰겠다고 맹세했어. 하루빨리 어른이 되어서 코사와를 지키고 어린이들이 우리처럼 고통받지 않게 만들고 싶었어. 지식이 있으면 코사와에 힘을 실어줄 수 있으리라 믿었어. 그런데 여기 미국 사람들을 봐. 그토록 지식이 많은데 왜 무력하게 당할까? 시민을 받들어야 하는 정부가 왜 오히려 그들을 주인처럼 다스릴까? 로쿤자 학교에서 마지막 학기에 공부한 책들을 바탕으로 나는 우리 나라도 미국처럼 민주적인 정부를 설립할 수 있으면 멋진 곳이 될 거라는 믿음을 키웠어. 그런데 여기 와서 보니 세계 곳곳에서 무언가 훨씬 더 복잡한 일이 벌어지고 있음을 깨달았어. 앞서 이야기한 고통받는 미국인들과, 크고 작은 나라의 도시와 마을에서 우리처럼 당하고 있는 사람들과 코사와에는 공통분모가 있는데, 그게 무엇이든지 간에 우리는 알아낼 거고, 그러고 나면 모든 것이 달라질 거야.

모임에서 나도 일어나 코사와에 대해 이야기하고 싶었지만 침착하게 말할 자신이 없었어. 낯선 사람들로 가득한 방에서 처음으로 우리 이야기를 하는 건데, 괜히 딱한 모습을 보이고 싶지 않았지. 일어나려고 의지를 끌어모으고 있는데, 웬 마른 남자가 단상 앞에 줄을 서는 거야. 헝클어진 머리가 앞으로 나아가는 것이 보였고, 나는 그를 알아봤어. 오스틴이었어.

오스틴은 차례가 오자 사람들에게 인사하고 이 모임에 두 번째 나오는 거라고 말했어. 수년간 해외에 사는 동안 이런 모임에 나가서 많이 배웠는데, 우리 같은 사람들이 이렇게 모여서 결속할 기회라도 없었다면 정말 괴로웠을

279

거라고 하더라. 이런 모임이 없으면 우리 가슴속의 분노를 어떻게 분출하겠습니까? 오스틴이 말하자 누군가 소리쳤어. 병에 넣어서 불을 붙이면 훌륭한 폭탄이 될 거요! 사람들은 모두 웃음을 터뜨렸고 오스틴도 쿡쿡 웃었어. 오스틴은 자신이 세상 곳곳을 돌아다니며 인간이 얼마나 타락하고 잔인해질 수 있는지 보았지만 그게 진정 무엇 때문인지는 잘 모르겠다고 했어. 탐욕처럼 하찮은 이유로 이렇게까지 타락할 수는 없기 때문에, 해결을 찾으려면 우리 모두가 자기 자신을 훨씬 더 깊이 이해해야 한다고. 그러면서 자기가 어떤 마을에 갔었는데, 그곳 사람들이 겪고 있는 문제에 대한 해결책이 과연 무엇일지 도무지 알 수가 없었다고 하더라. 그 마을에 대한 기사를 읽은 사람은 있겠지만 실제로 목격한 사람은 자기뿐이니, 여기서 그들의 이야기를 공유하고 싶다고 운을 떼웠지.

모임이 끝나자 사람들은 오스틴을 둘러싸고 그 마을에 대해 여러 질문을 던졌어. 나는 두근거리는 심정으로 내차례를 기다렸지. 기분이 정말 묘했어. 차례가 와서 내가 웃으면서 인사하자 오스틴은 미소로 화답할 뿐, 아무 말도 하지 않고 내 질문을 기다렸어. 어떻게 이야기를 꺼내야 좋을지 모르겠어서, 내가 봉고의 조카라고 불쑥 말해버렸어. 오스틴의 눈썹이 꿈틀거렸어. 봉고라는 이름을 기억하려는 것처럼 말이야. 봉고 말이에요, 내가 다시 말했어. 코사와의 봉고. 오스틴은 계속 혼란스러운 표정이었어. 나는 다시 한번 봉고 삼촌의 이름을 말하고, 목소리를 낮추어 군인들이 온 날 나도 거기 있었다고 말했어. 그 순간 오스틴의 얼굴에 놀람과 더불어 어떤 부드러운, 내가 설명할 수 없는 감정이 떠올랐어.

오스틴은 나를 꼭 껴안았어. 아, 코사와를 떠난 뒤로 내가 얼마나 그런 포옹을 그리워했는지. 몸을 떼고서야 얼굴을 똑바로 볼 수 있었는데, 오스틴은 여전히 내가 본 어떤 남자보다 예쁘장해. 우리가 처음 본 날처럼 머리가 길어. 그때 우리 여자애들은 저 사람처럼 머리숱이 풍성하면 좋겠다며 키득거렸지. 그렇지만 얼굴에서 소년처럼 앳된 인상이 사라지고 남성의 강한 선이 자리잡았어. 그러다 문득 생각이 들었지. 오스틴이 아빠가 실종되었을 때와 비슷한 나이겠구나.

우리는 방 뒤쪽의 의자에 앉았어. 오스틴은 뉴욕에서 지내는 게 어떠냐며, 연락하지 않아서 미안하다고 사과했어. 상냥한 남자로부터 내가 온다는 소식을 들었대. 필요한 일이 있으면 나를 좀 도와주라고 부탁했나봐. 그래서 오스틴은 내가 뉴욕에 머무는 동안 최선을 다해 돕겠지만, 신문사 일로 하루가 멀다 하고 출장을 가기 때문에 브루클린이라는 지역에 있는 자기 집에 있는 날이 거의 없다고 대답했고, 얼마 후에 내가 뉴욕에 왔다는 사실 자체를 잊어버렸대. 나한테 무례하게 굴 생각이 아니었지만 웬 낯선 여자가 봉고라는 이름을 들먹여서 혼란스러웠다고 하더라.

나는 고개를 끄덕이고, 다정하게 빛나는 그의 얼굴에서 시선을 돌렸어.

그러고는 오스틴에게 우리 나라를 자의로 떠났는지, 아니면 어쩔 수 없는 상황이었는지 물어봤어. 오스틴은 자기 삼촌의 죽음과 코사와에서 일어난 학살은 여전히 가슴에 상처로 남아 있지만, 상황이 허락했다면 우리 나라에 남았을 거라며 아쉬워했어. 우리 나라 사람들을 사랑한다고. 그렇지만 어쩔 수 없었대. 학살 현장이 미국 신문에 실리고 2주 뒤에 군인들이 집에 찾아와서 공항까지 연행한 거야. 대통령 각하를 중상하는 기자는 이 나라에 살 수 없으며, 그런 죄를 범한 자는 대통령의 적이자 국민의 적이라고. 그날 밤에 오스틴은 더 많은 이야기를 하고 싶은 눈치였지만, 나는 우리가 다시 만날 것을 알기에 거기서 일단락 짓고, 우리 나라에 영영 입국을 금지당한 것인지도 물어보지 않았어. 어차피 오스틴도 기사 때문에 만나야 할 사람이 있었고. 그래서 우리는 다시 포옹했고, 밖으로 나가는 길에 오스틴은 줄곧 내 손을 잡고 있다가 마지막 순간이 되어서야 놓았어. 멀어지는 오스틴의 뒷모습을 보면서 나는 그가 봉고 삼촌과의 우정 때문에 내 손을 그토록 꼭 잡고 있었는지, 아니면 상냥한 남자가 나를 살펴봐주라고 부탁해서인지, 그것도 아니면 자신이 원해서인지 문득 궁금해졌어.

그날 이후로 두 번 더 만났는데, 한 번은 오스틴이 학교로 찾아왔어. 우리는 주로 코사와에 대해 이야기해. 오스틴은 우리에게 더 많은 것을 해주지 못하는 것을 안타까워해. 아빠랑 툇마루에 앉아서 이야기하던 시절 이후로 누군가와 세상의 불가해함에 대해 이렇게 오래 이야기하는 건 처음이야. 우리는 다음 달에 다시 만나기로 했어. 오스틴이 나를 브루클린이라는 지역에 데려가주기로 했거든. 거기 가면 고향만큼 훌륭한 음식을 먹을 수 있다고 약속했는데, 맛있는 음식이 정말 너무나도 그리워. 하지만 지금 내가 가장 애타게 기다리는 건 빌리지 모임이야. 저번에 갔을 때 앞에 나와서 이야기한 남자를 다시 만나고 싶거든. 맥심이라는 사람인데, 이 사람의 이야기가 내게 큰 영감을 주었어. 너희에게 꼭 말해주고 싶어.

맥심은 그날 모임에서 마지막에 말했어. 연세가 지긋한 분으로, 마을 할아버지들 정도 나이야. 오래 서 있기도 힘들어해서 단상에 올라가서도 앉아서 말했어. 그 장소에 청중이 백여 명 있었는데, 맥심이 이야기하는 동안은 숨소리 하나 들리지 않았어. 맥심은 젊은 시절에 유럽의 아주 춥고 가난한 나라에서 친구들과 같이 정부 건물을 불태워버린 일을 이야기했어. 기름이랑 성냥을 가져가서 불을 질렀대. 맥심은 눈을 빛내면서 높이 솟구치는 불길과 어둡고 차가운 밤하늘에 피어오른 연기를 묘사했어. 맥심과 친구들이 벌인 일이라는 걸 아무도 못 밝혀내서, 그들은 몇 달 후에 다른 정부 건물에 침입해서 서류를 찢고 서랍장을 때려 부수고 스프레이페인트로 온통 낙서를 했어. 다 끝난 다음에는 바닥에 앉아서 술을 마시고, 신나게 웃으면서 책상과 의자에 오줌을 갈겼대. 맥심이 이 말을 하면서 웃자 우리도 박수를 치면서 함께 웃었어. 하지만 얼마 안 가 정부가 그들의 소행인 걸 밝혀냈다는 말을 하자 좌중에 웃음이 뚝 그쳤지. 맥심과 친구들은 체포되고 1년간 감옥살이를 했어. 그해가 자신의 인생에서 제일 자랑스러운 시절이라고 하더라. 무언가 해야 한다고 말만 하며 남들이 하기를 기다리는 대신 행동을 취했으니까. 신념을 실천으로 옮긴 거야. 악당들한테 우리가 맞서 싸울 수 있다는 것을, 목숨이 붙어 있는 한 끝까지 싸우겠다는 의지를 보여준 거지.

이분의 눈부신 자부심과 용기를 너희도 봤으면 정말 좋았을 텐데. 모임에 있던 사람들 모두 경외감에 휩싸였어. 우리는 일어나서 세상 반대쪽까지 들릴 정도로 우렁차게 박수를 보냈어. 나는 눈물까지 글썽였단다. 맥심이 내게 보내는 메시지일까? 우리에게? 광장에서 너희가 한 이야기들이 모두 생각나. 펙스턴에 타격을 가해야 한다고 했지. 나는 건물 한 채 불태워봤자, 아니 열 채를 불태워도 달라질 게 없을 거라 생각하며 반대했잖아. 펙스턴은 눈 깜짝할 새 정원을 새로 지을 수 있을 테니까. 하지만 이제는 이런 생각이 들어. 공격의 요점은 그들을 회복 불능의 상태로 파괴하는 게 아닌지도 몰라. 단지 우리가 여기 존재한다는 사실을 그들에게 일깨워주는 거야. 우리가 매우 화가 났다는 사실도.

어제 나는 기숙사 방에서 친구들과 맥심의 이야기에 대해 토론했어. 여섯 명이 있었는데, 적에게 물리적인 타격을 주면 무언가를 이룰지도 모른다는 내 의견에 딱 한 명만 동의했어. 나머지 사람들은 효율적인 방법이 아니라고 입을 모았어. 나는 효율성을 따질 때가 아니다, 실패라고 여겨진 작전도 시도할 가치가 있었다고 끝내 밝혀질지도 모른다, 무엇이든지 간에 지금 할 수 있는 일을 해야 한다고 주장했어. 소니와 마을 어르신들은 두려움 때문에 그 사실을 보지 못해. 복원 운동 단체가 우리를 구해주길 마냥 기다리는 건 안전하지만 소극적인 방법이야. 타인의 소유물을 파괴하는 일은 생각할수록 마음이 불편하지만, 그래도 우리 아빠는 사람이 살면서 마음 편한 일만 할 수는 없다고, 싫어도 해야만 하는 일이 있다고 말하곤 했어.

편지가 너무 길어졌구나. 너희가 이것만큼은 꼭 알아주었으면 해. 싸움이 아직 끝나지 않았음을 확실히 보여주자는 너희 의견에 나도 공감하고 있어.

언제나 우리 중 하나,
툴라.

이에 대한 답장에서 우리는 사나운 개를 야금야금 깨물어 죽인 개미들에 대한 우화를 툴라에게 상기시켜주었다. 우리도 할 수 있다. 펙스턴을 물기에 가장 적절한 시기는 바로 지금이었다. 코사와는 인간이 거주할 수 없는 곳으로 변하고 있었다. 우리는 얼마 안 가 결혼하고 가정을 이룰 텐데, 자식들이 우리처럼 고통받게 내버려둘 수는 없었다. 종국에 실패하더라도, 우리는 할 수 있는 모든 걸 시도했다고 아이들에게 당당히 말하고 싶었다. 툴라가 동의하며 이런 편지를 보내왔다.

그래, 우리가 끝내 정복당하더라도, 싸워보고 쓰러지자. 우리 아버지들과 삼촌들과 형제들과 친구들. 그들이 무엇을 위해 죽었니? 우리가, 우리가 아니라면 다음 세대라도 코사와에서 평화롭게 살 수 있게 만들려고 노력하다 죽었어. 세상 그 누구도 우리를 우리 땅에서 죄수처럼 살게 할 수 없으며, 신령이 우리 조상에게 선사한 것을 가로챌 수 없어. 미국 전역에서 사람들이 자기 땅인데도 죄수처럼 살아. 그들은 조상의 땅을 강탈당하고 이제는 사회의 변두리에서 우리보다 더 비참하게 살고 있어. 적어도 우리는 아직까지 조상들이 걸은 길을 걷고 있지만, 언젠가는 이 사람들처럼 땅을 송두리째 뺏기지 않으리라는 보장이 없잖니. 미국에서 짓밟힌 이 사람들은 힘껏 싸웠지만 패배했어. 그렇지만 그들이 싸웠다는 사실이 중요해. 그들이 패배해서 가슴이 아프지만, 또 한편으로는 용기를 얻어. 그들이 약하지 않듯이, 우리도 약하지 않으니까. 우리는 용맹한 표범의 후예야. 정부와 펙스턴은 우리를 벼랑 끝까지 내몰았어. 목소리를 내기 위해서는 싫어도 해야 하는 일들이 있어. 파괴의 언어를 사용하는 그들이 알아들을 수 있도록, 우리도 같은 언어를 쓰자.

싸워. 나는 너희 선택을 지지해. 다만 사람에게는 해를 가하지 않았으면 해. 그들처럼 살인자가 되기는 싫으니까. 우리의 몸에는 고귀한 존재의 피가 흘러. 가능한 만큼 돈을 보낼게. 신령의 가호가 있기를.

언제나 우리 중 하나,
둘라.

야야

나의 결혼 생활에 후회가 하나 있다면, 내가 미소에 너무 인색했다는 사실이다. 세상은 웃을 일 천지인데, 나는 나 자신에게서 그것을 박탈했다. 왜 그랬을까? 사랑하는 남편이 우울에 허덕일 때 혼자 즐거워하면 안 될 것 같아서? 아니면 세상에 사실 웃을 일이 별로 없어서? 아니, 세상엔 웃을 일이 참으로 많다. 이제야, 병상에 누워 죽어가는 신세가 되고서야 깨달았다. 삶은 우습다. 죽어서 가져갈 수도 없는 땅을 두고 피 터지게 싸우는 것이 어찌 우습지 않으랴? 인간들은 행복하고 싶어서 무언가를 원하다가, 그것을 얻고 나면 자신을 행복하게 해줄 또 다른 무언가를 원한다. 그게 어찌 우습지 않으랴? 삶이란 바람을 좇는, 무의미하고 우스꽝스러운 술래잡기다. 왜 여태 이걸 몰랐을까? 떠날 때가 되어서야 삶이 재밌어지는 이유는 또 무엇이란 말인가? 일찌감치 삶의 진면목을 깨닫고 충분히 웃지 못한 것을 후회할 시간밖에 내게 남은 것이 없어서일까. 아, 웃으면서 살기엔 늦었다. 죽음에 가까이 다가갈수록 나는 현재에 무관심해진다. 내 생각은 거의 항상 과거와 내가 예전에 본 것들 사이를 헤맨다. 잠이 오지 않는 밤이면 나는 흘려보낸 하루와 한 치도 다를 바 없을 새로운 하루를 기다리며 내 가족과 마을에 벌어진 일의 배경을 되짚어본다. 또한 남편이 기분이 괜찮은 날에 들려주곤 하던 이야기들을 떠올린다. 한번은 그가 해변에서 보낸 2주에 대해 말해주었다.

당시에 그는 젊었다. 우리가 만나기 몇 년 전이었다. 베잠에 머물던 유럽인 세 명이 고향으로 돌아갈 배를 타러 해안 지방으로 가는 길에 로쿤자에 들렀다. 그들은 잃어버린 현지 안내인을 대신해 열심히 일할 사람을 찾고 있었다. 남편의 성실함과 유능함을 아는 지인이 그가 잘할 수 있으리라 믿고 기회를 알려주었다. 남편이 코사와로 와서 우자 베와의 농장에서 일하기 한참 전의 일이다. 남편은 현지 안내인 역할에 특혜가 따라온다는 것은 알았지만 누구나 그랬듯이 유럽인을 불신했다. 우리를 노예로 삼고자 이 땅에 온 사람들을 어떻게 믿겠는가. 남편은 그들이 수고료를 넉넉히 챙겨줄 것이며, 목적지가 바닷가라는 사실을 알게 되었다. 남편은 바다 근처도 가본 적이 없었다. 우리 지역 사람들 모두 마찬가지였다. 바다라는 것이 아주 멀리 존재한다는 것쯤은 알았지만 대부분 사람들은 궁금해하지도 않았다. 우리에겐 강과 시내가 있었고, 그걸로 충분했다. 그렇지만 남편은 충분한 것 이상의 경험을 갈망했다. 그래서 그는 안내인이라는 역할에 결부된 남모르는 위험을 두려워하면서도, 바다를 보고 싶은 마음에 그 자리에 지원했다.

그들과 출발한 날에 남편은 난생처음 자동차를 타봤다.

남편과 다른 안내인은 차 뒤쪽의 지붕이 없는 자리에 탔다. 그 시절에 우리 나라에는 울창한 산림에 드문드문 마을이 있을 뿐, 별로 볼 것이 없었다. 밤을 보내기 위해 마을에 들르거나, 혹은 땅거미가 깔리기 시작했는데도 마을이 눈에 들어오지 않아 숲길에서 안전해 보이는 장소에 야영을 할 때면 남편은 불을 지피고 음식을 만들었다. 베잠 출신인 다른 안내인은 귀가 밝았다. 그는 영어를 배워서 유럽인들의 통역사 노릇을 해주었다. 그는 남편에게 유럽인들의 목욕물을 덥히는 법과, 사냥한 고기를 익히는 시간과, 또 유럽인들이 고향에서 가져온 말린 과일과 단것을 차리는 법 따위를 가르쳐주었다. 그는 우리 나라의 이런저런 타운에 주둔하고 있는 유럽인들과 그들의 친구들이 호기심이 많은 사람들이라고 알려주었다. 유럽인들은 우리와 우리의 행동방식을 이해하고, 우리의 삶을 개선시킬 방안을 찾으려고 왔다고 했다.

여행하는 내내 남편은 그가 떠들도록 내버려두었다. 그의 수다 덕분에 심하게 흔들거리는 차 뒤칸에서 달리는 시간이 참을 만했기 때문이다. 게다가 그 남자는 당최 입을 다물지를 않았다. 그는 유럽인들이 이 나라에 불러온 여러 굉장한 변화를 찬양하지 않고는 못 배기는 모양이었다. 그가 보기에는 유럽인들은 동녘 하늘을 물들이는 아침 햇빛처럼 이 나라를 밝혔다. 물론 그는 자기 주인들에게 불만도 많았지만—예컨대 그를 개처럼 취급한다던가—그래도 동갑내기 친구들보다 앞서나갈 기회를 준 것에 감사했다. 그들이 하사한 옷을 입고 마을을 돌아다녔을 때 마치 유럽인처럼 차려입은 자신을 보고 친구들이 얼마나 시샘했는지 모른다며 그는 눈을 빛냈다. 또한 그는 여행 중에 아내의 음식을 그리워하면서도 주인들이 남긴 음식과 술을 한껏 즐겼다. 물론 그들의 술은 야자주에 비할 바가 아니라고 그는 덧붙였다. 그는 주인들이 목적을 성취하기를 바랐다. 모든 게 그들 계획대로 이루어지면 곧 이 나라 모든 마을에서 사람들이 영어로 대화하고 품질 좋은 옷을 입고 책을 읽고 달콤한 간식을 먹고 차를 소유할 거라고 남자는 말했다. 그리고 애잔하게 덧붙였다. 자기 자식이 언젠가 자동차를 소유하면 자기도 뒤칸이 아니라 앞좌석에 탈 거라고.

해안가에 다다르는 데 며칠이나 걸렸는지 남편은 기억하지 못했다. 이틀째 되던 날부터 날수 세기를 그만두었다고 했다. 평생 알아온 단 하나의 세계로부터 얼마나 멀어지는지 아예 생각하지 않는 편이 낫다고 판단했다. 마침내 그들은 유럽인들이 출항할 해안가 마을에 들어섰다. 그 마을은 남편의 고향과 면면으로 똑같았지만 딱 하나 다른 것이 있었다. 바로, 공기 냄새였다. 그 독특한 냄새를 남편은 묘사하기 어려워했다. 달콤하다고는 할 수 없고, 자작하게 끓인 닭처럼 구수하지도 않았다. 그렇지만 그 냄새를 맛보고 삼킬 수 있었다. 혓바닥이 처음 경험하는 유쾌한 맛이었다. 그 냄새가, 바다가, 그를 불렀다. 남편은 눈을 감은 채로 바다 내음을 거듭 들이마시며, 음미했다.

남편은 유럽인들이 마을 족장의 집에 짐을 푸는 것을 돕자마자 바다로 달려나갔다. 수평선의 굴곡과 넓이가 곧바로 시선을 잡아끌었다. "그걸 대체 어떻게 설명하지?" 남편이 말했다. "그 거대함을 어떻게 설명하면 당신이 상상할 수 있을까?" 바다를 본 순간 남편은 세상의 무한한 경이 속에 자신은 그저 한 점의 티끌이라는 것을 갑작스레 깨달았다. 자기 자신이 전부이자 아무것도 아님을 깨달았다. 남편은 입을 떡하니 벌리고 팔을 늘어뜨린 채로 모래사장에 주저앉았다. 그렇게 시간 가는 줄도 모르고 해변에 앉아 있었다. 눈앞에서 마을 어린이들이 수영하고 물장구를 치며 놀았다. 어부들이 그날 잡은 물고기를 싣고 돌아왔을 때에도 그는 여전히 앉아 있었다. 입을 헤벌리고 앉아 있는 남편을 보고 어부 몇 명은 웃음을 터뜨렸다. 그런 표정을 한 사람들을 이전에도 보았던 것이다. 머나먼 외지에서 와서, 무한한 파랑을 처음 본 사람들. 그날 저녁에 남편은 수평선 위로 퍼져나가는 태양의 영광을 목격했다. 태양이 지구에 절을 올렸다. 남편이 자신의 얼굴을 만져보자 젖어 있었다. 성인이 되고서 처음이자 마지막으로 눈물을 흘린 순간이었다.

남편은 2주간 그 해변에서 잠을 잤다. 다른 안내인은 미리 입을 맞추어둔 남편 없는 여자의 침대로 기어들었다. (유럽인들은 도착하고 셋째 날에 떠났다. 그들이 타고 간 배가 새 주인들을 데려왔는데, 유럽인 네 명이 바닷가 마을에서 며칠 지내고 싶어 했다.) 이따금 바닷가 마을 주민이 자기 집에서 묵으라고 권했지만 남편은 고맙지만 괜찮다고 거절했다. 고향에 돌아가면 평생 집에서 잠을 잘 텐데, 또 언제 모래사장에 머리를 누여보겠는가. 저녁에는 해변을 산책하고, 갓 잡은 생선을 소금과 후추, 생강, 마늘로 양념하고 구워서 파는 여자들에게서 저녁을 샀다. 생선은 얇게 저민 붉은 양파로 덮여 있었고, 플랜틴 바나나 튀김과 후추 맛이 강한 소스를 곁들였다. 보름달이 뜨는 날에 어둠이 내리면 마을 사람들이 바닷가로 나와 춤추고 노래했다. 남편은 남자들을 도와 북을 쳤다. 스무해 남짓한 세월 처음으로 남편은 행복을 맛봤다. 그렇지만 이 마을에 머무를 수 없다는 것은 알았다. 자고로 사람은 조상을 공유하는 동족들에게 속하니, 낯선 이들의 땅이 아무리 아름답다 하더라도 그곳에 속할 수는 없다.

✳

내가 어린 소녀였던 시절에 유럽인 두 명과 통역사가 코사와에 온 날을 아직도 기억한다. 그 사람들은 자신들의 신령에 대해 이야기하러 왔다. 자신들의 신령이 우리를 스스로가 갇혀 있는 줄도 몰랐던 암흑에서 구해준다고 했다. 우리가 빛을 보게 되리라고 말했다.

태양이 얼굴을 내밀지 않아 시원한 날이었는데도 그들은 온통 모기에 물린 몸에 땀을 삘삘 흘리고 있었다. 한 남자는 할아버지라고 불러도 될 정도로 나이가 많았는데도 머나먼 이곳까지 왔다. 우리에게 진실을 전파하기 전에는 죽을 수 없다며, 자신의 말이 뿌리는 씨앗이 언젠가는 비옥한 마음을 만나 싹을 틔우고 자라리라는 희망을 품고 젊었을 적부터 여러 마을을 돌아다녔다고 했다. 남자는 자신의 씨앗에서 자란 열매가 우리 세계에 널리 퍼져서, 모든 신령이 자기 신령에게 무릎 꿇기를 원했다.

우리는 마을 광장에 모여서 그들 이야기를 들었다. 그들 이야기에 딱히 관심이 있지는 않았지만 마을 족장이 유럽인들은 죄다 총을 들고 다닌다고 두려워했기 때문이었다. 한 시간 이

292

야기를 들어주는 게 무엇이 힘들다고 죽음을 감수하는가? 다섯 자매 마을 중에서 셋째 마을 출신인 통역사 청년이 노래로 모임을 시작했다. 그는 손뼉을 치고 하늘을 올려다보며, 한때 물 위를 걸었고 가는 곳마다 친구 열두 명을 데리고 다닌 남자에 대한 노래를 불렀다. 황당무계하기 짝이 없었다. 그가 노래를 마치면 유럽인들은 우리가 지금 모시는 신령을 배신하고 자기들의 신령을 믿으면 죽어서 잘 살 거라고 말했다. "저세상에는 당신들을 기다리는 조상이 없습니다." 그들은 말했다. "당신들의 조상은 지옥불에서 타고 있습니다. 당신들도 그렇게 되고 싶습니까?" 그들은 왜 자기네 신령이 그에게 아무 잘못도 하지 않은 우리를 지옥불에 내던질 것인지는 말해주지 않았다. 이야기를 들으며 우리는 그들의 신령은 왜 그리 독하고 비합리적인지 의아해했다. 눈을 감고 기도를 몇 마디 하면 그들의 신령이 우리도 받아줄 터인데, 그러면 우리는 사후에 끝없는 어둠 속에서 지옥불에 타고 있는 조상들과 합류하는 대신에 찬란한 아침이 영원하며 반듯한 길이 빛나고 정원에는 아름다운 꽃이 흐드러진 곳에 갈 수 있단다. 그곳에서는 모두가 서로서로 사랑하고, 치렁치렁한 하얀 옷을 입고서는 노래를 끝없이 부른다고 했다.

그 모임이 끝난 뒤에 우리 아버지와 다른 남자들이 어찌나 신나게 웃었는지! 그 이야기는 몇 번을 들어도 웃겼다. 우리가 아는 다른 마을 사람 하나가 지옥불의 고통과, 마실 물도 없는 곳에서 모두가 잠을 이루지 못하고 끝없이 흐느끼는 사후를 생각해본 뒤에 유럽인들의 신령을 택했다는 말을 듣고 우리는 더 크게 웃었다. 유럽인들의 지옥불이 무서운 나머지 친척 한 명

293

은 가문의 탯줄에 대한 믿음을 잃고 불살라버렸다. 유럽인들과 그들의 신령이 진정한 힘을 지녔다고 믿기 시작한 것이다. 그런 사람은 드물었지만, 어쨌든 인간의 마음이 얼마나 변덕스러운지 덕분에 잘 배웠다.

아버지와 삼촌들이 한바탕 박장대소를 한 다음에 눈물을 훔치던 모습이 기억난다. 그들은 뇌가 들어 있을 정도로 머리가 큰 사람들이 영원한 불구덩이 같은 헛소리를 어떻게 믿냐며 놀라워했다. 그러나 다른 종류의 지옥불이 벌써 몇 세대에 걸쳐 우리 삶의 방식을 태우고 있다는 것을 기억했다면 그렇게 웃지 못했으리라.

✳

인간을 잡아서 팔아넘기는 사람들이 해안가에 출몰하기 시작했을 때 천만다행으로 코사와는 무사히 넘어갔지만 멀리서 몰려오는 재난을 언제까지고 피할 수는 없다는 것을 알았어야 했다. 납치범들은 내가 태어나기 몇 세대 전에 나타났다. 할머니는 자신이 어른들로부터 전해들은 이야기를 내게 전해주었다. 먼 마을 사람들이 피와 눈물을 쏟으며 코사와로 도망을 와서, 나이를 가리지 않고 닥치는 대로 잡아서 쇠사슬로 묶어 끌고 가는 사람들에 대해 알렸다. 병자들은 혼자 죽으라고 버려졌고, 아기들은 성가시다고 내던져졌고, 어머니들은 따뜻한 젖을 흘리며 끌려갔다. 간신히 탈출한 사람들은 수많은 날을 꼬박 달려 천신만고 끝에 옷이 너덜너덜해진 채로 코사와로 비틀비틀 들어왔다. 더 많은 사람들이 우리의 형제자매 마을로 도망 왔다. 충격에 넋이 나간 채로 그들은 납치범들에게 맞설 대비를 해야 한다고 경고했다. 코사와나 우리 형제자매 마을 중 하나가 곧 다음 표적이 될 것이다.

조상들은 난민들에게 음식을 주고 우리 터전에 자리를 잡도록 허락했다. 그들의 후손은 우리와 피가 섞인 채로 오늘날까지도 함께 산다. 할머니는 우리 선조가 창날을 갈고 숲에 탈출로를 만들어놓았다고 했다. 때가 되면 어떻게 해야 하는지 아이들에게 몇 번이고 거듭 가르쳤다. 납치범들은 끝내 나타나지 않았지만, 그들에 대한 공포심은 여덟 마을에 깊이 스며들었다. 새롭게 난민들이 도착하여 납치범들이 쓸고 간 마을에 대한 이야기를 전할 때마다 우리 선조는 창과 마체테를 더 만들었다. 난민들은 창칼이 쓸모없다고, 납치범들은 손가락 하나만 까딱해도 불을 뿜어 사람을 죽이는 기구를 가지고 있다고 말했지만 말이다. 난민들이 더는 나타나지 않게 된 이후에도 남자들은 웬만해서는 숲에 홀로 사냥을 가지 않았다. 어머니들은 아이들에게 말을 안 들으면 납치범이 잡아간다고 을렀다. 밤에 마음을 푹 놓고 자는 이는 거의 없었다. 오랜 시간 코사와는 불안에 잠겨 있었다.

이제는 아이들이 놀면서 납치범에 대해 농담한다. 아이들은 말한다. 이거 해, 혹은 하지 마. 안 그러면 납치범이 너 잡아간다. 아이들은 웃음을 터뜨리는데, 우리가 그 재앙을 비껴갔기 때문에 웃을 수 있는 것이다. 내가 소녀였을 적에는 아가씨들이 심지어 이런 노래도 불렀다. 신랑감을 못 찾은 아가씨가 납치범이 나타나 자신을 끌고 가다 얼굴을 보고 반해서 아내로 삼음으로써 노처녀로 평생을 사는 운명의 쇠사슬을 끊어주기를 기도하는 내용이었다. 아가씨들은 이 노래를 부르며 깔깔거렸다. 나는 이 노래의 선율을 좋아했지만, 이렇게 늙고 나서 돌이켜보니 우리가 실제로 납치를 당해서 아무도 우리의 이야기를 전해주지 못하는 곳으로 끌려갔다면, 우리의 후손들은 과연 어떤 노래를 불렀을지 궁금해진다. 끌려간 이들의 후손은 지금 어디에 있을까? 그들은 자신의 조상과 고향에 대해 무엇을 알까? 자기가 태어나기 전에 이 세상을 살고 혼을 물려준 조상에 대해 아무것도 모르는 그들은 어떤 슬픔을 안고 살까?

한번은 남편에게 코사와와 일곱 형제자매 마을이 어떻게 그 재앙을 피한 것 같냐고 물었다. 신령이 우리를 특별히 아껴서일까? 우리가 들은 이야기에 따르면 선례가 없으리만큼 강력한 무당이 당시에 우리 선조 가운데 있었는데, 그가 갓 태어난 새끼돼지를 불살라서 제물로 바친 덕분에 납치범들이 우리 마을을 지도에서 찾을 수 없었다고 한다. 납치범들은 코사와를 가로지르면서도 인가나 사람은 보지 못하고 나무와 덤불만 보았다. 남편은 한숨을 쉬고 대꾸하지 않았지만 나는 끈질기게 물었다. 그는 다시 한번 한숨을 쉬더니, 납치당한 사람들은 강력한 무당이 없어서 벌을 받은 것 같냐고 되물었다. 신령은 제물을 받지 않으면 자비를 베풀 수 없나? 게다가 우리가 영원히 재앙을 피한 건 아니라고 남편은 덧붙였다. 다른 종류의 공포를 기다리게 내버려두었을 뿐이라고. 과연 그 말은 사실이었다. 요새 젊은이들은 땅에서 기름이 발견된 것이 우리에게 찾아온 첫 재앙인 것처럼 말하지만, 기름이 발견되기 오래전에 우리 부모의 부모는 고무 채취로 고통받았다는 것을 잊은 모양이다.

고무 농장에 일하러 간 코사와 형제자매 마을 사람들은 목에 쇠고랑을 차고 끌려가지는 않았지만, 사실상 그렇게 간 것이나 매한가지다. 내 친척들을 포함해 수백 명이 고무 농장으로 보내졌는데, 다들 정부의 명령 아래 이송됐다. 해안가에 출몰하여 어둠을 틈타 악행을 저지른 납치범들과 달리 이들 유럽인과 통역가는 벌건 대낮에 도착했다. 총부리를 겨눈 채로 그들은 모든 마을에서 고무 농장에서 일할 자원자를 뽑으라고 명령했다. 그들이 건설하고 있는 새 나라에는 최대한 많은 인력이 필요했다. 유럽인들은 신체 멀쩡한 남자들을 자기네 필요에 따라 욕심껏 뽑아갔다. 저항한 이들은 총에 맞아 죽었다. 남자들이 할당량을 채우면 곧바로 고향에 돌아올 수 있을 거라고 그들은 가족에게 말했다.

오랜 후에야 우리는 아들들과 남편들이 고무 농장에서 구타당하고 굶주리고 밤늦게까지 부림을 당했다는 것을 알게 되었다. 누군가 할당량을 채우지 않고 도망치면 통역가들이 그의 가족을 찾아왔다. 집에서 아이들을 끌어내 아버지가 도망친 죄로 때렸다. 아내들은 강간당했다. 어머니들은 얻어맞았다. 모두 벌을 받았다. 유럽인들이 고무를 원했으므로 우리 조상은 그들의 수요를 채워야 했다. 고무를 위해서 한 세대의 젊은이들이 희생당했다. 코사와 남자들 몇 명이나 고무 농장에서 죽었을까? 성인 남자가 부족하자 유럽인들은 소년들을 데려갔고, 고무수액을 빨리 채취하지 못한다고 채찍질했다. 그 모든 일을 겪었지만 코사와는 살아남았다. 그러나 고무 농장의 소유자들이 휩쓸고 간 마을이 전부 살아남아서 자신들의 이야기를 전하지는 못했다. 주민 전체가 말살당한 마을도 있다고 들었다.

비록 세상이 다시는 예전 같지는 못하겠지만 내가 태어났을 즈음에는 우리에게 평화가 돌아올 조짐이 보였다. 납치범들에 대한 이야기는 전설처럼 느껴졌고, 고무에 대한 유럽인들의 탐욕도 다소 가라앉아서 우리가 더는 피를 흘리지 않아도 될 성싶었다. 그렇지만 유럽인들이 새롭게 무언가를 탐하기 시작하면 자식들을 빼앗기리라는 공포심이 우리 어머니들과 아버지들의 가슴에 가시처럼 박혀 있었다. 그런데 우리 세대가 성인이 된 뒤로도 새로운 재앙이 찾아올 낌새는 여전히 보이지 않았다. 유럽인들이 우리 삶에 들어온 지도 오래되어서 공포심도 얼마간 줄어들었다. 물론 그들이 우리와 우정을 나누려는 것이 아니라 자기들 멋대로 부려먹고 이용하려고 왔다는 사실은 절대 잊지 않았다. 유럽인들은 우리에게 돈이라는 개념을 소개했다. 우리에겐 그것이 필요 없었지만, 그들은 자기네 편의와 이익을 위해 우리가 배우기를 원했다. 그들은 줏대 없는 자들에게 자기네 신령을 강요하고 우리에게 아무런 쓸모없는 교회를 로쿤자에 지었다. 교회를 통해서 그들은 우리의 신령이 악하며 우리가 사는 방식이 그릇되었다는 생각을 주입하고자 했다. 우리를 자기네 세상의 일부로 만들려면 일단 우리 삶의 방식을 자신들의 법칙에 맞게 바꾸어야 했던 것이다.

봉고가 태어나고 몇 년 후에 우리는 지배자들이 드디어 유럽으로 돌아간다는 소식을 들었다. 가슴 벅찬 날이었다. 우리에게 더는 주인이 없다. 우리 아이들도 누군가를 섬길 필요가 없다. 아이들이 자기 땅에서 당당하게 활보할 수 있을 것이다. 아이들이 자라나는 세상은 우리가 알아온 세상에서 한시바삐 벗어나려는 듯했다. 마을 학교에서 아이들이 남의 언어로 부르는 노래를 듣고 있노라면 혹독한 가뭄이 얕은 강줄기를 말려버리듯 우리 삶의 방식이 이렇게 덧없이 사라지는 걸까 가슴이 철렁했었다. 하지만 이제는 두려움을 내려놓을 수 있었다. 우리 조상의 삶이 후세에 전해질 것이다. 조상들이 신령의 가르침을 따라 살던 시절로 돌아가는 것은 불가능하겠지만, 또한 우리 땅을 떠나는 지배자들은 자기네 조상이 우리에게 저지른 일을 복구하려는 노력조차 하지 않았지만, 그래도 우리에게 남은 유산마저 하나둘씩 전부 파괴할 거라는 두려움은 이제 그만 떨쳐내도 되리라는 희망이 샘솟았다.

　지배자들은 우자 베키를 통해 메시지를 전달했다. 로콘자가 우리 행정 구역의 중심 도시로 남을 것인데, 그곳에서 일하는 사람은 사환부터 관리까지 전부 우리 지역에서 뽑아서 고용할 것이므로 주민들과 소통이 원활할 거라고 했다. 그러고는 나라의 중심 도시를 베잠으로 정했다. 그곳 사람들이 새로 건설된 이 나라에서 가장 똑똑하다고 판단했다는 것이었다. 그들이 어떻게 그런 결론에 도달했는지 나는 늘 궁금해했다. 베잠이 해가 뜨는 방향에 위치한 도시라는 것 말고는 그곳에 대해 아는 바가 없었다. 지구 반대편에 사는 사람들만큼이나 베잠 사람들은 우리에게 낯설었으며 아무런 유대를 느끼지 못했다. 그렇지만 나라의 중심 도시를 정하는 문제는 우리에게 달리지 않았다. 지배자들이 우리의 대통령으로 뽑은 사람에 대해서도 의견을 밝힐 수 없었다. 그는 얼마 안 가 죽었는데, 고분고분 말을 안 들어서 유럽인들이 암살을 공모했다는 소문이 돌았다. 그가 죽고 나서 그다음에 임명된 대통령도 역시 지배자들이 뽑았다. 이 남자는 수십 년이 지난 지금까지 통치하고 있다. 우리가 대통령 각하라고 부르는 바로 그자다.

대통령 각하가 권좌에 오른 지 10년째 되던 해 어느 밤에 나는 잠자리에서 남편을 돌아보며, 유럽인 지배자들과 대통령 중에서 누가 더 나쁜 것 같냐고 물었다. 이토록 엉망진창으로 나라를 세운 유럽인 지배자들과, 나라가 그 모양 그대로 굴러가도록 유지하는 임무를 맡은 그들의 종 중에서 말이다. 남편은 어깨를 으쓱하더니 선택하지 못하겠다고 말했다. 나는 어쩌면 지배자들이 차라리 나을지도 모르겠다고 말했다. 남편은 대꾸하지 않았고, 돌아누워 잠이 들었다.

우리 지역의 모든 사무실과 교실 벽에는 대통령 각하의 사진이 걸려 있다. 머리에는 표범 가죽 모자를 오른쪽으로 비딱하게 썼고, 인중에서 수직으로 드리운 콧수염은 콧물이 떨어지기 전에 잡을 태세를 갖추고 있다. 한때는 군인이었는데, 태연자약하게 사람을 죽이는 냉정함으로 존경을 사서 장관의 자리까지 진급했다고 들었다. 다름아닌 그가 초대 대통령을 죽였다고 사람들은 수군거린다. 독성이 있는 물질을 밟게 만들었다는 것이다. 자기가 대통령이 될 준비가 되었는데, 기다리기가 싫었던 모양이다. 우리에게 흘러들어온 풍문에 따르면, 유럽인 지배자들은 초대 대통령과 사이가 나빠지자 당시 장관이었던 현재 대통령을 찾아가 공동의 적을 1년 안에 숙청할 음모를 꾸몄다. 그는 자신을 믿고 맡겨달라고 부탁했다. 하루 만에 사람을 해치운 적도 있다고 으스댔다. 어떤 사람들은 대통령 각하가 자신의 조상 마을의 무당을 찾아가 남근을 바치고, 그 대가로 평생 권좌에 앉을 수 있는 힘을 얻었다고 말한다. 또한 1년에 한 번 유럽에 가서 피를 빼고 청년의 피를 수혈받는다고 한다. 이 나라 국민이 모두 죽은 뒤에도 그는 통치하고 있을 것이다. 그가 아내와 한 침대에서 자지 않으며, 아이들이 그의 핏줄이 아니라는 소문도 돈다. 게다가 본인이 짐승이라 동족의 살을 먹을 수 없어서 육식하지 않는다고 한다. 그의 아내에 대해서는 알려진 바가 거의 없다. 자기 머리칼을 불만스러워한다고만 들었다. 그녀의 머리칼은 우리의 머리칼이 그렇듯이 노래기처럼 꼬불꼬불하게 자라는데, 그걸 너무 싫어해서 삭발로 밀어버린 다음에 남편이 유럽에서 주문한 외국인들의 노란 머리털 가발을 쓴다. 그런데 이 가발은 위로 잔뜩 치솟고 양옆으로 부푼 데다가 치렁치렁해서, 부자 남편을 둔 여자가 왜 덤불을 머리에 뒤집어쓰고 다니나 우리는 의아해한다. 대통령 각하가 저런 머리를 좋아한다고 사람들은 말한다.

우리는 대통령 각하의 얼굴을 직접 본 적이 없다. 코사와는 대통령궁에서 너무 멀리 떨어져 있다. 우리는 베잠에서 시작되어 뭇 마을을 거쳐 흘러온 이야기만 들었다. 그 소문들이 과연 진실인지 나는 모른다. 내가 확언할 수 있는 건, 그가 베잠의 최고봉 자리에 올라선 순간 이 나라는 그의 소유가 되었다는 사실이다. 그는 이 나라에서 원하는 걸 전부 가져가고 마음에 들지 않으면 부수어버린다. 우리의 피와 땀이 배어 있는 세금으로 그는 상상 이상의 호화스러운 집을 유럽에 지었다. 유럽인들을 고용하여 그들의 왕처럼 차려입은 자신의 초상화를 그리게 했다. 자신이 구매한 선박에서 미국인들과 식사한다. 그의 신발 한 켤레가 이 나라에서 백 명이 1년에 버는 돈보다 비싸다고 한다.

언제라도 발포할 만반의 태세를 갖추고 로쿤자에서 활개를 치는 군인들을 볼 때마다 나는 우리의 목을 조르고 있는 그의 무쇠 같은 손아귀를 생각한다. 대통령 각하가 내린 권한으로 군인들은 자기 요량껏 우리를 처벌할 수 있다. 법은 복종하라고 있는 것이지 옳고 그른지 따지라고 있는 게 아니다. 한번은 나라에서 관공서를 건설하고 우리 지역과 다른 지역들을 잇는 도로를 넓힐 땅이 필요하다고 내 친척의 땅을 뺏었다. 사촌 한 명은 집까지 뺏겨서 졸지에 알거지가 되었다. 군인들은 정부가 땅이 필요하면 가져갈 권한이 있다고 우겼다. 사촌이 군청에 찾아가 눈물로 호소했지만 어쩔 수 없다는 말만 들었다. 모든 명령은 베잠의 대통령 각하로부터 온다.

그러다 펙스턴이 나타났다.

펙스턴은 총을 들고 오지 않았다. 아니, 그들은 입에 미소를 걸고 왔다. 처음으로 베잠에서 우리에게 좋은 일을 해준 줄만 알았다. 베잠 관리가 펙스턴을 소개했다. 해외에서 기름을 파는 업자들인데, 우리 대통령의 명령을 받고 일하는 것이 아니라, 자기네 기름을 사는 사람들만 섬긴다고 했다. '해외'라는 말을 듣고 우리는 무어라고 생각해야 좋을지 알 수 없었다. 해외에서 온 것 치고 여태 좋은 일은 없었으니까. 그렇지만 베잠의 관리는 펙스턴 사람들은 유럽인 지배자들과는 다른 대륙에서 왔다고 말했다. 미국이라는 곳이었다. 펙스턴은 우리의 이전 주인들과 아무런 관계가 없다고 강조했다. 그러더니 진실을 말해주겠다며, 미국인들이 유럽인들보다 훨씬 낫다고 속삭였다. 미국인들은 사업에만 집중하고 좋은 일만 한다. 우리 눈으로 직접 보게 될 것이다.

베잠의 관리는 한 가지는 꼭 알아두라고 말했다. 우리 땅에서 기름이 발견되면 펙스턴이 골짜기 대부분을 쓰게 될 것이다. 그들이 일하려면 넓은 땅이 필요했다. 초가들이 세워져 있는 동네는 남겨놓겠지만, 펙스턴은 우리의 경작지와 큰 강을 이용해 설비를 옮겨야 한다. 그렇지만 큰 불편은 없을 테니 걱정할 필요 없다. 기름이 어쩌다 우리 땅속에 생겼는지는 이해할 수 없었지만, 그게 중요한가? 우리는 그냥 앉아서 펙스턴이 벌어주는 돈만 받으면 된다.

그때 회의에서 누군가 펙스턴이 필요한 만큼 기름을 뽑아서 떠나려면 얼마나 걸리냐고 물었다. 그들은 서로 눈치를 보다가 아주 오래 걸리지는 않을 거라고, 금방 떠날 거라고 답했다. 물론이지, 우리는 생각했다. 땅속에 기름이 묻혀 있어봤자 얼마나 있겠어? 펙스턴이 몇 달, 어쩌면 몇 년가량 머무르다 떠나리라 예상했다. 그 정도 시간이면 기름을 양껏 뽑고도 남지. 그러고선 떠날 것이다. 우리가 제대로 추측했냐고 물었을 때 그들은 틀렸다고 답하지 않았다. 펙스턴이 생산에서 발생하는 폐수와 독성 폐기물을 전부 큰 강에 흘려보낼 거라고 말하지 않았다. 자기네 유전에서 오염물질이 새어나와 우리 손주들의 명을 단축시킬 거라고 말하지 않았다. 그토록 진실이 감쪽같이 감추어졌는데, 어찌 우리가 기뻐하지 않았겠는가! 우리는 그들이 진실한 눈빛을 하고 있다고 믿었다. 우리가 얼마나 풍족해질 것인지 상상하기 시작했다. 마을 사람 모두 한마음이었다. 남편만 제외하고.

남편은 그들의 이야기를 한마디도 믿지 않았다.

해외에서 온 사람들에게서 몇 세대에 걸쳐 그토록 당하고서도, 베잠 관리들의 만행을 지금 겪고 있으면서도 그런 거짓말을 믿다니, 기가 막힌다고 남편은 말했다. 그래서 나는 기름을 채굴하러 오는 사람들은 대통령의 부하가 아니며 이전 유럽인 지배자들과 무관하다고 말했지만, 남편은 내 손을 뿌리쳤다. 천치랑 결혼했는지 여태 몰랐다고 쏘아붙였다. 울컥 화가 났지만 나는 남편은 원래 이런 사람이라고, 아무리 좋은 소식을 들어도 기뻐하지 못하고 흠을 찾아야만 직성이 풀리는 사람이라고 되뇌며 화를 삭였다.

우자 베키가 코사와 남자들을 모아서 연 회의에서 다들 펙스턴과 그들의 사업은 신령이 내린 선물이 틀림없다고, 우리가 올리지도 않은 기도에 대한 답이라고 기뻐하며 서로 어깨를 두드렸다. 이튿날 저녁에 남편은 우자 베키를 찾아갔다. 그리고 자기는 마을 사람들 모두와 반대 의견이라고 말했다. 외국인들이 우리와 이익을 나눈다는 말을 믿을 수 없다. 그들이 인제 와서 왜 그러겠는가? 지금껏 단 한 번도 그런 적이 없는데. 펙스턴 사람들에게 그들 제안에 관심 없으니 우리 땅에서 나가라고 말하라고 우자 베키를 설득하려 했다. 우자 베키는 비웃었다. 한 번쯤 행복해지는 법을 배우면 어떻겠소, 우자 베키가 말했다. 매일같이 우울해하는 것도 지겹지 않소? 모두가 우리의 행운을 기뻐하고 있는데 왜 혼자 우울해하려고 고집을 피운단 말이오?

우자 베키는 당시에 본인도 몰랐으므로 남편에게 말해주지 못했다. 그들이 우리를 찾아오기 훨씬 전에 대통령 각하가 이미 땅을 펙스턴에 팔았기 때문에 실질적으로 우리는 아무런 결정권이 없었다는 사실을 말이다. 우리는 이것을 수년 후에야 알았다. 정원의 관리자 한 명이 우자 베키와 말하다가 입방정을 떠는 바람에 이 사실이 알려졌다. 펙스턴은 그저 겉치레로 사람을 보내 우리가 누릴 풍요에 대한 동화를 들려준 것이다. 또한 이 나라의 풍습에 빠삭한 정부 관리가 무슨 말로든지 마을 사람들의 지지를 얻으라고 조언한 모양이었다. 기쁨에 도취된 우리가 신령에게 펙스턴을 축복해달라고, 우리를 풍요롭게 해줄 외국인들이 성공하게 해달라고 기도할 거라고 알려주었을 것이다. 이 마을에 유전을 개발할 거면, 마을 선조에게 잘 보여서 나쁠 건 없잖소. 선조에 대한 이야기를 듣고 미국인들은 웃음을 터뜨리고 이렇게 말하지 않았을까. 죽은 사람들이 우리한테 뭘 해줄 수 있는데요? 하지만 사람 하나 보내서 거짓말 시키는 것쯤이야 어렵지 않다고 결정했을 것이다. 또한 정부 관리는 우리가 한번 펙스턴을 위해 기도하면 나중에 취소할 수 없다고도 귀띔해주었으리라. 기도에는 영속성이 깃들어 있으니, 펙스턴에 대한 우리의 의견이 바뀌어도 기도는 그대로 이루어져서, 펙스턴은 우리 신령의 가호를 받으며 이 땅에 머무를 거라고.

과연 그렇게 되었다. 우리는 기뻐하며 선조에게 술을 바쳤다. 지난 수백 년간 우리 삶의 토양이 된 고통과 절망에 대한 보상으로 이제 풍요를 누리게 될 거라고 믿었다. 펙스턴이 영원히 번창하기를 기도했다.

✳

　이로부터 수년 후에 나는 남편에게 결국 그가 옳았다고, 소신을 내세운 것을 우울병 발작처럼 취급한 것을 사과하려 했다. 남편은 내 말을 들으려 하지 않았다. 자기 눈에 너무나도 극명한 사실을 아무도 눈치채지 못하여 여전히 화가 나 있었다. 우자 베키가 코사와를 배신하리라는 사실 말이다. 남편은 어떻게 그토록 빨리 눈치챘을까? 새롭게 족장의 자리에 오른 젊은이가 그의 아버지인 우리의 전 족장, 남편이 굳게 신뢰했던 우자 베와와 무엇이 그렇게 달랐길래? 소년 시절부터 우자 베키가 거슬릴 정도로 싹싹했기 때문일까? 남편은 우자 베키와 둘째 부인과의 혼례식에 참석하지 않았다. 벌써부터 우자 베키가 마을 사람들을 팔아 기름에서 나오는 돈을 받고 있다고 철석같이 믿었다. 코사와 주민들이 눈 가리고 아웅하다가 결국 모든 것을 빼앗기리라는 사실을 남편은 어떻게 그때부터 예측했을까?

　그로 인해 내가 얼마나 많은 상실을 겪었는지 말하면 남편은 과연 무어라고 대꾸할까?

　그래도 나를 사랑해주겠어요? 소중한 여보, 우리 두 아들이 다 죽었는데, 이것이 어떤 면에서는 나를 비롯한 마을 사람들이 당신의 경고를 무시했기 때문이라고 내가 고백한다면? 내게서 등을 돌릴 건가요, 아니면 눈물을 닦아줄 건가요? 우리 아이들이, 당신의 혈육이 살해당하고 쓰레기처럼 시신이 버려져서 무덤조차 없다고 말하면, 어떻게 하겠어요?

306

내가 말할 필요 없겠지요. 당신은 이미 다 알잖아요. 아이들은 당신과 있으니까요.

베잠에서 무슨 일이 있었는지 지금쯤 다 말해주었겠지요.

그 짐승의 도시에서 그들이 우리 아이들에게 무슨 짓을 했는지 나보다 당신이 더 잘 알겠지요. 나는 절대로 거기까지 생각이 흘러가게 내버려두지 않아요. 내가 아이들을 보듬고 재우던 시절에 상상도 하지 못한 끔찍한 일을 당했겠지요. 나의 아름다운 아이들이, 세상에서 가장 완벽한 창조물이.

다들 거기 같이 있는데 나 홀로 여기 있네요. 여자가 받을 수 있는 가장 참혹한 벌을 받았어요. 거기서 나를 위해 울고 있나요? 죽음이 부디 자비를 베풀어 나를 얼른 데려가라고 같이 기도해주고 있나요?

하루빨리 남편과 아들들에게 가고 싶지만 사헬은 내가 떠나길 원하지 않고, 나 역시 며느리를 당장은 못 떠나겠다. 누군가 이 집에서 사헬을 데려갈 때까지 곁에 있어주고 싶다. 어쩌면 그런 날이 금세 올지도 모른다. 베잠 남자. 그가 사헬을 베잠으로 데려가고 싶어 한다. 나는 가라고 말했다. 제발 좀 가라고 사정했다. 사헬은 절대 나를 떠날 수 없다며, 말라보와 자신이 공유한 삶을 두고 갈 수 없다며 울었다. 나는 그래도 가야 한다고 타일렀다. 우리 마을은 죽어가고 있다. 나의 손자를 베잠으로 데려가기를 바란다. 낭기 집안의 대를 이을 하나뿐인 손자를 멀리멀리 데려가서, 남편의 혈통이 끊어지지 않게 해주기를 바란다.

툴라가 미국으로 떠나기 전날 밤에 우리 가족은 온종일 내 방에서 친척들과 친구들을 대접했다. 다음 날 툴라가 버스에 타기 전에 안아주러 오지 못할 사정이 생길까봐 미리 작별 인사를 하러 온 사람들이었다. 먼저 온 사람들이 떠나고 새로운 사람들이 오기 전 잠시 우리끼리 남으면 침묵 속에 앉아서 다음 날이 의미하는 바를 머리에서 떨쳐내려 애썼다. 저녁에 사헬은 외당에 있는 식탁을 내 방으로 가져왔고, 우리는 그릇 하나에 음식을 담고 나누어 먹었다. 그날 밤에 주바는 내 침대에서 나와 잤고, 사헬과 툴라는 옆에 요를 깔고 잤다. 다음 날 오후에 툴라는 사헬과 주바와 함께 공항으로 갈 버스에 타기 전에 내게 인사하러 왔다. 아이가 침대 옆에 무릎을 꿇고 앉아서 말했다. "할머니, 돌아와서는 코사와가 할머니 어린 시절 모습으로 돌아가게 최선을 다할 거예요."

아, 착한 우리 아가, 불쌍한 우리 아가.

말해주고 싶었다. 아니야, 제발 부탁이니 코사와는 걱정하지 마라. 우리는 코사와를 포기해야 한다. 그렇지만 툴라는 포기하지 못하리라는 것을 눈빛을 보면 알 수 있었다. 툴라는 강철 같은 의지를 타고났다. 한번 결심했으면 절대로 마음을 바꾸지 않았다. 심지어 아기였을 적에도 먹고 싶은 음식이 아니면 아무리 배가 고파도 밀어냈다. 어린 소녀였을 때는 싫어하는 옷을 사헬이 입히려고 하면 팔짱을 끼고 뻗댔다. 다른 부모였으면 고집을 부린다고 매질했을지도 모르지만, 말라보는 체벌을 금했다. 말라보는 아이들이 신령이 선사한 본래의 성격대로 살아야 한다고 믿었다. 그래서 툴라가 떠나는 날에 나는 아이 머리에 손을 얹어주었을 뿐 아무것도 하지 못했다. 신령이 툴라를 축복하고 삶의 여정에서 언제까지나 지켜주기만을 기도했다.

툴라가 내 남편을 빼다 박았다고 다들 말하곤 했다. 남편의 얼굴을 여자아이의 몸에 붙여놓았다고 했다. 이런 말을 들을 때마다 남편은 기쁨으로 눈을 빛냈다. 남편은 툴라가 자신의 핏줄이라는 사실이 세상에서 절대 잊히지 않기를 바랐다. 툴라가 태어난 날을 생생히 기억한다. 아기를 방에서 안고 나와 말라보에게 건네주었고, 말라보는 제 아버지에게 건네주었다. 한 인간이 다른 인간을 그보다 경탄하는 눈으로 볼 수 있을까? 툴라를 안을 때마다 남편은 자부심을 숨기지 못했는데, 아이가 울고 칭얼거려도 전혀 귀찮아하지 않았다. 남편은 세상에 여간해서는 보여주지 않은 그 미소를 대부분 툴라에게 쏟아냈다.

어느 밤에는 내가 잠에서 깨어나 뒷간에 가려고 나갔다. 뒷간에 거의 도착했을 때 아기 울음소리가 들렸다. 툴라가 태어난 지 넉 달이 조금 지난 때였다. 툴라가 계속 울었지만 나는 서두르지 않았다. 사헬이 일어나서 기저귀를 갈아주려니 생각했다. 그런데 방에 돌아오자 남편이 아기를 안고 있는 게 아닌가. 남편은 툴라를 안고 부드럽게 노래해주고 있었다. 사헬과 말라보가 침실에 없는 것 같은데, 부부가 오밤중에 어디 갔는지 찾아 나설 수는 없는 노릇이었다. 그래서 남편은 아들 내외 방에 들어가서 툴라를 데려왔다. 나는 침대의 남편 곁에 앉았다. 남편은 툴라가 울음을 그칠 때까지 노래를 불러주었다. 곧 툴라의 눈꺼풀이 무거워졌고, 잠이 들었다. 남편은 툴라의 눈물을 닦아주었다. 그러고는 일어나서 툴라를 사헬과 말라보의 침대 발치에 있는 요람에 다시 눕혔다. 게다가 그럴 필요도 없었는데, 사헬과 말라보가 방으로 돌아올 때까지 한 시간 가까이 그렇게 서서 아기를 내려다보았다.

남편은 툴라가 어린 소녀였을 때 죽었다. 툴라가 더는 자장가를 불러주거나 한시도 눈을 떼면 안 되는 나이가 아니었지만 남편의 혼은 두고두고 돌아와 툴라의 침대가에 앉아서 지켜보았다. 장례식 후에 말라보는 내 방에 작은 침대를 놓았다. 내가 때때로 툴라와 잘 수 있게 배려한 것이었다. 툴라가 내 방에서 자는 밤마다 남편이 돌아왔다. 매번 그는 노란색 셔츠를 입었고, 피부는 모든 것을 부패시키는 죽음의 손길이 닿지 않은 것처럼 말갰다. 남편이 이 세상에 머물면서 거의 항시 짓고 있던 고통스러운 표정은 사라졌다. 그의 표정은 평온 그 자체였다. 남편은 수탉이 울기 전 이른 아침에 떠났다. 나는 툴라를 밤에 데리고 있어줄 수 있냐고 사헬이 부탁하기를 열렬히 기다렸다. 가끔은 사헬이 내게 부탁하고 허락을 받았는데도 툴라가 엄마 아빠랑 자고 싶다며 싫다고 했다. 나는 절대 강요하지 않았다. 일이 자연스럽게 풀려서 남편이 오기를 바랐지, 사랑하는 그이의 얼굴을 보고 싶은 갈망에 억지로 상황을 꾸며내고 싶지는 않았다. 그때 사헬은 주바를 임신하고 있었다. 아기가 태어나면 남편의 혼이 발길을 끊으리라는 걸 알았다. 이승을 막 떠난 이와 갓 도착한 이의 영혼은 한 공간에 있을 수 없기 때문이다. 시간의 저편에서 오는 이와 가는 이는 마주치면 안 된다. 사헬의 배가 부를수록 나는 남편이 올 때마다 잠시도 눈을 감기 싫어서 잠을 이루지 못했다. 남편이 툴라를 보는 눈빛과, 그가 마침내 자유로워졌음을 뜻하는 잔잔한 표정을 보고 있노라면 무한한 기쁨이 가슴을 채웠다.

주바가 태어난 날에 나는 아기를 안고 울었다. 다른 사람들은 내가 남편의 빈자리를 채워줄 아기를 감사하는 마음에 운다고 생각했다. 오직 나만이 진짜 이유를 알았다.

※

남편과 결혼한 초기에 사람들은 내가 왜 그와 결혼했는지 종종 물었다. 이토록 불행한 사람과 어떻게 행복하게 살려고? 그런 사람한테 행복할 이유를 마련해주려고 매일같이 노력해야 하는 게 피곤하지 않니? 두 사람 몫으로 명랑하게 행동하려면 얼마나 부담스럽니?

나는 한결같이 이렇게만 답했다. 나는 남편에게서 남들이 보지 못한 무언가를 보았다고.

타인이 보기에 남편은 불운했다. 태어나기도 전에 아버지를 여의고 태어나자마자 어머니를 잃은, 기쁨을 누리지 못하는 영혼이었다. 그러나 내게 남편은 멀리 동떨어진 나뭇가지에 홀로 앉아서 다른 종류의 노래를 부르는 새처럼 생각되었다. 그런 새가 어찌 아름답지 않으랴? 우리의 신혼 시절이 기억난다. 집에 우리 둘뿐이었다. 조용한 것을 선호하는 남편은 꼭 필요한 말만 했다. 우리는 툇마루에 몇 시간이고 말 한마디 없이 앉아 있기도 했는데, 나는 그것이 세상에서 가장 아름다운 대화라고 느꼈다. 오직 남편과 함께 있을 때만 나는 세상이 얼마나 소란스러운지 깨달았고, 우리가 그 소음의 일부가 아님을 기뻐했다. 그 시절에 남편은 분노를 억누르고 있었다. 걸핏하면 성내기 시작한 건 아버지가 되고 나서부터였다. 작디작고 연약한 존재를 어떻게 해서든지 지켜주고, 본인은 느끼지 못하는 행복

311

을 주어야만 하는, 게다가 그런 일을 암흑같이 느껴지는 이 세상에서 해내야 한다는 막막함이었을까. 정확히 무엇인지 모르지만, 남편은 이것을 견디지 못했다. 그로서는 도저히 불가능했다.

자기가 원하지 않는 음식을 차렸다고, 혹은 음식이 너무 맵거나 싱겁다고, 이런저런 이유로 남편이 시비를 걸고 밥상을 뒤엎는 것을 말라보는 끔찍이 싫어했다. 말라보는 자기가 치울 테니 나는 절대 치우지 말라고 했다. 아이가 아버지 대신 사과하는 것이었다. 그런 일이 있을 때마다 말라보는 내게 물었다. 왜 저런 행동을 참고만 있어요? 또 한번은 물었다. 언젠가 아버지가 폭력을 휘두를까봐 두렵지 않아요? 절대 그럴 일 없다. 나는 대꾸했다. 네 아버지는 엄마나 다른 누가 아니라, 자기 자신과 싸우고 있는 거란다. 아빠가 우리 모두의 괴로움을 합친 것보다 더 고통스러워하고 있다는 사실을 잊지 말렴. 나는 당부했다. 아들에게 그 이상은 말하지 않았다. 부모 사이의 복잡한 문제를 아이가 알 필요는 없다. 이런 일들은 나만 알면 되는 것이다. 밤에 남편은 나를 바짝 안고 손을 잡은 채로 시선을 맞추어달라고 부탁한 다음에, 우리 가족을 위해 내가 하는 모든 일을 고맙게 여긴다고 속삭였다. 또한 내가 차린 음식이나, 없어진 셔츠나, 너무 늦게까지 머무른 내 친구에 대해 버럭 화를 낸 날에는 용서해달라고 잠자리에서 사과했다. 물론 그로부터 얼마 안 가 또다시 그는 내 마음에 상처를 입혔다. 그래도 나는 그를 사랑했다. 지금도 나는 신령에게 한시바삐 나를 그의 곁으로 데려가달라고 기도한다.

내가 사랑한 사람들을 몇이나 묻었던가? 나는 감히 셀 시도조차 하지 못한다. 무엇이 더 괴로울까? 제일 먼저 죽는 것, 아니면 마지막으로 죽는 것? 사랑하는 여보, 당신은 운이 좋았어요. 당신은 부모를 먼저 보내고 아이들보다 먼저 떠났잖아요. 그 정도로 운 좋은 사람은 드물답니다. 그래도 나는 이토록 딱한 처지가 된 사람이 당신이 아니라 나라서 다행이라고 생각해요. 우리 아이들이랑 내가 떠나고 혼자 남으면 당신이 과연 어떻게 살았을지 가끔 상상해봐요. 그랬다면 나는 죽어서도 편히 눈을 감지 못했을 거예요. 여보, 나를 걱정하지 마요. 사헬이 내게 의지하면서, 더 오래 곁에 있어달라고 하는 갸륵한 마음에 위로를 받는답니다.

새로운 하루가 오고 가지만 나는 비가 언제 다시 내릴지 당신에게 말해줄 수 없어요. 이제는 주바가 내 침대에 와서 눕지 않아요. 툴라는 외국으로 떠났어요. 사헬은 거의 바깥출입을 하지 않아요. 자기가 나간 사이에 내가 죽을까봐. 난 사헬을 위해 살고 싶으면서도 다른 한편으로는 얼른 죽어서 그 애를 자유롭게 해주고 싶어요. 죽음이란 어쩜 이리 악독하고 우둔할까요. 어린 생명을 채가고 늙은이가 죽음을 구걸하도록 두고 가다니? 무덤이 탐하는 것이 육신이라면, 왜 자신을 바치겠다는 이들을 내버려두고, 삶에 목마른 이들을 데려가나요? 아무 육신이나 가져가면 안 되나요?

사헬이 걱정된다. 얼마나 외로울까. 이제 나와 사헬은 달빛 한 줄기 없는 밤에 애도의 노래를 부르는 과부다. 하지만 나는 침대 옆자리가 비어 있어도 사헬만큼 괴롭지는 않다. 한창 나이의 여자가 따뜻하게 품어줄 사람 없이 얼마나 서러울까? 말라보는 자기 아내나 아이들의 미래는 걱정하지 않았나? 사헬은 다시는 남자 품에 안겨보지 못할 것이다.

왜?

누가 이런 법을 만들었을까? 이런 관습을 형성할 때 우리 선조 아버지들은 선조 어머니들의 의견을 수렴하였을까? 왜 사헬은 가족에게 희생만 하며 살아야 하는가? 며느리로서 나를 돌보아야 하니까. 어머니로서 주바를 키워야 하니까. 과부로서 추억을 곱씹으며 수절해야 하니까. 여자는 평생 한 남자만 허락받으니까. 그래서 사헬은 받아들인다. 그렇게 해야만 한다고 말한다. 하지만 나는 그럴 필요 없다. 절대 수긍하지 않을 것이다. 다른 여자들이나 관습에 묶인 채로 살라고 해라. 사헬이 그렇게 살게 내버려두지 않겠다.

나는 사헬이 끝내 설득당할 때까지 재혼해서 베잠에 가라고 보챌 것이다. 툴라는 구만리 떨어진 외국에 있다. 나는 곧 죽을 것이다. 그런 판에 사헬이 무얼 위해 여기에 머무른단 말인가? 사헬의 친구 코코디는 다섯 자매 마을 가운데 둘째 마을로 이주했다. 코코디의 막내아이가 심하게 앓고 죽을 고비를 넘긴 뒤에 그 애 동생이 와서 아이들까지 전부 데려갔다. 코코디는 떠나기 전에 울면서 작별인사를 하러 왔다. 떠나고 싶으면서도 떠나기 싫다고 울었다. 사헬은 코코디가 떠난 다음에야 비로소 눈물을 보였다. 남편을 잃은 뒤로 두 사람은 서로에게 전부가 되어주었다. 서로 음식을 나눠 먹고 아이들을 봐주었으며 눈물을 닦아주었다. 그래도 다행히 사헬은 마을에 다른 친구들이 있다. 어젯밤에는 루루가 놀러 와서 로쿤자 학교 선생이 원숭이가 우리 조상이었다는 정신 나간 소리를 했다며 우리를 웃겼다. 외국에서는 대체 우리에 대해 어떤 헛소리를 가르치는 걸까?

사헬에게는 사촌 투니스도 있다. 투니스는 우리 집에 자주 찾아와서 장작을 패주고, 집 뒤편의 조그만 뜰에서 얌과 플랜틴 바나나를 키울 수 있게 땅을 정비해준다. (사헬은 나를 오래 혼자 두기 싫다고 숲에 가지 않는다.) 사헬에게는 이모들과 어린 사촌들도 있지만, 자매들은 한 번도 찾아오지 않는다. 사헬의 둘째 언니가 첫째 언니의 남편과 한 침대에서 발견된 후로 그 가족은 화목하게 지낸 적이 없다. 이 사달이 났을 때 사헬은 어린 소녀에 불과했지만 싸움에 휘말리는 것을 피할 수 없었다. 자기 어머니와 살고 있었기 때문이다. 사헬의 어머니는 싸우는 아이들 사이에서 누구 편도 들지 않았고, 얼마 안 가 사헬네 집 안사람들은 가족이 아니고서야 결코 이해할 수 없는 여러 감정이 실타래처럼 뒤엉킨 채로 의절했다.

사헬의 어머니는 내 남편보다 먼저 죽었다. 어머니를 잃고 흐느끼는 사헬에게 남편은 걱정하지 말라고, 우리가 늘 그녀의 가족이 되어줄 테니, 혈육과 함께 있는 것처럼 안심해도 된다고 위로했다. 그렇지만 사헬은 자신의 어머니를 통해 고향과 끈끈히 연결되어 있었다. 어머니를 잃음으로써 자신이 알던 삶은 이제 기억의 편린으로밖에 존재하지 않는다는 것을 사헬은 알았다. 기억 속 사건이 진짜 일어난 일인지, 진짜 일어났다면 어땠는지 궁금해도 이야기해줄 사람이 없는 것이다. 이제 사헬은 다른 마을 행사에 참석할 때만 자기 언니들을 만난다. 말라보와 봉고가 그렇게 되었을 때도 자매 가운데 아무도 사헬을 위로하러 오지 않았다. 맏언니와 둘째 언니가 화해했다는 소식은 들려왔지만, 그 두 사람은 물론 다른 자매도 사헬과 함께 눈물을 흘려주거나 웃어주러 오지 않았다. 이모들마저 세상을 떠나고 사촌 여자아이들이 자기 가족을 꾸리기 시작하면 누가 사헬 곁에 있어줄까?

※

코사와의 상황이 나의 말년에 더 나빠지리라고는 꿈에서도 생각하지 못했지만, 그렇게 되었다. 작년에는 군인들이 셀 수도 없을 정도로 많이 몰려왔다. 그들은 집집이 돌아다니면서 펙스턴의 건물과 설비를 파괴하고 있는 범인들에 대해 신문했다. 내 침대 밑에 숨어 있는 사람 따위 없다고 사헬이 확인시켜주어야 했다. 밤의 어둠을 틈타 불을 지르고 설비를 부술 만큼 강한 사람이 우리 집에 없다는 것을 군인들은 믿으려 하지 않는다.

첫 사건은 방화였다. 아침에 일어나보니 정원의 어떤 건물이 송두리째 타버렸다는 이야기가 들려왔다. 아무도 안타까워하지 않았으며, 우리와 관련이 있다고 생각하지도 않았다. 그로부터 몇 주 뒤에는 큰 강에 있는 송유관이 폭발했다. 제 눈으로 보려고 뛰어가는 사람들의 발소리가 골목을 흔들었다. 소니는 정원에 사람을 보내, 강둑이 무너지기 전에 제발 좀 수리해달라고 소장에게 간청했다. 펙스턴의 인부들이 송유관을 보수했지만 우리를 위해서 한 일은 아니었다. 정원에 새로 온 소장은 펙스턴의 기름을 한 방울도 낭비하지 않으려고 기를 쓴다고 다들 말했다.

316

그 일이 일어나고 며칠 뒤에 정원의 관리자가 소니를 찾아왔다. 두 사람이 대화를 나눈 뒤에 망가 오빠가 나를 보러 왔는데, 최근에 일어난 화재와 폭발 사고가 우리 아이들 소행이라고 소장이 의심한다는 것이었다. 나는 고개를 저었다. 아냐. 오빠에게 말했다. 코사와 애들은 아냐. 우리 애들은 그렇지 않아. 얼마 후에 친구가 나를 찾아왔다. 마지막에 봤을 때 남아 있던 치아 두 개마저 잃었지만 친구는 내가 한마디 할 때 백 마디를 할 수 있었다. 소니의 부인이 어느 밤에 아들이 몰래 집을 빠져나가는 걸 보았는데, 그다음날 정원에서 또 화재가 발생했단다. 정원에서 누가 소니의 아들을 보았다고 신고하자 청년은 아니라고, 밤새 자기 방에서 잤다고 주장했다. 그래서 우리는 그 아이들을 의심하기 시작했다. 툴라의 동갑내기 친구들이 정원에 침입해 불을 지르고 설비를 파괴하고 있는 듯했다.

미국인 소장이 소니에게 자신을 보러 오라고 전갈을 보냈다.
소니는 우리를 돕고 있는 베잠 친구들인 상냥한 남자와 잘생긴 남자를 대동하여 정원에 갔다. 그들은 인부들과 관리자들 집에서 멀찌감치 떨어진 소장의 집에 갔다.
소장네 집은 우기 때의 우물만큼이나 싸늘하다고 했다. 흰 카펫이 온통 깔려 있고, 이해할 수 없을 정도로 의자가 많다. 군청 관리 세 명이 이미 와 있었다. 모두가 응접실에 앉자 소니는 한 가지 지령을 받았다. 마을 불량배들이 사고를 치지 않도록 막아라. 안 그러면 코사와는 뼈저리게 후회할 것이다. 그런다고 젊은이들이 소니 말을 듣겠는가? 물론 들은 척도 안 했다. 청년들은 소니에게 무슨 말을 하는지 모르겠다고, 자기들은 정

317

원에 아무런 피해도 끼치지 않았다고 우겼다. 펙스턴은 세계 도처에 적이 있는데, 그들 중 누구라도 벌일 수 있는 일 아니냐고 받아쳤다.

마을 주민들은 아이들 말을 믿지 않았다. 불살라진 건물의 잿더미만 보아도 방화범들의 분노가 느껴졌다. 그중 두 청년은 최근에 결혼했다. 새신부가 시아버지에게 가서 남편이 밤에 침대에서 빠져나가 사고를 치지 않게 말려달라고 울면서 빌었다. 하지만 아버지들이 무슨 힘이 있겠는가? 아들들은 이제 장성한 성인으로서 자기 삶의 주인이었다. 인간의 발은 절대 머리에 올라설 수 없다고 남편은 말하곤 했는데, 과연 그건 사실이지만 발이 내키는 대로 가면 머리는 따라갈 수밖에 없다는 것 또한 사실이라고 젊은이들은 우리를 일깨운다.

최근에 펙스턴은 무장 경비를 고용했다. 이 또한 아이들을 자극할 뿐이었다. 어떤 날은 송유관이 터지고, 다음 날에는 불이 났다. 두 달 전에 아이들은 어둠 속에 숨어 있다가 큰 강을 따라 걷던 인부를 습격했다. 관리자가 소니를 만나러 와서, 인부가 심하게 다쳐서 베잠에 있는 병원으로 보내야 했다고 말했다. 인부는 습격한 사람들의 얼굴을 보지 못했다. 모두 복면을 쓰고 있었단다. 소니가 추궁했지만 젊은이들은 자기 집에 있었다고 맹세했다.

소니는 파괴적인 행동을 멈춰야 한다는 주제로 회의를 거듭 열었지만, 이따금 젊은이들은 마을 회의에 나오지도 않았다. 소니의 말은 씨알도 먹히지 않았다. 아이들의 어머니는 제발 그러지 말라고 애원했다. 자기들이 발가벗고 마을을 돌아다니며, 어머니 얼굴에 먹칠한 불효에 대한 수치심을 일깨우겠노라 위협했다. 아버지들은 탯줄 묶음을 꺼내겠다고 을렀다. 아직까지 어떤 부모도 위협한 대로 행동하지 않았다. 우리 모두가 공동으로 겪고 있는 저주만 해도 충분히 힘들지 않은가!

한번은 마을 회의에서 잘생긴 남자와 상냥한 남자가 젊은이들에게 다른 방법으로 분노를 내보내라고 타일렀다. 자신들의 미래가 걱정된다고 정부에 편지를 보내면 어떠냐고 제안했다.

젊은이들은 대놓고 비웃었다. 그들은 자기들과 뜻을 함께하지 않는 사람은 전부 무시했다. 소니는 늙었고, 잘생긴 남자와 상냥한 남자는 결국 우리 중 하나가 아니란다. 청년들은 코사와가 자기들 것이라고, 자기들이 물려받을 유산이라고 믿는다. 따라서 자기들 방식대로 코사와를 지킬 의무가 있다고 주장한다. 한데 그렇게 파괴해서 우리가 무엇을 얻었는가? 펙스턴이 떠날 낌새라도 보이는가? 과연 그들이 언젠가는 떠날까?

✳

지난달에 정원에서 어린아이가 실종되며 분위기가 더 험악해졌다. 동이 트기도 전에 군인들이 득달같이 몰려왔다. 그들은 집마다 돌아다니며 열 살배기 소년부터 남자들은 전부 끌어내고, 툇마루에 앉아서 꼼짝도 하지 말라고 윽박질렀다. 어머니들과 아내들이 자기 아이나 남편은 아니라며 울었다. 주바에게 도망치라고 외치기도 전에 군인들이 우리 집 문을 두드렸다. 사헬이 문을 열었다. 그들은 사헬을 밀치고 비명을 지르는 주바를 끌어냈다. 침대에서 일어나지 못하는 나는 팔을 뻗고 울부짖기밖에 못했다. "주바, 주바! 제발 애를 해치지 마요. 그냥 어린애예요. 착한 애예요." 누가 내 말을 듣기나 했을까? 일어나. 광장으로 뛰어가. 군인들이 소리쳤다. 소년들과 남자들이 뛰기 시작했다. 여자들은 아들과 남편 옆에서 같이 뛰었다. 외아들을 해치지 말라는 사헬의 애원이 내 귀에 파고들었다.

　나중에 사헬이 말한 바에 따르면, 군인들은 광장에 집합시킨 소년들과 남자들에게 무릎을 꿇고 손을 머리에 올린 다음에 깍지를 끼라고 명령했다. 그러고는 그들의 뒤통수에 총구를 겨눈 채로 실종된 아이가 어딨냐고 물었다. 아무도 대답하지 않았다. 그들이 다시 물었다. 대답이 없었다. 대답하지 않으면 한 명씩 쏠 거다. 다른 남자들과 함께 무릎을 꿇고 있던 소니가 마침내 입을 열었다. 소니는 코사와 주민 누구도 이 아이에 대해 모른다고, 사실이니 제발 믿어달라고 떨리는 목소리로 말하고, 자기 어머니의 무덤에 대고 맹세했다. 군인 한 명이 소니에게 다가가 관자놀이에 총구를 대었다. 소니는 머리에 손을 올린 채로 눈을 질끈 감았다. 온 마을 사람 앞에서 울지 않으려고 울음을 삼키는 입술이 떨렸다. 소니는 아이에 대해 어떤 정보라도 얻으면 로쿤자로 즉시 가겠다고 맹세했다. 군인들은 다시 맹세하라고, 모든 조상의 무덤에 대고 맹세하라고 말했다. 소니의 아버지, 늙은 망가 오빠도 아들 옆에 함께 무릎 꿇고 있었다. 지팡이를 짚고 걷는 노인이 그런 범죄를 저지를 수 있다고 군인들은 믿는 모양이었다. 소니는 점점 목소리를 높여가며 세 번 맹세했다. 소니의 외아들이 멀지 않은 곳에 꿇어앉아 있었다. 코사와에 새로운 재난을 불러 모으고 있는 젊은이들 중 한 명 말이다.

군인들은 여전히 총을 겨눈 채로 마을 사람 모두에게 잘 생각하고 행동하라고 위협했다. 만약 필요하면 아이와 동물을 포함해서 이 마을에서 숨 쉬는 건 모조리 죽일 거라고 말했다. 그렇게 해도 자기들에겐 뒤탈이 없을 거라고 거들먹댔다.

군인들이 차를 타고 떠났다.

소니가 일어났다. 사시나무처럼 떨고 있었다.

"왜 그러는 거냐?" 소니가 답답함에 팔을 휘저으며 옆에 있는 젊은이들에게 외쳤다. "대체 왜 너희 동족에게 이러는 거냐? 우리가 괴로워할 일이 충분하지 않니? 이제 곧 이 모든 것이 끝나고 그토록 오래 염원해온 평화를 얻을 텐데, 왜 우리를 위해 싸우고 있는 미국인들의 노력을 허사로 만들려는 거야?"

"그 사람들이 무엇을 이루었습니까?" 젊은이 한 명이 소리쳤다.

"군인들더러 우리를 죽이고 싶으면 죽이라고 하십쇼." 다른 젊은이가 보탰다. "죽는 게 두렵습니까? 우리 나이에도 죽음을 두려워하지 않는데, 족장님은 그 나이에 왜 두려워하죠?"

"살 수 있는데 굳이 죽으려고 하는 이유는 뭐냐?" 소니가 외쳤다.

아무도 소니의 말을 들으려 하지 않았다. 그의 아들을 포함한 젊은이들의 격분한 목소리가 터져 나와 소니의 목소리를 묻었다. 청년들은 잘생긴 남자와 상냥한 남자는 쓸데없는 소리만 주절댄다고, 말만 잘하는 얼간이들이라고 외쳤다. 기다려라. 기다려라. 인내해라. 인내해라. 그들은 맨날 이 소리다. 코사와가 대체 언제까지 기다려야 하는가?

그날 아침 이후로 명백해졌다. 대부분 코사와 주민은 본인이 밤에 빠져나가 방화 및 기물 훼손 같은 범죄를 저지를 생각은 없었지만, 대체적으로 젊은이들의 보복 행위를 지지하는 듯했다. 이 젊은이들 대신 외려 소니에게 비난이 쏟아졌다. 소니가 무능해서 젊은이들로 하여금 직접 나설 수밖에 없도록 일을 만들었다는 것이었다.

사헬의 이야기를 들으며 나는 그 난리통에 망가 오빠가 고개를 떨구고 있는 대신 아들을 옹호했어야 했다고 한탄했다. 그렇지만 소니에게도 지지자는 있는 모양이었다. 소니의 아버지 세대와 또래 남자들은 아들들을 꾸짖으며, 얼마나 어리석기에 코사와 홀로 펙스턴을 상대할 수 있다고 믿냐고, 지금 너희가 서 있는 광장에서 10년 전 오후에 무슨 일이 있었는지 잊었냐고 물었다.

지난주에 소니와 상냥한 남자가 사헬을 찾아왔다.

그들은 내 방의 침대 맞은편에 있는 벤치에 앉았다. 우리는 무거운 주제를 입에 올리지 않고 가벼운 한담을 나누려 했지만, 최근 코사와에서 벌어지는 일 중에는 한담거리가 없었다. 잠시 대화가 끊겼을 때 상냥한 남자가 소니에게 정원에서 실종된 아이를 찾았냐고 물었다. 소니는 고개를 가로저었다. 상냥한 남자는 더는 묻지 않았다. 다시 침묵이 깔렸고, 우리는 말없이 사헬을 기다렸다.

상냥한 남자가 목을 가다듬었다.

사헬에게 하고 싶은 말이 있는데 자신이 진실을 말했다고 증언해줄 사람이 필요해서 소니를 불렀다고 했다. 아주 중요한 이야기라서 베잠에서 여기까지 걸음했다. 봉고의 친구였던 미국인 신문기자가 툴라에 대한 편지를 보냈다.

그 미국인 젊은이의 곱상한 얼굴을 기억한다. 봉고와 코사와 사람들에게 참 잘해주었었다. 그 젊은이가 툴라를 좋아한다고 상냥한 남자에게 고백했단다. 나는 사헬을 보았다. 우리는 간신히 웃음을 참았다. 지난번에 잘생긴 남자가 툴라의 편지를 읽어주고 나서 우리가 추측했던 것이 사실이라고 판명났다. 편지에서 툴라는 그 젊은이를 수차례 언급하면서, 그를 만난 덕분에 미국에서 지내는 것이 좋아졌다고 말했다. 우리는 툴라가 외국인과 결혼하기를 딱히 바라지는 않았지만, 그가 아니면 누가 툴라와 결혼하겠는가? 두 사람이 자라온 환경과 문화의 차이 때문에 결혼 생활이 순조롭지만은 않겠지만, 그래도 우리가 종종 걱정했던 쓸쓸한 운명에서 툴라를 구해주어서 고마웠다. 툴라에게 남편이 생긴다니, 세상에, 상상해보라.

그렇지만 상냥한 남자는 툴라의 약혼 소식을 전해주러 오지 않았다.

목을 다시 한번 가다듬고 그는 미국인 젊은이가 편지에서 툴라에 대한 우려를 표했다고 말했다. 툴라가 끼니를 잘 챙겨 먹지 않고 잠도 잘 자지 않으며, 몸을 사리지 않고 정부와 기업을 상대로 한 싸움에만 집중하고 있다는 것이었다.

그의 말에 따르면 툴라는 최근에 친구들과 미국의 다른 지역으로 가서, 가난한 사람들을 집에서 내쫓고 토지를 압류하려는 정부 일꾼들을 막는 인간 방패가 되는 일에 동참했다. 쫓겨날 위기에 처한 가난한 사람들과 지지자들은 정부가 땅값으로 제안한 돈이 턱도 없이 부족하다고 항의했다. 이따금 툴라는 수업도 빠지고 도시의 광장에서 시위한다. 미국인 젊은이는 툴라가 그른 일을 하는 것은 아니며 그녀의 정의감을 존경한다고, 자신도 그 나이에는 그런 활동에 참가했었다고 말했다. 사실 그가 툴라를 이런저런 시위 단체에 소개해줬다. 문제는, 툴라가 그 일에 지나치게 빠졌다는 것이다. 툴라는 자신이 미국에 온 이유조차 잊었는지, 신상에 해가 될지도 모르는 일들에 휩쓸리고 있다. 한번은 친구들과 추운 거리에서 시위하다가 앓아누웠다. 그다음에도 낫자마자 다시 돌아가서, 몇백만 명이 굶주리고 있는 판에 소수의 사람들이 그토록 많은 부를 소유하고 있는 현실에 대한 분노를 쏟아냈다. 심지어 한번은 이런 활동 탓에 구치소에서 하룻밤을 보냈다. 미국인 젊은이가 보석금을 내고 툴라를 꺼내주어야 했다.

상냥한 남자가 말을 멈췄을 즈음 나와 사헬은 눈물을 훔치고 있었다. 차라리 안 들었으면 좋았을 텐데. 툴라가 미국에서 위험천만한 일에 가담하고 있다니. 그래서 미국에 가고 싶어 한 걸까? 자기 아버지와 삼촌처럼 되고 싶어서? 우리가 괴로운 일을 얼마나 많이 겪었는데, 우리 생각은 하지 않는 걸까?

상냥한 남자는 사헬이 딸을 만류하기를 바랐다. 위험한 일에 끼어들지 말고 학업에만 집중하다가 무사히 돌아오라고 말하면, 자신이 받아 적어 보내겠다고 했다. 오직 어머니만이 지닌 힘으로, 툴라의 마음을 돌려달라.

펙스턴을 공격하라고 친구들을 선동하지 좀 말라고도 써줄 수 있을까요? 소니가 덧붙였다.

소니가 말을 마치기도 전에 사헬이 발딱 일어났다.

"대체 무슨 소리를 하시는 거예요?" 사헬이 따졌다.

소니는 자신이 지극히 평범한 부탁을 한 양 놀란 표정이었다. "우리 툴라가 그 아이들과 작당하고 있다고 감히 의심하는 거예요?" 사헬이 물었다.

"마을 사람들 모두 알아요, 사헬." 소니가 대답했다.

"그 입 다물어요."

사헬이 그토록 맹렬하게 화를 냈다고 누가 말했다면 믿지 못했겠지만, 그날 저녁에 내 눈으로 똑똑히 보았다. 사헬은 자신의 가슴속에 묻어둔 고통을 온 세상에 쏟아낼 기세였다. 서슬 퍼런 눈빛만으로 소니를 머리에서 가랑이까지 동강낼 수 있을 듯했다. 사헬은 주먹을 부르쥐고 소니에게 삿대질하며 나가라고, 본인이 족장으로서 무능한 건 생각하지 않고 내 딸을 모욕할 거면 다시는 오지 말라고 고함쳤다. 멍청하고 아둔해서 자기 아들이 어떤 일에 휘말려 있는지 모르고, 대처할 자신이 없으니까 툴라를 탓하냐고 따졌다. 문제는 툴라가 아니라 소니라고 소리쳤다.

소니는 일어나서 조용히 나갔다.

상냥한 남자가 소니를 따라 나갔다.

그제야 사헬은 털썩 주저앉아 울음을 터뜨렸다.

그 모습을 보고 나는 소니와 같은 의견인 것을 절대 사헬에게 들키지 않겠노라 결심했다. 소니뿐 아니라 마을 사람들 모두, 그리고 나 역시 툴라가 코사와에 새로이 닥친 역경에 책임이 있다고 믿었다. 툴라가 상냥한 남자를 통해 친구들에게 이따금 돈을 보내는 건 마을 사람 모두 알았다. 툴라는 우리에게도 돈을 보냈는데, 학교에서 아르바이트하면서 한푼 두푼 모은 돈이었다. 미국에서는 대단치 않은 금액이지만 우리에게는 크나큰 도움이 된다는 걸 알고 보냈다. 사헬은 툴라가 보내준 돈을 절대 혼자 쓰지 않았다. 코사와에는 사정이 어려운 사람투성이다. 어쩌면 그래서 사람들이 내심 의심하는 바를 사헬에게서 꼭 꼭 숨기는지도 몰랐다. 하지만 물론 사헬은 안다. 제아무리 속을 알 수 없는 아이라도, 어머니는 아는 법이다. 사헬은 단지 너무 괴로워서 사람들의 수군거림에 귀를 막고 있는 것이다.

그날 이후로 소니는 나를 보러 오지 않았다. 하지만 최근에 있었던 낙상에서 회복한 망가 오빠는 그저께 찾아와서 몸은 좀 어떠냐고 물었다. 사헬이 다시는 소니와 말하지 않겠다고 맹세한 게 사실이냐고는 묻지 않았다. 그가 물었다면 나는 사헬이 소니나 마을 사람들에게 화가 난 것이 아니라고 말해주었을 것이다. 사헬 같은 상황에 처한 여자는 화내는 것 말고는 할 수 있는 일이 없어서 분노하는 것이다. 바로 그 이유로 나는 그날 저녁에 다시 한번 사헬에게 베잠으로 떠나라고 간청했다.

✳

베잠에 사는 그 남자는 젊지 않지만, 내 남편이 죽었을 적의 나이보다는 젊다. 사헬과 동갑인 잘생긴 남자의 삼촌이다.

어쩌다 그런 이야기가 나왔는지는 모르지만 잘생긴 남자가 자기 삼촌이 새 아내를 찾고 있다고 사헬에게 말했다. 삼촌은 1년 반 전에 상처했는데, 혼자 지내기 적적해하고 있다. 부부는 자식이 없었다. 죽은 아내는 아기를 배 속에서 자꾸만 잃었다. 그렇지만 이 남자는 자식을 보겠다고 아내를 버리지 않았다. 아내가 죽은 지금 남자는 베잠의 벽돌집에 홀로 살며 정부 기관에서 일한다.

잘생긴 남자는 자기 삼촌이 좋은 사람이며, 삼촌이 홀아비의

외로움을 털어놓으며 재혼하고 싶다는 뜻을 밝혔을 때 베잠의
젊은 아가씨들이 아니라 사헬을 제일 먼저 떠올렸다고 했다.
내가 있는 자리에서 그는 사헬이 나를 극진히 보살피는 것을
보고 자기 삼촌도 잘 돌봐줄 것 같았다고, 삼촌 역시 그녀와 주
바에게 안락한 삶을 제공할 거라고 말했다.

잘생긴 남자가 처음 이 말을 꺼냈을 때 사헬은 감히 자신에
게 그런 제안을 하냐고 발끈한 표정이었다. 나도 잘생긴 남자
의 말투가 마뜩잖았다. 사헬더러 베잠에 가서 노인네와 잠깐
편하게 살다가 그가 죽을 때까지 먹이고 씻기며 수발들라는 말
로 들렸다. 그러나 이윽고 나는 사헬이 잠깐이라도 누릴 행복
을 고려하기 시작했다. 게다가 그 남자가 장수하지 못한다는
법이라도 있나? 내 남편도 가슴에 갑작스레 통증을 느끼고 몇
시간 안에 사망한 그날 오후 직전까지 무척 건강했다. 혹여나
그 남자가 1년 만에 세상을 뜨더라도, 사헬과 주바는 코사와를
기다리는 필연적인 운명을 탈출할 것이다.

지난밤에 나는 사헬을 방으로 불렀다. 그리고 베잠의 남자와
결혼하라고 백 번째로 말했다.
"그럴 수 없어요, 어머님." 사헬이 말했다.
"왜 그럴 수 없어?"
"아시잖아요."
제발 부탁이니 나를 위해서, 아니면 주바를 위해서, 그 무엇
보다 너 자신을 위해서 내 말을 따르라고 타일렀다. 사헬이 한
숨을 지었다. 이 문제에 대해 오래 고민한 듯했다.
"잘생긴 남자랑 하루 날 잡고 베잠에 가서 만나보기라도 하

렴." 내가 말했다. "너무 늙었으면 나한테 넘기면 되잖니."

내 농담에 웃기를 바랐지만 사헬은 묵묵부답이었다. "제가 어머니 곁을 떠날 수 없다는 걸 알면서 잘생긴 남자는 대체 무슨 생각으로 그런 제안을 했을까요?" 사헬이 말했다.

나는 잘생긴 남자를 너무 탓하지 말라고 달랬다. 남자들은 본래 자기가 제일 똑똑한 줄 알아서, 상황을 이모저모 살펴보지 않고 자기 의견을 내세우곤 하는데, 그 사실을 꼬집어 말해도 별 소용이 없다. 더구나 잘생긴 남자가 좀더 조심스레 접근하지 않은 건 딱히 중요한 문제가 아니다. 실로 두 팔 벌려 반길 만한 제안 아닌가.

"제가 만약 새로 시집가면, 아니, 가고 싶다는 뜻은 아니에요. 하지만 만약 그렇게 되면, 말라보가 저를 용서할까요?"

"그건 걱정하지 말렴." 내가 말했다. "나한테 맡겨. 다시 만났을 때 내가 잘 이야기할게. 그 애가 저승에서는 나보다 오래 살았을지 몰라도, 그래도 내가 어미다."

사헬이 웃었다. 우리는 처음으로 웃으면서 죽음을 언급했다. 그렇지만 가벼운 마음은 오래가지 못한다. 눈물이 너무도 가까이에서 기다리고 있으니까.

"제가 한창 마음고생하던 때 말라보랑 약속했어요." 사헬이 말했다. "설사 그이가 베잠에서 돌아오지 못하더라도 절대 다른 남자와 인연을 맺지 않겠다고요."

"말라보가 살아 있었을 적에는 그 애가 네 삶을 결정했지. 이건 해도 되고, 저건 하면 안 되고. 너는 그 애 말을 따랐어. 사랑했으니까." 내가 말했다. "네가 늘 말라보가 원하는 대로 해주고, 그러면서 행복해하는 걸 나는 여기서 봤단다."

"그이를 행복하게 해주면서 제가 행복했으니까요."

"그래, 하지만 말라보가 떠난 지금도 너는 그 애가 저승에서 어떻게 생각할지 걱정하며 거기에 맞추어 네 삶을 사는구나. 누가 나더러 노망이 들었다 해도 상관없어. 그러니 너한테 물어볼게. 아가, 우리 여자들은 대체 언제가 되어야 자기 뜻대로 살 수 있겠니? 살아 있는 남편이나 죽은 남편을 위해 사는 걸 그만두고 말이다. 대체 언제?"

사헬은 내 질문이 무의미하다고 말하려는 듯이 어깨만 으쓱했다.

"왜 너 자신을 벌주려고 하니? 그래야 한다고 다들 말하니까?"

"하지만 어머님. 아버님이 젊어서 돌아가셨으면 어머니는 재혼하셨을까요?"

"아니." 내가 대답했다. "안 했을 거야. 그러고서 후회했겠지."

사헬은 잠시 침묵을 지켰다. 사헬은 내 말을 믿었다. 죽음의 문턱에 서 있는 내가 무엇이 두렵다고 거짓말하겠는가?

"저는 베잠이 싫고, 정부에서 일하는 사람들은 더더욱 싫어요. 하지만 이야기를 들어보니 꽤 좋은 사람 같아요." 사헬이 말했다. "주바도 아버지가 생기면 좋겠지요."

"주바가 아니라 너 자신을 위해서 하렴."

"어머님은요? 저는 어머님 두고 못 가요. 어머님이 베잠에서 행복하실까요?"

그때 내가 사헬에게 계획을 털어놓았다.

내가 어디로 가려는지 알면 당신은 싫어하겠죠, 사랑하는 여

보. 하지만 가야만 해요.

당신은 오래전에 그곳을 떠나 내가 태어난 곳으로 왔고, 나의 고향을 당신의 고향으로 삼았죠. 당신과 피를 나눈 가족보다 우리 가족이 더 진짜 가족 같다고 자주 말했어요. 우리가 처음 만났을 때 내가 물었죠. 고향을 왜 떠났어요? 나는 그곳에 속하지 않았으니까요. 당신은 그렇게만 말했죠. 나는 그 대답을 곰곰이 생각해봤어요. 속하지 않는다는 이유로 고향에서 등을 돌릴 수 있을까? 당신의 그 한없는 슬픔이 가족마저 밀어낸 걸까? 아니면, 그들이 당신을? 싸움도 없었던 것 같은데, 당신과 당신 형제네 가족이 갈라선 것도 아닌 듯한데 왜 우리 애들한테 고모가 있다고 말해주지도 않는 걸까? 나는 당신에게 거듭 물어봤지요. 번번이 당신은 내게 해줄 말이 없다고만 했어요.

하지만 내게 해줄 말이 있었잖아요, 사랑하는 여보. 이유가 있었잖아요.

왜 내게 털어놓지 않았어요?

왜 혼자 그 고통을 짊어지고 살았어요? 내가 함께 들어줄 수 있었을 텐데.

왜 내가 당신을 안고 눈물을 흘리게 해주지 않았어요?

남편의 종손녀인 말라이카가 내게 말해주었다. 말라이카는 고아가 된 남편을 키운, 남편 누나의 손녀다.

말라이카는 봉고가 베잠으로 끌려간 뒤로 나를 찾아오기 시작했다. 우리는 남편의 장례식에서 처음 만났다. 남편이 죽자 장례식에 남편의 형제와 그가 수십 년간 언급하지도 않은 친척들과 말라이카가 조의를 표하러 왔다. 왜 여태 아무도 우리를 만나러 오지 않았냐고 묻자 말라이카는 내 남편이 자신의 새 가족과 옛 가족이 만나기를 원하지 않는다고 딱 잘라 말했다고 했다. 나는 잘 알겠다고, 하지만 이제 그런 명령을 내릴 남편이 없으니 우리가 원하면 계속 서로 만나자고 제안했다. 장례식 이후에 한 번 더 나를 찾아왔던 말라이카는 우리 마을에서 학살이 일어나고 봉고가 잡혀갔다는 소식을 듣고서 자주 오기 시작했다. 그들이 봉고를 살해했다는 것이 알려지자 말라이카는 형제자매 마을에서 온 나의 친척들과 같이 내 침대 옆 바닥에서 잤다. 사헬을 도와 내 몸을 씻겨주고 밥을 먹여주었고, 자식 둘을 전부 잃었다는 고통에서 잠시나마 해방될 수 있게 잠이 오는 약을 제조해주었다.

그리 오래되지 않은 얼마 전 저녁에 말라이카가 찾아왔다. 어쩌다 우리는 말라이카의 할머니, 즉 남편의 누나에 대해 이야기를 나누었다. 말라이카는 자기 할머니가 죽기 전에 내 남편과 한 번이라도 다시 만나서 사과하고 싶어 했다고 말했다.

"무엇이 그리도 미안했을까?" 내가 말했다.

"그때 벌어진 일 말이에요." 말라이카가 말했다.

"벌어진 일이라니?"

말라이카는 자기 할머니가 죽기 전에 해준 이야기를 내게 전했다. 생전에 다른 그 누구에게도 하지 않은 이야기다. 배에 커다란 종양이 생겨 시름시름 앓기 시작한 그녀에게 마을 무당은 속에 있는 가장 어두운 비밀을 누군가에게 말해야 죽음이 찾아와 편히 갈 수 있다고 했고, 그래서 남편의 누나는 죽기 전에 손녀에게 털어놓았다. 남편이 일곱 살이었을 때 일어난 일이다.

어느 저녁에 당신은 누나를 불러서 친척 어르신이라는 남자가 한 짓에 대해 말했죠. 그는 당신에게 같이 사냥을 가자고 했어요. 보는 눈이라고는 벌레와 새뿐인 깊은 숲속에 다다르자 이로코 나무 아래에서 자기 아래옷을 벗고 다리를 벌린 다음에, 자신의 남성이 간지럽다고, 긁어달라고 부탁했다죠. 당신이 싫다고 고개를 젓고 커다랗게 부푼 그것에서 시선을 돌리자 그는 자신이 주었던 과일과 견과를 들먹이며 마을 어떤 소년에게도 그렇게 잘해주지 않았는데, 어쩜 이리 배은망덕하냐고 꾸짖었죠. 당신이 자기 친구인 줄만 알았다고, 도움이 필요한 친구를 모른 척하냐고요. 울기 시작한 당신에게 그는 자신의 그것을 양손으로 잡고 문지르지 않으면 짐승에 잡아먹히도록 숲에 두고 갈 거라고 협박했죠. 그렇게 그는 소년이 남자에게 해서는 안 되는 일을 강요했어요.

당신은 울면서 누나에게 털어놓았죠.

당신이 이야기를 마쳤을 때 누나는 아무 질문도 하지 않았어요. 절대 남한테 말하지 말라고만 당부했죠. 그녀의 남편, 당신이 아버지라고 부르던 남자가 친척을 만나고 집에 돌아오자 누나는 당신에게 아까 한 이야기를 다시 하라고 했어요. 그런데 그도 당신 누나와 똑같이 반응했어요. 그 이야기를 절대 남한테 하지 말라고요. 자기가 살아 있는 동안은, 아니 당신더러 살아 있는 동안에 입 밖에 내지 말라고 했죠. 그 남자는 당신네 집안의 우두머리 중 한 명이었으니까요. 아내가 둘에 아이가 아홉이나 있으니까요. 아무도 당신의 이야기를 믿지 않을 거라고요. 당신 누나와 매형이 말했죠. 믿어주는 사람이 있더라도, 그들이 뭘 어떻게 돕겠냐고요. 이미 일어난 일을 되돌릴 수는 없다고요. 우리는 너를 믿는다, 그들이 말했죠. 당신이 착한 아이라는 걸 안다고요. 하지만 그 친척도 좋은 사람이라고 했어요. 집안에 문제가 생길 때마다 해결해주는 분이라고요. 마을 족장과 참모와 절친한 사이기도 했지요. 그런 사람이 있어서 마을이 안전하고 풍요롭다고 했어요. 그가 당신이 싫어하는 행동을 했다는 이유 하나로 마을 전체가 붕괴되는 꼴을 보고 싶냐고 물었다지요. 가족과 마을을 위해서 때론 참아야 할 때도 있다고요. 매형 되는 사람은 당신에게 눈물을 닦고 씩씩한 소년임을 보여달라고 했죠. 네 몸을 봐라. 당신 누나의 남편이 말했어요. 어디 상처라도 남았니? 당신은 고개를 저었죠. 그럼 네가 잊지 못할 이유가 없어. 누나가 말했죠. 전부 잊어버리면, 이야기할 거리도 없을 거야.

말라이카가 이야기를 끝마치자 나는 얼굴을 이불에 묻고 울었다. 말라이카가 떠난 다음에도 눈물이 멈추지 않았다. 내가 사랑하던 남자를 위해 울었다. 수치심 속에 홀로 버려진 어린 소년이었고, 평생 고통을 짊어지고 산 남자였던 그를 위해 울었다. 친누나라는 사람이 그를 희생양으로 바쳤다. 자신의 명예를 위해 동생을 희생시켰다. 끔찍한 이야기로 마을에 분란을 초래했다는 말이 듣기 싫어서 동생의 입을 꿰맸다. 며칠이나 나는 왜 남편이 끝내 입을 다물었는지 생각해보았다. 그러다 깨달았다. 그가 성인이 되어서 그때 일을 고발했더라도 우리 중 몇 명이나 믿어주었을 것이며, 오래전에 죽은 이의 기억에 얽매인 채로 평생을 사는 것이 어떤지 이해했을까?

그의 누나를 생각하면, 너무나도 많은 감정이 마음을 어지럽힌다. 대부분 증오의 감정이다. 그렇지만 나는 그 여자의 괴로운 처지를 이해하려고 억지로 노력한다. 그런 짓을 하고 얼마나 마음이 아팠을지 상상해본다. 무슨 조치라도 취하라고 남편을 다그치고 싸웠겠지만, 남편은 어쩔 수 없는 일이라고 일축했을 것이다. 살다보면 희생해야 할 때가 있다고, 자기 가족이나 마을이나 나라의 결속과 진보를 위해, 속에서부터 와르르 와해되는 것을 막으려면 누구나 희생해야 하는 때가 있다고 했을 터이다.

　내게 말해주지 그랬어요. 그 어둠 속에서 내가 곁에 있어주어야 했는데요. 우울이 당신을 무겁게 짓누르는 날에 같이 울어주었을 텐데요. 누군가 필요한 말이나 해야만 하는 일을 못하고 있는 듯할 때마다 당신이 왜 그토록 무섭게 화내고 소리치고 모욕했는지 내가 이해했을 텐데요. 당신은 별것 아닌 일에도 폭발하곤 했죠. 어린이가 자기보다 어린 아이의 장난감을 뺏는데 어른들이 보고만 있다거나 하는 일 말이에요. 우리 모두 그저 당신의 우울한 성격 탓이라고, 세상을 있는 그대로 받아들이지 못하는 불만 때문이라고만 생각했죠. 하지만 이제 와서 당신이 한 말들을 떠올리면 새롭게 들려요. 이제 곧 다시 만나게 될 텐데, 그럼 나는 당신의 머리를 내 가슴에 누이고 세상에서 벌어지는 온갖 악한 행동을 실컷 욕하게 해줄 거예요. 그만하라고, 너무 화내지 말라고, 세상은 원래 그런 거라고 말리지 않겠어요. 진정하라거나, 그냥 내버려두라고 하지도 않을 거예요.
　아, 사랑하는 여보. 우리의 툴라 역시 어린이들을 지키지 못하는 세상에 대한 분노에 잠식되고 있어서 걱정스러워요. 당신이

그랬듯이 툴라도 천지가 개벽해서 모든 인간이 평등하게 존중받는 세상이 올 때까지 쉬지 못할 것 같아요. 당신과 툴라를 생각하면 어찌나 가슴이 아린지요. 당신이 누리지 못한 기쁨과, 툴라가 맛볼 수밖에 없는 실망감 때문에 가슴이 찢어질 것 같아요.

마을 아이들 가운데 왜 툴라가 이 길을 택해야만 했을까요? 세상의 잘못을 전부 자기 힘으로 바로잡고 싶어 하는 이 열망이 어디서 우러나오는 걸까요? 아이가 내 방에서 자는 밤에 당신이 찾아올 때마다 신념에 어긋나는 일은 절대 받아들이지 말라고 충고했나요? 여보, 부디 한 번만 더 우리 툴라를 찾아와줘요. 그리고 말해줘요. 괜찮다고, 코사와를 포기해도 괜찮다고 말이에요. 사헬과 주바를 위해 그렇게 해줘요.

올해 우기가 오기 전에 내 사랑과 다시 만날 수 있으리라는 걸 안다. 바람이 살랑살랑 부는, 맑고 건조한 날에 떠나고 싶다. 벌써부터 그의 얼굴이 눈앞에 아른거린다. 젊은 시절의 모습이다. 지금 그가 미소 짓고 있을까? 여기에서 조상의 세계까지 금방 갈 것이다. 그 멋진 곳으로 가서 남편과 아이들을 다시 보기 전까지 쉬지 않고 달릴 것이다. 그들과 나는 영원한 축복 속에서 조상과 신령과 하나가 되리라.

사헬이 베잠으로 떠날 준비가 되자마자 말라이카가 나를 자기네 집으로 데려가기로 했다. 우리는 서로에게 말벗이 되어주겠지. 말라이카의 세 딸은 모두 결혼해서 자기 가정을 꾸리고 살고 있다. 남편은 오래전에 세상을 떠났고, 하나뿐이었던 아들은 어른이 되지 못하고 죽었다. 따라서 말라이카 역시 적적한 집에 내가 들어와서 자기 방 건너편 빈방을 쓰기를 기다리고 있다.

오늘 나는 기운이 넘친다. 얼마 후에는 필요할 때 걸을 수 있을지도 모른다. 물론 말라이카는 자기 집에서 내가 걸어다닐 필요는 거의 없을 거라고 한다. 밥을 먹여주고 배설을 돕고, 내가 너무 오랫동안 잊고 있던 맑은 공기를 툇마루에서 쐬게 해주겠다고 약속한다. 남편이 손수 지은 이 집에서, 우리의 가장 아름다운 시절을 함께한 이 침대에서 죽고 싶지만, 나보다 먼저 죽을지도 모르는 코사와의 끝을 보고 싶지 않다. 내가 자기 고향으로 가는 것을 남편이 용서하기를 바란다. 고향에서 등을 돌린 남편은 다시는 그곳 사람들과 엮이고 싶지 않다고 했으며, 아이들을 친가 친척에게 소개시키자고 내가 몇 년이나 부탁해도 끝까지 거절했다. 내가 보채면 소리를 질렀다. 그곳에서 남편이 무엇을 빼앗겼는지 알면서도 내가 가게 되었구나. 이 늙은이가 달리 발 붙일 곳이 없으니 어쩌랴.

어린이들

우리 가운데 무리에 남은 다섯은 툴라의 귀국을 환영하러 베잠에 갔다. 다시 한번 우리의 숫자가 줄어들었는데, 다행히도 죽음 때문은 아니다. 그래도, 툴라가 보내준 돈으로 타고 가는 버스 안에서 우리는 10년 만에 귀국하는 툴라를 아직 살아 있는 동갑내기 친구들 다 같이 환영하러 갈 수 있었다면 좋았겠다고 아쉬워했다. 제일 마르고 조용했던 그 아이가 우리의 지도자가 될 줄 누가 알았을까!

툴라가 돌아오기 6년 전까지는 일곱 명이 남아 있었지만 두명이 가족을 위해 무리에서 빠져나갔다. 그중 한 명은 우리가 정원에 불을 지른 날 이후로 더는 우리 일에 참여하고 싶지 않다고 말했다. 그날의 방화는 그때껏 우리가 늘 하던 것과 다를 바 없었다. 우리 쪽에 대고 총을 갈기는 경비를 피해 어둠 속으로 뛰었고, 정말 아슬아슬했다며 이튿날 저녁에 떠들면서 웃었다. 그러고는 다음 번에는 어떻게 할지 의논하고 있는데, 친구가 한숨을 깊이 내쉬더니 더는 못하겠다고 말했다. 마음은 순수하지만 용감하다고는 할 수 없던 친구라서, 우리는 설득하려는 시도조차 하지 않았다. 시선을 떨군 채로 친구는 자기가 관 속에 드러눕거나 감옥에 앉아 있게 되면 지금도 가난에 허덕이는 아내와 아이들은 어떡하냐고 말했다. 그런 위험을 이제는 감수하지 못하겠다는 친구에게 코사와의 미래를 생각하라고 말하지는 않았다. 친구는 우리가 그토록 많은 건물을 불태우고 송유관과 기름통을 파괴했는데 아무것도 달라지지 않았다고 허탈해했다. 오히려 정부가 감시를 강화하고 로쿤자의 교도소를 확장하는 결과를 낳았을 뿐이었다. 당시에 그 교도소에 우리 중 세 명이 갇혀 있었다. 체포되지 않은 나머지 셋은 그 친구의 앞날을 축복하고 지금까지의 수고에 감사했다. 그러나 우리는 멈출 수 없다고, 펙스턴이 우리의 조건을 받아들일 때까지는 그만둘 수 없다고 말했다. 펙스턴이 다음 달에 협상에 응할 낌새를 보였다. 새로 임명된 소장이 곧 정원으로 발령될 터인데, 우리와 대화를 새롭게 시작하길 기대하고 있다고 들었다.

새로 온 소장은 정원으로 발령받은 지 일주일 만에 코사와 주민들과 회의를 하고 싶다고 요청했다. 새 소장의 한쪽에는 통역가가 서 있었고, 다른 쪽에는 소니와 잘생긴 남자와 상냥한 남자가 있었다. 통역가는 소장을 소개하는 것으로 회의를 시작했다. 그의 이름은 미스터 피시(fish)였다. 어린이들이 킥킥거리자 아내들이 엄한 눈길로 조용히 시켰다. 통역가는 소장이 미국에서 태어났지만 세계 각국을 가보았고, 우리 나라에 대해 오랫동안 공부했다고 말했다. 미스터 피시는 협업을 통해 우리를 더 잘 알게 되고 평화롭게 지내기를 바란다고 했다.

우리는 통역가의 말에 귀 기울이면서도 소장의 얼굴에서 눈을 떼지 않았다. 앙카라 직물 셔츠를 입은 소장은 자기를 위해 마련해놓은 자리에 앉지도 않고 한 시간 넘게 땀을 비오듯 흘리며 서 있었다. 얼굴이 웃는 상이라 마음이 열린 사람이라는 느낌을 받았는데, 외국이나 베잠에서 온 사람들에게서 좀처럼 보기 힘든 인상이었다. 오래전 그 옛날에 봉고와 루사카가 베잠으로 떠나면서 찾고 싶어 했을 법한 얼굴이었다.

이날은 뙤약볕이 내리쬐는 건기의 저녁이었는데, 소장은 정원에서 코사와까지 걸어왔다. 실제로 우리 사이가 그리 멀지 않다고 증명하기 위해 차를 두고 걸어왔다고 나중에 들었다. 그 이야기를 듣고 우리는 소장이 지금까지 봐온 펙스턴 사람들과는 다르다고 느꼈다. 그의 반짝이는 눈빛이 점점 의기소침해지고 있는 우리에게 용기를 주었다.

소장이 손을 흔들며 마을에 들어오자 어린이들은—그중 몇몇은 우리 아이들이었다—우리가 그 나이였을 때처럼 어머니 치맛자락에 숨어 힐끔거렸다. 어떤 아이들은 허연 피부와 밝은 머리털을 처음 보고 무서워하며 울음을 터뜨렸다. 하지만 아내들이 집으로 데려가려고 하면 아이들은 신기한 얼굴을 보고 싶어서 좀만 더 있겠다고 졸랐다.

첫 회의에서 우리는 스툴을 최대한 앞으로 바짝 끌어다놓고 앉았다. 형들과 삼촌들과 아버지들이 맨 앞자리를 차지했다. 결혼하고 아이를 줄줄이 낳으며 이제는 우리가 아버지가 되었고, 아버지들은 할아버지가 되었으며, 할아버지들은 선조의 세계로 떠났다. 다음 세대의 미래를 결정할 행동과 말에 대한 책임은 이제 우리가 어깨에 지고 있었다.

아내들은 아이들과 함께 망고 나무 아래에서 기다렸다. 아내들은 우리가 어렸을 적에 어머니들이 그랬듯이 툭하면 눈물을 보이지는 않는다. 하지만 그들의 얼굴에는 삶을 만족스럽게 해주는 소소한 기쁨을 자기 자식들이 한껏 누리리라는 희망이 결여되어 있다. 코사와 초가 대부분에는 여전히 가족들이 살고 있지만, 누가 더는 못 견디고 떠나기로 했다는 소문이 끊이지를 않는다. 아이들은 우리가 어렸을 때처럼 많이 죽어나가고 있지는 않지만, 여전히 병에 걸리고 있다. 해가 거듭되면서 펙스턴은 생수 보급을 줄였다. 약속을 강제할 힘이 우리에게 없다는 사실을 알기 때문이다. 차츰 나아질 거라는 약속과는 반대로 공기는 더욱 더러워지고 있다. 펙스턴은 기름 유출을 막으려는 노력조차 하지 않고, 우리는 복수로 그들의 기름을 흘려보낸다. 보상금 지급도 끊겼다. 심지어 소니도 아무런 배상을 받지 못하고 있다. 늘어나는 건 궁핍 뿐이다.

통역가는 미스터 피시가 지난주에 로콘자의 관리들과 만나서 우리 친구들을 석방하는 것에 대해 논의했으며, 잘 해결되었다고 말했다. 그렇지만 그는 우리 친구들이 체포되었던 진짜 이유는 언급하지 않았다. 정부가 공식으로 발표한 혐의는 뱀한테 다리가 달렸다는 소리만큼이나 터무니없는 거짓말인데, 이에 대해서는 아무 말도 없었다. 친구들은 시장에서 세금 영수증을 소지하고 있지 않다는 명목으로 체포되었다. 사실은 군인들이 그들의 영수증을 뺏고 모두가 보는 앞에서 찢어버렸다. 군인들은 눈빛으로 말했다. 봐라, 우리가 찢었다. 어쩔 거냐?

수갑을 채우고 감옥에 밀어넣을 때 친구들이 무엇을 할 수 있었겠는가? 우리가 펙스턴을 공격했다고 의심한 군인들이 억지스러운 누명을 씌워 체포한들, 베잠에서 누가 신경이나 쓰겠는가?

우리는 속에서 불이 났지만 속수무책이었다.

군인들이 영수증을 찢는 광경을 목격한 수많은 사람 가운데 아무도 재판에서 증언하지 않았다. 그래서 판사는 친구들에게 1년 형과 6개월치 세금을 내라는 판결을 내렸다. 어머니들과 아내들과 딸들의 울부짖음 속에서 끌려가는 친구들에게 우리는 하루는 길되 한 해는 눈 깜짝할 새라고 말해주었다. 다시 한번, 툴라는 얼마 안 되는 자신의 재산을 털어 친구들의 벌금을 내주었다.

친구들이 수감되어 있던 해에 우리는 매달, 때로는 매주, 가능한 한 자주 주차되어 있는 차를 불태우고 설비를 넘어뜨리고 펙스턴이 짐 싸서 떠나지 않으면 모조리 죽여버리겠다는 협박 편지를 보냈다. 두 차례 우리는 로쿤자와 정원 사이의 도로에서 인부들로 가득한 버스를 습격했다. 마체테를 들이대고, 돈을 전부 내놓으라고 을렀다. 인부들이 펙스턴의 봉급이 너무 적다며, 가족에게 돈이 꼭 필요하다고, 아이들을 위해서라도 자비를 베풀어달라고 애원했지만 들은 체도 하지 않았다. 그따위 소리를 듣고 싸대기를 후려치는 것 말고 무엇을 하겠는가? 펙스턴에 붙어사는 버러지들이 자식 걱정을 하다니, 그토록 역겨운 소리는 또 처음 들어봤다.

우리는 버스운전사를 위협해 버스의 기름을 빼앗고, 그 기름

으로 펙스턴에 불을 질렀다. 라피아야자 자루를 머리에 뒤집어
쓴 채로 다른 자루에는 기름때로 얼룩진 돈을 채우고, 인부들
에게 잘 들으라고 호령했다. 고향으로 돌아갈 시간이라고 말했
다. 혹시나 모를까봐 하는 말인데, 적의 녹을 받고 산다는 이유
하나로 우리는 그들을 적으로 여긴다고 말했다. 펙스턴이 죗
값을 치르는 날에 아무도 무사히 빠져나가지 못할 거라고 경고
했다.

※

우리가 인부들을 공격하고 위협한 것을 상냥한 남자가 툴라
에게 고자질한 게 분명하다. 우리는 그 사건에 대해 일절 함구
했다. 제아무리 열정적인 툴라도 여자인지라 신체적 위해를 가
하는 것에 거부감을 느꼈기 때문에, 우리는 인부들을 공격한
것을 툴라가 알게 되면 서로 불편해질지도 모른다고 염려했다.
내일도 해가 뜨리라는 사실처럼 어김없이 우리의 염려는 실현
되었다. 그런 소식이 새나갈 때마다 툴라는 제발 그러지 말라
고 말리며, 애초에 우리 계획은 펙스턴으로 하여금 코사와의
존재와 분노를 느끼게 하려는 것이지, 살인을 저지를 생각은
아니었다고 화를 냈다. 대체 무슨 생각으로 그러는 거니? 우리
는 아무도 죽이지 않을 거라고 다짐했다. 그들 마음에 공포감
을 심고 정원에 혼돈을 야기하고, 우리가 갈 데까지 갈 의지가
있다는 것을 보이려는 것뿐이었다. 그래도 툴라는 납득하지 않
았다. 우리가 심하게 구타한 인부가 죽기라도 하면 어떡할 거
냐고 물었다. 우리 손에 피를 묻히는 것이야말로 코사와가 나

락으로 떨어지는 지름길이며, 우리의 적은 펙스턴이지 인부들이 아니라고 말했다. 어떤 편지에서는 경제적 지원을 중단하겠다고 을러댔고, 실제로 그로부터 몇 달이나 상냥한 남자가 돈 봉투를 전달하지 않았다. 툴라가 변심해서 더는 우리 중 하나가 아닌 걸까 의심할 즈음 돈이 왔는데, 인부들이 우리와 마찬가지로 자신을 희생해서 가족을 부양하는 아버지라는 사실을 기억하라는 편지가 동봉되어 있었다.

우리가 공격을 시작하고 3년째 되던 해에 펙스턴은 인부들에게 정원으로 가족을 데려오지 말라고 금지했다. 때늦고 무의미한 지시였다. 10년도 전에 인부들의 가족이 정원을 떠나기 시작했다. 어린 시절, 친구들이 죽기 시작했을 무렵에 정원에서도 세 아이가 죽었다.

정원에서 인부들의 아이들이 죽었다는 소문은 들었지만, 우리 친구들과 같은 이유로 죽었다고는 생각하지 않았다. 인부들의 아이들은 깨끗한 물을 마시고, 펙스턴이 제공하는 미국 의료품 덕분에 우리처럼 고통받지 않는다고 몇 년이나 믿었다. 그러나 잘생긴 남자와 상냥한 남자는 아무리 강력한 미국 약도 수년간 쌓인 오염물질로 병든 몸을 치료할 수는 없다고 말했다.

그것을 우리가 코사와에서 어떻게 알았겠는가.

우리 마을 사람들 가운데 아무도 인부들과 허심탄회하게 대화해보지 않았다. 어렸을 때 우리는 정원의 아이들과 절대 말을 섞지 않았다. 버스에서 옆자리에 앉아도 무시했다. 우리의 마음에는 그들에 대한 분노가 가득했으며, 우리 부모가 그들

343

부모를 경멸하듯이 똑같이 경멸했다. 그들은 우리와 비슷하게 생기고 비슷하게 행동했지만, 우리와 같은 처지의 어린이들이 아니라고 여겼다. 그 아이들은 펙스턴에 속했다. 이제야 우리는 인부들의 아이들이 코사와의 아이들만큼 빈도가 높지는 않았을지언정 같은 이유로 죽었으며, 그들 부모도 슬픔에 흐느꼈다는 사실을 알게 되었다.

잘생긴 남자가 말하길, 정원에서 아이들 대여섯 명이 죽은 뒤로 그곳 어머니들은 아이가 기침하는 순간 살림을 챙겨 떠났다고 했다. 우리가 공격을 시작하고 얼마 후에 발생한 어린이 실종 사건 이후로는 남아 있던 어머니와 아이들이 모두 떠났다.

우리가 툴라의 귀향을 환영하러 베잠에 갔을 무렵에는 정원에 남자들만 남아 있었다. 심신이 망가지고 고향을 그리워하면서도, 사랑하는 사람들을 잘살게 해주겠다는 희망을 놓지 못하는 이들이었다. 학생이 없어지며 교사도 없어진 학교는 허허로웠다. 코사와 마을 학교에서 가르치는 교사만 남았는데, 그들모두 교사 수련 프로그램을 갓 졸업한 초보자들이었다. 심지어 펜더 선생도 떠났다. 펜더 선생은 우리는 물론 당시에 가르치고 있던 우리의 조카들에게도 인사 한마디 없이 떠났다. 우리를 적으로 간주하는 그를 탓할 수는 없었다. 정원을 송두리째 불사를 기회가 있다면, 우리는 그가 갇혀 있다 해도 한 치의 망설임 없이 그렇게 했을 테니까.

인부들의 아내가 떠난 뒤로 우리는 그들의 고초를 속속들이 알게 되었다. 버스에서 그들은 왐비와 똑같은 소리를 내며 끊임없이 기침했다. 우리의 눈이 그랬듯이 그들의 눈은 늘 젖어 있었다. 석유를 채굴하는 드릴을 가동하다가 사고가 나면 어찌나 끔찍한 죽음을 당하는지, 토막난 신체 부위를 비닐봉지에 주워 담아야 한다고 들었다. 사고에서 살아남은 이들은 팔다리를 잃어버린 채 불구의 몸으로 귀향했다. 사고와 무관한 죽음에 대해서도 들었지만, 오염물질을 항시 다룬 까닭이었는지는 몰랐다. 펙스턴은 우리가 알기를 원치 않았다. 우리가 아는 것이라곤, 정원에서 인부 한 명이 죽을 때마다 빈자리를 채울 남자가 열 명은 있다는 사실이었다. 미국의 부에 대한 환상에 젖어 있는 먼 곳의 촌사람들이었다. 펙스턴의 정원에는 기름에 찌든 유니폼을 입고 먼지를 뒤집어쓴 채로 꿈꾸는 남자들이 가득했다.

공격의 강도를 높이기 시작하고 몇 달이 지나자 인부들의 눈에 처절한 공포가 비쳤다. 습격할 때마다 얼굴을 가렸지만 그들은 우리의 짓이라는 걸 알 수밖에 없었다. 근처 여덟 마을에서 누가 우리만큼 그들을 증오하겠는가. 버스정류장 같은 곳에서 시선이 마주치기라도 하면 우리는 눈을 내리깔고 딴청을 부렸다. 그런데도 그들은 우리 옆에서 숨도 쉬기 힘들어했다. 그럴 수밖에 없었다. 그들의 삶은 고통으로 점철되어 있었다. 위에서는 펙스턴이 짓누르며 기름을 마지막 한 방울까지 캐내지 못하면 쫓아낸다고 을러대고, 앞에서는 우리가 살기를 뿜고 있으며, 주변을 에워싼 오염물질은 때이른 죽음을 시시각각 예고했다. 머나먼 고향에서는 아내와 아이들이 생활비를 기다리며, 수십 년 전에 유전에서 한몫 잡고 돌아와 고향에 벽돌집을 지은 인부들만큼 풍요로워지기를 소원하고 있었다. 그런 날이 오

기까지 여자들은 남편 없이 아이들은 아버지 없이 살고, 부모
는 자식에게 작별인사를 하지 못하고 이승을 떠나야 했다.

펙스턴의 인부들은 자기 삶의 가치를 얼마나 자주 의심할
까? 밤에 회한의 눈물을 흘릴까? 그중 한 명이 사랑과 평온이
깃든 소박한 삶을 위해 부에 대한 꿈을 버리고 짐을 꾸려 떠나
는 모습을 볼 때마다 우리는 그를 존중해야 할지, 아니면 도중
에 포기한 겁쟁이라고 비웃어야 할지 알 수 없었다.

✳

미스터 피시와 처음으로 만나기 한 달 전에 코사와에서 모임
이 열렸다. 잘생긴 남자와 상냥한 남자가 주민들과의 모임을
요청했는데, 여태 우리가 목이 빠지게 기다려온, 확실한 변화
를 불러올 진척이 있었다고 했다.

펙스턴이 거듭 약속을 어기는 데 질린 뉴욕시의 복원 운동
단체가 그들을 고소하기로 결정하고, 펙스턴이 코사와의 물과
땅을 정화하고 이익을 분배해야 한다며 소송을 제기했다. 펙스
턴이 코사와의 땅과 자원을 이용하여 이익을 창출하고 있으니,
코사와 주민들도 회사의 이익에 권리가 있다고 주장할 계획이
었다. 그러자 자기들 비즈니스의 핵심 가치가 공정성이라고 세
계에 알리고 싶어 하는 펙스턴의 새로운 지도자들이 사건이 재
판으로 가는 것을 막기 위해 복원 운동 단체와 협상할 의지를
내비쳤다. 협상이 체결되면 우리는 수년 전에 우리 어머니들과
아버지들이 받은 돈 자루 대신 매년 수익에서 일정한 비율을
분배받을 것이다.

미스터 피시와의 첫 회의에서 통역가가 이 모든 것이 사실이라고 확인해주었다.

그는 수익 분배 비율이 아직 결정되지 않았지만 모두가 공정하다고 생각하는 숫자로 정해지리라 믿어 의심치 않는다고 했다.

"그럼 대략 얼마쯤 되니까?" 누군가 외쳤다.

통역가가 미스터 피시의 귀에 대고 속삭였다. 미스터 피시는 고개를 끄덕이고 통역가에게 귀엣말했다.

"정확한 숫자는 아직 모른다고 합니다." 통역가가 말했다. "아시겠지만 펙스턴은 돈을 주어야 할 대상이 많습니다. 미국 정부와 우리 나라 정부가 자기들 몫을 각각 원하고, 펙스턴에서 일하는 사람들도 다달이 봉급을 받아갑니다. 하지만 코사와의 권리도 역시 중요합니다. 우리가 이곳 골짜기에 같이 살고 있으니까, 평화롭게 살아야 하지 않겠습니까."

곳곳에서 질문이 터져 나왔다. 베잠에서 우리 정부 사람들은 이것에 대해 아느냐? 그들은 무어라고 하느냐? 우리 분배금에 세금을 물릴 거냐? 그들은 왜 오늘 참석하지 않았냐?

"펙스턴은 코사와를 정당하게 대하고 싶어 합니다." 통역가가 대꾸했다. "대부분 대기업은 지역 주민들과 이익을 나누지 않지만, 펙스턴은 그런 기업이 되기를 지향합니다. 여기 정부의 지지는 우리의 결정과 무관합니다. 정부는 정부대로 움직이고, 우리는 우리 일을 합니다. 펙스턴은 정부가 아니라 지역 주민들에게 더 큰 의무를 졌다고 믿습니다."

"그게 무슨 뜻이오?" 우리 중 하나가 물었다. "당신들은 우리 정부에게서 땅을 받지 않았습니까?"

"그건 어떤 면에서는 사실입니다." 통역가가 말했다. "하지만 펙스턴과 이 나라 대통령의 정부는 별개의 개체입니다. 우리는 자치적 방침에 따라 회사를 운영합니다. 우리는 세상을 더 나은 곳으로 만들고자 하는 기업 목표가 있습니다. 그래서 오늘 여기에 온 것입니다. 계약이 체결된 뒤에 받은 분배금으로 코사와 주민들의 삶을 향상시킬 방법에 대한 조언이 필요하면, 우리가 기꺼이 사람들을 보내 돕겠습니다. 만약 로쿤자로 이사하거나, 다른 일곱 마을에 땅을 사고 싶으면—"

"로쿤자로 이사를 한다고?" 몇몇 사람이 동시에 외쳤다.

"땅을 사?"

더는 들을 필요도 없었다.

우리는 벌떡 일어나서 의자를 집었다. 그러고서 아내들에게 따라 나오라고 손짓했다. 어떤 아내들은 따라 나오기 싫은 눈치였지만, 우리의 표정만 보아도 반항할 때와 장소가 아니라고 느꼈을 것이다. 걸어나가는 우리의 등에 대고 통역가가 말했다. 원하지 않으면 땅을 팔거나 로쿤자로 이사할 필요 없습니다. 미스터 피시에게 설명할 기회를 주라고 부탁하는 소니의 목소리도 들렸다.

몇몇 아버지들은 자리에 남아서 통역가에게 다른 질문을 던졌다. 펙스턴의 진의를 알아내려는 것이었다. 그렇지만 우리는 질문할 필요도 없었다. 뻔하지 않은가. 펙스턴은 이 골짜기를 통째로 원했다. 우리 아이들이 놀고 있는 땅에 묻혀 있을지도 모르는 기름을 원했다. 우리 초가 밑에 묻혀 있는 기름을 원했다. 우리 아내들이 요리하는 부엌 아래 쓰이지 않고 있는 기름을 원했다. 그러기 전에, 우리를 먼저 죽여야 할 것이다.

이튿날에 소니가 우리 모두의 집에 일일이 찾아와 미스터 피시의 말을 전달했다. 미스터 피시가 대화를 원한다며 우리를 자기 집으로 초대했다. 또 시간만 낭비할 것이 뻔했다. 그가 할 말이 무엇이 있겠는가? 그래도 감옥에 있는 친구들을 위해서라도 이야기를 들어보라는 상냥한 남자와 잘생긴 남자의 청에 우리는 일주일 뒤에 그들과 함께 미스터 피시네 집으로 갔다.

우리가 들어간 방에는 책이 빼곡히 꽂혀 있었고, 머리가 긴 여자와 눈동자가 이파리처럼 푸른 아이들의 사진이 걸려 있었다. 미스터 피시의 통역가는 펙스턴이 우리의 땅을 사려고 수작을 부리는 게 아니라고 말했다. 펙스턴은 진정 평화를 원했다. 그래서 이전 소장을 뉴욕으로 돌려보내고 미스터 피시를 보냈다. 우리 모두 같은 것을 원하는데, 악수하고 새로운 관계를 시작하면 어떨까요? 펙스턴은 우리와 거래할 준비가 되었으며, 이것은 더 큰 거래를 위한 예비적인 절차라고 했다. 인부들을 위협하고 펙스턴을 공격하는 것을 중단하면, 복원 운동 단체와 협의해서 우리에게 나눠줄 배분 비율을 정하겠다고 다짐했다. 그 시작으로, 우리가 남자 대 남자로 악수하자마자 친구들을 석방시켜줄 것이다.

회의에 참석한 우리 셋은 양해를 구하고 밖으로 나갔다.

미스터 피시네 집의 포치에 서서 눈앞의 풍경을 둘러보았다. 다닥다닥 붙어 있는 인부들의 집, 텅 빈 학교, 하늘 높이 우뚝 선 채로 검은 연기를 뿜어대는 구조물이 늘어선 유전, 사방팔방 뻗어나가는 송유관, 그리고 저 멀리, 무릎을 꿇고 있는 것처럼 초라하게 웅크리고 있는 우리의 초가들. 우리는 미스터 피

349

시의 제안에 대해 논의했다. 툴라의 조언이 필요했지만 편지를 주고받을 시간은 없었다. 수감되어 있는 친구들은 자기 집과 따뜻한 음식, 아내의 품과 등잔불의 불빛을 받으며 숙제하는 아이들의 얼굴을 그리워하고 있을 것이다. 친구들을 위해 우리는 방으로 돌아가 미스터 피시와 악수하고, 무기를 내려놓았다. 우리에게 첫 배분금을 현금으로 지불할 때까지 석 달 시간을 주기로 했다. 그다음부터는 매달 같은 날에 지급한다. 강과 공기와 땅을 정화하는 데 1년을 주기로 했으며, 그 기간 내에 완벽하게 복구하기가 어려우면, 적어도 오염물질의 유출을 막아서 자연이 스스로 회복할 수 있는 여건을 마련하라는 조건을 걸었다.

소장은 우리의 모든 요구에 응했다. 물론입니다,라고 웃으면서 말했다. 우리도 미소를 지었다. 한 명은 웃음을 터뜨렸다. 정말로 이루어지는 걸까? 우리가 정말로 펙스턴과 계약을 체결하는 건가?

통역가는 우리가 악수하는 모습을 찍었다. 소장은 활짝 웃으며 우리의 손을 양손으로 잡았다. 그가 행복해하는 모습에 우리는 재밌기도 하고 우쭐하기도 해서 서로 힐끔거렸다. 미국에서 온 높은 사람을 우리가 이토록 행복하게 만들 수 있다는 것이 신기했다. 악수를 한 다음에는 다 같이 나란히 서서 사진을 찍었다. 소니와 미스터 피시가 가운데에서 악수했고, 우리 셋과 잘생긴 남자와 상냥한 남자가 양쪽에 섰다. 사진사 역할을 맡은 통역가는 사진을 뉴욕에 보내서 대화로 분쟁을 해결할 수 있다는 증거로 남길 거라고 했다.

미스터 피시가 종을 울리자 검은색과 흰색으로 차려입은 하인이 들어왔다.

미스터 피시가 무어라고 말하자 그는 고개를 끄덕였고, 1분도 되지 않아 음료를 절반쯤 채운 유리잔을 쟁반 가득 날라 왔다. 우리는 잔을 하나씩 들었다. 미스터 피시는 잔을 앞으로 내밀며 우리가 로쿤자 학교에서 배운 영어와는 전혀 다른 미국 악센트로 말했다. 미스터 피시가 말할 때마다 통역가는 웃음을 터뜨렸고, 우리도 같이 웃었다. 우리는 들뜬 염소처럼 히죽거리며 미국인들을 흉내 내 잔을 높이 쳐들었다. 미스터 피시가 소니와 잔을 부딪쳤고, 우리도 서로서로 잔을 부딪쳤다. 미스터 피시는 자기 잔을 단숨에 비웠다. 우리는 서로 눈치를 보다가 똑같이 한번에 들이켰다. 그걸 마시고 일그러진 우리 얼굴을 보고 미스터 피시가 웃음을 터뜨렸고, 우리도 미국 석유 회사 소장의 집에 있다는 것을 잊고 한바탕 웃었다. 우리는 미스터 피시가 선물한 술 세 병을 들고 그 집에서 나왔다. 그러고는 회의에서 벌어진 모든 일을 코사와 남자들에게 전달하며, 오랫동안 우리 공동체에서 사라졌던 동지감을 만끽했다. 섣불리 축하하지 말자고 스스로에게 말했지만, 드디어 우리는 안도의 한숨을 내쉴 준비가 되었다.

이 모든 일이 툴라가 귀향하기 6년 전에 벌어졌다.

그 6년 동안 우리는 펙스턴에 아무런 해를 끼치지 않았다. 기름이 유출되어도 잠자코 있었다. 아이들이 기침해도 잠자코 있었다. 로쿤자로 가는 버스에서 인부들과 함께 앉아도 잠자코 있었다. 우리는 펙스턴에 약속을 했고, 약속을 지켰다.

그러면서 그들이 약속을 지키기를 기다렸다.

※

　이렇게 우리가 기다리는 동안에 우리 중 하나가 임신한 아내의 신음 소리에 잠에서 깼다. 왜 그러냐고 물어도 아내는 대꾸하지 않았다. 입을 악물고 있었지만 눈이 커다랗게 벌어져 있었다. 친구는 황급히 어머니를 깨웠다. 그의 어머니가 아무리 노력해도 아내가 말을 하지 못하자 친구는 아기집 의사를 데려왔고, 의사는 배에 한 손을 얹더니 아기가 나올 거라고 했다. 아니, 잠깐. 의사는 배에 다시 손을 얹고서는 정정했다. 아기들이 나올 것이다. 친구의 어머니는 곧바로 물을 끓였다. 친구는 침대 밑에서 창을 꺼내고, 툇마루에서 날을 갈기 시작했다. 해가 뜨자마자 사냥을 가기 위해서였다. 아내의 비명이 마침내 터져 나올 때 집에서 최대한 멀리 떨어져 있을 작정이었다.

　친구는 숲에서 사냥하면서도 머릿속에는 아기들 생각뿐이었고, 우리는 마치 넋을 놓은 듯 입을 열지 못하는 친구를 놀렸다. 사냥을 마치고 돌아가는 길에 우리 모두가 그랬듯이 그는 집에 가면 갓난아기들이 기다리고 있고, 밤늦게까지 파티를 하리라 예상했다. 하지만 우리가 다 같이 그의 집에 갔을 때도 아기들은 아직 나오지 않았다. 저물녘이 되어서야 끙끙대기 시작한 친구의 아내는 다음 날 아침까지 고통의 신음을 토해내다가, 그날 저녁에 그가 다시 숲에서 돌아올 즈음에는 귀가 찢어질 듯한 비명을 내지르고 있었다. 다섯 자매 마을 가운데 첫째 마을에서 무당이 오기도 전에 우리는 알았다. 자카니와 사카니가 돌아오고 있었다.

자카니와 사카니가 코사와의 많은 여자들 가운데 왜 친구 아내의 몸을 선택했는지는 알 수 없다. 친구의 아내가 가슴이 넉넉하고 골반이 넓어서일 거라고 어렴풋이 짐작할 뿐이었다. 골반이 넓어도 별로 소용은 없었는데, 그들이 세상에 돌아오려고 팔꿈치로 밀고 발로 차서 길을 넓히며 어마어마한 고통을 자아냈기 때문이다. 친구 아내의 비명만 들어도 인간이 견딜 수 있는 고통이 아님이 분명했다. 자카니와 사카니가 지난번에 왔을 때 그랬다고 할아버지들에게서 들은 것처럼, 친구 아내는 7일 밤낮으로 산고에 시달렸는데, 나날이 고통이 배가되어서 나흘째 밤에는 코사와에서 사람은 물론이고 새나 짐승, 귀뚜라미도 잘 수 없었고, 해 질 녘마다 노래하는 목소리를 지닌 동물들은 흐느낌에 가까운 소리를 여자의 비명에 화음처럼 더했다. 여자가 비명을 지르면서 흘리는 피가 매트리스에서 땅으로 떨어지며 자카니와 사카니가 우리를 치유하고 신령과 소통해주던 때의 얼굴을 그렸다.
  마침내 쌍둥이가 나왔다. 손에 손을 잡고서.

  자카니와 사카니가 돌아오리라는 사실에는 한 치의 의심도 없었다. 초인들은 죽은 채로 머무르지 않는다. 어쨌든 세상이 그들을 필요로 하는 동안에는 말이다. 그렇지만 그들이 정말 돌아왔다는 사실에 우리 모두 경외감에 휩싸였다. 선조들과의 소통 없이 보낸 그 오랜 시간이 마침내 끝났다는 것이 믿기지 않았다. 드디어 신령의 존재를 다시 한번 충만히 느낄 수 있게 되었다. 자카니와 사카니가 성장해서 우리를 치유하고 신령과 소통하려면 시간이 좀 걸리겠지만, 쌍둥이를 보려고 몰려와 차례를 기다리고 있는 코사와의 남녀와 아이들은 그들의 존재만으로도 치유를 받는 기분이었다. 쌍둥이의 부활은 희망과 더불어 우리의 삶이 다시 온전해진 것만 같은 기분을 선사했다.

자카니와 사카니가 부활하고 일주일 뒤에 그들의 아버지인 우리 친구가 만약 펙스턴을 다시 공격할 계획이라면 자신은 가담할 수 없다고 말했다. 그래서 우리의 숫자는 다섯으로 줄었다. 친구는 아기들의 잠재력을 전부 끌어내는 데 전념해야 한다고 설명했다. 우리는 친구의 말을 반박하거나 그만두지 말라고 설득하지 않았다. 바마코와 코토누라는 이름으로 부활한 자카니와 사카니는 자기 실현을 이룬 상태로 태어났으므로 인간 아버지의 도움 따위 필요 없었지만 말이다. 그래도 우리는 떠나는 친구를 축복했다. 친구는 두 세계에 한 발씩 디디고 있는 아이들의 아버지로서 자신의 책임을 다해야 했다. 언젠가는 우리의 후손이 그 책임을 짊어지게 될지도 모른다. 인류가 세상에 존재하는 한 쌍둥이는 계속해서 되돌아올 것이며 그들이 어떻게 죽든지 간에 함께 돌아올 것이다. 우리가 태어나기 수백년 전에는 다른 곳에 존재하던 그들은 이제 코사와 남자와 결혼한 여자의 몸을 선택하여 우리에게 돌아왔다. 우리 곁에 돌아온 그들이 앞으로도 영영 함께해주기를 소원했다.

밤마다 우리는 마을 광장에 모여 혀를 내두르며 이 기적을 숙고했다. 심지어 총알도 쌍둥이를 끝장낼 수 없었다. 근방에서 제일 위대한 무당과 치유사의 도움을 받으려고 타지 사람들이 곧 몰려들기 시작할 거라고 다들 장담했다. 코사와가 언젠가는 어둠에 묻힌 이 나라의 등불이 될 수 있다고 생각했으며,

모두가 여기를 떠나더라도 우리는 끝까지 포기하지 말자고 맹세했다.

✳

우리는 툴라에게 편지를 보내 쌍둥이의 귀환을 알렸다. 그들이 서로 손을 놓지 않은 채로 이 세상에 되돌아왔다고 말해주었다. 그들은 손을 잡고 죽었으므로 손을 잡고 태어났는데, 이 삶에서도 계속해서 그렇게 살 것 같았다. 아기들이 손을 잡은 채로 잠자고 기어다녀서, 손님이 보러 오면 손이 떨어지지 않게 한 품에 안아서 데려와야 했다. 쌍둥이가 자기 의지로 손을 놓기 전에는 절대 떼어내면 안 된다고 모두 입을 모았다.

답장에서 툴라는 이 희소식을 뉴욕 친구들에게 말했지만 그들은 어리둥절해하며, 자카니와 사카니가 죽어서 묻혔다가 어떻게 돌아왔는지 이해하지 못한다고 했다. 툴라는 설명할 수 없었다. 우리 세계에서 살면서 우리가 본 것을 제 눈으로 보기 전에는 자연의 법칙이라는 것이 얼마나 느슨한지 결코 이해하지 못할 것이다.

향후 몇 년간 우리는 펙스턴이 약속을 지키기를 바라며 기다리기만 했으므로, 툴라에게 보내는 편지에는 새로운 아기의 탄생이나 수확물의 양, 누군가의 죽음, 기름 유출과 청소, 코사와를 떠나는 사람들과 새로 이주 오는 사람들, 또한 아내들이 툴라에게 전해달라고 하는 실없는 소문 들이 전부였다. 툴라가 보내는 편지에는 그녀가 새로 경험한 일이나 참가하고 있는 시위, 공부의 진척 등에 대한 내용이 담겨 있었다. 고향을 떠난 지 8년째 되던 해에 툴라는 1998년에 귀향할 계획이라고 알려왔다.

그때쯤에 툴라는 학교 하나를 졸업한 뒤에 몇 년간 일하고 있었으며, 공부하면서 학생을 가르칠 수 있는 장학금 덕분에 자신의 분야에서 최고로 높은 학위에 도전하고 있었다. 그 학위를 받을 날이 정해지자 툴라는 코사와에 오롯이 집중하여 우리가 펙스턴과 시작한 협상을 이어나가기를 기대했다. 툴라는 미스터 피시와의 논의를 통해 펙스턴과 우리 양측에 도움이 되는 길을 찾을 수 있기를 바랐다. 또한 앞으로는 우리가 좀더 유리한 입장에서 펙스턴과 협상할 수 있으리라고 자신했다. 알고보니 펙스턴은 우리 마을에서 학살이 일어난 뒤로도 여러 불명예스러운 일에 연루되었다. 한번은 펙스턴이 꼼수를 써서 미국 정부에 내야 하는 세금을 피했다고 미국 기자가 폭로했다. 펙스턴은 모든 혐의에 무죄를 주장했지만, 좀더 도덕적인 이미지를 구축하지 않으면 회사의 미래가 위태롭다는 것을 깨달았다. 미스터 피시에 대한 이야기를 해주자 툴라는 펙스턴이 벌써 기업 이미지 변신에 착수한 듯하다고 말했다.

8년이나 떠나 있었는데도 여전히 뜨겁게 고향을 사랑하는 툴라를 보면 용기가 불끈 솟아났다. 툴라가 떠난 첫해에 우리는 미국이 그녀의 마음을 바꾸면 어쩌나, 우리가 줄 수 없는 것들로 현혹하면 어쩌나 노심초사했다. 이듬해에는 툴라의 편지와 금전적 지원을 받으면서도 계속해서 걱정했는데, 오스틴이 그녀의 마음속에 들어와 무언가를 바꾸어놓고 있음을 눈치챘기 때문이다. 당시에 툴라는 편지에 이렇게 적었다.

356

며칠 전에는 오스틴의 친구가 집에서 연 파티에 같이 갔어. 내가 춤을 좋아하지 않는다는 걸 알면서도 오스틴은 나를 이끌고 나가서, 인생을 춤추듯이 사는 법을 익혀야 한다고 말했어. 미처 깨닫기도 전에 나는 춤을 추고 있었는데, 즐거웠단다. 편지를 읽고 놀라는 너희 표정이 눈에 선해. 툴라가 춤을 춘다고? 코사와 달리 여기서는 춤을 특정한 방식에 맞추어서 추지 않아도 돼. 몸을 마구잡이로 흔들어도, 심지어 나처럼 엉망으로 추어도, 그러다 다치니까 제발 좀 앉아 있으라고 말하는 사람은 없어. 사실 파티에서 어떤 남자를 보고 내가 그 말을 할 뻔했지만 말이야. 뚱뚱한 남자였는데, 몸집 크기에 전혀 구애받지 않았어. 남자는 고개를 휘젓고 빙글빙글 돌면서, 세상 다 가진 사람처럼 웃고 있었어. 내가 저 남자를 보라고 했더니 오스틴은 웃음을 터뜨리고, 우리 모두 저렇게 자유로워야 한다고 말했어. 자기 삼촌의 친구도 저렇게 뚱뚱했는데, 그런 춤꾼은 또 없었다고, 그가 파티에 오면 모두 잊지 못할 추억을 얻었다고 하더라. 게다가 그 사람은 재밌는 우스갯소리와 놀라운 이야기들을 많이 알아서, 베잠을 생각하면 그 사람이 가장 그립대. 재밌게 노는 중이니 그 사람 이야기는 별로 듣고 싶지 않다고 내가 도중에 말을 끊지 않았으면 오스틴은 계속해서 추억 보따리를 풀었을 거야. 여하튼 오스틴은 내 말을 듣고서는 이야기를 멈추고 나를 빙빙 돌렸고, 내가 꼴사납게 몸을 흔드는 걸 보면서도 계속 웃었어.

설마 내가 애인을 다시 만날 날만 학수고대하는 사람이 될 줄은 몰랐는데, 정말 그렇게 되었어. 오스틴이 나를 그렇게 만든 거야. 오스틴은 내게 완벽한 짝이야. 오스틴과 함께 있노라면 이 세상이 매일매일 나를 행복하게 해주려고 존재하는 것 같아. 오스틴은 내게 노래를 불러주고, 도시 곳곳을 찾아가 각종 음식을 맛볼 수 있는 기회를 마련해줘. 지난 주말에는 날씨가 더워서 우리는 공원 잔디밭에 담요를 깔고 앉아서 서로 책을 읽어주었어. 그다음에 음식을 사서 길거리에서 먹고, 손잡고 강가를 산책하며 노을을 감상했단다. 다음 날에는 나를 바다로 데려가주었어. 난생처음 본 바다를 너희에게 묘사하고 싶지만, 그 아름다움과 웅장함을 오롯이 담으려면 책을 한 권 써야 할 거야. 파도가 발을 적시는 기분이 어찌나 황홀하던지.

모든 면에서 우리의 영혼은 하나인데, 코사와에 대해 이야기할 때만 의견이 갈려. 우리가 코사와를 사랑하듯이 자신의 고향에 애착을 품는 게 어떤 느낌인지 오스틴은 몰라. 우리 삶에서 코사와가 어떻게 시작이자 끝이 될 수 있는지 이해하지 못하겠대. 아빠랑 봉고 삼촌이 목숨을 바친 투쟁을 포기할 수 없다고 말했더니 오스틴은 이해한다고, 동족을 저버리면 안 된다고 말하지만, 자기를 떠나지 말라고 간청할 때면 그가 나를 완벽하게 이해하지는 못한다는 것을 알 수 있어. 그게 어떻게 가능하겠니? 우리처럼 날마다 순수성이 위협당하며 살지 않았잖아. 친구들이 줄줄이 죽어나가는 걸 경험하지 않았잖아. 내일 내가 살아 있을지, 오염된 우물이나 군인들이 언제라도 이 삶을 끝장낼 수 있다고 두려워하면서 자라지 않았잖아. 그런 그가 펙스턴이 앗아간 걸 다음 세대에게 돌려주겠다는 우리의 결심을 어떻게 이해하겠니?

오스틴은 꼭 똑같이 경험해야만 이해할 수 있는 건 아니라고 말하지만, 나는 동의하지 않아. 우리 같은 유년 시절을 보낸 사람들은 타지에 새로 정착할 수 없어. 나와 달리 고향에 평생 갈 수 없는 사정인 사람들도 있지만, 그들의 육신은 못 갈지언정 영혼은 돌아가. 그래야만 살 수 있으니까. 어디를 가든지 간에 늘 고향을 가슴에 품고 있고, 고향으로부터 받았다가 잃어버린 모든 것에 대한 그리움에서 헤어나질 못해. 추운 날에는 고향의 따뜻한 공기를 그리워하고, 먹구름이 갑갑하게 하늘을 가린 날에는 그곳의 햇빛을 상상해. 낯선 얼굴로 가득한 세상에서 오래전에 잃어버린 얼굴을 봐. 까마득한 시절의 어느 저녁에 들은 이야기와 목소리들이 귓전에 맴돌지. 사랑 노래를 들으면 가슴이 미어져. 자기를 붙잡아주고 보듬어주고 위로의 말을 속삭여줄 고향의 품이 사무치게 그리우니까. 다시는 그걸 되찾을 수 없으니까. 그 시절은 끝났으니까. 이런 향수는 다 큰 어른도 한밤중에 아이처럼 울게 만들어. 많은 사람들이 다시는 자신의 온전한 모습을 찾지 못해. 얼기설기 꿰매진 채로 자신들의 이야기에 무관심한 세상에서 꾸역꾸역 살아갈 뿐이야. 누가 그들의 이야기에 관심을 가져줄까? 나는 그런 삶을 원하지 않아. 나는 우리의 선조가 한때 자랑스럽게 걸어다닌 그곳에 내 영혼과 몸이 영영 머무르길 바라고 있어.

이따금 나는 오스틴이 나와 함께 코사와로 돌아갈지도 모른다고 상상해. 어머니가 돌아가시고 나서 나를 만나기 전까지는 우리 나라에서 보낸 시간이 가장 행복했다고 말하거든. 삼촌이 참 잘 챙겨주셨고 베잠에서 좋은 친구들을 만났고, 우리 나라에 대한 기사를 쓰는 것이 보람찼대. 하지만 오스틴이 나와 같이 갈 가능성은 희박해. 코사와에서 삼촌의 시신을 파내어 고향에 묻은 다음에 숙모가 자기 남편의 죽음에 공모한 게 아니냐고 따지고, 사촌들은 그와 절교했거든. 그래서 뉴욕에서 몇 달 보내려고 짐을 싸고 있는 중에 군인들이 나타나서 추방한 거야. 그렇게 우리 나라와 영영 작별하게 되었지. 그 일이 있고서 그토록 오랜 시간이 지났는데도 오스틴은 자기 고향인 미국에 마음을 못 붙이고 있어.

　우리는 툴라가 오스틴에게 너무 빠질까봐 불안해하면서도 그가 잘 지내기를 바랐다. 자신이 태어난 곳에 마음을 붙이지 못한다면 어디서 행복을 찾을 수 있을까? 오스틴이 왜 고향에서 이방인처럼 느끼냐고 묻자 툴라는 이렇게 답했다.

　오스틴은 서로 다른 나라 출신인 부모 아래 태어나면서 여기가 아닌 어딘가 다른 곳의 사람, 아니, 안타깝게도 어디에도 속하지 못하는 사람이 되어버렸어. 더 안타까운 건, 오스틴이 어려서 가장 사랑했으며 그의 자아형성에 큰 도움을 준 어머니는 이곳 사람이 아니었던 데다가 젊어서 돌아가셔서, 오스틴은 혼란 속에서 혼자 길을 찾아야 했어.

오스틴은 어머니가 무척 아름답고 훌륭한 사람이었다고 자주 말해. 어머니만큼 훌륭한 여자는 너뿐이야, 내게 이렇게 말한단다. 오스틴은 어머니가 죽기 전에 자기에게 해주었다던, 참 신기한 우연으로 만나 결혼까지 한 자기 부모님의 이야기를 들려줬어. 오스틴의 어머니는 베잠에서 멀지 않은 마을 출신인데, 그곳에서 행복하게 지냈고 떠날 생각은 추호도 없었대. 애초에 오스틴의 아버지는 신붓감이 아니라 신도를 구하러 우리 나라에 왔어. 그런데 오스틴의 어머니가 미모만 출중한 것이 아니라 자신이 설파하는 영생을 믿는다는 사실을 알게 되자 그녀 없이는 미국에 돌아가지 않겠다고 마음먹은 거야. 이야기가 이 부분에 다다를 때마다 오스틴의 어머니는 웃음을 터뜨렸고, 아버지도 같이 웃었다고 하더라.

오스틴네 외조부님은 딸을 미국인 선교사에게 선뜻 주었어. 열다섯 형제 가운데 아홉째 딸이라 특별히 애지중지하지도 않았기에, 그들은 오스틴네 아버지가 제시한 신붓값을 받고 조촐한 결혼식을 차려주었으며 신랑은 신부를 안전히 지키겠다고 약속했지. 일주일 뒤에 두 사람은 베잠에 있는 시청에서 결혼식을 한 번 더 올리고 얼마 후에 미국으로 떠났어. 오스틴이 말하기를 어머니는 끝까지 미국을 안 좋아하셨대. 하지만 미국에 오고 열 달 뒤에 오스틴이 태어나자 아들에 대한 사랑으로 버틴 거야. 엄마와 아들은 모든 것을 함께했어. 같이 요리하고 어머니네 고향 노래를 부르고, 의료기구 판매원이라는 새 일자리를 구한 아버지가 자주 출장을 갈 때마다 함께 잤어. 오스틴이 학

교에 있을 때 어머니가 교통사고로 돌아가셨는데, 그때 오
스틴은 너무 슬퍼서 자신이 죽고 말 거라고 생각했대.

그 뒤로는 오스틴은 어린 시절에 대한 추억이 거의 없
어. 아버지와 새로운 도시로 이사했고, 거기서 부잣집 아
이들이 바글거리는 학교에 다니면서 저녁에는 여전히 일
때문에 자주 집을 비우는 아버지가 고용한 여자의 보살핌
을 받았어. 학교에서 다른 아이들은 오스틴을 이상하게 봤
어. 피부는 너무 까맣고 머리는 너무 부풀었다는 거야. 미
국 한복판에 있는 타운의 적막한 아버지 집에서 오스틴은
삶의 목적과 의미를 탐구하는 책들을 읽기 시작했어. 그리
고 글을 쓰기 시작했는데, 어머니가 죽으면서 영영 잃어버
린 줄만 알았던 기쁨을 글쓰기에서 찾았대. 대학에 진학할
나이가 되자 오스틴은 존재의 핵심을 공부하고, 자신이 태
어난 이유를 알아내고 싶다고 아버지에게 말했어. 아버지
는 격려해주었지. 아들의 뜻을 지지해주는 것이야말로 자
신이 해주지 못한 모든 것을 보상할 수 있는 유일한 방법
이었으니까.

스무 살이 된 오스틴은 아버지가 대출을 받아 마련해준
브루클린 아파트에 홀로 살면서 자기 진로를 정했어. 타인
의 삶에 대해 쓰면서 존재의 목적을 찾기를 바라는 마음
으로 신문기자가 되기로 한 거야. 입이 틀어막힌 사람들의
이야기를 세상에 알리면 의미 있는 삶을 살 수 있지 않을
까? 다른 사람들이 쓴 글이 그의 인생을 형성하였으니, 그
도 글을 써서 세상에 보탬이 되면 좋지 않을까? 오스틴은
젊은 시절 자신의 생각을 돌이켜보며 웃지만 처음 기자가

되었을 때는 너무 좋았대. 세상에 알려져야 하는 사건들을 조사하고, 글을 쓰고, 수정하고, 상사들이 받아줄 때까지 설득하는 모든 과정이 좋았다고 했어. 이제 그는 자신의 기사가 타인의 생각과 삶의 방식을 바꿀지도 모른다는 희망의 지스러기를 끝까지 붙든 채로 전국을 돌아다니며 이야기의 진상을 파헤치고 있지만, 끝에 가서는 자기가 하는 일이 큰 변화를 불러일으키지 못할 것을 알기에, 달을 따려는 듯한 헛된 노력에 지친다고 했어.

오스틴은 코사와에 대한 기사를 쓴 것을 후회해. 자신이 펙스턴을 그런 식으로 고발하지 않았으면 봉고 삼촌이 아직 살아 있을 거라고 믿어. 그런 희생을 감수할 가치가 있었을까? 나는 가치가 있었다고 생각해. 우리 모두 그렇게 생각하지. 하지만 내 생각을 그에게 강요할 수는 없어. 넷이 그때 교수형을 당하지 않았다 하더라도 결국에는 죽었을 거라고 내가 말하면 오스틴도 고개를 끄덕여. 우리 모두를 기다리는 올가미를 언제까지고 피할 수는 없으니까. 그런데도 오스틴은 과연 계속 싸워나갈 가치가 있는지 확신이 없대. 특히나 우리와 펙스턴의 싸움처럼 힘의 균형이 터무니없이 한쪽으로 치우쳐 있는 싸움은 말야. 물론 오스틴은 우리가 이기기를 원해. 만에 하나 우리가 펙스턴을 이긴다면, 자기가 쓴 기사 중에서 거의 처음으로 행복한 결말이 나오는 거래. 신문기자가 세상의 불의를 바로잡을 수 있다고 내가 한때 진심으로 믿었나? 오스틴은 이렇게 말하며 젊은 시절 자신의 패기를 비웃어. 사람들은 오스틴이나 오스틴 같은 기자들이 쓴 기사를 읽고 한숨을 쉬지.

그러고는 신문을 쓰레기통 밑바닥에 축축하고 외롭게 버려두고 자기 일상으로 돌아가. 이따금 독자들은 영향력이 있는 사람들에게 탄원서를 쓰기도 해. 가끔은 시위도 하지. 아니면 불매 운동을 벌이거나. 때론 정부를 교체하기도 해. 하지만 세상에는 너무 많은 문제들이 그대로 남아 있어. 사람들은 계속해서 그렇게 살아가. 아니면 어떡하겠니? 때가 되면 변화가 올지도 모르지만, 끝까지 오지 않을 가능성도 염두에 두어야 한다고 오스틴은 말해.

누구보다 열정적인 툴라가 오스틴과 그의 좌절감에 그토록 공감한다는 사실에 우리는 경악했다. 자고로 여자의 마음은 갈대 같고 사랑에 쉽게 흔들리는 법이라, 우리는 친구에게 지혜를 불어넣어달라고 신령에게 자주 기도를 올렸다. 떠나기 전에 툴라는 우리가 자신을 전적으로 신뢰할 수 있게 모든 상황을 편지에 적겠다고 약속했었다. 따라서 우리는 오스틴의 영향 아래 달라지고 있는 그녀에게 물어보아야 했다. 때가 되면 오스틴을 떠나 코사와에 돌아올 거냐고. 만약 사랑을 위해 미국에 남고 싶으면 이해하겠다고 말했다. 우리는 툴라를 위해 기뻐하고 행복을 빌어줄 것이다. 이 편지에 툴라는 이렇게 답했다.

어떻게 나를 의심할 수 있니? 나는 코사와로 돌아가지 않을지도 모른다고 은근히 암시하려고 오스틴에 대해 말하는 게 아냐. 가슴이 찢어지는 한이 있어도 내가 돌아가야만 하는 이유를 너희에게 알리고 싶었던 거지. 그래, 나는 숨이 다하는 순간까지 오스틴과 함께하고 싶어. 오스틴

옆에 누워서 아빠와 봉고 삼촌에 대해 이야기하고, 타락할 대로 타락해서 그냥 부숴버리고 인류의 발자취를 지우는 편이 나을 성싶은 이 세상을 애도하며 울고 싶어. 오스틴 역시 세상이 달라지기를 바라지만, 우리의 방식에 동의하지 않아. 오스틴은 사람들이 대화를 통해 변할 수 있다고 믿어. 서로 이야기를 공유하면 타인을 이해하고 새로운 시각을 얻을 수 있을 거라고. 오직 대화의 힘으로 그걸 이룰 수 있다고 믿는 그의 순진함에 가끔 웃음이 나와. 너희가 처음 정원을 공격했을 때 오스틴은 코사와의 어린이들이 그렇게 되었다는 사실에 충격을 받았어. 그 일 때문에 어찌나 싸웠는지, 며칠이나 말을 안 했단다. 우리의 투쟁에 대해 오스틴에게 말하기가 거북스러워. 그래도 오스틴은 나의 가장 친한 친구야. 하지만 나의 비전에 공감하지 못하는 사람에게 어떻게 계속해서 내 곁을 지키라고 요구할 수 있겠니?

오스틴은 우리가 인내하며 기다려야 한다고 거듭 말해. 대통령과 그의 통치는 결국 자신들의 욕심의 무게에 무너질 것이며, 펙스턴은 그들과 함께 우리 나라에서 도주할 거라고. 오스틴이 이런 말을 하면 나는 머리끝까지 화가 나. 인내해라. 기다려라. 우리에게 필요한 건 인내가 아니라 투쟁이야. 하지만 오스틴은 폭력을 믿지 않아. 세상 모든 문제가 대화를 통해 해결될 수 있다고 믿어. 나는 이렇게 말하지. 우리에겐 그렇게 되지 않았다고, 그래서 계속 싸워야 한다고.

하지만 무기를 내려놓은 마당에 어떻게 계속 싸워나간단 말인가? 우리는 툴라에게 물었다.

우리가 미스터 피시와 협상을 맺은 지 4년째 되던 해였다. 그때껏 우리는 분배금을 구경도 못했다. 급하게 다시 칼을 빼들고 싶지는 않았지만 만만하게 보일 수는 없었다. 다시금 야밤에 정원을 방문할 때가 된 것 같다고 툴라에게 말했다. 우리 농토에서는 여전히 곡물이 시들시들하게 자라며 물에는 오염물이 가득하고 아이들은 더러운 공기를 들이마시고 있다는 사실을 그들에게 상기시켜야 했다.

툴라는 동의했다. "그들은 약속을 지킬 의사조차 없나봐." 툴라가 편지에서 말했다.

그렇지만 툴라는 곧바로 공격을 재개하지는 말라고 했다. 곧 돌아갈 계획이니, 그때까지 우리가 기다리기를 원했다. 툴라는 자신 역시 펙스턴과 대화로 풀어나갈 의지가 있지만, 세월아 네월아 두 손 놓고 기다릴 수는 없음을 소니와 어르신들에게 이해시키고 싶어 했다. 펙스턴이 약속을 지키지 않으면 이전처럼 무력으로 상대하겠다는 우리의 뜻을 어른들이 지지하는 것이 툴라에겐 중요했다. 툴라는 복원 운동 단체가 언젠가는 코사와 말고 다른 곳에 집중할 터인데, 그들을 탓할 필요는 없다고, 자연스러운 일이라고 어르신들에게 설명하고 싶어 했다. 우리는 외부의 도움이 없어질 때를 대비해야 했다.

우리는 툴라의 말에 완벽히 동의했다. 툴라가 돌아올 때까지는 공격하지 않겠다고 약속했다. 툴라와 함께라면 우리의 의지는 더욱 강해질 터이니까.

다음 편지에서 툴라는 자신이 한동안 고찰해온 것들에 대해 이야기했다.

　생각해봐. 펙스턴은 단독으로 행동하는 게 아냐. 그들이 우리 땅에서 활개칠 수 있는 이유는, 우리 정부가 그럴 권력을 주어서야. 정부가 펙스턴에 우리 땅을 넘겼어. 그날 오후에도 정부가 군인들을 보냈지. 넷을 교수형시킨 것도 정부잖아. 우리가 펙스턴을 몰아낸다 하더라도, 정부가 다른 방법으로 우리를 계속 짓밟지 않을까? 요컨대, 우리의 궁극적인 적은 펙스턴이 아니라 정부라는 거야. 펙스턴에 대항하지 말자는 게 아니야. 정부에도 맞서야 한다는 거지. 터무니없이 무모한 소리로 들리는 거 알아. 우리 능력 한참 밖의 일이라고 생각하겠지만, 현재 정권을 무너뜨릴 운동을 시작하면 어떨까? 우리가 더는 침묵하지 않겠다고 베잠에 알린다면?

　나는 우리가 할 수 있다고 믿어. 펙스턴이 더럽힌 공기는 우리 마을 사람들만 들이쉬고 있는지 몰라도, 송유관은 여러 마을을 통과하면서 유출을 발생시키고 있어. 전국 곳곳에서 군인들은 무고한 사람들을 잡아들여. 나라 전체가 대통령의 손아귀 속에서 허덕이고 있어. 많은 사람들이 그를 타도하고 싶어 해. 그게 우리의 기회야. 우리만큼이나 변화를 절실히 기다리는 사람들과 힘을 모으자. 거리로 나가서 새로운 나라를 만들자고 부추기는 거야. 이런 운동들에 대해 공부했어. 미국과 유럽에서 있었던 일이야. 사람들이 거리로 뛰쳐나가 시위해서 나라를 바꿨어. 많은 사람들의 마음을 움직이려면 몇 달, 아니, 몇 년이 걸리겠지. 하지만 철저히 계획해서 진행하면, 할 수 있어.

우리 마을과 형제자매 마을에서 시작해서, 발이 닿는 곳까지 가자. 한번 말이 퍼지기 시작하면 사람들은 무력하게 복종하지 않아도 된다는 것을, 자신에게 선택권이 있으며 정부를 바꿀 수 있음을 깨달을 거야. 그게 우리 운동의 핵심이야. 대통령을 끌어내릴 수 있는 건 국민뿐이니까. 국민은 스스로 멍에에서 벗어나야 해. 자신들에게 어떤 힘이 있는지 우리가 일깨워주자.

너희도 같은 생각이니? 꼭 그랬으면 좋겠어. 몇 년이나 이것에 대해 생각해왔는데, 이제야 이것이 신령이 내게 내린, 아니, 우리에게 내린 사명이라는 확신이 가슴에 꽂혔어.

내 비전을 여기 친구들과 의논해보았는데, 모두 적극적으로 지지했어. 역사에서 중요한 시위와 운동에 대해 토론하고, 그것들로부터 배울 수 있는 점들을 정리해봤어. 친구들이 내가 읽어야 하는 책들을 추천해줬어. 그중 한 명은 자기 삼촌을 소개해줬는데, 그분은 미국에서 모든 인간이 평등하게 대우받아야 한다는 법을 통과시키는 운동에 참가했었어. 그분이 이렇게 말했어. 미국에서 가능했다면, 우리 나라에서도 가능하다고. 또한 사람은 누구나 죽기 마련이고, 그들이 건설한 시스템도 무너지기 마련이라고. 그러고는 펜더 선생님이 미국인들 대화 방식을 예로 들어보일 때와 비슷한 말투로 덧붙였어. 절대 믿음을 잃으면 안 된다. 변화는 오게 되어 있어.

하지만 내가 이것에 대한 의견을 물어볼 때마다 오스틴은 유럽과 미국에서 벌어진 일들은 잠시 잊고, 우리 나라와 비슷한 국가에서 그런 운동이 어떻게 끝났는지를 살펴 보라고 해.

오스틴은 내가 계획하는 것이 운동이 아니라 혁명이라 고 말했어.

나는 이렇게 대꾸했어. 운동, 혁명. 무엇이라고 불리는 지는 관심없어요. 나는 우리 나라에 이것이 필요하다는 것 만 알아요.

하지만 주변 국가에서 그런 혁명이 어떻게 끝났는지 봐, 공주야. 오스틴이 말했어. 너희 나라 남쪽에 있는, 한때 소 수의 사람들이 권력을 쥐고 있던 나라를 생각해봐. 정의로 운 사람들이 들고일어나서 부를 공정히 나누고자 싸웠어. 그렇게 되었니? 부가 하나의 작은 그룹의 손에서 다른 작 은 그룹의 손으로 넘어가지 않았니? 동쪽에 있는 나라를 생각해봐. 반란군들이 해외 지지자들로부터 공급받은 무 기로 무장하고 대통령궁에 쳐들어가서 전부 부숴버리고 거기 살던 사람들을 쫓아냈어. 오랫동안 자신들을 탄압한 이들의 가슴에 총알을 박았어. 총을 쳐들고 새롭게 얻은 자유를 축하하며 환성을 내질렀지. 마침내 승리했다. 마침 내 승리했다. 그다음에 어떻게 되었니? 부족끼리, 마을끼 리 전쟁이 났는데 그들 간에 평화를 중개할 강력한 힘이 없었어. 그 나라 아이들은 지금 먹을 것이 없어서 굶어죽 고 있잖아. 모두의 해방을 위해 싸운 남자들 탓에 여자들 은 노예로 팔려나갔어. 그 사람들에게 물어보면 과연 혁명 을 찬양할까?

네가 시도하려는 혁명은 다른 결과를 불러올 거라고 무

슨 근거로 자신하니? 왜 실패로 끝날 수밖에 없는 일을 시 작해서 더 큰 고통을 초래하려는 거야?

오스틴이 이런 말을 할 때마다 너무 가슴이 아파. 내가 미국에 남길 바라는 마음으로 하는 말이라 더욱 마음이 아 프고. 나를 껴안고서 절대 보내줄 수 없다고 말할 때 그의 눈에 절박함이 비쳐. 우리는 거의 8년이나 함께했어. 찬란 한 시간이었지만, 처음부터 오스틴은 내 마음 한구석은 오 직 코사와에만 속하고, 그걸 훔칠 수 있는 사람이 있다면 바로 자기뿐이라는 것을 알았어. 나는 오스틴에게 작별을 고해야 하는 날을 생각하지 않으려고 애쓰고 있어. 내가 다 칠까봐 걱정하며 말릴 때면, 그가 그릇된 행동을 하고 있다 는 걸 알면서도 눈물이 솟아. 하지만 나는 눈물을 흘릴 수 없어. 투쟁이 끝날 때까지는 눈물을 보이지 않을 거야.

우리의 남은 생이 결국 험난한 투쟁으로 끝나리라고 내 가 암시하는 것처럼 들리지? 나도 알아. 하지만 너희가 인 생을 바칠 뜻이 있다면 나도 각오가 되어 있어. 어쩌면 우 리는 코사와나 우리 나라가 어둠을 헤치고 빛으로 나오는 날을 못 보고 죽을지도 모르지. 그래도 우리는 그런 날이 올 거라고 믿으면서 계속 싸워나갈 거야. 그것이 유일한 삶의 길이니까.

그것이 유일한 삶의 길이야. 우리는 툴라에게 보낸 답장에 썼다.

툴라가 암시하는 바는 과연 두렵기는 했지만 우리는 비겁하 게 사느니 차라리 싸우다 죽는 편을 택할 것이다. 우리에게 새

370

로운 삶을 주기 위해 툴라가 어떤 계획을 세우든지 믿고 따를 것이다. 툴라는 우리를 도울 지식을 쌓으려고 미국에 갔다. 대통령을 끌어내린다는 계획에 다른 지역 사람들이 그녀만큼 강한 열의로 지지할 가능성은 적었다. 자기네 도시나 마을이 보복을 당할까봐 지레 겁부터 먹을 것이다. 하지만 그들에게 말해보기 전까지는 아무것도 예단할 수 없다.

이에 대한 대답으로 툴라는 과거나 미래가 아니라 현재에 집중해야 한다며, 이것의 중요성을 오스틴에게서 배웠다고 말했다. 물론 자신의 아버지와 삼촌, 그리고 코사와가 잃은 모든 이들을 생각하면 우리 마을에서 더 많은 죽음이 발생할까봐 두렵다고 인정했다. 하지만 또 다른 한편으로는 저세상으로 먼저 떠난 이들을 생각하면서 힘을 받는다며, 이렇게 말했다.

지난주에 오스틴이 우리 삼촌이나 아빠 같은 사람들에게 바치는 헌사를 읽어주었어. 헌사에서 오스틴은 용맹한 사람들이 세계 도처에서 목숨을 잃고 있는 한편, 새로운 형태의 탐욕과 무책임한 행동이 거듭 기존의 것을 대체하며 그들의 희생을 헛되게 만들고 있다고 말했어. 우리 아빠나 삼촌 같은 사람들의 빈자리를 메우려고 일어난 사람들은 어떻게 될까? 세계의 외진 구석에서 사람들의 삶을 밝히려는 진보의 빛이 가물거리고 있지만, 모두를 구원할 해결방안은 아직 찾지 못했어.

오스틴과 나는 우리 자신과 주변 사람들을 해방시킬 방법에 대해서는 늘 논쟁하지만, 그 외 문제에서는 한마음이야. 우리 두 사람은 이렇게 믿어. 너무나도 많은 이들이 진정한 자아를 자각하지 못하고 있어서, 탐욕스러운 자들이 나머지 사람들을 먹이 삼아 자신들의 욕심을 채운다고. 나는 미국에서 목격한 것들로부터 위안을 받았지만, 어떤 면에서는 더욱 상처를 받았어. 코사와는 무참하게 짓밟힌 수많은 곳 중 하나일 뿐이며, 우리보다 강한 사람들도 훨씬 처참하게 망가졌다는 사실을 알게 되었으니까. 여전히 나는 빌리지 모임에 꼬박꼬박 참석해. 모임에서 우리는 스스로에게 질문을 던져. 이제 무엇을 어떻게 할까? 모든 수단을 시도해도 아무것도 달라지지 않았는데? 우리 아이들 역시 자신들의 부모처럼 힘껏 노력하고도 실패하면 어쩌나?

오스틴은 내가 미국에 남을지도 모른다는 희망을 아직도 놓지 않고 간곡히 부탁해. 여기서 돈을 벌어서 너희를 금전적으로 지원해주면 어떠냐고 권하지. 현실적으로 생각하면 우리가 코사와를 펙스턴에 파는 편이 나을 거래. 어떻게 그가 이해하겠니? 돈은 물론 도움이 되겠지만 우리는 단순히 그들로부터 벗어나려는 게 아니야. 우리는 자주적으로 살면서 표범의 아들딸답게 당당히 나아가고 싶은 거야.

툴라의 이 편지를 받은 뒤로, 우리가 존중받아 마땅한 존엄한 존재라는 그녀의 말과 믿음을 생각할 때마다 우리는 가슴을 당당히 내밀고 어깨를 펴고 걸었다. 그달 말에 소년들의 성인식을 축하하러 모인 날에 툴라의 말이 마을 전체에 울려 퍼졌다.

우리는 여러 축제 중에서 성인식을 제일 좋아하는데, 성인식이 열릴 때마다 우리가 어떤 사람들이며 어떤 삶을 살아야 하는지 새롭게 환기하기 때문이다. 남성 친척의 손에 이끌려 첩첩산중에 들어가 그곳에 남겨졌던 성인식 전날 밤을 떠올릴 때마다 우리는 웃는다. 동갑내기 친구들 중에는 친척을 따라 집으로 돌아가려고 징징거린 아이도 있었는데, 그러면 어른들은 찰싹 때리며 나무에 묶고 간다고 을렀다. 해가 뜰 때까지 마을로 돌아갈 수 없었다. 밤새 우리는 정체불명의 소리와 냄새로 가득한 어둠 속에서 뱀이나 전갈을 밟을까봐 겁에 잔뜩 질린 채 서로 이름을 부르며 찾아 헤맸다. 운 좋게 친구와 마주친 아이들은 나무에 바짝 등을 대고 모여서 바들바들 떨었다. 성인식은 언제나 우기에 행해졌는데도 우리는 담요 한 장 가져갈 수 없었다. 끝내 친구를 못 찾으면 혼자 눕는 것이 두려워 안전한 나무 위로 올라가거나, 밤새 무릎을 끌어안고 앉아 있었다. 동이 틀 무렵에는 머리부터 발끝까지 모기에 물린 자국 투성이였지만, 자신의 용맹을 증명했다는 생각에 뿌듯해했다. 마을로 돌아가는 길에 우리는 웃으면서 서로 질세라 자신의 생존기를 떠벌렸다.

어머니들은 마을로 돌아온 우리를 격렬히 반겼지만, 사실 우리가 돌아오지 못할까봐 진심으로 가슴 졸이진 않았다. 마을 역사상 성인식 전날 밤의 의식에서 돌아오지 못한 아이는 없다. 북소리가 요란하게 울렸고 이모들과 누이들은 부엌에서 땀을 뻘뻘 흘리며 요리했다. 하지만 아직은 먹을 수 없다. 어머니를 껴안는 것도 금지다. 심지어 집에 가는 것도 허락되지 않았다. 우리는 곧장 아버지와 남자 어른들을 따라 마을 광장으로 갔다. 거기서 망고 나무 아래 멍석에 앉았다. 움직이거나 말하면 안 된다. 진정한 남자가 되려면 가만히 있는 법을 배워야 하기 때문이다. 볼일이 급한 경우에만 수신호가 허락되었는데, 변소에 다녀오자마자 다시 앉아서 허기와 추위를 참아야 한다. 해가 서녘 하늘로 기울고 마을에서 축제를 시작할 준비가 될 때까지 우리는 그렇게 앉아 있었다.

코사와 주민들과 형제자매 마을의 친구와 친척들까지 수백 명이 모이면 마지막 의식이 시작되었다.

모두가 보는 앞에서 우리는 알몸으로 뜨거운 숯 위를 걸었다.

숯 위로 마흔 걸음을 걸어야 했는데, 걸으면서 수치심이나 고통을 드러내선 안 된다. 남자는 세상의 시선 앞에 절대 머리를 수그리면 아니 되며, 고통을 현명하게 통제해야 하기 때문이다. 아버지들은 빨리 걸으라고 조언해주었지만 막상 숯길 앞에 서면 도저히 발걸음이 떼어지지 않았다. 거의 모든 아이들이 이를 악문 채로 한 발, 한 발, 떼었고, 적어도 한두 명은 오줌을 지렸다. 의식이 끝나면 어머니와 여성 어른 친척이 천으로 아랫도리를 가려주었고, 아버지와 남성 어른 친척이 집으로 업고 가서 발바닥의 화상을 씻고 붕대를 감아주었다.

그런 다음 붉은색 의상을 차려입고 광장에 돌아가면 마을을 기념하는 송가에 맞추어 다 함께 춤추고 노래하고 있다. 표범의 아들딸이여, 우리를 해하려는 자, 각오하라. 우리의 포효를 잠재울 수 없을지어니.

숲에서 밤을 지새고 오후에 목석처럼 앉아 있는 내내 꿈꾸던 먹고 마시며 즐기는 시간이 오기 전에, 우리는 마을 어르신들 앞에 무릎을 꿇고 앉는다. 그들은 우리의 머리에 손을 얹고 술을 부은 뒤에 표범의 핏줄을 이어나갈 자격을 부여해준다. 이 의식이 끝나고 일어서는 순간 남자가 된다. 성인식을 치렀다고 무조건 진정한 남자가 되지는 않는다는 사실은 아버지들로 부터 들어서 안다. 다른 사람의 삶을 책임질 수 있어야만, 아내를 얻고 아이들을 낳아 기르면서 가족에게 모든 것을 줄 수 없다면 삶이 무의미하다는 것을 깨닫는 날이 와야만 비로소 진정한 남자가 된다. 이제 남자가 된 우리는 똑같은 이야기를 다음 세대에게 반복한다. 성인식은 단지 남성의 길로 들어서는 어귀에 도달한 것을 기념하는 것뿐이며, 자신의 혈관에 표범의 피가 흐르고 있음을 세상에 거듭 증명해야 한다고. 그렇지 않으면 그들은 영원히 소년에 머무르는 것이다.

성공적이었던 성인식에 대한 소식을 듣고 툴라는 자신이 업고 다니던 마을 아이들이 이제 성인이 되었다는 사실에 놀랐다. "곧 돌아가게 되어서 다행이야." 툴라가 말했다. "내가 돌아갔을 때 친구들이 전부 할아버지 할머니가 되어 있으면 얼마나 당황스럽겠니." 미국에서 마지막으로 보낸 그 편지에서 툴라는 친구들이 즉흥적으로 작별 파티를 열어주었고, 미국 전역을 돌아다니며 함께 벌인 여러 모험을 떠올리며 울었다고 했다. 하지만 편지의 대부분은 툴라 자신이 최근에 치른 통과의례에 대한 것이었다.

이틀 전에 오스틴네 집에서 같이 저녁을 먹었어. 내가 석 달 뒤에 떠난다는 사실은 언급하지 않기로 미리 약속했어. 영원히 함께할 듯이 우리에게 남은 시간을 보내는 게 낫다고 판단했거든. 가끔은 정말로 그렇게 할 수 있을 것처럼 느껴. 하지만 아파트 문을 열고 오스틴의 침통한 얼굴을 보자 그날은 그리되지 않을 걸 알았지. 오스틴이 베잠에서 요리법을 익힌 플랜틴 바나나 튀김과 콩과 버섯 스튜를 먹고 있는데, 그가 내 오른손을 잡고 할 말이 있다고 말했어.

공주야, 나는 죽을 거야. 오스틴이 말했어.

나는 입이 떼어지지 않아 오스틴의 얼굴만 뚫어지게 보았어.

무슨 소리예요, 죽는다니? 내가 마침내 물었어.

죽을 거야. 오스틴이 다시 말했어. 언제가 될지, 사인이 무엇일지는 모르지만, 오늘이건 내일이건 다음 주건 내년이건 나는 죽게 되어 있어.

무슨 일이에요? 내가 물었어. 병원에 다녀왔어요? 오스틴이 고개를 젓자 나는 그제야 평정을 되찾았어. 그가 또 철학적인 기분인가보다, 생각했지.

죽음에 대한 기사를 쓰다가 심란해졌어요? 내가 물었어.

내가 쓰는 기사는 전부 죽음에 대한 거야. 그가 말했어. 삶이란 죽음이고, 죽음이란 삶이란 생각이 오늘 엄습했어. 그렇다면 사는 게 다 무슨 소용이겠니?

그러니까, 아픈 거 아니죠? 내가 물었어. 오스틴은 고개를 가로저었고, 내 눈에서 눈물 한 방울이 떨어지자 내 손을 잡고 있지 않은 손으로 닦아주었어.

한참을 그렇게 앉아서 서로의 눈을 들여다봤어. 눈물이 수도꼭지처럼 흐르기 시작했는데, 영문을 알 수 없었어. 몸이 무거웠어. 거친 삶을 살아낸 피로가 갑자기 납덩이처럼 무겁게 나를 끌어내리는 것 같았어. 그런데 영혼은 오히려 맑게 깨어나는 기분이었어. 내가 흐느끼기 시작하자 오스틴이 내 눈물을 닦아주었고, 그러자 흐느낌이 더욱 격렬하게 터져 나왔어.

　오스틴이 말했어. 공주야, 너도 죽어가고 있어. 우리 모두 죽어가고 있어. 죽음이 얼마나 가까이 맴도는지, 나는 일주일 내내 그 생각밖에 하지 못했어. 이 사실을 고려하면, 네가 사는 방식을 바꾸고 싶어지지 않니? 나는 바꾸고 싶어. 인간의 허영이라는 굴레에서 벗어나 유유히 흘러가듯 살고 싶어. 이 거대하고 무한한 우주에서 우리는 그저 티끌이라는 사실이 도저히 납득하기 힘들지만, 그걸 인정하는 순간 겸허해지고 자유로워져. 그렇지 않니? 우리는 무의미한 존재야.

　오스틴은 웃더니 내 손을 입술로 가져가서 손등에 키스했어.

　내가 무얼 깨달았는지 알아? 오스틴이 물었어. 삶은 고통스러워. 그래서 우리는 자신이 죽어가고 있다는 사실을 잊어. 아픈 데를 핥느라 바빠서 정작 중요한 진실을 잊는 거야. 이거야말로 우리가 죽어가고 있다는 사실에서 주의를 돌리려는 자연의 술수 아닐까. 매순간 자신이 죽어가고 있다는 사실을 인지하면, 우리는 무의미한 삶이야 그냥 흘러가라 내버려두고, 낮은 가지에 달린 과일을 따 먹고 맑은 강에서 발장구치며 평생을 보낼 테니까. 자연은 인생의 모퉁이마다 고통을 준비해놓아서, 우리는 계속해서 그걸 피하거나 벗어나려고 버둥거리고, 끊임없이 무엇을 탐하지. 덕분에 세상은 분주하게 돌아가. 우리는 고통을 받고, 고통을 초래해. 이 어처구니없는 짓거리가 무한으로 반복돼. 우

377

리가 타인에게 초래하는 고통은 결국 자기가 받은 고통을
쏟아내는 게 아니면 무엇이겠니? 나는 고통의 지배 아래에
서 살고 싶지 않아. 너를 떠나보내며 느끼는 고통을 사랑
으로 전환하고 싶어. 사랑하고, 사랑하고, 또 사랑하고 싶
어. 아무런 조건 없이 사랑하고 싶어. 네가 코사와로 돌아
가는 비행기에 오르기 전에 내가 죽을지도 몰라. 오늘 밤
에 죽을지도 모르지. 죽음에 집착하려는 게 아냐. 삶에서
모든 것을 내려놓는 법을 배우려는 것뿐이야. 나는 무언가
에 죽자사자 매달리며 평생을 보냈어. 삶을 놓치지 않으려
고 버둥거리면서도 부지불식간에 잃어버리고 있었지. 너
무 괴로워… 우리 어머니… 오늘이 어머니의 기일이야.

그날 처음으로 나는 오스틴의 어머니가 돌아가신 날을
알게 되었어.

어머니의 죽음을 아직도 그렇게 슬퍼하는데, 나한테 말
해주지 않았다고 서운해할 수는 없잖니. 오스틴의 아버지
가 얼마 전에 낙상을 당하시는 바람에 오스틴이 비행기를
타고 가서 병원에서 이틀간 지내다 왔어. 아버지는 곧 돌
아가시고 나는 떠날 텐데, 대통령에게 추방당한 자신은 따
라갈 수 없으니, 어쩌면 미국에서 홀로 살다 홀로 죽을지
도 모른다는 생각이 오스틴의 마음속에 있는 것 같아.

우리 어머니가 아직 살아 계셨다면, 그냥 사랑하라고,
모두를 친절하게 대하라고 말했을 거야. 내게 매일매일 하
시던 말인데, 당신은 정말 그렇게 사셨어. 모두에게 미소
를 지었어. 날이 추운 날에도 미소를 지었고, 자기들과 생
김새와 억양이 다르다고 빤히 쳐다보던 사람들에게도 웃

378

었지. 죽음이 찾아왔을 때도 어머니는 미소를 띤 채로 떠났어. 지난 몇 년간 세상은 내게 다른 삶의 방식을 권했어. 어머니 같은 사람들은 단단히 착각에 빠져 있으니 고통에는 고통으로 반응하라고. 하지만 세상이 틀렸단다.

그날 나는 오스틴의 아파트에서 밤을 보냈어. 잠은 통 오지 않고 마음이 어지러웠지. 유년 시절의 무서웠던 밤을 다시 보내는 것 같았는데, 다른 점이 있다면 이번에는 죽음이 두렵지 않았어. 하지만 죽음을 통렬히 의식했어. 죽음이 말했어. 내가 너를 찾아가고 있어, 툴라. 준비하렴. 죽음은 내게 모든 걸 다시 생각하라고 했어. 삶이란 결국 끝없이 되풀이해서 고통을 받고 또 고통을 초래하는 것이라는 오스틴의 말이 사실이면 어떡하지? 나도 그중의 하나가 되고 싶지는 않아. 밤새 나는 자문했어. 펙스턴과의 싸움은 사랑에서 비롯된 걸까, 아니면 고통에 떠밀린 걸까? 사랑에서 비롯될 수 있을까? 그래야 옳은 걸까?

어제 내 방에 돌아와서 침대에 누운 다음에, 아름다운 유리 공예품으로 가득한 공간에 있는 것을 상상했어. 코사와처럼 넓은 곳이야. 그 공간에는 오직 나와, 꽃으로 장식된 다채로운 접시와 쟁반과 유리잔과 꽃병 들이 있어. 값을 매길 수 없을 만큼 귀하고 연약한 것들이 즐비했어. 그것들을 깨고 싶었어. 눈을 감고 소리를 질렀어. 그곳을 빙빙 돌며 계속 뛰어다녔어. 선반에 진열된 것들을 떨어뜨리고 바닥에 내팽개치고, 벽에 던졌어. 발로 차고 부수면서 울었어. 선반을 뒤집어엎었어. 그 공간에 나와 나의 상처만 남을 때까지 전부 파괴했어. 그러고서 벽에 기대앉아

머리가 지끈거리고 얼굴에 감각이 없어질 때까지 울었어. 눈물을 닦고 일어났는데, 방구석에 빗자루가 보였어. 나는 파편들을 쓸어냈어. 공간 밖으로 쓸어내자 흔적도 없이 사라졌어. 나는 문을 닫고 텅 빈 방에 홀로 남았어. 다시 울기 시작했지만, 이번에는 울기만 하지 않았어. 울면서 춤을 추었고, 그다음에는 춤추면서 웃고, 무한한 환희를 느꼈어.

그때 내 가슴에서 느낀 사랑이 영원하기를 바라지만, 만약 그렇게 되지 않아도 이 편지는 내가 하룻나절뿐일지언정 오직 평화만을 바랐음을 증명할 거야. 내일 아침이면 나는 우리가 목격한 참혹한 장면들이 여전히 눈앞에 생생히 떠올라 고통스러워하면서, 펙스턴을 벌하겠노라 이를 갈면서 깨어날지도 몰라. 이 편지를 보낸 걸 후회해도 되돌릴 수는 없겠지. 어쩌면 너희가 이걸 읽고 나서 어떤 고통도 초래하지 않고, 파괴적인 말이나 생각이나 행동 없이 코사와를 해방하고자 하는 노력에 동참하기로 마음먹을까? 다시는 무언가를 파괴하거나 불태우지 않겠다고 맹세하고 말이야. 파괴를 통해 자유를 얻을 수 있다는 믿음이 그른 것은 아닌지, 우리가 여태 잘못 생각한 건 아닌지 너희도 의구심을 품기 시작했을 수도 있으니까.

아니면 너희는 이 편지를 읽고 불속에 내던지며, 길 잃은 여자의 헛소리라고 경멸하고, 이제껏 나를 신뢰한 걸 후회할지도 몰라. 딱 하나만 부탁할게. 자신의 가슴속을 들여다보고, 우리의 혈관에 흐르는 사랑으로 코사와를 되찾을 수는 없을지 깊이 숙고해봐.

이 편지를 쓰는 지금 우리가 무엇을 해야 할지 선명하게 보여. 우리는 군인들 앞에서 노래하고 춤추며 펙스턴을 향해 행진할 거야. 눈물도 흘리고, 화도 나겠지. 하지만 그 분노는 우리 자신과 고향을 사랑하는 마음에서 우러나올 거야. 이 사랑으로 우리는 권리를 요구하고, 이길 거야.

죽을 때 죽더라도, 평화를 위해 죽기를.

나는 언제나 우리 중 하나야,

툴라.

※

이에 대한 답장이자 마지막 편지에서 우리는 그 제안에 대해서는 얼굴을 보고 자세히 이야기하는 편이 낫겠다고 말했다. 툴라의 지성은 존경했지만, 편지의 내용은 애인을 곧 떠나야 하는 슬픔에 빠져 사랑에 대해서밖에 이야기할 수 없는 여자의 망상처럼 들렸다. 평화로운 대화와 노래와 춤으로 이 싸움에서 이길 수 있다니, 말이나 되는 소리인가. 적들과 우애를 맺으려는 시도는 이제 끝났다.

최근에 어떤 군인이 우리 중 한 명에게 접근해 총기를 구해주겠다고 제안했다. 총이 있으면 불을 지르고 설비를 파손하는 것보다 훨씬 많은 일을 할 수 있다. 코사와를 지킬 수 있다. 우리는 군인의 제안을 고려해보고 가치 있는 투자라고 결론지었다. 그렇지만 툴라에게 돈을 부탁하는 건 직접 만나서 이야기할 때까지 기다리는 편이 나을 성싶었다. 그래서 우리는 마지막 편지에서 최대한 말을 아꼈다. 툴라에게 무슨 말을 하려는

지 잘 알아들었고, 그녀가 내면의 평화를 찾아서 기쁘다고만 말했다.

우리는 툴라가 귀국하는 날에 공항으로 마중을 나가기로 미리 계획해놓았다. 아내들에게는 제일 좋은 옷에 풀을 먹이고 다려놓으라고 일렀다. 툴라가 귀국하고 일주일 뒤에 마침내 코사와로 돌아오는 날, 즉 진정한 귀향을 하는 날에는 오래전에 마을을 떠난 친구들도 모여서 성대한 환영식을 열 것이었다.

아내들은 누가 무엇을 요리할지도 다 정했다. 염소 두 마리를 잡기로 했고, 마을 광장을 말끔하게 청소했다. 툴라가 떠난 후에 태어난 아이들은 그녀에 대해 온갖 질문을 쏟아냈다. 툴라라는 이름은 아이들에게 익숙했다. 이 경삿날에는 코사와에 기쁨이 충만하리라.

우리는 툴라가 돌아온다는 소식을 남들보다 일찍 접했으므로 더 일찍 기뻐했지만, 베잠의 공항 게이트에 툴라의 가족과 함께 서서 우리의 품으로 달려오는 그녀를 본 순간의 기쁨은 형용할 수 없었다. 툴라는 열일곱 살에 떠나서 거의 스물여덟 살이 되어 돌아왔다. 나이로는 성숙한 여자였지만 겉보기에는 그렇지 않았다. 여전히 소녀처럼 앳되고 얼굴은 잔주름 하나 없이 매끈했다. 언제나 그랬듯이 비쩍 말랐지만, 커다란 눈이 더욱 도드라지고 예전보다 환하고 크게 웃었으며 구불구불한 머리를 길게 늘어뜨린 툴라는 흔치 않은 매력의 미인으로 자랐다. 툴라는 우리를 안고 울었다. 툴라의 어머니와 동생도 울었다. 너무 오랜만이었다. 10년이라니. 한평생이 지나간 느낌이었다.

일주일 뒤에 툴라와 가족이 코사와에 왔다. 우리는 신명나게 북을 쳤고 소니와 어른들은 술을 부었다. 툴라가 어찌 보면 너무 많이 변했으면서도 또 어떻게 보면 똑같다고 다들 신기해했다. 툴라는 여전히 최악의 음치였지만 이젠 제법 말이 많아졌으며 여자들과 춤추고 아이들과 노는 모습이 무척 행복하고 자유로워 보였다. 둥지를 찾아 돌아온 새 같다고나 할까.

✳

툴라가 돌아온 둘째 날에 우리는 비로소 총기가 필요한 이유를 설명했다. 밤이었다. 아내 중 한 명이 차려준 음식을 먹고, 우리 여섯 명끼리만 이야기할 수 있게 마을 광장으로 가서 망고 나무 아래 앉았다. 우듬지 위로 떠 있는 반달이 몹시도 쓸쓸해 보였다. 툴라를 환영하러 베잠에 가기 며칠 전에 우리는 툴라에게 돈을 어떻게 부탁하냐를 두고 언쟁했다. 우리 다섯이 함께 부탁할 것이냐, 아니면 한 명씩 차례차례 설득할 것이냐. 어려운 부탁이 틀림없었으므로 쉽사리 결정할 수 없었다. 결국에 다 같이 말하기로 했다. 툴라의 마지막 편지에서 느껴진 심정의 변화는 일시적일 거라고 믿었다. 사랑의 힘으로 자유를 얻을 수 있다는 믿음이 과연 얼마나 가겠는가?

몇 마디 하기도 전에 우리는 툴라의 신념이 결코 가볍지 않다는 것을 깨달았다.

자기가 미국에서 연구한 사람들, 즉 무력을 쓰거나 피를 흘리지 않고 나라를 바꾼 위대한 사람들에 대해 이야기하는 툴라의 눈에 확고한 신념이 비쳤다. 툴라는 우리도 할 수 있다고 믿었다. 적에게 곁을 내주고, 우리와 그들 사이 벽을 허물고, 우리 아이들이 곧 그들의 아이들이며, 그들의 아이들 역시 우리 아이들이라는 진실을 보여주면 이룰 수 있다고 자신했다. 자신의 아버지가 바로 그 진실을 베잠 사람들에게 일깨워주려다 죽었다며.

툴라는 동이 틀 때까지 이야기할 기세였지만 우리 중 한 명이 이렇게 말하며 중단시켰다. 그래, 우리도 네 말에 동의해. 그리고 국민을 통합하여 대통령을 끌어내리는 일에 당연히 함께 할 거야. 하지만 말이야, 코사와에 총이 필요한 때가 왔어.

누구를 죽이려고? 툴라가 오랜 침묵 끝에 말했다.

우리를 공격하는 사람만, 하고 우리는 대답했다. 군인들이 가족과 친구를 마구잡이로 죽였을 때 우리는 아무것도 하지 못했다. 그들이 목숨을 위협하면 꿇어야 했다. 아이들 앞에서 수만 번 창피를 주었을 때도 속절없이 복종해야만 했다. 그들은 총이 있고 우리는 없었으니까. 그들이 내키는 대로 마을에 들락거려도 우리는 나가라고 말할 수 없었다. 앞날에 그들에게 맞설 대비를 하는 편이 안전하지 않을까?

툴라는 고개를 가로저었다.

안 돼. 툴라가 말했다. 그건 안 돼. 평화를 도모하려면 처음부터 끝까지 평화롭게 해야 해. 그들을 죽일 생각을 하면서 어떻게 평화에 대해 말할 수 있겠니?

누구를 죽이려는 게 아니라고 우리는 대꾸했다. 정원을 공격하려는 것도 아니다. 인부들을 위협하지도 않을 것이다. 우리가 공격당할 때를 대비해서 방어의 수단으로 가지고 있으려는

것이다. 스스로 방어할 힘도 없이 무력한 상태로 평화를 도모
할 수는 없다. 무모하고 터무니없다. 대통령과 펙스턴은 자기
들 이익을 위해서라면 눈 하나 깜박하지 않고 우리를 죽일 것
이다. 그에 맞설 수단을 마련해놓으면 안 된다고? 우리가 그들
에게 똑같이 무력을 행사할 날이 오지 않기를 바라지만, 대비
는 해야 한다.

  총을 구매할 자금을 주면 그녀가 원하는 방식의 혁명이 이루
어지도록 최선을 다해 돕겠다고 우리는 약속했다. 그녀가 명령
을 내리는 순간 곧바로 근방의 다른 마을 족장들과 만나서 그
들이 겪은 괴로움에 대해 들을 것이다. 정부의 과도한 벌채가
일으킨 산사태, 법령이라는 이름으로 강탈한 삶의 터전, 죽어
가는 아이들, 군인들에게 강간당한 여자들, 열악한 학교 시설.
우리 공동의 적에 맞서 싸우자고 족장들을 설득할 것이다. 우
리가 평화로운 행진으로 정부를 뒤엎을 계획이라고 말하면 분
명히 누군가는 시답잖은 헛소리 말라고 쫓아낼 거다. 어르신들
은 우리 면전에 대고 비웃겠지. 아이고, 젊은이들. 화낼 힘이 남
아 있구나. 좋겠다. 이마저 빠지기 시작하면 얼마나 더 화가 나
는지 기다려봐라, 허참. 아무리 조롱해도 우리는 악착같이 설
득할 것이다. 툴라와 마찬가지로 우리도 승리가 가능하다고 믿
으니까. 그렇지만 무기도 없이 툴라의 이상에 목숨을 바칠 수
는 없다.

  코사와에 처음 온 날 툴라의 얼굴을 빛내던 기쁨은 다음 날
흔적도 없이 사라졌다.
  그래도 툴라는 정부의 일을 시작하러 베잠으로 돌아가기 전

에 주민 모두가 참여한 회의에서 애써 미소를 보였다. 광장에서 소니 옆에 서서, 툴라는 우리가 코사와를 구할 마지막 시도를 할 때가 왔다고 말했다. 몸이 허락하는 한 힘껏 동참해달라고 모두에게 부탁했다. 우리가 하나로 뭉쳐야만 마을을 구할 수 있다. 툴라는 시간이 날 때마다 돌아오겠다고 약속했다.

툴라가 이야기를 마치고 어머니와 동생과 차에 타기 전에 마을 여자들과 아이들이 차례로 툴라와 포옹했다. 어르신들은 축복을 내리며 선조들과 신령과 우리 모두가 그녀를 지지한다고, 코사와의 모든 이가 힘과 희망을 보태리라 다짐했다.

✳

툴라는 한 달 뒤에 코사와에 돌아왔지만 총에 대해서는 일체 말이 없었다. 다음 달에도 침묵했다. 우리는 초조했지만 재촉하지 않았다. 툴라의 표정만 봐도 가슴속에서 갈등이 얼마나 극심한지 알 수 있었다. 황폐해진 코사와의 풍경이 더더욱 툴라의 마음을 어지럽혔다. 툴라가 미국에 있는 사이에 묘지의 무덤은 두 배로 늘었고, 한때 가족들이 북적거리던 집들은 을씨년스러운 폐가가 되었다. 큰 강에 기름이 어찌나 많이 유출되었는지, 어린아이들은 그곳을 큰 강이 아니라 슬픔의 물이라고 불렀다. 툴라는 최선을 다해 절망감을 숨겼다. 마을 사람들 앞에서 긍정적인 모습을 보이는 것이 중요했기 때문이다. 툴라는 모두에게 믿음을 가져달라고 누누이 부탁했다. 하지만 믿음 하나로 무엇을 할 수 있다는 말인가? 우리의 도움 없이 툴라 혼자서는 코사와를 위해 할 수 있는 일이 별로 없었다. 툴라에게는 비전과 자금이 있었지만, 실질적인 힘을 지닌 건 우리였다. 다른 친구들과 형제들은 코사와를 떠나거나, 기적을 바라거나, 혹은 대통령의 손에 자기 운명을 맡겼다. 모두가 더 나은 삶을 꿈꿨지만, 꿈을 실현하려고 세상에서 가장 비싼 값을 치를 생각은 없었다.

죽음을 두려워하지 않는 이들은 우리뿐이었다. 두 손 놓고 앉아 있건 자신의 권리를 위해 싸우건, 결국에는 죽을 운명인데 싸우지 않을 이유가 무엇이란 말인가? 이따금 우리는 왜 다른 사람들은 이렇게 생각하지 않는지, 우리와 나이도 비슷하고 기운도 넘치는 이들이 왜 세상 무엇보다 값지고 정의로운 것을 위해 목숨을 바치려 하지 않는지 의아해했다. 우리의 영혼에 남들과 다른 무언가가 깃들어 있다고 결론을 내릴 수밖에 없었다. 우리는 감히 상상도 할 수 없는 이유로 신령은 모든 이들의 영혼에 그런 정신을 불어넣어주지 않았다. 그러나 영혼에 깃든 기백도 수년간 지속된 기다림의 고통에서 우리를 지켜주진 못했다. 끝내 우리의 괴로움은 한계에 다다랐다.

우리가 한낱 코흘리개였던 시절부터 코사와는 펙스턴에 맞서 싸웠다. 우리의 터전은 우리가 태어나기도 전에 오염되었다. 우리의 삶은 기름 유출과 귀청 떨어지는 가스 폭발 소리로 얼룩져 있었다. 우리는 수많은 나날을 펙스턴에 대해 이야기하며 보냈다. 근심과 희망이 번갈아 우리의 삶을 채웠고, 작은 승리를 몇 번 얻었으며 수많은 상실을 겪었다. 그러나 상황은 크게 달라지지 않았다. 우리가 꿈꾸는 코사와는 신기루처럼 여전히 손에 닿지 않는다. 로쿤자 학교에 다닐 적에 선생들은 곧 도래하는 21세기를 자주 언급하며 세상이 달라질 거라고 말했다.

우리도 그럴 거라고 생각했다. 1980년도에는 2000년도가 까마득한 미래처럼 생각되었다. 이제 고작 열여덟 달이 지나면 2000년도에 접어든다. 그러나 우리는 당당하게 걸어 들어가는 것이 아니라 기어 들어가는 격이다.

오직 신령의 자비로 우리는 지금껏 희망을 잃지 않았다. 끝내 이기리라는 희망 덕분에 우리는 지금도 아이들의 해맑은 웃음소리에 미소를 짓고, 무지개를 보고 경이로움에 휩싸일 수 있다. 아기의 탄생이나 결혼식 전후의 나날에 코사와에 기쁨이 넘치는 것도, 보름달이 휘황한 밤에 모두가 광장에 나가, 남자들은 북을 두드리고 아이들은 뛰어놀며 어르신들은 환호하고 아내들은 우리의 욕망을 자극하는 춤을 추는 것도, 이 모든 것이 아직 희망을 붙들고 있기 때문이다.

이럴 때면 얼마나 더 오랜 세월을 기다림 속에서 보내야 하는지 크게 걱정하지 않는다. 우리가 받은 축복과 삶의 수많은 약속에 대한 감사의 마음뿐이다. 이런 순간들 덕분에 우리는 밤이 아무리 길어도 결국에는 아침이 오리라는 것을 다시 한번 기억한다.

또한 우리는 툴라가 있어서 얼마나 다행인지 자주 생각한다.

툴라가 두 손 들어 항복하고 코사와를 까맣게 잊고서는, 노력했지만 뜻대로 되지 않았다고 변명하며 베잠으로 가버릴까 봐 걱정할 필요가 없다. 툴라는 그런 사람이 아니다. 한 번도 그런 사람인 적이 없었다. 툴라는 태양처럼 의연하다―제아무리 구름이 짙고 어두워도 그것을 헤치고 나와 찬란한 빛을 뿜을 수 있다고 자신했다.

388

귀국한 지 6개월이 되었을 때 드디어 툴라가 우리에게 총기를 구매할 자금을 주었다.

툴라는 생색을 내지 않았다. 우리 중 한 명의 집에 모였을 때 봉투 하나를 꺼내더니 건네주었다. 강력한 총 다섯 자루와 총알을 충분히 살 수 있을 만큼 우리가 요청한 금액이었다. 우리가 한 명씩 일어나 툴라 앞에 고개를 숙이고 손을 잡아 감사를 표했을 때, 툴라는 침묵을 지켰다. 마침내 입을 연 툴라의 어조는 엄격했다. 툴라는 자신의 허가 없이는 총을 사용하지 말라고 신신당부했다. 우리 자신이나 가족이나 친구의 목숨을 지키는 용도로만 써야 한다. 총을 사용할 수밖에 없는 상황이 오기 전까지는 총기를 소유한 사실을 아무에게도 드러내면 안 되며 그녀가 자금을 대주었다는 건 절대 비밀에 부쳐야 한다. 우리가 그 총기로 누군가를 죽이게 되면, 신령에게 맹세코 그녀는 살인을 용인한 적이 없다는 걸 기억하라. 우리는 이 모든 것을 툴라에게 약속했다.

이튿날 아침 우리 중 한 명은 로쿤자에 가서 총을 구해주겠다고 제안한 군인을 찾아갔다. 군인은 총 다섯 자루를 구해주기로 했지만, 혹여나 정부에 발각되면 우리 모두 목숨을 잃을 거라고 경고했다. 자기 역시 죽을 텐데, 우리 때문에 죽을 생각은 없다고 했다. 자신은 단순히 중개자이며, 가족을 부양하기 위해 봉급에 보탤 돈을 벌려는 것뿐이다. 우리가 한 번이라도 실수하면 자기 인생도 끝장난다고 말했다. 우리는 신중에 신중을 기하겠다고 약속했다.

그에게 총을 전달받기로 한 날에 우리는 깊은 숲속에서 만났다.

그가 가방에서 총을 꺼낸 순간 감격해서 입이 떡 벌어졌다. 그래, 드디어 우리가 총을 얻었다. 총은 미끈하고 기분 좋게 묵직하고 원유보다 더 짙은 검은빛이었다. 우리는 총을 손에서 돌리고 이렇게 저렇게 들어보았다. 서로 시선을 교환했다. 새로 태어난 남자의 눈빛이었다. 군인은 발포하는 법과 관리하는 법, 불발을 방지하는 법 등을 가르쳐주었다. 총에 장착되어 있는 망원조준경의 마법 같은 기능도 배웠다. 망원조준경과 소음기를 이용하면 소리 없이 멀리서 사살할 수 있으며, 우리가 쏘았다는 증거도 남지 않는다고 했다. 그런 일이 가능하다고는 상상도 하지 못했다. 군인은 자신이 거래하는 이웃 나라의 총기상이 우리의 사정을 듣고 특별히 총을 개조했다고 말했다. 우리가 낸 돈으로 구할 수 있는 최고의 총이었다.

총을 손에 쥔 느낌이 짜릿했다. 문득, 살해하는 것이 세상에서 가장 자연스러운 일처럼 느껴졌다. 상상해보라. 방아쇠를 한 번 당길 때마다 적이 한 명씩 줄어든다. 그들 몸뚱이에 총알 네댓 알을 박으면 우리 가슴에서 고통이 네댓 겹 떨어질 것이다. 그들이 피를 쏟는 날에는 기름이 쏟아지지 않는다. 그들의 아이는 아버지를 잃을 것이며 우리 아이들은 자유롭게 살 것이다. 그날 저녁에 숲에서 우리는 살인자로서의 성직을 받아들였다. 신령이 우리와 함께했다. 느꼈다. 우리 마을을 구하기 위해 처음 죽은 '여섯'과 그다음에 죽은 '넷'의 혼이 우리 사이에 있었다. 그때 우리는 깨달았다. 더는 불공정한 기반에서 싸우지 않을 것이다. 기회가 오면, 당연히 기회는 올 텐데, 우리가 두려위했던 죽음을 그들에게 안겨주리라. 군인들, 인부들, 대통령의 끄나풀들. 얼마나 죽일 수 있을까? 그들이 우리 땅에 버티고 있는 동안 그들을 죽이는 데 질릴 수도 있을까? 벌벌 떠는 아이들이었던 우리가 타인의 생명을 좌우할 수 있는 힘을 얻었다는 사실이 믿기 어려웠지만, 우리에게는 그럴 자격이 있었다. 그래, 그들이 우리에게 가한 고통을 되돌려줄 자격이 있다. 아직은 실천으로 옮기지 않을 것이다. 툴라에게 약속했으니까. 기회가 오기를 기다리리라. 그때까지 총은 숲속에 숨겨놓을 것이다.

군인이 떠난 뒤에 우리는 땅을 파고 총과 총알을 숨겼다.

그날, 툴라를 만나 혁명에 대한 계획을 세우러 숲에서 빠져나가는 우리의 발걸음은 가뿐하고 경쾌했다. 행진과 춤과 노래가 통하지 않을 시에 사용할 수단이 생겼다. 힘의 맛은 정신이 아찔할 정도로 달콤했다.

❋

그다음 3년 동안 툴라는 기회가 될 때마다 코사와에 내려왔다. 우리는 툴라와 함께 다른 마을을 찾아가 그녀의 비전에 대해 이야기했다. 어디를 가든 남자들은 툴라의 대담함에 당혹스러워했다. 결혼도 하지 않은 여자가, 아니, 왜소한 몸으로 봐서 한낱 소녀에 지나지 않은 여자가 감히 남자들에게 본인과 자손의 미래를 위해서 우리 나라를 해방하려는 자신의 계획에 참여하라니.

한번은 어떤 어르신이 툴라에게 아이가 몇이냐고 물었다. 아이가 없다고 하자 그럼 언제 낳을 생각이냐고 물었다. 평생 낳지 않을 거라고 툴라가 답하자 그곳에 있던 남자들 모두 웃음을 터뜨렸다. 그중 한 명은 이렇게 말했다. 그놈의 미국 책을 읽어서 머릿속에 이상한 생각만 들었나보네. 다른 사람은 이렇게 말했다. 내 아들이 신붓감을 구하고 있는데, 너처럼 조그만 여자를 좋아한다. 시건방지게 굴면 한 방 때려서 버르장머리를 고쳐놓을 수 있으니까. 그 남자의 친구들이 좋다고 낄낄거렸다. 또 다른 남자는 다음 1년 동안 툴라가 남편을 구하지 못하면 자기가 넷째 아내로 삼아주겠다고 말했다. 너무나도 극명했다. 남자들은 툴라를 아니꼽게 보았다. 여자가 남자에게 기대지 않고 행복할 수 있다니. 감히 어떻게? 우리의 툴라는 수치심을 느꼈을지는 모르지만 절대 내색하지 않았다. 한 번도 쩔쩔매지 않았다. 툴라는 그들이 실컷 웃고 떠들게 내버려두었다가 마침내 소란이 사그라들면 이렇게 말했다. 우리 나라가 자유로워지는 날에는 제가 기꺼이 남편 세 명을 두고 살겠습니다.

툴라가 자신의 아기집을 어떻게 쓸 것인지에 참견하는 이들은 낯선 사람들뿐만이 아니었다.

코사와에서 툴라의 또래들, 특히 여자들은 툴라에게 남편감을 소개시켜주고 싶어 안달이었다. 툴라와 오스틴의 관계는 코사와에 공공연히 알려졌으므로 어쨌든 툴라가 다른 여자들과 마찬가지로 남자를 원할 수 있다는 것은 증명되었다. 그래서 툴라는 베잠에서 올 때마다 코사와나 일곱 형제자매 마을의 매캐한 부엌, 툇마루, 혹은 외당에서 친구들의 아이들을 안고 어르며, 자기는 사명과 결혼했으니 중매는 필요 없다고 거절해야 했다. 사명과 결혼하다니, 그게 무슨 소리야? 여자들이 물었다.

툴라는 현재 삶에 만족한다는 대답으로밖에 설명할 수 없었다.

　툴라의 혁명은 우리가 '해방의 날'이라고 명명한 날에 공식적으로 시작될 것이다. 그날 코사와 근방의 타운과 마을 그리고 인접한 지역에서 남자들과 여자들 모두 로쿤자에 모일 것이다. 툴라는 오스틴의 직책을 물려받은 신문기자를 부르기로 했다. 기자가 사진을 찍고 우리 나라가 새로 태어나는 날을 기록할 것이다. 해방의 날이 성공하면 전국 곳곳에서 최대한 많이 집회를 열 계획이었다. 궁극적으로 나라 전역에서 한날 한시에 행진을 시작한다. 현재 대통령의 정권이 무너지는 날까지 주먹을 부르쥐고 노래할 것이다.

　어렵긴 하지만 성취할 가능성이 충분하다고 툴라는 믿었다. 혁명 한 번으로 나라가 바뀌지는 않는다. 나라가 진정 새로 태어나려면 한 세기보다 더 오랜 시간이 필요할지도 모른다. 툴라는 이것을 누구보다 잘 알지만 의기소침하지 않았다. 아니, 오히려 그것을 다음 세대를 위해 기반을 닦아놓겠다는 동기로 전환했다. 툴라는 늘 이렇게 말했다. 미국과 유럽의 강대국들 또한 국민이 몇 세대에 걸쳐 평화를 위해 싸우고 죽어서 지금의 위치에 오를 수 있었어.

　해방의 날을 준비하는 몇 해 동안 총기는 숲에 숨겨져 있었다. 때론 총을 들고 정원에 쳐들어가고 싶었다. 기름 유출이 유달리 심하거나 누군가의 병세가 악화되는, 코사와에 절망감이 만연한 날들이었다. 그럴 때면 아침이 결코 오지 않을 것 같았다. 우리를 파묻은 어둠 못지않게 어두워지는 것 말고는 다른 길이 없는 것처럼 느껴졌다. 아내들이 농사땅에서 거둔 보잘것

없는 수확물을 보여줄 때마다, 타오르는 가스 불기둥을 보며 어린이들의 몸에 스며드는 독소를 상상할 때마다 우리는 인부들의 머리를 날려버리는 것을 밤새 상상했다. 실오라기처럼 가느다래져서 언제 끊어질지 모르는 믿음에 있는 힘껏 매달렸다. 우리가 쓰러지지 않게 해달라고 신령에게 기도했다. 우리는 쓰러질 수 없었다. 다시 한번 당당하게 비상하려면 아직 쓰러질 수 없었다. 또한 툴라와 한 약속 때문에 총을 꺼내들 수도 없었다. 우리가 높이 솟아오르는 날이 올 거라고, 코사와 전체가 잠든 야심한 시각에 우리는 함께 꿈을 꾸었다.

✳

베잠에서 툴라는 낮에는 정부의 지도자 양성 학교에서 가르치고, 저녁에는 좋아하는 학생들을 모아서 혁명에 관해 토론했다. 학생들과의 토론 모임이 자신에게는 새로운 '빌리지 모임'이나 다름없다고 했다. 이 모임에서 툴라와 아이들은 좋아하는 책들을 함께 공부했고, 그 아이들은 코사와를 구하는 싸움에 동참하겠다고 맹세했다. 베잠에 툴라의 추종자들이 있는 건 좋았지만 과연 그 아이들이 순수한 마음으로 우리의 투쟁에 참여하려는지는 의심스러웠다. 따져보면, 그 아이들이 엘리트 학교에 다닌다는 자체가 권력자들과의 혈연이나 친분 때문 아닌가. 세상 어느 누가 자신이 누리는 특혜를 끝장내는 반란에 동참하겠는가. 하지만 또 달리 생각해보면, 그 아이들은 곧 자신들을 종처럼 부릴 사람들의 지배를 끝내고 자기 아버지들이 낮에는 굽신거리고 밤에는 저주하는 괴물을 몰아낸다는 생각으로 툴라를 따르는지도 몰랐다.

툴라가 미국에서 돌아온 지 4년째 되던 해에 이 학생들 중 세 명이 툴라와 동행하여 펙스턴 지사장과의 회의에 참석했다. 펙스턴의 본사와 정원에서 일하는 모든 직원이 모시는 사람이었다. 이 사람과 만나려고 툴라는 문지방이 닳도록 펙스턴 지사에 들락거리고 미팅을 요청했지만, 번번이 그 사람은 회의를 한다느니 지금 이 나라에 없다느니 핑계를 대고 만나주지 않았다. 메시지를 남기실래요?

마침내 툴라가 그 사람과 대면하고서야 우리는 상냥한 남자와 잘생긴 남자가 코사와에 발길을 끊은 이유와, 우리가 받기로 한 분배금이 깜깜무소식인 까닭을 알게 되었다. 펙스턴은 코사와에 수익을 나누어줘야 한다는 복원 운동 단체의 주장을 깔아뭉갤 작정으로, 미국 법정에서 싸우기로 결정했다. 펙스턴 대 코사와 재판은 미국 법정에서 차례를 기다리고 있었다. 하나의 법원에서 다음 법원으로, 느릿느릿 옮겨갈 것이 뻔했다. 특히나 미국 법정에서는 모든 것이 뚱뚱한 달팽이의 속도로 진행되므로 판사가 양측 주장을 듣고 판결을 내릴 즈음에 우리 아이들은 이미 성인이 되어 있을 것이다.

펙스턴 지사장은 의자에 깊숙이 기대앉아 깍지 낀 손을 머리에 올린 채로 복원 운동 단체는 고소를 취하하는 편이 좋을 거라고 말했다. 그들에게는 그토록 시간이 오래 걸리고 막대한 비용이 드는 싸움을 할 자금이 부족했다. 복원 운동 단체에서는 이미 여러 기업을 상대로 소송을 벌이고 있지만, 소송이 마무리될 때까지 버틸 자원이 없었다. 코사와는 분배금을 받지 못할 것이다. 지사장은 자기가 해줄 수 있는 일이 없다고 단언했다.

　툴라에게서 소식을 전해듣고 우리는 복원 운동 단체가 여태
이런 정보를 숨겼다는 사실에 당혹스러워했다. 이제 너무 노
쇠하여 지팡이에 기대야 하는 소니가 코사와 남자들을 광장에
모아 앞으로의 방책을 의논하자고 했다.

　몇몇 남자들은 상냥한 남자와 잘생긴 남자를 소환해서 직접
해명할 기회를 주자고 했지만 나머지 사람들은 그래봐야 무슨
소용이냐고 반대했다. 낭패스러운 소식을 전하려니 차마 입이
안 떨어진 모양인데, 굳이 수치심을 안겨줄 필요는 없지 않겠
소. 우리가 정원의 소장과 직접 소통하자는 의견이 나왔다. 반
대 의견은 없었다. 복원 운동 단체의 도움 없이 우리 스스로 일
을 진행해야 한다는 것은 자명한 사실이었다. 툴라가 4년 전에
돌아왔지만 여태 우리는 복원 운동 단체를 통해서만 미스터
피시와 소통했다. 미스터 피시와 이미 긍정적인 협상을 이어
나가고 있는 마당에 툴라가 또 다른 조건을 걸기 시작하면 괜
히 상황만 복잡해지지 않겠냐고 상냥한 남자가 만류했기 때문
이었다. 하지만 그들의 협상은 물거품이 되어버린 데다가 툴
라가 펙스턴의 지사장과 직접 대면하기도 했으니 이제는 새로
운 대화의 장을 열 때가 되었다. 툴라가 지사장과 만났을 즈음
에 우리는 벌써 아홉 달이나 상냥한 남자와 잘생긴 남자의 코
빼기도 못 보았다. 따라서 툴라에게 협상 대표의 자리를 맡기
자고 동의하는 데 오래 걸리지 않았다. 툴라는 미국에서 보고
배운 미국인들의 방식으로 미스터 피시와 협상할 것이다. 우
리와 펙스턴 사이의 다리 역할을 툴라보다 잘해줄 사람이 누

가 있겠는가.

우리는 미스터 피시와 툴라의 협상 자리에 가지 않았다. 어른들은 툴라가 여자이므로 마을의 최고 어르신들 가운데 거동이 불편하지 않은 분들이 동행해서 위엄을 실어주어야 한다고 강조했다. 그 미팅이 끝난 뒤에 툴라는 통역사가 없는 자리에서 미스터 피시와 뉴욕 생활에 대해 오랫동안 편히 이야기했고, 두 사람 다 똑같은 중고 옷가게를 좋아한다는 사실을 발견하고 웃었다고 말했다. 툴라를 따라간 어르신들은 두 사람이 무슨 이야기를 하는지도 모르고 같이 웃었다.

과연 사실이었다. 펙스턴은 코사와에 대한 배상 의무의 유무를 법원의 판결에 맡기기로 했다. 미팅을 요청한 이유를 밝혔을 때 미스터 피시가 말해준 사실이다. 그 소식을 코사와에 전달하는 건 복원 운동 단체의 책임이었으므로 펙스턴은 관여하지 않았다.

"내게 코사와를 도울 힘이 있다면 기꺼이 돕고 싶어요." 미스터 피시가 말했다. "하지만 내겐 그런 힘이 없습니다. 아시겠지만 이런 일들은 전부 뉴욕의 법률가들 손에 달려 있어요. 처음 여기 와서 내 능력 안에서 가능한 일시적인 거래를 중개했지만, 그 이상은 내 권한 밖이에요."

"우리는 몇 년이나 약속을 지켰습니다." 툴라가 말했다. "코사와는 절박한 상황이에요. 매시 매초 나빠지고 있어요. 법정에서 판결을 내리기를 천년만년 기다릴 수 없습니다."

미스터 피시는 펙스턴이 재판을 앞당길 수는 없다고 했다. 자신이 할 수 있는 일이라고는, 상관인 지사장에게 소송의 진행 상황을 확인해달라고 부탁하는 것뿐이었다. 그게 무슨 도움이 될지는 모르겠지만 시도해볼 가치는 있다고 말했다. 그러고는 코사와가 복원 운동 단체의 변호사 말고 다른 변호사를 선임하는 편이 나을 거라고 덧붙였다.

"코사와가 독립적으로 소송을 진행하면," 미스터 피시가 말했다. "뉴욕의 변호사들이 일을 빨리 마무리하려고 서두를지도 모릅니다."

"그렇군요." 툴라가 말했다. "복원 운동 단체가 그림에서 사라지면 당신네 회사가 여론에 나쁘게 표출될 가능성이 줄어드니까요."

"나는 단지 당신 마을 사람들을 도우려고 하는 말입니다."

"당신이 진심이라고 믿어 의심치 않습니다."

"나는 이것밖에 제안할 수 없습니다. 나와 당신이 마을 어르신 몇 분과 베잠에 가서 지사장님을 만나보죠. 뉴욕에서 일을 신속히 진행시킬 방법이 없는지 의논해봅시다. 지사장님이 냉정해 보일지는 몰라도 좋은 사람이에요. 그분도 애들이 어려요. 코사와 아이들이 겪는 일에 우리 모두 가슴 아파하고 있어요."

"고려해보겠습니다." 툴라가 말했다.

"하지만 지사장님과 뉴욕 본사 사람들은 아이들의 죽음과 그외 여러 피해에 대한 충분한 보상이라고 펙스턴이 결정한 금액을 당신들이 받아들일 의사가 있다고 내가 말할 시에만 미팅을 허락할 겁니다. 또한 당신이 펙스턴과 합의점을 찾았다는 공동성명서를 발표하고요."

"절대 그럴 생각 없습니다."

"지금 당신에게는 다른 수가 없어요. 복원 운동 단체의 변호사가 제기한 혐의는 근거가 빈약합니다. 판사가 기각할 거예요. 펙스턴은 코사와에 그 어떤 계약적 의무도 지고 있지 않아요. 당신이 황당한 요구를 할 생각이라면, 나는 괜히 그런 미팅을 주선했다가 상사의 시간을 낭비하고 망신을 당할 수 없어요. 매우 바쁘신 분들입니다. 법정에서 당신들 손을 들어주지 않으면 땡전 한 푼 못 받는 걸 아시죠. 나는 좋은 마음으로 기회를 드리는 겁니다. 코사와가 조금이라도 받을 수 있게요."

"그들이 제안하는 금전적 보상이 충분하지 않다면요?" 툴라가 물었다. "돈은 이 문제에서 극히 작은 부분일 뿐이에요. 우리는 안전한 환경에서 살 권리가 있어요."

"거기에 대해서는 나는 어떤 약속도 할 수 없는 상황입니다."

"우리는 몇 년이고 마냥 기다릴 수 없는 상황입니다."

"안됐습니다." 미스터 피시는 그 말밖에 할 수 없었다.

※

그 미팅이 끝난 뒤에 툴라는 코사와에 한층 더 자주 오기 시작했다. 미스터 피시와 세 차례 더 만나고서도 대화를 통해 협상을 이룰 가능성이 보이지 않자 해방의 날을 성공시키는 것이 더욱 시급해졌다. 툴라는 일주일의 5일은 베잠에서 지내며, 자유 시간의 절반은 학생들과의 '빌리지 모임'에 쓰고, 나머지 절반은 가족과 보냈으며, 이틀간의 휴일에는 베잠에서 고용한 운전사의 차를 타고 우리와 같이 전국의 도시와 마을을 찾아갔다. 이럴 때 우리 가운데 많아도 두 명만 툴라와 같이 갔다. 나머지는 사냥을 하거나 가족을 돌보고, 혁명에 대한 계획을 세웠다.

우리가 찾아가는 도시와 마을에서 우리와 또래거나 연상인 사람들은 툴라를 보고 무엇이라고 생각해야 할지 알 수 없어 얼떨떨해했지만 젊은이들은 열광했다. 그들은 툴라 곁에 모여 앉아 그녀의 비전에 귀 기울였다. 툴라의 밧줄 타래 같은 머리와, 자신이 마치 권력 있는 남자라도 되는 양 다리를 꼬고 앉는 자세를 보고 신기해했다. 또한 그들은 툴라가 미국에서 보고 배운 걸 궁금해했다. 왜 미국까지 갔다가 이렇게 보잘것없는 나라로 돌아왔어요? 그들은 툴라에게 묻곤 했다. 그런 질문을 받을 때마다 툴라는 미소를 지었다. 우리 나라가 언젠가는 미국 같은 선진국이 되면 좋지 않겠니? 툴라는 이렇게 대답했다. 지금 대통령의 정권이 지속되면 모두의 미래가 얼마나 암울할지 툴라가 굳이 설명할 필요 없었다. 한 개인의 손아귀에 쥐여 있는 나라에서 국민은 주권을 누릴 수 없다. 툴라는 수도 밖에 사는 사람들은 잘 모르는 소식을 전해주었는데, 나이가 들고 신변에 불안을 느낀 대통령이 그 어느 때보다 잔인해졌다는 사실이었다.

툴라는 장안에 떠도는 소문을 들었다. 자신의 세도가 끝나감을 감지한 대통령은 친구, 적 가리지 않고 싸잡아서 참혹하게 처단하고 있었다. 그는 벌써 수차례 쿠데타를 이겨냈고, 권위에 도전한 사람들을 모조리 처단했는데, 그래도 여전히 사방이 적이었다. 그래서 대통령은 2년마다 내각 위원을 전원 교체했고, 이에 원한을 품었을지도 모르는 전임자들은 극히 사소한 잘못만 해도 곧바로 투옥했다. 코사와의 넷을 연행해간 이들이 이제는 그들이 갇혀 있던 교도소에 수감되어 있었다. 대통령이 절대 자기 침실에서 자지 않으며, 어디서 자는지를 누구에게도 이야기하지 않는다는 소문이 돌았다. 밤에 반란이 일어날까봐 두려워서였다. 실패로 끝난 첫 쿠데타는 대통령의 경호대장의 소행이었다. 자신에게 적의를 품은 사람을 모두 파악할 수 없어서 대통령이 불안해한다고들 말했다. 베잠에는 비둘기의 탈을 쓴 독수리들이 득시글거렸다.

도시 전체가 대통령의 신전을 숭배하고 그의 집권 시작일을 매년 축하했지만 거의 모든 숭배자가 그가 죽기를 바랐다. 대통령은 전속 요리사도 믿지 않아서, 요리사는 음식을 내올 때마다 자기 혈육을 데려와서 먼저 먹여야 했다. 대통령이 제일 신임하는 내각 위원이 폭군과의 동맹을 끝내기를 바라는 유럽 국가의 지원을 받고 암살 계획을 꾸몄다. 대통령이 탄 비행기가 사고로 폭발한 것처럼 위장할 생각이었다. 이 암살 계획은 대통령의 딸과 그 위원의 아들이 혼사를 준비하는 동안에 진행되었다. 그러나 음모는 결혼식 며칠 전에 발각되었다. 내각 위원은 베잠에서 제일 번잡한 교차로에서 정오에 수백 명이 보는 가운데 처형되었다. 두려움에 아무도 눈물을 흘리지 못했다.

그의 집권 기념일이 또다시 찾아왔다. 불볕이 내리쬐는 오후에 군인들과 정부 관리들은 물론 유치원생부터 대학생까지 모두가 땀을 줄줄 흘리며 경례하는 앞에서, 대통령은 자기 자신을 이 나라의 아버지로 임명했다. 본인을 존재만으로 모두의 무릎을 꿇리는 사자라고 일컬었다. 암살을 꾀하는 자는 자기 자식을 고아로 만드는 격이라고 경고했다. 사지를 절단해 끓는 물에 삶은 뒤에 은색 그릇에 담아 바칠 것이다.

　대통령이 선언했다. 내게 맞서 들고일어나는 이, 다시는 일어나지 못하리.

　　　　　　　　　＊

　툴라가 돌아오고 6년이나 흘렀지만 우리는 여태 해방의 날을 정하지 못하고 있었다. 가끔은 한 곳을 수차례 찾아가면서까지 전국의 도시와 마을에 정보를 전달하고 깨달음을 전파하려고 노력했지만, 열의 넘치는 젊은이들을 제외하면 대부분 우리가 하려는 일에 관심을 보이지 않았다. 때가 올 거야. 풀이 죽어 돌아가는 길에 툴라는 우리를 위로했지만, 아무것도 변하지 않을 거라는 두려움과 의심이 자꾸만 고개를 들었다.

　가끔은 혁명에 대한 믿음이 흔들려 몇 달씩이나 어디에도 찾아가지 않았다. 그렇지만 툴라는 꿋꿋했다. 툴라는 정의의 사도가 될 운명을 지니고 태어났으며, 신념과 결혼했다. 툴라는 정부의 봉급에서 가족에게 보내고 남은 전부를 아이를 키우는 친구나 친척에게 주거나 우리의 여행 경비로 썼다. 우리 아이들이 읽을 책을 사주고 어린이들이 자동차에 타서 경적을 울려 보게 해주었다. 전부 아이들을 위한 거야, 잊지 마. 툴라는 말하곤 했다. 혁명의 꿈을 포기하기 전에 우리가 얼마나 더 버틸 수 있을지 묻자 툴라는 말했다. 우리는 사람들의 가슴에 씨앗을 심었어. 씨앗은 언젠가는 싹을 틔우고 널리 퍼질 거야. 기다려야 해. 사람들이 깨어날 거야. 이따금 우리는 외당에 모여 앉아 콩가가 코사와 주민들에게 맞서 싸우라고 명령한 그날 이후로

402

벌어진 모든 사건을 돌이켜보곤 했는데, 툴라가 이렇게 말할 때면 그녀는 새롭게 태어난 사람처럼 보였다. 은은한 광기의 아우라가 툴라를 에워싸고 있었다. 마치 콩가의 무언가가 그녀에게 깃든 것 같았다.

우리의 총은 툴라의 허가를 기다리며 영영 숲속에 묻혀 있었을지도 모른다. 그러나 어느 날 우리 중 하나가 다른 마을의 친척을 만나고 돌아와보니 아들이 죽어 있었다.

아이가 펙스턴 때문에 죽었는지는 확실치 않았다. 아이는 기침을 하거나 열이 나지 않았다. 지난 이틀간 계속 구토만 했다. 그렇지만 우리의 복통을 치료하는 약초가 펙스턴이 더럽힌 땅에서 시들지 않았다면 아이는 죽지 않았을 터이다. 무성히 돋아나던 약초가 메말라 죽을 정도로 우리의 땅을 오염시킨 날에 펙스턴이 아이를 죽인 것이나 매한가지라고, 우리는 한 치의 주저없이 말할 수 있었다.

영원한 안식처에 묻히는 아들을 보며 친구는 어린아이처럼 울었다. 관을 따라 땅속으로 뛰어들려는 친구의 아내를 우리는 간신히 말렸다.

그날 저녁 장례식이 끝난 뒤에 우리의 친구는 더는 기다리지 않겠다고 결심했다.

오랫동안 가슴속에 잠들어 있던 악마에 사로잡힌 채로 친구는 숲으로 갔다. 땅을 파서 총을 꺼내고 정원 가녘의 들판으로 향했다. 나무 뒤에 몸을 숨기고, 늦바람에 담배 연기를 날리며 자기들이 보낸 하루에 대해 담소하고 있는 인부 세 명을 망원조준경으로 주시했다.

그리고 세 명 모두 죽였다.

첫 번째 남자는 머리에 총을 맞았고 두 번째 남자는 비명을 지르기도 전에 가슴에 총을 맞았다. 세 번째 남자는 도망치다가 등에 맞았다. 정원에서는 아무 소리도 듣지 못했다. 소음기가 총성을 억제했다. 총을 처음에 숨겨놓았던 장소로 도망칠 때까지도 그들의 시신은 발견되지 않았다. 어둠이 내리는 숲속에서 친구는 총을 쥐고 울었다.

친구는 총을 다시 묻고서 우리 중 한 명의 집에 찾아와 자신이 저지른 일을 실토했다. 여전히 몸을 떨며 울고 있었고, 눈은 새빨갛게 충혈되어 있었다. 죽은 아들은 그의 첫 아이이자 외아들이었다. 아내가 다시 아들을 낳지 못하면 가문의 대가 끊길 것이다.

우리 중 두 명은 이미 자식을 묻었다. 우리 모두 조그만 관을 셀 수 없이 묻었다. 슬픔에 이성을 잃은 친구를 보면서 우리는 바야흐로 무력을 써야 할 때가 왔음을 깨달았다. 더는 참을 수 없었다. 너무 많이 울었다. 너무 많이 묻었다. 우리의 적은 그 모든 고통에 대한 값을 치러야 한다.

그날 우리는 가족을 지키려고 싸우는 데 툴라의 허락은 필요 없다고 스스로를 설득했다. 우리는 계속해서 툴라를 따라 전국을 돌며 해방의 날을 준비하겠지만, 코사와가 잃어버린 모든 어린이의 죽음을 보복하기 시작할 것이다.

친구가 인부들을 죽이고서 며칠 동안 우리는 군인이 과연 언제 올까 초조히 기다렸다. 군인들은 오지 않았다. 펙스턴이 이 사건을 외부에 알리지 않기로 결정했다는 걸 나중에 알게 되었다. 유전이 어떤 곳인지 사람들에게 알려질까봐 두려웠던 것이다. 정원의 소장은 남자들이 일하다가 사고로 죽었는데, 시신이 차마 눈 뜨고 못 볼 정도로 훼손되었다고 유족에게 통지했다. 펙스턴은 관을 꽁꽁 밀봉한 채로 보내서, 인부들의 실제 사인을 감쪽같이 숨겼다. 이 나라에서는 군인만 총을 소지하고 있는데, 자기네 인부가 총에 맞아 죽었다고 어떻게 말하겠는가?

그 일이 어떻게 새어 나갔는지는 몰라도, 삽시간에 근방 지역에서 모든 사람들이 수군거리기 시작했다. 인부 한 명이 군인의 아내와 바람을 피운 탓에 군인이 친구들까지 싸잡아 죽였다고 말하는 사람도 있었다. 또 어떤 사람들은 그들이 소장한테 밉보여서 펙스턴이 군인에게 살해를 청부했다고 말했다. 시장에서 어떤 여자가 이 사건은 인부들이 배신한 누군가의 원혼이 저지른 짓이라고 말하는 것도 들었다. 이제 원혼은 총을 지니고 다닌다. 어찌 보면 그 말이 사실에 가장 가까웠다. 우리가 바로 그런 존재가 되었다. 어둠 속에 시신을 남기고 사라지는 유령이 되었다.

그 사건으로부터 한 달 뒤에 우리 중 셋은 군인 두 명이 거주한다는 집에 찾아가 머리에 총알을 박아주었다. 로쿤자의 군청에서 일하는 관리와 그의 아내가 다음 표적이었다. 그들은 차에 타고 있을 때 죽었다. 우리는 이 사람들이 누군지 잘 몰랐다. 그저 우리의 삶을 황폐화시킨 이들에게 똑같은 고통을 안겨주고자 그들을 살해했다.

살인을 저지르고 나면 그 일을 담당한 사람은 친구들에게서 야자주를 받았다. 살인을 저지른 이들이 술에 취해가는 동안 맑은 정신인 나머지 이들이 새로운 살인을 계획했다.

　우리는 동족의 창이 되었다.

　열두 번째로 사람을 죽였을 때 군인들이 범인을 찾으려고 우르르 몰려왔다. 그들은 여덟 마을에서 모든 집의 침대 밑과 부엌을 뒤지고 핏자국을 찾아 빨래를 헤집었다. 남자들을 마을 광장에 모아놓고 이 일에 가담한 이들은 자진 출두하라고 명했다. 그들이 경고하는 바는 명백했다. 범인들이 자수하지 않고 나중에 잡히면 마을 남자를 모두 처형하겠다. 아무도 자백하지 않았다. 침묵만이 광장을 채웠다.

　어떤 마을에서 그들은 총으로 위협해 여자들을 무더기로 트럭에 실어서 로쿤자로 데려갔다. 어두침침한 감방에서 여자들은 눕혀진 채로 차례로 취조를 받았다. 최근에 벌어진 살인 당일에 남편과 아들이 어디에 있었냐고 캐물었다. 살인에 대해 소문밖에 듣지 못한 늙은 여자들을 개머리판으로 후려치고 자세히 대답하지 않으면 시간을 질질 끌며 고통스럽게 죽이겠다고 협박했다. 집에 돌아온 젊은 여자들은 속옷이 찢겨지고 서너 명의 군인에게 강간당한 이야기를 전했다. 어떤 여자들은 몇 명에게 당했는지 셀 수도 없었다. 우리 중 하나의 여동생이 그렇게 당했다. 이제 막 소녀티를 벗었지만 몸매는 성숙했던 사촌 아이는 며칠이나 피를 흘렸고, 아기집이 제 기능을 하지 못할 위험에 처했다. 우리 아내들과 어머니들은 필연적으로 찾아올 자기 차례를 두려워하며 울었다. 소니는 다른 마을의 족장들과 만나 해결책을 고심했다. 군청에 민원을 넣었지만 살인자들을 넘기지 않는 한 주민의 안전을 책임질 수 없다는 대답만 돌아왔다.

툴라가 베잠에서 신문기자를 대동하고 왔다. 툴라는 기자를 여덟 마을에 데려가 폭행과 강간을 당한 여자들을 인터뷰했다. 같은 마을 남자가 벌인 일 같냐고 기자는 여자들에게 물었다. 모두 고개를 저었다. 우리 마을 사람들 중에 그런 일을 저지를 사람은 없다고 조상에 대고 맹세했다. 툴라는 범인을 알았지만 똑같이 맹세했다. 툴라는 처음부터 알았다. 제발 그만두라고 부탁했지만 우리는 증거가 있냐고, 여덟 마을의 남자들 가운데 누구나 저지를 수 있는 일 아니냐고 발뺌했다. 툴라에게도 진실을 고백할 수 없었다. 이럴 수밖에 없는 이유를 툴라는 이해하지 못할 터였다.

신문기자가 떠난 뒤에 툴라는 두들겨 맞고 강간당한 여자들이 눈도 뜨지 못할 정도로 얼굴이 부어 있었다며 울었다. 강간당하는 것은 자신의 가장 큰 두려움이라고 고백하며, 여자들을 생각해서라도 멈추라고 빌었다. "제발 그만둬. 너희 아내와 딸들을 위해서라도 그만두라고. 부탁이야."

이것에 대해 우리끼리 이미 논의했었다. 아이들이 어머니를 잃고 누이들이 아이를 가질 수 없는 몸이 되면 이 모든 살인이 무슨 소용이란 말인가? 피의 보복조차 할 수 없게 우리의 손발을 묶은 적들에 대한 증오심은 더욱 불타올랐지만, 살인을 멈춰야 한다는 건 알았다. 새롭고 더 효과적인 방법으로 보복하겠다고 맹세했다.

살인을 중단한 것을 신령이 갸륵하게 여겼는지 다음 여섯 달 동안 코사와에서 아무도 죽지 않았다. 그 덕분에 무기를 내려놓은 아쉬움이 사뭇 사그라졌다. 살인으로 인해 서먹해졌던 툴라와의 관계도 회복되었다. 당시에 툴라는 우리 눈을 똑바로 보기도 어려워했지만 이제는 마치 돌아온 탕아를 반기듯 우리를 안고 잘했다고 칭찬했다.

귀국한 지 7년을 맞이하는 기념일을 앞두고 툴라는 해방의 날을 정했다고 알려왔다. 발표한 날로부터 고작 석 달 뒤였다. 우리가 시간이 너무 촉박하다고 우려를 표하자 툴라는 괜찮다고, 지금까지 우리의 메시지에 관심을 보인 사람들만 모아도 충분하다고 말했다. 너무 섣불리 시도하는 것 아니냐며 우리는 반대했다. 보잘것없는 인원으로 시위를 시작하면 조롱만 당할 것이다. 시간이 더 필요했다. 깜박거리는 불씨로 혁명의 폭발을 일으킬 수는 없는 법이다. 게다가 우리가 살인을 저지르고 얼마 지나지 않은 때라 군인들은 복수를 벼르고 있을 터인데, 총을 쏘고 싶어 안달하고 있는 그들을 굳이 자극할 필요가 있을까? 툴라는 총성이 터지는 일은 없을 거라고 확언했다. 툴라는 교사로서의 직위와 일급 공무원의 특혜를 이용하여, 로쿤자의 젊은이들을 모아 우리 나라를 축하하는 집회를 열어도 된다는 대통령궁의 허가를 받았다. 그곳에 오는 군인들은 우리를 보호하는 역할이었다. 그 모순이 우스웠다. 군인들이 우리를 보호하라는 명령을 받다니. 하지만 웃을 기분이 아니었다. 사람들이 과연 몇이나 올지, 툴라가 연설로 그들의 가슴에 혁명의 불을 댕길 준비가 되었는지 자신이 없었다. 게다가 집회의 진정한 동기가 드러나면 정부가 가만있을 리 없잖은가?

우리는 해방의 날을 적어도 1년이나 2년 뒤로 미루어야 한다고 생각했다. 대통령을 증오하고 변화를 소원하는 사람이야 쌔

408

고 썼지만, 여자를, 그것도 결혼하지 않고 아이도 없는 여자를 혁명의 지도자로 받아들이려는 사람은 거의 없었다. 우리는 그들에게 툴라가 가정을 꾸리지 않은 사실을 눈감아달라고 청할 수 없었다. 그런 것이 중요하지 않다고 설득할 수도 없었다. 그들에겐 그것이 전부였으니까. 사람들은 툴라에게 결함이 있어서 아무도 그녀를 원하지 않는다고 단정할 것이다. 사실 우리는 시간이 흐르면 툴라가 남자를 찾고 아이를 낳아서 진정한 여자가 되기를 기대했었다. 아내와 어머니라는 위치에 서지 않는 이상 툴라는 존중을 받을 수 없었기 때문이다.

툴라에게 이런 이야기를 해서 상처를 줄 수는 없었고, 또 우리더러 왜 여자의 명령을 따르냐며 조롱하는 사람들을 설득하는 게 얼마나 고된지도 이야기할 수 없었다. 우리는 이미 조롱에 익숙해졌다. 그렇지만 우리의 지도자가 사람들의 공감을 얻지 못해 혁명을 실패로 몰아가게 내버려둘 수는 없었다. 완벽한 순간이 오기를 마냥 기다릴 수는 없다고, 그런 날이 끝내 오지 않을 수도 있다는 툴라의 말에 우리는 쌍둥이 바마코와 코토누와 상담하고 툴라가 정한 날에 집회를 열기로 동의했다.

쌍둥이는 아직 소년이었지만 벌써부터 자카니와 사카니 못지않은 능력을 발휘했다. 그들에게 신령의 뜻을 물어보기 전에는 툴라의 계획에 찬성할 수 없었다.

훈제한 고기를 제물로 바치자 쌍둥이는 우리를 대신해 신령과 소통해주기로 했다. 며칠 뒤에 그들은 신령이 툴라가 정한 해방의 날을 허락한다고 말했다. 그러고는, 우리가 어떤 의식으로 툴라를 준비시켜야 하는지 알려주었다.

그 뒤로 툴라가 올 때마다 우리는 해방의 날을 준비하는 데 여념이 없었다. 신령의 허가를 받고 싹튼 희망이 집회의 성공에 대한 믿음으로 피어났고, 날이 가까워질수록 열의가 타올랐다. 그 몇 주간 우리 가슴속에 일렁인 흥분감이 전해졌는지 코사와 전체가 약동했다. 우리가 부탁하기도 전에 가족과 친척이 다른 마을로 소식을 전달했다. 늙고 젊고를 떠나서 모두가 해방의 날에 대해 이야기하며 그날이 오기를, 우리가 그토록 오래 기다린 태양이 떠오르기를 고대했다. 근방 도시와 마을로 이야기가 퍼졌다. 우리는 각자 연설을 준비했고, 사람들을 즐겁게 해줄 아이들의 합창을 지도하고, 북을 가지고 나오라고 친구들에게 부탁했다. 우리 나라에 새날이 밝았음을 툴라가 선언하고 나면 우리는 샛별이 떠오르고, 귀뚜라미가 노래에 화음을 넣고, 즐거움에 지칠 때까지 춤출 것이다.

해방의 날 엿새 전에 툴라가 코사와에 왔다. 툴라는 막바지 준비를 위해 휴가를 받았다. 툴라가 우리 중 한 명의 집에서 자는 날이었다. 깊은 밤중에 쌍둥이가 오더니 의식을 치를 시간이 왔다고 선언했다.

쌍둥이는 툴라의 방에 들어가 문을 닫고 무언가를 뿌려서 그녀를 깊이 재웠다. 우리 중 한 명이 툴라를 업고 쌍둥이의 집에 갔다가, 거기서 본 것을 전부 잊어버린 채로 돌아왔다. 하지만 무슨 일이었는지 보지 않았어도 알았다. 쌍둥이가 자신들이 하려는 일을 미리 밝혔고, 우리는 어마어마한 말싸움 끝에 그 의식을 돕기로 결정했다.

우리끼리 그렇게 싸운 건 처음이었다. 둘은 반대하고 셋은 찬성했다. 숱한 간청과 삿대질과 위협 끝에 결정되었다. 반대한 두 사람은 우리가 툴라의 몸에 권한이 없다고 주장했다. 우리는 툴라의 남편도 아버지도 아니었다. 그 의식이 혁명을 위한 최선이며 우리의 운동에 힘을 심어주리라는 쌍둥이의 말은 전적으로 믿었지만, 그래도 이것에 대해 툴라와 의논하고 그녀에게 결정권을 주어야 한다고 생각했다. 둘은 툴라에게 그런 짓을 할 수는 없다고 강력하게 반대했다. 의식이 열리기 전, 꼬박 이틀 밤 동안 이어진 언쟁에서 나머지 셋은 우리가 쌍둥이를 도와야 한다는 의견을 밀어붙였다. 툴라가 옳은 결정을 하리라 믿을 수 없었다. 툴라는 우리 나라를 해방하기 위해서라면 목숨도 바치겠지만, 자기 몸에 대한 권리를 포기할 리는 없다. 툴라가 꿈을 이룰 수 있게 우리가 대신 결정해주어야 한다.

의식을 치를 밤이 다가왔을 즈음에는 우리 모두 툴라를 위해서 그 일을 감행하기로 마음을 모았다. 그런 짓을 해야 해서 마음이 좋진 않았지만 희생이 필요했다―툴라도 제 입으로 자주 그렇게 말하지 않았던가?

쌍둥이는 마치 우리가 어린이고 자기들이 어른인 양 툴라에게 거행할 의식을 설명했다. 마을의 젊은 남자를 한 명 고르고 그가 잠들면 신령이 쌍둥이의 집으로 부를 것이다. 무의식인 상태로 젊은이는 자신의 씨를 그릇에 흘리고 집에 돌아간다. 정액은 젊은이의 것이지만 아이는 신령의 것이다. 젊은이는 그저 그것을 전달하는 수단일 뿐이다.

툴라가 마취되면 쌍둥이가 그녀의 허리 아래를 벗긴다. 한

411

명이 다리를 벌린 채로 잡고 있으면 다른 한 명이 속에 정액을 흘려넣고서, 배를 문지르며 조상들에게 노래하고 그녀의 승리를 선포한다. 신령의 아이를 품었으니 툴라는 그 누구보다 위대한, 앞으로 태어날 인간들의 어머니가 되는 것이다. 의식이 끝나면 우리가 툴라를 업고 가서 침대에 다시 눕히는데, 정액이 새지 않게 옆으로 뉘어야 한다. 이틀 밤이 지나기도 전에 사람들은 툴라에게서 신령의 기운을 느낄 것이다.

우리가 제일 먼저 변화를 느꼈다. 너무나도 많은 것이 달려 있는 의식의 결과가 어찌 될지 전전긍긍하며 지켜보고 있었으니 당연한 일이다. 비쩍 마른 몸에는 변화가 없었지만 툴라에게서 잉태한 여자만 발할 수 있는 빛과 위엄이 느껴졌다. 마침내 툴라가 여자가 되었다. 아니, 여자 이상의 존재다. 이유를 설명할 수는 없지만 툴라가 자신들의 지도자로서 헌신을 받을 자격이 있다고 모두 느꼈다. 이제 툴라는 무지막지한 어른들이 비웃거나 친구들이 짝을 찾아주고 싶어 하는 아이 없는 노처녀가 아니었다. 신령의 아이를 속에 품은 툴라는 자신의 신체를 초월하여 고귀한 존재로 거듭났다.

쌍둥이는 툴라가 아무것도 모를 거라 장담했는데, 과연 그렇게 되었다. 신령의 씨는 툴라의 몸에 잠든 채로 머무를 것이며 툴라는 남녀노소를 가리지 않고 모두가 왜 자신을 갑자기 존경하고 경외하는지 이상하게 여기지도 않을 것이다. 툴라의 몸에 있는 아기는 어떻게 되는 거냐고 묻자, 아기는 탄생하지 않은 이들의 세계를 빨리 떠날 생각이 없다고, 몇 달 혹은 몇 년이 걸리건 신령이 정하는 날에 툴라가 아름다운 남자의 품에서 깨

412

어나면, 그제야 비로소 아기가 자라기 시작할 거라고 했다.

✳

툴라가 꿈꾼 대로 2005년 11월의 어느 저녁에 우리가 다니던 로쿤자 학교의 운동장에서 혁명이 시작되었다. 우리는 연설할 단상을 설치하고 노인들이 앉을 의자를 배열했다. 아무도 관심이 없을 거라는 우리의 예상을 뒤엎고 형제자매와 친척과 친구들, 어머니들과 아버지들이 여덟 마을 곳곳에서 와주었다. 머나먼 도시에서 젊은이들이 버스를 타고 왔고, 아가씨들은 마치 남편감을 찾으러 결혼식에 온 것처럼 곱게 단장했다. 장사꾼들이 보따리를 풀고 이런저런 물건들을 팔았다. 운동장 한쪽 끝에서 어린아이들이 춤추고, 북치기들이 마지막 공연을 연습했다. 친구들과 친척들이 회포를 푸는 날이나 축제를 기획한 것은 아니었지만, 처음 몇 시간은 과연 그런 분위기에서 지나갔다. 우리 지방 사람들이 한 명도 빠짐없이 모인 것처럼 학교 운동장 밖까지 북적거렸다. 저기 멀리서 군인들이 딱딱한 표정으로 총을 세우고 서 있었다. 아무도 그들을 두려워하지 않았다. 행복의 장막이 그들을 시야에서 가렸다.

우리는 군중을 환영하며 오늘은 그대들의 날이라고, 자신의 삶에 대한 권리를 되찾겠노라 선언하는 날이라고 외쳤다. 조상들이 땅속에서 벌떡 일어날 정도로 우렁찬 함성이 울렸다. 몇 주나 이날을 위해 연습한 어린이들이 갑자기 노래하기 싫다고 떼를 쓰는 바람에 우리 아내 중 한 명이 일어나 삶의 신비로움에 대한 노래를 불러 군중의 합창을 이끌어냈다. 모두 손뼉을 치며 박자에 맞추어 몸을 흔들었다. 우리 중 세 명이 단상에 올라가 우리의 누이, 툴라 낭기를 소개했다. 신령의 명을 받들어 우리에게 승리를 안겨주려고 미국에서 돌아왔다. 우리가 툴라를 번쩍 들어올려 단상에 앉히고 확성기를 쥐여주자 군중이 기쁨의 환호를 내질렀다.

"국민에게 힘을." 툴라가 꼭 쥔 주먹을 치켜들고 외쳤다.

"국민에게 힘을." 군중이 따라 외쳤다.

"누가 국민인가?"

"우리가 국민이다."

"그렇습니다." 툴라가 말했다. "우리가 국민입니다. 우리의 시간이 찾아왔습니다."

귀청이 떨어질 듯한 함성이 울렸다. 툴라가 말을 이어감에 따라 점점 함성이 커지고 그녀를 따라 사람들이 주먹을 치켜들었다.

"이곳은 우리 땅이다." 함성.

"그들이 무엇이라 하든지 간에 우리는 땅을 되찾을 것이다." 함성.

"더는 학살당하거나 독살당하거나 짓밟히지 않을 것이다." 함성.

"우리의 평화와 행복을 가로막은 자들은 경고를 받았습니다. 우리는 로쿤자와 전국 곳곳의 주도를 돌아다니며 행진할 것입니다. 우리는 베잠에 이를 때까지 주먹을 펴지 않을 것입니다. 우리의 존엄을 되돌려줄 때까지 외칠 것입니다. 우리의 목소리는 온갖 불의를 불사르는 불이 될 것이며 그 잿더미에서 새로운 나라를 건설할 것입니다."

"우리가 불이다." 누군가가 소리쳤다.

"우리가 불이다." 군중이 노래했다.

"그렇습니다." 툴라가 외쳤다. "우리는 옳지 않은 것을 남김 없이 태우는 불이 될 것입니다. 형제자매여, 어머니 아버지여. 우리는 빛을 보았습니다. 더는 어둠이 돌아오지 못할 것입니다. 우리는 깨어났으며, 이 나라의 모든 남자와 여자와 아이들이 자유로워질 때까지 목소리를 드높일 것입니다."

주바

자유는 과연 무엇을 뜻할까? 자신이 정의하는 자유가 가까이 있다고 믿을 때 사람들이 어떻게 행동할까? 글쎄, 어떻게 행동하는지 그날 나는 로쿤자에서 보았다. 남자들은 허리를 곧추세우고 위풍당당하게 걸었다. 어린 소녀들은 예쁜 옷을 좀 봐달라고 말하듯이 군인에게 손을 흔들고 미소 지었다. 여자들은 집에 가는 길 내내 고개를 뒤로 젖히고 웃었다. 잠시나마 어깨에서 짐이 내려간 듯한 가뿐함으로 공기 자체가 가벼워진 듯했다. 사람들의 얼굴에 희망이 아른거렸다. 잠시나마 아무런 두려움 없이 미래를 기대했다. 누나를 따라 서쪽으로 향하며 여러 지역의 집회에 갈 때마다 보았다. 사람들은 목소리를 높여 민주적인 선거를 요구했다. 국민이 스스로 대통령을 뽑아서 자신들이 꿈꾸는 나라를 이룩할 권리를 요구했다. 군중 앞에 설 때마다 누나의 얼굴에서 자유가 보였다.

누나는 한 번도 주먹을 펴지 않았다. 한 번도 결심이 흔들리지 않았다. 코사와가 언젠가는 복구될 거라는 믿음을 잃지 않았다. 누나는 사람들을 정원으로, 미스터 피시의 앞마당으로 이끌었다. 그들은 배상을 요구했다. 존중을 요구했다. 경비들이 총을 들자 미스터 피시는 총을 내리라고, 시위는 폭동과 다르다고 말했다. 이 땅은 우리 땅이라고 군중은 노래했다. 어떤 날에는 정원 한복판에 자리를 잡고 앉았다. 어머니는 품에 아이들을 안고, 어르신들은 가져간 의자에 앉았다. 코사와를 떠났던 많은 이들이 투쟁에 참여하러 돌아왔다. 그들은 코사와가 한때 누린 아름다운 시절에 대해 이야기했다. 그리고 노래했다. *표범의 아들딸이여, 우리를 해치려는 자, 각오하라. 우리의 포효를 잠재울 수 없을지어니.* 우리는 기름이 우리의 유산이라고 주장했다. 정원을 차지할 권리가 있다고 주장했다. 한번은 일주일 내내 정원에 앉아 있었다. 차례로 돌아가며 끈덕지게 버텼다. 펙스턴이 계속해서 무시하더라도 미국 법정이 언젠가는 우리에게 승리를 안겨주리라 믿었다.

※

누나가 코사와의 새 변호사와 처음 대화할 때 나도 같이 있었다. 미스터 피시와의 대화가 결실을 맺지 못하자 누나는 이전 교수에게 편지를 써서 조언을 구했다. 교수는 카를로스라는 자기 조카를 소개하며, 그가 권위 있는 뉴욕 법률회사에서 파트너 변호사로 일한다고 했다. 카를로스의 회사는 원래 펙스턴 같은 기업을 주로 변호하지만, 한번 이야기해봐서 나쁠 건 없

<hr/>

417

지 않겠냐고 소개해준 것이다.

카를로스가 사무실로 전화하기 30분 전부터 누나는 책상에 앉아서 미리 준비한 질문과 지난 몇 년간 자신이 발전시킨 아이디어 등을 검토하고 있었다. 내가 사다 준 점심은 건드리지도 않았다. 아마 종일 아무것도 먹지 않았을 것이다.

"한두 입만 먹어." 내가 권했다.

"배 안 고파." 누나는 시선을 들지도 않고 대답했다.

"미국에 변호사가 그 사람만 있는 건 아니잖아." 내가 말했다. "그 사람이 거절하면 다른—"

"그 사람이어야만 해. 제대로 싸우려면 뉴욕의 거물 변호사가 우리 뒤에 있어야 해. 카를로스가 도와주어야만 승산이 있어."

전화벨이 한 번 울리기도 전에 누나는 전화를 받았다. 통화하면서 누나는 대개 듣고만 있었다. 전화를 끊고 나서 누나의 얼굴에는 안심의 기색도 들뜬 기색도 비치지 않았다. 카를로스는 누나에게 더 많은 걱정거리만 안겨주었다.

변호사의 말에 따르면 코사와는 펙스턴을 상대로 승소할 가능성이 희박했다. 그는 펙스턴과 우리 나라 정부 사이의 계약을 미리 훑어보았는데, 펙스턴은 우리 땅에서 원유를 캐고 그에 따른 모든 부수적인 피해에 대한 책임은 정부가 떠안는다고 계약서에 적혀 있었다. 그 말인즉, 이 사건이 재판에 부쳐지면 펙스턴은 자기네 사업이 코사와의 토양을 황폐화했으며 유전에서 유출된 물질이 큰 강을 오염시켰다는 사실을 부정하지 않을 것이다. 아니, 심지어 유전이 아이들의 죽음과 무관하다고 주장하지도 않을 것이다. 펙스턴은 그저 우리 나라 정부가 수

익을 분배받는 조건으로 모든 책임을 면제해주었다는 증거만
보여주면 된다.

"그래서 이 사건을 안 맡겠대?" 내가 물었다.

"생각해봐야겠대."

"수임료는?"

"그것도 문제야. 그 회사는 성공보수금을 받지 않고 시간당
으로 계산하는데, 우리가 자기네를 선불로 고용할 돈이 없는
걸 알아. 회사 파트너들이랑 이야기해보고, 무료 변론으로 도
와줄 의향이 있는지 묻겠대. 소송을 준비하는 데 필요한 비용
은 어떻게든 우리가 마련해야 하고."

카를로스는 회사가 성공보수금을 받고 사건을 맡기로 했다
는 결정을 알려왔다. 하지만 그 전에 복원 운동 단체가 시작한
소송을 취하해야 했다. 누나는 코사와가 카를로스를 고용하여
새로운 소송을 준비할 거라고 복원 운동 단체에 알리기로 했
다. 이전 소송이 취하되면 카를로스가 새로 소송을 시작할 텐
데, 이번에는 펙스턴이 외국인불법행위법을 위반했다는 혐의
로 고소한다. 대통령과 계약을 체결했을 당시에 펙스턴이 우리
나라 정부가 국민의 안위에 무관심하다는 사실을 인식하면서
도 이익을 위해 그 사실을 이용하고 국제법을 위반하여 코사와
주민들의 안전과 재산에 피해를 끼친 혐의다.

십중팔구 펙스턴은 근거 없는 명예훼손이라며 판사에게 소
송을 기각해달라고 요청할 터이다. 이에 대한 반격으로 카를
로스는 펙스턴이 코사와의 골짜기에 처음 도착한 날부터의 기
업 내부 문서에 대한 제출명령을 신청한다. 그러고서 재판에서
는 펙스턴이 상당한 보상금과 손해배상금을 지불해야 한다고

주장할 것이다. 이 싸움이 수월하게 끝나리라 착각하지 말라고 변호사는 미리 경고했다. 수년이 걸릴지도 모른다. 강력한 기업을 상대로 하는 소송은 대부분 실패하며, 코사와가 미국 법정에서 이길 가능성은 극히 적었다. 최선을 다해 싸우겠지만 마을 사람들에게 너무 큰 희망을 심어주지는 말아라.

웬만한 일에는 대놓고 기뻐하지 않는 누나가 우리 집 거실에서 이 소식을 전하며 방방 뛰었다. 도저히 못 믿겠어. 이제 진짜 시작된 거야. 드디어 시작된 거야. 누나는 미국에서 살아보았으므로 그곳 재판이 어떻게 진행되는지 알지만, 그럼에도 코사와의 운명을 그 재판에 걸었다. 그곳이 아니면 달리 어디에서 희망을 찾겠는가?

누나가 마을 사람들을 광장에 모은 뒤에 새 변호사의 소식을 전달하자 모두 환호하며 서로 얼싸안았고, 심지어 어떤 이들은 기쁨의 눈물을 흘렸다. 미국에서 돌아온 지 고작 4년 만에 툴라가 코사와를 거의 구한 것이나 다름없다며 감격했다. 누나는 사람들의 기쁨에 찬물을 끼얹지 않았다. 마을 사람들이 기뻐하는 모습이 누나에게는 원동력이었다. 그래도 이길 가능성이 크지 않다는 사실은 밝혔다. 펙스턴은 변호사 부대를 거느리고 있다. 하지만 카를로스도 만만찮은 적수다. 카를로스는 변호사 경력상 한 번도 큰 재판에서 지지 않았고, 이번에는 기필코 이기려고 이를 갈고 있었다. 누나의 동갑내기 친구 다섯 중 한 명이 일어나서 펙스턴이 마침내 궁지에 몰렸다고, 이것이 끝날 때쯤에는 우리 땅에 발을 들인 것을 후회할 거라고 말하며 사람들의 흥분감에 불을 질렀다.

마을 회의를 마치고 소니네 집에 모인 장로들에게 누나는 카를로스가 성공보수금을 받는 조건으로 일하기로 했지만, 코사와의 상태를 조사하러 오는 전문가들에게 지불할 수고비 등 지출은 우리가 감당해야 한다고 말했다. 일단 소송을 시작하는 데만 거액이 필요하기 때문에, 카를로스는 마을에 돈을 빌려줄 수 있는 사람을 소개시켜주었다. 헤지펀드에서 일하는 사람이었다. 그 사람이 카를로스에게 먼저 필요한 돈을 주고, 코사와가 소송에서 이길 시에 펙스턴으로부터 받는 보상금으로 갚기로 했다. 카를로스와 헤지펀드 사람들에게 돈을 갚고 나면 코사와는 전체 배상금의 3분의 1보다 조금 적은 금액을 받을 것이다.

"그럼 우리가 얼마나 받는 거냐?" 어르신 한 명이 물었다.

"모르겠어요." 툴라 누나가 답했다. "카를로스가 그건 정확히 알 길이 없대요. 하지만 헤지펀드 사람들이 돈을 빌려준다는 자체가 우리가 승산이 있다고 믿는 걸 뜻해요. 우리한테 빌려주는 돈보다 몇 배나 더 받을 수 있을 거라고 판단했으니까 빌려주는 거예요."

잠시 침묵이 흘렀다. "우리가 돈을 바라고 하는 일이 아니란 걸 미국인들은 아니?" 다른 어르신이 물었다.

"미국 법정에서는 펙스턴으로부터 금전적 배상밖에 받아낼 수 없어요. 그 돈으로 우리는 어떻게 마을을 복구할지 방안을 모색해야 해요. 배상금이 충분하면 미국의 환경 복구 전문가들을 고용해서 도움을 받을 수 있겠죠."

"하지만 왜 미국 법정은 펙스턴한테 그냥 떠나라고 명령하지 못하는 거냐?" 첫 번째 어르신이 물었다. "그렇게 안 된다고 네가 말한 건 안다. 한데 미국 책에도 사람이 자기 땅에서 평화롭게 살 권리가 있다는 법은 있을 거 아니냐. 카를로스라는 사람이 그 법을 책에서 찾아서, 우리 사례에 적용하라고 판사를 설득할 수는 없니?"

"물어볼게요, 할아버지." 누나가 대답했다. "우리의 가장 큰 목적은 마을의 복구라는 걸 카를로스도 알아요. 그 사람이 최선을 다해 도와줄 거라고 믿어요."

"네가 그 사람을 믿는다면," 소니가 말했다. "필요한 수단을 모두 써도 된다는 우리의 전적인 허가가 있다고 말해라."

카를로스가 새로 소송을 제기한 날은 별다른 축하 없이 지나갔다. 수업을 끝마쳤을 시간에 데리러 가자 누나는 카를로스가 이제 정말 시작되었으니 마음 단단히 먹으라며 보낸 팩스를 보여주었다. 나는 누나를 껴안았다. 우리는 부모님 집에 찾아갔다. 부모님도 누나를 껴안고, 제발 좀 쉬라고 말했다. 소송이 한 법원에서 다른 법원으로 넘어가며 과연 얼마나 걸릴지 누가 알겠는가? 소송이나 나라에 대한 생각은 잠시만 접으라고 부모님은 간청했다.

누나는 그럴 수 없었다. 할일이 태산이었다.

해방의 날 이후에 (카를로스가 새 소송을 시작하고 3년 동안 누나는 없는 시간도 쪼개어 해방의 날을 준비하며 이것에 대해서만 주야장천 이야기했다.) 누나는 정당을 설립하고, 우리 나라 최초의 민주 선거를 개최하라고 대통령에게 압력을 가했다. 누나는 그 정당에 '연합 민주당'이라는 이름을 붙였지만, 추종자들은 누나가 주먹을 높이 쳐들고 '우리는 불이다'라는 구호를 많이 외친다는 이유로 '불의 당'이라는 별명을 지었다. 누나는 전국 방방곡곡에서 충분한 지지자들을 모아서 당의 지역 위원회를 설립하고 이를 통해 국가에 실질적인 영향을 끼칠 힘을 기른다는 최종 목표를 세웠다. 언젠가는 누나가 세운 정당의 당원이 민주 선거에서 대통령을 이길 것이다. 우리 나라에서 민주 선거는 여전히 환상에 가까웠다. 법적으로 이 나라에서는 단 하나의 정당만 인정받았다. 그렇지만 자신이 이끄는 운동에 정치적 정체성이 필요하다고 판단한 누나는 불법일지라도 정당을 창당해서, 마침내 선거가 열리는 날이 왔을 때 대통령에게 맞설 만반의 준비를 해놓고 싶었던 것이다.

누나는 다섯과 학생들과 함께 베잠 교외의 도시에서 집회를 열었고, 선거를 통해 독재를 불살라버릴 수 있게 동참해달라고 사람들을 설득했다. 그해 누나는 휴가를 받은 한 달 내내 전국 곳곳에서 그런 집회를 개최했다. 하지만 누나가 설립한 당은 우리 나라의 서부 너머로는 영향력이 미미했다. 북부와 동부에서는 집회를 열어도 열댓 명도 오지 않았다. 누나를 모방하여 본인의 부와 이익을 추구하는 사람들이 도처에서 속출했다. 베잠과 남동부 지역에서는 대통령이 무서워서 누나를 적극적으로 지지하지 못했다. 다른 부족들이 마침내 각성하고 있었지만, 그들은 낯선 여자가 아니라 자기들이 잘 아는 남자가 지도자가 되기를 바랐다. 부족들이 각자 앞가림을 해야 할 때가 아닌가? 그들은 불안해했다. 누나는 그렇게 생각하지 말라고 간청했다. 우리 나라가 수많은 부족으로 나뉘어 있을지는 몰라도 여전히 하나의 나라라고, 정원에는 온갖 형태와 색깔과 향기의 꽃이 있지만 그들이 어우러져 영롱한 아름다움을 발산하지 않냐고 말했다. 귀담아듣는 이는 별로 없었다. 그들에게 통합은 너무도 하찮은 관념이었다.

엄마와 나는 자나 깨나 누나 걱정이었다. 누나가 여행을 떠날 때면 이따금 나는 운전사에게 돈을 쥐여주며 부탁했다. "하나밖에 없는 누나예요. 제발 잘 지켜봐주세요." 운전사는 고개를 끄덕였다. 그는 딸을 일곱이나 두었다. 그의 아내는 걱정을 달고 살았다.

그 많은 사람들 앞에 서서 자기와 함께 꿈꾸자고 외치는 누나를 볼 때면 때로는 두려움에 때로는 자랑스러움에 눈물이 나왔다. 나와 엄마와 새아빠는 기회가 될 때마다 누나와 동행했다. 누나의 미국 친구들이 가끔 찾아왔고, 어떤 이들은 현금과 응원의 메시지를 보냈다. 누나는 불길을 헤치며 날아오르는 비둘기였다. 몸은 불길에 휩싸였을지언정 높이 치솟고 있었다.

※

해방의 날을 개최하고 2년 뒤에 카를로스와 그의 팀원 세 명이 베잠에 왔다. 카를로스는 꼭 하고 싶은 말이 있는데 얼굴을 보고 하려고 꾹 참았다고 했다. 최근에 카를로스는 법무부에서 일하는 친구와 조우한 자리에서 펙스턴을 상대로 소송 중이라고 자신의 근황을 전했다. 그런데 친구가 법무부에서 펙스턴을 비밀리에 조사 중이라는 게 아닌가. 학살에 대한 소식이 전해지고 나서부터 펙스턴이 해외 공무원에게 바치는 뇌물을 규제하는 미국 법을 위반했다는 증거를 모으고 있다고 했다. 증거가 모이면 해외부패규제법 위반으로 펙스턴을 고소할 것이다. 이 재판에서 법무부가 승소할 경우에는 우리 사건의 판사도 코사와의 손을 들어줄 가능성이 높다고 카를로스가 설명했다.

카를로스와 팀원들이 우리 가족과 식사하는 자리에서 누나가 이 소식을 전하자 모두 환호했다.

카를로스는 코사와가 법무부 사건을 통해 이익을 볼 확률은 작다고 말했지만 누나는 기쁨에 얼굴을 빛내며 말했다. "그건 아무도 모르는 일이에요. 불가능해 보이는 일이 때때로 일어나고, 그게 바로 삶의 아름다움 아니겠어요." 그날 밤에 우리는 염소고기를 넣은 고추 수프와 토마토 소스, 그리고 쌀을 넣고 끓인 달팽이 요리를 먹었다.

저녁 식사가 끝나고 다른 사람들이 부모님 텔레비전으로 미국 시트콤을 보는 동안 나는 카를로스와 포치에 앉아서 베잠의 밤공기를 쐬며 남은 맥주를 마셨다.

"이렇게 많은 별을 마지막으로 본 게 언제인지 모르겠네요." 변호사가 하늘을 올려다보며 말했다.

"여기로 이사 오시면 매일 볼 수 있어요." 내가 말했다.

카를로스가 웃고 말했다. "나는 이런 삶에 어울리지 않아요."

딱 봐도 알겠네요. 나는 그를 힐끔 보고 말하고 싶었다. 그가 영화에서 걸어나왔다고 해도 믿을 법했다. 조각 같은 옆모습에 수염을 덥수룩하게 기르고 머리를 매끈하게 빗어넘긴 카를로스는 부담스러울 정도로 화려하게 잘생겼다. 카를로스는 매우 비싸 보이는 시계를 손목에 차고 있었고, 왼손 약지에는 결혼반지를 끼고 있었다. 그러나 그는 저녁 내내 누나에게서 눈을 떼지 않은 채로 찬사를 바치고 몸을 기울여 어깨를 맞대었는데, 누나가 허락만 한다면 혼약 맹세를 기꺼이 잊을 태도였다. 카를로스가 혹시나 시도했다면, 그를 포함해 세상 그 어떤 남자도 오스틴이 살아 있는 한 누나에게 접근할 수 없다는 사실을 알게 되었을 것이다. 누나가 오스틴과 함께한 나날에 대한 일화를 하나만 말해도 자기가 헛수고하고 있다고 깨달을 터이다.

"나한테 이런 말을 들을 필요 없다는 걸 알지만," 내가 말했다. "그래도 이 사건을 맡아주셔서 고맙다고 인사하고 싶어요. 누나한테는 코사와가 전부예요."

"삼촌도 그렇게 말하더군요."

"마티네즈 교수님요?"

카를로스가 고개를 끄덕였다. "자기 나라에 혁명을 일으킬 굉장한 학생에 대해 수없이 이야기했어요. 가족끼리 밥 먹는 자리에 부모님이랑 다 같이 있는데 삼촌이 갑자기 이렇게 말하지 않겠어요. '카를로스, 네가 이 마을을 도와주면 어떻겠니?' 그랬더니 가족 모두가 세상에서 일어나는 온갖 나쁜 일에 대해 이야기하면서 나더러 힘을 빌려주면 좋지 않겠냐고 그러는 거예요. '그래, 카를로스, 이 딱한 마을을 도와줘.'"

"그러니까 가족들 등쌀에 못 이겨서 맡은 건가요?"

카를로스가 웃음을 터뜨렸다. "물론 아니에요." 그가 말했다. "강자들을 방어하는 일도 재밌지만 나도 한 번쯤은 약자들 편에서 싸워보면 어떨까 생각했어요. 부모님도 좋아하실 테고요. 아버지는 나와 형제들을 대학에 보내려고 하루에 열네 시간씩 택시를 운전했답니다. 내가 로스쿨에 입학했을 때 자기 아들이 악당들을 죄다 감옥에 보낼 거라고 친구들한테 자랑하셨대요. 나는 그쪽 커리어를 지향하지는 않지만 적어도 이번에 코사와가 이기면 부모님이 친구들한테 신문기사를 보여주며 자랑할 수 있겠지요."

나는 카를로스와 그의 팀원이 코사와로 떠나기 전이나 돌아
온 후에 다시 만나지는 않았다. 코사와에서 필요한 자료를 수
집한 카를로스네 팀은 주민들을 촬영한 인터뷰 영상과 토질
과 수질 샘플 들을 잔뜩 가지고 미국으로 돌아갔다. 그들의 방
문이 마을에 생기를 불어넣었다. 카를로스네 팀은 미국에서는
2007년에 여자가 정부에서 세 번째로 권력 있는 위치에 올랐
으며 어떤 사람들은 동성끼리 결혼할 권리를 얻으려 싸우고 있
다고 마을 사람들에게 알려주었다. 어르신들은 웃느라 얼마 남
지 않은 이까지 모조리 빠질 지경이었다. 그들이 떠나기 전 마
지막 저녁에는 흥겨운 파티가 열렸다. 야자주가 강물처럼 흐르
는 가운데 미국인들이 두드리는 북소리와 어른들의 박수 소리
에 맞추어 아이들이 춤췄다.

이튿날 코사와는 다시 한번 새로운 기다림을 시작했다. 여자
들은 계속해서 죽지 않은 땅을 찾아 헤맸다. 어머니들은 아기
들에게 먹일 물을 끓였다. 숲에서 잡은 사냥감으로 그나마 기
초적인 생활비는 벌 수 있었다. 아이들은 때로는 펙스턴 때문
에 죽었고 때로는 펙스턴과 무관한 이유로 죽었다. 새로 태어
나는 아기들이 죽은 아기들의 자리를 메꾸었다. 가족들이 코사
와를 떠나기도 하고 돌아오기도 했는데, 돌아오는 사람들은 대
부분 태어난 곳에 묻히고 싶은 조부모의 소원을 들어주기 위해
서 왔다. 평온한 나날과 절망스러운 나날이 뒤섞여 있었다.

이렇게 시간이 흘러가는 동안 툴라 누나는 한 번도 흔들리지
않았다. 누나의 '빌리지 모임' 학생들이 졸업하고 새로운 학생

들이 오고 또 졸업해서 떠나도 늘 한결같았다. 학부장으로 승진한 누나는 정당 활동을 중단하고 학생들에게 집중해야 했다. 나라의 미래인 학생들이야말로 누나의 꿈을 언젠가 이루어줄 수 있을 것이다.

누나는 꾸준히 전국을 돌아다니며 메시지를 전파하고 이따금 지지자들의 모임에서 연설했다. 젊은이들은 군인들이 보는 앞에서 당당히 주먹을 쳐들어 서로를 반겼다. 누나는 이런저런 단체에서 초청을 받아 연설을 하기도 했는데, 누나의 이야기에 감명을 받고 관공서나 공장의 횡포에 맞서 시위하기로 한 사람들이었다. 누나는 추종자들에게 변화가 오리라는 믿음을 잃지 말라고 당부했다. 누나가 가는 곳마다 여자들이 기쁨의 춤으로 환영했다. "우리 중 한 명이 하고 있는 일을 봐요." 여자들이 노래했다. "여자가 할 수 있는 일을 봐요."

누나는 자신을 해치려는 적이 수두룩하다는 걸 알았지만 두려워하지 않았다. 베잠에서 선글라스를 쓴 남자가 미행하고 누나네 집 앞에 차를 대고 감시하다가 슈퍼마켓까지 따라오고, 휴대전화를 귀에 댄 채로 사무실 앞을 얼쩡거려도 신경 쓰지 않았다. 놀랄 일은 아니었다. 당연히 펙스턴은 누나를 겁주려 했다. 그들은 누나를 얕보았다. 누나가 미행자에게 미소를 짓고 이따금 손을 흔들어 인사하리라고는 상상하지도 못했을 거다. 누나는 카를로스와 다섯에게 자신을 미행하는 남자에 대해 말했다. 그들 모두 혹시 모르는 사태를 대비해서 조심하라고 일렀지만 누나는 두렵다고 물러서는 사람이 아니었다. 누나는 보디가드를 고용하길 거부했다. 한두 번은 내가 같이 다닐 때도 미행하는 사람이 붙어서 조심하라고 부탁했지만, 누나는 웃기만

하고 걱정은 묶어두라고 했다. 어느 날 미행하는 사람이 없어졌다고 누나가 말했을 때 엄마는 안도의 눈물을 흘렸다.

※

누나가 미국에서 처음 돌아왔을 때 엄마는 자주 나를 따로 불러내서 말하곤 했다. 나도 중요한 사람이라고, 누나를 중심으로 세상이 돌아가는 것이 아니며 내가 누나를 위해 희생할 필요도 없다고 말이다. 누나가 곁에 있으면 나는 코사와 우리 나라에 대한 누나의 비전과 무관하게 나와 엄마 역시 각자의 꿈과 삶이 있다는 사실을 자꾸 잊어버렸다. 그걸 어머니만의 직감으로 느낀 것이다.

이따금 엄마와 나는 부엌에 앉아서 누나가 미국으로 떠나고 집에 우리와 야야만 남았던 시절을 함께 돌이켜보았다. 코사와의 우리 집에서 보내는 마지막 나날에 야야는 병상에서 일어나지 못했고 나와 엄마는 주로 툇마루에 앉아서 추억을 곱씹었다. 집을 정리하고 새아빠랑 살러 베잠으로 떠나는 날 아침에 우리 두 사람 모두 울었다. 우리는 말라이카네 집에 살러 간 지 일주일 만에 죽은 야야의 장례를 치르고 베잠으로 떠났다. 세간은 친구와 친척들에게 나눠주었다. 할아버지가 처음 지었을 때의 텅 빈 모습으로 돌아간 집은 주민이 점점 떠나는 코사와에서 앞으로도 계속 비어 있을 것이 뻔했다.

우리는 옷가지와 훈제고기와 햇볕에 건조시킨 채소, 그리고 야자잎으로 포장한 향신료로 채운 대나무 트렁크를 들고 베잠에 도착했다. 도시 음식을 불신하던 엄마는 끼니때마다 직접

429

요리하려고 짐을 죄다 머리에 인 채로 버스를 갈아탔다. 엄마는 봉고 삼촌을 면회하러 교도소에 갈 때마다 음식을 가져갔었다. 평생 엄마는 집에서 요리한 음식만 먹었다.

베잠에 도착한 첫날에 새아빠는 포옹으로 우리를 반기고 요깃거리와 얼음을 띄운 물을 주면서 여행이 어땠는지 전부 말해달라고 했다. 그리고 이렇게 말했다. 이제 여기가 집이다. 지금 이 순간부터 그리고 영원히. 엄마는 고개를 끄덕이고 새아빠한테 고맙다고 인사하라고 내게 말했다. 그러고는 내가 자러 가기 전에 이렇게 속삭였다. "그래도 친아빠를 잊으면 안 된다." 내가 대답했다. "네, 엄마." 언제까지고 아빠를 가슴속에 품고 있겠다고 약속했다. 아빠는 물론 심지어 봉고 삼촌도 기억이 가물가물하다고 말하기가 창피했다. 그들을 영원히 기억하고 싶었지만 벌써 얼굴이 흐릿해지고 있었다.

우리가 도착하고 일주일 뒤에 새아빠는 내 손을 잡고 새 학교로 데려갔다. 새아빠는 나를 이끌고 빨갛고 파랗고 노란 자동차들을 피해 가면서 군것질거리를 사주었다. 점심을 사 먹을 용돈을 쥐여주고 손수건으로 얼굴의 땀을 닦아주었다. 자기 아이가 없던 새아빠의 마음에는 누군가에게 쏟아주고 싶은 사랑이 차고 넘쳤다.

새로운 해가 왔다가 지나가길 되풀이했다. 코사와 사람들의 얼굴이 기억에서 사라졌다. 아빠의 얼굴도 잊었다. 하지만 집에 놀러온 나의 새 친구들은 우리 엄마가 마치 코사와를 떠난 적이 없는 양 그 시절과 똑같이 차려입고 있을 뿐만 아니라 마음속으로는 여전히 그곳에 살고 있다는 것을 알 수 있었다. 대부분 정부에서 일하는 친구들의 부모와 달리 엄마는 영어를 하지 못했다. 종종 엄마는 추억에 젖어서 내게 아무개를 기억하느냐, 이러이러한 일이 있었던 날을 기억하느냐 묻고, 우리가 친아빠랑 살던 집에 대한 애틋한 노래를 지어 불렀는데, 그 노래는 새아빠가 퇴근하고 오는 순간 뚝 멈췄다. 새아빠의 발소리가 들리면 엄마의 노랫소리가 명랑하게 바뀌었다. 엄마는 생기발랄하게 떠들며 밥을 차려주고 친아빠한테 해주던 대로 세심히 챙겨주었다. 식탁 의자를 빼주고, 이렇게 맛있는 음식은 세상 어느 남자도 못 먹어봤으리라는 칭찬에 미소를 지었다. 손을 씻을 물을 식탁으로 가져다주고, 식사를 마친 뒤에는 아빠가 남자라면 응당 그래야 하듯 소파에 편히 앉아 휴식하고 만족할 수 있게 정성껏 시중을 들었다.

한편 아빠는 엄마의 지갑을 늘 두둑히 채워주려고 노력했다. 집을 말끔히 관리하고 음식을 넉넉히 만들고, 도시의 다른 동네로 가서 고향 여자들과 웃고 떠들 수 있게 용돈을 챙겨주었다. 엄마는 그 여자들을 시장에서 만났는데, 이들은 나라에서 지정한 공용어가 아닌, 코사와와 이웃 마을들에서만 쓰는 언어로 말했다. 그것만으로도 충분히 친구가 될 수 있었다.

친구들을 만난 뒤에 엄마가 거만한 도시 사람들로 가득한 버스 안에서 부대끼다 돌아오면 아빠가 거실에서 기다리고 있었다. 아빠는 엄마를 아내로 얻은 것을 한없이 자랑스러워했다. 한 번도 빠짐없이 아빠는 눈을 빛내며 한달음에 달려나가 엄마에게 입을 맞추었다. 머리는 반백이었지만 아빠는 여전히 엄마를 번쩍 안아 올릴 수 있었다. 킥킥거리는 엄마를 안고 침대로 가는 길에 문을 닫으며 아빠는 내게 방으로 가라고 일렀다.

　방에 혼자 있을 때면 나는 망자의 세계에서 돌아온 그 밤을 떠올린다. 그 밤에 나는 무언가를 잃었다. 무엇인지는 모른다. 무언가를 얻기도 했다. 그것 또한 무엇인지 모른다. 내가 잃은 것과 얻은 것만 제외하면 그 밤에 대해 모든 걸 기억한다. 내가 눈을 뜨자 아빠가 나를 엄마에게 안겨주었다. 아빠는 눈물을 숨기려고 황급히 집에 들어갔다. 더는 괴로움을 억누를 수 없었던 것이다. 엄마는 안도의 울음을 터뜨리며 나를 안았다. 야야가 울었다. 누나도 울었다. 그들은 나를 껴안고 괜찮냐고 물었다. 나는 대답할 수 없었다. 그 먼 숲에서 내가 가져온 것이 어디 있나 외당을 둘러보기만 했다. 무언가를 두고 왔다고 엄마한테 말하고 싶었지만, 영원의 강을 뛰어넘기 전에 무언가를 떨어뜨린 기억이 없었다. 어쩌면 나는 내 몸만 지니고 갔다가 그대로 돌아왔는지도 모른다. 수십 년이 지난 지금도 나는 꿈에서 허우적대고 땀을 흘리며 그걸 찾아 헤맨다. 낮에는 초조해서 견딜 수 없다. 그날 내가 가지고 돌아온 것을 찾아야 한다는 절박함에 숨이 막힌다. 내가 잃어버린 것이 어딘가에는 있을 텐데, 그게 무엇이었지? 어떻게 그것 없이 살지? 오랜 고민 끝에 나는 인정했다. 평생 나는 살아 있으면서도 죽어 있으리라는 사실을, 다른 말로 하면 살지도 죽지도 않은 상태로 존재하리라는 것을 말이다.

　그날 벌어진 일을, 자카니가 어떻게 나를 찾아서 데려왔는지를 친아빠에게 물어보고 싶었다. 아빠는 이해불가한 일들을 논

432

리적으로 설명할 수 있었다. 하지만 내가 돌아오고 얼마 후 아빠는 베잠으로 떠났다. 내가 오래오래 살 수 있게 노력하다가 죽은 아빠의 희생에 감사한다. 그렇지만 아빠가 떠나기 전에 이 말을 하지 못해서 안타깝다. 그날 밤에 자카니가 부르지 않았으면 나는 기꺼운 마음으로 선조들의 세계로 갔을 거라고. 나는 저 멀리 높은 언덕에서 광휘를 뿜는 그들의 도시를 보았다. 그곳에 가기를 열렬히 바랐다.

아빠와 봉고 삼촌이 죽은 뒤에도 세상은 계속해서 굴러갔다. 친구는 몇 명 없으며 집에는 비애에 젖은 어머니와 자기 일에 빠진 누나와 몸과 마음이 망가져버린 할머니뿐이었던 나는 외당의 구석에 앉아서 그림으로 공책을 메웠다. 산 자의 세계로 돌아오고 얼마 안 되어 그림을 그리고 싶은 충동이 돌연 솟구쳤다. 그전에는 그림을 그려본 적도 없던 내가 어느 저녁에 누나의 연필과 종이를 쥐었다. 종이 위로 손이 움직이며 형상이 나타났다. 학살이 일어난 날에 나는 울고 싶은 충동이 아니라 내가 본 것을 그리고자 하는 충동을 느꼈다.

내가 보는 세상을 그리면서 평생을 살고 싶다.

사랑하는 이들에 대한 책임감이 아니었다면 나는 어떻게 해서든지 좋아하는 화가들의 출신지인 유럽으로 가서 새로운 삶을 시도해보았을 것이다. 그림을 그리려고 앉을 때만 마음속 질문에 대한 답을 찾는데, 언어로는 표현할 수 없다. 그림을 통해서만 코사와에서 벌어진 일과 인류의 부조리를 이해할 수 있다. 세상을 내가 보는 대로 그릴 때만 존재의 무의미함에서 벗어날 수 있다. 망자의 세계에서 돌아오고 나서부터 나의 세상에서 현실이 초현실로 둔갑하기 시작했다. 직장에서 동료들과 수다를 떠는 중에 그들의 머리가 유리로 바뀐다. 선반에서 책이 날아가 허공에서 타오른다. 엄마의 머리 위로 왕관이 내려온다. 내가 사랑하는 여자의 피부가 투명해져서 혈관을 타고 흐르는 피가 보인다. 이런 것들이 두렵지는 않다. 처음 경험했을 때만 고열에 시달렸는데, 그때 나는 마을 회의에서 우자 베키의 혓바닥이 개 꼬리로 변하는 것을 보았다. 최근에는 이런 일이 무작위로 발생하지만 눈을 감고 호흡에 집중하면 전부 현실로 돌아온다. 다른 사람에게는 말할 수 없다. 엄마나 아빠, 아니, 심지어 내가 사랑하는 여자마저 단순히 망상병이라고 생각할 것이 뻔하다. 그래서 나는 이것을 두 개의 삶을 사는 값으로 여기기로 했다.

누나가 미국에서 돌아오기 전 나흘간 나는 성인이 되고서 처음으로 푹 잤다. 나의 경험에 대해 말할 수 있는 사람이 마침내 돌아온다는 안도감 때문이었으리라. 누나한테는 말할 수 있었다. 아버지가 실종되고 어머니는 잃어버린 남편과 아기를 애도하느라 아무것도 하지 못할 때 나를 먹여주고 씻겨준 사람이다.
내 말을 듣고서는 누나가 웃음을 터뜨리며 별일 아니라고, 누구나 삶과 죽음의 경계에 사는데 다만 세상이 너무 혼란스러워서 알아차리지 못하는 것뿐이라고 말해주는 걸 상상해보았다. 어쩌면 누나는 묵묵히 침묵할지도 모른다. 상관없었다. 다시 한번 누나 옆자리에 앉아서 누나가 남긴 것을 먹고 싶을 따름이었다. 이 세상이 돌아가는 오묘한 방식에 대해 친아빠랑 나눈 대화를 누나가 내게 들려주기를 바랐다. 누나의 특별함을 새삼 경외하며 또 한번 같이 마을에서 걸어다니고 싶었다.

마침내 공항에서 누나를 부둥켜안은 순간을 여전히 기억한다.

누나는 수염이 자란 내 얼굴을 보고 웃으면서 말했다. 우리 잘생긴 동생은 어디 갔어? 누나는 나와 엄마를 위해서 미국과 오스틴을 떠났다. 코사와를 위한 마음도 있지만 무엇보다 가족을 위해서였다. 누나는 우리를 위해서 지도자 양성 학교의 교사 자리를 수락했다. 처음에는 영혼도 없는 사람들이라며 상대하고 싶지 않다고 제안을 거절했다. 정부는 검질기게 조르며 누나 임의로 커리큘럼을 정해도 된다고, 누나처럼 똑똑한 인재는 드물며 누나가 미국에서 습득한 지식은 이 나라 어린이들의 미래를 밝힐 거라고 재차 설득했다. 정부는 자동차와 전용 운전사, 그리고 누나가 쓸 수 있는 것보다 많은 돈을 주었는데, 그 돈은 결국 코사와를 복구하려는 누나의 운동에 양분이 되었다.

그래서 한때 아빠가 우자 베키와 고노를 싫어하면서도 그들과 협력하여 베잠에 갔던 것처럼 누나 역시 개인적인 감정을 꾹 억누르고 정부를 위해 일했다.

우리는 각자 베잠의 다른 지역에서 일했지만 저녁에 종종 만나서 어울렸다. 누나가 미국에서 처음 돌아왔을 때는 내가 도시를 안내해주었다. 누나는 미국에서 지내는 동안 오스틴을 따라 채식주의자가 되었지만 베잠에서 생선은 다시 먹기 시작했다. 저녁에는 내 차를 타고 도시를 돌아다니면서 생선 구이를 길거리에서 사 먹었다. 누나는 엄마랑 새아빠를 만나러 가길 좋아했다. 두 사람은 누나에게 밥 좀 잘 챙겨 먹으라고, 너

무 말라서 바람만 불어도 날아가겠다며 음식을 권하고 애지중
지했다. 베잠의 길거리 음식을 무척 좋아했던 누나는 생선 구
이를 파는 카트 앞에 줄을 서서, 푹푹 찌는 날씨나 거리에 급증
하고 있는 들개 문제, 혹은 얼마 전에 우승함으로써 나라에 대
한 자부심을 느낄 구실을 드디어 마련해준 국가 축구팀에 대해
다른 손님들과 즐겁게 담소했다. 이따금 노점 주인 아주머니가
붐박스의 음악을 틀면 누나는 다른 손님들과 춤을 추었는데,
코사와에 살 때처럼 여전히 몸치였지만 잠시나마 사명의 부담
을 내려놓은 듯 마음이 가벼워 보였다. 한번은 내가 데려다준
날에 누나가 차에서 내리기 전에 말했다. 자기 입에서 이런 말
이 나올지는 꿈에도 몰랐지만, 베잠에 사는 것이 즐겁다고.

　다만 코사와를 잊을 정도는 아니라고.

　카를로스가 새로 소송을 시작하고 몇 달 동안 누나는 소송의
어려움을 매일같이 토로했다.

　나는 누나의 이야기를 들어주고, 누나는 할 만큼 했다고, 이
제 좀 쉬면서 미국에서 판결이 내려지길 기다려도 아무도 탓하
지 않을 거라고 최대한 부드럽게 말했다. 누나는 동의하지 않
았다. 코사와를 위해 싸우는 건 누나의 생득권이었다.

　글쎄, 그것이 나의 생득권은 아니었다. 그래서 해방의 날 이
후로 나는 누나의 꿈에서 거리를 두기로 결심했다. 진저리가
났다. 전국을 돌아다니는 것이며, 끝없는 기다림이며, 사랑하
는 사람들로부터 떨어져 있는 것이며, 어떤 작전을 세울지 고
심하는 것이며, 희망과 절망의 시소를 타는 것 모두가 진력이
났다. 나는 코사와를 위해 할 수 있는 걸 다 했다. 힘이 닿는 데

까지 누나를 도왔다. 다른 사람의 꿈에 내 삶을 바칠 수는 없었다. 그 사람이 나의 누나일지라도 말이다. 이런 것들을 누나에게 직접 말하지는 않았다. 우리는 여전히 함께 생선 구이를 먹으러 다녔고, 나는 가끔씩 누나의 학교에 찾아갔다. 누나는 여전히 나의 누나였다. 하지만 나는 누나의 혁명에 더는 참여할 수 없었다. 나는 누나가 아니다. 누나처럼 되지 않을 것이다. 나의 길을 가야만 했다. 누나에게 다섯과 '빌리지 모임' 학생들이 있어서 다행이었다. 나는 그 모임에 한 번도 참석하지 않았다. 누나가 파김치가 되어서 소파에서 일어나지도 못하는 날이면 나는 누나가 다른 삶을 선택했으면 얼마나 더 나았을까 생각하며 안타까워했다. 누나는 코사와 대신 오스틴을 선택했어야 했다. 우리 가족이 그토록 많이 잃었는데, 왜 누나마저 다른 사람들을 위해 자신을 희생하려는 걸까.

누나가 귀국하기 몇 달 전에 나는 누나가 돌아오기로 해서 너무 기쁘다고 편지에서 말했다. 다시 한번 우리가 완전한 가족이 되는 것이다. 나와 누나, 엄마랑 새아빠. 내 여자친구 누비아가 누나랑 잘 맞을 거라고 확신한다고도 말했다. 누나는 여자 형제가 생기는 기분이라며, 누비아와 도타운 사이가 될 날을 기대했다. 나는 누비아와 처음 만났을 때 "진짜 이름이 누비아예요? 정말 신기하네요. 어렸을 때 삼촌이랑 누나가 누비아라는 왕국에 대한 책을 읽어주고 그림을 보여줬어요."라고 이야기했는데, 누나는 이 일화를 좋아했다. 누나는 자기 동생을 사랑해주어서 고맙다고 누비아에게 카드를 보냈다. 그리고 돌아오기 직전에는 하루빨리 만나고 싶다고 편지에 적었다. 그렇지만 마침내 만나서 상대를 이해한 두 사람은 자기들이 친구가 될 일은 없다고 깨달았다─산과 강처럼 서로 다른 사람들이었다.

그렇다고 누비아를 사랑하는 내 마음이 달라지지는 않았다.

누비아가 자기 인생사를 들려준 날에 나는 그녀와 남은 인생을 함께 걷기로 마음먹었다. 그날 누비아는 이렇게 말했다. "아버지들─우리의 고통은 그들로부터 시작하고 그들과 함께 끝나. 그렇지 않니?"

우리 나라의 미래에 원대한 꿈을 품은 누비아의 아버지는 그 꿈에 맞추어 딸 이름을 지었다. 딸의 이름이 자신과 모든 이들에게 이 만물의 법칙을 두고두고 상기시켜주기를 바랐다. 파도가 때로는 부드럽게, 때로는 거칠게 무한히 새로 태어나듯이 한번 존재한 것은 아무리 멀리 헤매더라도 끝내 자신의 정당한 자리로 돌아온다는 법칙이다. 딸의 이름을 누비아라고 지음으로써 그는 세상 그 무엇도 진정 끝나지 않는다고, 오직 시작만이 계속된다고 선언했다. 씨앗이 땅에 떨어져 나무가 되고 그 나무에서 또 씨앗이 떨어져 나무로 자라듯이, 혹은 높은 곳에서 아래로 흐르는 물이 다시 한번 위로 올라가 또 내려오듯이 말이다. 누비아는 존재했으므로, 돌아올 것이다.

어린 시절에 누비아는 아버지로부터 자기와 같은 이름의 나라에 대한 이야기를 들었다. 까마득한 옛날에 존재했던 나라. 누비아의 여자들은 검은 표범을 탄 채로 거리에서 장미 꽃잎을 지르밟고 다녔으며 남자들은 어깨를 당당히 펴고 걸었다. 누비아가 잠을 못 이루는 밤이면 아버지는 침대가에 앉아서 이런 이야기들을 들려주었다. 아버지는 영어로 이야기를 해주었다. 누비아네 집에서는 다들 영어로만 대화했는데, 누비아와 형제들이 미국에 갈 날을 대비시키는 것이었다. "우리 선조들은 누비아를 왜 떠났어요, 아빠?" 누비아가 물었다. "그들은 열성이 넘쳤단다." 아버지가 대답했다. "새로운 누비아를 건설하여 우리의 위대함을 널리 퍼뜨리고자 했어." "왜 실패했어요?" "실패하지 않았다. 우리를 통해 계속해서 노력하는 중이지."

어느 날 네가 잠에서 깨어나면 우리가 누비아에 돌아와 있을 거야. 너는 누비아의 공주가 될 거란다. 왕국에서 살 거야.

누비아가 깨어날 시간이면 아버지는 벌써 출근하고 없었다. 아버지는 대통령궁에서 일했다. 경호대장의 지시 아래 대통령의 안전을 지키는 열댓 남자 중 한 명이었다. 누비아 왕국에 대해 이야기해준 사람도 경호대장이었다. 그리고 그 대장의 비전을 실현하려다 누비아의 아버지는 목숨을 잃었다. 그 이야기가 얼마나 황당한지 한 번이라도 생각해봤을까? 아버지는 한 번도 이야기의 진실성을 의심하지 않았을 거라고 누비아는 생각했다. 경호대장이 대통령을 암살하여 그 자리를 빼앗고 우리나라의 이름을 누비아로 바꾸려고 대통령궁을 습격한 밤에 누비아의 아버지도 동참했다. 경호원들이 반란군이 되었다. 대장을 따라 대통령을 찾는 중에 두 사람을 살해했다. 대통령궁에서 일어나는 광기의 혼란을 질릴 만큼 목격한 경호대장은 우리나라의 서사를 새로 쓰고 납치범들로부터 우리를 자유롭게 한다는 꿈을 꾸었다. 누비아의 아버지와 다른 경호원들도 같은 것을 원했다. 누비아라고 불릴 새 나라를 위해 목숨을 바칠 각오가 되어 있었다. 끝내 그들 모두 목숨을 바쳤다. 일곱 명 전부 체포되어 대통령궁 대문에서 처형당했고, 시신은 대롱대롱 매달린 채로 까마귀 밥이 되어 대통령이 오고 갈 때마다 비웃음을 받았다. 반란을 일으킨 결과를 전 국민이 보라고 며칠이나 그렇게 진열해놓았다. 누비아는 아버지의 시신을 보았다. 제 눈으로 본 것은 아니다. 가족은 집에 틀어박혀 나가지 않았다. 그래도 마치 본 것처럼 선명히 머릿속에 그려졌다. 대통령이 텔레비전에 나와 연설할 때마다 아버지의 목소리가 귓전에 맴돌았다.

그날 모든 것이 끝났다. 미국에 가기로 예정되어 있던, 얼굴에서부터 부티가 좔좔 흐르는 아이들로서의 삶은 끝났다. 전용 수영장에서 노닥거리는 베잠의 상류층으로서의 삶은 끝났다. 아버지의 친척들이 고향 마을에서 와서, 친가의 장남이 집의 소유권을 가져갈 것이니 나가라고 통보했다. 누비아의 어머니는 대통령이 전 재산을 몰수해서 남은 것이라고는 집뿐이라고 말하지 않았다. 눈물을 꾹 참고 아이들의 짐을 쌌다. 그러고는 친구네 집에 가서, 자기 집에 머무르게 해줄 수 없는 변명을 들었다. 친구는 더는 우정을 이어나갈 수 없는 진짜 이유만 제외하고 갖은 변명을 늘어놓았다. 국가의 원수가 된 가족과 상종할 수 없다고, 자신의 사회적 지위와 남편의 일자리와 아이들의 미래를 지키려면 어쩔 수 없다는 사실 말이다. 누비아네 가족은 결국 친구라고 부를 사람이 한 명도 남지 않을 때까지 한 집에서 다른 집으로 전전했다. 이 경험으로 누비아는 세상에는 소신대로 행동하기 두려운 여자들이 가득하다는 걸 알게 되었다. 자신은 절대 그들처럼 되지 않겠노라 맹세했다.

누비아네 가족이 그릇이라도 핥을 수 있게 도와준 사람은 누비아네 어머니가 파티에서 한 번 만난 여자였다. 그 여자는 차를 타고 지나가다가 버스정류장에 서 있는 그들을 보고 멈췄다. 새로 하인을 고용할 생각이었던 여자는 집 뒤편의 헛간에서 어머니와 다섯 아이가 한 방을 쓸 수 있게 해주었다. 음식은 공짜로 먹지만 누비아네 어머니가 그 집 가족을 위해 요리해야 했다. 남편과 아내, 그리고 누비아 또래의 여자아이가 있었다. 누비아의 어머니는 장을 보고 청소하고 옷을 손빨래하고 음식을 차리고 설거지를 하고 등등 한때 자신이 부리던 하인의 일을 해야 할 것이다. 누비아의 어머니는 승낙했다. 그래서 가족은 헛간에서 살게 되었다. 다섯 명이 한 침대에 나란히 누워 잤다. 그들의 아버지는 꿈을 좇다가 가족을 이런 처지에 빠뜨렸다.

누비아는 자기가 열일곱 살이었을 때 있었던 일을 울면서 고백했다. 주인집의 부인과 딸이 친척을 만나러 집을 비운 사이에 자신이 홀로 남은 남편의 침실로 들어가 문을 닫고, 눈이 휘둥그레진 남자 앞에서 옷을 벗었다고 했다. 선정적인 소설에서 읽은 행위들을 했다. 남자가 어찌나 크게 신음을 내지르던지, 다른 지방에 가 있는 부인이 들을까봐 겁이 날 지경이었다. 그녀는 사흘 밤을 더 남자를 찾아갔다. 그가 아내와 딸을 2주 간 멀리 보내자 또 같은 일이 벌어졌다. 그녀는 숙제가 많다고 어머니에게 말하고 학교에서 돌아와 남자의 방으로 갔다. 남자는 흥분한 상태에서 그녀와 그녀 가족을 어떻게든지 돕겠다고 약속했는데, 결국 그 약속을 지켜서 그녀를 지도자 양성 학교에 보내주었다. 우리는 그 학교에서 만났다. 나는 정부의 최고직에 오르는 여정을 곁에서 내조해줄 그녀를 기다리고 있었다.

이야기를 마치고 나서 누비아는 맹세했다. 세상을 불태워서라도 자기 자식들에게 모든 걸 주고, 감히 그들의 것을 빼앗으려는 자들의 심장을 갈기갈기 찢을 거라고. 그때 나는 누비아가 낭기 집안의 다음 세대를 위한 주춧돌이 되어줄 여자임을 깨달았다.

내가 어렸을 때부터 엄마는 낭기 집안의 혈통을 이어가는 일은 내게 달렸다고 말했다. 무슨 수를 써서라도 우리의 핏줄을 이어가야 한다고 당부했다. 야야 역시 내가 언젠가는 결혼하여 아이를 낳아야 한다고, 아이들에게 우리 조상에 대해 말해주어야 한다고 했다. 그 말에 고개를 끄덕이는 대가로 야야는 내 삶을 축복해주었다.

새아빠 역시 나름대로 나의 미래에 대한 꿈이 있었다.

새아빠는 내가 위대한 남자가 될 운명이라고 믿었기에 넉넉하지 않은 형편에도 나를 일류 학교에 보냈다. 나는 그림을 그리면서 살고 싶다고 털어놓지 않았다. 누나가 자신의 사명과 결혼한 지금 우리 부모님께 여유롭고 흐뭇한 노후를 선물해줄 수 있는 사람은 나뿐이었고, 나는 그것을 해내고 싶었다. 아빠는 시간을 내서 숙제를 도와주었고, 내가 시험에 합격하면 선물로 현금을 주었다. 내가 직업 훈련 학교에 들어갈 시기가 오자 자기가 아는 사람 중 가장 권위 있는 공무원을 찾아가 영재 아들을 도와달라고 부탁했다. 물론 아빠 혼자 할 수 있는 일은 아니었다. 아빠는 자기 아들을 사다리 위로 올려보내려고 발버둥치는 수많은 약자들 가운데 한 명이었을 뿐이니까. 엄마가 요리하고 과일 바구니를 만들면 아빠는 그것과 술과 시장에서 산 염소고기와 현금으로 채운 두툼한 봉투를 싸들고 집집이 찾아갔다. 덕분에 나는 우리 나라의 지도자 양성 학교에 입학했다.

학창 시절에 나는 누나에게 편지를 써서, 수업 내용과 학우들과의 대화에 대해 말하곤 했다. 내가 훗날에 공무원으로 일하면서 코사와 같은 마을을 도울 수 있을 거라고, 부패한 정부에 당해보았기에 그것의 폐해를 진정 이해하는 우리 같은 사람들로 이루어진 정부가 필요하다고 말했다. 시민을 우선시하고 모든 사업을 국유로 운영할 지도자가 필요하다. 수출로 버는 돈을 전부 국고에 넣어야 한다. 국고에서 돈이 새나가는 것을 방지하면 언젠가는 돈이 많이 모일 것이다. 그렇게 쌓은 부로 건강보험을 보장하고 교육시설을 개선하고 일자리를 생성한다. 북부에는 보크사이트가, 서부에는 기름이, 동부에는 목재가 있는 나라에서 왜 국민들이 가난하게 살아야 하는가. 비전이 있는 지도자가 있다면 우리 나라는 충분히 발전할 수 있다. 올곧은 정부를 설립하면 우리 나라의 병을 치유할 수 있다고 누나에게 말했다. 우리 세대가 해낼 수 있다고 장담했다. 모든 시민이 평등하게 살도록 나라를 개선할 수 있다. 아름다운 나라를 이룩할 수 있다. 하지만 차례를 기다려야 한다. 기성세대의 시대는 아직 저물지 않았다. 현재 지도자는 '변화'라는 말에 조소하지만, 그들의 케케묵은 사고방식은 우리가 아무리 노력해도 바뀌지 않을 것이므로 그들의 시간이 끝나기를 기다려야 한다. 과거는 결국에는 반드시 지나가는 법이니, 때가 되면 우리가 미래를 설계할 것이다.

누나는 나의 바람이 터무니없다고 일축하지는 않았지만, 우리 나라 같은 곳에서는 부패한 정부가 하루아침에 사라지지 않을 거라고 말했다. 민주적인 진보를 밀고 나갈 토대가 깔려 있지 않다. 일단 헌법이 없다. 국가라면 응당 국민 모두가 어떤 나라에서 살고 싶은지 의사를 밝혀서 선언문을 만들고 이를 토대로 나라를 세워야 한다. 정부가 안정적인 국가들은 이전 세대가 견고한 토대를 구축해놓았다. 미국인들은 건국의 아버지들이 마련해놓은 기반에 서 있다. 유럽 왕실은 그들 후손이 살 기반을 닦아놓았다. 우리 나라에는 누가 그런 기반을 확립해놓았는가? 아무도 없다. 우리 나라에는 각기 다른 부족이 공동의 꿈 없이 모여 있을 뿐이다. 우리는 푹푹 꺼지는 모래 위에 나라를 세울 수밖에 없는 처지로 몰렸으며, 그래서 안에서부터 무너지고 있다.

누나의 비관적인 시선에도 나는 지도자 양성 학교에 다니는 내내 훗날에 정부에서 내가 이룰 일에 대한 희망을 키워나갔다. 학우들도 같은 마음이었다. 우리는 기성세대처럼 타락하지 않을 거라고, '시민을 섬기는 공직자'라는 표현에서 '섬긴다'는 말을 우선으로 여긴다는 이상을 굳게 지키리라 믿었다.

하지만 일을 시작한 지 얼마 되지도 않아서 나는 환상에서 씁쓸하게 깨어났다. 국가 예산 조정원에서 일한 첫날부터 나는 우리 나라의 미래가 과거와 다르지 않을 것임을 깨달았다. 내 업무는 막대한 지출의 원인이 누락된 이유를 조사하는 것이 아니라, 숫자를 맞추는 거라고 거듭 들었다. 금액의 오차가 나중에 발견되면 어떡하냐고 묻자 그건 나중에 걱정할 일이니까 눈앞의 상황에만 신경 쓰라고 했다.

지도자 양성 학교를 졸업한 지 1년 만에 나는 정치에 대한 이론과 실천은 하늘과 땅처럼 다르다는 사실을 배웠다. 누나가 옳았다. 우리 나라에는 진보의 토대가 깔려 있지 않았다. 동료들과 마찬가지로 나 역시 개인은 그저 본인에게 제일 적합한 일을 해야 한다는 사실을 천천히 인정했다. 문제는, 나는 무엇이 내게 적합한지 몰랐다. 내가 진정 무엇을 원하는지도 몰랐다.

누비아는 자신이 원하는 바를 확실히 알았다. 다섯 아이를 낳아 미국에 유학을 보내고, 우리 가족이 건강하고 풍족하며 행복하게 사는 것. 나라의 미래에는 무관심했다. 이 나라가 누구에게 도움이 되겠어? 누비아는 내게 자주 물었다. 학창 시절에 나는 우리가 믿고 노력하면 나라가 바뀔 거라고 단언했다. 그러나 정부에서 일을 시작해보니 우리 부서에서 사환부터 최고봉까지 모두를 통틀어 아무도 나라를 믿고 노력할 생각이 없었다. 그들은 가능한 한 많은 돈을 개인 구좌로 빼돌렸고 자기 자식이 학교에서 필요한 물품을 가져가고 사무실 운전사를 시켜 자기 아내를 모시게 하고, 최대한 늦게 출근하고 최대한 일찍 퇴근했다. 본인에게 그럴 자격이 있다고 믿었다. 지도자 양성 학교의 졸업생들은 모일 때마다 부정부패에 대한 제재가 없는 시스템이 예상보다 훨씬 더 타락했지만 그 덕분에 우리는 잘살지 않느냐며 웃었다. 나는 함께 웃을 수 없었다. 누나의 꿈을 믿기에, 정직한 사람 혼자 힘으로도 세상을 바꿀 수 있다고 믿었기에 나는 몇 년이나 월급만 받으며 성실하게 일했다. 그렇지만 내 봉급만으로는 나와 누비아가 결코 풍요롭게 살 수 없으리라는 걸 알았다. 많은 밤에 나는 나라를 바꿔보겠다고 내 아내와 아직 태어나지 않은 아이들의 미래를 희생하고 있는 건 아닌지 고민하며 잠을 설쳤다.

해방의 날이 찾아왔을 즈음 나는 벌써 몇 년이나 누나를 돕
느라 누비아를 자주 홀로 집에 남겨두었다. 누나를 지지하고
싶은 내 마음을 누비아는 이해해주었다. 가족애보다 그녀에게
중요한 건 없었으니까. 그래도 누비아는 툴라 누나의 투쟁이
밑 빠진 독에 물 붓기라고 생각했다. 해방의 날로부터 두어 달
뒤에 내가 코사와를 마음에서 떠나보내겠다고 하자 누비아는
내게 입을 맞추며 우리가 새로운 삶을 시작할 준비가 되었다고
말했다.

누나를 따라 전국을 순회하면서 나는 한 사람의 불타는 열
의만으로는 나라를 바꿀 수 없다고 인정하게 되었다. 동부에서
개최한 초라한 집회에서 누나를 조롱하는 남자들을 보고 있자
니 누비아가 옳다는 깨달음이 밀려왔다. 이 나라는 우리를 속
에 품은 채로 썩어가고 있었다. 개인이 살아남으려면 자기 몫
을 최대한 많이 챙겨서 도주하는 수밖에 없었다. 그렇지만 우
리는 도둑이 아냐. 누비아는 이렇게 말하곤 했다. 우리에게 정
당히 속하는 것을 가져가는 거야. 우리에겐 권리가 있어. 아, 누
비아. 내 사랑. 그녀는 자기 자신을 센 년이라고 불렀다. 누비아
는 미국 악센트로 영어를 구사했고, 우리 두 사람이 유럽 디자
이너 브랜드로 빼입기를 원했다. 또한 자기 남자가 센 년의 남
편답게 모든 것을 누리도록 온갖 수를 다 썼다.

나를 정부 고위직 자리에 앉히려는 노력의 일환으로 누비아
는 나의 유부남 상관들에게 젊은 여자를 소개해주었다. 불륜의
연인들에게 우리 침대를 내주고, 정사가 끝나면 저녁을 차려주

었다. 누비아는 공기관에서 일하는 친구들의 친구들에게 뇌물을 주고 내 출생증명서의 생년월일을 바꾸었다. 그리하여 나는 정년퇴직 나이인 쉰다섯 살이 되어도 은퇴하지 않을 것이다. 쌓을 재산이 그토록 많은데 왜 그 젊은 나이에 일을 그만두겠는가?

우리는 함께 재산을 모았다. 누군가의 청탁이 얼마짜리인지 누비아가 계산하면 나는 그만큼 돈을 받았다. 누비아는 공정성을 따지지 말고 최고가만 받으라고 조언했다. 청탁의 대가로 우리는 기업과 지역 지도자들로부터 나라 곳곳의 땅을 선물받았다. 내가 전국세금관리소의 소장이 되고 나서부터는 자금의 경로를 돌려 우리 주머니를 채웠다.

우리는 누비아의 어머니와 형제들에게 집을 사주었다. 누비아의 어머니에게 한 대 사주었고, 알비노 때문에 버스를 기다리면서 햇볕에 고통받던 처남에게도 한 대 사주었다. 또한 처남이 피부색 때문에 여자를 찾는 데 어려움을 겪지 않도록 봉급이 두둑한 일자리를 주선해주었다. 우리 엄마와 아빠를 위해서 대문이 달린 이층집을 샀고, 이제 노환의 증세가 나타나기 시작한 아빠를 돌봐줄 간병인을 고용했다. 나와 누비아가 살 집은 직접 지었다. 훗날에 태어날 우리 아이들과 방문하는 친척들이 각자 하나씩 쓸 수 있게 방을 일곱 개 만들었다. 첫 아이가 곧 태어날 예정이었다. 우리 엄마와 아빠가 아이 이름을 지었다. 그 이름을 듣고 나는 눈물을 흘렸다. 그날 밤에 나는 누비아의 배를 어루만지며 속삭였다. 말라보 봉고.

의사가 누비아에게 절대 안정을 명령한 달에 누나가 누비아

를 방문했다. 누나는 내가 퇴근하고 돌아올 때까지 누비아를
돌봐주었다. 누나는 누비아에게 사람들이 진실에 눈을 뜨고 있
으므로 우리의 말라보 봉고는 더 나은 세상에서 살 거라고 말
했다. 누나는 누비아의 아버지에게 어떤 일이 있었는지 알았
다. 누비아보다 더 오래 살고 많은 것을 보았지만 그래도 누나
는 선이 끝내 이긴다고 믿었다. 누비아는 누나의 말에 반대하
지 않았다. 세상은 한 사람이 바꿀 수 없는 규칙에 따라 움직이
며, 개인은 자기 앞가림을 하면서 사랑하는 사람들 행복만 신
경 쓰면 된다고 말해봤자 입만 아프리라는 걸 알았으니까. 코
사와로 떠날 채비를 하러 집에 가기 전에 누나는 누비아를 안
아주었다. 누나가 떠나자 누비아는 침대에서 돌아누웠다. 우리
침대는 누비아가 헛간에서 자던 시절에 상상했던 침실보다 더
크다. 누비아는 옷장으로 시선을 옮겨 내가 최근에 미국에 출
장을 갔다가 뉴욕시의 매디슨 애비뉴에서 사다 준 옷들을 보았
다. 그때 내가 퇴근하고 돌아와 침대에서 그녀를 껴안았다. 아
래층에서는 하인들이 저녁을 차리고 있었다.

비록 우리는 각자 다른 길을 택했지만 나는 누나가 조언을
필요로 할 때마다 돕는다. 누나는 누나대로 우리가 택한 길은
다르지만 언젠가는 한 지점에서 만날지도 모른다고, 나라를 우
선으로 하는 자신의 길과 가족을 우선으로 하는 나의 길이 교
차하는 곳에서 우리 모두 행복을 찾을 수 있을지도 모른다며
나의 선택을 인정해주었다. 언젠가는 그렇게 될까? 우리 모두
같은 걸 원하면서 왜 싸우는 걸까? 내 아이 말라보 봉고는 무
엇을 원할까? 엄마는 누비아 배 속의 아기가 남자아이일 거라

고, 행복한 남자아이일 거라고 믿는다. 아, 행복한 소년들로 가
득한 세상을 내가 얼마나 간절히 원하는지. 우리 모두 고통받
았어, 나는 누나에게 말했다. 그런데 왜 계속 고통받아야 해?
왜 삶의 즐거움을 좀더 누리지 않아? 그렇지만 누나는 삶의 즐
거움이 아니라 사명을 추구해야만 자신의 영혼이 진정 만족하
리라고 믿는다. 누나에게 삶의 목적은 괴롭더라도 해야만 하는
일을 하는 것이라고.

　으리으리한 저택에서 나는 여전히 괴로워한다.

　매일매일 나는 동이 트기 전에 일어나 창가에 앉아서 스케
치북을 펼친다. 가끔은 하도 많이 읽어서 너덜너덜해진 니체의
『선악의 저편』을 읽지만 대부분 꿈에서 본 이미지를 그린다. 아
빠와 봉고 삼촌과 야야. 저세상에서 행복해 보이는 그들은 늘
나에게 미소 짓는다. 아니면 내가 그저 조금이라도 마음을 놓
으려고 그들의 미소를 상상하는 걸까. 나 자신이 한때 증오했
던 부류의 사람이 되지 않았다면 진정한 마음의 평화를 얻었을
지 모르지만, 이제는 예전처럼 평화를 열망하지도 않는다. 내
가 죽음과 삶의 간극에서 사는 것을 받아들였듯이 평생 나는
외면은 온전하되 내면은 망가져 있으리라는 사실도 받아들였
다. 언젠가는 자유로워지리라는 희망을 버렸다.

　왜 누나는 포기하지 않을까? 나는 누비아에게 물어봤었다.
누비아는 대답하지 못했다. 우리 모두 각자의 짐을 지고 다니
면서 그것을 내려놓을 공간을 찾아 헤매고 있어. 똑똑한 여자
들은 그것을 어떻게 멋지게 메고 다니고, 또 어떻게 내려놔야
하는지 알아. 누비아는 자기 아버지가 엄마와 형제들로부터 박
탈한 삶을 돌려주어야만 자신의 짐을 내려놓을 수 있다고 했

449

다. 그것이 대통령과 자기 가족을 외면한 여자들에게 가운뎃손
가락을 내미는 유일한 방법인데, 빨간 하이힐을 신고 유럽 디
자이너들의 옷을 입은 채로 그렇게 해야만 했다.

✳

수년 전, 누비아가 나의 여자가 막 되었을 무렵이다. 나는 누
비아의 친구 아버지가 코사와에 포로로 붙들려 있던 펙스턴 대
표단의 대장이었다는 사실을 알게 되었다. 그의 집에 누비아와
한번 가보았다. 나는 그와 악수하고 몇 마디 대화를 나누었지
만 그 운명적인 마을 회의에 내가 있었으며 군인들이 그를 구
출하고 내 친구들과 친척들을 쏘아 죽인 오후에도 있었다는 말
은 하지 않았다. 그 집에서 나온 뒤에 누비아에게는 말해주었
지만 친구들에게는 비밀로 부치라고 당부했다. 그때 누비아는
그 남자가 우리 마을로 오기 1년 전쯤에 아내와 큰아이 두 명
을 잃은 사건에 대해 말해주었다. 그의 아내와 아이들이 타고
있던 차가 강으로 추락했다. 차가 달리던 중에 다리가 무너졌
는데, 국가 시설물을 관리하는 자들이 다리를 보수할 돈을 꿀
꺽한 탓이다. 심지어 그중 몇 명은 남자와 웃고 떠들며 술을 마
시던 친구들이었다. 아내와 아이들이 백색 수의 차림으로 누워
있는 맞춤 관 옆에서 그들은 그를 위로했다. 장례식을 마치고
직장에 복귀한 그는 남들을 위해 올바른 일을 한다는 생각을
버렸다. 남은 자식들 안위만 살피기로 했다.

남자는 아이들을 위해 열심히 일했다. 시작부터 저주를 받은
우리 나라는 구제할 길이 없다고 믿고 아이들을 미국으로 보내

기로 작정했다. 펙스턴이 돈을 주고 시키는 말을 꼭두각시처럼 반복하며 전국을 돌아다녔다. 집에 돌아와서는 아이들을 안아 주고 옷을 다려주고, 매일 아침 달걀을 튀겨주었다. 재혼하지 않고 아이들을 위해 직접 요리하고 청소했다. 누비아의 친구가 어느 저녁에 안방에 들어가자 아버지가 자기와 살아남은 다른 형제의 사진을 부여잡고 울고 있었다고 한다.

누비아의 이야기를 듣고 나는 한숨을 내쉬었다. 누비아는 왜 한숨을 쉬냐고 물었다. 여기저기서 너무 많은 사람들이 목숨을 잃었다고 나는 말했다. 정복당한 자들 편에서도, 정복한 자들 편에서도, 어느 편에도 가담하지 않은 사람들도. 그렇게 편을 나누어서 무엇을 얻을까? 삶이 끝나기 전에 그 누가 승리를 선포할 수 있을까? 나는 이렇게 덧붙였다. 어쩌면 언젠가는, 그 많은 죽음을 전부 세보고 난 뒤에 살아남은 자들이 그 숫자가 의미하는 바를 고찰할지도 모르지만, 달랑 숫자 하나로는 우리가 잃어버린 모든 것을 말할 수 없을 거라고.

지난밤에 나는 누비아와 나눈 대화에 대해 생각해보았다.

코사와에 대해 생각했다. 얼마나 더 버틸 수 있을까? 엄마는 우리 부족에게 표범의 피가 흐른다고 상기시키지만 표범이 점차 사라지고 있다는 사실은 잊은 모양이다. 우리가 사는 지역에서는 거의 멸종되었다. 누나가 돌아온 지 12년, 해방의 날을 개최한 지 5년이 지났지만 코사와는 여전히 오염되어 있다.

얼마 전에 뉴스에서 펙스턴의 수익이 지난 분기보다 두 자리 수 이상 증가했다고 들었다. 대통령은 다음 주에 새 내각 위원들을 임명할 예정이다. 작년에 대통령은 우리 나라 최초의 선거를 마침내 허락했다. 유럽의 지지자들이 민주주의를 지향하는 모습을 보여주라고 압력을 넣었기 때문이다. 하룻밤 새 대통령의 정당과 경쟁할 당들이 우후죽순 생겨났다. 툴라 누나는 전부 거짓이라며 쓴웃음을 지었다. 선거 결과에 아무도 놀라지 않았다.

올해 초에 카를로스는 법무부가 펙스턴을 해외부패규제법에 대한 위반으로 기소하지 않기로 했다고 알려왔다. 누나는 내게 이유를 설명하지 않았다. 그것에 대해 말하기도 싫은 눈치였다. 펙스턴이 기소되었다면 코사와가 외국인불법행위법 위반 혐의로 펙스턴을 고소한 사건이 주목을 받았을 터이고, 그럼 펙스턴은 부담감에 못 이겨 배상금을 뱉어냈을 것이다. 이것이 카를로스가 바란 최고의 시나리오였다. 카를로스는 코사와가 재판에서 이길 거라고 기대하지 않았기 때문이다. 게다가 카를로스는 펙스턴이 소정의 배상금을 제안했을 때 충분치 않다고 거절했었는데, 법무부가 기소를 포기한 지금 펙스턴은 배상금에 대한 제안을 모조리 취소해버렸다. 코사와의 운명은 이제 전적으로 판사에게 달렸다.

툴라 누나는 곧 마흔이다. 여태껏 한 고생이 인제 얼굴에 드러나기 시작했다. 잔주름이 늘었고, 광대가 더 도드라졌다. 나는 신령에게 기도를 자주 올리지는 않지만 어젯밤에는 코사와, 그곳에서 베잠까지 온 나의 여정과 그 사이에 일어난 일들을 생각하며 나의 출생지에 여전히 살고 있는 사람들과 누나를 위해 기도했다.

어린이들

우리는 톨라와 다섯과 동갑내기 친구다. 우리는 오래전에 무리에서 빠져나가 침묵했다. 지금에 와서 이야기를 이어갈 수 있는 사람은 우리뿐이다.

미국에서 판결이 났을 즈음에 우리 가운데 몇 명은 여전히 코사와에 살고 있었지만 대부분은 떠나고 없었다. 새로 남편을 찾거나 가족을 보호하려고, 때로는 아이들을 죽게 내버려두지 말라는 친척들의 간청에 못 이겨서 떠났는데, 떠난 뒤로는 우리 역시 코사와에 남은 이들에게 똑같이 말하며 떠나라고 설득했다. 이주한 지역에서 새로 집을 짓고 아이를 낳고 친척들로부터 땅을 빌려 농사를 지었다.

코사와에 남은 이들은 자신들의 의지에 대단한 자부심을 품었다.

적은 우리의 굳은 결심을 얕보았다. 조상으로부터 물려받은 땅을 끝까지 지키려는 의지를 이해하지 못했다.

처음 행진을 시작했을 때 정부는 군인들에게 관망하고 보고하라고만 했다. 그들의 보고서에 우리의 행진이 무해하다고 적혀 있었는지, 정부는 아무런 제재를 가하지 않았다. 행진 따위로 무엇을 할 수 있겠는가? 목소리 높여 구호를 외친다고 시스템이 무너지겠는가? 툴라가 신문기자를 초대하여 우리의 운동을 해외에 알리고, 군인들이 불태운 마을들의 지도자들과 정부의 고위 관리들과의 만남을 주선하자 베잠 사람들은 한숨을 쉬었다. 성가신 여자구먼. 정부는 당장 그만두지 않으면 해고한다고 툴라를 협박하지도 않았다. 미래의 지도자들에게 위험한 사상을 가르치는 걸 알면서도 모른 척했다. 미국에서 교육받은 여자들은 원체 다루기 힘든 법이니까. 월급 주면서 가르치라고 시킨 것들만 가르치면 더할 나위 없이 좋겠지만, 툴라의 학력이 워낙 대단한지라 눈감아주었다. 자신에게 매혹된 학생들 앞에서 툴라는 대통령과 그의 무지각한 패거리를 거침없이 비난하고, 그들의 무능력과 부도덕적이고 파렴치한 행위를 꼬집었다. 툴라가 자신들이 지원해준 집에서 학생들과 반정부적 모임을 갖는다는 소문이 퍼졌을 때도 정부는 하품만 했다. 그들은 말했다. 화난 여자 한 명이 뭘 할 수 있겠어?

화난 여자 한 명이 모든 걸 시도했고, 끝내 실패했다.

미국 법정이 우리의 손을 들어주지 않았다는 소식을 변호사한테 전해듣고 툴라는 집에서 혼자 울었을까? 아니면 부모님 집에 가서 위로를 구했을까? 코사와를 포기하고 오스틴 곁에 남지 않은 것을 통탄했을까?

최종 판결을 내린 판사는 펙스턴이 코사와를 파괴했다는 사실을 부정하지 않았다. 툴라는 마을 사람들을 광장에 모아서 판결문의 내용을 전달했다. 판사는 펙스턴이 우리 정부와 작당하여 수많은 범죄를 저질렀을 거라고 말했다. 하지만 미국 법정은 이 문제에 관여할 수 없으며, 펙스턴과 우리 정부가 저지른 잘못은 우리 나라 법정에서 처벌해야 할 일이라는 펙스턴의 주장에 동의할 수밖에 없다고 말했다. 자국 법정에서 올바른 판결을 내리지 않으면 안타깝겠지만, 미국은 다른 나라의 문제에 멋대로 간섭할 수 없다. 결국 판사의 말은 이런 거라고 툴라가 비유했다. 이웃이 자기 가정을 이끄는 방식이 마음에 들지 않는다고 아무나 그 집에 찾아가서 혼내줄 수는 없다.

소식을 접했을 때 우리는 툴라와 코사와 주민들 중에서 누가 더 안쓰러운지 결정할 수 없었다. 툴라는 입술이 바들거렸지만 울음은 꾹 참았다. 툴라는 싸움이 끝나지 않았다고 거듭 힘주어 말했다. 그렇지만 싸움이 끝났음을 우리는 알았다. 코사와를 복원할 마지막 기회를 잃었다. 베잠 법정에서 펙스턴과 정부를 상대로 소송을 시작할 수는 없는 노릇 아닌가. 법정을 손에 쥔 자들이 우리 땅을 펙스턴에 넘겼다. 넷에게 사형을 선포한 판사들이 우리 재판을 맡을지도 모른다. 이곳에서는 정의를 기대할 수 없다.

그날 당일과 이튿날에 코사와는 영원한 어둠에 묻혀 다시는 해가 뜨지 않을 듯한 암담한 분위기에 젖어 있었다. 우리는 농사를 짓고 사냥을 하고 장을 보았지만 마음은 다른 곳에 있었다. 머릿속에서 수많은 질문이 들끓었다. 어떻게 이럴 수 있지? 이제 어떻게 해야 해?

그 뒤로 코사와에 올 때마다 툴라는 얼굴빛이 점점 어두워지는 것이 제 아버지가 실종되었을 때와 비슷했다. 말수가 확연히 줄었고, 제일 좋아하는 음식을 권해도 잘 먹지 않았다. 아이들이 뛰어와서 반겨도 멍하니 바라보기만 했다. 툴라와 다섯은 밤늦게까지 광장에 머물며 나직이 수군거렸다. 다섯의 아내 중 한 명이 우리에게 말하길, 툴라가 공개한 것보다 더 나쁜 소식이 있다고 했다. 펙스턴이 코사와를 상대로 소송을 시작했다. 우리와 재판에서 싸우느라 들어간 변호사 비용을 배상하라는 것이었다. 그 재판에서 지면 코사와는 얼마 남지 않은 땅마저 펙스턴에 넘겨야 할 것이다.

다음 회의에서 툴라는 그 소송은 걱정하지 말라고 우리를 안심시켰다. 우리에게 그런 벌을 내릴 판사는 세상에 없다고 했다. 우리의 본보기를 따르려는 자들에게 겁을 주려는 펙스턴의 술책이었다. 한낱 마을이 주제도 모르고 대기업을 상대로 덤볐다가는 본전도 못 뽑는다고 널리 알리려는 것이었다. "미국 판사가 우리를 펙스턴으로부터 지켜줄 거라고 정말 믿어요?" 누군가 외쳤다. 미국 판사는 우리를 영원한 공포 속에 저버리지 않았는가? 툴라는 무엇을 믿어야 하는지 더는 모르겠다는 표정이었다. 그녀의 목소리에서 확신이 사라졌다. 미국에서 그녀의 꿈을 응원하는 친구들과 카를로스와 여러 방안을 논의하고 있다고 말하기는 했지만, 그렇게 말할 때조차 목소리에 체념이 묻어났다. 그들은 우리가 펙스턴을 상대로 다른 법정에서 싸우면 된다고, 유럽에는 시민들을 정부로부터 보호하는 법정이 있다고 했다. 하지만 일이 이렇게 된 마당에, 우리 마을에서 누가 법정을 믿겠는가?

우리가 비탄에 빠져 있는 동안 다섯은 머리를 맞대고 복수의 칼날을 갈고 있었다. 툴라가 소식을 전한 뒤로 며칠간 그들은 마을에서 마주쳐도 소소한 일상 이야기에 관심을 보이지 않았고, 코사와의 싸움을 다음 단계로 추진하겠다는 생각에만 골몰해 있었다. 코사와를 구하겠다는 다섯의 열정은 실로 놀라웠다. 그들이 왜 툴라의 이상에 자신의 인생을 걸었는지 우리는 잘 알았다. 어렸을 때부터 그들은 누구보다 원통해하고 분노했다. 한 달에 기름이 몇 번이나 유출되었는지 세고, 무덤을 새로 파야 할 때마다 곡괭이와 삽을 둘러메고 아버지들과 삼촌들을 따라갔다. 그러면서도 죽음의 소식에 쉽게 울지 않았다. 그들의 고통이 눈물이 아니라 다른 방식으로 난폭하게 분출되리라는 것을 그때도 알 수 있었다. 성장하면서 다섯은 코사와를 지키겠다는 결의로 자기들끼리 똘똘 뭉쳤다.

우리 모두가 그랬듯이 다섯은 약자의 인권을 유린하는 자들과 오염물로부터 자유롭게 살다가 코사와에서 죽기를 바랐다. 우리와 다른 점이 있다면, 그들은 이것이 불가능하다고 생각하지 않았다. 우리는 끝까지 남편 곁을 지키는 그들의 아내를 존경했다. 다섯과의 결혼 생활이 침묵과, 대화로 풀지 못하는 아픔과, 가장 서러운 종류의 외로움으로 점철되어 있으리라는 걸 우리는 친구로서 뻔히 알았으니까.

그들이 폭발하기 일보 직전임을 알았다면 어떻게든 막으려고 노력했겠지만, 우리가 어떻게 알 수 있었겠는가? 미국 법정의 판결을 듣고 몇 달이나 우리는 가슴이 아팠지만 툴라가 오면 그녀가 실의에 빠져 있다는 걸 알면서도 반갑고 기뻤다. 우리는 그저 하루하루 사는 데 집중하고 모든 것을 신령에게 맡기기로 했다. 누가 알겠는가. 어쩌면 펙스턴이 필요한 기름을 다 얻었다고 짐을 싸서 떠날지도. 그렇지만 다섯은 환상 따위 품지 않았다. 우리가 체념으로의 길고 긴 행진을 시작했을 때 다섯은 계획을 세우고 있었다.

※

다섯이 폭발한 날에 툴라는 코사와에 있었다.

그날 아침은 평소와 다름없었다. 우리는 일을 하러 갔다. 어떤 사람들은 다른 마을에서 방문한 친척들을 대접하고 있었다. 며칠 내에 결혼식이 열릴 예정이었다. 마을 젊은이 한 명이 이웃 마을 아가씨와 결혼하게 되어서, 코사와 여자들은 곧 만나게 될 신부에 대해 수다를 떨었다. 어쩌면 곧 마을의 모든 초가에 사람이 살게 될지도 모른다고 기대했다. 처참한 현실에서도 눈을 돌리게 하는 사랑의 힘을 신령에게 감사했다.

툴라도 결혼식을 목을 빼고 기다렸다. 판결이 나고 몇 달 만에 처음으로 즐거워 보였다. 툴라의 눈이 마치 연기 자욱한 부엌에서 걸어나온 것처럼 다시 촉촉하게 빛났다. 그날 오후에 툴라와 소니와 다섯 중 두 명이 로쿤자 군청에서 회의에 참석했고, 다음 마을 회의 때 소니가 결과를 상세히 보고할 예정이었다. 툴라는 언제나처럼 다섯 중 한 명의 집에 머무르며 그 집 부인과 아이들과 저녁을 먹었다. 저녁 식사를 마치고는 아이들의 숙제를 도와주었다. 모든 나라가 미국을 본받아야 한다고, 미국에서는 모든 사람이 모든 것을 가지고 있는 것 같다는 아이의 에세이를 보고 툴라는 크게 웃음을 터뜨렸다. 툴라는 웃는 얼굴로 잠자리에 들었다. 그다음에 무슨 일이 있었는지, 우리는 끝까지 알지 못할 것이다.

다섯이 툴라를 깨워서 미스터 피시와 부인을 납치했다고 말했을 것이다.

다섯이 언제 코사와를 빠져나가 정원에서 그들을 납치했는지는 모른다. 아침에는 다들 마을에 있었다. 그중 두 명이 사냥을 떠나는 모습을 보았다. 저녁에는 툇마루에 앉아 있거나 친척 집을 방문했다. 아마도 마을 사람 대부분이 잠든 후에 정원으로 출발했을 것이다.

친구들이 한 짓을 알고 툴라가 얼마나 실망했을까?

뭐라고 말했을까? 뭐라고 말할 수 있었을까?

관여하지 않으려고 했을까? 공범자가 되기 싫다고? 다섯이 툴라에게 참여하라고 강요했을까? 그럴 리 없다. 그들은 툴라를 경외했다. 하지만 툴라는 총기를 지닌 분노한 남자 다섯 명에게 미스터 피시와 부인을 맡길 수 없었을 것이다. 미스터 피시는 펙스턴 아래서 일했지만 우리는 그를 미워하지 않았다. 그는 우리를 도우려고 노력했다. 툴라는 그것을 존중하고 고맙게 생각했다. 우리의 고통이 자신의 밥줄로 이어진다는 사실을 그는 늘 괴롭게 여기는 것 같았다. 툴라는 열띤 논쟁을 벌이면서도 미스터 피시가 코사와와 펙스턴 사이의 평화를 진정 원한

다고 믿었다. 코사와의 땅과 공기를 복구하는 문제는 전부 뉴
욕 본사에 달렸다는 말밖에 하지 못하는 것을 우리 모두 섭섭
해하기는 했지만, 툴라는 미스터 피시의 죽음을 결코 바라지
않았다.

　미스터 피시와 부인은 툴라네 가족이 살던 집에 사흘이나 갇
혀 있었는데, 이 사실을 우리는 까맣게 몰랐다. 툴라는 사헬에
게서 받은 집 열쇠를 다섯 중 한 명에게 맡기고 있다가 필요할
때마다 받아서 썼다. 다섯이 언젠가 그 집에 미스터 피시 부부
를 가두어놓으리라곤 상상도 하지 못했을 것이다. 한때 자신의
가족이 살던 집에 잠옷 바람으로 들어가 인질들을 보고서 툴라
는 과연 무슨 말을 했을까? 침대와 테이블과 의자를 가져다놓
은 안방을 쓰라고 권했을까? 다섯을 따로 불러내서 인질을 풀
어주라고 간청했을까? 툴라가 실제로 그런 협박 편지를 썼을
까, 아니면 다섯이 쓴 다음에 툴라의 서명을 위조했을까? 툴라
의 필체는 빽빽하고 가느다란 반면에 정부가 공개한 편지의 글
씨는 투박하고 성겼다.
　다섯이 미국인들을 납치한 다음 날이었다. 툴라가 머물고 있
던 집의 부인은 일어나서 아침밥을 지었다. 부인이 툴라를 깨
우러 들어갔다가 방이 비어 있는 것을 발견하자 남편은 걱정
말라고 했다. 툴라가 새벽부터 일어나 글을 쓰러 갔다고 말했
다. 툴라에게는 자기 집에 혼자 있을 시간이 필요하다고 덧붙
였다. 그러고서 남편은 툴라의 짐을 싸더니, 남포등에 기름을
채워줘야겠다며 툴라네 집으로 갔다. 아내는 그러려니 생각했
다. 코사와의 옛집에서 혼자 시간을 보내며 글을 쓰는 건 딱 툴

라다운 행동이었으니까.

정부와 펙스턴이 대응하도록 보낸 두 통의 편지가 로쿤자와 정원에 배달되기까지 사흘간 툴라는 미스터 피시의 부인과 뉴욕에 대해 이야기를 나누었으리라 우리는 상상해본다. 툴라는 미국인이 공포감에서 벗어날 수 있도록 분위기를 부드럽게 만들려고 애썼을 것이다. 미국인들의 속내는 어땠는지 몰라도 밥은 잘 먹은 게 확실하다. 다섯의 아내가 매일매일 남편이 툴라네 집으로 가져갈 음식을 만들었다. 다섯은 일이 좀 생겨서 다 같이 먹으면서 의논해야 한다고만 말했다. 아내들은 어깨만 으쓱했다. 그런 이야기를 한두 번 들었나. 사흘간 툴라는 집에서 나오지 않았다. 아마 다섯이 집에 있는 편이 좋겠다고 설득했을 것이다. 가능했다면 툴라는 저물녘에라도 나왔을 텐데. 툴라는 저녁에 툇마루에서 여자친구들과 그들의 아이들과 이야기하기를 좋아했다.

다섯은 두 명씩 짝을 지어 차례로 미스터 피시와 부인을 지킨 듯하다. 나머지 셋은 마을 사람들이 의심하지 않도록 평소와 똑같이 행동했다. 우리는 일말의 의심도 품지 않았다. 평소와 다른 낌새는 없었다. 그들은 무덤덤하게 일과를 처리했다. 그중 한 명이 툴라가 작성했다고 정부가 발표한 편지를 로쿤자와 정원에 가져가는 것도 몰랐다.

펙스턴은 군대를 개입시키지 말라는 편지의 조건을 따를 생각이었다. 자기네 직원과 부인이 무사히 미국에 있는 자식들에게 돌아오길 바랐다. 자기네 손에 더는 피를 묻히고 싶지도 않았다. 펙스턴은 우리 나라의 학살과 광기에 연루될 생각이 없었다. 그렇지만 베잠에서 대통령의 측근들은 결정은 그들 몫이 아니라며 펙스턴의 요청을 묵살했다. 대통령 각하는 그 누구의 명령도 듣지 않는다고, 특히 한낱 여자의 말에 복종할 수는 없다고 했다. 뉴욕에서 펙스턴의 대표이사가 대통령에게 전화해 코사와에 군대를 출동시키지 말라고 부탁했다는 말을 들었다. 자신들은 사람 목숨을 가장 중요하게 생각하기 때문에 납치범들의 조건을 수락하기로 했다고, 정부에서 군대를 보냈다가 인명 피해가 나면 우리 나라와 사업적 관계를 끊을 거라고 엄포를 놓았다. 대통령은 웃음을 터뜨리고 허풍은 적당히 치라고 말했다고 한다.

어쩔 수 없이 펙스턴은 군대에 자기네 사람들을 딸려 보냈다.

그들은 트럭을 마을 어귀에 세웠다. 우리는 혼란에 빠진 채로 집에서 나왔지만 감히 가까이 가지 못했다. 아이들의 손을 꼭 잡긴 했지만 사실 아이들이 위험하게 나댈 걱정은 없었다. 아이들은 군인에 대한 공포를 품고 세상에 나왔다. 태어난 순간부터 총을 든 사람들의 무서움을 알았다.

검은 양복을 입은 펙스턴 관계자가 확성기에 대고 말했다. "우리 직원을 데리고 있다고 들었습니다." 그가 말했다. "지금 풀어주면 원하는 걸 주겠습니다."

초저녁이었다. 사람들이 술렁였다. 대체 무슨 소리를 하는 거야?

우리가 누굴 데리고 있다는 거지? 인부? 관리자? 펙스턴 직원이 왜 여기에 있겠어? 미스터 피시일 거라는 생각은 뇌리에 스치지도 않았다. 트럭이 마을에 들어왔을 때 다섯 중 아무도 보이지 않았다는 사실을 나중에야 기억했다.

군인 한 명이 확성기를 가로챘다. "모두 집에서 나와. 손을 머리에 올려." 그가 말했다. "총알 세례를 받기 전에 당장 나오라고."

툴라가 그 소리를 들었을 것이다. 손을 들고 나오려고 했을까? 정부의 명령에 복종하면 어떤 결과로 이어질지 툴라는 알았다. 군인들이 미국인들을 구출하고 다섯에게 다시는 그러지 말라고 경고하는 걸로 끝낼 리가 없잖은가. 베잠에서 일을 처리하는 방식을 훤히 꿰고 있는 툴라는 자기들이 어떤 벌을 받을지 알았다. 자신은 교도소에서 짧은 형기를 살겠지만, 친구들은 처형당할 것이다. 다섯이 순순히 항복하지 않으리라는 사실도 분명 알았으리라.

군인들을 마주 보고 선 우리도 무슨 일이 벌어질지 알았다. 또다시 학살이 일어난다. 전과 다른 점이 있다면, 이번에는 경고를 받았다는 것뿐이다. 노환으로 거의 시력을 잃은 소니가 지팡이를 짚고 트럭 앞으로 걸어가 물었다. "무슨 일인지 말해주겠습니까? 누굴 찾고 있소?"

확성기를 든 군인이 말했다. "딱 한 번만 더 말한다. 주민 모두 필요한 물건을 챙겨서 마을을 당장 비우도록."

우리는 집으로 달려가 손에 잡히는 대로 짐을 싸기 시작했다. 아내에게 울지 말라고 고함치고 애들에게 빨리 신발을 꿰라고 야단쳤다. 노인들과 병자들도 허둥대며 재게 몸을 놀렸다. 졸린 아기들이 어머니의 등에서 칭얼대고 하품했다. 배가 고파도 기다려야 할 것이다. 우리는 세간을 바구니와 라피아야자 자루에 허겁지겁 담았다. 어떤 이들은 너무 많이 챙겼고, 또 어떤 이들은 너무 적게 챙겼다. 필요한 물건들을 떠올렸지만 전부 찾을 시간은 없었다. 군인들은 우리에게 5분을 주었다.

우리는 세간을 머리에 이고 정원으로 헐레벌떡 뛰다시피 갔다.

어떤 이들은 공터에서 하늘 아래, 또 어떤 이들은 인부들 집 뒤쪽에 담요를 깔았다. 몇몇 인부가 물을 주며 우리가 답을 모르는 질문을 던졌다. 다른 인부들은 영문을 몰라 수상해하며 곁눈질했다. 우리는 그들에게 무의미했다. 그들이 우리에게 무의미했던 것처럼 말이다. 우리는 그저 골짜기를 공유하는 사람들이었다.

그날 밤에 우리는 자연의 자비에 스스로를 맡긴 채 짐승처럼 잤다. 우리는 빛을 받을 자격도 없는지, 달마저 보이지 않았다. 겁에 질린 아이들은 놀지 않고 우리 곁에 꼭 붙어 있었다. 우리는 가져온 음식을 나누어 먹었다. 자려고 누우니 돌부리에 머리가 배겼다. 깨어 있던 이들은 저 멀리 총성을 들었다. 그때쯤 우리는 툴라와 다섯이 벌인 일이라고 짐작했지만 차마 소리 내어 말하지 못했다. 그날 밤에 이미 우리는 영영 집으로 돌아가지 못하리라는 걸 알았다.

✳

아침에 정원의 버스가 우리를 로쿤자로 데려다주었고, 거기서 우리는 뿔뿔이 흩어져 각자 일곱 마을에 있는 친척을 찾아갔다. 너무도 지쳐 있었던지라 길을 찾을 정신도, 체력도 없었다. 우리의 새로운 터전이 되어줄 마을에 당도하기 전에 소식을 들었다. 비틀비틀 걸어오는 우리를 마중 나온 사람들이 알려주었다. 다섯이 죽었다. 군인 네 명이 죽었다. 미스터 피시와 부인이 죽었다. 툴라도 죽었다.

코사와의 최후에 대해 세상에 알려진 이야기는 이러하다. 툴라와 다섯이 총기로 무장하고 정원에 침입했다. 수많은 경비의 눈을 피해 숨어든 그들은 미스터 피시네 집에 쳐들어가 곤히 자고 있던 미스터 피시와 남편을 만나러 미국에서 온 부인을 납치했다. 자비를 사정하는 그들에게 눈가리개를 씌우고 코사와로 끌고 왔다. 미스터 피시가 사라졌다고 정원에서 신고하지 않은 이유는 적혀 있지 않았다. 어쩌면 미스터 피시와 부인이 순순히 제 발로 코사와에 왔을지도 모른다고 우리처럼 가정하지 않았다. 정부는 툴라가 펙스턴에 보냈다는 편지 중 하나를 공개했는데, 우리가 너무 오래 참고 기다렸다는 내용이었다. 정원의 교섭인이 비무장 상태로 오지 않으면 소장 부부를 죽일 것이며 시신을 큰 강에 던진다는 문장에 밑줄이 그어질 것이다. 교섭인 대신 군인을 보내면 인질들의 입을 막고 발가벗겨서 채찍질한 다음에 죽인다는 문장에도 밑줄이 그어질 것이다. 우리 나라와 해외에 보도된 기사에서 그들은 툴라를 과격파라고 묘사하며, 불의 여인이라고 불렀다.

이것이 사실이라고 그 누가 말해도 우리는 믿지 않을 것이다.

우리의 툴라는 화가 나 있었지만 증오심을 오래전에 버렸다. 우리 마을의 젊은이들이 펙스턴에서 물건을 훔치거나 송유관을 망가뜨리거나 원유를 훔쳐 먼 시장에서 팔기라도 하면 툴라는 마을 회의에서 이런 행위를 개탄하며 우리는 적에게 모범을 보여야 한다고 말했다. 그렇지만 다섯은, 어쩌면 다섯은, 정부에서 발표한 행동을 실제로 했을지도 모른다. 미국 법정에서 판사가 펙스턴의 손을 들어줌과 동시에 그들에게 어떤 식으로든 싸우라고 허락한 것이나 다름없었다.

그들이 죽고서야 우리는 원혼의 보복이라고 불렸던 살인들이 다섯의 소행이었다는 것을 알게 되었다.

어렴풋이 짐작은 했었다—숲속의 나무가 비밀 요원이라도 되는 것처럼 우리는 목소리를 낮추고 수군거렸다. 하지만 다섯이 총기를 소유한다는 증거가 없었고, 우리의 친구들이 적과 같은 수준의 잔인한 살인자가 되었다고 믿기가 어려웠다. 다섯의 아내는 심증은 있지만 물증이 없어서 더욱 괴로웠을 것이다. 하지만 남편에게 살인자냐고 어떻게 묻겠는가? 상대의 인격에 대한 믿음 없이는 결혼이 지속될 수 없는 법이다. 그들의 아내는 분노한 원혼의 복수라는 소문을 차라리 믿기로 했다. 군인들이 마을에 들이닥쳐 범인이 누군지 털어놓으라고 괴롭힐 때마다—살인이 멈춘 뒤에도 수년간 괴롭혔다—아내들은 남편을 위해 온갖 거짓말을 지어냈다. 남편이 집을 비운 여러 밤에 서로 찾아가 슬픔을 나누었다. 아이들에게는 아버지들이 곧 집에서 오랜 시간을 보내며 그들이 갈구하는 관심을 쏟아줄 거라고, 다 괜찮아질 거라고 달랬다.

툴라의 운동이 과연 대통령과 펙스턴을 상대로 승리를 거둘지 의심스러웠지만 그래도 우리는 로쿤자에서 행진을 하고 정원에서 시위를 벌이고 툴라가 부를 때마다 회의에 참석했다. 툴라에게 신념이 있었다면 다섯은 결의로 뭉쳤다. 때로는 몸이 지쳐서 오직 의지의 힘으로 주먹을 쳐들고 구호를 외쳤지만, 매년 우리는 함께했다. 툴라가 믿었으니까.

군인은 다섯의 시신을 로쿤자로 이송하여 시장 어귀에 진열했다. 그 처참한 모습이 행인들의 가슴에 각인되고 멀리멀리 소문이 퍼지기를 바란 것이다. 우리 친구들의 눈은 여전히 벌어져 있었고, 몸은 피와 먼지투성이였다. 우리는 시신을 천으로 싸서 어깨에 짊어지고 돌아왔다.

우리는 툴라의 시신을 요구했다.

그들은 툴라의 시신이 없다고 했다.

우리는 시신도 없는 툴라를 애도했다.

어떤 이들은 툴라가 온몸에 총상을 입은 채로 큰 강에 뛰어들어 가라앉았을 거라고 했고, 또 다른 사람들은 툴라가 홀로 죽고 싶은 마음에 숲으로 도망쳤을 거라고 했다. 우리는 숲에서 툴라를 찾아 헤맸다. 아침부터 밤까지 불렀다. 툴라. 툴라. 끝끝내 툴라의 시신을 찾지 못했다. 툴라. 툴라. 툴라는 대답하지 않았다. 툴라는 사라졌다.

쌍둥이 바마코와 코토누는 자기 가족이 피신한 삼촌 집에서 아버지를 따로 불러 툴라의 아기집에 씨를 넣었다고 고백했다. 쌍둥이는 치유자와 무당이었지만, 한편으로는 그들 역시 집을 잃어버린 아이들이었다. 어린아이들이 으레 그렇듯이 쌍둥이도 이번 일이 자기들 책임일까봐 가슴을 졸였을까? 쌍둥이의 아버지가 자기 아이들과 다섯이 벌인 일에 대해 우리에게 말했다. 우리는 그들을 탓하지 않았다. 그들은 신령의 명령을 받들었을 뿐이다. 우리는 툴라와 툴라의 아기를 애도하며 울었다.

아기가 우리의 구세주로 자랐을까? 신령이 잉태시킨 아이—누가 감히 그에게 맞서랴? 이따금 우리는 툴라가 깊은 숲속으로 도주했다고 상상한다. 거기서 신령이 툴라의 배를 부풀게 했고, 새와 표범이 분만을 도우며 이마에서 땀을 닦아주고 입술을 축여주니, 모든 생명체가 하나로 입을 모아 축하의 노래를 불렀다고 생각하고 싶었다. 한 아기가 우리에게 태어났도다. 언젠가는 이 아기가 돌아와서 우리가 빼앗긴 걸 되찾아줄까?

사헬과 툴라의 새아빠가 주바와 누비아를 데리고 베잠에서 왔다. 그들에게 돌려줄 시신이 없었다. 다섯은 묻어주었지만 툴라를 위해서는 눈물밖에 흘리지 못했다. 우리는 사헬을 끌어안고 마음을 굳게 먹으라고 위로했다. 사헬은 기절했다가 깨어나기를 되풀이했다. 사헬은 제발 죽고 싶으니 독약을 달라고 했다. 우리는 물론 주지 않았다. 처음 소식이 들려왔을 때 집에 있는 칼을 전부 숨겨야 했다고 누비아가 말했다. 우리는 신령이 마음을 치유해줄 거라며 사헬을 달랬다. 우리도 그 말을 믿지 않았지만 달리 할 말이 없었다. 한 생애에서 세 번이나 이런 일을 겪다니. 한 여자가 소중한 세 명을 잃었다. 주바는 어머니를 위해 강한 모습을 보이려고 했지만 그 역시 가슴이 찢어져 무너지고 말았다. 누비아는 한 팔로는 남편을 끌어안고 다른 팔로는 아들 말라보 봉고를 안고 있었다.

말라보 봉고가 제 증조할아버지를 똑 닮았다고 아버지들이 말했다. 똑같이 작은 눈에 슬픔이 깃들어 있다고 했다. 우리는 자식들을 위해 울었듯이 말라보 봉고를 위해 울었다. 이 세상에 앞서 도착한 이들이 해낸 일과 해내지 못한 일의 결과를 떠안고 살아야 하는 운명이 안쓰러워서 울었다. 그 아이의 삶은 우리 자손의 삶과 마찬가지로 좋은 면에서도 나쁜 면에서도 우리의 이야기의 연속일 것이다. 누구도 피할 수 없는 삶의 순리다.

코사와로 돌아가서 남은 세간을 가져올 기회도 없었다. 정부는 그 땅이 인간이 살기에는 너무 오염되었다고 결론지었다. 대통령은 코사와를 깡그리 불살라버리라고 명령했다. 우리의 집이 잿더미로 변했다. 우리 어머니들의 부엌이 잿더미가 되었다. 농장과 헛간도 전부 잿더미가 되었다. 우리 조상의 자긍심도 잿더미가 되었다. 우리의 가슴에 간직한 것 말고는 코사와는 흔적도 없이 사라졌다. 시간이 흐르고 나날이 지나가고 해가 바뀌는 사이에 온갖 바람이 불어 한때 우리의 집이었던 잿더미를 흩날렸다.

펙스턴은 소장과 부인의 시신을 미국에 있는 아들들에게 보냈다. 몇 달 뒤에야 우리는 그들의 이름을 알게 되었다. 어거스틴 피시와 이블린 피시. 우리 나라 신문에 소장과 부인이 아이들과 웃고 있는 사진이 기사와 함께 실렸다. 삶을 사랑했던 부부가 처형당했다. 아이들은 고아가 되었다. 어찌 봐도 비극이다. 툴라의 죽음은 그 누구도 비극이라고 부르지 않았다. 대부분 신문에는 사진도 실리지 않았다. 다섯의 사진도 없다. 툴라는 불의 여인이었고 다섯은 그녀의 추종자였다. 불의 여인이여, 불의 여인이여. 그 기사를 읽은 사람들 가운데 몇 명이나 그녀의 본명과 삶에 관심을 가질까?

툴라에 대한 기사는 미국에서의 활동이 주를 이루었다. 이런

저런 경범죄로 체포된 적이 있다는 얘기였다. 어떤 기사에는 자유를 소중히 여기는 우리 대통령이 관대하게도 의사를 표현하고 시위할 권리를 보장해주었는데, 나라의 모든 국민이 누리는 특혜를 받고서도 폭력사태를 벌인 그녀를 이해할 수 없다고 적혀 있었다. 미국 신문에서는 툴라가 뉴욕에서 폭력적인 대항을 배웠다고, 그녀보다 먼저 뉴욕에 왔거나 나중에 올 수많은 사람들과 마찬가지로, 뉴욕에서 과격파로 변했다고 했다. 또한 툴라가 빌리지라는 동네에서 열린, 자신의 분노를 생산적으로 활용하지 못하는 사람들의 모임에 참여했다고 보도했다. 어떤 이들은 미국에 오기 오래전부터 툴라에게 폭력성이 잠재했다는 이론을 펼쳤다. 이에 대해 문의를 받은 정부는 툴라의 삼촌 봉고가 수십 년 전에 펙스턴 대표단을 납치한 사람 중 한 명이었다고 확인해주었다. 툴라는 총기를 구매하고 살인을 계획하여 전 세대의 폭력을 한층 더 배가시켰다. 난폭한 집안이구먼, 안타까워라.

※

툴라가 가르쳤던 학생들과 수많은 추종자들이 툴라의 첫 기일을 기리려고 전국 곳곳에서 찾아왔다. 우리는 추모식을 툴라네 할아버지의 마을에서 열었다. 그때쯤에 우리는 눈물을 그쳤지만 사헬은 그렇지 못했다. 이제 사헬은 남편마저 잃었다. 새 남편은 툴라가 죽고 몇 달 뒤에 죽으면서 사헬에게 큰 집을 남겼다. 인생의 말년에 접어든 사헬은 자기 고향으로 돌아가서 툇마루에 앉아 루루와 코코디와 이야기를 나누며 여생을 보내고 싶어 했다. 그러나 주바와 누비아는 사헬이 베잠에 머물기를 바랐다. 그래서 자신들이 자주 찾아가 성심성의껏 부양하고, 사헬이 말라보 봉고와 여동생 빅토리아를 돌보며 상실로 인한 마음의 구멍을 메우기를 바랐다.

주바가 오스틴에게서 조문 편지를 받았다고 알려왔다. 오스틴이 말하길 툴라는 자기 장례식에서 사람들이 노란색을 입기를 바랐다고 한다. 그래서 우리는 모두 노란색으로 입었다. 그날을 위해 여자들은 새옷을 지었다. 하늘하늘 휘날리는 노란 옷에 노란 두건을 두르고 노란 귀고리를 달았다. 남자들은 노란 리넨셔츠에 노란 바지를 입었다.

한때 툴라의 할아버지가 구석에 앉았던 광장에서 우리는 오스틴이 찍어서 액자에 끼운 툴라의 사진을 중앙에 놓고 북을 쳤다. 사진 속에서 툴라는 흰색 드레스를 입고 뉴욕의 거리를 걷고 있었다. 머리는 둥글게 말아 올렸다. 툴라는 웃고 있었다.

해가 저물 때까지 노래하고 춤추며 툴라의 혼이 우리 곁에 있음을 느꼈다. 모임이 파하기 전에 주바는 자기 누나를 사랑해줘서 고맙다고 인사했다. 그리고 오스틴이 자신의 공주에게 바치는 시를 낭송하는 것으로 추모식을 마무리하고 싶다고 말했다.

오스틴이 수도승이 되어 이웃 나라에 살고 있다는 것을 우리는 툴라에게서 들어 알고 있었다. 오스틴은 툴라가 고향으로 돌아가고 몇 년 뒤에 아버지를 묻었고, 얼마 안 가 미국을 떠났다. 오스틴의 새로운 삶은 지금껏 누린 어떤 삶보다 기쁨으로 충만하다고 했다. 무소유로 살며 매일 조용히 정원을 가꾸고 근처 고아원의 아이들에게 음식을 차려준다. 두 사람은 비록 서로 다른 길을 택했지만 꾸준히 편지를 주고받으며 자신들의 영혼이 영원히 함께할 거라고, 각자 사명에 따라 살면서 조건 없이 사랑할 수 있다고 믿었다.

주바는 임신한 누비아의 손을 잡고서는 떨리는 목소리로 오스틴의 시를 읊었다.

혁명이여, 안녕. 울지 마라. 침묵은 하룻밤뿐일지어니

일어나라 아이들아 모여 줄 서라, 광기에 불붙이고 주먹을 쳐들고

태워라 태워라 태워라, 살아 있는 자여 긍지 있는 자여

모두 목소리를 높여라 아니면 죽음을 달라

수백만 개의 시스템이 우리의 영혼을 빨아들여도 끝까지 싸워나가리

오래오래 살아서 영광의 아침이 밝아오는 그날을 보리라, 빛줄기가 쏟아지는 그날을

순수하고 깨끗한 마을의 강가에 우리가 모일 그날에는

눈물도, 피도, 질병도 더는 없으리 오직 기쁨만 넘쳐 흐르리

오, 무한한 사랑이여, 우리는 지쳤다, 이제 그만 와서 우리를 집으로 데려가주지 않겠니

펙스턴은 죽은 소장과 부인을 기리는 장학재단을 설립했다. 어거스틴 피시와 이블린 피시의 평화와 풍요 장학금이라고 불린다. 이 장학금은 코사와의 아이들만 받을 수 있다. 장학금 덕분에 아이들은 일류 학교에 입학하여 툴라처럼 학식을 쌓을 수

있다. 더 이상 우리에게는 싸워서 지킬 땅이 없다. 따라서 펙스턴은 우리 아이들이 성장하여 자신들에게 맞설까봐 걱정하지 않는다. 장학재단을 설립한다고 공표했을 즈음에 펙스턴은 이미 우리 마을의 광장이 있던 자리에 새로운 유전을 개발하고 있었다. 우리에게 쉼터이자 놀이터가 되어주었던 망고 나무들 가운데 타버리지 않고 남아 있던 것은 죄다 뽑아버렸다.

우리 아이들 대부분이 장학금을 받았다.

우리는 아이들의 교육비를 내지 않아도 되었다. 그건 펙스턴이 보장했다. 로쿤자 학교를 졸업한 아이들은 베잠이나 다른 대도시의 학교로 진학했고, 학교 근처에서 살면서 고등교육을 받았다. 어떤 아이들은 정부의 지도자 양성 학교에 입학했고, 다른 아이들은 조금 더 낮은 수준의 학교에 들어갔다. 많은 아이들이 장학금을 받고 새로운 삶을 시작하러 유럽과 미국으로 떠났다.

2020년인 지금, 콩가가 우리에게 맞서 싸우라고 말한 지 서른 해가 지난 지금, 우리 아이들은 유럽과 미국의 기업이나 베잠의 정부에서 좋은 일자리를 얻었다. 아름다운 집에 살면서 신형 자동차를 운전한다. 우리에게 손주를 안겨주었다. 우리 중 몇몇은 미국에 가보았다. 아이들은 우리에게 고마움을 표하려고 귀한 물건을 사준다.

이따금 우리는 아이들에게 소유한 차에 대해 물어본다. 세월이 지날수록 자동차는 점점 더 커지고 더 많은 기름을 먹는 것 같다. 아이들이 생각할까? 자기들이 기름을 마음껏 쓸 수 있도록 우리가 그랬듯이 고통받는 아이들에 대해서? 지구에 기름이 동나는 날을 걱정할까? 우리가 질문하면 아이들은 웃는다. 기름이 고갈되려면 적어도 천 년이 걸릴 텐데, 그때쯤엔 기름을 쓸 필요도 없을 거라고 말한다. 우리는 고개를 끄덕인다. 천 년의 세월은 걱정하기엔 너무 먼 미래라고 동의한다.

✳

이제 우리는 인생의 끝자락에 접어들었다.

우리가, 우리의 부모님이, 또 우리의 선조가 얼마나 많은 고통을 감내했는지 돌이켜보면 놀랍기만 하다. 그것이 전부 우리 아이들이 코사와를 잊어버리고 자동차를 몰면서 살 수 있게 해주기 위해서였다니. 아이들은 자기 자식들에게 우리의 언어를 가르치지 않는다. 영어로만 말한다. 우리의 신령을 인정하지 않는다. 선조의 눈에서 피눈물이 날 것이다. 영적인 존재를 조금이나마 인식하는 아이들은 교회에 다닌다. 우리의 삶에 깃든 신령을 아이들은 먼 하늘에서 찾는다. 코사와를 떠나며 탯줄 묶음을 가져온 이들도 있지만 아이들은 원하지 않는다. 아이들은 우리를 지배했던 사람들의 방식으로 탄생과 죽음과 결혼을 기념한다. 그들의 음악에 춤을 춘다. 우리의 춤은 그저 신기한 전통으로 취급한다. 아이들은 이따금 모임을 갖지만 선조의 혼을 지키거나 코사와를 어떤 식으로든지 되살리려는 목적이 있어서가 아니다. 아니, 그들은 저녁 파티를 계획하고, 파티에서는 우리가 이해하지 못하는 것들에 대해 함께 웃고 떠든다. 우리 세계와 삶의 방식이 가뭇없이 사라질 것임을 알고 있다.

이제 일곱 형제자매 마을에 전기가 들어온다. 대부분 주민이 벽돌집에 거주한다. 많은 이들이 휴대전화와 평면 스크린 텔레비전을 소유한다. 로쿤자에서는 인터넷이라는 것으로 우리의 이야기를 읽거나 우리가 태어난 것과 같은 초가집을 볼 수 있다.

코사와는 오래전에 죽었을지 모르지만 그곳이 얼마나 찬란했는지 우리는 절대 잊지 않으리. 그곳에서는 우리의 영혼이 온전했으므로 결코 잊을 수 없다. 기름이 유출되고 가스 불기둥이 치솟았지만 우리는 쌍둥이 맘바가 활기차게 쉭쉭대고 힘센 두더지와 호저가 사냥꾼의 창살에 쓰러지기 전에 지그재그로 질주하던 푸르른 언덕을 기억한다. 우리 고향에서는 애벌레가 커다란 나비로 변신하는 데 시간이 두 배로 걸렸다. 건기에 하늘이 귀청 떨어지는 천둥의 노래를 부르면 우리는 두렵기도 하고 신나기도 하여 형제들을 다리로 감싸 안았다. 무시무시하게 비가 쏟아지는 날에는 강물이 범람하여 우리의 모든 것을 자신의 안식처로 쓸고 간다고 위협했고, 불볕이 퍼붓는 날에는 언덕의 땅이 목이 말라 쩍쩍 갈라지는 대신 야자수가 쾌재를 불렀다. 좋은 날에도 어려운 날에도, 코사와에는 특별한 아름다움이 있었다. 우리를 둘러싼 자연의 아름다움을 제외하더라도 그곳을 집이라고 부르는 사람들의 아름다움이 깃들어 있었다. 휘황한 보름달의 달빛에 젖은 채로 광장에서 춤추던 그 시절로 왜 돌아가고 싶지 않으리? 유년기를 벗어나면서 우리는 죽음이 노년으로 가는 길을 어찌나 단호하게 막고 있는지 깨달았지만, 그래도 툇마루에서 웃음을 터뜨리고 송유관을 폴짝폴짝 뛰어넘었다. 내일이, 환히 빛나는 내일이 우리를 기다리는

양 망고 나무 아래 늘어지게 앉아 수다를 떨었다. 우리가 태어
난 곳에서 죽기를 희망하고, 그렇게 되리라 믿었다.

   아이들을 만나러 베잠이나 미국이나 유럽에 가면 우리는 소
파에 앉아서 텔레비전에 시선을 고정하지만 실은 아무것도 보
고 있지 않다. 우리는 그곳에 존재하면서도 존재하지 않는다.
우리는 다른 곳에서 코사와 툴라를 생각하고 있다. 툴라가
죽지 않았다면 계속해서 투쟁했을지 궁금해한다. 이런 순간에
우리 아이들의 아이들이 품에 안기며 말한다. 할머니, 부탁이
에요. 할아버지, 이야기를 들려줘요.

감사의 말

나의 빼어난 편집자 앤디 워드와 발행인 고(故) 수전 카밀(너무 보고 싶어요)은 내가 이 이야기를 쓸 수 있다고 믿어주며, 자신감을 잃지 않도록 잡아주고 용기를 북돋고 이끌어주었다. 앤디의 보조 편집자인 샤이앤 스키트와 마리 팬토전, 레이철 로키키의 뛰어난 팀원들 멜리사 샌포드, 케이티 틸, 테일러 노엘, 아비데 배시라드, 바버라 필론의 헌신과 노고에 감사를 전한다. 열정과 끈기로 나를 대리해주는 문학 에이전트 수전 골롬브와 강연 에이전트 크리스티 하인리치에게 진심으로 감사를 표한다. 작가가 바랄 수 있는 최고의 멘토였던 나의 이전 편집자 데이비드 이버쇼프가 베푼 모든 친절에 감사한다. 훌륭하게 작업을 마쳐준 프로덕션 편집자 스티브 메시나와 카피에디터 테리 자로프-에반스, 이번 책에도 아름다운 표지를 입혀준 자야 미셸리에게 한없이 고마운 마음을 전한다.

나의 친구들 하워드 쇼, 로이드 추, 더글러스 민츠, 마크 샐

즈먼, 워런 골드스틴, 제이디 스미스, 크리스티나 베이커 클라인은 원고의 전체나 일부를 읽어주었다. 이들의 예리한 비평이 없었다면 지금의 책이 나오지 못했을 것이다. 너무나도 큰 도움을 준 그들에게 감사한다. 동포이자 카메룬 영어권 작가 디부시 탄데와 조이스 애션탄탕 역시 나의 작품에 열성적인 지지를 보내주었다. 내가 필요할 때마다 조언을 아끼지 않은 피아메타 로코에게도 가슴 깊이 감사한다. 내가 바닷가에서 일할 수 있게 두 해 여름에 낸터켓의 아름다운 별장을 빌려준 메리 해프트의 관대한 배려를 더없이 고맙게 생각한다. 미국 법인법을 이해할 수 있게 도와준 그레이슨 브라이언과 밥 콘에게 감사한다. 또한 나의 독일어팀과(모나 랭, 에바 베츠바이저, 마리아 허미츠), 프랑스어팀 (캐롤린 아스트, 다이앤 두 페리에, 그리고 벨퐁드에 있는 모든 이들)에게 고마움을 전한다.

몹시 고되었던 집필 기간 동안 지혜와 유머로 나를 지탱해주고 나의 진실한 모습을 거듭 일깨워준 영적 카운셀러이자 신뢰하는 친구인 릭 위버에게 무한한 감사를 표한다. 평온히 예배를 드릴 수 있는 안전한 장소를 제공해준 저드슨 메모리얼 '교회의 도나 섀퍼, 뉴욕시 유니티 센터의 저스틴 엡스틴, 성 바울 성당의 프랭크 데시데리오 신부님께 감사의 마음을 전한다.

나의 친구들은 늘 나를 있는 모습 그대로 받아주었다. 이것이야말로 한 사람이 타인에게 줄 수 있는 가장 큰 선물이 아닐까? 이들은 나를 웃게 해주고, 내가 자신들을 필요로 하는 걸 알기에 여행에 동행해주고, 수없이 많은 문자를 보내 내가 머리를 식힐 기회를 마련해주었다.

내가 어린아이였을 때 어머니는 나를 이모네 집에 보냈는데,

당시에는 가기 싫었지만 이모네 집에서 문학을 접하며 작가로서의 길을 걷게 되었다. 어머니의 사랑과 용기에 감사하며, 나를 따뜻하게 환영해주고 쿰바의 베델 침례 교회에 보내준 이모에게 감사한다. 이곳에서의 가르침은 세상에 대한 질문을 마음속에서 일깨우고 신심을 키워주었다. 혈연이나 결혼을 통해 나와 친척이 된 모든 이들에게 내 삶에서 크고 작은 역할을 맡으며 다양한 친절을 베풀어준 것에 감사한다. 지난번에 고향을 방문했을 때 내가 아무리 멀리 있더라도 나의 탯줄은 카메룬의 림베에 묻혀 있다고 상기시켜준 사촌들에게 특별히 감사의 말을 전하고 싶다.

나의 경이로운 남편, 아름다운 아이들아. 그대들에게 말한다. 고맙고 또 고맙다고. 내게 기쁨이 충만한 가정과 사랑을 주어서 고맙다. 댄스파티를 열어주고 글쓰기에서 휴식할 수 있는 수많은 이유를 만들어주어서 고맙다. 무엇보다 나의 여정에 함께해주고 계속해서 나아가도록 응원해줘서 고맙다. 그대들 덕분에 하루의 끝자락에 나는 잠자리에 누워서 이렇게 말할 수 있다. 오늘도 수고했다, 선하고 충실한 하나님의 종이여.

옮긴이: 구원

UCLA 경제학과를 졸업했다. 독립출판사 코호북스에서 기획을 담당하며 프리랜서 번역가 및 출판 기획자로 활동하고 있다. 『뉴 그럽 스트리트』, 『셔기 베인』, 『어느 날 거울에 괭인이 나타났다』 등을 우리말로 옮겼으며, 캐서린 맨스필드 단편선 『차 한 잔』과 『프렐류드』를 엮고 옮겼다. 『셔기 베인』으로 제16회 유영번역상을 수상했다.

우리가 얼마나 아름다웠는지

1판 1쇄 발행 2023년 1월 9일

지은이   임볼로 음붸
옮긴이   구원
편집   김수현
디자인   김은혜

펴낸곳   코호북스(coho books)
주소   강원도 홍천군 두촌면 한계길 84
등록   2019년 10월 17일 제2019-000005호
전자우편   cohobookspublishing@gmail.com
팩스   0303-3441-1115
인스타그램   @coho_books23
ISBN   979-11-91922-08-0 03840
책값은 뒤표지에 있습니다.